KB262111

1960년대 문학 지평 탐구

1960년대 문학 지평 탐구

이화비평연구모임

역락

책머리에

　1960년대는 4·19혁명을 계기로 사회 및 문화의 모든 부문에서 전환을 이룬 시대였다. 산업 현대화 기획이 실행되면서 전후의 궁핍함에서 벗어날 수 있는 경제적 기반을 형성한 반면, 여기서 잉태된 물질 중심주의와 불평등한 사회 구조는 당시 지식인들의 반성적 담론의 대상이 된다. 문단 상황 또한 사회의 현대화 과정과 별개일 수 없었기에 1960년대 작가와 비평가들은 차별적인 시대의식으로 문학정신의 혁신과 성장을 꾀하게 된다. 이들은 인식의 원시성과 추상성을 극복해야 한다는 소명감을 갖고 자의식, 일상성, 개성적 언어와 문체 등을 중심으로 문학의 자율성을 모색하는가 하면, 동시에 사회 참여와 소통을 지향하는 성숙한 시민의식의 문학을 정립하는 데 견지를 모았다. 따라서 1960년대 문학은 개인과 민족, 문학과 현실이라는 도식적인 이분화를 뛰어넘어 '총체적인 인식'에 이르기 위해 갈등하고 궁구하며 부단히 달려간 도정이었다고 볼 수 있다. 또한 서구 모방의 현대화를 반영하고 성찰하는 가운데 한국문학의 자생적 모더니티를 성취하려는 의지의 산물이었다고 하겠다.

　이에 이 책을 기획한 이화비평연구모임의 필자들은 한국 현대문학을 연구하는 데 있어 1960년대의 시대적 중요성을 다시 한 번 절감하고, 1960년대 문학 세계의 지평을 탐구해 보자는 데 의견을 모았다. 대표 작품을 중심으로 한 작가 연구와 비평가의 주요 평문을 중심으로 한 메타비평은 씨실과 날실이 되어 보다 밀도 있는 시대상을 담아내는 틀을 형성할 것이다.

이 책은 작가 연구와 비평가 연구의 두 부분으로 나뉘어 있다. 1부는 1960년대의 시대정신을 잘 구현하고 있는 대표 작가들에 대한 연구 논문들로 구성되었다.

김지혜의 「병리적 몸 인식과 근대적 주체」와 오은엽의 「유희를 통한 꿈꾸기」, 연남경의 「역사의 바다를 탐험하는 소설 쓰기」는 김승옥과 이청준, 최인훈의 대표 작품을 대상으로 '주체'와 '공간' 분석을 통해 생산적 독해를 한 경우이다. 김지혜는 '몸'을 세계와의 교섭에서 욕망과 저항의 흔적을 담지한 기호의 각축장으로 보고, 김승옥 소설에 나타난 남성의 병리적 몸에 주목하여 근대적 질서에 편입하려는 주체의 욕망을 다각적으로 보여준다. 오은엽은 이청준 소설의 질병 은유가 억압적인 현실에 대해 갖는 놀이적 요소에 주목하고, 도시에서 상처받은 인물의 질병이 치유되는 과정을 '유희' 공간의 구축을 통해 밝혀내고 있다. 연남경은 '바다' 중심의 공간기호론을 방법론으로 삼아, 반세기의 소설 쓰기를 관통하는 최인훈의 작가의식이 공간 확장과 기억 누적의 상호작용을 통해 부정에서 화해로 바뀌어 가는 과정을 세밀히 분석하고 있다.

윤정화의 「'전해들은 자'의 순교, 이산 작가의 글쓰기」와 박은주의 「'生'에의 의지와 책임 윤리의 형성」은 '한국전쟁'의 비극적 체험을 형상화하는 방식을 규명해낸 글이다. 윤정화는 재미작가 김은국이 이산 생산의 근원인 전쟁을 추상적인 광기로 전달함으로써 객관적이며 냉정한 이산자의 미적 거리를 획득하고 진실 전달에 성공하고 있음을 밝혀내었다. 박은주는 송병수의 초기 소설에서 연대를 통해 전쟁의 폐허를 견뎌내며, 해체된 가족을 대체하는 공동체를 형성하는 등 생에의 의지를 잃지 않는 긍정의 힘을 찾아내고 있다.

김현숙의 「박경리 작품에 나타난 죽음과 생명의 관계」와 박찬효의 「'장(場)'과 '대속(代贖)' 행위의 관계 양상」은 '죽음'에 대한 인식과 그것을 극복하는 작가적 전략을 파악하고 있는 글이다. 김현숙은 박경리 초기 단편에서 나타나던 삶의 집착과 죽음의 길항이 『토지』에서 생명과 자연의 회복에 이르고 있음을 밝혀 상생의 세계관을 박경리 문학의 도착점으로 설정하고 있다. 박찬효는 박상륭의 모성 콤플렉스를 바탕으로 장(場)과 그 공간을 움직이는 힘인 여성의 대속행위의 관계 양상을 분석함으로써, 궁극적으로 죽음의 공포가 무한(無限)의 희열로 전환하게 되는 노정을 탐색하고 있다.

이윤경의 「속악한 현실세계의 인식과 출구 찾기」와 권경미의 「소시민 형성과 역사적 조건 사이의 연관성」은 서정인과 이호철의 소설에서 시대의 불합리성과 특정한 세대의식을 연결 지음으로써, 전쟁과 분단, 남한 정부 수립, 4·19와 5·16이라는 역사적 사건의 후유증이 지식인 주체가 호명하는 익명적 세대 또는 시민의식 획득에 실패한 소시민을 양산하였음을 파악해낸다.

유주현의 「소년소설의 초점화 방법의 두 양상」은 아동문학작가 이원수의 작품을 기존의 주제적 접근에서 벗어나 언술분석을 통해 해석한 글로, 획일적이고 확정적인 어른의 시각과 다른 비종결적이고 다성적인 아동 세계의 특질을 발견하고 있다.

2부는 1960년대 평단을 누볐던 문학비평가들에 대한 연구 논문들로 구성되었다.

김세령의 「4·19세대로서의 비평적 성찰과 열린 시각으로 소통하기」와 강소연의 「차별적 시대 인식과 분석론에 따른 비평적 실천」은 각각 김병익과 김주연의 초기 평문을 집중 조명함으로써, 그들이 당시 신진 비평가로서 4·19세대 문학의 차별성을 부각시키고 실제 작품의 분석을 통해 소통을 시도했음을 밝히고 있다.

손자영의 「문학과 현실의 구조적 인식과 자기 탐색의 비평」과 조영실의 「'문학 언어'와 한국문학의 이념형 모색」은 불문학을 전공한 김치수와 김현의 비평 노정을 짚어 보고 있는데, 그들이 한국문학과 불문학을 넘나들면서 언어와 세계관, 문학 형식과 문학 현실, 순수문학과 참여문학이라는 평행선이 만나는 지점에 천착하여 '현대문학'을 개념화했다고 제시한다.

박필현의 「통합적 사유와 '가능성'의 문학론」은 1960년대 백낙청 비평에 대한 기존의 시각을 재고하면서, 그가 지닌 고유한 특성은 '문학적 주체(변화 가능한 집단 주체)'와 '방법론으로서의 리얼리즘'에 대한 지속적인 관심이라고 정리한다.

한혜원의 「글로벌리즘적 인식과 지방적 세계주의 탐구」는 한국문학의 세계화를 지향했던 백철이 1950~60년대에 발표한 비평문을 대상으로 고찰한 것인데, 그는 미국을 구심점으로 이뤄지는 세계화를 인정하고 실용적 입장에서 자국문화의 세계화를 모색한 비평가였음을 반추하고 있다.

서승희의 「반성적 주체의 정립과 민족문학론으로의 도정」과 박근예의 「비평의 정치성과 한국문학의 주체성 모색」은 1960년대 정치적 억압에 대한 대응방식으로 비평의 논리를 세운 염무웅과 임중빈에 주목하면서, 그들이 문학 주체성, 민족의 공동 언어, 근대적 민족문학 건설 등을 화두로 문학과 현실의 상호 관련성 및 기여도를 어떻게 논의했는지 탐구하고 있다.

이 책의 기획과 집필은 이화여자대학교에서 정년을 맞이하실 때까지 현대문학과 비평을 가르치신 김현숙 선생님과 제자들이 함께 공부한 결과물을 묶으며 이루어졌다. 여타의 기념논총과 달리 이 책은 취지만 김현숙 선생님 정년 기념일 뿐 선생님을 대표 저자로 삼지도 못했고, 선생님에 대한 아무 기록도 넣지 않았다. 평소 받기보다는 늘 베풀기만을 고집하시며, 나서지 않고 뒷자리를 묵묵히 지키고자 하시는 선생님의 결벽에 가까운 성품에 익숙한 때문이었다. 제자들은 단지 선생님과 함께 내는 이 책을 통해 선생님과 맺은 소중한 스승과 제자의 연이 학문적으로 꽃핀 첫 번째 결실을 보여드리는 것으로 존경과 사랑을 표현할 길을 찾았을 뿐이다.

이화비평연구모임은 이번 책『1960년대 문학 지평 탐구』를 필두로 하여 향후 시대별 시리즈물을 간행할 예정이다. 이 시리즈의 첫 책을 김현숙 선생님의 은퇴를 기념하여 출간한다. 이번에 참여하고자 했으나 부득이한 사정으로 함께하지 못한 이들과는 향후 작업을 기약하며, 문학에 대한 열정과 진지함으로 지속적인 연구에 임하리라 다짐한다.

2011년 8월
이화비평연구모임

차례

제1부 작가론

제1부
작가론

｜김승옥론｜

병리적 몸 인식과 근대적 주체*

김 지 혜

1. 1960년대 근대화와 김승옥

김승옥은 1960년대라는 시공간적 좌표 속에서 가장 빛을 발하는 작가이다. 그를 수식하는 "60년대적인"[1] 작가, "감수성의 혁명"[2] 혹은 "트리비얼리즘의 작가"[3] 등의 용어에서 알 수 있듯 그의 문학은 50년대 문학과는 차별화되는 새로움을 지니고 있으며, 그 새로움은 본격적인 근대화가 진행된 60년대 사회와 밀접한 관련을 지니고 있기 때문이다.

1960년대는 정치적, 사회적, 경제적으로 큰 변화를 거치며 근대화로 통칭되는 사회변동의 윤곽이 잡혀가는 시기이다. 50년대의 폐허 속에서 자립적인 경제 활동이 움트기 시작하면서 미국과 일본을 기축으로 하는

---

* 이 논문은 김지혜의 「김승옥 소설에 나타난 병리적 몸 인식과 근대적 주체 연구」(『한국문학이론과 비평』 45집, 2009. 12)를 수정한 것임.
1) 정현기, 「1960년대적 삶」, 『한국문학의 사회사적 의미』, 문예출판사, 1986.
2) 유종호, 「감수성의 혁명」, 『비순수의 선언』, 민음사, 1995.
3) 김주연, 「새 시대 문학의 성립―인식의 출발로서의 60년대」, 『아세아』 1, 1969.

국제 분업 질서에 편입되어 근대적 자본주의 사회질서와 문화양상 등을 광범위하게 경험하게 된다.[4] 5·16 이후 국가 권력의 주도 하에 진행된 근대화는 서구와 일본의 자본주의를 모방하며 압축적 경제 성장을 이룩해 갔으나,[5] 동시에 급속도로 해체되기 시작한 전통사회의 붕괴와 자본주의화로 인한 사회 구조의 모순과 소외를 야기하는 것이다.[6]

이렇게 사회 전반의 급격한 변화를 겪게 되는 1960년대는 김승옥이 서울로 유학을 하며 보낸 20대와 정확히 일치하고 있으며, 그 상경 체험(근대 체험)은 그의 문학에서 중요한 배경이 되고 있다. 대부분 시골에서 도시로 상경한 김승옥의 인물들은 이러한 도시적 삶의 모습에 심한 소외감과 거부감을 느끼는 동시에 자기도 모르게 자본주의적 생리에 물들

---

4) 산업화가 사회변동의 일차적 동력으로 작동하면서 경제구조, 산업구조는 물론이고 직업구조, 계층구조, 제도구조, 문화구조, 가치관구조로 이어지는 일련의 변화와 함께 인구구조, 지역구조 역시 이 시기를 기점으로 급격한 변화를 보였다. 뿐만 아니라 한국사회에서 근대성의 특징으로 여겨지는 시간과 공간의 응축현상이 사회구조적으로 태동하는 기미를 보이기 시작한 것도 바로 이 시기이다(박길성, 「1960년대 인구사회학적 변화와 도시화」, 한국정신문화연구원 편, 『1960년대 사회변화연구 : 1963~1970』, 백산서당, 1999, 11~13면).

5) '모방으로서의 근대화'는 모방할 수 있는 모델이 있기 때문에 '따라잡기'의 가능성을 갖게 된다. 이 '따라잡기'는 국가권력에 의해 주도되고, 경제적 측면에서 압축 성장의 모습으로 나타난다. 그리고 경제 이외의 영역에서는 '시간 단축'의 효과로 나타난다. '따라잡기'를 위해 국가는 국민을 설득하고, 유인하며, 통제하고, 강제한다. 이렇게 식민지 근대를 경험한 나라에서의 근대화는 그 과정에서 국가주도성과 억압성이 강화된다(공제욱, 「박정희 시대 일상생활 연구의 의미」, 공제욱 엮음, 『국가와 일상―박정희 시대』, 한울 아카데미, 2008, 13면).

6) 1960년대 도시와 농촌의 불균형적 발전은 대대적인 탈농현상으로 이어지면서 한국 사회의 구조 변화를 일으킨다. 1960년대 농촌사회의 정체에도 불구하고 그 이전과 달리 농민들은 광범위한 변화의 욕구를 키워가고 있었다. 농민들은 1960년대 들어 급속히 보급된 라디오, 스피커, 신문 등을 통해 외부세계와 일상적 접촉을 확대했고, 이를 통해 욕구수준이 급격히 상승하게 되었다. (…중략…) 그러나 박정희 정권은 한정된 투자재원의 거의 전량을 공업발전 속에 투입하고 있었기 때문에 그 같은 농민의 욕구를 충족시켜줄 수단이 없었고, 농촌은 공업중심의 경제발전전략 속에서 여전히 정책적 소외지대에 놓여 있었다. 이 가운데서 농촌에서 도시로의 대대적인 탈농이 시작되었다(고원, 「새마을운동의 농민동원과 '국민 만들기'」, 위의 책, 35면).

어 가는 자신을 발견하고 부끄러움을 느끼게 된다. 소설 속 도시는 근대의 자본주의적 삶의 질서와 논리가 일상화되기 시작한 공간으로, 상경한 인물들은 그곳에 완전히 편입되지 못한 채 동경(憧憬)과 환멸(幻滅)이라는 양가적 감정을 갖게 되는 것이다. 소설 「그와 나」에서 묘사되듯 서울은 "초라한 지방도시로부터의 해방감"[7]과 출세를 꿈꾸게 하는 매혹의 공간이지만, 한편으로는 대도회의 세련된 문화에 대한 두려움을 느끼게 하는 곳이다. 「누이를 이해하기 위하여」에서 역시 서울은 '완성'의 공간이면서 많은 사람들이 시들어 가는 불모의 공간으로 묘사된다. 그렇기에 김승옥 소설의 인물들은 이러한 도시 공간에서 상처를 받고 환멸을 느끼지만, 근대적 질서에 편입하고 싶은 욕망을 쉽사리 떨쳐 버리지 못한다. 「염소는 힘이 세다」의 화자 정우가 '힘센 것'의 상징인 '돼지기름 냄새'에서 혐오와 부러움을 동시에 느끼는 것처럼, 동경과 환멸의 양가적 감정은 계속 상충하며 소설 속 인물들을 갈등하게 만들고, 이러한 갈등 양상은 여러 작품에서 저항과 타협을 변주하며 조금씩 다른 지형도를 그려내고 있는 것이다.

김승옥 소설에 나타난 이러한 근대적 개인의 욕망과 갈등은 '몸'이라는 기호를 통해 분석해 볼 수 있다. 1960년대 한국 사회는 여타 지역에서 보기 힘든 압축적인 근대화를 경험하게 되었으며, 그에 따라 국민 개개인은 일상생활의 미세한 부분에까지 새로운 시대의 논리를 체험하게 된다.[8] 이러한 근대화의 흔적은 '몸'이라는 기호의 각축장에 새겨져 있

---

7) 김승옥, 「그와 나」, 『무진기행』, 김승옥 소설전집 1, 문학동네, 2004, 362면. 앞으로의 작품 인용은 이 전집판에 따르고, 두 번째 나오는 작품의 경우 제목과 면수만을 표기하겠다.

8) 5·16과 60년대는 남한, 미국, 일본의 삼각 정치, 군사, 경제 체제에 본격적으로 편입되는 분단사의 기점이자, 종속적 자본주의 질서가 뿌리를 내려 자본―임노동의 관계가 보편화, 전면화되는 출발점이었다. 그것은 8·15 이후의 혼란과 6·25전쟁으로 유보되었던 신식민지적 질서가 한반도에 본격적으로 정착하는 계기였다(박태순·김동춘, 『1960

다. 몸은 주체 형성의 기반인 동시에[9] 끊임없이 세계와 교섭할 수밖에 없기에 억압과 지배의 흔적, 욕망과 저항을 담지하고 있는 공간이기 때문이다.[10] 50년대 손창섭, 하근찬 등의 소설에 나타난 불구적 몸이 전쟁에 대한 직접적 충격을 표출한 것이라면, 60년대 김승옥 소설 속에 형상화된 몸은 근대 편입 과정에서 혼란을 겪는 개인의 욕망과 갈등이 내재된 기호라 할 수 있다. 그러므로 본고에서는 김승옥 소설의 근대적 주체를 몸 인식 양상을 통해 해명해 보고자 한다. 몸, 특히 병적인 몸을 통해 그의 소설을 분석해 봄으로써 김승옥 소설에서 중요한 키워드로 작용하고 있는 '자기 세계'의 의미, 그리고 근대적 사회의 진입에서 불안해하는 소설 속 남성 주체에 대해 살펴볼 수 있을 것이다.

2. 소외된 몸, 허약한 몸의 미학

1) 근대적 질서에 위배된 소외의 몸

서울이라는 거대한 도시 공간은 익명성을 전제로 개개인을 배제적 시선에 노출시킨다.[11] 익명성은 개인의 내력(來歷)을 무화시키고, 그 개인을

녀대 사회운동』, 까치, 1991, 305면).

9) 라캉이 말하는 주체(subject)는 오인의 구조로 형성된 에고(ego)에서 시작하여 상상계의 나르시시즘적 환상을 버리고 상징계로, 즉 문화와 언어의 상호주관적 구조로 진입하여 욕망의 변증법적 운동을 통해 형성되는 것으로 늘 "과정 중에 있는 주체"이다(윤효녕 외, 『주체 개념의 비판』, 서울대학교출판부, 1999, 100면).

10) 푸코는 근대화에 따른 개인화 과정에 육체의 규율이 내재되어 있음을 밝히고 있다. 규율은 인간의 육체를 통제하면서 동시에 개인으로 만든다는 것이다(미셸 푸코, 오생근 역, 『감시화 처벌―감옥의 역사』, 나남, 1994).

11) 대도시는 가시성을 강조하는 건축 구조와 도로, 그리고 자동차, 철도 등의 교통수단과 대중매체 등의 발달로 인해 시각을 지배적인 감각으로 부각시킨다. 이러한 근대 사회에서의 시선의 지배에 대해서는 다비드 르 브르통의 『근대성과 육체의 정치학』(동문선,

시각적으로 포착되는 순간적인 공간의 일점(一點), 즉 몸이라는 대상을 통해 포착해 내는 것이다.12) 서로의 과거와 미래를 인정하는 고향 공간의 시선이 공유를 전제로 한다면 대도시의 시선은 배제를 전제로 하기에 고향에서 상경한 인물들은 자신의 몸을 통해 이질적 존재로서의 소외감을 느끼게 된다.

특히 서울은 모든 가치가 돈에 의해 재편되는 자본주의적 원칙에 의해 지배되는 공간이기에, 상경한 인물들은 자신의 가난을 몸을 통해 체현한다.13) 「확인해본 열다섯 개의 고정관념」에서 "발뒤꿈치가 양말 색깔만큼이나 검게 때가 끼어 있는" '나'의 발은 타자 — 부유한 친구의 여동생 영이 — 의 시선에 의해 부끄러움의 표지가 된다.

> 그날 나는 벼락부자들의 집안에서 흔히 볼 수 있는 이층으로 올라가는 계단 그 광택이 아직 나지 않고 꺼실꺼실한 판자의 촉감이 아직도 남아 있는 계단에 발을 올려놓지 않을 수 없었다. (…중략…) 그런데 난처한 것은 내 뒤에, 그러니까 아래층의 복도에 그 녀석의 여동생이 서서 나를 보고 있는 것이다. 그 여동생이 예쁘지만 않았더라도 또는 내 양말의 뒤꿈치에 큰 구멍이 나 있지만 않았더라도 나는 서슴지 않고 계단을 밟고

2003, 122~143면)을 참조.

12) 도시와 시골의 관점에서 주체와 타자의 시선의 불일치는 익명적인 대도시에서 발생한다. 도시에서 살아가는 사람들은 현재의 지점에서 과거와 미래를 한꺼번에 아우르는 운명 공동체가 아니다. (…중략…) 순간적인 공간의 일점(一點)이 대상의 전체를 환유적으로 재현하고, 시선에 붙잡힌 이미지가 본질이 되어 버린다. 여기서 이상적 몸 이미지는 공유되는 것이 아니라 일방적인 배제의 원리로서 작용한다(김종갑, 『타자로서의 몸, 몸의 공동체』, 건국대학교 출판부, 2006, 46면).

13) 김승옥이 1960년 9월 1일부터 1962년 2월 14일까지 『서울경제신문』에 연재한 시사만화 「파고다 영감」을 보면 4·19혁명에서부터 혼란스러웠던 장면 정부의 시대상이 잘 묘사되어 있다. 그는 4·19정신의 퇴색이나 무능하고 부정한 정부에 대한 비판도 서슴지 않고 있으나 특히 혼란스러운 정국 탓에 더욱 가난해지는 서민의 삶에 대해 많이 조명하고 있다. 거지, 고아, 지게꾼뿐 아니라 불안한 물가와 대대적인 실업상태로 인한 일반 서민들의 적빈(赤貧) 상태를 보여주었고 물질만능주의 풍조를 풍자하기도 했다. 시사만화 파고다 영감에 대해서는 『혁명과 웃음』(천정환 외, 앨피, 2005) 참조.

올라갔을 거다. 내 양말 뒤꿈치의 구멍은 이만저만 큰 게 아니어서 내 발뒤꿈치가 온통 드러나 있다. 그 발뒤꿈치가 양말 색깔만큼이나 검게 때가 끼어 있는 것은 더욱 곤란한 일이다. 나는 창피스러워서 계단을 올라갈 수가 없었다.14)

경쟁의 원리로 이루어지는 본격적 자본주의 체제에서 가난은 더 이상 공동의 문제나 사회 구조의 문제만으로 환원되지 않는다. 가난이라는 지표 안에 개인의 무능력과 게으름 등의 가치평가가 덧붙여지는 것이다. 게다가 빈부(貧富)는 신체의 연장이라 할 수 있는 의복을 통해 타인에게 보인다. 결국 서울로 상경한 인물들은 자신의 가난을 부끄러움으로 인식하기도 하고, 자신을 극빈(極貧)으로 몰아간 서울 공간에 대한 환멸을 느끼기도 하는 것이다.

또한 자본주의적 근대의 가치에 부합되는 몸은 청결하며 건강한 규율화된 몸이다. 그러나 김승옥 소설의 인물들은 대부분 가난으로 인해 근대적 가치에 맞지 않는 허약한 몸을 가지고 있다. 「확인해본 열다섯 개의 고정관념」에서 "기초대사량조차 유지하지 못하고 있는"15) '나'는 무시무시한 온돌방의 냉기와 배고픔으로 인해 기관으로서의 신체를 분열적으로 경험한다. 손가락들은 '나'의 의지와 상관없이 움직이고, 손은 냉기에 '정신착란'을 일으키거나 쉽게 저려오는 "처리하기 곤란한 물건"16)이 된다.17)

---

14) 김승옥, 「확인해본 열다섯 개의 고정관념」, 앞의 책, 142~143면.
15) 위의 글, 144면.
16) 위의 글, 145면.
17) 「싸게 사들이기」에서는 돈에 저항하지 못하는 의인화된 '손'을 통해 물화된 세계에 대한 가치를 인정하고 세속적 욕망을 거부할 수 없는 분열된 몸의 모습을 보여준다. "돈이 손을 만져본다. 그러면 손은 부끄러운 듯이 홍당무가 되면서 가늘게 떤다. 돈이 슬그머니 손을 집적거려본다. 손은 정신을 차리려고 애쓰며 우선 옷깃을 여미고 도사려 보인다. 싫으면 관둬라, 돈이 배짱을 내민다. 손이 주춤거린다. 그러다가 발작적으로 부

「역사」에서는 근대적 도시의 삶이 추구하는 제도화된 규율과 이로 인한 갈등을 잘 보여주고 있다. "규칙적인 생활 제일주의"를 원칙으로 한 양옥집에는 아침 6시 기상에서부터 밤 10시 물 한 컵씩을 마시고 잠자리에 들 때까지의 모든 생활이 질서정연하게 배치되어 있다. 식사시간이나 공부시간뿐 아니라 피아노를 치는 등의 취미활동 역시 엄격하게 통제된다. 그 집의 가장인 할아버지는 여학생 시절에 피아노를 배운 며느리의 손가락이 굳어버리게 하는 것을 용납하지 못하고, 오후 4시를 피아노 치는 시간으로 배정한 것이다. 이는 푸코가 말한 근대적 제도의 특징을 보여준다. 근대 사회의 개인들은 미시적 권력에 의해 학교, 병원, 군대 등에서 다양한 방식으로 규율을 수행하도록 요구받는 것이다.[18] 이처럼 내화(內畵)의 화자가 경험하게 되는 양옥집의 생활은 봉건적 권위에 의해 강제되는 한국의 근대적 일상을 보여주는 것이다. 그에 비해 창신동에 사는 절름발이 사내와 영양실조에 걸린 딸, 왼손 팔목에 검붉은색 지렁이 같은 자살흔을 가지고 있는 창녀 영자, 막벌이 노동자 서씨의 몸은 규율화되지 않은 몸이다.[19] 그리고 '나' 역시 양옥집의 문화적 사람들이 아닌 창신동 판잣집의 무질서하고 퇴폐적인 생활에 정신적인 동질감을 느끼고 있으며, 양옥집의 훈련을 거부하게 된다. 그는 노곤한 몸을 주체하지 못하고 낮잠을 자거나 정해준 시간이 아닌 때에 기타를 치는 등 규율에 적응하지 못하는 모습을 보인다. 그리고 주전자에 홍분제를 넣고 광포하게 피아노를 치는 장난으로 근대의 질서에 위배를 꿈꾸지만

들부들 떨며 돈을 부둥켜안아버린다."(김승옥, 앞의 책, 201~202면).

18) 미셸 푸코, 오생근 역, 『감시와 처벌』, 나남, 1994.

19) 노동자 서씨는 김승옥 소설의 남성인물들 중 가장 건장하고 힘이 센 역사(力士)이다. 그러나 대대로 내려온 그의 '무형의 재산'은 근대에서는 재산으로 환원되지 못하고, 단지 공사장에서 "약간 더 많은 보수를 받게 하는 기능밖에" 하지 못한다. 서씨는 그 힘을 남몰래 동대문의 돌을 드는 것으로 소비하고 있다는 점에서, 그의 몸 역시 규율화를 거부하는 몸으로 기능하고 있다고 할 수 있다.

아무런 변화가 없는 그 사람들의 반응에서 가치관의 혼란을 느낄 뿐이다. 결국 양옥집의 "근대적 합리성과 봉건적 권위의 모순적 결합"[20]은 근대적 도시의 삶이 지닌 허위를 보여주는 동시에 그것의 견고함 역시 반증하는 것이다.

이처럼 가난하고 게으른 허약한 몸은 규율화된 도시적 질서에 위배되는 몸들로, 서울이라는 공간에 적응하지 못하고 소외되어 있는 인물들의 상황을 대변한다. 물론 훈육을 거부하는 위배된 몸은 그 자체로 저항이 되기도 하지만,[21] 그러한 저항은 「역사」가 보여주듯 일탈에만 그치거나 위악적인 모습으로 변질되고 있다.

2) 여성화된 허약한 몸과 아름다움의 세계

도시에서는 허약한 몸이 위배의 기호로 작용하고 있다면 고향의 세계에서는 허약함이 유년기를 환기시키는 여성적 이미지로 작용한다. 액자소설인 「환상수첩」에서 내화의 초점화자인 '나'(정우)는 서울 생활을 견뎌내지 못하고 하향(下鄕)을 결심한다. 그리고 기차가 고향에 가까워지자 고향의 친구들을 떠올리기 시작한다.

그가 떠올린 친구들은 "병적으로 가벼운 몸무게"의 김윤수, "폐침윤2기"의 임수영, 화재로 인해 장님이 된 김형기로, 모두 질병에 걸렸거나 병적인 몸을 지닌 인물들이다. 김윤수는 가벼운 몸무게 때문에 징병 신체검사에서는 늘 무종을 받는 인물로, 시인이라는 신분을 가지고 있지만 시는 쓰지 않고 기생집을 드나들고 있으며, 임수영은 폐병으로 학업을

---

20) 김명석, 『김승옥 문학의 감수성과 일상성』, 푸른사상, 2004, 122면.
21) 「누이를 이해하기 위하여」의 '소설가'가 보여주는 가난, 더러운 용모, 게으름 등은 "광증(狂症)에 가까운 생활 태도", "치한 같은 생활"로 취급되지만 생명력이 부재한 도시를 위악으로 견딤으로써 저항하고 있다고 볼 수도 있다.

중단하고 춘화 장사를 하며 병을 치료하고 있다. 또한 장님이 된 김형기는 고등학교 때 계집애처럼 예쁘장하고 키가 작아서 '나'의 '각시'로 통했고, 이 이유로 담임선생님께 심각한 사이로 의심을 받기도 했었던 여성적 인물이다. 고향의 세계를 상징하는 이 세 인물은 모두 강인한 남성성을 보여주는 인물들이라기보다 여성성을 환기시키는 신체를 가지고 있으며, 자본주의적 가치에서 볼 때 무능하다고 평가될 수 있는 인물들이다. 그리고 이 세 인물의 모습은 '토끼의 세계'로 요약될 수 있는 정우의 유년시절의 허약함과 궤를 같이 한다.

> 국민학교 사학년 때였던가, 나는 토끼 사육장에서 아카시아잎을 토끼들에게 먹이고 있었다. 사육장의 당번은 아니었지만, 토끼들이 마른 풀에 몸을 부비는 바스락 소리밖엔 아무 소리도 들리지 않는 사육장에서, 나는 하학 후의 낮시간을 거기서 보내는 게 아주 즐거웠다. (…중략…)
> "내일부턴 사육장에 들어오지 마. 그 대신 학교 파하면 해가 질 때까지 운동장에서 축구를 해야 한다. 내가 감독할 테니 잊어버리지 마. 사내자식이 싸움도 하고 그래라, 원."
> 선생님이 말씀하시는 동안, 나는 고개를 숙이고 햇빛이 눈부시게 쨍쨍 비치는 땅바닥에 내가 들고 서 있는 아카시아 잎이 연초록색 그림자를 드리우고 있는 것만 보고 있다가 선생님이 나가시자, 저 귀여운 토끼들은 부드러운 아카시아잎이나 먹고 새빨간 눈알로 푸른 하늘이나 바라보고 때때로 사랑이나 하고 살면 그만인데 난 난 주먹을 쥐고 싸움을 해야 하고…… 그런 생각을 하다가 토끼울의 나무 칸살에 이마를 대고 소리를 죽여 울어버렸다.[22]

'토끼의 세계'는 주먹을 쥐고 싸움을 해야 하는 남성적 세계가 아닌 부드러운 평화의 세계이다. 이러한 연약함의 세계는 평생을 "허구한 날

---

22) 김승옥, 「환상수첩」, 『환상수첩』, 김승옥 소설전집 2, 문학동네, 2004, 26~27면.

집안에 틀어박혀 화초나 가꾸고 사군자나 *끄적거리*"23)며 연두색의 아름다움에 빠져 있는 정우의 아버지의 세계와 같은 것이다. 이처럼 남성적 특성이 드러나지 않는 허약함은 미적인 세계와도 연결된다.

또한 「염소는 힘이 세다」에서는 나이 어린 화자를 등장시킴으로써 남성적 세계에 진입하지 못한 연약함의 세계를 보여준다. 염소를 제외하고는 힘이 센 것이 아무것도 없는 집에서 '나'(정민)는 유일한 남자다. 그러나 성인 남성이 아닌 그는 열두 살짜리 힘없고 키 작은 '예쁜 고추'일 뿐이다. 그의 몸은 '돼지기름 냄새'를 피우는 남성의 몸이 아닌 아름다운 '꽃'을 파는 어머니와 누이의 몸에 가까운 것이다.

즉 남성인물들이 보이는 연약함은 "상대방을 꽈악 눌러버리는 공격 방법"24)을 익히며 경쟁해야 하는 자본주의적 세계에 진입하지 못했거나 소외돼 버린 자들을 상징하는 몸 기호인 것이다. 그러나 여기에서 간과하면 안 되는 것은 그 연약함이 '토끼의 세계'나 '연두색의 미학', 그리고 '꽃'의 상징 등으로 아름답게 형상화되고 있다는 점이다. 소설의 화자는 연약함을 아름답게 묘사함으로써 그들의 소외에 윤리적 가치를 부여하고 있는 것이다.

3. 폐결핵의 감수성과 위악적 변모

김승옥의 소설에서 연약한 몸이 근대적 생활에의 소외를 나타내는 것이라면, 그 소외의 극점에 있는 것은 '폐병'이라는 은유이다. 많은 김승옥의 작품에는 병적으로 허약하거나 실제로 질병에 걸려 있는 인물들이

---

23) 위의 글, 30면.
24) 위의 글, 27면.

등장하는데 특히 두드러진 질병이 바로 '폐병'인 것이다. 「생명연습」의 형, 「환상수첩」의 임수영, 「무진기행」의 윤희중은 모두 폐병을 앓았거나 현재 폐병을 앓고 있는 인물들이다. 죽음의 질병이면서 소모적 열정, 낭만적 사랑 등으로 미학화되던[25] 폐결핵은 60년대에 들어서면서 치료 가능한 질병이 된다.[26] 그러나 치료 기간이 길다는 점과 비싼 약의 가격은 폐결핵이 지닌 근대적 성격을 부각시키게 된다. 빈곤의 질병이었던 폐병은 더 이상 무조건적 죽음의 병이 아닌 경제력에 따른 죽음의 병이 되는 것이다.[27]

「생명연습」에는 폐가 나빠져서 중학교를 그만두고 집에서 쉬고 있는 형이 등장한다. "기침을 해가며 나직나직 말하는" "백짓빛 얼굴"을 한 형은 죽은 아버지를 대신하여 어머니의 부정을 단속하는 가장 노릇을 하려 하지만 스물두 살의 나이에도 어머니에게 약값을 부담 지우는 무능력한 모습이다. 한 가정의 가장의 역할은커녕 자신의 학업조차 계속해 나갈 수 없으며, 문학 공부를 한다는 핑계로 다락방에서 숨어 지내는 것이다.

여기에서 주목할 점은 형을 무능한 가장으로 만든 폐병이 단순한 질

---

25) 이재선, 『현대소설의 서사주제학』, 문학과지성사, 2007, 64~96면.

26) 결핵을 둘러싼 신화가 지니고 있던 힘은 1944년 스트렙토마이신이 발견되고, 1952년에 이소니아지드가 소개되는 등 정확한 치료제가 개발되고서야 없어졌다(수전 손택, 이재원 역, 『은유로서의 질병』, 이후, 2002, 56면).

27) 우리나라의 경우 1953년 대한결핵협회의 창립과 함께 전쟁 이후 유행처럼 번진 결핵 퇴치의 움직임이 시작되었고 1960년 유한산업의 광고에서는 인간의 고질병인 폐결핵이 줄어가고 있다고 전한다(천정환 외, 앞의 책 참조). 그러나 1960년대에도 치료제의 비싼 가격 등으로 인해 결핵은 치명적인 질병으로 여겨졌다. 「환상수첩」에서 "……아시 아짓드, 파스, 모두 고가약의 약품들이다. 홀어머니의 삯바느질 수입으로써는 아무래도 나는 살아갈 길이 없을 듯하다. 여기 보내는 천환으로 돈어치만큼 춘화를 사서 보내주기 바란다. 판로는 얼마든지 있을 듯하다……"(김승옥, 앞의 글, 34~35면)라는 임수영의 편지에서도 알 수 있듯 당시의 폐병은 가난한 환경에서는 치료가 어려운 병이었던 것이다.

병이 아니라는 점이다. '나'는 어릴 적 유행가 가수가 되겠다며 새벽 바닷가에서 노래를 부르던 형의 모습을 보고 이미 형의 폐병을 예감한다.

> 나는 국민학교 이학년 때 학교 담임선생님이 새벽에 일찍 일어나는 것이 건강에 좋다고 해서 그런 말을 들은 다음날 형의 발자국을 밟고 해변으로 따라 나간 적이 있었다. (…중략…) 그때 바다 저편에서 들려오듯이 아득한 형의 노래가 들려온 것이었다. 바닷속으로 바닷속으로 비스듬히 가라앉아가는 듯한 환상 속에서 나는 형의 폐병을 예감했을 것이었다. 아니다. 그 이상의 것을 형을, 동시에 어머니를, 알았을 것이었다.[28]

사실 바다 속으로 가라앉는 듯한 환상과 함께 형의 노래에서 폐병을 예감한다는 것은 논리적으로 맞지 않는다. 이것은 김승옥 소설의 질병이 단순한 육체의 질병을 말하는 것이 아니라 정신적인 면과 맞닿아 있는 동시에 어떠한 은유로 사용되고 있음을 보여주는 것이다. 즉 '나'는 형의 노래에서 그의 숨겨진 감수성과 어머니에 대한 욕망을 훔쳐보게 되고, 그러한 욕망이 폐병으로 이어질 것임을 직관하는 것이다. 수전 손택은 폐결핵이 주로 빈곤이나 결핍, 쇠약함, 소모의 이미지와 함께 충만한 감성, 예술적 감성 등의 은유로 사용되었고, 의복(패션)이 우리의 재산과 신분을 드러내는 것처럼 질병도 신체의 내부를 감싸는 일종의 장식으로 인식되기도 했다고 주장한다.[29] 그의 지적처럼, 형의 폐병은 그의 감수성을 보여주는 것인 동시에 어머니와의 패륜의 관계를 암시하는 것이라 할 수 있다.

---

28) 김승옥, 「생명연습」, 『무진기행』, 김승옥 소설전집 1, 문학동네, 2004, 38면.

29) 1913년 생-상스는 "좋은 건강이 세련된 스타일이 아니었던 당시에 쇼팽은 결핵 환자였다.", "그 당시에는 창백하고 핏기 없는 모습이 유행이었다. 벨지오조소 공주는…… 죽어가는 사람처럼 창백한 얼굴로 한가로이 거리를 산책하곤 했다"고 말해 결핵이 예술가 혹은 귀족적 아름다움의 은유를 지니고 있음을 보여준다(수전 손택, 이재원 역, 앞의 책, 47~48면).

　그리고 「환상수첩」에서는 '폐침윤2기'의 임수영이 등장한다. 법대에 다니다가 폐병으로 학업을 중단하고 고향에 내려온 그는 춘화 장사로 자신의 약값을 벌며 병을 치료하고 있다. 화자 정우는 임수영을 "한마디로 무시무시한 친구"라며 혐오하고 있으나, 그의 폐병에 대해서는 지극히 감성적으로 접근하고 있다.

　　임수영, 한마디로 무시무시한 친구. 시골 고등학교를 나와 함께 졸업하고 법대에 진학했는데, 재작년 그러니까 이학년 때, 바람 한점 없이 뜨거운 어느 여름날 오후, 대학가의 플라타너스에 기대어 피를 토하고 나서 대학병원의 폐침윤(肺浸潤) 2기의 진단을 받고 힘없이 고향으로 내려가 있는 친구였다.[30)]

　수영의 발병은 "바람 한점 없이 뜨거운 어느 여름날 오후, 대학가의 플라타너스에 기대어"라는 수식을 통해 낭만적으로 묘사되고 있으며, 발병 후에는 앙드레 지드 등의 문학 작품을 탐독하는 그의 모습을 통해 폐병이 지닌 감수성을 보여주고 있는 것이다.

　그러나 이들의 폐병에는 아버지 없는 가정의 가장이라는 책임감을 면제받게 해주는 면죄부의 역할이 숨겨져 있다. 폐병은 「생명연습」의 형이 학교를 그만두고 이 세상에 있지 않은 것 같은 다락방에 숨을 수 있게 해 주었다면, 법대생이었던 「환상수첩」의 수영이 출세를 위한 길에서 벗어나 문학 작품을 탐독하고 수음을 하면서 시간을 보낼 수 있는 구실을 마련해 준 것이다. 또한 「생명연습」의 형이 보이는 어머니에 대한 집착과 폭력이라는 패륜이나 수영이 만들어 파는 춘화는 건강한 국가적 질서에 위배되는 것으로, 생산력과는 반대되는 소모의 이미지를 가중시킨

---

30) 「환상수첩」, 34면.

다. 즉 이들의 폐병은 감수성의 질병인 동시에 건강한 근대적 규율에 대한 위배와 소모의 이미지를 대변하는 것이다.

그리고 이러한 폐병의 이미지는 「무진기행」에서도 반복된다. '나'(윤희중)는 "서울에서의 실패로부터 도망해야 할 때거나 하여튼 무언가 새출발이 필요할 때"[31] 고향인 무진에 내려간다. 그러나 무진은 새로운 용기를 주는 공간이라기보다 모멸과 외로움의 공간일 뿐이다. '나'는 대학시절 6·26사변 때의 피난을 위해, 두 번째는 폐병으로 인한 요양으로, 그리고 실직과 실연을 동시에 겪었을 때 무진을 찾는다. 이전에 있었던 세 번의 무진행은 정확히 묘사되지 않은 채 '골방', '수음' 등의 유폐적인 이미지로 변주되고 있다.

> 오히려 무진에서의 나는 항상 처박혀 있는 상태였었다. 더러운 옷차림과 누우런 얼굴로 나는 항상 골방 안에서 뒹굴었다. 내가 깨어 있을 때는 수없이 많은 시간의 대열이 멍하니 서 있는 나를 비웃으며 흘러가고 있었고, 내가 잠들어 있을 때는 긴긴 악몽들이 거꾸려져 있는 나에게 혹독한 채찍질을 하였었다. 나의 무진에 대한 연상의 대부분은 나를 돌봐주고 있는 노인들에 대하여 신경질을 부리던 것과 골방 안에서의 공상과 불면을 쫓아보려고 행하던 수음(手淫)과 곧잘 편도선을 붓게 하던 독한 담배꽁초와 우편배달부를 기다리던 초조함 따위거나 그것들에 관련된 어떤 행위들이었었다.[32]

첫 번째 피신에서 '골방'보다 '전선'을 택하고 싶어하던 '나'는 어머니에 의해 골방에 갇혀 의용군의 징발도, 국군의 징병도 기피해 버린다. 군대가 남성으로 재탄생하게 되는 통과제의라 한다면, 트럭을 올라타고 일선으로 떠나는 학도병들의 모습과 그 행렬 소리를 들으며 골방 속에

---

31) 김승옥, 「무진기행」, 『무진기행』, 김승옥 소설전집 1, 문학동네, 2004, 162면.
32) 위의 글, 162면.

서 수음을 하는 '나'의 모습은 사뭇 대조적이다. 그리고 국가적 책임감을 회피한 그가 폐병이라는 질병에 걸린다는 점도 시사하는 바가 크다. 첫 번째 유폐가 어머니에 의한 것이라면,[33] 어머니가 돌아가신 후에는 폐병의 치료를 핑계로 근대적 국가에 소속되어야 한다는 책무에서 벗어나 골방이라는 공간에 유폐되어 있는 것이다.[34] 이렇게 따져본다면 김승옥의 폐병은 가부장적, 국가적 책임감에서 놓여날 수 있는 도피의 질병이며, 생산적인 것과 반대되는 소모의 질병이라 할 수 있다.

결국 폐병의 몸 역시 허약한 몸과 같이 자본주의라는 경쟁적 사회에 제대로 진입하지 못했거나 남성 가장이라는 책임에서 놓여나 있는 여성화된 몸을 상징하는 듯하다. 그러나 그들의 '허약한 몸'과 '폐병에 걸린 몸'에는 간과할 수 없는 차이점이 있다. 허약한 몸이 여성성을 환기하는 나약함과 감수성의 세계를 보여준다면, 폐병은 감수성을 갖고 있기는 하지만 위악적인 생명력을 보여주기 때문이다.

「환상수첩」에서 '나'는 임수영의 폐병에 대한 묘사에서는 낭만성을 드러내지만, 임수영의 태도에 대해서는 증오와 혐오의 감정을 갖는다. 그는 춘화를 제작해 자신의 약값을 벌고 있으면서 스스로는 건강을 위해 여자를 가까이하지 않는 이기적 태도를 보인다. 그러한 모습에 윤수와 정우는 증오의 감정을 갖게 되고, 심지어 수영의 누이도 차라리 오빠

---

33) 정상균, 서연주는 윤희중이 어머니에 의해 아버지의 자장에 속하지 못하고 자궁의 변주인 골방에 갇혀 성장을 방해받는다고 하였다(정상균, 「김승옥 문학 연구」, 『전농어문연구』 7, 서울시립대 국어국문학과, 1995. 2. 서연주, 『김승옥과 욕망의 서사학』, 청동거울, 2004) 그러나 어머니가 돌아가신 후에는 폐병에 의해, 그리고 세 번째는 실직과 실연에 의해 스스로 유폐를 선택하고 있다는 점에서 어머니가 성장을 방해한다기보다 스스로가 남성의 세계로의 진입을 회피하고 있다고 볼 수 있다.

34) 19세기 유럽에서도 자연 속에서 요양이 필요한 질병인 결핵은 한가로운 시간을 확보하고, 부르주아적 의무에서 벗어나기 위해 개인주의라는 구실을 발명해냈다고 한다(수전 손택, 앞의 책, 55면).

가 죽어줬으면 좋겠다며 울음을 터뜨린다. 밑바닥까지 내려가 구원의 길을 찾고 있는 수영의 모습은 생존을 모색하는 치열함을 보여주는 한편, 극단적 위악의 형태를 보이고 있다는 점에서 혐오의 감정을 유발하는 것이다. 그의 이러한 태도는 '세코날로 사보뎅을 기르는 것'에서 잘 드러난다. 수면제인 세코날로 강렬한 빛깔의 선인장 사보뎅을 키운다는 것은 죽음을 통해 생에 도달하고자 하는 의지, 즉 극한에서의 생존에 대한 의지를 표방하는 것이다.

그리고 이러한 생존 의지는 자신으로 촉발된 누이의 윤간과 친구들의 죽음에도 흔들리지 않는다. 누이 진영이 춘화를 사간 깡패들에게 윤간을 당하지만, 수영은 "그래 남자 맛이 어떻든?"35)이라고 물음으로써 위악적 자세를 유지한다. 그리고 윤수가 진영의 복수를 위해 깡패들에게 맞서다가 숨을 거두고, 이에 삶에 희망을 잃어버린 정우가 형기의 자살을 방조하고 자신도 자살하지만 수영의 삶의 의지는 변하지 않는다. 외화의 화자인 수영은 담담하게 자신이 "태초의 인간임을 자부"36)하며, 삶을 포기한 내화의 화자 정우를 비난할 뿐이다.

 다시 한번 말하고 싶지만 중요한 것은 어떻게 해서든지 살아내야 한다는 문제일 것이라고 나는 확신한다. 더구나 그를 자살로 이끈 고뇌라는 게 그처럼 횡설수설하고 유치한 것이라면 아예 세상엔 사람이 하나도 없었으리라. 그는 마지막에 가서 엉뚱하게도 죄와 벌에 관한 얘기를 잠깐 꺼내고 있지만 죄란 게 있다고 한들 또 어떠한가? 불가피하게 죄를 짓게 되면 짓는 것이다. 그러나 죄의 기준이란 게 없어진 지금, 죄의 기준을 비단 죄뿐만 아니라 모든 것의 기준을 일부러 높여서 생각할 필요는 없다고 나는 생각한다. (…중략…) 산다는 것, 우선 살아내야 한다는 것. 과

---

35) 「환상수첩」, 92면.
36) 위의 글, 97면.

연 그것이 미덕이라고까지는 얘기하지 않겠다. 그러나 그것은 이제야 출
발하는 것이다.[37)

수영은 윤수와 정우 등이 괴로워한 죄책감의 문제에서 벗어나 "산다
는 것, 우선 살아내야 한다는 것"에 대해 이야기한다. 현재에는 죄의 기
준이 없어진 상태이며, 그런 상태에서 일부러 죄의 기준을 높여 괴로워
한다는 것은 바보 같은 일이라는 것이다. 즉 폐병을 통해 죽음이라는 극
한을 경험한 그는 위악을 통해서라도 죄의 기준을 넘어 생존하겠다는
의지를 보이는 것이다.

「환상수첩」의 수영이 위악을 통해 살아남는 것을 선택했다면, 「생명
연습」의 형은 죽음을 선택한다. 그러나 형의 죽음 역시 연약함에서 오는
패배가 아니라 생에 대한 강렬한 의지를 보이는 것이었다. 그는 어머니
와의 싸움을 끝내기 위해 누이와 '나'를 선동해 어머니를 죽이자는 공모
를 할 정도로 강인하다. 물론 이러한 공모는 누이와 '나'의 배반으로 좌
절되지만, 그는 누이와 '나'에 의해 죽임을 당하는 것이 아니라 스스로
죽음을 선택하는 강인한 '자기 세계'를 보여주는 것이다. 즉 형의 폐병
역시 연약함을 보여주는 기호라기보다 생존에 대한 강력한 의지와 위악
적인 면모를 보여주는 것이다. 그리고 이러한 폐병이 「무진기행」에서는
전사(前事)로서 존재한다. 그는 바닷가의 집에 유폐되어 '쓸쓸하다'라는
단어를 넣은 편지를 쓰며 "더러워진 폐를 씻어내고 있었"[38)던 과거를
뒤로 한 채, 서울에서 돈 많은 과부와의 결혼으로 모 제약회사의 전무가
되고 폐병에 걸렸던 자신을 부인하는 것이다.

이렇게 김승옥 소설에는 '폐병'이라는 병리적 이미지가 사용되고 있

---

37) 위의 글, 96면.
38) 「무진기행」, 188면.

으며, 그 폐병에는 감수성과 위악성이 동시에 내재되어 있다. 그 이전 문학사에서 자주 사용되던 폐병의 이미지에 강렬한 위악성이 새롭게 추가된 것이다.[39] 김승옥 소설에서 폐병은 죽음의 병이 아닌 더 강한 생존에의 욕망을 보여주는 기호가 된다.

그리고 「내가 훔친 여름」에서는 이러한 폐병이 지닌 위악성에 대한 설명의 단초를 찾을 수 있다. 치질에 걸린 영일은 병이 좋은 것이라는 자신의 철학을 설명한다.

> "······무슨 병이든지 그렇지만 말야. 병에 걸리지 않아? 그러면 참 많은 걸 알게 된단 말야. (···중략···) 그리고 혹시 너 이해 못 할는지 모르겠지만, 영혼이란 게 따로 없구나, 아니 없구나가 아니라 있구나, 하는 것도 알게 된단 말야. 영혼이란 건 참 우스운 물건이어서, (···중략···) 평소에는 어디 가 있는 숨어 있다가 꼭 어디가 아파야 나타난단 말야. 그런데 말야. 너 혹시 아직 영혼이란 걸 보지 못했는지 모르지만, 그게 영 비참한 낯짝을 하고 있단 말야.······"
>
> "······그리고 한편으로는, 병 걸린 자들의 괴로움을, 병이 걸리면 어떤 병이건 초기 증세는 괴로운 거니까 말야, 그 괴로움을 한번 겪음으로써 그 세계를 알고 있는 나는 그 환자들을 경멸해버리는 대신 그들이 저지르는 어지간한 잘못쯤은 용서하겠다, 이런 느낌이 든단 말야. 말하자면 중재자가 되고 싶어진단 말야.······"

---

39) 한국문학에서 폐결핵은 낭만성이나 감수성, 소모적 열정, 죽음의 공포 등을 환기하였다. 폐결핵에 대한 기존 논의는 다음과 같다. 김윤식, 「결핵의 속성과 결핵문학」, 『이상 연구』, 문학사상, 1987. 김윤식, 「메타포로서의 결핵」, 『90년대 한국 소설의 표정』, 서울대 출판부, 1994. 김주리, 『한국 근대 소설에 나타난 신체 담론 연구』, 서울대학교 박사학위논문, 2005. 김주현, 『이상 소설 연구』, 소명출판, 1999. 이경훈, 「모더니즘 소설과 질병」, 『어떤 백 년, 즐거운 신생』, 하늘연못, 1999. 이경훈, 「종생기, 철천의 질병」, 「이상의 또 다른 질병에 대하여」, 『철천의 수사학』, 소명출판, 2000. 이보영, 『이상의 세계』, 금문서적, 1998. 이재선, 『현대소설의 서사주제학』, 문학과지성사, 2007. 임병권, 「1930년대 모더니즘 소설에 나타난 은유로서의 질병의 근대적 의미」, 『문학 이론과 비평』 17집, 2002 등.

"……항상 자기 영혼을 보는 자, 영혼의 끊임없이 변하는 표정을 살
피는 자, 비참한 영혼과 턱없이 깨끗한 영혼의 사이에 서서 그 둘을 서
로 용서하도록 권하는 영혼을 가진 자, 그게 중재자야. 참다운 인간이란
말야."[40)

영일의 병 철학에 의하면 병은 괴로움으로 인해 "어지간한 잘못쯤은
용서"해 줄 수 있게 하는, 자신의 비참한 영혼과 깨끗한 영혼 사이의 중
개자이다. 즉 병은 깨끗함과 더러움 사이의 윤리적 기준을 좀 더 너그럽
게 해주는 도구인 것이다. 그것은 좋게 말하면 세상에 연륜이 생기는 것
이며 나쁘게 말하면 세속화되는 것이다. 그렇기에 영일은 "이번 여름엔
적어도 다섯 가지 이상 병에 걸려보고 싶어."[41)라고 말하고, "암 가졌어,
암? 가졌으면 나한테 좀 떼달란 말야."[42)라고 말하는 치기를 보이는 것
이다.

이처럼 김승옥 소설에서의 질병은 단순히 몸의 병약함만을 보여주는
것이 아니라 인물이 주체화 과정에서 느끼는 갈등과 욕망을 표현하는
은유적 장치로 사용되고 있다. 그는 허약한 몸을 통해 근대적 질서에 편
입되지 못한 소외를 보여주는 한편 유년기적 세계에 대한 항수를 보여
주기도 한다. 즉 허약한 몸은 근대적 질서에 편입되기를 욕망하면서도
그 질서에 혐오를 느끼는 양가적 욕망을 대변하는 기호로 작용하는 것
이다. 그러나 죽음의 공포를 내포한 폐병은 병이 지닌 극한성으로 인해
삶에 대한 생명력을 드러내고, 그 생존을 위한 세속화를 용납할 수 있는
기호로 사용되고 있다고 할 수 있다. 그렇기에 「환상수첩」에서 정우, 윤

---

40) 김승옥, 「내가 훔친 여름」, 『내가 훔친 여름』, 김승옥 소설전집 3, 문학동네, 2004, 31~
33면.
41) 위의 글, 33면.
42) 위의 글, 247면.

수, 형기 등 모든 인물이 순수한 삶과 세속적 삶의 경계에서 좌초해 버리지만 폐병에 걸린 수영만이 세코날에 사보뎅을 키우며 살아남을 것을 다짐하고 있는 것이다.

4. 병리적 몸과 '자기 세계'를 가진 주체의 탄생

지금까지 살펴본 것처럼 김승옥 소설 속 남성인물의 몸은 여성화된 허약한 몸이나 병에 걸린 몸으로 형상화되고 있다. 이러한 몸은 자본주의를 기초로 하는 근대 사회에서 약자에 놓일 수밖에 없는 소외의 몸이며 근대의 규율화에 위배된 몸이라고도 할 수 있다. 그러나 이러한 병리적 몸은 단순히 서울 상경에 실패하거나 소외된 몸을 보여주는 것이 아니라 강압적 근대 진입을 거부하거나 물신화된 도시 공간에서 생존 의지를 보이는 욕망의 기호가 된다.

또한 김승옥이 보여준 폐결핵의 은유는 이전 문학사의 결핵 문학보다 강인한 생명력을 지닌다. 그의 문학에서 폐병은 고통의 극점을 딛고 살아내겠다는 의지를 담고 있는 것이다. 이러한 폐병에 담긴 극복 의지는 「생명연습」의 '자기 세계'와도 맞닿아 있다고 하겠다. '자기 세계'란 단순히 자기를 억누르는 것이 아니라 세계와의 관계에서 자기만의 세계를 만드는 것이며, 그곳은 "장미꽃이 만발한 정원"이 아니라 "곰팡이와 거미줄이 쉴새없이 자라나"[43]는 음습한 공간이다. 영수는 여자를 정복하며 '련민(憐憫)'을 외치는 위악을 보이고 있고, 형은 어머니에 대한 애증의 감정을 어머니 살해로 마무리하려는 계획을 세우고 있으며, 한 교수

---

43) 「생명연습」, 30면.

는 애인 정순을 범하고 유학을 떠남으로써 그 죄의식을 옥스퍼드제 성벽에 담아두고 있다. 또한 한 교수의 딸은 '여신의 멘스'를 통해 여신을 욕망의 존재로 속화함으로써, 오 선생은 자신이 손으로 그리지 않은 선에서 죄의식을 느낌으로써 자기 세계를 갖는 것이다.[44] 즉 '자기 세계'는 타인과의 분리를 통해 분열된 주체로 나아가는 것이며, 그 과정에서 생기는 살의와 회오 등의 욕망과 죄의식을 스스로 감내하며 생명을 연습하는 것이다. 그런 의미에서 김승옥 소설의 폐병은 "자기의 상황이 주는 억압을 받고 그래도 부서져버리지는 않겠다는 의지"[45]를 보이는 '자기 세계'와 동일한 욕망을 보여주는 기호인 것이다.

결국 김승옥의 남성인물들이 만들어내야 하는 '자기 세계'는 근대적 도시 공간에서 근대적 주체로 살아남는 것이다. 그들은 아름답지만 아무런 힘을 지니지 못한 유년 시절과 결별하고 욕망의 집결지인 도시 속 개인으로 재탄생해야 하는 것이다. 그리고 유년 시절과의 결별은 유년기의 아름다움을 대변하는 '누이'의 타자화를 통해 이루어진다. 김승옥의 남성인물들은 대부분 누이에 대한 애정을 갖고 있으나 누이의 몸을 훼손하는 것을 방조하거나 그것에 적극 동참하는 비정함을 보인다.[46] 이러한 누이 훼손은 전근대 상태에 있는 자신을 향한 것이자 누이의 타자화를 통해 근대에 편입하려는 남성 주체의 전략이라 할 수 있다. 타자 안에

---

44) 오 선생의 죄의식은 단순한 직선에의 죄의식이라고 단정하기는 어렵다. 그것은 시대적 모순과 억압적 권력 사이에서 단순한 유머를 벗어나지 못하는 그의 만화적 정체성에 대한 죄의식이라고 볼 수 있다.
45) 김현, 「구원의 문학과 개인주의」, 『현대한국문학의 이론 / 사회와 윤리』, 김현문학전집 2, 문학과지성사, 1992, 384면.
46) 「염소는 힘이 세다」, 「건」, 「환상수첩」 등에서는 누이의 강간이 나타나고 있으며, 고향 혹은 유년기를 대변하는 인물들인 「무진기행」의 하인숙, 「내가 훔친 여름」의 '왜호박 아가씨', 「환상수첩」의 선애, 「보통여자」의 동창 종숙 등은 성적 대상으로 전락하고 있다.

내장된 주체 구성의 메커니즘은 현재의 자신 혹은 자기가 바라는 미래의 자신이 과거의 자신을 타자화하여 구경거리로 전시하는 원시적인 페티시를 동반한다.47) 그러므로 김승옥의 남성 주체는 고향의 세계이자 유년기의 자신을 상징하는 '누이'의 훼손을 안타까워하면서도 그들을 대상화하고 훼손함으로써 자기 긍정성을 확보하는 것이다.

그러나 김승옥 소설에서 중요한 것은 누이의 타자화를 통해 얻은 근대 편입이 남성 주체를 부끄럽게 만든다는 사실이다. 그리하여 이들은 욕망과 타협한 자신을 용인하지도 못하고 그 욕망을 포기하지도 못한 채 끊임없이 자신에게 환멸을 느끼는 반성적 주체가 된다. 그러므로 김승옥의 남성인물들은 고향으로의 여로를 반복하거나 도시를 산책하는 모티프를 반복함으로써 전근대적 고향과 누이의 세계에 연민을 느끼거나 자신의 위악성을 고백하는 방식으로 속죄를 시도하는 것이다. 「환상수첩」, 「무진기행」 등에 나타난 귀향(歸鄕)과 이향(離鄕) 구조와 「서울, 1964년 겨울」, 「60년대식」 등에 나타난 산책 구조의 이면에는 누이의 몸을 둘러싼 죄의식과 배반이라는 남성인물의 욕망이 드리워져 있다고 할 수 있다. 「환상수첩」, 「무진기행」의 정우와 윤희중이 귀향을 통해 배반에 대한 속죄의식을 보여준다면, 「서울, 1964년 겨울」의 사내는 아내의 시체를 팔았다는 죄책감으로, 「60년대식」의 도인은 하숙집 딸 애경의 삶을 타락시켰다는 자책감으로 도시의 산책을 감행하고 있는 것이다.48) 그러나 이들의 여로는 죽음으로 끝나거나 또다시 책임감을 회피하는 것으로 마무리된다. 이것은 여전히 근대의 경계에서 서성이며 환멸을 계속해나가야 하는 김승옥적 주체의 모습을 대변하는 것이다.

---

47) 레이 초우, 정재서 역, 『원시적 열정』, 이산, 2004, 31~46면.

48) 이 부분에 대한 자세한 내용은 김지혜의 논문 「최인훈, 김승옥, 이청준 소설의 몸 인식과 서사 구조 연구」(이화여자대학교 박사학위논문, 2010) 참조.

∷∷참고문헌∷∷∷∷

1. 기본 자료

김승옥, 『무진기행』, 김승옥 소설전집 1, 문학동네, 2004.
김승옥, 『환상수첩』, 김승옥 소설전집 2, 문학동네, 2004.
김승옥, 『내가 훔친 여름』, 김승옥 소설전집 3, 문학동네, 2004.

2. 단행본 및 논문

공제욱 엮음, 『국가와 일상—박정희 시대』, 한울 아카데미, 2008.
김명석, 『김승옥 문학의 감수성과 일상성』, 푸른사상, 2004.
김윤식, 「결핵의 속성과 결핵문학」, 『이상 연구』, 문학사상, 1987.
김윤식, 「메타포로서의 결핵」, 『90년대 한국 소설의 표정』, 서울대 출판부, 1994.
김종갑, 『타자로서의 몸, 몸의 공동체』, 건국대학교 출판부, 2006.
김주리, 「한국 근대 소설에 나타난 신체 담론 연구」, 서울대학교 박사학위논문, 2005.
김주연, 「새 시대 문학의 성립—인식의 출발로서의 60년대」, 『아세아』 창간호, 1969.
김 현, 「구원의 문학과 개인주의」, 『현대한국문학의 이론 / 사회와 윤리』, 김현문학전
        집 2, 문학과지성사, 1992.
다비드 르 브르통, 홍성민 역, 『근대성과 육체의 정치학』, 동문선, 2003.
레이 초우, 정재서 역, 『원시적 열정』, 이산, 2004.
미셀 푸코, 오생근 역, 『감시와 처벌』, 나남, 1994.
박태순·김동춘, 『1960년대 사회운동』, 까치, 1991.
상허학회, 『1960년대 소설의 근대성과 주체』, 깊은샘, 2004.
서연주, 『김승옥과 욕망의 서사학』, 청동거울, 2004.
수전 손택, 이재원 역, 『은유로서의 질병』, 이후, 2002.
유종호, 「감수성의 혁명」, 『비순수의 선언』, 민음사, 1995.
이재선, 『현대소설의 서사주제학』, 문학과지성사, 2007.
이재선, 『현대한국소설사 1945~1990』, 민음사, 1994.
정상균, 「김승옥 문학 연구」, 『전농어문연구』 7, 서울시립대 국어국문학과, 1995. 2.
정현기, 「1960년대적 삶」, 『한국문학의 사회사적 의미』, 문예출판사, 1986.
정화열, 박현모 역, 『몸의 정치』, 민음사, 1999.
천정환 외, 『혁명과 웃음』, 앨피, 2005.

크리스 쉴링, 임인숙 역, 『몸과 사회학』, 나남, 1999.
피터 브룩스, 이봉지·한애경 역, 『육체와 예술』, 문학과지성사, 2000.
한국여성철학회 엮음, 『여성의 몸에 관한 철학적 성찰』, 철학과현실사, 2000.
한국정신문화연구원 편, 『1960년대 사회변화연구 : 1963~1970』, 백산서당, 1999.

'전해 들은 자'의 순교, 이산 작가의 글쓰기*

윤 정 화

1. 한국전쟁과 유랑민의 삶

1965년 김은국의 『순교자』는 한국전쟁이라는 국지적 소재를 다루면서도 세계 독자들의 이목을 집중시켰다.[1] 이 작품이 한국전쟁이라는 사건의 로컬리티를 기독교적 색채로 적절히 조합함으로써 세계의 보편적

---

* 이 논문은 윤정화의 「김은국의 『순교자』론－'전해들은 자'의 순교, 이산 작가의 글쓰기」 (『현대문학이론연구』 45집, 2011. 6)를 수정한 것임.

1) '1964년 초판본 『The Martyred』가 미국에서 출판되었는데 그 해에 15만 부 가량 팔린 베스트셀러가 됨은 물론 많은 비평가들의 주목을 받았으며 타임과 뉴스위크 지의 서평에서도 그의 작품을 수작으로 소개했다. 한편 1965년 '내셔널 북 어워드'의 최종심사에 올랐는데 이 해의 경쟁후보는 솔 벨로우, 블라디미르 나보코프, 아이작 싱어 등이었다. 그리고 마침내 스웨덴 한림원은 김은국을 노벨문학상 후보자에 올려놓았다.', "김은국은 한국 작가로서는 처음으로 1969년 노벨문학상 후보에 오르는 영예를 안기도 하였다. (…중략…) 한국 작가들이 노벨 문학상 후보에 오르기 시작한 것은 1970년대 중반 이후에 이르러서이다."

김욱동, 『김은국 그의 삶과 문학』, 서울대학교 출판부, 2007, 5면·76~77면에서 참조.
장량수, 「사랑－신없는 세계에서의 구원의 길－김은국 작 <순교자>론」, 『한국문학논총』 제17호, 1995, 183~184면 참조.

관심을 이끌어낼 수 있었기 때문이다.[2] 그 결과로 김은국은 1969년 한국문학사상 최초로 노벨문학상 후보에 오르게 된다.

그런데 이토록 세계적인 관심을 받았던 작품에 대한 연구는 지금까지 그리 많지 않다.『순교자』에 대한 기존의 연구는 종교론적 접근[3]이 대부분으로 '순교'의 의미에 천착하고 있다. 이러한 접근 방법이 많은 것은 제목의 영향[4]이 큰 듯하다.[5] 그 다음으로『순교자』를 쓴 작가 김은국에 대한 연구가 있다. 김은국에 대한 작가론적 연구의 중심에는 김욱동이 있다. 영미문학연구자 김욱동은『순교자』가 한국어로 번역되기 전, 이미 이 작품의 출현에 가장 민첩하게 반응한 연구자이다. 그는 김은국에 대한 연구로부터 시작하여 재미한인에 대한 연구의 기본 틀을 마련했다.[6]

---

2) "하나의 사건을 소재로 하여 이를 통해서 신에 대한 인간다운 믿음의 보편성을 표현하고, 신을 믿으려고 갈망하는 데서 비롯되는 의혹과 고뇌를 다룬다는 것은 정말 어려운 작업이다. 김은국은 그걸 해 냈다."(펄벅), 김동성, 「『순교자』에 나타난 구원의 미학」, 동국대학교 국어교육과 석사학위논문, 2000, 6면.

3) '기독교문명을 초극한 상태에서 다룬 것이며『순교자』는 반기독교적인 것도 친기독교적인 것도 아니다.' 김은국, 「순교자의 풍토」, 1965. 6. 24, 「동아일보」.
김은국은『순교자』를 기독교적으로만 해석하지 말아줄 것을 인터뷰를 할 때마다 부탁하곤 했다. 이어령·김은국 대담, 「소설『순교자』―진상과 환상 속을 헤매는 신없는 성자들의 이야기―휴머니즘에서 구원의 길 모색」, 1965. 6. 23, 『경향신문』.

4) "작가의 생각과는 달리 '종교적' 냄새가 지나치게 짙은 제목이 되어버린 아쉬움이 있다"고 하면서 "'순교자'라는 제목을 생각하실 때 '순교'에서 '교(敎)'를 너무 강하게 인식하지 마시고, 그보다는 '순(殉)'이란 말이 지닌 진솔한 뜻을 더 크게 헤아려 주시기 바랍니다." 김은국, '독자에게 드리는 글', 『순교자』, 을유문화사, 1990, 6~7면.

5) "신앙적 구원의 확신이 없으면서도 묵묵히 남을 고통을 감수하며 남을 위해 자신을 희생하는 예수 그리스도의 삶을 구체적으로 보여 주었다." 신익호, 『기독교와 현대소설』, 한남대학교 출판부, 1994, 183면.

6) "김은국은 한 세대 전의 강용흘과 마찬가지로 예술지상주의에 가까운 문학관을 견지했다. (…중략…) 자기목적성을 지니는 문학은 그 자체로 목적이 될 뿐 다른 어떤 것을 성취하기 위한 수단이나 도구가 될 수 없다고 생각한 것이다. 이와 관련해 김은국은 "문학을 한다는 것 자체가 하나의 참여"라고 밝힌 적이 있다. 이러한 문학관은 조국을 등지고 머나먼 이국땅에서 소수민족의 일원으로 작품 활동을 해야 하는 이른바 '이산(離散)' 작

다음의 『순교자』 연구로는 1960년대 시대적 상황과 함께 연결하여 당시 사상적인 영향력이 강했던 실존주의로 작품을 분석하고자 하는 경향이 있는데[7] 기존의 기독교적인 해석으로부터 벗어나고자 했던 접근이라고 정리할 수 있다.

위와 같이 선행연구에서 김은국의 이산 작가적 정체성에 대한 고찰은 간과되어 있다. 이 지점에 국내의 전후 작가와는 달리 미국에서 영어로 작품을 생산해야 했던 김은국의 상황을 검토할 필요성이 대두된다.

김은국은 출생 이후 잦은 이사와 이주의 삶을 살아 왔으며 스스로를 "유랑민으로 살아 온 삶, 일종의 집시"라고 말한 적이 있다.[8] 김은국은 사실 '피난민 의식'을 지니고 있었으며, 자신뿐만 아니라 전후의 인류를 '피난민', '유랑민', '집시'로 비유한 바 있다.[9] 김은국 작품에서 이와 같은 '디아스포라 의식'은 작가의 주제의식이라 할 수 있다. 그럼에도 불구하고 지금까지 이산자로서 타국에서 고국의 전쟁을 서사화했다는 점과 그가 특히 한국의 전쟁과 그에 따른 비극적 상황을 세계에 알리고자 한 점[10] 등은 『순교자』를 고찰할 때 문제적으로 파악되지 못했다.

가들에게서는 보기 드문 현상이다." 김욱동, 『신동아』 546호, 위의 책, 330면.

7) 홍옥숙, 「현대의 욥기 : 김은국의 『순교자』」, 『문학과 종교』 제10권 2호, 2005 참조. "『순교자』는 한국전쟁이라는 우리의 사회 역사적 상황을 배경으로 기독교의 신과 구원의 문제를 다루고 있지만, 단순한 종교 소설은 아니다. 오히려 『순교자』는 6·25전쟁이라는 한국적 상황을 배경으로 하고 있으면서도 극한 상황 속에서 인간의 보편적인 존재 양상을 제시하여 세계적인 공감대를 획득한 작품이다." 김동성, 「순교자에 나타난 구원의 미학」, 동국대학교 교육대학원 석사학위논문, 2000, 12면.

8) 자신의 삶을 되돌아보며 언젠가 김은국은 "따져 보면 지금까지 평생을 유랑민으로 살림을 해 오고 있는 셈이다. 말하자면 일종의 '집시'라고나 할까, 옛날 한국식으로 말하자면 아직까지도 '보따리 살림'을 해 온다는 말인데……" 김은국, 「자기로부터 버림받은 자를 위하여」, 『잃어버린 시간을 위하여』, 127~128면. 김욱동, 앞의 책, 49면에서 재인용.

9) 위의 책, 50면.

10) 순교자는 김은국의 아이오와 대학 문예창작 석사학위작품이었다. "김은국의 작품은 냉전시대에 한국문제를 미국 독자들에게 알리는 데 크게 공헌했다. 그의 소설을 통해 미국인들은 한국의 역사적 비극들―일본의 합병, 한국전쟁, 그리고 군사 쿠테타―가 그

　　본고는 『순교자』의 작품 속 서사적인 장치를 통해 김은국이 자신의 디아스포라적 작가 의식을 어떻게 투영하고 있는지를 밝히고자 한다. 본고에서 역점을 두고 기획한 바는 기존의 종교적 접근이나 작가적 접근이 아니다. 김은국이 1960년대 타국에서 이산자로서 고국의 충격적 사건을 글로 써낸 작가의 자세를 파악해 보고자 하는 것이다. 이러한 분석을 통해 『순교자』에 구현된 작가적 실천 의식 혹은 작가로서의 의무를 읽어낼 수 있으리라 기대해 본다. 새롭게 밝혀지는 『순교자』의 의미는 김은국의 작가적 정체성에 대한 새로운 관심을 불러일으킬 수 있으리라 본다.

2. 진실의 외부에 존재하는 디아스포라 작가, 김은국

　　김은국은 우리 역사에서 의의를 유보한 사건인 6·25동란, 한국전쟁에 대해 서술하고 있다. 이 사건은 그러나 양측 어디에서도 비어 있는 사이의 공간으로 존재한다. 이 공간은 그러나 '결코 제거될 수 없는 빈 공간이다.'[11] 어쩌면 김은국은 스스로 이 역사 공간의 외부에 존재하므로 이 내부의 역사를 기술할 수 있었을지도 모른다.

　　외부에 위치한 이산 작가 김은국이 이 사이공간을 서사화한 소설을 읽어봄으로써 해법 제시의 가능성도 강구해 볼 수 있을 것이라고 조심스럽게 전망해 본다. 역사의 진실은 은폐하고 배제하고 감춘다고 사라지는 것이 아니다. 한국전쟁은 표현되고 서사화하여 재현됨으로써 국제 사

비극에 개입한 미국의 역할에 대해 잘 알게 되었다.", 김성곤, 『글로벌 시대의 문학』, 민음사, 2006. 10. 2, 136면.

11) 민승기, 「이웃의 윤리학」, 『문예중앙』 115호, 2006. 9, 251~254면.

회의 관심을 받게 된다. 김은국은 이산자로서 고국의 외부에서 작가로서의 의무를 실천한 것이다. 예외적 작가인 이산 작가가 사이공간을 횡단할 때 우리는 타자의 실천으로 생산된 사이공간의 역사를 획득하게 된다.

『순교자』에는 전쟁이라는 보편적 고난에 처한 인류가 어떻게 해야 인간성을 잃지 않을 수 있는가에 대한 해답을 담고 있음을 작품을 읽는 동안 확인할 수 있다. 작가는 사건의 외부공간인 미국에서 고국의 전쟁을 서술한다. 전쟁은 끝났으나 작품 내 전쟁은 아직 끝나지 않는 것으로 작가에게 전쟁은 영원히 진행 중인 것이다. 실제 한국전쟁은 여전히 진행 중이다. 단지 휴전일 뿐이다. 이 전쟁은 작가에게 여전히 기술해야 할 글쓰기의 대상으로 남는다.

김은국은 실제 한국전쟁에서 "육군의 연락장교와 보병장교로서 한국전쟁을 몸소 겪었다." 『순교자』의 주된 인물인 '신 목사'가 김은국의 외조부인 이학봉 목사를 모델로 했다는 것은 주지의 사실이다.[12] 그러나 작품에서 이런 전쟁 상황에 대한 구체적 묘사는 별로 나타나지 않는다. '한국전쟁은 당대의 사회 상황을 대표하는 키워드'[13]일 뿐이기 때문이다.

---

12) '순교자'도 구체성과 보편성, 특수성과 일반성 사이에서 절묘한 균형과 조화를 꾀한 작품이다. 이 작품은 언뜻 작가의 상상력에서 나온 순수한 허구처럼 보이지만, 실제로는 구체적이고 특수한 경험에 그 뿌리를 박고 있다. 김은국은 이 작품의 스토리를 한국 현대사의 한 장면에서 빌려왔다. 주인공 신 목사의 모델이 된 사람은 바로 작가의 고모부이자 이인범 씨의 부친인 이학봉 목사다. '순교자 송정근(宋貞根) 목사전'(1976)에 따르면 북한의 몇몇 원로목사는 기독교자유당을 결성할 계획을 세우고 있었는데, 북한정권이 1947년 6월에 창당 발기인들을 검거하기 시작해 당수인 김화식 목사를 비롯해 김진수, 송정근, 이피득, 이학봉 목사 등을 반동이라는 명분으로 체포했다. 이 가운데 송정근 목사는 6·25전쟁이 일어나기 하루 전 연행되어 생사가 확인되지 않고 있으며 이학봉 목사를 비롯한 몇몇은 가까스로 풀려났다. 그러므로 개신교 목사들을 둘러싸고 벌어지는 죄와 벌, 그리고 양심과 고뇌라는 '순교자'의 인간드라마는 6·25전쟁을 전후해 실제로 일어난 역사적 사건을 작가가 재구성한 것이다. 김욱동, 「'순교자' 작가 김은국의 행적을 찾아서」, 『신동아』 546호, 2005. 3, 316~330면. 김욱동, 앞의 책, 166~169면 참조.

13) 박영준, 『장편 미학의 주류와 속류』, 고려대학교 출판부, 2008. 4. 25, 24면.

　　문제는 칠흑 같은 어두운 밤인데다 <u>양쪽이 모두 한국말을 하고 있다는 점</u>
이었어. 우리가 어느 쪽을 죽이고 있는 건지 알 수가 있어야지. 모두들 똑같
은 언어로 "누구야. 넌 누구야?"만 외쳐 대고 있었으니 말일세. (밑줄 필자)

―『순교자』, 47면14)

　　이 전쟁이 한국전쟁이라는 것은 한국말을 하고 있다는 것으로만 추측
할 수 있다. 이 소설에서 한국전쟁의 로컬리티는 추상화된다. 전쟁은 매
우 추상적이며 일종의 광기의 형태로 묘사된다. 그리고 그 광기의 분위
기는 미쳐버린 한목사와 그가 항상 찾아가는 어둡고 컴컴한 폐허의 교회
로 상징화되어 재현된다.

　　나는 <u>황폐해져 버린 교회 입구</u> 쪽으로 몇 걸음 다가섰다. 그리고 그때
서야 교회안에 누군가가 있다는 걸 알았다. (…중략…) 한 남자의 <u>희뿌연</u>
<u>모습</u>이 보였다. (밑줄 필자)

―23면

　　잠시 후 그는 내가 아침에 보았던 바로 그 사내를 데리고 나왔다. 사
내는 이제 <u>회색 회투</u>를 걸치고 있었다. (…중략…) "이 대위, 이분이, 한
목사요."
　　젊은 목사는 수척한 얼굴에 <u>보일 듯 말 듯한 미소를 띠고, 얼빠진 듯</u>
<u>한 시선을</u> 내게 던졌다.
　　그를 보는 순간, 무엇이 내 가슴을 뚫고 지나간 것인지 나는 모른다.
그러나 나는 갑자기 전쟁 초기에 경험했던 바로 그 분노에 다시 한번 사
로잡히고 말았다. (밑줄 필자)

―34면

　　이와 같이 '이 대위'가 사건을 조사하면서 직접 목격한 것은 주로 광
기에 사로잡힌 '한 목사'이며 그를 만나는 순간 그는 전쟁에 대한 기억
을 분노로 재소환한다. 그러나 '이 대위'는 사건을 조사하는 동안 진실

---

14) 이후 인용문은 1990년 을유문화사 판『순교자』임을 밝힌다.

을 '알 수 없는 자'일 뿐이다. 김은국은 외부자로서의 자신의 이산적 정체성을 '이 대위'라는 작품 속 인물에 투사하고 있다.

> 나는 힘없이 머리를 저었다. "그건 저로선 알 수 없습니다."
> 그러자 그(장 대령)는 여태까지의 여유 있어 뵈던 태도를 돌연 거두면서 쏘아붙였다. "자넨 모른다고? 그러나 난 알고 있어. 알고 있단 말야!"
> ─44면

> "나였대도 그런 질문을 했을 거야. 하긴 우리가 국외자들이기 때문인지도 모르지."
> "국외자요?"
> ─225면

그가 사건에 대해서 알 수 없는 이유는 그가 '국외자'이기 때문이다. 사건을 조사하는 책임자이면서도 '이 대위'는 사건의 외부에 존재한다. '국외자'에게 진실의 규명을 위한 임무인, 사건 조사란 어차피 허용되지 않는 것이다. 전쟁 상황에서 진실이란 날조 가능하기 때문이다. 그런 면에서 『순교자』에서의 진실이라는 것을 조사한다는 상황에 처한 것 자체가 이미 부조리하다. '국외자'인 '이 대위'는 조사과정에서 진실은커녕 진실이 변조되는 과정만을 목격하게 된다. 게다가 사건의 외부자인 '이 대위'는 생을 지속시킬 무언가를 갖고 있지도 못하다.

> "자네 기억하나? '더욱 깊은 진리는, 인간 세계는 무의미하거나 부조리하지는 않으나 무의미한 상태에 있다는 사실에 있다.'라는 얘기 말야. (…중략…) <u>그 교인들은 이 무의미한 상태의 세계에서 그들의 생을 지속시키는 그 무언가를 갖고 있는 거야. 한데 우린 그게 없어.</u>"(박군의 말)
> (밑줄 필자)
> ─253면

한국전쟁의 최대의 수수께끼인 '전쟁이 어느 측으로부터 시작되었는가'는 『순교자』에서 중요한 질문이 아니다. 왜냐하면 발생하지 말아야 할 전쟁은 이미 발발하였고 현실은 철저하게 파괴되었기 때문이다. 절멸로 인해 공포와 광기가 가득한 폐허에서 의문이란 것은 존재할 수 없다. 의문을 허용하지 않는다는 점에서 전쟁은 어쩌면 더욱 공포스러운 것인지도 모른다.

사실 이 소설은 추리소설이며 질문의 해답을 찾기 위한 구조를 선택하고 있다. 이러한 기법과 사건의 상충적 대치로 인해 전쟁의 부조리함은 더욱 그 예각을 드러낸다. 전후 소설이 대부분 이데올로기의 대립을 다루며 남이냐 북이냐를 선택하도록 강요했다면 김은국의 『순교자』에서는 답이 없는데도 답을 찾아 가야 할 수밖에 없는 부조리함을 드러내고 있다. 이는 선택할 자유도 없는 절대 절망이 지배하는 세계를 재현하고자 했기 때문이다.

국외자에게 가능하지 않는 진실을 '조사'하는 임무와 답을 찾을 수 없을 것이 당연한 전쟁 상황을 설정한 것에는 김은국의 세계관이 투영되어 있다. 이미 부조리한 전쟁을 목격한 체험자의 입장에서 그는 전쟁 후 살아남은 자를 위해 쓸 수 있는 서사란, 결국 무엇일까 하는 것을 고민한 것으로 보인다. 진실을 '조사하는 자'로서 '이 대위'를 설정한 것이 바로 그 증거이다. 답을 찾을 수 없는 임무인 줄 알면서도 '조사'해야 하는 것, 즉 진실에의 추구가 작가의 소명이라는 알레고리, 그것이 주인공 '이 대위'의 임무이자 작가 김은국의 의무이다.

그런데 김은국은 역설적으로 추리소설이라는 형식을 선택했다. 부조리한 진리를 알고자 하는 서사내용에 추리기법이라는 형식적 장치를 결합함으로써 『순교자』는 내용과 형식에 있어서 모순의 미학을 완성한다.

3. 전언의 형식으로 전달되는 진실을 조사하는 인물, 이 대위

대체로 작가가 창조해내고 있는 서사 주체는 항상 작가의 분신이라는 혐의에서 벗어나기가 어렵다. 실제로 작가 김은국은 한국전쟁을 경험하였다. 김은국이 작중 인물 '이 대위'와 같이 실제 전쟁에 참전한 경험[15]이 있음에도 불구하고 '전언'이라는 서사 형식을 장치화한 것에는 분명 작가의 의도가 자리 잡고 있다고 볼 수 있겠다.

전언이라는 형식의 서술방식은 이산 작가의 정체성과 무관하지 않다. 글쓰기 주체가 거주하고 있는 공간은 글쓰기 주체와 글쓰기 형태에 영향을 미친다. '전언'이라는 서술방식은 외부에 위치한 작가가 사건을 접하는 방식과 존재의 위치가 반영된 것이기 때문이다.

1) 진실을 '전해들은 자'

국외자에게 진실은 전언의 형식으로 전달된다. 서사의 진경에 존재하는 자, '이 대위'는 사건의 진실을 언제나 전언의 형태로 듣게 된다. 이 전언의 설정으로 인해, '이 대위'는 객관적이며 냉정한 심리적 거리를 사건과 유지할 수 있다. 전쟁의 한 복판에 있는 서술자 '이 대위'는 전쟁을 경험하고 전달하는 서술자이지만 전쟁에 대한 그의 감회는 매우 짧고 간결하게 서술된다.

> ① 박 군의 아버지는 이미 죽었다고 한다. 나는 그 소식을 방금 부대 장으로부터 <u>전해 들었다.</u> (밑줄 필자)
>
> —13면

---

15) 홍옥숙, 앞의 글, 216면.

② 그러던 어느 날 차갑고 바람 부는 오후, <u>나는 박 군으로부터 편지를 받는다.</u> (밑줄 필자)

—47면

③ 부인은 편지를 주고 왈칵 울음을 터뜨리며 "그를 좀 도와 주셔야 해요! 신 목사를 꼭 좀 도와주세요!" <u>짤막한 쪽지 편지엔 이렇게 씌어 있었다.</u> (밑줄 필자)

—99면

④ 내 담당 부서의 장교들과 잠시 만나고 나니까 <u>당번병이 우편물 한 뭉치를 들고 들어왔다.</u> 그 중에는 고 군목이 보낸 두툼한 봉투가 있었고 그 봉투 안에는 또 다른 봉투가 동봉이 됐는데 겉봉에는 군목이 쓴 <u>다음과 같은 쪽지16)</u>가 붙어 있었다. (밑줄 필자)

—182면

이러한 전언과 편지글, 쪽지의 예 이외에도 대부분의 진실에 대해서 '나, 이 대위'는 편지와 인편을 통한 전언의 형태로만 알게 된다.17) 그리고 내가 알고 싶어 하는 '신 목사'의 존재 여부는 생사불명의 소문으로 전해질 뿐이다.

① 그날 저녁 늦게 고군목이 진남포에서 전화를 걸어 왔다. 여단 군종 사령부에 도착해 보니 <u>신 목사도 한 목사도 없더라는 것이었다.</u> (밑줄 필자)

—176면

② "그동안 도무지 종잡을 수가 없어 어리둥절해하던 판인데 마침 당신이 와 주어 반갑소. (…중략…) <u>내가 신 목사 안부를 캐고 있다는 소문</u>

---

16) '이 대위'는 쪽지를 통해 그날 12명이 처형되던 순간의 진실을 알게 된다.

17) 서울에 돌아온 후 나는 장 대령에게서 온 편지를 받는다. 편지의 내용은 신 목사를 계속 설득하고 있지만 허사라는 것이다. 그리고 고 군목의 방문으로 장 대령의 전사소식을 듣고서야 <u>박 군의 죽음을 알게 된다.</u> (밑줄 필자)

은 이제 온 천막촌에 다 퍼져 있소. (…중략…) 이거 원, 그들의 얘기를 모두 다 믿자면 신 목사는 북한 도처 방방곡곡에 있다는 것이 되오. 물론 우리가 처한 이런 입장에선, 피난민은 그들이 남겨 두고 온 건 딴 때보다 더 기억하고 싶어할 뿐 아니라 상상해보고 싶어하는 법이지만." (밑줄 필자)

— 339~340면

진리에 대한 입장에서 '이 대위'는 작중 인물 대부분과 대척점에 있다.[18] 작품의 처음에 '이 대위'와 같은 의견을 갖고 있던 '박 대위' 또한 아버지 '박 목사'에 대해 평생 알고 싶어 했던 진실을 '신 목사'의 편지를 통해 알게 된다. 이렇듯 '이 대위'에게뿐만이 아니라 '진실'이라는 형태의 서사는 모두 진실인지 거짓말인지 규명되지 않은 채 '신 목사'의 증언과 편지를 통해 전달된다.

편지, 전보, 전령을 통해 진실을 전해 들은 인물들의 행동은 크게 변화한다. 진실과 서술자의 거리, 그리고 확인할 수 없는 소문으로 존재하는 방식 등의 서사 장치는 이 작품에서 서사의 진행을 따라 행동하고 있는 '이 대위'의 정체성을 결정지을 단서가 된다.

기독교에서 성경은 신, 예수 또한 성도들의 말이 기록되어 있는 글이다. 종교적 사건을 전해 들은 자의 기록이라는 점에서 『순교자』는 성경의 서사 진행과 유사성을 보인다. 이는 기독교에서뿐만이 아니다. 불교에서도 부처란 관음보살, 관세음보살의 의미에서도 알 수 있듯이 직접 그 소리를 듣는 자, 세상의 소리를 듣는 자[19]이다. 진리를 전하는 경전

---

18) "왜 무엇 때문에 진리를 반드시 말해야 하는가?" 지쳤다는 듯이 대령은 의자에서 벌떡 일어나 방 안을 서성이기 시작했다. "진리란 묻어 두어도 여전히 진리야. 반드시 그걸 밝히고 떠들어야 할 필요는 없어."(168면)
"저라면 진실을 얘기하겠습니다." 나는 말했다. "그만, 그만!" 장 대령이 다시 와락 고함을 질렀다.(170면)
19) "普門이란 모든 방향으로 얼굴을 돌리는 자"의 뜻으로 관음보살을 가리키며, 관세음보

은 '전해 듣는 자'의 말들로 이루어져 있다.

> 읽는 자와 듣는 자들과 그 가운데 기록한 것을 지키는 자들이 복이 있나니 때가 가까움이라.
>
> — 요한계시록 1장 3절[20)]

'신 목사'가 '진실'을 전달할 수 있는 이유는 그가 '읽는 자'이기 때문이다. 요한계시록 1장 3절에서 복음을 '전해 듣는 자'들은 대체로 기독교에서 성도들, 즉 신자들을 의미한다. 이들은 기독교 입장에서 결국 '모든 이'가 된다. 이들이 '가르침을 들으러 오는 자'들을 의미한다면, 가르침을 지키는 자, 그리고 죽음으로써 그 가르침을 스스로 실천하는 자들을 '순교자'라고 말할 수 있다. 순교자가 된 신 목사의 가르침을 따른다면 '전해 듣는 자'는 '지키는 자'로 나아갈 수 있다.

김은국의 『순교자』는 그렇다면 '읽는 자−진리를 읽는 자', '신 목사'와 '전해 들어 지키는 자', 바로 '이 대위'의 서사라 할 수 있다. 사실 12명의 목사가 과연 순교를 했는가 하지 않았는가 하는 추리서사의 의미 코드는 『순교자』의 작품 중반에 해제된다. 그럼에도 서사가 더 진행되고 있다는 점을 주지해야 한다.

사건의 진실을 전해 들은 후, '이 대위'는 '지키는 자', 즉 실천하는

살(세상의 소리를 듣는 자)또는 관자재보살(스스로를 보는 자)이라 번역되는 것으로서 법화경 중에서도 독립된 장(성격)으로 알려져 있다." 김윤식, 『일제말기 한국 작가의 일본어 글쓰기론』, 서울대 출판부, 2004. 8. 10, 356면.

20) '요한계시록은 도미티안 황제의 지배 아래 있던 소아시아 일곱 교회에게 그들이 경험하는 고통스러운 현실과 그 현실 이면에 숨은 힘의 정체를 바르게 인식할 뿐 아니라 고난 중에서도 올바른 신앙을 지킬 수 있도록 위로와 소망을 주기 위해 기록하였다. 요한계시록은 인간이 만들어가는 역사와 주님이 이 땅에서 가져오시는 종말 사이의 긴장, 불의가 지배하는 현실과 주님이 열어 주실 미래 사이의 긴장 속에서 그리스도인이 어떻게 살아야 하는지를 가르쳐 준다.' 신동욱, 『요한계시록 주석』, KCM, 2010. 3. 10 참조.

자로 나아가고자 하고 『순교자』의 후반부는 이러한 ‘이 대위’의 깨달음
과 실천을 위해 할당된 것이다.

2) 진리를 실천하는 자, ‘순교자’

그렇다면 ‘이 대위’가 갖지 못했다가 깨닫게 되는 진실이란 무엇인가?
광기와 폐허라는 상징으로 형상화되어 있는 전쟁은 곧 절망이다. 이 절
망의 현실에 필요한 진실, 그리고 살아가기 위해 가져야 할 것이고 그것
은 곧, ‘희망’이다.

> “희망이라는 환상을 준단 말입니까? 무덤 이후의, 죽음 이후의 환상을
> 주란 말입니까?” “그렇소! 그들은 인간이기 때문이오. 절망은 이 피곤한
> 생의 질병이오. 무의미한 고통으로 가득 찬 이 삶의 질병입니다. 우린 절
> 망과 싸우지 않으면 안돼요. 그 절망을 때려 부수어 그것이 인간의 삶을
> 타락시키고 인간을 단순한 겁쟁이로 위축시키지 못하게 해야 합니다.”
> “당신은? 당신의 절망은 어떡하고 말입니까?” “그건 나 자신의 십자가요.
> 나 혼자 그걸 짊어져야 하오.” 나는 그의 떨리는 두 손을 쥐었다. “용서
> 하십시오. 목사님. 그동안 제가 지나쳤던 것 같습니다. 용서하십시오.”
> “용서할 건 아무 것도 없소. 당신도 져야 할 십자가를 지닌 사람이니까!”
> (밑줄 필자)
>
> ―282면

> “당신은?” “계속 고통 받아야겠지요. 다른 길은 없습니다.” (…중략…)
> 그러자 나는 처음으로, 전쟁에 말려든 이후 처음으로 걷잡을 수 없는 눈
> 물이 쏟아지기 시작했다. 그것은 내 양친과 내 조국의 동포들, 그리고 내
> 가 파괴한 수많은 미지의 인간들에 대한 회오의 눈물이었다. (…중략…)
> “용기를 가지시오, 대위. 우린 절망에 대항해서 희망을 가져야 하오. 절망
> 에 맞서서 계속 희망해야 하오. 우린 인간이기 때문입니다.” (밑줄 필자)
>
> ―283면

‘신 목사’가 말하는 지옥은 절망이다. 그는 희망을 잃었을 때 인간이 어떻게 동물이 되고 야만스럽게 변해가는지를 목격했기 때문이다. ‘신 목사’는 12명의 목사를 순교자로 전하면서 거짓말로 ‘희망’의 메시지를 전하는 십자가를 진다. ‘신 목사’는 스스로 희생양이 됨으로써 진정한 순교자가 된다. “고통스러운 상황이지만 그 고통을 폭력으로 바꾸길 거부하려는 의지”21)로 ‘신 목사’는 기꺼이 순교를 택하게 되는 것이다.

역설적으로 ‘신 목사’는 가장 무신론적인 의식으로 절대신을 위한 대중의 기원(祈願)을 만족시킨다. 여기에는 대의적 가르침, 살아야 한다는 생존의 존엄성이 자리 잡고 있다. 그는 무신론자이면서도 순교자가 되어 ‘지키는 자’가 된다.

‘순교자’의 순(殉)22)은 죽음으로 해석될 것이 아니라 진리를 궁구하고자 하는 태도로 해석되어야 하며 이는 강요가 아니라 자발적일 때 진정성을 획득한다. 희생양이라는 피해적 의미를 사용하지 않고 스스로 순교자가 되는 주체적인 인간 행위의 표상으로 김은국은 단어의 의미를 전화시키고 있다. ‘殉’이란 ‘목숨을 바치는 것’, 따라 죽는 것으로서의 순(殉)이 아니라 ‘탐구하고 구하는 자’의 의미로 다시 읽혀져야 한다는 것을 김은국 또한 밝히고 있고 이러한 탐구의 서사는 추리소설 기법과 동궤의 의미작용을 이룬다.

---

21) 김효정, 「<역사>에 나타난 역사적 기억과 폭력」, 『이탈리아어문학』 제29집, 2010, 142면.

22) “힘도 없고 나약한 생쥐의 죽음을 무릅쓴 반응은 숙명적이거나 비극적인 체념에 그치지 않고 억압적인 현실을 이겨나가고자 하는 저항의 인식을 보여준다. (…중략…) 이들의 죽음은 시의 화자에게 영향을 미치고, 궁극적으로 독자들에게도 영향을 미치게 된다는 파장의 힘을 알고 있는 것이다. 이는 한 알의 밀이 썩어져 죽어 30배 60배 100배의 열매를 맺는다는, 예수의 죽음으로 인하여 많은 사람들이 구원을 받는다는 희생양으로서의 죽음 인식을 바탕으로 하고 있다.” 정경은, 「1920~1930년대 학생문학에 나타난 희생양 이미지의 의의―기독교 학교 발행 잡지를 중심으로」, 『문학과 종교』 제15권 2호, 2010. 8, 75면.

'이 대위'가 진실을 듣고 깨달아 가는 과정에서 스스로의 자각을 지킬 때 순(殉)은 비로소 실천이 된다. 작품 초반에 '이 대위'는 스스로 진실에서 소외되고 있음을 '어리둥절하지만 분노의 감정'23)으로 표현하고 있다. '이 대위'는 자신을 무력한 구경꾼, 관찰자라고 느끼고 있었으며 진리를 판단할 힘도 없다는 거냐며 자조하듯 말하던 인물이다. 그럼에도 불구하고 그는 진리를 간구하는 자들의 대열에 동참하지 않았다.24)

결국 가르침을 '전해 들어'도 스스로의 주체적 각성이 없으면 '지키는 자'가 될 수 없다. 김은국은 이 황폐한 절망의 시간을 뚫고 갈 수 있는 희망을 깨달은 후 자신이 누구와 함께 할 때 평안을 되찾는지, 자신의 연대적 정체성을 깨닫는다. 외부에 위치한 김은국이 폭력의 시간을 견디어내고 있는 고국과 세계에 진정 하고 싶었던 말은 '희망'을 가지라는 것이며 그것은 '피난민'과의 연대로 인해 획득된다. 이는 그가 이산자로서 스스로 되새겨 본 말이었을 것이다.

김은국이 서술자로 설정한 '이 대위'가 일체감과 동질감을 느끼며 안온하게 정지하게 되는 그 시간과 공간은 자신의 무리, 즉 '피난민' 속에서이다. 그는 피난민과 정체적 동질감을 글로 재현하며 그의 글쓰기가 누구를 향해 있는 것임을 <순교자>라는 작품에서 고백한다.

---

23) "나는 어리둥절했고 화가 나 있었다." 김은국, 『순교자』, 94~95면.

24) ① 층계를 올라가면서 <u>내가</u> 어떤 종잡을 수 없는 마술사의 연기를 바라보며 막연하게 추측이나 하고 있는 <u>무력한 구경꾼 같다</u>는 느낌을 떨쳐버릴 수가 없었다. 동시에 분노를 느꼈다. 장 대령이 필시 박 군이 관련된 사건을 다루면서 일부러 나를 슬그머니 <u>따돌림</u>으로써 나의 사생활을 침해하고 있다고 느껴졌기 때문이었다.(51면)
② "그렇다면 제게 들려주신 얘기는 모두 진실이겠군요.""내가 말하는 진리는 내 양심의 진리요, 대위.""제겐 진리를 판단할 힘이 없단 말씀입니까?"(57면)
③ 장 대령은 통통한 손가락으로 성가 대목을 가리키며 나더러 따라 부르라고 채근했지만 <u>나는 신도들의 합창에 끼어들지 않았다.</u>(66면)
④ "자넨 그들의 고통과 절망을, 이만큼 <u>멀찌감치 떨어져서</u> 머리로만, 지적으로만 바라보고 있는 거야. 단순히 동정하는 <u>관찰자의 입장에서</u> 말야."(174면)

　절망의 시대에 순교자는 죽은 자인가 아니면 살아남은 자인가. '이 대위'는 전쟁에서 살아남은 피난민을 '내 사람'이라고 말하고 있다. 죽음의 전쟁에서 살아남은 자는 희망을 '지키는' '순교자들'이다.

　'버림 받은' 도시 평양에서 부산으로 피난 가는 여정을 통해 그는 열병과 부상이라는 신체적 고통을 겪으면서 순교자의 십자가를 지고 소문 속에 존재하는 '신 목사'의 실천을 듣게 된다. 소설의 종결에 '이 대위'가 피난지에서 피난민의 마음으로 '끼어들어'가는 分有를 서술한 부분은 바로 '이 대위'의 '지킴'을 형상화한 것이다. 작가의 분신인 '이 대위'는 천막촌 교회 밖 피난민의 고향노래 속에서 일체감을 경험한다.

> 　나는 교회 밖으로 걸어 나와, 신을 가진 사람들, 그래서 '아멘'하고 말할 수 있는 사람들의 웅얼대는 목소리를 들으며 밖에 서 있었다.
> 　잠시 후 예배가 끝나자 소년이 천막 밖으로 나오더니 종을 흔들었다. 나는 걷기 시작했다. 줄지어 늘어선 천막들, 온갖 고뇌의 시련이 소리 없이 사람들의, 내 사람들의 가슴을 쥐어뜯고 있는 그 천막들을 지나 나는 넓은 바다가 와서 출렁이고 있는 해안 모래밭 면으로 걸어갔다. 거기엔 다른 한 무리의 피난민들이 밤하늘의 반짝이는 별빛을 지붕삼고 모여 앉아 그들이 돌아가야 할 고향의 노래를 조용히 합창하고 있었다. 그 노랫소리를 듣자 나는 그때까지 한 번도 느껴보지 못했던, 이상하리만큼 홀가분한 마음으로 그들 사이에 끼었다. (밑줄 필자)

―345면

　『순교자』의 표층적 서사는 '진실이란 무엇인가'라는 것을 파악하고자 하는 인물의 욕망으로 구성되어 있다. 그러나 이 작품의 심층적인 서사에는 그러한 진실에 도달하게 되는 동안 인물이 깨닫게 되는 자아 각성의 과정이 놓여 있다. 추리소설 기법을 빌린 '순교자'는 6·25전쟁을 시대적 배경으로 순교한 목사들의 이야기를 표층서사에 배치했다. 그러나 작가가 전하고자『순교자』의 핵심적 메시지는 절망 속에서도 생존을 지속하게 되는 십자가를 지는 실천적 행위에 자리 잡고 있다. 그리고 이 행위는 '피난민'과의 연대감을 획득할 때에야 비로소 가능해진다.

4. 디아스포라 작가의 의무, 순교자로서 글쓰기

본고는 김은국의『순교자』를 서술자인 '이 대위'의 서사로 재구성해 본 결과 순교자를 저술한 김은국의 디아스포라적 정체성과의 상관성을 분석해낼 수 있었다.

『순교자』는 60년대 시대적 상황에서 김은국이 이산자였기에 가능했던 또 하나의 전쟁문학이라 할 수 있다. 이산 작가의 입장에서 불확실한 여정의 근거지인 고국을 잃어버릴 수도 있다는 불안은 전쟁이라는 극한적 상황으로 상징화된다. 그의 이산을 생산한 근원, 그것이 바로 전쟁이었기 때문이다.

진실을 '전해 들은 자'로 '이 대위'를 설정한 것은 고국과 작가와의 실제적 거리와 심리적 거리가 형상화된 것이다. 작가의 분신인 '이 대위'가 느끼고 있는 사건과의 거리감은 이산 작가로서의 자신의 위치가 반영된 것이다. 그는 실제 한국전쟁을 경험한 체험자이지만 이 사건을 기술하는 동안 고국의 외부에 위치하여 모든 진실을 '전해 듣는 자'였기 때문이다. '이 대위'에게 자신의 디아스포라적 정체성을 투영하여『순교자』에서는 그를 '국외자', '관찰자', '구경꾼' 등으로 묘사하고 있다.

이를 통해 볼 때 '이 대위'의 소명은 사실 순교자의 존재 여부를 조사하는 것이 아니다. '이 대위'의 소명은 '순(殉)'을 실천한 '신 목사'에게 '전해 들은' 깨달음으로 피난민을 보호하고 이들과의 연대감을 획득하는 것이기 때문이다.

『순교자』는 실존적인 극한 상황, 즉 전쟁의 생존자인 우리 모두가 피난민이라고 말하면서 피난민인 생존자, 즉 우리 모두는 어떻게 살아가야 하는지에 대한 가르침을 전달하고 있다. 이것이 바로 디아스포라 작가인 김은국이 글쓰기를 통해 표현하고자 한 주제이다. 진실을 '전해 들은 자'인 이산 작가 김은국은 글쓰기를 통해 자신의 이산적 정체성을 실현한다. 그가 글쓰기라는 십자가를 진 것은 역사의 진실을 '전해 들은 자'이기 때문이다. '전해 들은 자'는 깨달음을 얻게 되는 과정에 있다. '순교자'란 진리를 위해 기꺼이 죽는 자이며 이는 실천적 주체를 추구하는 작가의 정신이 투영된 표상적 자아이다.

민족의 상잔으로서 한국전쟁은 김은국의 외로운 이산의 근원이었고 그러므로 김은국은 그 근원의 공간에서 과연 그 시간에 필요했던 자신의 행위가 무엇이어야 했는가, 진실을 추구하려는 求道者의 자세가 아니라, 殉敎者로서 살아가야 한다는 깨달음에 이른다. 절대적 진실에 대한 유무를 밝혀내야 하는 구도자가 아니라 순교자, 희생양으로서의 작가적 정체성이 바로 김은국의 작가의식이라고 할 수 있다.

::::참고문헌::::::

1. 기본 자료

김은국, 『순교자』, 을유문화사, 1990.

2. 단행본 및 논문

강정인, 「정치와 진리 / 진실 : 김은국의 『순교자』 분석을 중심으로」, 『사상』 43, 사회
　　　과학원, 1999.

국학자료원 편집부, 「시공간의 변화와 민족적 정체성에 대한 탐색 : 재미 한인 문학의
　　　작가들」, 『한국문학평론』 제8권 제2호, 국학자료원, 2004.

권영진, 「한국문학에 나타난 기독교의 양상」, 『한국기독교와 예술』, 풍만, 1987.

김동성, 「'순교자(The Martyred)'에 나타난 구원의 미학」, 동국대학교 국어교육과 석사
　　　학위논문, 2000. 8.

김성곤, 『글로벌 시대의 문학』, 민음사, 2006. 10. 2.

김욱동, 『김은국 : 그의 삶과 문학』, 서울대학교 출판부, 2007.

김욱동, 「한국계 미국문학의 현주소」, 『동서문학』 제34권 제2호 통권 253호, 동서문학
　　　사, 2004.

김욱동, 「'순교자' 작가 김은국의 행적을 찾아서」, 『신동아』 546호, 2005년 3월.

김욱동, 「김은국 소설에 나타난 자서전적 요소」, 『새한 영어영문학』 제49권 1호, 새한
　　　영문학회, 2007.

김용성 · 김영 외 지음, 『한국문학연구의 현단계』, 도서출판 역락, 2005

김윤식, 『20세기 한국 작가론』, 서울대학교 출판부, 2004. 11. 10.

김춘식, 「재미한국인문학에 나타난 한국여성상―가족중심주의와 여성관의 관계를 중
　　　심으로」, 『근대성과 민족문학의 경계』, 도서출판 역락, 2003.

김치홍, 「신의 부정의 부정―金恩國의 「殉教者」와 遠藤周作의 「沈默」을 중심으로」, 계
　　　명대학교 산업경영연구소, 272, 계명대학교 산업경영연구소, 1994.

김효원, 「자기인식의 문제 : 김은국의 작품 분석」, 진주산업대학교 논문집, 2, 한림대학
　　　교, 1984.

민승기, 「이웃의 윤리학」, 『문예중앙』 115호, 2006. 9.

박영호, 「1960년대의 미주 한인 소설」, 『미주문학』 통권 제 36호, 미주한국문인협회,
　　　2006.

배정웅, 「미주 한인 문학의 발자취, 그 개관」, 『월간문학』 제39권 제8호 통권 450호, 2006. 8.

신익호, 「『순교자』와 「침묵」에 나타난 순교와 배교의 양상」, 『기독교문화연구』 1, 한남대학교 기독교문화연구소, 1994.

신춘자, 「김은국의 기독교 소설 연구」, 『진주 산업대 논문집』 제30권, 성결대학교, 2001.

신춘자, 「『순교자』에 나타난 신의 침묵과 인간의 갈등」, 김용성 외, 『한국문학의 현단계』, 도서출판 역락, 2005.

유종호, 『한국현대문학 50년』, 민음사, 1995. 12. 10.

이기한, 「김은국의 『순교자』와 아시아계 미국문학의 새로운 경계 긋기」, 『미국학 논집』 35권 3호, 한국아메리카 학회, 2003.

이동하, 「재미 한인 소설을 통해서 본 한국문화와 미국문화의 만남-강용흘과 김은국의 경우를 중심으로」, 『전농어문연구』 제15 · 16집, 서울시립대학교, 2004.

이보영, 「기묘한 숙명-김은국론」, 『현대문학』 15권 9호, 현대문학, 1969.

이어령 · 김은국 대담, 「소설 『순교자』-진상과 환상 속을 헤매는 신없는 성 자들의 이야기-휴머니즘에서 구원의 길 모색」, 『경향신문』, 1965. 6. 23.

이철범, 「순교자론」, 『문학춘추』 제1권 3호, 문학춘추, 1964.

임영청, 「신의 죽음의 문학과 우상파괴 정신」, 『열린 문학 4』, 북토피아, 1995. 11.

장량수, 「사랑-신 없는 세계에서의 구원의 길-김은국 작 (순교자)론」, 『한국문학논총』 제17집, 한국문학회, 1995.

장영우, 「해방 후 재미동포 소설 연구」, 상허학회, 『1950년대 미디어와 미국표상』, 깊은 샘, 2006. 11.

정경은, 「1920~1930년대 학생문학에 나타난 희생양 이미지의 의의-기독교 학교 발행 잡지를 중심으로」, 『문학과 종교』 제15권 2호, 2010. 8, 75면.

정종진, 「김은국 소설의 문학사적 가치에 대한 연구」, 『인문과학논집』 제36집, 청주대학교 한국문화연구소, 2007. 12, 169~184면.

허명숙, 「궁핍한 시대의 신앙-김은국의 『순교자』론」, 『숭실어문』 제14집, 숭실어문학회, 1998.

홍옥숙, 「현대의 욥기 : 김은국의 『순교자』」, 『문학과 종교』 10권 2호, 한국문학과 종교학회, 2005.

황효숙, 「한국현대 기독교소설연구」, 경원대학교 국어국문학과 박사학위논문, 2008.

박경리 작품에 나타난 죽음과 생명의 관계*

김 현 숙

1. 박경리 소설의 근간, 생명과 죽음의 문제

우리나라의 20세기는 파란과 변화의 시대였다. 개항과 더불어 오게 되는 세계 대전의 여파와 일본 식민지 시대를 거쳐 해방, 그리고 곧이어 닥치는 6·25와 미군정시대. 그 시대의 어지러움 속에서 이루어 내는 경제 개발과 민주주의, 그리고 현재의 20세기 초와는 또 다른 의미의 세계화로 인한 개방에 이르기까지 숨 가쁘게 이어져 왔다. 그 격동의 세월을 살아 냈던 사람들의 신산한 삶의 고단함들이 이 시대의 작가들의 작품 속에는 어떠한 형태로든지 그 모습을 드러내고 있다. 그들만의 특수한 체험과 그들 세대에게는 보편적인 삶의 체험들은 문학사의 한 시대를 대표하고 있다. 이 시대를 살아낸 대부분의 사람들은 모두가 서로에게 가해자들이며 또한 피해자들이다. 그들 속에서도 '여성'이라는 계층

---

* 이 논문은 김현숙의 「박경리 작품에 나타난 죽음과 생명의 관계」(『현대소설연구』 17집, 2002. 12)를 수정한 것임.

은 더 많은 시대적 상처와 아픔을 지닐 수밖에 없었던 피해자들이다.

1926년 10월 28일 경남 충무에서 출생했고, 1945년에 진주여고를 졸업한 작가 박경리는 바로 그런 시대를 살아 낸 우리의 대표적 작가이다. 이 작가는 시대의 고통과 상처, 그리고 아픔의 경험을 바탕으로 문학을 시작해서 현재 한국 문학사에서 소설가로서 당당한 위치를 차지하고 있다. 박경리는 남다르게 겪은 개인적인 고통과 시대의 폐해와 아픔의 경험들을 문학의 자료로 삼았고, 작품의 주제로서 박경리 문학의 반세기를 지탱하는 힘으로 삼았다. 다시 말하면 박경리는 개인의 경험을, 그것이 어떠한 형태였든 작품 속에서 시대를 드러내고 인간 내면에 감추어진 아픔을 삭혀 예술적 승화로 이어지게 한 작가이다.

박경리는 30세가 되던 해 1956년 김동리의 추천 완료로 등단해서 초기인 1956~1958년에는 주로 단편 작품을, 1959~1963년에는 중편과 장편 작품에 집중한다. 독자들의 관심의 대상이 된 대부분의 중·장편 작품들이 이 시기에 나온 것들이다.[1]

이후 1964년부터 1969년까지는 단편, 중편, 장편이 함께 게재, 연재된

---

1) 작품활동 초기인 1964년부터는 주로 단편이 창작된다. 작품은 다음과 같다. 「흑흑백백」, 「군식구」, 「전도」, 「불신시대」, 「영주와 고양이」, 「반딧불」, 「벽지」, 「도표 없는 길」, 「암흑시대」, 「어느 정오의 결정」, 「비는 내린다」, 「해동여관의 미나」, 「귀족」을 「풍경·B」, 「풍경·A」, 「흑백 콤비의 구두」, 「외곽지대」, 「집을」, 「쌍두아」, 「옛날 이야기」, 「우화」, 「약으로도 못 고치는 병」, 「밀고자」 등이다.
중기에 해당하는 1969년까지는 다음과 같은 중편과 장편을 썼다. 「호수」, 「애가」, 「새벽의 합창」, 「재귀열」, 「표류도」, 「내 마음은 호수」, 「성녀와 마녀」, 「푸른 운하」, 「은하」, 「노을진 들녘」, 『김약국의 딸들』, 「암흑의 사자」, 「재혼의 조건」, 「가을에 온 여인」, 「그 형제의 연인들」, 「눈먼 식솔」, 「파시」, 『시장과 전장』, 「도선장」, 「신교수의 부인」, 「녹지대」, 「타인들」, 「환상의 시기」, 「겨울비」, 「죄인들의 숙제」, 「창」, 「단층」, 장편 『나비와 엉겅퀴』가 있다.
『토지』는 1969년 9월부터를 연재하기 시작해서 집필 26년만인 1994년 8월 15일 5부, 16권으로 탈고했다. 토지의 집필후인 70세(1996)에는 토지문화재단을 창립하고, 1999년에는 강원도 원주시 매지리 오봉산 기슭에 토지문화관과 문학관을 개관했다.
그 외 시집으로는 『못 떠나는 배』, 『朴景利詩集』, 『우리들의 시간』을 간행했다.

다. 그 이후 1969년부터 『토지』에 전념했고, 1994년 8월 15일 『토지』를 탈고했다. 그가 작품을 쓰기 시작해서 26년만의 일이다.[2]

작가의 일생 중 가장 중요한 시기 25년의 무게가 실린 『토지』는 작가에게처럼 독자들에게도 의미 있는 작품이다. 따라서 박경리의 작품을 연구하는 학자들도 대부분 이 작품에 초점이 맞추어져 있다. 『토지』 연재가 시작되던 69~70년에는 『토지』 초기의 작품과 그동안 출간된 단편의 인물과 관련된 연구와 논의[3]가 있고, 그 이후에는 대부분 『토지』에 관한 연구이다. 이 연구들은 인물구조연구, 서사구조연구, 『토지』와 서양 신화 관련된 연구,[4] 또 여성학의 관점에서는 한국 근대사에서 여성의 사회적 입지를 다루는 페미니즘 시각의 연구가 있다. 이렇게 이들 연구는 대부분 작품 『토지』에 집중되어 있어 한 작가가 평생동안 써온 작품의 궤적을 알기에는 미흡하다.

본 연구에서는 초기작으로부터 『토지』에 이르기까지 작가가 작품 창작에 근간을 이루어 온 생명과 죽음의 문제를 규명해보고자 한다. 연구의 대상은 작가의 산문과 시까지도 포함했다.

---

2) 1994년 8월 15일 새벽 2시 대하소설 원고지 26만 장의 『토지』를 탈고. 강원도 원주시 단구동 자택에서 대단원을 마무리한 박경리 씨는 "아무 생각도 떠오르지 않는다"면서도 "아직도 써야 할 것이 잔뜩 밀려 있는 것 같다."고 떨리는 목소리로 말했다.
일제시대 민족 수난사를 다룬 이 작품이 묘하게도 광복절에 맞춰 탈고된 데 대해서는 "의도한 것은 아닌데 자꾸 원고를 손질하다 보니 그렇게 됐다." 대답했다.
"마흔 셋이던 69년에 『현대문학』에 첫 원고가 실렸으니……꼭 25년이 걸렸군요. 어려움이 많았지만……연재를 시작한 바로 그 해 암 수술을 받았던 기억이 납니다."
「『토지』 탈고」, 『조선일보』, 1994. 8. 18, 21면.
3) 김치수, 『박경리와 이청준』, 민음사, 1982.
4) 최유찬, 『토지를 읽는다』, 토지비평집 4, 솔, 1996.

2. 언어와 글쓰기의 의미

작가들이 이루어 내는 문학의 예술적 승화가 작가 나름의 진실과 진리에 이르는 것이라고 한다면 문학 세계의 진실에 이르게 하는 힘은 전적으로 언어에 의해서이다. 작가 박경리는 토지를 끝낸 후 인터뷰를 통해 '언어를 통하지 않고는 진실에 도달할 수 없는 언어가 지닌 마성(魔性)'에 대해 언급한 바 있다.[5] 그러나 작가는 언어 문제에서도 인간의 상상력이 언어를 매개로 만들어 내는 가상의 세계가 문학이라고 했을 때, 이 가상의 세계는 진실한가 라는 물음도 함께 지니고 있음을 언급한다. 마찬가지로 대부분의 작가들도 이러한 물음과 회의는 지니지만 스스로가 만들어 내는 문학 세계의 진리에 도달하기 위해 쓸 것이다. 또 '진리'에 대해 작가 박경리는 진실이라는 건 우주적인 차원에서 보면 안개같이 손에 잡히지 않는 것이며, 시간도 따지고 보면 사람의 필요에 따라서 만들어 낸 것이라고 말하고 있다. 왜냐하면 인간이 진리를 드러내기 위해 사용하는 '언어'가 낡고 소멸하는 것이듯 인간의 사상이나 이념도 낡아져 가는 것임을 말하고 있다.[6] 그러므로 일반적으로 진리 혹은 절대 진리라고 믿고 있는 어떤 이데올로기나 신에 대한 개념도 정의할 수 있는 것이 아니고 핵심에는 접근할 수 없으며, 그저 언저리를 맴돌 뿐이라고 말하고 있다.

세상에 진리라고 말할 수 있는 것은 오로지 '생명'뿐이며, 문학이 그래도 진리에 다가갈 수 있는 것은 '그 생명'을 그리고 있기 때문이다. 그리고 여기에서 생명이라 함은 인간만의 생명이 아니라 세상에 존재하는

---

5) 박경리, 『나의 문학 이야기』, 문학동네, 2001.
　(http://achs.kedi.re.kr/text_book/class_3/kr/kr43_01.html)
6) 박경리, 『나의 문학 이야기』, 문학동네, 2001.

모든 것들의 생명이다. 문학은 언어를 매개로 생명을 다루기 때문에 그
언어의 질서와 논리는 진실일 수는 있으나, 그것은 인류 모두의 절대 진
리의 세계는 아니라는 점이다. 그러면 작가가 생각하는 진리는 무엇인
가. 다음의 글을 보자.

> 가까이 올수록
> 진실은 사라져 간다.
> 실상은 허상이었다
>
> 기차를 타고
> 기선을 타고
> 떠나갈 때만 진실이었다
>
> 오 하느님
> 진실은 영원한 피안이오이까
> 언어의 목마름 몸부림
> 진실은 가지 못할 피안이오이까[7)]

위의 예문은 불교「금강경(金剛經)」에서 석가의 가르침 중 열반(涅槃)인
니르바나에 이르기 위해서는 뗏목이 필요하지만 니르바나에 이른 사람
에게 배는 버려야 하는데 인간은 열반에 이르러도 알지 못하고 배를 집
착하는 것과 같음을 의미하고 있다. 사람들에게 소중한 것을 알게 하기
위해 문학을 하지만 언어로 하는 문학은 문학적 진실만 존재할 뿐이며,
언어가 소모되고 닳아지듯 문학도 본질만 남고 모든 것은 낡아진다는
것이다. 작가에게 있어 본질적인 소중한 것은 문학이 다루고 있는 살아
있는 생명이다. 작가는 인물들을 통해 진리의 세계를 보여주기 위해 언

---

7) 박경리, 「허상」, 『우리들의 시간』, 나남출판사, 2000, 119면.

어로 우리들 앞에 문학적 진실을 드러내고 있는 것이다. 작가 박경리의 수필집 『Q씨에게』와 『나의 문학 이야기』와 같은 자서전과 시집 『못 떠나는 배』,[8] 『박경리 시집－도시의 고양이들』,[9] 『우리들의 시간』[10]을 보면 소설에서 다루어지는 화소(話素 : 모티프)와 인물들에게 투영되어 있는 사건들 사이의 밑그림이 그려진다. 작가가 생각하는 물질에 대한 개념, 죽음에 대한 입장, 인물들에 대한 애증까지도 알 수 있다. 그리고 그의 문학세계를 이루고 있는 사건의 출처인 작가의 경험세계를 확인하게 된다.

이러한 글들에 의하면 박경리는 시대적으로나, 개인적으로 남달리 힘들고 어려웠던 어린 시절을 보냈다. 풍습에 따라 조혼했던 부모님은 박경리가 태어나자마자 갈라섰고, 아버지는 다른 여자와 살림을 차렸다. 생계를 책임져야 했던 어머니의 물질에 대한 탐닉으로 인해 어린 박경리로서는 어머니조차도 의지할 수 있는 존재가 아니었다. 이런 부모에 대한 불신 속에 살다가 만난 것이 문학이었다. 작가는 학교를 졸업하고 인천 전매국에 근무하던 남편을 만나 결혼을 했다. 그러나 결혼 후 바로 남편이 '공산주의자'로 몰려 투옥되는 사건이 벌어진다. 이 일은 후에 6·25를 겪으며 남편이 월북(납북?)하는 계기가 된다. 혼자 남겨져 가족들의 생계를 책임져야 하는 작가는 평화신문과 서울신문의 문화부 기자를 하다가 신문사를 그만두고 전업 작가로서 다시 글을 쓰기 시작했다. 가장으로서 사회생활을 하면서 느꼈던 감정을 작가는 그의 시(詩) 「못 떠나는 배」에서 다음처럼 표현하고 있다.

---

8) 박경리, 『못떠나는 배』, 지식산업사, 1988.
9) 박경리, 『박경리 시집－도시의 고양이들』, 동광출판사, 1990.
10) 박경리, 『우리들의 시간』, 나남출판사, 2000.

> 내가 떠나는 것은
> 사무실 칸막이 들락거리며
> 내노라는 사내들
> 줄서는 나를
> 업신여겼기 때문이다.
>
> 내가 떠나는 것은
> 뉴모오드
> 백치 같은 계집들이
> 쓰라린 얘기들
> 호크로
> 고기 찌르 듯
> 조롱으로 넘겼기 때문이다.
> 내가 떠나는 것은
> 知性의 마패차고
> 事物을 利用하며 동분서주
> 良貨를 쫒아내는
> 무리들 때문이다.[11]

생계를 위해 나온 직장에서 발붙일 수 없어 다시 전업 작가로 글쓰기를 시작한다. 그에게 글쓰기도 손쉬운 것은 아니었을 것이다. 그러나 그는 언어의 세계에 탐닉하며 무수한 생명을 창조했고, 언어의 질서로 자신의 문학적 진실을 규명했다. 『토지』 1부를 끝내고 쓴 서문을 보면 작가에게 있어 글쓰기의 의미가 무엇인지 알 수 있다.

> 글을 쓰지 않는 내 삶의 터전은 아무 곳에도 없었다. 목숨이 있는 이
> 상 나는 또 글을 쓰지 않을 수 없었고, (…중략…) 나는 주술(呪術)에 걸

---

11) 박경리, 「못 떠나는 배」, 『못 떠나는 배』, 지식산업사, 1988, 88~89면.

린 죄인인가. 내게 있어서 삶과 문학은 밀착되어 떨어질 줄 모르는, 징그
러운 쌍두아(雙頭兒)였더란 말인가[12]

"속초 가서
동태장사나 하며 살아볼까
훤하게 뚫린 삼거리
샛바람 마시며 서성거렸다.

(…중략…)
속초 가서 동태장사를 하면
가만히 내버려 둘 것이든가
손주들 얼굴
쏜살같이 떠올라
허겁지겁 택시를 잡았다.

대절한 택시 속의 나는 미이라
丹丘洞 눈익은 문 앞에 내려서서
잡혀온 탈옥수같이
치악의 연봉 보며 눈물 흘렸다."[13]

글이 궁극적인 진리에 도달할 수 없는 허상임에도 박경리에게 글을
쓰는 것은 삶의 선택이었고 주술에 걸린 듯 피할 수 없는 운명이었다.
글 쓰는 현실로부터 일단은 도망을 실행하지만 결국 되돌아오는 자리는
피하고 싶어 떠났던 바로 그 자리이다. 진실을 통한 진리의 세계를 알고
는 있으나, 현실의 집착을 버리지 못하는 것이다.

---

12) 박경리, 『토지』 1부, 지식산업사, 1988.
13) 박경리, 「못 떠난다」, 『못 떠나는 배』, 지식산업사, 1988, 105~108면.

3. 작품 속의 사건과 죽음의 관계

일반적인 단편의 속성이 그렇듯 박경리 단편도 단일한 사건이 다루어지고 화자나 서술자도 한 개인에게 맞추어져 있다. 단편의 내용은 주로 인간의 욕망과 불신과 악의가 작중 인물들을 통해 여과 없이 보여주고 또 그런 작중 인물들이 피할 수 없는 삶의 무게들 속에서 어떻게 살아내는가를 보여주고 있다. 그래서 마치 단편 작품들 안에 보이는 문제들을 개인적인 문제로 보아 버릴 수 있으나, 자세히 보면 그것은 개인적인 문제가 아니라 사회가 안고 있는 문제 때문에 비틀리고 소외된 사람들의 이야기이며, 궁극적으로는 사회의 모순과 부조리의 문제들이다.

초기 작품들의 경우 표면적으로 전체를 꿰뚫고 있는 것은 첫째, 시대적인 가난과 궁핍함이다. 둘째, 여기에 반드시 설정되어 있는 것이 불완전한 가족 구성이다. 셋째는 죽음의 문제로, 자살이거나, 살인이다. 이들은 전쟁을 치르고 난 후의 폐허 위에서 1차적인 욕구인 먹고살기 위해 어쩔 수 없이 도둑질을 하게 된다. 또 이런 상황 속에 사람들이 갖게 되는 것은 서로에 대한 시기와 불신이다.

예를 들어 작품 「도표없는 길」에서도 삶에는 미래에 대한 비전이 없다. 이 작품은 17살로 식모살이 하러 온 순화를 강간해서 국채를 낳게 한 노인 경노가 동거하던 삼수 모자에게 모든 재산을 다 뺏기고, 순화도 도망가고 어린 딸 국채와 힘들게 사는 이야기이다. 어린 국채는 늙은 아버지가 혼자 남게 되는 것을 염려하여 순화를 따라가지 않고 아버지 옆에서 생계를 마련하기 위해 이웃집의 쌀과 야채를 도둑질한다. 도망갔던 순화가 돌아오는 날, 경노는 삶에 지쳐 대들보에 목매달아 죽는다. 작품 「전도(剪刀)」의 주인공 숙혜는 정신대를 피해 도망치듯 사랑 없이 한 결혼을 이혼하고 아이의 피아노 선생을 사랑하게 되어 결혼을 하고자 했을 때 세상의 인습과 통념은 이를 허락하지 않는다. 혼자 사는 여자에 대한 주위의 편하지 않은 시선, 게다가 주인 없는 물건 취급하고 마침내는 성폭력을 하려고 방으로 들어온 주인집 남자를 가위로 찔러 살인을 한다. 삶이 힘들어 "세월아 빨리 지나가 얼굴에 주름살이 지고, 머리카락이 희게 변하"기를 바라는 「영주와 고양이」의 영주의 엄마 민혜, 아마 이들이 원하는 것은 호의 호식하는 안락하고 편안한 삶이 아니라 아이를 데리고 남에게 무시당하지 않으며 살 수 있을 정도를 바랄 뿐이다. 그러나 이 이야기들 속에 감추어진 작가의 의식에서는 인간다움이 무엇인가에 대한 물음을 던지고 있다.

9·28 수복 전야에 유엔군인 남편을 잃고, 전쟁 후에는 의사들의 부주의로 아들을 잃어버린 주인공 진영이라는 여성의 힘겨운 삶이 중심 내용인 「불신 시대」는 제목에서 알 수 있듯, 주인공 진영은 현실의 모든 사람들이 자신을 배신한다고 느낀다. 특히 아들의 천도제를 지내기 위해 간 절에서 사람들에게 구원을 주어야 하는 스님들조차 배금주의에 물들어 있다고 생각하자 생존 자체에 대해 환멸을 느낀다.

위의 작품들은 여성 주인공들이 이혼했거나, 전쟁 등의 이유로 혼자 살면서 가계를 책임지고 아이를 길러야 하는 가난한 여성들의 이야기들이다. 이들 작품에서 작가는 작중 인물들이 사회와 인간관계의 형평성이 무너져 자존심이 지켜지지 않을 때 그 삶이 어떻게 되는가를 보여주고 있다. 이 시대의 마지막 귀족으로 인정했던 우아하고 아름다운 여성 주인공 민 여사를 통해 진정한 귀족이 무엇인가를 보여주는 작품 「귀족」과 아무에게도 자신에 관한 말 한마디 의논도 못하고 남편에게 버림받고 마지막에는 눈에 파묻혀 죽어 버린 초점화의 여주인공 정화의 이야기를 담고 있는 「설화」에서도 그러하다. 작품 「설화」는 여성들이 소통할 수 없는 사회에서 생명이 어떤 의미가 있는가를 보여주고 있다.

　이들 작품의 피해자들은 한결같이 여성들이며 이들은 삶의 막다른 길까지 내몰려서 선택할 수 있는 것은 오직 죽음뿐인 것처럼 보인다. 그러나 다음의 작품을 보자.

> 은조사 적삼
> 속살 비친다고
> 투정하던 서문안 고개
> 뻐꾸기가 울었다
>
> 적삼이면 두 개요
> 깨끼저고리를 하자면
> 하나 아니냐
> 어머니는
> 땀을 닦으며 실리를 따졌고
> 뻐꾸기는 여전히 울었다
> 두 개를 취하는 어머니와
> 하나를 고집하던 나
> 늘 우리 모녀는
> 그런 일로 다투었다
> 나는 꿈으로 살려 했고
> 어머니는
> 생활에 발 묻고 사셨다
> 꿈을 버리면서
> 나는 세상과 등졌고
>
> 어머니는
> 철없는 것 한탄하며
> 땅속으로 가셨다[14)]

---

14) 박경리, 「서문안 고개」, 『도시의 고양이들』, 동광출판사, 1990, 13면.

초기 단편 작품들을 쓰던 젊었을 때의 작가 박경리의 소설에는 궁핍한 환경은 표면적인 배경이 되는 것이며 가장 근본적인 작가의식의 문제는 인간이 살아가기 위해서는 생명보다는 정의를, 이성을, 명분을 먼저 생각했음을 보여 준다. 개인이 최소한의 명분을 지킬 수 없을 때는, 죽음을 먼저 생각하고 있고, 또 소설의 논리 속에서 삶을 지탱하기에 구차스러운 인물들은 기꺼이 죽음을 택하게 했다. 그 죽음의 양상은 궁핍을 못 이겨 목매달아 죽는 것으로 되어 있으나, 결국은 궁핍함 속에 잃어버린 생명 존재의 의미에 대한 물음인 것이다. 생명보다, 명분과 도리가 우선이었고 생명은 상황에 따라 선택적인 것이었다. 따라서 죽음도 선택15)이었다.

또 운명과 명분이 만나면 운명적으로 죽을 수밖에 없는 것을 그린 작품이 1962년 발표된 장편『김약국의 딸들』이다. 소설의 내용은 경남 통영의 바닷가 마을이 공간적인 배경인 김약국의 가문 이야기로 설정하고 있다. 김약국의 주인 김성수가 한 가문의 중심이 되어 아버지 대에 일어난 일들이 다음 세대 딸들에게 미치는 영향을 그려내고 있는 작품이다. 김성수의 아버지 김봉제는 부인 숙정의 결혼 전 행실을 문제삼아 비상을 먹고 자살하게 만든다. 졸지에 부모를 잃고 남의 손에 자란 김약국은 딸만 다섯을 두었다. 큰딸 용숙, 둘째딸 용빈, 셋째 용란, 넷째 용옥, 다

---

15) 작가는 박범신과의 대화에서 박범신이 김약국의 딸들이 唯美主義라고 말한 것에 대해 다음처럼 반박했음을 밝히고 있다.

우리가 꽃을 가리켜 아름답다고 할 때, 종이꽃을 가지고는 아름답다는 말을 하지 않습니다. 그 꽃이 생명이 통하고 능동적으로 살아 숨쉴 때 아름답다고 하지, 생명이 없다면 그렇게 말하지 않습니다. 그 아름다운 꽃의 생명도 언젠가는 지게 마련입니다. 누군가에게 꺾이기도 하고 밟히기도 하고…. 없어지고 사라져 가는 생명에 대한 연민, 그것은 우리네 삶이나 문학에서도 마찬가지일 것입니다. 그래서 저는 언제나 삶을 떠난 문학은 있을 수 없다고 생각해왔기 때문에 유미주의란 말에 펄쩍 뛰었던 것입니다(박경리, 『나의 문학 이야기』, 문학동네, 2001).

섯째 용혜. 김약국 부부는 이들은 각기 예쁘고 개성이 있어 대견하다고
생각했다. 그러나 "비상 먹은 조상이 있는 집 자손은 망한다"는 속설처
럼 딸들은 하나씩 비극적으로 죽거나, 미치거나, 자살한다. 다음의 인용
은 둘째딸 용빈이 아버지의 임종을 앞두고 사촌오빠인 태윤의 친구 강
극에게 하는 말로써 이 작품의 내용을 가장 잘 나타낸 부분이다.

> "저의 아버지는 고아로 자라셨어요. 할머니는 자살을 하고 할아버지는
> 살인을 하고, 그리고 어디서 돌아갔는지 아무도 몰라요. 아버지는 딸을
> 다섯 두셨어요. 큰딸(용숙)은 과부, 그리고, 여아살해혐의로 경찰서까지
> 다녀왔어요. 저(용빈)는 노처녀구요. 다음 동생(셋째, 용란)이 발광했어요.
> 집에서 키운 머슴을 사랑했죠. 그것은 허용되지 못했습니다. 저 자신부
> 터가 반대했으니까요. 그는 처녀가 아니라는 험 때문에 아편장이 부자
> 아들에게 시집갔어요. 결국 그 아편장이 남편은 어머니와 그 머슴을 도
> 끼로 찍었습니다. 그 가엾은 동생은 미치광이가 됐죠. 다음 동생(넷째 용
> 옥)이 이번에 (배가 침몰해서)죽은 거예요."16)

이 작품에서 살아남은 딸은 둘째 용빈과 다섯째 용혜이다. 용빈은 사
랑에 미치지도 않았고, 이성적이며, 논리적이며 정확한 판단력을 지닌
여성이다. 용빈은 아버지 김약국의 임종 후 다섯째 용혜를 데리고 집을
떠난다. 한과 업의 고향을 떠나는 것이다. 이들 작품들에서 말하는 죽음
의 의미는 인간이 지니고 인정받아야 할 자존심과 같다. 생명만큼 개인
의 인격이 귀하다는 것을 서로 인정할 만큼 현실은 허용하지 않는다. 작
가는 작품을 통해 생명보다는 소중한 명분과 명예와 자존심이 물질로
농락 당하고 있음에 대한 강한 부정을 보여주고 있다.

그러나, 우리는 작가의 무의식에 감추어진 현실에 대한 부정과 이룰

---

16) 박경리, 『김약국의 딸들』, 나남출판사, 1993, 381면(초판본은 1962년 을유문화사 간행).

수 없는 꿈에 대한 욕망을 볼 수 있다. 표면적으로는 일상을 추상화하는 의리와 명분을 내세우고 있지만, 작가가 추구하는 내면의 세계는 강한 현실의 집착이며, 욕망의 실현이다. 그러나, 그러한 것들이 환경과 타인에 의해 좌절될 때 작가는 작중인물들의 명분과 의리를 내세웠다. 따라서, 작중 인물의 죽음은 생의 또 다른 표현인 셈이다.

4. 작중 인물 형성의 원리와 구조

박경리 작품 속의 남녀 인물들은 그 표현된 성격에 따라 몇 종류로 분류할 수 있다.

여성 인물들의 경우에는 첫째 유형은 이성적이고 논리적이다. 『시장과 전장』의 지영, 『김약국의 딸들』의 용빈, 「불신시대」의 진영, 『토지』의 서희가 여기에 해당된다.

둘째 유형으로는 우리가 흔히 드러난 행위로 악인이라고 판단하는 인물들이다. 『토지』의 귀녀, 임이네, 조준구의 처 홍씨가 대표적 인물들이다. 이들은 성격은 악착같으며 남을 헤아리는 마음이 전혀 없는 사람들이다. 자신의 욕심이 앞설 때는 살인까지도 저지른다.

셋째 유형은 『시장과 전장』의 가화, 『토지』의 별당아씨, 월선이가 그들이다. 이들은 위에서 말한 이성적인 인물들과는 달리, 백지처럼 순수하고 바보 같은 인물들이다. 자신의 입장에서가 아니라, 남을 먼저 배려하고 사랑하는 사람들이다. 어떤 계산에서가 아니라 천성적으로 어리석도록 착한 사람들이다. 이들의 공통점은 일상적으로 행복하지 못하다는 데 있다. 이들은 자기의 것도 스스로 포기하며, 생명까지도 버리는 사람들이다. 그런데 이들이 선인으로 존재할 수 있도록 힘을 주는 것이 두 번째 유형의 인물들이다. 특히『토지』의 월선이는 용이와 홍이 생모인 임이네와 어쩔 수 없이 함께 살면서 임이네가 낳은 홍이를 기르고 자신의 모든 것을 이들을 위해 다 내준다. 이러한 바보같은 순수함 때문에 용이는 월선이를 버리지 못한다. 한편 임이네는 월선과 용이 틈에서 돈에 대한 욕심과 집착으로 사는 보람을 가지려 한다. 이러한 것의 결정적인 행동이 용정에서 월선과 함께 국밥집을 하다가 불이 났을 때, 불 속에 뛰어들어 베개를 찾는 바람에 빼돌려 모아 놓은 돈이 베개 속에 있음이 발각된다. 이러한 임이네의 행위는 월선을 더욱 선하고 착한 여자로 인정하는 기제가 된다.

　남성들의 경우는 여성 인물들과는 다르게 크게 두 부류로 나뉜다. 그 첫째가 시장과 전장의 기훈, 최씨 가문의 중심 인물이었던 최치수로부터 시작해서 구천이(김환), 용이, 길상, 홍이, 장연학, 조병수, 최서희의 아들 환국이 그들이다. 한 작품의 서술을 이끌어 가는 중심 인물들로 이들은 남성적이며 근본적으로 선인들이다. 이들은 자신의 의지가 분명하며 강자에게는 강하며, 약자에게는 한없이 약한 이들이다. 두 번째 유형은 살인 등을 통해 자신의 욕심을 채우는 칠성이와, 조준구, 김두수 등의 인물유형이다. 이 인물들은 사회적으로도 지탄을 받아야 마땅한 악인형 인물 유형이다. 이렇게 작가는 분명한 선악의 대립구도로 인물 유형을 창조한다. 이러한 인물 설정의 선악 구도의 창작 원리는 존재하는 인물들에 대한 표면적인 나열의 방법일 뿐 초기 작품 창작 시기와 달리 후기로 오면서,『토지』탈고에 이르러 작가는 인물들에 대한 또 다른 애정을 보인다. 그 예가 선인들의 경우로 이들의 표현을 통해 작가의 무의식 속에 감추어진 아름다운 그리움의 모습을 보게 된다. 마치 작가의 마음 속 깊이 맑고 아름다운 모습으로 간직하고 싶은 사람들을 독자인 나도 그들과 함께 만나 그들의 사랑을 축복하고 함께 즐기는 것과 같은 생각을 갖게 한다. 작가의 마음속 깊이 감추어져 있는 사람에 대한 그리움의 표현 대상들이다. 여성 인물 중에는 셋째 유형의 여성인 월선이, 별당아씨, 가화가 여기에 속하고 남성인물들로는 첫 번째 유형으로 용이, 구천이, 홍이가 여기에 해당된다. 작가가 이들을 그릴 때 드러나는 것은 이 세상에 존재하는 인물이 아니라, 실체화되지 않은 흔적으로, 작가의 의식 속에 존재하는 이상의 인물이라는 생각이 든다.

작가에게 있어 그리움은 무엇인가. 다음의 시들을 보자.

> 그리움은
> 가지 끝에 돋아난
> 사월의 새순
>
> 그리움은
> 여름밤 가로수 흔들며
> 지나가는 바람 소리
>
> 그리움은
> 길가에 쭈그리고 앉은
> 우수의 나그네
>
> 흙 털고 일어나서
> 흐린 눈동자 구름 보며
> 터벅터벅 걸어가는
> 나그네 뒷모습[17]
>
> 내 님은
> 풀발 선 흰 셔츠 입고

17) 박경리, 「그리움」, 『도시의 고양이들』, 동광출판사, 1990, 16면.

마루 돌아가는 뒷모습

내 님은

밤기차 차창 안의
눈감고 앉아 있는 옆모습

내 님은
멀리, 멀리 西天
날아가는 외기러기 같은 사람

말 나눈 적 없고

어디 사는 누구인지
이승도 저승도 아닌
만나 본 적이 없는 그가
진정 내 님이네[18]

—「환(幻)」

작가에게 있어 그리움은 실체화되지 않으며 마주 서서 대상을 확인할
수 없는 존재이다. 이러한 그리움의 대상인 나의 님은 일상 속에 존재하
는 인물이 아니다. 시의 제목「환(幻)」이 말하듯 허상이다. 작가의 무의식
속에 존재할 뿐이다. 그리움 자체를 그리워할 뿐이다. 이 幻은『토지』의
인물이기도 하다.

이튿날 저녁 때 환(幻)이는 제가 입은 저고리를 벗어 시체(별당아씨)를
싸고 이름조차 기억하기 싫은 북쪽끄트머리 어느 깊은 골짜기에 여자를

---

18) 박경리,「환(幻)」,『도시의 고양이들』, 동광출판사, 1990, 11면.

문었다. 얼음 조각 같이 싸늘한 달이 능선 위에 댕그마니 걸려 있다……
(…중략…) 환(幻)이다. 바람개비 같이 돌고 있는 지나간 지상의 세월은
지금 없는 것이다. 진실로 없는 것이다…… (…중략…) "산에 진달래가
필텐데 말예요". 그 꽃 따서 화전을 만들어 당신께 드리고 싶어요……
(…중략…) 여자의 목소리는 진달래 꽃이파리가 되고 꽃송이가 되고 계
속하여 울리면서 진달래의 구름이 되고, 진달래의 안개가 되고 숲이 되
고 무덤이 되고, 붉은 빗줄기, 붉은 눈송이, 붉은 구름바다, 그 속을 자신
이 걷고 있다는 환각 속에 환이는 쓰러졌다.19)

환각과 착각 속에서 대상을 느끼고, 사랑을 느끼며, 뒷모습만 볼 수
있는 그리움은 작가 자신 내면에 감추어진 근본적인 자신에 대한 그
리움이며 이들은 작가 무의식 속에 감추어진 아니마(anima), 아니무스
(animus)라고 생각한다. 이러한 인물창조는 초기 단편보다는 후기 중·장
편으로 오면서 표현되고 있다. 이들은 현실보다는 추상의 세계에, 물질
보다는 이상의 세계에 존재하는 인물이며 이상형이다.

5. 생명과 상생의 길 찾기

작가는 『토지』 집필이 시작되던 1969년부터는 토지 집필이 막바지에
이르기까지 수술하고 회복기를 거치는 동안만 제외하고는 한 해도 작품
을 쓰지 않은 해가 없었다고 한다.

생각해보니
가슴에 수술을 받은 것은

---

19) 박경리, 『토지』 3권, 솔출판사, 1993, 316~317면.

열 아홉 해 전이었던 것 같다.

「그해여름 1」
잃어버린 한쪽 가슴
상처 달래려했던가

(…중략…) 세상은 온통 허무했다.
잃어버린 한쪽 내 가슴[20]

작가가 수술 후 완전히 회복하기 전부터 가슴에 붕대를 감고 토지 집필을 할 수 있었던 것은 그의 토지에 대한 남다른 애정과 집념 이상의 작중 인물들에 대한 애정 때문인지도 모른다. 1964년 현암사에서 출간된 『시장과 전장』에 실린 작가 후기에서 작가는 "그 이전의 모든 책들은 불태워 버렸으면 좋겠다."는 이야기와 "탈고하고 난 후에 온 방을 엎디어 헤매며 울었다"는 이야기를 했다. 작품 속에는 단순히 작가에 의해 설명되는 인물들이 아니라 작가가 생명을 불어넣은 작중 인물들의 삶과 사랑의 질곡을 작가는 작품 내내 함께 지고 살았기 때문에 이렇게 말할 수 있었을 것이라 생각된다. 작중 인물에 대한 작가의 끈질긴 애정은 독자들로 하여금 작품에 몰입할 수밖에 없게 하는 소설 작법의 한 기제이기도 하다. 박경리가 동시대 다른 여성 작가와 다른 점은 작중 여성 인물들이 이성적이며 논리적이라고 느낄 수 있게 하는 요소와 작중 인물들이 나약하거나, 여성스러워야 함을 강조하지 않은 데에서 기인한다고 생각한다. 여성 인물들은 궁핍함으로 구차스러운 삶보다는 인간으로서의 자존심을 지키며 당당한 삶을 살아 내고 싶을 뿐이다. 그래서 초기작에서는 삶에 대해 역설적인 죽음이 많았다. 생에 대한 집착이 강할수록

---

20) 박경리, 「그해여름 2」, 『도시의 고양이들』, 동광출판사, 1990, 21면.

생명이 사물화된 듯 등장인물들은 쉽게 생명을 버렸다.

　이러한 점은 『토지』에서도 마찬가지이다. 시어머니가 몰래 열어 주는 문으로 구천이(김환)와 도망간 별당아씨가 죽었고, 최참댁, 최치수가 죽었고, 태어남이 그렇듯 사랑 이외에는 명분 없이 살다 속절없이 간 구천이가 죽었고, 최치수를 살해한 귀녀와 칠성이와 김평산이 죽었고, 함안댁도 남편의 죄를 업고 나무에 목매달아 죽었다. 또 당시에 창궐하던 호열자에 용이의 조강지처 강청댁과 서희의 할머니 최참판댁 윤씨 부인이 죽었다. 이 죽음들은 거의 토지 처음에 드러나는 죽음이다. 이들 중 죽음이 한스럽지 않은 사람은 없다. 저마다의 이유를 가지고 죽었다.

　한 가족들을 여러 가지 형태로 죽게 한 작품이 『김약국의 딸』일 것이다. 자신보다도 더 사랑한 남자를 구하기 위해 빨치산의 소굴로 찾아갔던 『시장과 전장』의 가화도 죽었다. 박경리 초기 작품 시절에는 죽을 운명이라면 한스럽더라도 당연히 죽어야 한다는 입장이다.

> ……
> 드센 대추나무 밑에
> 소나무 한그루
> 옹색하게 연명하더니만
> 어느새
> 말라 버렸네
>
> 마른 솔가지 분질러
> 더덕넝쿨 감아 세워주며
> 소나무야
> 미안하다
> 인생도 또한 너와 같단다

우주만상 생명 있는 것
모두 한(恨)이로구나[21)]

그러나 『토지』 5부에 이르면서 작가는 생명을 길러 내는 지모신, 땅의 자리로 돌아간다. 곧 작가는 생명의 소중함이 명분과 자존심을 내세운 죽음이 아니라, 존재하는 것 살아 있는 것 자체의 소중함임을 말한다.

작가는 자신의 성향이 오히려 토지의 최참판, 최치수를 닮았다고 말한 적이 있다. 그것은 한 가문을 이끌어 가는 권위를 인정하는 것이며, 삶의 자세에서도 감정보다는 이성적이어야 함을 말하는 것이라 생각된다. 한편 생각하면 항상 앞을 똑바로 쳐다보고 정확한 판단을 하며 균형 잡힌 행동을 하기 위해 애쓰는 『토지』의 최서희의 모습에서, 『시장과 전장』의 지영에게서, 『김약국의 딸들』의 용빈에게서 그러한 기상을 느낀다. 이들의 자기 자리 찾아 서는 법을 알고, 남에게 의지하지 않으며, 절대로 자신의 나태함을 용서하지 못하는 성격을 작가는 닮았을 것이라 생각한다. 이렇게 생각하면 해방을 맞아 환갑을 넘긴 서희의 모습과 작가의 모습이 자연스레 겹쳐진다. 뿐만 아니라, 최서희의 어려서부터 나이 먹고 늙어 가는 모습은 작가의 페르소나(persona)라 여겨진다.

고향을 떠난 간도의 생활, 많은 부의 획득, 옛날 집과 재산 찾기까지는, 서희의 젊은 날의 모습이다. 그러나, 부를 얻고, 결혼을 하고, 두 아이를 낳고, 독립 운동하는 길상을 북간도에 남겨 놓고, 혼자 귀국하는 최서희에게 자신을 비우는 모습을 볼 수 있다. 자식들과의 관계에서도, 남편과의 관계에서도, 진주에 자리잡으면서, 다시 평사리로 돌아와서 봉순의 딸 양현을 다독이며 품어 안는 모습에서, 서희는 이제 생명은 생명으로 소중한 것임을 인정하는 나이가 된 것이다. 작중 인물도 작가처럼

---

21) 박경리, 「신새벽」, 『도시의 고양이들』, 동광출판사, 1990, 74면.

나이를 먹고 있는 것이다.

또한 여기에 이르기까지 서희가 죽음으로 헤어짐이 정말 무엇인가를 알게 되는 계기는 용정에서 혈육처럼 의지하던 월선의 죽음에서였을 것이다. 그 이전 할머니 윤씨 부인, 아버지 최치수의 죽음은 서희가 죽음과 이별을 알기에는 너무 어린 나이였다. 그러나 월선의 죽음은 자신을 지켜주고 보호하던 세대들의 떠남이다. 곧 서희는 결혼하고 아이를 낳아 기르면서 이제 나이듦의 의미는 자신을 비워내야 하고, 주변 모든 이들에게 그들에게 필요한 대로 베풀어주고, 인생을 있는 모습대로 받아들이는 편안함을 지니게 된다.

> 살갗이 터지고
> 등이 휘어진
> 고목 한 그루
>
> 망망대해
> 육지는 아득한데
> 노 잃은 사공
>
> 꽃과 같이 피었던가
> 나비같이 날았던가
> 이정표도 없이
>
> 내세에는
> 꽃으로 태어날까
> 나비로 태어날까[22]

---

22) 박경리, 「내모습」, 『도시의 고양이들』, 동광출판사, 1990, 77면.

모든 것을 자연으로 받아들인다. 인간의 태어남이 자연에서 왔듯 다시 자연으로 돌아가는 것은 당연한 일이며, 인간이 자연의 일부임을 받아들이는 것이다. 박경리의 자연 의식의 사상이 자연스럽게 녹아 있는 것을 볼 수 있다. 자연 의식의 사상에는 서로에 대한 구속은 없을 것이다. 작가의 자유에 대한 관심이 인간 개인에 대한 자유이며 서로를 구속하지 않는 것이다.

새야
창공을 가르고 가는 너를 보면
언제나 눈물이 난다

새야
강가 갈대밭
무정한 인적에
숨죽이며
둥지를 틀고 새끼 기르는
너의 절박한 한철

새야
바람에 고향 향기 실려 오면
날개 푸득이고 떠나는 너
잘 가거라
가는 길에 허기 달랠 강물
지친 나래 접을 숲

그곳에 내 기원 보내마
전생이 무엇이었기에
내 가슴 이리 찢어지는가

새야
너는 내 형제였더냐
너가 자유롭고 허기지지 않는다면
나 또한
자유롭고 허기지지 않을 것을
새야[23]

살아야 함의 명분에서 해방되고 자신의 존재와 자연의 관계를 이해하면서 갖게 된 생각이 조국의 국토에 대한 생각이다. 다음의 시 「국토개발」, 「어디메쯤인가」, 「이제는 누가 와야 한다」에서는 생명의 근본이 무엇인가를 보여주고 있다.

지금은 국토개발
그린벨트 해제가 선거공약이 되는 시대

산은 허물어지고
강은 썩어가고
땅은 메말라 죽어가는데
사람들 마음은 무쇠가 되어
개발유치를 외치고 있다

— 「국토개발」 전문[24]

우주를 경배하며
自動에서 手動으로
잡다한 이론, 박식으로
공밥 먹는 식자들
흙이 된다면

---

23) 박경리, 「새야」, 『도시의 고양이들』, 동광출판사, 1990, 26면.
24) 박경리, 「국토개발」, 『우리들의 시간』, 나남출판사, 2000, 221면.

혹 몰라, 살아남을지

숨쉬는 대지와 더불어
굽이굽이 흐르는 강물과 더불어
낙락장송 풍상을 견디는 저 소나무

아아 숨막히는 造花의 천지에서
어찌 살아남을꼬[25]

산은 무너져 가고
강은 막혀 썩고 있다
누가 와서
산을 제자리에 놔두고
강물도 걸러내고 터주어야 한다

물에는 물고기 살게 하고
하늘에 새들 날으게 하고
들판에 짐승 뛰놀게 하고
草木과 나비와 뭇 벌레
모두 어우러져 열매 맺게 하고

우리들 머리털이 빠지기 전에
우리들 손톱 발톱 빠지기 전에
뼈가 무르고 살이 썩기 전에
정다운 것들
수천 년 함께 살아온 것
다 떠나기 전에

누가 와야 한다[26]

25) 박경리, 「어디메쯤인가」, 『우리들의 시간』, 나남출판사, 2000, 223면.

『토지』 후기에 오면서 작가는 '생명'의 문제를 들고 나왔다. 그 생명은 인간만의 생명이 아니라 자연과의 조화를 꿈꾸는 것이다. 그리고 실제로 자연과 생명이 의미하는 바를 규명하고자 했다. 작가가 "작품을 통해 드러내고자 한 것은 인간을 위해서 다른 종을 보존해야 한다는 인간 위주의 환경운동이 아니라, 생명 그 자체를 존중하는 새로운 이데올로기"가 필요함을 주장한다. 작가는 그래서 적어도 글 쓰는 사람이라면 살아 있는 것의 아름다움, 삶의 아름다움을 추구하되 지구 단위의 총체로서 또 과거라는 시간에서가 아니라 현실에서 우리의 나아갈 방향을 두어야 함을 강조하고 있다.

6. 박경리 소설의 의의

지금까지 박경리 문학 작품의 근간을 이루고 있는 죽음과 생명의 문제를 살펴보았다.

초기 단편을 통해 볼 수 있듯 삶의 집요한 집착의 또 다른 모습이 죽음이었다. 그 죽음은 운명이었고 의리이며, 명분이었다. 그러나, 중·장편을 지나 『토지』에 오면서, 작가는 인간의 소중함을 표현했고 생명의 중요함을 말하고 있다. 작가의 지향점은 그 생명을 살려낼 수 있는 자연의 회복에 이르고 있다. 작품활동 초기 시절의 물질과 현실의 집착과 욕망의 세계의 추구에서 이제는 스스로를 비워내야 하고 존재하는 것 자체에 의미를 두어야 함을 인정해야 한다는 것을 강조하고 있다.

그래서 문학의 세계도 "문학의 존재 이유는 총체성을 표현할 수 있는

---

26) 박경리, 「기다림」, 『우리들의 시간』, 나남출판사, 2000, 226면.

분야이기 때문이며 문학은 인간 전체를 보기 때문이며 사회를 총체성으로 보고, 또 지구와 우주를 총체적으로 파악해야 함을 말했다." 이러한 총체성으로 보는 세계는 한 면에서 보는 것이 아니라 선도 악도 모두 끌어안을 수 있어야 하며 그 나름의 존재를 인정하는 마음이며, 본래대로의 모습을 인정하는 것일 것이다. 욕심으로 사는 것이 아니라 자연으로 살면서 서로를 살리는 상생(相生)의 세계를 말한다.

::: 참고문헌 :::::::

1. 기본 자료
박경리, 『김약국의 딸들』, 나남출판사, 1993.
박경리, 『도시의 고양이들』, 동광출판사, 1990.
박경리, 『못떠나는 배』, 지식산업사, 1988.
박경리, 『시장과 전장』, 나남출판사, 1999.
박경리, 『우리들의 시간』, 나남출판사, 2000.
박경리, 『토지』 1~16권, 지식산업사, 1988.
박경리, 『환상의 시기』, 나남출판사, 1994.

2. 단행본 및 논문
김치수, 『박경리와 이청준』, 민음사, 1982.
정현기, 『한과 삶』, 솔출판사, 1994.
박경리, 「생명을 존중하는 문학」, 『나의 문학 이야기』, 문학동네, 2001.
박경리, 「문학을 지망하는 젊은이들에게」, 현대문학사, 1995.

'장(場)'과 '대속(代贖)' 행위의 관계 양상*

박 찬 효

1. 박상륭 소설과 '탄생'으로서의 '죽음'

박상륭의 소설은 관념 세계를 탐구하는 소설사의 한 흐름으로써 1960년대 한국 소설의 지형도를 파악하는 데 중요한 자료로 평가[1]된다. 1963년 사상계에 「아겔다마」로 등단한 박상륭은 동·서양의 종교와 경전 그리고 밀교와 연금술, 신화 등의 철학적 사유를 변용·용해해서 작품을 쓰고 있으며, 이러한 경향으로 인해 1960년대 다른 작가들의 글쓰기 양상과는 크게 변별된다.[2] 박상륭은 60년대에 한국에서 가장 활발하게 작품을 발표했다. 그래서 그 시기 발표된 단편소설을 통해 박상륭 문학 세계의 밑바탕과 사유의 원형질을 알 수 있다.[3] 또한 60년대 후반에 주로

---

* 이 논문은 박찬효의 「'장(場)'과 '대속(代贖)' 행위의 관계 양상 연구—각설이 일기 연작을 중심으로」(『현대소설연구』 47집, 2011. 8)를 수정한 것임.

1) 김경수, 「구원과 중생을 향한 탐색」, 『소설 농담 사다리』, 도서출판 역락, 2001.

2) 김학돈, 「박상륭 초기소설의 여성인물 연구」, 『인문학연구』 33-2, 충남대학교 인문과학연구소, 2006, 125면 내용 참조.

3) 김명신, 「박상륭 소설 연구」, 연세대학교 박사학위논문, 2000, 5면 참조.

발표된 「쿠마장」(『사상계』, 1967), 「山東場」(『현대문학』, 1968), 「山南場」(『68문학』, 1969), 「山北場」(『현대문학』, 1971)으로 이루어진 각설이 일기 '연작' 형식은 박상륭 소설 전반의 외적 형식을 아우를 수 있는 개념이며, '각설이'가 지닌 함의를 파악하는 것은 박상륭 문학을 해석하는 중요한 관문4)이라고 할 수 있다.

본고는 소설가 박상륭이 어머니와의 관계에서 가지게 된 콤플렉스5)를 바탕으로 장(場) 공간이 지닌 역동적 의미에 접근하고자 한다. 박상륭은 목이 마른 어머니가 달이 비친 '옹달샘'에서 물을 마시다 달까지 삼킨 태몽을 꾼 것으로 인해 자신을 두 개의 자궁(子宮)에 맺혔던 자식이라 여긴다. 그리고 그 꿈을 스님이 송장에서 발견한 핏덩이의 일화 내용과 상통하는 것으로 해석한다.6) 두 개의 자궁, 즉 겹자궁에 맺힌 아이는 태어난 뒤에도 여전히 자궁 안에 머물러 있기 때문에 어머니에게서 벗어날 수 없다. 태어났다는 소문만 있을 뿐, 그 아이는 자궁 안에서 늙어 죽는 경험을 하게 된다. 또한 박상륭은 자신을 죽은 몸에서 태어난 존재로 여기고 있는데, 이는 박상륭의 어머니가 '노파'의 몸으로 그를 출산한 상황과 연결된다. 늙고 병약한 어머니로 인해 죽음의 공포에 시달렸던 어린 시절의 기억이 투영되어 있는 것이다. 그래서 박상륭의 작품에서 '자궁'은 '무덤'과 '탄생'의 양가적 장소로 이중화된다. 죽은 어머니 자궁에

---

4) 위의 글, 20면.

5) 박상륭의 작품에 나타난 어머니에 대한 그리움은 45세 박상륭을 낳고 60세에 돌아가신 어머니에 대한 콤플렉스의 변용이다. 늙고 병약한 어머니가 돌아가실까봐 항상 죽음의 공포를 대면했던 박상륭은 어머니의 죽음과 함께 고향을 등지게 된다. 어머니는 평생 끊어야 할 집착의 끈이 되었고 '어머니 콤플렉스'에서 벗어나고자 하는 몸부림은 창작에 대한 투혼으로, 대중에게 주목받지 못한 상황에서도 글쓰기를 계속하게 한 원동력으로 작용했다(김학돈, 앞의 글, 137면 참조).

6) 박상륭, 「두 모태의 자식」, 김사인 엮음, 『박상륭 깊이 읽기』, 문학과지성사, 2001, 33~34면.

서 숨을 쉬던 아기는 '무덤'에서 태어난 존재로, 태어나기 전에 이미 죽음을 경험한 역설적 존재라 할 수 있다.

박상륭 소설에서 '죽음'은 단순히 삶과 공존한다는 역설성만을 갖는 것은 아니다. 박상륭은 각설이 일기 연작에서 정지된 것처럼 여겨지는 '죽음'에 내재된 역동적인 '운동성'을 포착하여 소멸로서의 제한된 의미를 가진 죽음이 '삶'의 의미를 획득하는 과정을 그리고 있다. 죽음이 삶의 의미를 가질 때, 방랑자인 각설이는 비로소 고향과 마주한다. 즉 이 '운동성'이야말로 '고향 부재(불임과 어머니의 부재)'에서 '고향 생성(출산과 어머니의 존재 확인)'을 이끌어내는 중요한 원동력이다.

그런데 고통스러운 원초적 장면을 인내할 수 있는 것으로 만들기 위해서는 콤플렉스에 맞설 수 있는 기제가 필요하다. 박상륭은 현실을 초월해서 자신의 경험을 들여다보는 수단으로 신화적 모티프를 적극 이용하고 있다. 또한 죽음의 공포를 극복하기 위해 자신을 그곳으로 몰아넣은 어머니라는 타자를 살해하기보다 그 타자가 자신을 극단적으로 희생하는 대속행위[7]에 주목한다.

박상륭의 소설에서 대속행위는 죽음의 그림자에서 벗어날 수 없는 '수인(囚人)'의 자궁에 운동성을 부여하여 '무한(無限)'의 시간성을 이끌어낸다. 주인공 장돌뱅이는 죽은 것처럼 살았던 인물들이 '다시 태어나기

---

7) 여기에서 '代贖'은 주체가 타자의 자유를 위하여 스스로 자신의 자리를 버리고, 잃고, 망명하는 레비나스의 '이타성' 개념과 연결할 수 있다. 대속은 자신으로부터 완전히 뿌리 뽑히는 것, 자신의 입에 넣은 빵을 꺼내 타자에게 주는 것, 나의 살로 선물을 만드는 것이다. 그런데 레비나스는 이러한 대속 안에서 주체의 탄생과 無限의 발생을 이야기한다(엠마누엘 레비나스, 김연숙·박한표 역, 『존재와 다르게 : 본질의 저편』, 인간사랑, 2010, 259~263면 참조). 즉 레비나스에게 '대속'은 주체를 존속케 하는 행위라 할 수 있는데, 박상륭의 소설에서 대속 행위의 주체는 여성으로 나타난다. 이 여성은 아내의 역할로 등장하기도 하지만, 잉태와 출산의 임무가 부여된다는 점에서 궁극적으로는 '어머니'의 위치를 가진다.

위해' 죽음을 선택하는 과정을 목도하면서 자신을 옥죄던 어머니와의 연결고리에서 벗어나 고향(어머니의 자궁)에 일시적으로나마 편안하게 안주할 수 있게 된다.

본고는 60년대 각설이 일기 연작에서 장(場)의 공간성이 주체의 존재성과 행위에 의해 성격이 규정된다는 가정 아래에서 연구를 시작하려고 한다. 특히 '장(場)'과 그 공간을 움직이는 힘인 '대속행위'의 관계 양상을 주목하고자 한다. 이러한 관계 양상을 분석하면서 최종적으로는 박상륭이 어머니와의 공포스러운 관계를 어떻게 대면하고 극복하는지, 더 나아가 '죽음의 공포'가 어떻게 '무한(無限)의 희열'로 전환하는지 알아보도록 하겠다.

2. 장(場) : 시장과 고향의 순환 공간

박상륭이 자신을 '죽은 여자의 몸에서 살았던 태아'라고 여기는 상황에서 주목해야 할 점은 아기가 스스로의 죽음뿐만 아니라 '가장 가까운 타인'인 어머니의 죽음을 경험하고 있다는 사실이다. 이때 죽음의 순간은 탄생의 시간과 맞물리는 기이한 현상이 일어난다. 박상륭 소설에서 '장(場)'은 이러한 이항 대립적 의미가 공존하는 모태(母胎)의 공간성에서 탄생한 개념이라고 할 수 있다.

박상륭은 연작의 시작에 해당하는 「쿠마장」에서 걸부(乞婦)와 그녀가 낳은 아이의 이야기를 통해 자신의 콤플렉스를 재현한다. 만삭이 된 거지 여자가 고통스러운 얼굴로 목교를 건너다가 쓰러져 아이를 낳고 죽었으며, 그 아이 역시 태어나자마자 돌덩이에 으깨져 죽는다. 죽(어가는)은 어머니의 자궁에서 한 생명이 태어나자마자 사라져버리는 이야기를 하고 있는 것이다. 장돌뱅이가 그들의 가장 불쌍하고 고통스러운 죽음 속에서 '이해할 수 없는 향수'를 느끼는 까닭은 그 장면이 박상륭 자신의 콤플렉스를 체현하고 있기 때문이다.

이때 아이가 태어난 세상은 정주의 장소가 아니라 떠남의 공간이 될 수밖에 없다. 즉 태어나자마자 죽음에 이르는 고향은 무덤일 뿐이며, 남자는 그 곳에 갇히지 않기 위해 자발적으로 '각설이'가 된다. 그리고 각설이가 선택한 새로운 고향은 '시장'이다. 장에서 장으로 떠도는 각설이에게 이전에 잠깐 머물던 장은 고향이 되며, 각각의 장은 인생의 경유지로 기능한다.8) 장(場)은 장돌뱅이를 "늘 현현(顯顯)되게 하는" 동력으로 작용한다. 장돌뱅이는 장을 돌아다니며 흥청거릴 때만 자신의 존재성을 증명할 수 있다.

이러한 각설이의 위치로 인하여 그는 '대속'의 원리를 이해하는 존재로 등장한다.9) 「산남장」에서 속세 상인들의 실체는 '더러운 것'이지만, 겉으로 나타나는 물건 흥정의 모습은 지극히 '깨끗한 것'으로 묘사된다. 구원을 원하는 인간들은 마음의 맑음을 얻기 위해 상처에 뻘을 바르며 일부러 생채기를 키우기도 한다. 그러나 그들은 "집이라곤 한 채도 없었

---

8) 「산북장」에서 영감이 각설이에게 "댁은 어, 어디서 오는 길이우?"라고 물으니 그는 우물거리다가 "고, 고향에서 왔습죠 (…중략…) 다음 장에 가서도 난 분명히 그렇게 말할 것 같군입쇼."(343면)라 대답한다.

9) 각설이는 겉과 속이 다른 시장의 원리와 '대속'의 원리를 아는 인물이기 때문에 그가 각장에 들어서면 그 장은 붕괴되는 양상으로 나아간다. 각설이가 시장의 원리가 지배하는 장의 속성을 꿰뚫고 「쿠마장」의 영감과 「산남장」의 노파 등에게 깨우침을 주기 때문에 본래 그 장에 거주했던 인물들은 자신의 존재가 '거짓'이었음을 알고 흔들린다. 그러나 각설이 일기 연작의 '각설이'는 아직 자신의 존재를 탐색하는 여정에 있으므로 예언자적 인물로까지는 나아가지 못하고 있다.
김명신은 60년대 단편소설에 나타난 각설이들은 70년대 이후 본격적인 예언자적 인물로 형상화되기 전 단계의 성격을 보여준다고 설명한다. 『죽음의 한 연구』와 『칠조어론』에 이르러 유랑을 그치고 자신의 존재론적 탐색을 완결시키면서 구원을 이르게 된다(김명신, 앞의 글, 21~22면 참조).

고", "썩는 웅덩이가 군데군데 있을 뿐"인 퇴락한 고향을 가지고 있었으며, 구원을 얻지는 못한다. 구도의 길을 걷는 그들은 고향에 살고 있는 듯하나 오히려 떠도는 각설이만이 고향의 실체를 알고 있는 것으로 나온다. 또한 각설이는 육신이 온전한 맑음을 얻기 위한 행위는 '죽음'밖에 없다는 것을 깨닫고 있다. 생명력이 넘치는 육체를 아무리 썩게 만들어도 그 육체 속의 공간을 메우는 장기들이 '살아 있기' 때문에 인간은 살아 있는 한 절대로 자신의 몸을 '죽음의 상태'에 이르게 할 수 없다.

박상륭은 삶과 죽음이 공존하는 장(場)을 '정지-운동'이라는 순환의 형태로 설명한다. 명확한 개념이 아니라 '비유'로써만 설명할 수 있는 '장'은 본래 온갖 병균, 죄, 잡귀, 불구(不具)들이 한데 모여 만들어진 것이다. 이와 같은 장 안에서 고통스러운 인간은 자신을 세상에 수인(囚人)된 존재로 인식한다. 수인의 장소에서 벗어나기 위해서는 '정지'된 것을 '운동'시킬 수 있는 주체가 필요하다. 박상륭은 그러한 힘이 있는 주체를 '불을 때는 자'로 설명한다. 예를 들어, 「산동장」에서 불구의 어리석은 사람들은 '재료'(정지된 존재)이며, '선생'은 그 재료를 익히기(재료의 존재적 변환) 위한 불을 때는 자가 된다. '불을 때는 행위'는 '병신 나부랭이'를 다른 존재로 변환시키는 운동의 에너지를 생성하는데, 이때 대속행위를 하는 자는 항상 스스로를 희생하는 '대속물'의 지위를 가진다. 즉 '정지-운동'은 '재료-불을 때는 자'의 관계와 유사하다.

그런데 '정지'의 영역에 있는 불구의 사람들과 '운동'의 주체인 선생은 완전히 다른 세계의 존재가 아니다. 깨끗하고 맑은 것에서는 아무 것도 태어날 수 없다. 선생은 "병신 나부랭이들이 끓여져서 승화된 향기"라는 측면에서 대속과 재료는 긴밀한 관련을 가지며 서로를 생성하고 변화시키는 '짝'이라고 할 수 있다.

'정지-운동'은 '혼돈-질서와 퇴화'의 관계로 설명할 수 있다. 혼돈이 있기 때문에 질서가 가능하다. 또한 이 작품에서 '퇴화'는 죽음 혹은 죽음과 유사한 체험에서 비롯되는 것으로, '탄생'을 맞이할 수 있는 '뿌리'라는 역설적 의미를 가진다. 즉 '퇴화'는 싹을 틔우고 새로운 생명을 잉태하는 것을 가능케 하는 기반이 된다.10) 이러한 설명은 삶이 있은 후 죽음이 가능한 것이지만, 진정한 탄생과 삶은 '죽음' 없이는 존재할 수 없다는 이치를 말하는 것이라 할 수 있다. 결국 '정지-운동'은 '(죽은) 삶-(탄생이 내재된) 죽음'의 논리와 연결된다.

주목할 점은 1960년대 박상륭의 작품인 각설이 일기 연작에서 진정한 대속행위의 주체(불을 때는 주체)는 '여성'이며, 여성이 남성을 구원하는 역할을 한다는 것이다. 그리고 그 구원의 행위로 인하여 장은 죽음과 삶을 역동적으로 순환할 수 있는 힘을 지니게 된다. 그 순환의 원은 앞서 말한 시체 속에서 탄생한 아기의 경험을 이끌어낸다. 그리고 이러한 '순환'의 운동을 통해 박상륭이 고민하는 점은 고통스러운 '저주'의 장을 어떻게 '은총'의 장으로 바꿀 것인가이다.11)

본고는 각설이 연작에 나타난 '장(場)'을 본질적으로 '어머니의 자궁'으로 설정하고자 한다. 수인의 자궁은 고향을 공포스러운 것으로 만들기 때문에 존재는 시장을 떠돌아다니는 각설이가 될 수밖에 없다. 그러나 이타성의 궁극적 재현 행위로서 '대속'이 이루어지면 수인의 자궁은 따

---

10) 이러한 퇴화의 속성은 박상륭의 다른 작품인 「經外傳 세 篇」(『현대문학』, 1969)에 잘 나타나 있다. 이 작품에서 두 아들은 두 개의 극단이 한 극에서 일치되는 것을 보기 위해 어머니와 근친상간(접목)을 한다. 그러한 의식이 끝나자 어머니는 뿌리가 되고, 아들들은 어머니를 땅에 묻는다. 그리고 최종적으로 그 뿌리를 통해 자신들이 어떻게 出芽되는가를 보고자 한다.
　　여기서 '근친상간'은 '노파'의 '대속행위'이며, 노파의 죽음을 통해 그들은 자신의 본질을 깨닫고 탄생을 맞이하게 된다고 해석할 수 있다.
11) 박상륭, 「누가 저 공주를 구할 것인가(박상륭과 김사인 대담)」, 김사인 엮음, 앞의 책, 25면.

뜻한 모성의 공간으로 변모한다. 그리하여 각설이 일기 연작의 '장'은 '고향'과 시장'이 순환하는 공간으로 규정할 수 있을 것이다. 시장이 고향으로 변모하는 과정은 수인의 자궁이 대속의 자궁으로 나아가는 과정으로 설명할 수 있다. 이러한 '운동성'의 양상은 박상륭이 마주하기 어려운 콤플렉스의 공간인 '고향'을 모성적 장소로 전환하는 인식과도 연결된다.

박상륭의 소설에서 '장'은 역동적인 순환 운동을 통해 수인의 공간이 무한(無限)의 시간을 얻는 심리적 드라마가 펼쳐지는 장소이다. 갇힘에서 해방으로 이행하는 운동성은 불임의 장을 생산의 장으로 역전시킨다. 박상륭의 소설에서 장(場)은 결국 속물적 공간으로서의 시장과 '나'가 탄생한 최초의 시간을 담지한 고향 모두를 의미한다. 각설이는 현재 속물적인 세상을 상징하는 '시장'에 살고 있으며 자신이 '고향'을 가지리라 믿고 있지는 않지만12) '장'의 순환 운동으로 인해 일시적으로 고향을 소유하게 된다. 고향은 오직 '죽음'의 시간에 접근할 때만 그 실체가 나타난다. 왜냐하면 박상륭의 또 다른 자아인 각설이는 죽(어가는)은 어머니의 자궁에서 태어난 존재이기 때문이다. 그리고 소설가는 시장과 고향이 순환하는 역동적인 과정 속에서 '죽음'이라는 공포의 시간을 무한(無限)의 것으로 전환하고 있다. 시장과 고향은 곧 정지의 장과 운동의 장으로 설명할 수 있는 것이다.

---

12) "그러면 나도 고향을 갖게 될 것이고, 목장도 갖게 될 것이지만, 내가 그 고향 목장에로 돌아갔을 때 과연 내가 각설이로서가 아닌 내 땅의 주인으로서 되돌아왔다고 생각할 수 있을까? 나는 그냥 한 場을 통과해나갈 뿐이다."(「산북장」, 331면).

3. 정지의 장(場), '수인(囚人)'의 자궁

1) 무서운 어머니와 고향이 부재한 창녀

각설이 일기 연작에서는 세 유형의 여인, 즉 '무서운 어머니', '고향이 부재한 창녀', 그리고 '대속 행위'를 하는 여성을 주목할 필요가 있다. 그런데 박상륭 소설에서 앞의 두 여성 유형은 정지의 장을 움직일 수 있는 힘이 없는 것으로 나타난다. 무서운 어머니가 통치하는 대지는 풍요로움을 상실했고, 언청이의 자궁은 씨앗을 품을 수 없는 장소였기 때문에 이 두 여성은 수인의 자궁을 체현한 존재라 할 수 있다.

'무서운 어머니'는 잉태한 아이를 세상으로 배출하지 않고 자신의 자궁 안에 계속 두려고 하는 부정적인 모성으로, '자애로운 어머니'와 대립되는 존재이다. 「산남장」에 등장하는 노파는 고대 신화에서 아들을 거세하는 무시무시한 어머니의 원형이라고 할 수 있다. 그녀는 고대인들이 노파로 묘사했던 죽어가는 달인 그믐달의 신성으로서 자애로운 자연이 아닌 고통을 주고 목숨을 빼앗는 자연을 신격화한 존재[13]이다. 「산남장」의 노파는 '대속'을 언급하고 있으나 그 이치를 바로 알지 못하는 교만한 자로 등장한다. 노파는 "겉을 바침으로 속의 맑음을 얻"기 위해 스스로 대속물이 되는 대신 자신을 부축하던 아름다운 소녀와 각설이를 대속물로 삼으려 한다. 이러한 노파는 "죽지 않았는데도 주검 냄새를 풍"기는 존재이다.

노파가 다스리는 땅은 진정한 고향의 형상을 갖지 못하는 것으로 나타난다.

---

13) 서정기, 「죽음의 한 연구 試論―박상륭론」, 『신화와 상상력』, 살림, 2010, 178면 참조. 서정기가 설명한 『유리장』의 노파는 본고의 「산북장」에 등장하는 노파와 연결할 수 있다.

성자들은 영혼을 인색해하는 탓에 그들이 사는 땅엔 비가 오질 않는다. 그들이 사는 땅엔 사철 건조한 바람만 불고, 가을엔 이삭도 없으며, 겨울에 들어간 안방에서 그들은 여름에도 나오려 하질 않고, 그냥 사철 바람이 먼지만 흩뿌린다.

— 「산남장」, 190면

한편 박상륭의 소설에서 창녀는 돈과 자신의 몸을 교환한다고 해서 무조건 불결한 이미지로 그려지는 것은 아니다. 「산동장」의 각설이는 '백치'의 형상을 지닌 언청이를 두려움과 교만함을 모르는 "아기의 얼굴이며 동시에 어머니의 얼굴"로 묘사한다. 각설이는 언청이를 모든 것을 포용할 수 있는 존재로 생각한다. 때문에 그 여자와 관계를 맺음으로써 자신이 잃어버린 소년 시절과 마주하고, 궁극적으로 고독한 방랑을 위로받을 모성(母性)으로서의 고향을 불러낼 수 있다고 여긴다. 그녀는 "자애로운 어머니며 동시에 갓난 딸"이다. 아래 예시문의 내용처럼 어머니의 곁에 있던 언청이에서 어머니 곁을 떠난 언청이로 존재가 변환하면서 죽음과 탄생이 순환하는 시간성이 구현된다. 각설이는 언청이에게 내재된 이러한 시간적 순환성에 동참함으로써 '어머니' 혹은 '고향'에 다가가고자 했다고 여겨진다.

그녀는 어머니를 떠났을 때, 두 개의 세계를 오락가락했을 것이다. 어머니가 곁에 있었을 땐 어머니의 사고에 의해서 자기도 어머니만큼의 연령으로 살았겠지만, 어머니가 곁을 떠났을 때 그녀는, 자기가 갓나온 애였음을(무의식적으로) 발견했을 것이다. 그로부터 그녀는 성숙한 여자로서 유년을 다시 살아오며 경험을 쌓았어야 되었을 것이며, 성인 여자로서 노년을 맞을 준비를 하기에 바빴을 것이다. 그러는 동안에 그녀에게서는 어쩌면 성숙한 여자로서의 현실은 사라지고 그 대신 유년과 노년이 묘하게 혼합되어, 내가 그녀에게서 읽을 수 있었던 그런 모든 것이 나타

났을 것이다. (밑줄 필자)

— 「산동장」, 125면

그러나 각설이가 마지막에 언청이의 눈 속에서 본 것은 "불모하고 광막한, 아무 신비도 없는 빔[虛]"뿐이었다. 새로운 싹을 틔울 수 있는 탄생의 힘, 즉 '무한'의 시간성을 획득할 수 있는 죽음의 힘이 부재한다. 이러한 언청이는 「산남장」의 소녀처럼 고향을 가진 여성이 될 수 없다.

또한 박상륭 소설에서 남녀의 결합 혹은 결합을 통한 생산력(출산의 가능성)은 장(場)의 운동을 가능하게 하는 '불을 때는 행위'와 같은 의미를 지닌다. 그런데 「산동장」에서 언청이는 불을 때는 자(=대속행위의 주체, 대속물)가 아니었기에 각설이와 결합을 통해 '출산'을 할 수 있는 조건을 갖추지 못했다고 할 수 있다. 생산을 하기 위해서 여성은 '불을 때는 자'로서의 대속물의 지위를 획득해야 하는데 이러한 여성의 이미지가 「산동장」을 지나 「산남장」의 소녀와 「산북장」의 노파에게서 나타난다. 대속 행위가 적극적으로 이루어지면서 고향은 일시적으로나마 생성된다.

2) 불임의 아버지와 태어나지 못한 아들

「산북장」에서 장돌뱅이가 이 마을의 한가운데서 본 것은 낡고 풍화된 남근들이었다. 각설이 일기 연작에서 남성은 아버지와 남편의 역할을 상실한 것으로 그려진다. 그런데 주목할 점은 삶의 터전이 불모의 땅으로 변해버린 이유를 남성들이 '불'을 제대로 다루는 힘을 상실한 것에서 찾고 있다는 것이다.

즉 각설이 일기 연작에서 문제로 삼는 것은 대지(자궁)의 삭막성보다 기름진 대지를 불가능하게 하는 남성의 불임[14]이라고 할 수 있다. 각처에서 온 대장장이들은 전쟁에 쓸 무기를 만들었다. 전쟁이 끝나자 폐허가 된 고향에 가지 못하여 이곳에 눌러앉은 사람들은 씨를 뿌렸지만 전쟁이 지나간 메마른 땅에서 곡식은 제대로 자라지 못했고, 아이는 대부분 태어나지도 못한 채 죽어 자손은 줄어든다. 작품에서는 농기구를 만들어야 할 남자들이 전쟁 무기를 만들었기 때문에 저주의 공간이 된 것으로 설명된다.

이 연작에서 남성들은 아버지가 되기를 강렬하게 원하지만 그럴 수 없음을 괴로워한다. 동시에 과거의 시간에 얽매여 미래를 꿈꾸지 못하기 때문에 자신을 '태어나지 못한 자'로 규정하기도 한다. 대표적인 인물로 「쿠마장」의 장감독과 영감을 이야기할 수 있다.

「쿠마장」의 장감독(場監督)은 개에게 물려 고자가 된 사람으로 젊고 아름다운 부인을 두고 있으나 아들을 가질 수 없다. 이러한 장감독은 똥개가 자신의 신체 일부분을 가져간 시절로 되돌아가서 잃은 것을 찾아야 한다고 생각했기 때문에 몸은 늙어갔으나 마음은 어린 시절에 머문다. 그는 "맘속에 있는 아기를 태어나게 하고 자기는 썩어졌으면 좋겠다고" 생각한다. 장감독은 '과거'에 갇혀 '미래'를 꿈꿀 수 없는 자신의 존재성을 변환시키기 위해 '죽음'을 선택한다. 그는 아버지가 될 수 없는 사람

---

14) 각설이 일기 연작에서 폐허의 이미지는 남성의 행위 등과 연결되어 형상화 되고 있다.
  1. 각설이 연작에서 메마른 대지는 '정액이 마른 땅'으로 묘사된다.
     "이 <u>정액 말라 삐끄덕이는 고장</u>"(「산남장」, 190면, 밑줄 필자).
  2. 전쟁으로 인하여 '고자 귀신'이 마을을 휩쓸고 가서 마을에 문제가 생긴 것으로 나타난다.
  "<u>고자귀신</u>이 휩쓴 거요. 고자귀신이. 전쟁에서 가엾게도 죽어간 적군의 병사들이 원귀가 되어 이 고을로 쳐들어온 거요. 허긴 어쩔 수 없잖겠소? 괭이랑 쇠스랑이랑 보습을 만들어야 됐던 그 우직한 사내들이 창이나 칼을 만들었으니. 그래서 죽은 병사들이 원귀가 된 거란 말이야. 그래선 이 고장의 암컷이라는 암컷의 자궁을 틀어막고 탯줄을 끊어버렸소. 그런데 남자들과 수컷들은 더욱더 기운이 뻗쳐 숫물이 나올 나이가 되면 걷잡을 수도 없이 날뛰어댔소. 그래도 <u>숫물은 흘러보지도 못하고 그러다 시들더군</u>."(「산북장」, 326면, 밑줄 필자).

이었으며, 동시에 '죽음'은 맘속에 갇힌 아기를 탄생시키기 위한, 즉 수인의 삶에서 벗어나기 위한 행위였다고 할 수 있다.

한편 「쿠마장」에서 영감은 가게 터가 될 수 없는 장소에 항아리를 벌여놓는다. 영감은 각설이에게 오랜 시간 항아리에 앉아 있던 이유가 죽음을 초월하기 위해서였다고 설명한다. 영감은 인간의 유한하고 비루한 삶에서 벗어나 신의 영역에 들어가기를 바랐지만, 역설적으로 '비루한 삶'의 경험 없이는 죽음을 초월한 '산 신기'가 될 수 없음을 몰랐다고 할 수 있다. 그는 장(場)의 순환성을 깨닫지 못하고 그 곳에 갇힌 자였기 때문에 생산이 불가능한 불임자15)일 수밖에 없다.

영감이 창조한 '장'은 표면적으로 장터가 지닌 경박성과 먼 신성의 장소인 듯하지만 역설적으로 물건이 교환되는 '시장'의 원리를 가장 잘 보여준다. 영감은 '산 신기'를 얻기 위해서 수십 년 동안 항아리에서 살다가 앉은뱅이가 되었고, 사람들의 신임을 얻는다. 항아리 속에서의 삶은 수련의 과정이 아니라 타인에게 명망을 얻는 수단에 불과했다. 즉 영감은 죽음을 초월하거나 새로운 탄생을 경험할 수 없었다. 살면서도 죽어 있던 그가 '다시 태어나기 위해' 선택할 수 있는 행위는 당연히 머리를 찧어 죽는 것뿐이었다.

장감독과 영감은 표면적으로는 살아 있으나 내면적으로는 죽어 있는 삶에서 벗어나기를 원한다. 그들은 과거의 시간에 혹은 항아리로 대변되는 자궁에 갇혀 있다. 태어났다는 소문만 있을 뿐 어머니의 자궁 안에서 나이가 들어버린 존재라 할 수 있다. 즉 박상륭의 트라우마를 재현하고 있다. 장감독과 영감은 밭(자궁)에 파종할 수 있는 씨앗(생산) 만들기를 원

---

15) 「쿠마장」에서 각설이가 영감을 묘사한 부분은 생산력이 없는 '불임자'의 이미지가 강하게 나타나 있다. "이 큰 구더기는 앉은뱅이가 다되어 있었다. (…중략…) 완성은 앉은뱅이까지인지도 모른다. (…중략…) 영감은 자벌레처럼 꿈틀꿈틀 갔다. 손을 발처럼 짚고 버티면서 몸을 앞에다 운반해놓고 또 그렇게 했다."(「쿠마장」, 100면).

한다. 그것은 현실적 차원의 시간에서는 불가능한 일인데, 박상륭은 「산북장」에 이르러 남성이 자신의 씨앗을 여성의 자궁에 뿌리내리는 심리적 드라마를 창출하여 다시 태어나는 작업을 적극적으로 모색한다.

반면 이와 같은 불임의 남성들 사이에서 각설이는 자신의 육체적 젊음을 자랑하면서 생식력을 발휘한다. 그는 항아리에서 오래 살았기 때문에 제대로 걷지 못하는 영감과 달리 "전신에 스멀대는 젊음을 유쾌하게 음미"한다. 각설이가 생산력을 가질 수 있는 이유는 '무서운 어머니'의 자궁 안에 갇히지 않기 위해 계속적으로 거주지를 옮기고 있기 때문이다. 그는 어머니의 자궁에서 벗어나 떠돌다가 현재 존재하는 '시장(市長)'이 다시 자신을 가두려고 할 때 멀리 떠나버리는 사람이다. 즉 스스로 고향을 삭제하고 있는 것이다.16) 그러나 각설이 역시 여전히 고향을 소유하지 못했다는 점에서 문제는 남는다.

「산동장」에 등장하는 '선생'은 새로운 시간이 시작되기 위해서 '죽음'을 생각해야 한다고 역설한다. 삶의 곳곳에서 현현하는 죽음의 유령에서 벗어나기 위해서는 '퇴화' 즉 '죽음'을 경험해야 한다. '퇴화'를 통해서만 '새로운 솥'이 시작될 수 있기 때문에 죽음은 탄생을 위한 필수불가결한 과정이라 할 수 있다. 그리고 이 항해의 궁극적 목표는 어머니, 그리고 고향과의 관계를 긍정적으로 회복하는 것에 있다.

---

16) 공포는 죽을 것이라는 불안에서 시작되는 것이 아니라 '출구 없음'의 공간으로 그들이 회귀하고 있을 때 나타난다. 소멸의 장소에 있으면서도 죽음이 불가능하리라는 생각이 들 때 나타나는 감정이라고 할 수 있다(엠마뉘엘 레비나스, 서동욱 역, 『존재에서 존재자로』, 민음사, 2009, 100면 참조).

4. 운동의 장(場), '대속(代贖)'의 자궁

1) 여성의 희생과 고향의 생성

레비나스가 즐겨 『구약 성서』의 구절을 따오듯 타인이란 가난한 자, 이방인, 과부와 고아라 할 수 있다. 그리고 '무한(無限)'이라는 시간의 탄생은 고통 받는 얼굴의 모습으로 나타나는 타자의 호소에 응답함으로써 가능해진다. 주체는 스스로 무(無)를 소유할 수 없으나 타인에 대한 이타성으로 현실의 시간을 초월할 수 있다.[17]

'각설이 일기 연작'에서는 남성 역시 타인의 고통에 응답하는 행위를 통해 새로운 장을 열고자 한다. 예를 들어, 「산동장」에서 선생의 몸은 불구자들의 몸과 교환된다. 아래 예시문의 내용처럼 각설이는 외다리, 외눈, 벙어리 등에게 각각 선생의 다리, 눈, 혀에 달라붙어 자신이 잃은 부분을 뜯어내라고 추동한다. 그리고 그 말을 들은 이들은 실천에 옮긴다.

> "당신들은 선생에게로 가서 잃은 걸 찾거나, 선생님 버린 걸 되돌려주면 될 거요. 당신은 건강한 다리를, 당신은 키를, 꼽추 당신은 자살과 함께 그의 정신을, 당신은 그의 한 눈을 (…중략…) 그가 당신들의 부족을 보충하는 것이 아니라, 당신들이 성한 곳을 뜯어서 그 불구자를 온전하게 만든 거요. 그는 원래 꼽추였음이 틀림없소. 그러니 그에게서 당신들의 것을 찢어오면 될 거고, 떼어서 주면 될 거요."
>
> — 「산동장」, 130~131면

자신이 도움을 주었던 불구자들에게 자신의 신체까지 '돌려준' 「산동장」의 선생은 자신을 대속물로 만들어 대속행위를 하였다고 볼 수 있다. 또한 그는 자신을 언청이와의 잠자리를 위해 돈 몇 푼에 팔 장돌뱅이를

---

17) 위의 책, 216~217면 참조.

"비로소 그렇게도 얻고 싶어했던 아들"로 인정하기까지 했다. 그러나 박상륭 소설의 특이점은 남성의 대속행위가 죽음의 지점을 보여준다고 해도 탄생의 순간까지 이어지지 못한다는 것이다. 각설이 일기 연작에서 남성이 여성과의 '결합'과 '출산'에 집착하는 이유가 여기에 있다.

박상륭의 소설은 표면적으로 남성이 행위의 주체로 보이지만 실질적으로 삭막한 대지의 풍요를 위해 희생하는 것은 여성이다.[18] 여성의 희생을 바탕으로 남성은 불임에서 생산의 단계로 나아가고 현실을 초월한 시공을 획득한다.[19] 그런데 그러한 초월성을 가능하게 하기 위해 여성은 '대속' 행위를 해야 한다. 아래 「산남장」의 소녀는 각설이를 위해 스스로 불 속에 갇힌다. 소녀는 속죄를 위해 모든 것을 태우는 '무서운 불'을 두려워하지 않는다.

> 소녀는 내 입술을 물고 뜯으면서 내 혀를 뽑아간다 우리는 사랑한다 (…중략…) 소녀는 사랑한다고 피를 쏟는다 죽은 바람이 너덜너덜 두루마기를 삭혀낸다 소녀는 어머니가 되고 싶다고 한다 연기가 코를 찌를 것이다 우리는 다음 순간 어차피 잊을 것이다 노파는 불을 쳐들었다가

---

18) 박상륭의 이러한 면모는 레비나스의 '여성성'에 대한 생각과 연결할 수 있다. 레비나스는 여성성을 구원의 가능성인 메시아의 심성으로 이해한다. '여성적인 것'은 타인의 얼굴에서 현시하는 신의 얼굴인 것이다(윤대선, 「'너'와 '나'의 삶의 공동체를 위한 페미니즘의 기원과 해석 : 레비나스의 여성성과 타자윤리를 중심으로」, 『해석학연구』 20, 한국해석학회, 2007, 262면 참조). 레비나스의 윤리학에서 '어머니의 몸처럼' 타인을 책임지는 일이란 전폭적으로 나의 의식을 타자에 대한 의식으로 바꾸는 변화를 동반한다는 점을 강조한다. 나는 막 태어난 아이의 명령에 응답하는 어머니처럼 더 이상 나 자신을 위해 살지 않으며, 몸속에 아이를 가진 어머니처럼 타자를 내 것으로 만들지 않으면서 그 무게를 짊어진다(이희원, 「레비나스, 타자 윤리학, 페미니즘」, 『영미문학페미니즘』 17-1, 한국영미문학페미니즘학회, 2009, 258면).

19) 박상륭은 남성이란 여성이 흘린 홍건한 피 속에서만 거듭 태어난다고 설명한다. 즉 여성들은 짐승에 가까운 이 남성을 구원하기 위해, 자기 희생을 자초하여 이 세상에 오는 보디사트바들이라는 것이다. 그리고 여성은 순교의 값으로 그 당자의 구원을 성취하게 된다(박상륭, 「누가 저 공주를 구할 것인가」, 박사인 엮음, 앞의 책, 28면).

> 반쯤 내렸다 우리는 사랑하지 못할 것이다. (…중략…) 우리는 이내 아픔
> 때문에 이별하게 될 게다 <u>우리는 사랑한다 나는 애비가 되고 싶다 소녀
> 는 어미가 되기를 갈망한다.</u> (밑줄 필자)
>
> ─「산남장」, 201~202면

각설이를 위해 죽음까지도 불사한 「산남장」의 소녀는 "이 고장이 분
만한 단 하나의 딸"로 설정된다. 고향을 가진 유일한 사람인 그녀는 '각
설이'를 고향으로 인도하는 안내자이다. 각설이 연작에서 고향을 탄생시
킬 수 있는 유일한 행위는 '대속'이다. 대속 행위는 단순히 자신의 죄를
참회하는 것이 아니라, 자신의 희생을 통해 다른 사람을 구원하는 데까
지 이르러야 한다. 그 결과 '산화'된 모든 것들은 다시 '끓게' 되고, 그
끓음의 과정을 통해 장은 역동적으로 움직인다. 이와 같은 대속 행위 뒤
에 비로소 각설이는 '출산'의 경험을 할 수 있는 위치에 오른다. '출산'
은 과거에 속박된 수인(囚人)의 장을 탄생의 장으로 변화시킬 수 있는 힘
을 지닌다. 불임의 아버지들은 풍요로운 대지의 자궁과 결합하고, 태어
나지 못한 채 자궁에 갇혀있던 아들들은 비로소 세상의 빛을 보게 된
다. 「산남장」에서는 소녀와 각설이의 결합을 통해 이러한 장 변화의 '가
능성'을 보여준다.

한편 각설이 일기 연작에서 여성은 '불'의 이미지와 긴밀하게 연결된
다. 「쿠마장」에서 장감독의 처의 눈에 비친 불은 각설이에게 "고향에 대
한 갈망"을 불러일으킨다. 그리고 대속물의 지위를 가진 여성은 '불'의
이미지와 연결되어 있거나 그 안으로 들어갈 수 있는 희생의 힘을 발현
한다.

요컨대 아래의 예시문에 나타난 것처럼, '불'은 어머니와 연결되는 물
질의 상상력이자 고향을 탄생시킬 수 있는 힘을 가지고 있다.

…손님, 일루 오구랴, 와서, 자 이거 좀 들어봅시다. 이런, 벌써 다 식었네. 에구우 이런, 어쨌든 잠깐 불이나 좀 쬐구랴. 그럼 내 얼른." 하며, 할미는 찌개 그릇을 숯불 위에 얹는다. "예헤예, 아 벌써 이렇게 불 옆에 와 있는 걸입쇼 뭐. 이런 날로는 불이란 게 어머니보다도 낫습죠. 낫습죠 그러믄입쇼. 허지만 말씀입죠. 난 생각했기를, <u>대장간의 불이란 말입죠, 바로 어머니 그분이 아니겠느냐 했습죠."</u> (밑줄 필자)

— 「산북장」, 336면

또한 「산북장」에서 노파는 화덕 안에서 자신의 몸을 고통스럽게 녹이는 대속행위를 하면서 영감과 새로운 탄생을 위한 결합을 한다. 각설이는 '죽음'의 시공간 속에서 결합하고자 하는 그들에게 연민을 느끼고 적극적으로 돕는다. 노파와 영감의 결합 뒤에 태어난 것은 바로 따뜻한 어머니의 품인 '고향'이다. 고향은 이렇게 죽어가는 어미의 자궁 속에서, 무덤의 한 가운데에서 비로소 도래한다. 암흑과 수인의 자궁이 따뜻한 모성적 자궁으로 부활하고 있는 것이다. 「산북장」에서 각설이는 화덕 속에 영감과 할멈을 육박시키고 난 뒤 화염이 뒤덮인 그들의 집을 바라보며 '어린 시절'을 기억하고 편안함을 느낀다.

어릴 때 북더기 속에다 자기를 계란처럼 묻어뒀던 기억이 났다 그건 내게 한가롭고 편안한 기분을 주었다 그래서 나는 대장간이 타는 것을 음미하며 건너다보았다 (…중략…) 이 긋은 밤의 항해를 그것은 지극히 여성적인 우아함으로 계속하고 있었다 그리하여 그 여성적인 우아함은 잘린 말뚝에서 방울져 시원스런 한 고장을 진달래 피웠던 그 한 광경을 떠올리고 또 그것은 구름 같은 연꽃을 타고 오는 황금빛 손을 연상시켰다. (…중략…)

— 「산북장」, 357면

이 작품의 마지막에서 고향의 따뜻함을 경험한 방랑자 각설이는 처음으로 그곳에 머물고 싶다는 생각을 잠깐 동안 하게 된다. 고향을 스스로 삭제했던 각설이가 일시적으로 고향을 느끼는 부분이라고 할 수 있다. 장(場)이 고향으로 완전히 전환되는 '순간'인 것이다.

2) 연금술의 결혼과 '무한(無限)'의 탄생

각설이 일기 연작에서 남녀의 '결합'과 '출산'은 남성이 닫힌 시간을 열고 '무한(無限)'의 시간을 경험하는 열쇠가 된다. 레비나스는 자아가 유한성에서 벗어나 무한한 미래 시간이 도래하게 하려면 '출산' 행위가 필요하다고 했다. 초월이 가능하려면 나는 나이면서 동시에 내가 아닐 수 있음, 즉 '여전히 나이되 또 다른 이로 변화'하는 조건이 필요하다. 이러한 '초월'을 가능케 하는 것이 바로 나의 아이이다. 나의 아이는 자신인 동시에 타인이다. 출산의 경험은 타인과 나의 관계를 권력적 구도가 아닌 무한한 시간의 관계로 인도한다. 출산을 통해 나는 여전히 나이면서도, 나의 존재 및 내가 구성한 세계와 다르게 될 수 있다. 출산을 통해 유한한 존재자가 무한을 향해 초월할 수 있게 되는 것이다. 그러므로 출산은 무한한 미래로의 여행을 가능케 해주는 "부성의 진정한 모험"이 된다.[20]

각설이 일기 연작에서 「산남장」의 소녀는 출산의 가능성을 보여줌으로써 '고향'으로 통하는 길을 열어주었다. 더 나아가 「산북장」의 노파는 화덕에서 영감과 결합한 후 '고향'이라는 아이를 출산했다. 그 결과 각설이는 일시적이지만 안식처에 있는 느낌을 가진다. 즉 노파의 '출산'은 무한(無限)의 시간과 직접적으로 연결되는 것으로 나타난다.

다음의 인용문은 노파의 대속 행위 양상을 잘 보여준다. 노파는 자신

---

20) 엠마뉘엘 레비나스, 서동욱 역, 앞의 책, 212~215면 내용 요약.

의 몸을 '불' 그 자체로 만들어 영감의 몸과 결합하고 있다. 노파의 '쭈그러졌던 뱃가죽'이 '풍선처럼 팽창되었다가 터'지는 모습도 의미심장한 부분이다.

> 나는 그 소리 때문에 — 아마 할미의 <u>쭈그러졌던 뱃가죽이 풍선처럼 팽창되었다가 터진 소리였겠지만</u> — 비로소, 악몽과 같고, 환각과 같고, 최면된 것과 같은 상태에서 깨어나게 되어 부리나케 영감께로 다가가보았다. (…중략…) <u>할미는 불덩이로 화신하여 맹렬히도 타며, 근사하게 녹고 있었다.</u> 나는 마음속의 정염이 오르륵 그녀의 몸을 태우는 그녀의 고뇌에 참을 수 없는 연민을 느끼고 (…중략…) <u>영감의 한끝을 끄집어 잡아당겨 화덕 속에다, 몸을 짓트는 할멈의 공허한 몸부림 위에다, 육박시켜주었다. "자, 사정을 하시어요, 사정을—"</u> (밑줄 필자)
>
> —「산북장」, 354~356면

이렇듯 박상륭은 「산북장」에서 영감과 할머니의 결합을 '불'을 이용한 연금술을 통해 죽음을 삶으로 역전시키고 있다. 연금술은 두 극성의 물질을 '철학의 알'이라는 용기에 넣고 가열하여 두 물질을 결합시킨 뒤 레비스라는 물질을 만들어낸다. 그것은 바로 양성동체의 인간이다. 즉 '연금술의 결혼'은 새로운 물질인 '금'을 만들어내기 위해 남성 원칙과 여성 원칙을 결합시키는 '심리적 드라마'라 할 수 있다.[21] 그리고 그 과정에서 불에 단련된 '금'은 각설이 일기 연작에서 '고향'으로 암시된다.

한편 각설이 일기 연작에서 '무한(無限)'의 시간이 도래하는 심리적 드라마는 고향과 존재적 근원을 향하는 몸짓 속에서 이루어진다. 즉 최초의 관계 맺음이 일어난 시간으로 돌아갈 때, 방랑을 시작한 처음의 장소

---

21) 서정기, 앞의 책, 147면 참조.
   본고는 서정기가 『죽음의 한 연구』를 '연금술의 결혼'과 연결하여 설명한 부분을 참고하여 분석 적용하였다.

에 도착했을 때 무한의 시간은 창출된다. 자신을 옥죄던 수인의 시간에서 벗어날 때 비로소 죽은 것 같은 삶에서 벗어나 미래를 향해 걸어갈 수 있는 것이다. 그러한 시간이 탄생하는 양상은 다음의 두 가지로 살펴볼 수 있다.

첫째, 각설이 일기 연작의 주인공이 「산남장」의 소녀에게 반복적으로 "어머니가 되셔얍지요"라 말하고 스스로 아버지가 되고자 한다. 아버지 혹은 어머니가 되고자 함은 '출산'으로 나아가기 위해서이다. 각설이 일기 연작에서 '출산'은 '죽음의 공포를 초월하여 삶을 지속할 수 있는 힘을 만들어내는 것'이라고 요약할 수 있다.

그런데 창녀와 각설이의 결합은 아래의 예시문에 나타난 것처럼 언제나 순결한 처녀와 동정을 잃지 않은 총각의 관계로 나타난다.

> 나는 내 신부의 처녀(處女)를 남김없이 다 빨고, 그리고 감발을 매었다. (…중략…) 명년 봄에, 오늘 묻은 내 동정(童貞)이 되살아날 때는 나는 또, 동정으로, 이 장의 뭇계절을 통과해갈게다. 하긴 난, 아버지가 되고 싶은 그놈의 동정 때문에, 늘 멈추질 못한다. 멈추질 못한다. (밑줄 필자)
> ─「산남장」, 206면

미래의 시간으로 나아가기 위한 각설이의 욕망은 '최초'의 시간과 접속하려는 반복적 움직임을 끊임없이 양산해낸다. 이러한 반복을 통해 고향에 이를 수 있기 때문이다. 벗어나려고 했던 고향에 도착할 수 있을 때 비로소 어머니와의 관계에서 생긴 콤플렉스를 극복할 수 있는 것이다. 아래의 인용문에 그러한 내용이 잘 나타나 있다.

> 늘 떠나는 사내지만, 내 방랑에 앙금이 쌓이며, 도대체 되돌아 거슬러 올라가질 못하고, 언제나 근심스러운 다음 장을 지나가야 되는 사내─

그렇지만, 나의 이 방랑도 아마, 내 늙고 눈 어두워 더 걸을 수 없을 때, 그때 설령 내가 만리타국장 어느 처마 밑에 쭈그리고 앉아 죽어간다더라도, <u>처음 떠나왔던 그 장에 내가 다시 돌아왔다고 믿게 된다면, 그때 멈춰질 것이다.</u> 그땐 빈 바랑이 짝없이 무거워져 내동댕이 칠 것이고, 그래서 나도 또한, 앙금을 갖지 않은 대지가 되어버릴 것이다. (밑줄 필자)

—「산남장」, 197~198면

둘째, 각설이는 '쿠마장'을 지나 산동장, 산남장, 산북장으로 이동을 계속하는데, '산북장'에서 상징적으로 '쿠마장'을 만나고 있다. 즉 연작의 시간은 직선적인 것이 아니라 원 모양의 순환적 형태를 띤다. 이 연작에는 각설이가 「쿠마장」에서 헤어졌던 영감과 장감독의 부인을 「산북장」에서 다시 만나는 것처럼 암시하는 부분이 있다.22) 「쿠마장」의 영감과 장감독의 부인이 「산북장」에서 비슷한 존재성을 지닌 노부부로 부활하고 있는 것이다. 「쿠마장」에서 영감, 장감독 부인, 각설이가 1년 뒤에

---

22) 「쿠마장」의 영감과 장감독 부인을 「산북장」의 영감과 노파라고 명확하게 단정짓기는 어렵다. 그러나 각설이 일기 연작에는 「쿠마장」에 등장하는 그들을 「산북장」의 노부부의 존재성과 연결짓는 부분이 나온다. 그래서 본고는 「쿠마장」의 영감과 장감독의 부인과 비슷한 존재성을 지닌 이들이 「산북장」에서 부활하고 있다고 보는 것이다.
예를 들어, 각설이는 「쿠마장」의 앉은뱅이 영감을 '구더기'로 묘사하기도 했는데, 「산북장」에서도 무릎걸음을 걷는 영감에게 "담배꽁초에 얻어맞은 구데기 같군입쇼."라고 말한다. 그러자 영감은 "대, 댁이었구려?"라며 각설이의 볼을 뜨겁게 어루만지며 모를 소리를 중얼거린다.
또한 「쿠마장」의 이야기와 「산북장」의 이야기가 연결되고 있다. 「쿠마장」의 영감은 죽기 전에 각설이에게 퉁소값을 치르지 못했으니 내년에 한번 더 퉁소를 불어주면 퉁소값을 장감독의 처가 치를 것이라고 이야기하는 장면이 있다. 역시 장감독의 처에게도 "저기 뿌린 씨앗이 열매를 맺거든 따뒀다가, 술과 떡을 빚어 내년의 오늘 내게로 가져오너라, 잉? 그때 그 떡과 술로 너의 혼례를 축복해주마."(「쿠마장」, 105면)라고 말한다. 「쿠마장」에서 각설이는 "내년의 오늘 돌아올 수 있었으면 좋겠군요. 그땐 복숭아도 살구도, 아기진달래도 피었을 텐데요."(「쿠마장」, 105면)라고 대답한다. 실제로 「산북장」에서 각설이는 퉁소를 다시 분다. 그리고 노파와 영감이 결합한 후 각설이는 고향과 일시적으로 마주하면서 "진달래 피웠던 그 한 광경"을 떠올린다. 노파가 대속행위를 통해 각설이에게 '고향'을 선물하면서 퉁소값이 지불된다고 할 수 있다. 즉, 「쿠마장」에서 영감이 각설이에게 한 약속이 「산북장」에서 실현되고 있는 것이다.

만나자는 약속을 하는데, 「산북장」에서 그들이 다시 모여 치유의 장을
도모한다고 볼 수 있는 것이다(각주 22번 참고). 즉 「쿠마장」의 영감과 장
감독 부인으로 대변되는 늙은 남녀가 「산북장」에서 연금술의 결혼을 이
룸으로써 '탄생'의 장으로 나아가고, 장에서 장으로 방랑을 거듭했던 각
설이 역시 자신이 태어난 최초의 공간과 접촉한다.

「쿠마장」에서 죽어가는 어미의 자궁에서 "갓나서 꽃처럼 으깨어진"
아이는 「산북장」에서 죽어가는 영감과 노파의 결합 속에서 잉태되고 태
어나는 심리적 드라마로 재탄생되고 있다. 각설이가 그 고통스런 장면을
목도했기 때문에 스스로 삭제했던 고향을 다시금 느끼게 된다.

즉 각설이는 「산북장」이라는 '시장'에서 「쿠마장」이란 '고향'과 대면
한다. 과거의 죽음이 미래의 탄생으로 연결되고 있는 것이다. 각설이는
영감과 노파가 벌이는 '연금술의 결혼'을 보면서 악몽을 꾸는 듯한 기분
을 맛보는데, 이는 그가 마주하기를 두려워했던 어머니와의 관계를 정면
으로 보았기 때문이다. 연금술의 결혼은 '고향'과 각설이를 일시적으로
나마 연결시키는 '무한'의 시공간성을 탄생시켰다.

박상륭의 작품에서 이러한 무한(無限)의 힘을 가장 잘 드러내는 존재가
바로 '노파'인데, 오직 그녀만이 죽음과 탄생을 동시에 발현시킬 수 있
는 힘을 가진다고 할 수 있다.23) 박상륭의 어머니는 마흔 다섯에 그를
낳고 환갑이 되던 해에 죽음을 맞이하였다. "환갑이란 시간의 원운동 관
계에서 출발했던 그 같은 시간 자리로 되돌아오기여서, 환갑 해에 죽는
것은 출발과 회귀의 의미가 같이 있는 것"24)이라 풀이한다. 작가에게

---

23) 이러한 노파의 존재성은 박상륭의 다른 작품에 나타난 노파의 존재성과도 연결된다. 이
   동하는 「아겔다마」에 등장하는 노파의 눈과 예수의 눈을 동질적인 것으로 해석하기도
   한다(이동하, 「박상륭의 「아겔다마」에 나타난 가룟 유다와 예수의 모습」, 『개신어문연
   구』 22, 개신어문학회, 2004, 396~397면 참조).
24) 박상륭, 「두 母胎의 자식」, 김사인 엮음, 앞의 책, 35면 참조.

‘어머니’의 그림자가 투영된 ‘노파’는 이러한 출발과 회귀의 이중적 속
성을 지닌 존재라고 할 수 있다.

노파의 대속 행위는 ‘불을 때는 행위’와 연결되며, ‘불’은 시장을 고향
으로 바꾸는 연금(鍊金)의 능력을 가지고 있다. ‘불을 때는 자’로서의 여
성의 대속 행위에 의해 장은 운동성을 가지게 되며 순환이 가능해진다.
그리고 무덤과 같은 자궁에 갇혀 있던 남자는 그 죽음의 공간에서 벗어
나 삶을 다시 시작할 수 있게 된다. 죽음 속에서 비로소 탄생할 수 있는
‘무한’의 원리를 경험하는 것이다. 박상륭의 소설에서 여성, 특히 노파는
자신을 희생함으로써 죽음의 유한성을 무한한 미래로 바꾸는 연금술사
의 지위를 갖는다고 할 수 있다.

5. 각설이 일기 연작의 의미

1960년대 김승옥, 이청준, 최인훈 등이 ‘전쟁’과 ‘산업화’ 안에서 ‘고
향’을 이야기했다면, 박상륭은 ‘죽음’에 대한 인식을 전면에 내세우는
과정에서 ‘고향’을 중요하게 다루고 있다. 박상륭의 작품이 1960년대 타
작가의 소설과 분명히 변별되는 지점이 있음에도, 어머니(여성)와의 관계
안에서 ‘고향’을 이미지화 하고 있다는 점에서는 공통적인 면모가 나타
난다.

박상륭의 각설이 일기 연작에서 시간적 배경은 명확하게 드러나지 않
는다. 각설이 일기 연작의 배경은 늦가을 혹을 겨울로 설정되어 있는데,
겨울은 싹 틔울 씨앗을 품고 있는 계절인 동시에 죽음의 시간이라는 이
중적 성격을 가진다.[25] 1960년대 박상륭의 단편 소설은 ‘탄생과 죽음이
교차하는 시간과 존재성’의 문제에서 출발한다고 할 수 있다. 그러한 문

제의식을 잘 드러내기 위해서 박상륭은 상징적 의미로서의 장(場) 공간을 설정하여 글쓰기를 했다고 할 수 있다.

본고는 박상륭이 어머니와의 관계에서 가지게 된 콤플렉스를 바탕으로『각설이 일기』연작에 나타난 장(場)과 그 공간을 움직이는 힘인 여성의 '대속행위'의 관계 양상을 분석하였다. 그리고 궁극적으로 어머니와의 공포스러운 관계를 어떻게 대면하고 극복하는지 살펴보았다. 박상륭은 죽음의 공포를 극복하기 위해 어머니라는 타자를 살해하기보다 그 타자가 자신을 극단적으로 희생하는 대속행위에 주목한다. 레비나스에게 '여성성'은 구원의 가능성인 메시아의 심성으로 파악되는데, 이러한 이미지는 박상륭의 작품에서 특히 노파와 연결된다.

박상륭은 자신의 콤플렉스를 들여다볼 수 있는 수단으로 '연금술의 결혼'이라는 신화적 모티프를 이용한다. 각설이는 노파와 영감의 연금술적 결혼을 목도하는 과정에서 자신이 태어난 최초의 시공간과 접촉한다. 그 최초의 공간이 바로 '고향'이며, 모성적 고향의 기억을 떠올리는 행위는 어머니와의 관계에서 형성된 콤플렉스를 '일시적이나마' 극복하는 지점을 보여주는 것이라 할 수 있다.

---

25) 신영지, 「박상륭 초기 소설 연구 :『각설이 일기』연작을 중심으로」, 『반교어문연구』 10, 반교어문학회, 1999, 495~498면 내용 요약.

참고문헌

1. 기본 자료

박상륭, 『아겔다마』, 문학과지성사, 1997.

2. 단행본 및 논문

김경수, 「구원과 중생을 향한 탐색」, 『소설 농담 사다리』, 도서출판 역락, 2001.

김사인 엮음, 『박상륭 깊이 읽기』, 문학과지성사, 2001.

김명신, 「박상륭 소설 연구」, 연세대학교 박사학위논문, 2000.

김학돈, 「박상륭 초기소설의 여성인물 연구」, 『인문학연구』 33-2, 충남대학교 인문과학연구소, 2006.

서정기, 『신화와 상상력』, 살림출판사, 2010.

신영지, 「박상륭 초기 소설 연구 : 『각설이 일기』 연작을 중심으로」, 『반교어문연구』 10, 반교어문학회, 1999.

윤대선, 「'너'와 '나'의 삶의 공동체를 위한 페미니즘의 기원과 해석 : 레비나스의 여성성과 타자윤리를 중심으로」, 『해석학연구』 20, 한국해석학회, 2007.

이동하, 「박상륭의 <아겔다마>에 나타난 가룟 유다와 예수의 모습」, 『개신어문연구』 22, 개신어문학회, 2004.

이희원, 「레비나스, 타자 윤리학, 페미니즘」, 『영미문학페미니즘』 17-1, 한국영미문학페미니즘학회, 2009.

엠마누엘 레비나스, 서동욱 역, 『존재에서 존재자로』(1판 7쇄), 민음사, 2009.

엠마누엘 레비나스, 김연숙·박한표 역, 『존재와 다르게』, 도서출판 인간사랑, 2010.

속악한 현실 세계의 인식과 출구 찾기

이윤경

1. 60년대 신세대와 지식인

1962년 「후송」이 『사상계』 신인상에 당선되어 등단한 이래 현재까지 왕성한 작품 활동을 하는 현존작가인 서정인[1]은 절제된 문장과 압축적인 구성, 세밀한 묘사로 현실의 비속함과 인간 실존을 예리하게 조명함으로써 등단 초기부터 '단편소설의 고전적 성취의 한 단아한 보기'[2]로 인식되어 왔다. 속악한 현실을 바라보며, 이를 언어로 구체화한 다양한 형식실험의 시도는 전통적 서사 골격에 대한 해체와 단절의식의 극복으로 수렴된다.

---

1) (1936~) 전남 순천에서 출생. 서울대 영문학과 졸업 후 1962년 『사상계』에 「후송」으로 등단했다. 1968년부터 2002년까지 전북대 영문학교 교수를 역임하면서 1976년 『강』 출간과 함께 한국문학작가상을 수상하였다. 작품집으로는 『강』(1976), 『가위』(1977), 『토요일과 금요일 사이』(1980), 『철쭉제』(1986), 『달궁』(1987), 『달궁 둘』(1988), 『달궁 셋』(1990), 『붕어』(1994), 『베네치아에서 만난 사람』(1998), 『용병대장』(2000), 『말뚝』(2000)과 산문집 『지리산 옆에서 살기』(1990)가 있다.
2) 유종호, 「삭막한 삶과 압축의 미학」, 『사회역사적 想像力』, 민음사, 1987, 271면.

50여 년에 걸친 그의 작품세계는 작가의식의 변모에 따라 몇 차례의 변화의 기점을 거친 것으로 평가3)된다. 이 중에서도 그의 초기 소설은 관념적인 문체로 방황하는 지식인의 자의식을 섬세하게 그려낸 것으로써, 분단 하의 산업자본주의 체제가 본격화되는 시기인 60년대를 배경으로 한다. 한국문학사에서 60년대는 한국사회가 식민지적 경험과 전후 사회라는 특수성에서 점차 벗어나면서 산업화시대를 열어가기 시작한 시대이자, 4·19, 5·16 사건을 경험하면서 자유와 민주주의에 대한 열망의 확산과 좌절이 교차된 시기라 할 수 있다. '6·25의 트라우마와 근대적 자유에 대한 열망과 좌절이 겹쳐지는 복합적인 양상'4)은 소위 '신세대 작가'군이 대거 등단하면서 당대의 현실에 대한 다양한 문학적 방식이 표출이 이루어지는 밑거름이 되었다.5)

「산문시대」 동인을 거치며 문단생활을 시작한 서정인은 김승옥, 이청준 등과 함께 4·19세대를 형성한 작가로서 그의 세대의식은 언어에 대

---

3) 약 50여 년에 걸친 서정인의 작품세계는 연대별로 구분되거나 주로 『달궁』을 기점으로 나누어 논의되었다. 우찬제는 「강」과 『달궁』을 전환점으로 규정하는데, 이러한 구분에 따르면 서정인의 문학세계는 「강」 이전, 「강」에서 『달궁』 사이, 『달궁』 이후로 분류가 가능하다(우찬제, 「소설성의 탐색, 탐색의 소설성」, 『달궁가는 길』, 서해문집, 2003 참조). 이와 달리 김만수는 연작 『달궁』을 그 이전의 논리적이고 인위적인 플롯이 파괴되고 '글'보다 '말' 위주의 형식실험이 이루어지는 전환점으로 보고 있는데(「해설 : 근대소설의 관습에 대한 부정과 반성─서정인의 문학세계」, 『물치』, 솔, 1996), 이와 함께 기존 논의에 의해 『달궁』은 서정인을 리얼리스트에서 스타일리스트로, 단편에서 중·장편으로 이행되는 기점으로 이해되기도 한다.
4) 김영찬, 「불안한 주체와 근대─1960년대 소설의 미적 주체 구성에 대하여」, 『1960년대 소설의 근대성과 주체』, 깊은샘, 2004, 39면 참조.
5) 4·19의 경험은 신세대 문학주체로 하여금 이성과 주관적 자율성의 가능성을 절대적인 확신으로 심화시킨 분기점으로 평가된다. 김현은 신세대 문학주체들을 선도적 이성을 지닌 지식인이자 4·19세대로 규정하고, 이 세대에 이르러서야 한국어가 토속어에서 문화어로, 그리고 문자는 기표와 기의의 단절을 해소하며 언어와 실재를 일체화시킬 수 있는 계기를 형성하였다고 진단한다. 이로 인해 4·19세대는 전후 세대와 차별되는 다양한 형식실험의 기법을 시도한 세대로 자리매김하게 된다. 김현, 「60년대 문학의 배경과 성과」, 『분석과 해석』, 문학과지성사, 1988, 240~247면 참조.

한 관심과 개별화된 의식을 가지려는 문학 근본적 자세에서 확인된다.6) "소설의 문체가 곧 그 소설의 주제를 형성하고 있다"7)라는 그에 대한 평가에서 알 수 있듯이 그는 한국어로 된 다양한 서사모형의 탐색하고 평범한 소시민의 시선을 중심으로 서사를 전개함으로써 세대적 문제의 식을 드러낸다. 그의 소시민적 인물은 당대 사회의 계급구조나 문화적 상황과 밀접한 연관성을 맺으며 이를 비판, 규명하는 지식인8)의 면모를 드러낸다. 그러나 혁명, 민주 등의 추상적 관념을 앞세우고 현실을 넘어 서고자 했던 60년대의 문학의 중심 경향 바깥에 서정인을 위치시키는 기존의 관점9)은 서정인의 작품 속에서 60년대 사회를 인식하는 지식인 주체의 관점이 작품 속에서 어떻게 형상화되고 있는지를 규명하는 데 다소 미흡한 면모를 보인다.10) 따라서 본고는 서정인의 「후송」, 「미로」,

---

6) 현재옥에 의하면 60년대 세대문학은 자기세계에서 출발하여 소시민의식을 지닌 지식인 을 중심으로 전개되며, 이는 다시 현실을 뚫고 나갈 힘을 위해서 리얼리즘방식으로 수렴 되는 특징을 갖는다. 현재옥, 「60년대 세대의식」, 『어문논집』 12, 1978, 117~125면.

7) 이어령, 「소설의 방법」, 『사상계』 117, 1963, 301면.

8) 60년대 지식인의 성격규명은 사회의 중심담론 중 하나로서 4·19세대의 등장과 연관되 어 전개되었다. 근대지식의 유동적 성격과 함께 전쟁과 분단, 그리고 대학의 양적 급증 이라는 사회적 변화는 식민지시대, 전후세대로 대표되는 이전 세대와 차별되는 새로운 정체성의 지식인을 강력하게 요구하였다(임경순, 「1960년대 소설의 주체와 지식인적 정 체성」, 『1960년대 소설의 근대성과 주체』, 상허학회, 2004 참조). 이와 관련하여 60년대 의 지식인을 계몽주의 시대의 사회적 주류에서 떨어져 나간 '새로운 지식인'으로 규명한 김건우의 논의가 주목된다. 그는 하우저의 지식론을 근거로 60년대 지식인을 산업근대 화가 본격화되고 사회가 부르주아 질서에 의해 재편되어 가던 60년대에 서민계층과 부 르주아지 사이의 중산계층에 뿌리를 두고 새롭게 탄생한 계층(intellectuals)으로 규명한다 (김건우, 「4·19세대 작가들의 초기 소설에 나타나는 '낙오자 모티프의 의미」, 『한국근 대문학연구』 16호, 2007 참조).

9) 정호웅, 「타락한 세계에 대한 비판적 진단」, 『작가세계 21』, 1994.

10) 소외된 지식인의 관점에서 서정인 초기소설을 분석한 선행작업으로는 1960~70년대 작 품을 대상으로 서사구조가 주체의 형상화에 어떻게 개입하고 있는지를 분석한 지용신 의 연구(「서사구조에 나타난 인물의 주체화 양상」, 『한국언어문학』 vol.74, 2010)와 김 승옥을 중심으로 이청준, 박태순, 서정인의 작품에서 60년대 지식인들이 낙오자의 얼굴 로 등장한 것에 주목한 김건우의 연구가 있다.

「강」을 대상으로 삼아 60년대 지식인의 현실인식과 이에 대응하는 관점이 변모되는 양상을 고찰해보고자 한다.

2. 소통 불가능의 현실과 낙관적 기대 : 「후송」[11]

등단작 「후송」(1962)은 개별체로서의 인간들을 통제하는 규율체재인 군대를 무대로 하는데, 여기서 묘사된 군대의 모습은 작가가 인식한 당대 사회의 풍경이기도 하다.[12] 서정인은 1960년대 한국사회를 가장 잘 설명할 수 있는 사회적 체제로 군대를 선택함으로써 자율적 개인을 수용되지 않는 국가와 사회에 대한 불신을 형상화한다. 즉 중동부전선에서의 사격난사 이후부터 귀에서 소리가 나는 이상 현상을 자각하게 된 성중위의 후송과정을 서사화한 「후송」에서는 자각된 한 개인주체와 사회와의 소통불가의 현실을 보여준다.

순차적 시간으로 본다면, 「후송」에서 가장 먼저 발생한 사건은 후송의 원인이 된 이명 현상이 발생한 순간이라 할 것이다. 성중위의 진술에 의하면 이명 현상은 약 "이십개월 전"에 "먹고 버린 빈 깡통"을 발견하고 급격한 충동에 의해서 그가 가진 모든 탄환을, 과열의 위험성을 망각한 채로 그 자리에서 난사함으로서 발생하였음을 알 수 있다. 발견과 충동, 격발로 이어진 일련의 사건은 성중위에게 "상쾌한 고통"과 "쾌감"을 안겨준 기억이자 신체적 증상으로 각인되면서 이전과는 다른 자기 자신을 자각하게 되는 계기가 된다. 즉 총기난사로 인한 이명 현상은 성중위

---

11) 서정인, 「후송」, 『강』, 문학과지성사, 1996.
12) 서은주, 「개별 독재체제의 알레고리―6, 70년대 서정인의 소설을 중심으로」, 『상허학보』 11, 2003.

에게 있어 "타자를 의식한 순간이며, 타자와 자기와의 벽을 느끼게 된 순간"13) 즉 타자와 타자와 분리된 자신의 존재를 동시에 인식한 순간인 것이다.

2년이 다 되어가도록 이명 현상에서 벗어날 수 없었던 성중위가 택한 길은 후송이다. 성중위의 후송에의 열망은 병의 치료라기보다는 노이로제에 시달리는 성중위가 그를 둘러싼 현재에서 벗어나고 싶다는 탈주의 욕망에 가까워보인다. 그러나 군의관은 검사나 치료 등의 시도 없이 성중위에게 매번 언어상의 처방과 함께 '후송불가'를 판정하는데 그 이유는 단순하다. 성중위의 증상은 눈으로 식별되지 않는다는 것과 "진단을 내리는 것은 항상 의사"만의 권한에 속한 것이라는 권위주의적인 편견 때문이다. 작가가 이명현상이라는 '사실'과 '의견'이 일치하지 않는 상황을 계속적으로 반복하는 것은 이러한 선입견과 위계적 사고방식이 소통을 불가능하게 하는 원인임을 강조하기 위함이다. 성중위에게 이명현상이 일어난다는 사실과 주체적 인식은 이를 판단하는 타자에 의해 부정되면서 계속적으로 충돌하게 되는데, 이때 '사실'은 선입관으로 해석되고 전문적인 '의견'으로 단순화됨으로서 왜곡되고 굴절될 수밖에 없다.14)

작가는 성중위의 경험을 통해서 60년대 사회에서 '귀가 뚫리지 않'은 타락한 세계에서 그들의 완강한 귀를 뚫을 수 있는 몇 가지 방법을 보여준다. 성중위의 후송이 현실화되는 것은 개인적 접촉에 의한 상급자의 '특명'을 통해서이다. 이때 성중위의 증상에 대한 자각을 무시하던 군의관은 후송절차를 밟아줄 뿐 아니라 증세를 기록하는 데 있어서도

---

13) 이어령, 앞의 책, 304면.
14) 오양진, 「순수한 시선의 의미―서정인 초기 소설의 비인간화 징후에 대하여」, 『민족문화연구』 vol.40, 고려대학교 민족문화연구원, 2004, 219면.

"있을만한 것은 죄다 끌어다 붙여"주는 자발적 친절을 보여준다. 야전병원에서 빠른 결과를 얻으려면 의사에게 '약'을 써야 한다는 충고 역시 돈이 최고의 소통수단임을 알려준다. 이와 함께 물적 증거 역시 유용한 매개로 등장한다. 제17후송병원의 이비인후과장은 야전병원에 이비인후과 전공이 없다는 이유로 앞서의 소견서를 무시하는 태도로 시종하지만 이러한 그의 주관적 판단은 성중위가 제시한 '특수시설' 앞에서 뒤로 물러서는 모습을 보인다. '특수시설'라는 물적 토대를 기반으로 한 자료는 이비인후과장이 주관적 판단태도에서 벗어나 이를 수용하게끔 종용하는 근거가 되는 것이다. 그렇다면 이러한 개체의 자각을 일체 수용하지 않는 타락한 사회에서 말은 차라리 "한정된 영상을 강요하며 참섭해오는" 방해자에 다름 아니다. 「후송」에서는 라디오의 관현악을 통해 지친 신경을 달래는 성중위의 모습을 통해서 음악이 하나의 대안으로 제시된다. "대화도 말도 귀찮아지고 생각조차 하기 싫어질때" 음악은 "강요함이 없이 언어이상을 것을 말"해주는 언어이상의 것이 될 수 있다는 것이다.

「후송」의 억압적 현실은 야전병원의 묘사를 통해서 시각적으로 제시된다. 전방과는 달리 활기 넘치는 공간으로 기대된 야전병원은 '무거운 쇠줄', '높은 철조망', 내부의 '쓰레기 무덤'등의 단어들로 채워진 공간이다.

> 무거운 쇠줄을 늘어뜨리고 정문을 지키고 있는 집총한 위병과 그들의 위병소, 부대를 둘러싸고 있는 높은 철조망, 그 철조망 밖으로는 아스팔트 깔린 국도가 연변의 점점 작아지는 가로수들과 함께 멀리까지 뻗쳐 있었고, 안으로는 쓰레기 무덤과 푸른 옷을 입은 창백한… 창백한, 머리 깍은 사나이들, 그리고 단조로운 단층의 암갈색 막사들이 떠오르는 태양 광선 속에서 깨어나고 있었다. 성중위의 머리에는 그것에 대한 잔인한

그러나 적절한 표현이 떠올랐으나 그는 굳이 그것을 소리내어 입 밖으로 발설하려 하지 않았다. 그 자신도 푸른 옷을 입고 있었으니까. 푸른 옷들 틈에 섞인 녹색의 작업복은 그 단정하게 죄어맨 목 높은 군화와 더불어 우선 씩씩하게 보였다. 그것은 다시 말해 독선적이기도 하였다. 복장의 분류는 사람의 분류를, 따라서 사람의 통솔을, 도와주고 있었다.(28)

군대, 야전병원은 같은 의복과 똑같은 머리형을 지닌 사람들로 채워지는 사회이며, 이러한 사회에서는 입은 옷, 색깔을 통해서 사람들이 분류되고 위계관계가 성립된다. 군복을 벗고 환자복을 입은 성중위는 "갑자기 환자가 된" 자신을 발견하게 되는데, 이러한 닫힌 사회체계 내에서는 녹색 / 푸른색으로 이분화된 사회적 질서를 따르지 않을 수 없는 것이다. 이러한 사회에 대한 묘사는 5·16 이후의 사회적 분위기와 암시하며 성중위의 시선을 통해서 60년대의 사회의 이미지를 전달한다.

이명 증상을 통해 오히려 개인으로서의 자신을 자각하게 된 성중위의 후송과정은 그가 불려가지도 않은 상태에서 진행된 심사를 통해서 일방적으로 결정되고, 그가 언급한 수도병원이 아닌 부산의 육군병원으로 결정됨으로서 끝까지 소통되지 않은 현실을 보여준다. 그러나 「후송」은 연착된 후송열차가 성중위를 포함한 '환자들'을 태우고 "캄캄한 간이역"을 떠나 "단순한 또 하나의 다른 세계"를 향하는 것으로 마무리된다. 이러한 열린 결말과 성중위의 '후송'에의 열망은 개인성을 부정하고, 소통이 불가능한 사회를 부정함으로써 '다른 세계'의 도래가 가능하다고 믿는 지식인의 낙관적 기대를 보여준다.

3. 부조리의 현실과 비판적 의식 : 「미로」15)

『창작과 비평』에 발표된 「미로」(1967)는 모호한 시간과 공간, 인물들을 구성요소로 삼고 있다는 점에서 여타의 서정인 초기소설과는 다른 특징을 지닌다. 무의식을 붙들어 형상화하려 노력했다는 작가의 말에서 짐작할 수 있듯이 어디로 가는지도 모르면서 길을 나선 여정을 그린 「미로」는 '막연한 시공간'의 제시를 통해서 환상적인 분위기를 연출하며 동시에 부정부패로 혼란스러운 현실의 모습을 암시한다.16) 이러한 측면은 「미로」가 서정인의 60년대의 사회에 대한 관점과 연결되고 있음을 말해준다. 실제로 「미로」의 드러날 듯 드러나지 않는 모호한 공간적 배경은 1960년대 중반 산업근대화 사회가 물질적 욕망을 매개로 한 통치와 지배의 위계관계를 구성하는 방식을 보여주며, 시민에게 선택의 가능성이 이미 배제되어 있는 부조리한 관계를 형상화한다.

소설은 '나'가 정거장에서 기차를 기다리는 장면에서 시작된다. 다른 사람과 함께 기차를 기다리던 '나'는 '기차가 결코 오지 않을 것'이라는 확신함과 동시에 알 수 없는 곳에 우연히 서있는 자신의 존재를 자각한다. 서술자의 자각에서 출발하고 있다는 점에서 「미로」는 「후송」과 일견 비슷해 보이지만 「후송」의 기차가 연착되지만 주체를 태우고 떠나는

---

15) 서정인, 「미로」, 앞의 책.
16) 주영중에 의하면 「미로」가 알레고리적 성격은 작가의 세계관을 분명하게 드러내준다는 측면과 함께 환상을 통해서 작가의 세계관이 명료하지 않음을 동시에 읽어낼 수 있게 한다. 이러한 모순성을 통해서 작가의 현실관은 두 가지로 정리되는데, 현실을 부정적이고 부조리한 공간으로 읽는 방식과 그 속에서 살아가는 존재가 어떤 방향성을 가지지 못한 채 표류하는 불확실한 공간으로 읽는 방식이다(주영중, 「모호한 언어와 불확실성의 세계-서정인의 「미로」에 나타난 언어관을 중심으로」, 『어문논집』 제42집, 중앙어문학회, 2009, 441~442면). 그러나 이러한 두 가지 측면은 모순된다고 볼 수 없는데, 부정적, 부조리한 사회 속에서 살아가는 존재이기에 불확실한 언어와 방향성을 지니고 표류할 수 있는 것이다.

것과는 달리 「미로」의 기차는 오지 않거나 혹은 ‘나’와 무관하게 이미 지나가버리는 것으로 나타난다. 이러한 ‘기차’에 대한 서술자의 태도변화는 서술자가 낙관적, 희망적 기대에서 벗어나 자기분열과 회의에 직면하고 있음을 말해준다.

‘나’가 최초로 인식하는 것은 자신이 스스로 아는 것도, 행할 수도 없이 방향을 상실한 타율적 존재라는 것이다. ‘나’가 자신을 발견한 장소는 역원도 없고, 그림자도 없고, 모서리들은 그 윤곽조차 구별하기 어려울 정도로 왜곡된 ‘정거장’이다. 이러한 공간에서 사람들은 모드 ‘흐물흐물한’ 상태로 존재하며 더러 움직이는 경우엔 “그가 움직이는 방향으로 미리 가 있는 자신의 부분 속으로 단순히 합류해감으로써 움직이”는 존재들로 그려지는데, 작가에 의하면 이들은 평범한 일상 속에서 “언제든지 우리 옆에 있”으면서, “언제나 우리의 시선이 닿는 곳에 있지만 결코 누구인지 알아버릴 수는 없는 그 사람들”이 된다. 이들이 ‘나’에게 기대하는 역할은 ‘기차’가 언제 올 것인지를 알려 주는 것이며, 이들의 질문을 통해서 ‘나’는 자신의 타율성을 깨닫게 된다. ‘나’가 자신의 무지를 사람들에게 들키지 않기 위해서 ‘애매한 표정’을 유지하면서, 다른 사람을 흉내내며 서 있음을 알게 되는 것이다. 「미로」의 서사는 기차역, 학교, 학교 운동장, 거리, 기차역근방, 심포지움 장소, 낡은 집 한 채가 있는 산 등 총 6개의 공간을 이동하며, 각각의 장소들에서 다양한 사람들과의 만남을 통해서 ‘나’가 점차 비판적 시각을 구체화하면서 자율적 존재로서 각성되어 가는 과정을 보여준다.

첫 번째는 기차역에서 ‘그’와의 만남이다. ‘그’는 군장을 찬 군인들이 표하는 ‘경의’를 일상적으로 받는, 어깨에 ‘별들의 그림자’를 지니고 있는 존재로서 ‘그’와의 대화는 일방적으로 이뤄진다. ‘그’의 질문은 삼천 년을 살다가 죽은 그의 할머니 제사에서 무엇을 먹을 것인가에 대한 것인데 이때 '나'가 질문을 되돌림으로써 '그'와의 대화는 종결되어 버리는 것이다.

질문이나 논리가 허용되지 않는 일방적 대화는 '학교운동장'의 '살찐 제주'와의 만남에서도 반복된다. '나'는 '학교운동장'에서 '살찐 사나이'와 그의 '돼지 대가리' 주변을 맴돌며 분배의 기회만을 기다리는 군중들을 목격한다. 군중들은 제의가 끝나면 분배해주겠노라고 한 제사장의 '약속'만을 믿고, '살찐 제주'의 한패거리들에게 적은 양을 배급받으며 무작정 기다리고 있다. 이들이 철저히 수동적 태도로 일관하는 것은 "공정한 배급"에 불만을 표시하는 즉시 "무딘 철사 테의 일격을 코밑에 받음으로써" 교육받게 되기 때문이다. 그러나 자발적으로 통치의 틀 안에 들어온 군중들이 실제로 얻을 수 있는 것은 오직 자신들이 이미 바친 것들의 일부에 불과한데, 이러한 불합리는 반복될 뿐 결코 완성되지 않고 계속적으로 지연되는 제사의 메커니즘에 의해 알 수 없다. 이를 통해서 작가는 자본화된 사회의 권력구조를 보여주고자 하는데, '북소리'로 소란스럽게 함으로써 군중들은 '돼지 대가리'를 발견하고, '북소리'의 논리에 동참하게 됨으로써 오직 '돼지 대가리'에 집중하게 되며, 동참자들에 의해 '돼지 대가리'는 점차 배반에서 정의로 합리화되는 일련의 과정이 바로 그것이다. 발견, 동참, 합리화의 과정은 자본주의 체계 속에서 군중들을 수동적 구경꾼에서 능동적 동참자로 변모되는 과정을 드러내준다.[17] 또한 이는 역설적으로 권력의 존재 기반이 이를 뒷

---

17) 이는 집단의 일원으로의 각자가 개인으로서 느끼는 것에 행동하지 않고, 그렇게 행동하도록 그에게 허용되거나 규정된 방식에 따라서 행동하고 느끼고 있음을 보여준다. 즉 외적 규범으로서 이미 주어지는 방식을 통해 개인의 감정을 결정하며 스스로를 이 구조 안에서 어쩔 수 없이 종속되어 있는 자라는 의식을 갖게 하는 것이다. 김주언, 「구조주의적 주체인식의 문제—서정인의 초기소설을 대상으로」, 『비교문학』 49, 한국비교문학회, 2009. 12 참조.

받침해주는 대중에 의해 형성, 유지되는 것임이 보여주는 것이기도 하다.18) 따라서 작가는 또 다른 만남을 통해서 '나'에게 상상의 힘을 강조한다. "저 사람들과 이 사람들의 관계는 우리들이 그럴 거라고 상상하는 대로 되어버"리고, "사실은 그러리라고 생각한 대로 되어버린 법"의 편견의 사회에서는 깨어서 상상하는 힘을 되찾는 것만이 해결책이 될 수 있는 것이다.

> "그렇다면 왜 북을 울리는가?" 내가 물었다.
> "북을 울리지 않으면 우리들은 저 사람들을 여기에 붙들어둘 수 없다. 저 사람들이 여기에 머물러 있지 않으면 우리들은 거두어들일 수 없다. 거두어들이지 않으면 우리들은 분배를 약속할 수 없다."
> "저 박제가 된 돼지 말인가? 사기와 배임과 배반의 저 돼지 대가리 말인가?"
> "머리를 좌우로 내어젓는 한, 저것은 사기도 배임도 배반도 아니다. 충분히 거두어들을 수 있게 될 때 모형은 현품으로 바꾸어 질 것이고 머리는 위아래로 움직이게 될 것이다."
> "그것이 언젠가?"
> "아무도 모른다."
> 그는 나의 귀를 잡아당겼다. 그리고 거기에다 입을 대고 소리를 죽여 계속했다.
> "그러나 아마 기다리지 않는 것이 좋을 거다. 그보단 차라리."
> 그는 더욱 소리를 죽였다. "이편에 가담하는 편이 현명하다. 그렇게 되면 모형이 언제까지나 그대로 있기를 바라게 될 것이고, 사실 모형이란 언제까지나 모형임에 변함이 없을 것이다. 어떤가?"(106)

제주의 북을 울리는 행위와 머리를 내어젓는 행위 즉 배분에의 약속과 이에 대한 금지의 행위는 상호모순적일 수밖에 없다. '나'는 이러한

---

18) 서은주, 앞의 책, 238면.

두 가지 행위가 동시에 이루어지는 것에 대한 비합리성을 지적하지만 제주는 이러한 합리성과 논리를 무시하고 자기 이익과 불이익의 기준으로 재판단할 것을 명령하고, 오히려 자신의 편에 설 것을 종용한다. 손익을 기준으로 한 체계 속에서는 '돼지 대가리'가 영원히 분배가 불가능한 모형임에도 두 가지 행위가 반복되는 한 이는 "사기도 배임도 배반도 아"닐뿐만 아니라 이편에 가담하게 되면 오히려 모형이 변함없이 그대로 있기를 더 바라게 된다는 것이다.

이러한 만남을 통해 주목되는 것은 지식인을 비롯한 시민들의 반응이다. 학교에서 '나'가 목격한 '직원들'과 '학생들'은 지친 상태로 "마치 영원히 그럴 것처럼" 굳어져 시간이 지나기만을 기다리고 있다. 바깥의 시끄러운 상황에 대한 이들의 유일한 대응은 무관심이다. 시민들 역시 무기력한 태도로 일관한다. '나가 거리에서 본 상점가는 모든 창문이 닫히고, 사람들은 가게 안에 웅크리고 앉아서 어떠한 기대조차 보이지 않은 채 다만 "시선을 교차시킨 채 꼼짝하지 않고 있"을 뿐이다. 이러한 상황에서 심포지엄에서 만난 한 떼의 지식인들은 "삼천년 동안" 자신들끼리 모여 인생이나 죽음의 의미에 관한 관념적 토론을 지속하고 있을 따름이다. 이들이 원하는 것은 토론을 영원히 끝내지 않는 것이다. 그렇기에 술어의 추방이나 새로운 대안은 이들의 고려사항이 되지 못한다. 술어를 추방하면 이들의 할 일이 없어지고, 새로운 대안은 문제를 더욱 골치 아프게 할 뿐이기 때문이다.

이러한 세계에서 길을 잃고 헤매던 '나'는 다양한 만남을 통해서 '박사'를 찾아가는 여정으로 명료화된다. 여기서 '박사'란 과거의 믿음의 대상이었던 신적인, 신성한 존재 혹은 역사적 진리로도 해석 가능할 것이다.[19] 그러나 '나'는 모든 논란을 종식시켜줄 '박사'가 오래 전에 이미 '없음'을 알게 된다. 박사의 부재와 '퇴락한 고총'만이 남아 있는 이러한 발견을 통해서 '나'는 박사에 물을 필요가 없이 그 답이 이미 자신 내부에 있음을 각성하게 된다. 결국 미로 속에서의 여정은 불확실하고 부조리한 현실과 수동적으로 반응하며 타락해 가는 소시민에 대한 비판적 의식을 확보함으로서 '나'가 자율적 의지를 지닌 지식인으로 세워지고 있음을 보여주고 있는 것이다.

4. 이상과 괴리된 현실과 낙오자에 대한 연민 : 「강」[20]

『창작과 비평』에 개재된 「강」(1968)은 서정인의 첫 창작집의 표제작이자 서정인 소설의 전환점으로 알려진바 있다. 「강」에서는 「후송」이나 「미로」와 마찬가지로 이동 중의 인물이 등장한다. 그러나 「강」에서는 이전과 달리 지식인의 낙관적 의식 대신 초라한 일상을 통해 비관적 현실이 나타나고 있으며, 복수의 서술자를 등장시키고 불연속적인 서술양식을 사용함으로써 각각의 평범한 인물들이 차별화된 자신만의 세계를 재현하는 것으로 나타난다.

「강」은 한 하숙집에서 기거하는 세 명의 인물이 군하리로 버스를 타고 가는 여정에서 시작된다. 이들이 서울에서 군하리로 이동하는 이유는 지방에서의 결혼식에 참석하기 위해서인데, 세무서 직원 이씨, 전직 초등학교 교사인 박씨, 그리고 늙은 대학생 김씨의 호칭에서 알 수 있듯 이들은 주변에서 흔히 볼 수 있는 익명적 존재, 소시민에 가깝다. 이 중 대학생 김씨가 다른 이들과 구별되는 점은, 자신의 삶이 초라한 것이라는 자각조차 없이 살아가는 박씨나 이씨와는 달리 다른 세계에 대한 꿈

---

19) 주영중, 앞의 책, 448면.
20) 서정인, 「강」, 앞의 책.

을 지녀본 적이 있으며, 이러한 꿈의 좌절을 통해 허무와 환멸에 차 있는 젊은 지식인의 자의식이다.

김씨가 깨달은 삶의 '진실은' 입대를 회상하는 장면에서 드러난다. '진눈깨비'는 군하리로 떠나기 전, 모두에게 입대경험을 회상하게 하는 계기로 작용하는데 자랑스럽게 입대를 떠벌리거나 기피자인 이씨와 박씨에게 있어 입대가 그저 하나의 과거에 불과하다면 김씨에게 있어 입대는 그에게 꿈과 정반대인 현실을 깨닫게 해준 쓰라린 경험이다. 환송하는 무리와 악대, 태극기로 가득 찬 역전, 멀리서 아쉬워하는 단아한 여자로 구성된 그의 낭만적 상상의 풍경은 단 하나의 환송인도, 악대도, 태극도 없이, 매춘부들로 채워진 역전의 풍경으로 대치되며, 누추한 현실을 말해준다.

'아름다운 꿈의 상실과 초라한 현실의 확인'21)으로 요약되는 김씨의 좌절감의 정체는 군하리 도착 후 여관집 소년과의 대화를 통해서 구체적으로 드러난다. 가슴에 반장 명찰을 단 소년은 '시골천재'였던 그의 과거를 상기시키게 된다.

> 그의 머릿속에는 몽롱한 가운데 하나의 천재가 열등생으로 변모해가는 과정이 하나씩 떠오른다. 너는 아마도 너희 학교의 천재일 테지. 중학교에 가선 수재가 되고, 고등학교에 가선 우등생이 된다. 대학에 가선 보통이다가 차츰 열등생이 되어서 세상으로 나온다. 결국 이 열등생이 되기 위해서 꾸준히 고생해온 셈이다. 차라리 천재이었을 때 삼십 리 산골짝으로 들어가서 땔나무꾼이 되었던 것이 훨씬 더 나았다. 천재라고 하는 화려한 단어가 결국 촌놈들의 무식한 소견에서 나온 허사였음을 드러나는 것을 보는 것은 결코 즐거운 일이 못 된다. 그들은 천재가 가난과 끈질긴 싸움을 하다가 어느 날 문득 열등생이 되어버린다는 사실을 몰랐

---

21) 이남호, 「6,70년대 장삼이사들의 삶」, 『작가세계』 21호, 1994. 5, 61면.

다. 누구나가 다 템스강에 불을 처지를 수는 없는 일이다. (…중략…) 그
는 출세할 일이라면 무엇이든 할 준비가 되어 있다. 어떠한 것도 주임교
수의 인정을 받는 일보다 더 중요하지 않다. 외국에 가는 기회는 단 하
나도 그의 시도를 받지 않고 지나치는 일이 없다. 따라서 그가 성공할
확률은 대단히 높다. 많은 것들 중에서 어느 하나만 적중하면 된다. 그런
데 문제는 적중하느냐 않느냐가 아니라 적중하건 안 하건간에 아무런 차
이가 없다는 데에 있다. 적중하건 안 하건 간에 그는 그가 출발할 때에
도달하게 되리라고 생각했던 것으로부터 사뭇 멀리 떨어져 있는 곳에 와
있음을 깨닫는다. 아— 되찾을 수 없는 것의 상실임이여!(138~139)

 "조잡한 비닐 제품"으로 만들어진 명찰처럼 그는 '시골천재'의 인생
이란 '수재'와 '우등생'을 거쳐 차츰 '열등생'이 되는 과정임을 자조한
다.[22] 천재, 수재, 우등생, 열등생의 흐름은 하나의 흐름을 형성하는데,
이러한 과거, 현재로 이어지는 인생은 '강'의 흐름과 같이 순차적이고
자연적이다. 따라서 시골에서 상경한 '가난한 대학생'인 그의 출세를
위한 시도는 무엇을 할 준비가 되어 있건 간에 자연의 흐름에 역행하는
작은 시도일 뿐이다. 따라서 그는 "천재라고 하는 화려한 단어가 결국
촌놈들의 무식한 소견에서 나온 허사"에 불과함을 깨닫는다. 즉 "누구
나 다 템스강에 불을 지를 수 없다"는 말에는 세상을 깜짝 놀라게 하고
싶은 개인적 열망이 좌절되었음을 담지하고 있는 것이다.[23] 게다가 그
의 좌절감은 이중의 좌절이다. 그는 출세에 성공하든 못하든, "그가 출

---

22) 1960년대는 경제적 상황과는 관계없이 대학으로의 진출이 확대되었고, 4·19세대 역시
　　다수가 지방출신이었다. 이들은 대부분 궁핍한 생활을 할 수밖에 없었으며 서정인과 함
　　께 전남 순천고 출신인 김승옥은 『산문시대』를 통해 서울 출신의 가진 학생들에 대해
　　지녔던 소외감을 드러낸 바 있다. 김건우, 앞의 글, 172~173면.
23) 템스강에 불을 지르다라는 표현은 일종의 관형어로서 세상을 깜짝 놀라게 하다라는 의
　　미를 갖는다. 오윤호, 「서정인 「강」의 서사적 은유」, 『사학과 언어학』 15호, 2008. 8,
　　121면.

발할 때에 도달하게 되리라고 생각했던 것으로부터 사뭇 멀리 떨어져 있는 곳에 와 있"게 된다. 그의 출발시에 그가 도달하게 될 것이라 기대했던 것은 무엇이었을까? 이러한 김씨의 좌절은 60년대 '대학생'의 상황을 살펴보는 데서 좀 더 이해가 가능해진다. 60년대는 대학생이 근대화 과정에서 새로운 지식인 계층으로 부각된 시기이다. 이시기 대학교의 급속한 양적 증가[24] 즉 교육기회의 확대와 교육열은 대학생의 숫자를 크게 증가하게 하였다. 사회구조의 변화와 함께 4·19가 학생이 주동한 혁명으로 인식됨으로써, 60년대의 대학생[25]은 "상실한 인간성을 회복하기 위해 나선 찬미해 맞이해야 할 신세대"[26]이자 "촉망받는 근대적 주체의 새로운 이름"이 된다.[27] 그러나 1960년대 후반 '시골천재'였던 한 대학생의 자조어린 환멸은 당대의 젊은 지식인으로서 세상을 바꾸는 주체도 아니고 심지어 속물적 출세조차 할 수 없는 좌절감이 담겨 있는 것이다.

이러한 「강」의 객관적 현실에의 재현방식은 서정인의 소설세계의 단서를 함축한다. 그는 「리얼리즘 考」를 통해서 리얼리즘이란 "실체에 접근하려는 예술의 의지적 경향이며, 새로운 형식의 시도를 통한 예술의 자기 수정 노력"으로서 따라서 가장 고차원적인 예술이란 "현실에 가장

---

24) 미국의 콜론 보고서에 의하면 1945년 8개였던 대학의 수가 1956년에는 90개로 증가되고, 이와 함께 대학생 역시 급속히 늘어나 19~24세 인구의 10%정도를 차지하게 되었음을 볼 수 있다. 김경일, 「1950년대 후반의 사회이념－민주주의와 민족주의」, 한국정신문화연구원 현대사연구소 편, 『한국현대사의 재인식 4』, 오름, 1998, 47~48면.

25) 해방 이후 사회는 폭발적인 수적 증가를 보인 대학생이 새로운 국가 건설의 주체가 될 것을 기대하였으며, 4·19는 이러한 기대가 마침내 현실화된 기점이 되었다. 1960년 6월, 『사상계』가 "4월혁명은 자유와 민권의 선각자인 이 땅의 지식인들의 손에 의한 혁명"이라고 선언하고 있는 것처럼 4·19 이후 '대학생'은 의의 세대, 민중의 대변자, 제2공화국의 산파 등의 특별한 위치를 차지하게 된다.

26) 김석진, 「新世代와 舊世代간의 軋轢」, 『사상계』, 1961. 4월호 참조.

27) 소영현, 「대학생 담론을 보라」, 우찬제·이광호 편, 『4·19와 모더니티』, 문학과지성사, 2010 참조.

근접하는 것"28)임을 주장한 바 있는데, 현실을 바탕으로 진정한 실체에 접근을 시도하는 그의 리얼리스트적 면모는 「강」에서 평범하고 일상적인 상황과 인물들의 모습을 날것으로 드러내는 것으로 나타난다. 즉 서정인이 시도하는 것은 옳고 그름으로 이분화된 세계가 아니라 현실에 가장 현실다운 현실을 담아내는 것이다.

이러한 현실의 재현 속에서 작가는 한 가닥의 따뜻함을 찾아내며 무기력해진 지식인에게 위로를 보낸다. 박씨, 이씨의 요청으로 김씨를 부르러 온 여자는 '누나가 되고 엄마가 되어' 취해 잠든 김씨를 돌봐주는데 그녀가 김씨에게 이불을 '덮어주는 것'과 군하리에서 내리는 눈송이가 모든 발자국을 하얗게 지우는 것은 동시적이다. 그녀의 친절은 그가 '대학생'인데서 비롯된 것으로서, 이는 비록 지식인 스스로는 속악한 현실에 대한 좌절감에 빠져 있을 때도 이들 지식인에 거는 사회의 기대는 지속되고 있음이 은연중에 드러나고 있는 것이다.

5. 전환의 시대, 관망에서 상생으로

한국 문학사에 있어 1960년대는 전환의 시대이다. 4·19로 대표되는 역사적 사건은 전후처리에 억눌려 있던 한국사회에 새로운 가능성을 제공했으며 이러한 사회적 변화는 전후문학의 무기력과 냉소주의에서 벗어나 역사와 사회에 대한 소명의식을 강조하는 실천문학과 감수성의 변화를 동반한 개인주의 문학을 탄생시킨 원동력이 되었다. 이와 함께 60

---

28) 여기에서 서정인이 말하는 현실이란 온전한 것이 아니라 작가에 의한 하나의 '사적 굴절' 혹은 불가피한 왜곡을 포함한다. 이러한 인식을 바탕으로 서정인은 예술이란 현실을 초월하는 것이 아니라 보다 치열하게 현실을 살아내려는 데 가치가 있음을 보여주고자 시도한다. 조은하, 「서정인의 문학관」, 앞의 책, 43~44면.

년대 문학에서 주목되는 것은 전세대와 차별되는 새로운 지식인의 개념이다. 이들에게는 근대사회의 주류였던 이전 지식인과는 달리 계급적 기반의 부재와 4·19를 통한 자부심이 혼재된 불안이 나타난다. 세계에의 해석과 내면 탐색을 통해 존재 의미를 찾아나가는 서정인 소설의 젊은 지식인들은 방황과 우연한 만남들을 통해서 현실을 직시하고 이에 대한 대안을 모색한다.

「후송」에서는 '귀'의 이상을 통해 소통이 불가능한 현실을 인식하고 음악을 비롯한 '다른 세계'를 열망하는 낙관적 지식인이 나타나는데, 이는 '자기세계'를 모색하는 60년대 초반의 지식인적 특성을 반영한다. 「미로」에서는 각종 사회적 모순들을 재구성함으로써 부조리한 사회현실에 대한 비판적 의식을 통해 존재의의를 찾아가는 지식인이 형상화된다. 이러한 지식인의 성격은 60년대 전체적 사회분위기와 함께 제3공화국 출범과 6·3사태를 계기로 사회비판적 담론이 급격히 위축되고 패배주의와 허무주의가 다시 만연하게 된 60년대 중반 상황과 무관하지 않는 것이다. 「강」에서는 한 대학생의 좌절감을 통해서 평범한 소시민으로 귀착, 고립된 60년대 후반의 젊은 지식인들의 상실감과 객관적 현실이 재현된다. 「후송」, 「미로」에 비해서 사실적 성격이 두드러지는 「강」에서는 소외된 자들에 대한 애정과 함께 '사회를 가득 채우고 있는 병리를 고치는 길은 사물들을 있는 그대로 보는 진리이며, 따라서 예술이 사물의 이름을 제대로 불러줌으로써 세상을 바로잡을 수 있다'[29]는 서정인의 작가적 신념이 본격적으로 나타난다.

「후송」, 「미로」, 「강」은 4·19세대의 좌절의식을 주제적으로 다루면서 시대적 출구에 대한 지식인의 내면의식과 대응이 변모되어가는 과정

---

29) 서정인, 「상업화시대의 예술」, 앞의 책, 373~375면.

을 보여주었다. 비극적 현실과 타협을 거부하고 저항함으로써 고립된 지식인 의식은 현실의 모순을 관찰, 비판하는 것에서 타락된 사회에 대한 극복이 사실에의 직시와 인간본연의 의지와 연민에 의한 가능성으로의 전환을 보여준다. 이러한 초기소설에서의 성격은 이후 서정인 문학의 서사적 여정을 풍부하게 읽어나가기 위한 출발지점이 된다.

::: 참고문헌 :::

1. 기본 자료
서정인, 『강』, 문학과지성사, 1996.

2. 단행본 및 논문

김건우, 「4·19세대 작가들의 초기 소설에 나타나는 '낙오자 모티프'의 의미」, 『한국근
　　　대문학연구』 16호, 2007.
김경일, 「1950년대 후반의 사회이념―민주주의와 민족주의」, 한국정신문화연구원 현
　　　대사연구소 편, 『한국현대사의 재인식 4』, 오름, 1998.
김만수, 「해설 : 근대소설의 관습에 대한 부정과 반성―서정인의 문학세계」, 『물치』,
　　　솔, 1996.
김석진, 「新世代와 舊世代간의 軋轢」, 『사상계』, 1961.
김영찬, 「불안한 주체와 근대―1960년대 소설의 미적 주체 구성에 대하여」, 『1960년
　　　대 소설의 근대성과 주체』, 깊은샘, 2004.
김주언, 「구조주의적 주체인식의 문제―서정인의 초기소설을 대상으로」, 『비교문학』
　　　49, 한국비교문학회, 2009.
김　현, 「60년대 문학의 배경과 성과」, 『분석과 해석』, 문학과지성사, 1988.
서은주, 「개별 독재체제의 알레고리―6, 70년대 서정인의 소설을 중심으로」, 『상허학
　　　보』 11, 2003.
서정인, 「상업화시대의 예술」, 『달궁가는 길』, 서해문집, 2003.
소영현, 「대학생 담론을 보라」, 우찬제·이광호 편, 『4·19와 모더니티』, 문학과지성
　　　사, 2010.
우찬제, 「소설성의 탐색, 탐색의 소설성」, 『달궁가는 길』, 서해문집, 2003.
유종호, 「삭막한 삶과 압축의 미학」, 『사회역사적 想像力』, 민음사, 1987.
오양진, 「순수한 시선의 의미―서정인 초기 소설의 비인간화 징후에 대하여」, 『민족문
　　　화연구』 vol.40, 고려대학교 민족문화연구원, 2004.
오윤호, 「서정인 「강」의 서사적 은유」, 『사학과 언어학』 15호, 2008.
이남호, 「6,70년대 장삼이사들의 삶」, 『작가세계』 21호, 1994.
임경순, 「1960년대 소설의 주체와 지식인적 정체성」, 『1960년대 소설의 근대성과 주
　　　체』, 상허학회, 2004.

정호웅, 「타락한 세계에 대한 비판적 진단」, 『작가세계 21』, 1994.
주영중, 「모호한 언어와 불확실성의 세계–서정인의 「미로」에 나타난 언어관을 중심
　　　으로」, 『어문논집』 제42집, 중앙어문학회, 2009.
조은하, 「서정인의 문학관」, 『달궁가는 길』, 서해문집, 2003.
지용신, 「서사구조에 나타난 인물의 주체화 양상」, 『한국언어문학』 vol.74, 2010.
현재옥, 「60년대 세대의식」, 『어문논집』 12, 1978.

‘生’에의 의지와 책임 윤리의 형성

박은주

1. 상흔, 전쟁의 기억

우리의 1960년대를 논하면서, 우리는 무엇을 먼저 말해야 하는가. 빼앗긴 땅에 봄이 오기를 고대했던 인내의 시기를 거친 우리가 또다시 겪어내야만 했던 전쟁의 기억에 관한 것임을 부정할 수는 없을 것이다. 전쟁이 끝나고 여러 제도적 정비를 거쳐 새로운 대한민국의 역사가 시작된 시기이기도 하지만, 우리에게는 아직 치유되지 않은 흔적이 남아 있었다. 사람들이 가슴에 자리 잡은 전쟁의 기억들은 다양한 방법들을 통해 1960년대 속으로 스며들기 시작했다. 전쟁이 끝난 이후에도 그것이 ‘기억’을 통해 계속 회자되는 것은 전쟁이 가지는 필연적인 강렬함 때문일 것이다. 귓속을 울리며 유일하게 들리는 총성 소리와 잿빛과 핏빛만이 드러나는 광경들은 사람들을 점점 옭아맨다. 전쟁이 벌어지는 한 가운데서, 그 전쟁이 불어온 모든 참상을 지켜봐야만 했던 사람이라면 더욱 그러할 것이다.

이러한 강렬함 때문에 전쟁을 체험한 세대의 문학이 세월이 흐른 후에도 여전히 전쟁과 관련된 것일 수밖에 없는 것은 아닌가. 전쟁이라는 것은 그 자체가 가지는 폭력성과 비극성으로 인해 필연적으로 사람들에게 상처의 기억으로 남을 수밖에 없으며, 그것을 치유해나가는 과정은 결코 쉽지만은 않은 작업임에는 분명하다. 작은 희망조차도 발견하는 것이 힘들었던 시기이며, 발견했다 하더라도 그 희망을 끝까지 키워내는 것이 거의 불가능해보일 정도로 어두웠기에 그들의 문학은 비극적인 현재에서 시작해서 비극적인 미래를 보여주거나, 미래가 오지 않을 것 같은 서사를 만들어냈다. 결과론적으로 말하자면, 어쨌든 우리는 그 시기를 견뎌냈고 지금 우리 문학이 '그때 그 전쟁'에 관심을 갖기에는 너무 많은 것이 변해버렸다. 불가능해보였던 것을 우리는 해냈고, 당시에 스스로에 대한 희망을 포기하지 않았던 한 작가의 이야기를 하려 한다.

송병수의 작품은 유학영[1]이 전후소설에 대해서 제시한 특징 중 몇 가지와 일치된다. 그의 작품은 전쟁의 현장을 통해 인간의 본성을 파헤치는 한편, 전후의 암담한 현실 속에서 발생한 남자들, 여자들, 어린이들의 삶을 다루고 있다. 송병수의 작품은 전쟁에 대한 체험을 소설화하는 과정에서 인간에 대한 본질과 인간의 존엄성, 윤리성의 파괴, 이산가족 등의 문제와 같이 전후의 문제점을 작품에 담아내고 있다. 이에 본고에서는 송병수의 소설 중에서 전쟁 체험과 관련된 작품을 중심으로 전쟁에 대한 작가의 비판의식과 함께 전쟁으로 인해 모든 것이 파괴된 공간에

---

1) ① 전쟁의 현장을 배경으로 하여 인간의 본질적인 문제와 본성을 파헤친 소설들, ② 6·25 전쟁의 전쟁 체험을 동족상잔의 이데올로기 전쟁이라는 특수성에서 바라본 소설들, ③ 갑작스러운 인구의 이동으로 말미암아 생겨난 피란민들의 참담한 생태와 피란민들의 정신적인 문제로서 실향성을 드러내는 소설들, ④ 전후사회의 암담한 현실 속에서 발생한 병리적 현상들을 다루고 있는 소설들, ⑤ 한국전쟁·전후소설은 내면적, 사회적, 이데올로기적으로 복잡한 갈등 구조들을 이루는 소설들. 유학영, 「1950년대 한국 전쟁·전후소설 연구」, 북폴리오, 2004.

서 우리가 무엇을 해야 한다고 말하고 있는가에 대한 논의를 진행하려
한다. 이를 통해 김윤식이 「앓는 세대의 문학」[2]에서 언급한 "전쟁을 겪
은 젊은이가 현실에 돌아왔을 때 그 상처로 인해 어떻게 패배하고 혹은
극복해 나갔는가라는 치유의 문학"적 특성을 발견하여 송병수의 문학사
적 의의를 제고하고자 한다.

2. 폐허공간과 관계의 해체

중국 인민의용군 췌유의 이야기를 담고 있는 「인간 신뢰」[3]는 전쟁 공
간을 배경으로 이념이라는 명분 아래 수동적 존재로 살아갈 수밖에 없
는 사회의 현실을 비판하고 있다. 주인공 췌유를 비롯하여 대부분의 병
사들은 전투를 치르기 전에 술을 배급받는다. 이는 단순히 병사들의 사
기를 충전하거나 두려움을 없애주기 위해서가 아니다. 혹시 품고 있을지
모를 전쟁의 목적에 대한 불신이나, 병사들의 합리적인 이성의 활동 자
체를 무화시킴으로써 상부의 명령을 무조건적으로 굴절시키기 위한 것
이다.

> 언제부터의 습성인지는 몰랐다. 술이라면 밥 젖히고라도 덤벼드는 버
> 릇이 배어 있었다. 췌유가 그렇듯이 대부분의 병사들이 다 그러했다. 하
> 긴 싫어도 먹어야 하는 술이긴 했다. 지독한 전투나 어떤 고된 사역에
> 내보낼 때 부대에선 배불리 먹을 뭣보다도 먼저 술을 내주게 마련이었
> 다. (…중략…) 그러기에 지레 치솟는 겁과 초조로움을 달래기 위해, 어
> 쩌면 올바른 제정신마저 자신에게서 몰아내기 위해서라도 차라리 술부

---

2) 김윤식, 『한국문학의 논리』, 일지사, 1974, 232~233면.
3) 1959년 〈사상계〉에 발표.

터 마시고 보는 것인지도 몰랐다.4)

군관들은 이 전투가 무엇을 위한 것이며, 전쟁의 승기를 잡는데 중요한 전투임을 피력하지면, 병사들이 관심 있는 것은 자기가 해야 할 일만을 빨리 끝내버리는 것이다. 자신이 참가하고 있는 전투의 목적이나, 전쟁이 무엇을 얻기 위한 것이며 누구를 위한 것인가에는 관심이 없다.

크나 작으나 한 차례의 전투가 끝나면 소속 부대는 전멸했다. 몇 사람 살아남으면 곧 다른 부대에 배속되었다. 거기서 미처 낯을 익히기도 전에 한 차례 전투를 치르고 나면 아는 얼굴들은 모조리 죽고, 겨우 몇 명 중에 살아남으면 또 다른 부대에 배속되곤 했다. 그 모양으로 몇 번이나 새로운 부대에 배속되었는지, 췌유는 자기의 소속 부대명을 기억해 본 적이 한 번도 없었다. 굳이 알 필요도 없었다. 새로 배속된 부대에서 새로 맞는 지휘자를 따르게 마련이다. 새로 맞은 숱한 군관들마다 명령이 사납기는 꼭 같았다. 그들 군관의 사나운 명령에 복종하기만 하면 되었다. 누구하고 뭣 때문에 싸우는 건지는 몰라도 좋았고 기실 알지도 못했다. 미제국주의 침략자들과 그들에게 침략당한 동방의 약소 인민을 해방시키기 위한 전쟁이라고 그 숱한 군관들에게 들어 알긴 했다.5)

목적과 이념이 분명하지 못한 전투에 참가하는 병사들은 그 전투를, 전쟁을 승리로 이끄는 데 필요한 무기인 것뿐이다. 병사들의 목숨은 인간이기에 갖는 존엄성과는 연관이 없으며, 계속 사용 가능한 가의 여부에 따라 그 가치가 결정된다.

죽음의 공포라든가 생명의 애착을 가져 보기는 까마득한 옛날 이야기

---

4) 송병수 외, 「인간 신뢰」, 『쑈리 킴/ 철로 外』, 한국소설문학대계 38, 동아출판사, 1995, 32면.
5) 위의 책, 37면.

였다. 전장에 나온 이래 수없이 끔찍한 전투를 겪는 동안 그 숱하게 죽
어 넘어진 사람들처럼 아무 때고 그렇게 되어 마땅하다고 알아 온 자기
의 목숨은 어디다 내동댕이친 거나 다름없었다.[6)]

전쟁으로 인해 생명 존중과 같이 인간을 그자체로 존엄한 존재로 받
아들였던 인간 존중의 가치는 무의미한 것이 되어 버렸다.

> 언젠가 어느 골짝에서 적군에게 기습을 당해 췌유네 중대는 전멸을 당
> 했었다. 그때 겨우 살아 남은 군관이 마침 이웃 중대에서 생포한 적병에
> 게 지독한 분풀이를 하는 것을 췌유는 보았다. 그것은 총대로 후려갈기
> 는 정도가 아니었다. 벌거벗겨 거꾸로 매달아 놓고 중대에서 살아남은
> 몇 명이 모조리 한 번씩 총검술 연습 삼아 찔러 죽인 것이었다. 그때 제
> 일 먼저 찌른 자가 췌유 자기이기도 했다. 끔찍스러워도 명령이니까 어
> 쩔 수 없었지만 전쟁이란 경우에 따라 그럴 수도 있나 보다 여겼을 뿐이
> 었다.[7)]

미군에게 포로로 잡힌 췌유는 가장 친한 털보의 죽음을 맞이한 검둥
이가 자신에게 분풀이를 할지도 모른다는 불안감 속에서 과거 자신이
저질렀던 만행에 대해 생각한다. 인간의 생명이 존중받지 못하는 전쟁이
라는 특수한 상황에서 자신의 이념이 무엇인지도 모른 상태로 상부가
시키는 대로 수동적 존재로 살아갈 수밖에 없는 한 개인의 삶이 췌유를
통해 형상화 되고 있다.

서로 다른 이념을 토대로 시작된 전쟁은 수없이 많은 이념 변절자와
배신자를 양산했다. 그로 인해, 사람들은 서로를 믿지 못하게 되어버렸
고, 어떠한 상황에 대해서 진실을 찾아내려는 것이 아니라 원하는 상황

---

6) 위의 책, 36면.
7) 위의 책, 43면.

을 진실로 만들어 믿어버리는 불신의 시대가 되어 버렸다. 이는 전쟁 공간을 배경으로 하는 또 다른 소설 「탈주병」8)에서 잘 나타난다. 「탈주병」에서 주인공 박한서는 자신의 분대를 이끌고 본부 주변 산골짜기 요소에서 잠복하여 적을 경계하는 임무를 맡는다. 그러나 주변 하사관인 군수처의 짓궂은 상사가 신병들을 곯려먹던 버릇을 잊지 못하고 경비병들을 놀라게 할 생각으로 잠복 순찰을 나섰다가 모든 초소가 비어 있음을 발견한 것이다. 결과적으로 분대장 한서의 명령으로 모든 경비병들이 근무지를 이탈하여 초소 근처 골짜기에서 잠을 자고 있던 것이 발각되었다. 분대장 한서는 아침 일찍 초소에 돌아가 '이상 무' 보고만 하면 되는 요령을 부린 것인데, 한서의 부대 경비병 전원이 이탈한 사건을 엉뚱한 방향으로 조사한 정보대에 의해 한서의 전신이 인민군이었으며 지리산 지구의 빨치산이었다는 사실이 드러났다.

그러나 한서가 인민군이 된 것은 한서 자신의 의도가 아니었다. 6·25가 시작된 지 이틀 만에 인민군에 서울이 함락되고, 감옥에서 풀려 나온 '빨갱이'들이 세력을 잡던 시기에 한서는 친구들과 함께 '각급 학생들은 안심하고 평상시나 다름없이 등교하여 민주교육을 받으라'는 영을 무시하고 S공관에 가서 영화를 관람한다. 영화 관람이 끝난 후 어느 기관에서 나와 나이가 찬 학생들만을 준비된 트럭에 태워 갔고, 그 무리에 포함되었던 한서는 자신의 의지와 상관없이 인민군에 가담할 수밖에 없는 처지에 놓이게 된 것이다.

> 우리는 조국해방을 기뻐하며, 김일성 장군이 영도하는 인민군에게 무한한 감사를 드려야 한다. 지금도 인민군의 원수를 무찔러 붉은 피를 흘리고 있다. 우리 젊은 학도들은 조국해방전선에 총진군하여 인민군이 흘

---

8) 1963년 「신작15인집」에 발표.

린 붉은 피에 보답해야 한다. 이 엄숙한 대열에서 낙오되는 자, 방관하는 자는 인민의 적으로 낙인찍혀 마땅하다. 무찔러 나가자……목메인 열변을 토했다. (…중략…) 우리를 지지 성원하는 여러분의 열성에 깊이 감사한다. 우리 공화국에서는 자유의사를 절대 보장한다. 강제로 요구하지는 않는다. 반대할 사람은 서슴지 말고 손을 들어보라……. 장내는 또 다시 조용해졌다. 누구 한 사람도 감히, 서슴지 않고 손들어 볼 용기는 없었다.9)

반대할 수 있는 자유는 주어지지만, 반대한 후에 목숨은 보장되지 않는 그러한 상황에서 한수에게 인민군에 가담하는 것 이외에 다른 선택의 가능성은 존재하지 않았다. 자율적 참여가 아니기에 「인간 신뢰」의 췌유와 마찬가지로 한수에게도 이념이나 신념은 중요한 고려의 대상이 아니었다. 인민군으로 낙동강 전선에 참전했을 때에도 '누구를 겨누었다는 의식'10)이 없을 수밖에 없었던 것이다. 인민군이었던 한서가 국군이 된 것도 강제 징용이었다. 따라서 국군에 들어와서도 무엇 때문에 싸운다는 명분 의식은 역시 없었다.

인간을 전쟁의 도구, 무기로 전락시켜버리는 전쟁 상황에서 사람들은 명분 없이 죽어갈 수밖에 없다. 자신의 신념이 옳음을 주장하며 악을 처단하기 위한 명분으로 시작된 전쟁이지만, 사람을 죽이는 전쟁이 되어버렸다. 사람을 살리기 위해 시작된 전쟁은 사람들을 명분 없는 죽음으로 이끌었다. 물론 전쟁을 지휘하는 상부는 군인들, 국민들의 죽음은 큰 뜻을 이루기 위해 어쩔 수밖에 없이 따르는 작은 것의 희생이라 치부할 수도 있다. 그러나 인간의 생명, 인간 그 자체로 가지는 존엄성을 앞서는

---

9) 송병수 외, 「탈주병」, 『쑈리 킴/ 철로 外』, 한국소설문학대계 38, 동아출판사, 1995, 95~96면.
10) 위의 책, 97면.

가치를 넘어서는 큰 뜻이 무엇인가에 대한 회의가 발생할 수밖에 없다. 그들에게는 전쟁 속에서 고통 받는 사람들의 목소리가 전해지지 않는 것이다. 사람들을 살리기 위한 전쟁이 아니라, 상대방을 이기기 위한 전쟁이 되어버린 상황 속에서 「잔해」11)의 전투기 조종사 김진호 중위는 전쟁의 낙오자가 되어버렸다.

> 멀리서 비행기 소리가 들려오긴 했다. 그러나 여전히 아무런 응답도 없었다. 유효 파장거리 밖에 비행기가 있어서인지, 아니면 주파수가 다른 적기인기…… 그는 신호 보내는 것을 단념하고 말았다.12)

전투기에서 탈출한 뒤 구급신호를 보낼 수 있는 라디오송신기로 구조 요청을 하지만 응답은 돌아오지 않았다. 높다란 산마루에서 산병호에 들어간 김진호 중위는 머리 위로 우군 제트기 편대가 지나가는 것을 목격하고 송신기로 구급신호를 보내지만 역시나 무응답이었다. 신호경을 꺼내서 반사경을 조작하지만 끝내 우군 제트기 편대는 그를 발견하지 못했고 그대로 지나쳐 가버렸다.

> 그는 눈바닥에 벌렁 누워 우군기를 기다렸다. 멀리서 비행기 소리가 들리기는 했으나 무전 연락은 단념했다. 담배를 피우고자 누진 성냥으로 불을 붙이려고 무진 애를 쓰고 있을 때 머리 위로 우군 비행기편대가 날았다. 태극 표시가 선명한 우군 비행기일 뿐 아니라 여덟 대 중 두 대는 어제 같이 출격했던 동료기임을 넘버 표시로 알 수가 있었다. 그는 급히 무전신호를 보냈다. 응답은 없었으나 있든 없든 자동신호를 보내면서 신호경을 꺼냈다. 그러나 내광통을 꺼내 발사 준비를 하는 동안 이미 비행기편대는 멀리 날아가고 말았다.13)

---

11) 1964년 <현대문학>에 발표.
12) 송병수 외, 「잔해」, 『쑈리 킴/ 철로 外』, 한국소설문학대계 38, 동아출판사, 1995, 172면.

김진호 중위의 구조신호는 응답을 받지 못한다. 우군이 그를 발견하지 못하는 이유는 김진호 중위를 찾으려고 노력하지만 발견하지 못하는 것일 수도 있지만, 생사의 여부를 알 수 없는 상황에서 김진호 중위를 찾아나서는 것이 소모적인 행위라고 판단하고 수색 자체를 포기했기 때문일 수도 있다. 김진호 중위의 끊임없는 구조 요청에도 불구하고 응답이 돌아오지 않는 상황으로 미루어 부대는 김진호 중위를 폭발된 비행기의 잔해로 인식하고 있음을 짐작할 수 있다. 즉, 김진호 중위의 정체성은 비행기편대의 전투기를 조종하기 위한 조종사로서 다른 조종사로 언제든 대체될 수 있는 존재였던 것이다. 전쟁에 전투기와 함께 존재하지 않는 김진호 중위는 더 이상 필요한 존재가 아니다. 살고 싶은 생(生)의 의지를 가진 한 인간으로서 김진호 중위의 외침은 부대에 전달되지 않으며, 끝내 김진호 중위는 구출되지 못한 상태로 산속을 헤매던 끝에 격추당한 자신의 전투기 곁으로 돌아와 전투기의 잔해 곁에서 죽어갈 수밖에 없었던 것이다. 하나의 생명이 그 자체로 존중받지 못하고 전쟁의 도구로의 유용성에 따라 구조 여부가 결정되는 전쟁의 비인간성이 드러나고 있다.

비인간화와 같이 전쟁으로 인해 초래되는 부정적 현상들에 대한 인지는 '상처받았음'에 대한 자각임과 동시에 그 상처로부터 벗어나게 되는 치유의 시작점이 된다. 자신에게서 느껴지는 고통을 자각할 수 있다는 것은 외부 자극, 또는 내적 자극에 대한 감각이 살아 있다는 것을 반증하는 것이다. 이는 상처가 회복되고, 생기를 되찾게 되는 것에 대한 전제가 된다.

---

13) 위의 책, 177~178면.

3. 잉여공간과 윤리의식의 부재

「쑈리 킴」14)는 주한 미군 주둔기지 근처에서 살아가는 쑈리와 주변 사람들의 이야기를 담고 있다. 쑈리가 '양키부대 캠프'15)에서 하는 일은 양키들을 따링 누나에게 붙여주고 돈을 받는 일이다. 쑈리가 원하는 것은 '양키들에게 양갈보나 붙여 주고 그럭저럭 얼려 지내다가 딱부리처럼 하우스보이'16)가 되어 팔자를 고치는 것이다. 한국 전쟁의 휴전 협정과 함께 남한에는 미군이 주둔하게 되면서 미군은 당시 사람들에게 구원자이며 선구자적 이미지로 다가왔던 것이다. 그래서 쑈리도 서울에서 국군부대 근처를 배회하거나 앵벌이를 해서 살아가던 때보다 미군 주변에서 살고 있는 현재가 더 만족스럽다고 느끼는 것이다.

> 검문소의 엠피 같은 깍쟁이놈도 있긴 하지만 그래도 양키라면 한국 사람들보다 모두 좋았다. 그렇다고 뭐 먹다 남은 닭다리나 초콜릿 부스러기 따위를 얻어먹는 맛에서가 아니다. 양키들이 어른답잖게 말발굽쇠던 지기랑 화약터치기랑 어떤 놀이든(돈내기 포커 노름만 말고) 버젓이 한몫 붙여 주는 게 좋단 말이다. 어떤 땐 슬며시 으슥한 데에 불러다가 사타구니를 까내 놓고 그것을 주물러 달라거나 흔들어 달라고 징글맞게 놀 때도 있지만, 그 장난만 말곤 양키들이 노는 장난은 뭣이고 다 신나는 것뿐이다.17)

그러나 이는 올바른 가치관을 형성하지 못하였으며, 전쟁 후 폐허의 현실에서 가치관 형성의 기반이 되는 배움의 기회조차 가지지 못한 아

---

14) 1957년 <문학예술> 신인 특집에 「쑈리 킴」이 당선되며 등단.
15) 송병수 외, 「쑈리 킴」, 『쑈리 킴/ 철로 㺙』, 한국소설문학대계 38, 동아출판사, 1995, 11면.
16) 위의 책, 12면.
17) 위의 책, 12면.

이들의 전형이 '쑈리'라는 인물을 통해서 형상화되고 있는 것이다. 쑈리는 미군들과 어울리면서 어른 행세를 하지만 라디오에서 나오는 어린이 노래만큼은 꼭 따라 부르는 아직은 아이일 뿐이다. 쑈리뿐 아니라 쩔뚝이, 딱부리처럼 어린 아이들이 미군부대 주변에서 미군의 잔심부름을 하고, 미군에게 여자를 알선해주는 일을 하면서 살아가는 모습은 전쟁 후 부모를 잃어버리고 고아가 된 많은 아이들이 살아남기 위해서 미군에게 붙어 기생하며 살아갈 수밖에 없었던 당시 비극적인 현실이 반영된 것이다.

「쑈리 킴」에서 형상화 하고 있는 전후 공간에서의 또 다른 인물의 전형은 따링 누나이다. 쑈리와 함께 미군부대 주변에서 생활하면서 몸을 팔아 돈을 벌어 생활비를 마련한다. 따링 누나와 같은 여자들이 전쟁 후 먹고 살기 위해서 선택할 수 있는 방법은 극히 제한적이었다. 소년들은 쑈리와 같은 방식으로 먹고 살았다면, 소녀들 혹은 여자들은 생계를 유지하기 위해 몸을 파는 일에 쉽게 유혹될 수밖에 없었다.

> 입술에 칠도 안 하고 머리도 안 빗은 걸 보아 오늘은 양키를 받을 생각이 없는 모양이다. 어쩌면 양키한테 잘 옮는다는 국제 무어라던가하는 못된 병에 또 걸렸는지도 모른다. 그렇다면 이거 큰 걱정이다. 몇 달 전에도 이 모양이더니 병을 고친다든가 뭐 뱃속의 애를 뗀다든가 하고 혼자 서울에 간 일이 있었다. 보름 만에 다시 돌아오긴 했지만 그때처럼 애가 탄일은 없었다.[18]

따링 누나의 몸은 만신창이였다. 그럼에도 먹고 살기 위해서, 돈을 벌기 위해서 몸을 파는 일을 할 수밖에 없는 것이다. 어린 아이인 쑈리의 시선으로 보이는 따링 누나의 삶은 객관화되어 비극성이 더 고조되어

---

18) 위의 책, 25면.

나타난다.

「쑈리 킴」이 전쟁 후 어린이들과 여자들의 삶을 형상화하고 있다면, 「장인」[19]은 전쟁에 참전했던 화가의 전후 공허해진 삶을 형상화하고 있다. 전쟁 전에 촉망받던 미술가 민은 전장에서 돌아온 후 옛날의 기력을 잃어버리고 살고자 하는 의의마저 상실해버렸다.

> 잠을 자는 것도 아니고 깬 것도 아니었다. 이불 속에 처박혀 마냥 권태로운 늑장이었다. 권태, 충족의 과잉에서 오는 그런 사치스러운 것은 아니었다.[20]

살아 있는 것도 죽은 것도 아닌 공허한 상태인 남편을 원래대로 회복시키기 위해 아내는 노력한다. 전장에서 겪었던 육체적 고통과 사람을 죽였을 지도 모를 자신에 대한 정신적 압박을 견뎌내게 하기 위해서 술을 권하기도 했으며, 남편이 열정을 바쳤던 그림을 계속 그릴 수 있도록 지원을 멈추지 않았다. 남편 민이 계속 멍한 상태로 살아가고 있음에도 불구하고 아내는 남편 본연의 모습에 대한 기다림을 멈추지 않는다.

민을 제외한 다른 사람들은 전후 남한 사회의 지배 이데올로기에 편승하거나, 자신의 신념과 사상을 끝까지 굽히지 않는 등 전후 공간에서 나름의 살아가는 방식을 획득했다. 과부가 된 옛 은사의 부인도 자신과 함께 울어줄 남자를 찾아 외로움을 일시적으로나마 극복해가고 있다. 그러나 민은 모든 것이 바뀌어버린 전후 공간에서 부적응자로 남아 있다. 같이 그림 공부를 하던 동무를 만나거나 전장에서 함께 싸우던 동지를 만나도 민은 아무런 말을 할 수가 없다. 삶의 터전을 황폐하게 만든 것에서 멈춘 것이 아니라 전쟁은 사람의 의식을 공허하고 피폐하게 만들

---

19) 1960년 <현대문학>에 발표.
20) 송병수 외, 「장인」, 『쑈리 킴/ 철로 外』, 한국소설문학대계 38, 동아출판사, 1995, 51면.

어 버렸다. 모든 것을 파괴시키는 전쟁을 보여 민은 허무주의에 빠질 수밖에 없으며 아무것도 할 수 없는 무기력에 빠질 수밖에 없는 것이다.

우리가 살아가고 있는 모든 공간에 존재하는 것들은 물론 사람들의 의식 안에 존재하는 가치관까지도 소멸되어버렸지만, 소멸되어버린 모든 것에는 우리들이 버려야만 했던 것들, 없어버려야만 했던 부정적인 것들이 포함되어 있다. 그렇기 때문에 사람들이 살아가는 공간과 사람들의 생각과 모든 가치관이 들어 있는 의식 공간이 텅 비어버리게 된 것을 '끝'이라고 정의해서는 안 될 것이다. 풍년을 위해 정월에 놓는 쥐불처럼 모든 것의 소멸은 모든 것이 새롭게 생성되어질 수 있는 기초임을 기억해야 한다.

4. 자기 존재의 확인과 윤리적 존재로의 전환

「탈주병」에서 한서는 인민군에서 활동하면서 민가를 상대로 보급투쟁, 인민항쟁이라고도 불리는 활동을 하게 된다. 그것은 일제 치하의 만주 땅에서 곡고를 털어 가난한 인민에게 나눠 주는 그 의로운 것과는 영 딴판인 활동이었다. 어느 날 보급투쟁을 나섰던 한서는 인민군으로부터 탈주한다.

> 뒤에서 몇 발 총소리가 났다. 쏠 테면 쏴봐라. 한서는 들고 뛰던 따발총을 눈구렁에 냅다 처박으며 마냥 내달렸다. 어디로 가는 건지는 당장 몰랐다. 우선 이 몹쓸 곳을 빠져나가야 했다. 마냥 내달리면서 소리 내어 웃었다. 자기를 되찾은 것이, 사람이 살 수 있는 곳으로 다시 갈 수 있다는 것이, 자기의 의지를 관철할 수 있었던 것이 한없이 대견하고 통쾌했다.[21)

자유를 찾아 탈주한 한서는 어느 기관에도 자수하지 않았다. 왜냐하면 그는 본연의 자기, 선량한 백성, 선량한 인간으로서의 자신을 찾아 탈주한 것이기 때문이다. 이러한 자기 존재를 확인하려는 시도는 가족이 있는 서울로 돌아가려던 중에 가두 검문소에서 젊은이라는 이유만으로 강제로 국군으로 차출되면서 실패한다. 그렇지만 초소 이탈 사건이 단순 직무 유기로 판명되지 않고 사상의 문제로 귀결되면서 육군본부로 이송되는 도중, 한서는 다시 탈주한다. 자신의 집, 자신의 가족이 있는 서울로 선뜻 내딛지도 못하는 상황에 처하게 되었지만 한서의 탈주는 자신을 억누르던 사상, 이데올로기 등으로부터의 탈주이며 자신의 본연의 모습을 찾아가는 과정으로서 의미 있는 탈주인 것이다.

「잔해」에서 김진호 중위는 결국 구조되지 못한다. 그리고 자신의 전투기, 무스탕기 옆에서 눈에 파묻혀 죽어갈 것이다.

> 그는 벌떡 일어나 부근을 두루 살폈다. 비행기의 잔해(殘骸)가 널려 있었다. 어느 비행기가 이 산마루에서 충돌한 모양이다. 그는 여기저기 눈을 헤치며 흩어진 알루미늄 조각을 더듬어 살폈다. 거기 씌여진, 아직도 선명한 기번(機番)이 눈에 띈 순간 그는 그 자리에 목석처럼 굳어 있었다. 다름 아닌 그의 무스탕기였다. 그는 자기 몸뚱이가 박살이 난 것처럼 왈칵 설움이 복받쳤다. 그는 무너지듯 주저앉으며 알루미늄판을 쓸어안았다. 너무나 서러워, 너무나 억울해 왈칵 울음이 터졌다.[22]

격추되어 더 이상 전투기가 아닌 자신의 전투기 잔해가 구조 받지 못하는 자신의 처지와 같다는 생각에 김진호 중위는 서러운 울음을 터트린 것이다. 「잔해」에서 김진호 중위는 자신의 아이를 가진 사랑하는 여

---

21) 송병수 외, 「탈주병」, 『쑈리 킴/ 철로 놔』, 한국소설문학대계 38, 동아출판사, 1995, 102면.
22) 송병수 외, 「잔해」, 『쑈리 킴/ 철로 놔』, 한국소설문학대계 38, 동아출판사, 1995, 192면.

인조차 외면한 채 불사의 보라매로 살아온 자신의 정체성이 한순간에 무너짐을 느끼게 된다. 김진호 중위는 「탈주병」에서의 한서처럼 자유를 얻기 위해, 본연의 자기를 찾기 위해 탈주함과 같은 행동의 적극성은 보여주지는 못한다. 그러나 그의 울부짖음은 최소한 비행기편대의 일부로 살아온 자신이 진정한 것이 아니었음을, '불사의 보라매'가 자신의 본연의 정체성이 아니라는 것만은 처절하게 깨닫게 되었음을 의미하는 것이다. 전쟁의 상황 속에서, 그것이 어떠한 압력으로 다가오더라도 최소한 자기가 누구인지에 대한 정체성을 찾기 위해 노력하고 지키는 것만이 진정으로 살아남는 것임을 잊지 말아야 하는 것이다.

모든 것은 파괴시켜버리는 폭력성이 내재된 전쟁은 「장인」의 주인공 민의 정신을 공허한 상태로 만들어버렸다. 전쟁에서 돌아온 후 아무것도 할 수가 없게 되어버린 민이지만, 식모할멈 딸의 '궁둥이'를 보고 무언가 꿈틀함을 느낀다. 민은 처음에는 타원의 궁둥이를 보고 염치 사나운 욕정의 도발일 뿐이라고 믿는다. 그러나 민이 꿈틀함을 느끼게 된 이유는 궁둥이 자체가 아니라 그것이 '타원'의 모양이었기 때문이다. 타원은 아무개 화가가 말하는 것처럼 안정적인 존재가 아니다. 그것은 불안전한 공백을 머금은 존재이기에 끊임없이 무엇인가를 끌어당기는 함인력을 지닌다. 안정적인 존재로서의 타원은 생명을 포함한 존재가 아니다. 불안전함, 움직일 수 있는 가능성, 역동성을 포함한 살아 있는, 생명력 있는 존재로서의 타원이 전쟁에 참전하기 전의 민의 정체성이었다.

그러나 생각할 수 있는 자유는 물론, 육체적 자유까지 통제받는 군인으로서 전쟁을 체험하고 돌아온 민은 삶의 의지, 생명력을 잃어버린 존재가 되어버렸던 것이다. 그러나 타원으로서의 민의 정체성은 완전히 없어졌던 것이 아니라 무의식의 영역으로 숨어버렸던 것이다. 그렇기 때문에 피폐한 현실에서도 살아가고자 하는 존재가 가지고 있는 타원을 마주했을 때, 무의식에 감춰진 민의 타원이 꿈틀거릴 수밖에 없었던 것이다.

> 글라스를 움켜쥔 두 손에 민은 불끈 힘을 주었다. 팔뚝에 핏발이 섰다. 맥박이 뛰었다. 으지직…… 손아귀 안에서 글라스가 박살이 되었다. 산 것도 아니고 죽은 것도 아닌 상태에서 사화산의 요동처럼 깨어나는 순간이었다. 손바닥에 시뻘건 피가 흠뻑 배어나고 있었다. 피…… 살아 있다는 증거였다. 그것이었다. 민은 벌떡 일어났다. 벽에 걸린 타원도, 거기 허청한 공백을 메우어야 할 수수께끼는 비로소 풀리었다. 거기 온갖 부당한 손바닥들에 굴할 수 없는 인간은 살아 있음을 증인(證印)하리라……23)

타원도의 공백을 채우는 것, 그것은 살아 있는 인간임을 잊지 않고 살아가는 것이다. 전후 모든 것이 파괴되었다 할지라도, 피가 돌고 맥박이 뛰는 인간들은 여전히 살아남아 비극적인 현실을 살아가고 있다. 인간들이 만들어놓은 정신, 문화, 등과 같은 것들은 모두 파괴되었다 할지라도 자신이 살아 숨 쉬는, 생명력을 지닌 인간이라는 가지 정체성과 자기가 확실히 존재함을 증명하는 신체가 있는 한 전쟁으로 인한 허무와 피폐를 극복할 수 있는 것이다.

「쑈리 킴」에서 쑈리와 따링 누나는 행복해지지 않는다. 그러나 친부모도 자식을 버리는 전후 상황에서 쑈리와 따링 누나는 친남매처럼 의지하며 살아간다. 쑈리는 벌어온 돈을 모두 따링 누나에게 맡긴다. 아무도 믿을 수 없는 현실임에도 서로를 신뢰하고 있음을 알 수 있다.

> 괜히 자식 때문에 따링 누나만 보기가 안됐다. (…중략…) 그러다가 그 자리에 퍽 엎드려 흐느껴 우는 것이다. 이거 어떻게 해야 좋을지 모르겠다. 이제까지 따링 누나가 이렇게 화를 낸 일도 없었고, 이렇게 우는 것

---

23) 송병수 외, 「장인」, 『쑈리 킴/ 철로 外』, 한국소설문학대계 38, 동아출판사, 1995, 83면.

도 처음 봤다. 쏘리는 그저 맥도 없이 슬프기만 했다.

"누나야 …… 잘못했어, 다신 안 그럴게, 우지 마아."

하면서 얼결에 같이 쓰러져 울고 말았다. 뭣을 잘못했다는 것인지 저도 모르지만 그저 이렇게 같이 우어야만 될 것 같아서였다. 얼마 동안을 그렇게 울었는지 모르겠다.

"얘야, 우지 마, 네가 미워서 그런 게 아니다잉 ……우리 이젠 서울 가서 나하고 나하고 둘이만 살자잉……."[24]

혈연관계가 아니지만, 쏘리와 따링 누나는 서로에게 의지하게 되고, 힘든 시기를 함께 견뎌왔다는 것에서부터 연대의식을 형성하게 된다. 이러한 연대의식을 통해 생물학적 근거에 의해서 형성되는 일반적 의미의 가족의 개념이 아닌, 좀 더 확장된 의미를 가진 새로운 가족 개념이 만들어지게 되는 것이다. 쏘리와 따링 누나 사이에 형성된 연대감은 밑바닥 생활을 하고 있지만 돈을 벌어서 둘이 함께 제대로 살 수 있을 것이라는 희망을 가지고 힘든 현실을 이겨나갈 수 있는 원동력이 되는 것이다.

검문에 걸려 따링 누나가 잡혀 가면서도 쏘리를 걱정하여 돈이 있는 위치를 알려주고 나중에 만날 약속을 한다. 쏘리와 따링 누나는 헤어졌지만 피보다 진한 유대감은 비극적 전후 현실을 극복할 수 있는 전제가 되어 줄 것이다.

이젠 이곳 양키부대도 싫다. 아니, 무섭다. 생각해 보면 양키들도 무섭다. 북독 같은 놈은 왕초보다 더 무섭고, 엠피는 교통순경보다 더 밉다. 빨리 이곳을 떠나 우선 서울에 가서 따링 누나를 찾아야겠다. 그 마음 착한 따링 누나를 다시 만날 수 있다면야 까짓 달러 뭉치 따위, 그리고

---

24) 송병수 외, 「쏘리 킴」, 『쏘리 킴/ 철로 外』, 한국소설문학대계 38, 동아출판사, 1995, 23~24면.

> 야광시계도 나일론잠바도 짬빵 모자도 그따윈 영 없어도 좋다. 그저 따
> 링 누나를 만나 왈칵 끌어안고 실컷, 실컷 울어나 보고, 다음에 아무 데
> 고 가서 오래 자리 잡고 '저 산 너머 햇님'을 부르며 마음 놓고 살아 봤
> 으면……25)

따링 누나가 잡혀 간 후, 쑈리에게는 심경의 변화가 일어난다. 자신이 원하는 것을 갖게 해주는 돈을 벌게 해주는 미군에 대해서 호의적이었던 마음은 이제 두려움으로 변한다. 먹고 사는 것이 힘겨워 서로 싸울 수밖에 없었던 왕초, 질서를 바로 잡기 위해 단속을 멈출 수 없었던 교통경찰들은 모두 한 민족이었으나, 미군은 아니었던 것이다. 피로 맺어진 혈연관계는 아니지만 한 민족이라는 유대감을 형성함으로써 정신적 공허함을 치유하고 전후 암울한 현실을 함께 재건해나가는 것이 더 근본적인 전쟁을 극복하는 방법인 것이다.

이러한 연대의식의 형성이 중요한 이유는 극한 상황에서 생존본능이 발현되고, 그래서 '生'에 대한 의지를 다시 찾는 것만으로는 전쟁으로 인한 상처를 온전하게 치유할 수 없기 때문이다. 자기 존재의 실존을 확인함으로써 순간은 평안을 느낄 수 있으며 행복함을 느낄 수 있다. 그러나 우리가 살고 있는 세계에 어떠한 일이 벌어지게 될 것인가에 대해 우리가 알 수 있는 것이 없다. 우리는 한없이 작은 약자의 자리에 위치할 수밖에 없는 것은 부정할 수 없는 사실이다. 그리고 인간의 자아를 세상에 존재할 수 있도록 자아가 머물 공간이 되어주는 우리의 신체는 무한하지 않다. 몸의 유한성으로 인해 인간을 죽음을 피해갈 수 없다.

그러나 인식의 전환을 통해 단지 죽음을 피해가는 것이 아니라 죽음이라는 것을 초월할 수 있다. 죽음이라는 것은 더 이상 우리의 신체가

---

25) 위의 책, 30면.

움직이지 않는 것이며, 그것은 우리 각자의 자아의 거주 공간이 사라지게 됨을 의미한다. 바꿔 말하며, 거주할 몸이 있다면 인간의 자아는 계속 존재할 수 있게 되는 것이고, 자아가 거주하는 공간을 바꿔 존재할 수 있다는 전제하에 자아의 영원성이 확보될 수 있는 것이다. 이 명제가 죽음의 초월이 가능해지는 영역으로의 전환의 시초인 것이다. 자아라는 것은 한 사람의 인격이며, 자신이 지금까지 살아오면서 형성한 것으로 그 사람의 삶의 의미의 집합체라 할 수 있을 것이다. 이러한 자아가 계속 유의미한 존재로 남기 위해서 우리가 할 수 있는 것은 지금 자신의 몸이 사라지고 난 후, 자신의 자아가 옮겨 거주할 수 있을 만한 또 다른 몸을 길러내는 것이다. 자신에게만 집중하는 것이 아니라, 자신의 주변에 존재하는 타자를 인식하고, 그들의 고통에 동참하며, 외면하지 않을 때, 그 타자들이 앞으로 살아가게 될 미래를 함께 살아갈 수 있게 되는 것이다. 다른 사람들을 돌보는 삶을 살아갈 때, 자신의 존재 의미, 삶의 의미가 현재의 자신의 삶이 아니라 미래를 살아가게 될 타자의 삶에서 형성되어질 것이다. 자신의 자아가 최초로 형성된 현재의 몸은 소멸할 것이지만, 미래를 살아가게 될 타자를 환대함으로써 우리의 자아는 미래를 살아갈 수 있게 된다는 것이다.

::: 참고문헌 :::

1. 기본 자료

송병수, 『송병수 작품집』, 지식을만드는지식, 2010.
송병수 외, 『쑈리 킴/ 철로 쑈』, 한국소설문학대계 38, 동아출판사, 1995.

2. 단행본 및 논문

공정원, 「송병수 소설 연구」, 동국대학교 문화예술대학원 석사학위논문, 2006.
구장률, 「해방 후 한국문학비평과 휴머니즘론—비평의 객관성 문제와 관련하여」, 『현
        대문학의 연구』 18권, 2002.
김철경, 「송병수 소설의 인물 연구」, 동아대학교 교육대학원 석사학위논문, 2000.
유학영, 「1950년대 한국 전쟁 전후 소설 연구」, 북폴리오, 2004.
황송문, 「다시 읽어보는 전후 문제작 : 송병수 작 쑈리킴」, 북한연구소, 1984. 2월호.

유희를 통한 꿈꾸기*

오은엽

1. 1960년대의 서울과 도시 공간의 문학적 형상화

1960년대의 서울은 산업화를 이루기 위한 집중 투자지역과 소외지역 간의 불균형적 성장으로 도시문제가 확대되고 있었다. 경제개발계획이 본격적으로 실현되어 도시가 팽창되고[1) 있었지만 한편에서는 이농민들의 유입과 급격한 인구증가로 인해 슬럼화와 도시 하층민들의 소외 현상이 가속화되었다. 정부 주도의 근대화 정책은 도시 공간을 양적으로 팽창시켰지만 그 한편에는 여전히 전후의 피폐함과 식민지의 흔적이 남아 있었고 국가 권력의 도시정책이 도시인의 일상에까지 파고들지는 못한 상태[2)였다. 그럼에도 불구하고 끝없이 몰려드는 사람들로 인해 서울은 욕망의 집합소 같은 도시 이미지를 만들어가고 있었다.

---

* 이 논문은 오은엽의 「이청준 소설의 모성 은유와 열린 텍스트의 상상력」(『현대소설연구』 제47호, 2011. 8)의 일부를 수정 및 보완한 것임.
1) 한국도시연구소 엮음, 『수도권 들여다보기』, 한울, 1995, 23면 참조.
2) 서울특별시사편찬위원회, 『서울六百年史』, 제6권, 1996, 711~712면 참조.

인간의 삶이 실존적 뿌리를 내리기 위해서는 스스로 정위(orientation)할3) 수 있어야 한다. 정위한다는 것은 곧 구체적인 일상 속에서 실존의 의미를 찾기 위해 거주함(Wohnen)의 본질4)을 사유하고 실현시켜 나가는 것을 의미한다. 그러나 1960년대의 서울은 정위할 수 있는 곳이 되지 못했다. 문학 작품 속에 형상화된 서울 역시 4·19의 흔적이 의식 속으로 스며든 채 고통과 불안의 공간으로, 절대빈곤의 늪에서 벗어나지 못한 결핍과 혼돈의 공간으로 나타나곤 했다. 1960년대 작가들은, 서울살이를 하면서도 서울의 주인으로 살지 못하는 자들의 고달픔과 아픔을 형상화했다. 소외된 자들의 도시 생활을 통해 때로는 부정적 현실에 순응하거나 영합해야 하는 고통과 부끄러움을, 때로는 세속적 욕망과 이상과의 괴리에서 빚어지는 잠재적인 변화의 힘을 포착했던 것이다. 이청준 역시 등단작 「퇴원」5)에서부터 공간에서 헤매는 인물을 통해 개인과 사회의 아픔에 대해 진지한 성찰을 이루어갔다. 이청준의 초기 소설은 시대정신의 심신의학적(psychosomatics) 면모6)를 보여준다는 평가에서 알 수 있듯 신체적, 심리적 증상을 앓고 있는 인물들로 넘쳐난다. 글쓰기를 모티프로 하는 소설7)의 경우에는 증상의 정도가 더 심해져 언어의 본질과 지식인의 반성적 성찰이라는 주제를 깊이 있게 드러낸다. 그의 소설에서 증상은 대부분 억압적인 현실 때문에 생겨난 것인 동시에 그에 대응하는 것이고 나아가 인간과 삶의 근원적 문제를 탐구하는 질병 은유8)로

---

3) C. 노베르그 슐츠, 민경호 역, 『場所의 魂』, 태림문화사, 1996, 30면.

4) M. 하이데거, 이기상 외 역, 「짓기·사고하기·거주하기」, 『강연과 논문』, 2008, 183~209면.

5) 이청준, 『사상계』, 1965.

6) 이재선, 「이청준의 異常性의 美學」, 『현대한국소설사』, 민음사, 1991, 230면.

7) 이를테면 「조율사」의 인물들(소설가, 평론가 등)은 위궤양을 앓고 있고 「자서전들 쓰십시다」와 「지배와 해방」의 대필업자는 글쓰기 불능이라는 증상에 시달린다. 「빈방」의 주인공은 딸꾹질이 멈추지 않고 「소문의 벽」의 소설가는 중증 신경증을 보인다.

의미 작용한다. 뿐만 아니라 다양한 증상의 의미를 해석해가는 과정 자
체가 서사구조의 핵심적인 요소가 된다. 이청준의 초기 소설에서 개인의
식을 압도하는 것은 정체가 모호한 힘이다. 이에 대한 도시인들의 방어
전략은 흔히 사물과 타인에 대해 무관심해 보이는 태도와 무기력함으로
나타난다. 도시인들은 자극을 열망하는 동시에 자극에 반응하지 않는 무
감각한 개인이 되어 새로운 것을 추구하면서도 역설적으로 지루하고 반
복적인 일상 속에서 신경쇠약증적인 인간형이 되어가는 것[9]이다. 그 결
과 도시는 의미 있는 사건들을 경험하는 실존적 공간이 아니라 실존적
외부성(existential outsideness)[10]이 극대화된 공간으로, 도시에서 살아남기
위해 재분할되고 재배치된 공간으로 나타난다.

공간에 대한 정체성은 무엇보다 외부로부터 분리된 내부 공간[11]을 형
성하는 것에서 시작된다. 이청준의 초기 소설에는 그러한 <내> 공간의
부재 및 <내> 공간을 만들어가기 위한 공간의 분절 양상이 인물의 증
상과 관련하여 작가만의 독특한 공간 기호를 만들어낸다. 본고는 증상을
앓고 있는 이청준 초기 소설의 인물들이 자신들의 도시 공간을 분절해
가는 다양한 양상을 공간 기호학[12]의 접근 방법을 통해 살펴보고자 한
다. 로트만(Yuri Lotman)은 문학 텍스트에 대한 문화적 모형(모델)을 확장
시켜 문화 전체의 모습을 '기호계(semiosphere)',[13] 즉 기호학적 공간이라

---

8) 수잔 손탁, 이재원 역, 『은유로서의 질병』, 이후, 2002, 110면.

9) 그램 질로크, 노명우 역, 『발터 벤야민과 메트로폴리스』, 효형출판, 2005, 339면.

10) 에드워드 렐프, 김덕현 역, 『장소와 장소상실』, 논형, 2005, 119면.

11) 슐츠는 내 공간의 위상학적 개념으로 근접성(proximity), 구심성(centralized), 폐합성(closure)
을 들고 있다.

   C. 노베르그 슐츠, 김광현 역, 『實存·空間·建築』, 산업도서출판공사, 1985, 21면.

12) 본고는 이청준 소설에 나타난 도시 공간의 미학적 특성을 살펴보기 위해 로트만의 공
간 개념과 분석 방법, 이어령의 공간 기호학, 그레마스의 기호학 등을 주된 방법론으로
삼고 있다.

13) 로트만에 따르면, 기호계란 상이한 언어들의 단순한 축적이 아닌 언어들의 존재와 기능

는 개념으로 설명한다. 텍스트의 공간적 특성을 연구하기 위해 로트만이 제시하는 기본적인 속성은 '보편적 공간이 분할되는 유형은 어떠한가', '보편적 공간의 차원은 어떠한가', '어떤 지향성을 보여주는가' 등이다. 또한 경계는 텍스트의 공간을 하나 혹은 여러 지점의 합으로 이루어진 공간 연속체로 나눠놓는다. 로트만은 이러한 논의를 전제로 하여 문화 텍스트의 공간을 나누는 몇 가지 단순한 유형[14]을 제시하고 있다. 본고에서도 텍스트의 기본적인 공간적 특징을 파악하기 위해 로트만이 제시한 이러한 유형을 변용시켜 적용할 것이다. 또한 이어령은 『공간 기호학』[15]에서 유치환의 시 텍스트에 나타난 자연적인 구체적 감각과 그 심리를 공간이라는 하나의 체계, 즉 기호 형식으로 바꾸어놓는 작업을 완성했다. 그 결과 수직 / 수평을 기축(基軸)으로 상 / 하, 중심 / 주변, 내 / 외, 전 / 후, 좌 / 우 등 이항 대립의 이산적인 공간이 생겨난다. 또한 그러한 공간의 차이를 통해 생성되는 분절과 그 연쇄에 의해 한 시인의 의미 공간을 구축하고 다시 해체하는 기호현상(semiosis)[16]을 만들어낼 수 있음을

수행을 위해 필요한 공간이다. 이는 선험적 존재로서, 언어들과 끊임없는 상호작용을 하며 양항성·다종성·비대칭성·자체 기술 등의 특징을 갖는다. 유리 로트만, 김수환 역, 「문화를 유형학적으로 기술하기 위한 메타언어에 관하여」, 『기호계』, 문학과지성사, 2008, 11~61면 참조.

14) 유리 로트만, 앞의 책, 28~30면 참조.

15) 이어령, 『공간의 기호학』, 민음사, 2000.

16) 이어령은 문학 작품에 있어서 그 언어들이 형성해내고 있는 공간의 모델을 다음과 같이 정리한다. 이것은 우주수(宇宙樹) 도상(圖像)을 연구한 토포로프(Toporov)의 조형 공간과도 일치한다. 문학 작품의 경우 동서남북이나 좌우, 전 / 후, 중심 / 주변 등은 의미 체계에 있어서 내 / 외로 묶어져 대립항을 이루게 되므로 수평축의 변별 특징이 달라지게 된다.

상 V_+	$+ / -$	$+ / 0$	$+ / +$
중 V_0	$0 / -$	$0 / 0$	$0 / +$
하 V_-	$- / -$	$- / 0$	$- / +$
수직 / 수평	내 H_-	경계 H_0	외 H_+

하=V_- 내=H_-
중=V_0 경계=H_0
상=V_+ 외=H_+
V : Vertical   H : Horizontal

보여주었다.

　본고에서 분석 대상으로 삼은 작품은 도시 공간을 다룬 이청준의 초기소설 「나무 위에서 잠자기」(1968)[17]와 「별을 보여드립니다」(1969)[18]이다. 두 작품은 모두 <내> 공간을 갖지 못한 채 소외되어가는 도시인의 내면 심리를 공간화하여 보여준다. 또한 이청준 소설의 원형질 같은 섬세한 아름다움을 간직하고 있음에도 다른 연구 방법을 통해서는 그 미학적 특성이 쉽게 드러나지 않는다는 공통점이 있다. 따라서 메타언어의 자격으로 나타나는 공간 분석을 통해 이청준 초기 소설의 도시 공간이 형성해내는 의미 작용과 텍스트의 특성을 규명할 것이다.

2. 도시인의 유희 공간

1) 놀이적 상상력과 공간 분절

　「나무 위에서 잠자기」(1968)[19]는 놀이가 제한된 시간과 장소 속에서만 하는 것이며, 두드러진 공간적 한계성[20]을 가진다는 사실을 잘 보여준다. 놀이의 공간은 우선 장소와 지속성에 의해 일상적인 삶과는 구분[21]된다. 이 공간 속에서 놀이가 진행되고, 놀이의 규칙이 통용되는 것이다.

공간의 시점 이동 및 동태적인 연쇄 관계를 약호로 기술한 정식은 다음과 같다.
수직 [V−/o/+]　V−/o/+ ↑,　V−/o/+ ↓
수평 [H−/o/+]　H−/o/+ →,　H−/o/+ ← (수직 ↑↓, 수평 → ←)
위의 책, 41~42면.
17) 이청준, 『병신과 머저리』, 열림원, 2001.
18) 이청준, 『별을 보여드립니다』, 열림원, 2001.
19) 이청준, 앞의 책, 열림원, 2001.
20) J. 호이징하, 김윤수 역, 『호모 루덴스』, 까치글방, 1981, 22면.
21) 위의 책, 21면.

이 작품의 화자는 아내의 '철 침대 밑'이라는 이중적으로 강화된 <내>
공간에서 '문자놀이'를 즐긴다. 주거 공간 속에서 가장 최종적 단위가
되는 것은 침대 같은 잠자리[22]이다. 이 텍스트의 공간 역시 공간 좌표
상으로는 <내> 공간에 속한다. 그러나 그의 잠자리는 휴식과 안락의 공
간이 아니라 감금과 지배의 공간 이미지로 나타난다. 아내는 화자인 나
를 '아랫 몸뚱이가 없는 유령처럼' 보인다며 무서워한다. 아내의 부정적
인 심리는 '처져 내려오는' 그녀의 침대로 은유화되어 답답하고 폐쇄적
인 공간성을 만든다.

> 아내가 누운 철침대의 밑바닥은 검고 둥근 하늘처럼 아래로 처져 내
> 려와 내 시야의 상단부를 덮고 있다. 아내가 몸을 뒤척일 때마다 그 하
> 늘은 더욱 아래로 내려와 내 십자가까지 덮쳐누르려고 한다. 나의 십자
> 가는 그 아내의 침대 아래로 저지대 시가지를 내려다볼 수 있는 창문
> 에서 위험 신호를 보내듯 쉴 새 없이 깜박이고 있었다. 그러니까 나는
> 방바닥에 누워서도 몸만 조금 비틀면 언제나 십자가를 볼 수 있는 것
> 이다.[23]

몸을 뒤치는 아내의 움직임과 무게에 의해 공간이 좌우될 만큼 화자
의 공간은 잠자리를 따로 하는 아내라는 타자의 공간[24]으로 묘사된다.
인물 행위의 연쇄 관계를 통해 공간의 폐쇄성을 강화하는 행위의 기능
단위를 추출해 보면 다음과 같다.

---

22) 이어령, 앞의 책, 296면.
23) 이청준(1968), 「나무 위에서 잠자기」, 『병신과 머저리』, 열림원, 2001, 117면.
24) 유리 로트만, 앞의 책, 58면.

올라가다/
내려오다 눕다 보다 생각하다 자다 꿈꾸다
(내팽개쳐지다)

● — — — ● — — — ● — — — ● — — — ● — — — ●

A   B   C   D   E   F

A : (아내의 침대로 올라갔다 내려오다)

B : (아내의 철 침대 밑에 눕다)

C : (창밖 십자가의 불빛을 보며 문자놀이를 하다)

D : (어릴 적 고향 마을의 팽나무와 나무 위 잠자리를 생각하다(추억하다)) (1960년 서울에서의 대학 시절을 기억하다)

E : (방바닥에서 자다 / 침대에서 자다)

F : (과거를 찾기 위해 트렁크와 관련된 꿈을 꾸다)

화자가 아내의 침대 위로 올라갔다($V_-/o/_+ ↑$) 내려와($V_+/o/_- ↓$) 침대 밑의 바닥 잠자리에 눕는(V_-, H_-) 과정과 그 분절을 통해 공간은 <아내의 침대> → <침대 밑바닥> → <화자의 시선> → <추억 속 나무> → <꿈 속(트렁크)>로 응축되어 간다. 이와 비례하여 아내가 화자 '나'에게 느끼는 부정적인 감정 역시 의구심 → 두려움 → 경멸 → 무시(망령, 유령)로 그 밀도가 커진다. 화자는 그러한 불안 심리를 침대의 무게로 인해 점점 축소되어 가는 공간성으로 지각한다. 이러한 공간 모델을 내/외의 공간 코드를 고려해 로트만의 그림[25])으로 나타낼 수 있다.

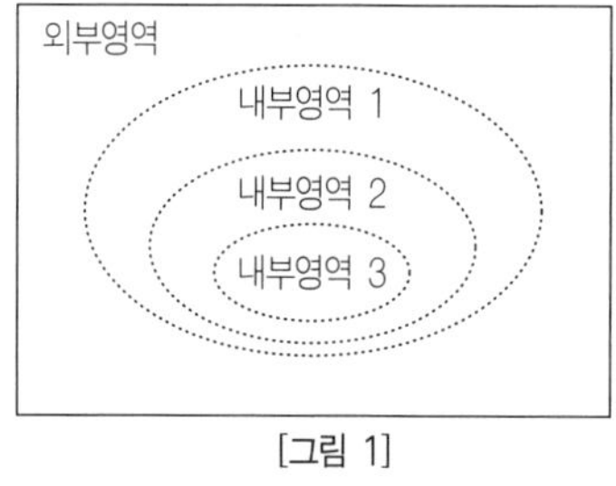

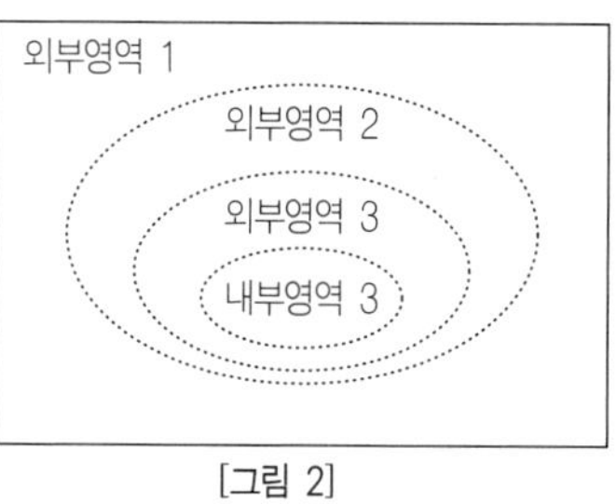

---

25) 유리 로트만, 앞의 책, 35면의 [그림 4]를 응용함.

집 밖 세상과 변별되는 이들 부부의 집(내부영역 1)은 다시 아내의 생활 공간(내부영역 2)과 남편인 '나'의 유희 공간(내부영역 3)으로 나뉘어 있다. 내부영역 2와 3의 경계 영역은 '침대'로 언표화되는데 이 경계는 아내와 '나'의 공간을 재분절하는 동시에 다른 경계 영역들을 종속시켜 [그림 2]처럼 집과 아내의 공간을 <외> 공간화한다. 또한 유희 공간에 해당되는 내부영역 3은 공간이 응축될수록 그 안에 더 많은 내부영역을 포함하며 분절되어간다. 내 / 외 공간 코드를 인물의 메시지로 나타내면 다음과 같다.

內	外
나	아내
촌놈	도시인
상놈	양반
병신, 유령, 망령(비정상)	(정상)
놀이하는 자(脫일상성)	생활을 영위하는 자(일상성)
소심증, 좌절감, 부채감, 굴욕감, (열등감)	두려움, 의심, 경멸, (우월감)
과거를 증명할 수 없다	(과거를 증명할 수 있다)

아내의 침대 무게는 그녀에 대한 화자의 오랜 부채감이다. 아내는 남편의 '(결혼 전) 너절한 과거'[26]를 부인하려다 오히려 남편을 유령처럼 느끼게 되었다. '나'는 이러한 아내에게 자신의 떳떳하고 진지했던 과거를 증명해보일 방법이 없어 기죽어 지낸다. '나'는 침대의 무게만큼 무

---

26) 1960년 화자는 서울에서 대학을 다니던 가난한 고학생이었고 전후 폐허가 된 도시에서 지독한 가난과 추위를 견디다 못해 군대에 입대하게 된다. 1950년 중반 이후 이촌향도 현상으로 인해 서울은 폭발적인 인구증가를 기록했으나 도시 정책은 아직 일상생활 속으로 침투하지 못하고 있었다. 서울은 강한 흡인력으로 인해 양적인 팽창을 하고 있었으나 여전히 경제원조에 의지할 수밖에 없었고 대부분의 사람들은 생존 문제를 해결하기에 급급했다. 화자의 북적이는 하숙방 역시 절대빈곤에 시달리던 고된 겨울나기의 모습을 짐작하게 한다.
한국정신문화연구원 편, 『1960년대 정치 사회 변동』, 백산서당, 1999, 117~134면 참조.

거운 이 부채감에 짓눌려 불안해하고 그 불안을 메우기 위해 침대 밑에
누워 문자놀이를 하는 것이다. 창밖으로 보이는 고장 난 십자가의 형광
등 불빛은 '종광(縱光)'과 '횡광(橫光)' 등 열 가지가 넘는 문자의 조합을
만들어낸다. 화자는 이 요술문자로 자신과 아내의 세를 점치며 유희를
즐긴다.

> 나는 그 아내의 하늘에 짓눌린 십자가를 보았다. 그것은 여전히 신경
> 질적으로 종광을 깜박여댄다. '+'도 '-'도 어느 편이라고도 할 수 없었
> 다. +는 아내의 세(勢), -는 나의 세. +가 이길 때 나는 무슨 일이 있
> 어도 아내의 신호에 응해 가지 않는다. 아내의 신호를 못 알아들은 체해
> 버린다. 내가 침대로 올라가는 것은 -일 때뿐이다. 그것도 저쪽에서 신
> 호를 보내올 때만. 내 쪽에서 먼저는 쑥스러워서 또 안 된다. 그런데 오
> 늘 밤은 +도 -도 아니다. 사정은 괜찮은데 세가 완전한 내 편이 아니
> 다. 어린애가 발을 차며 울어대는 꼴이라니……. +, -, +, …….27)

현실 층위에서 보면 침대에서 잘 수 없는 '나'는 아내로 인한 굴욕감
을 견디고 있다. 그의 굴욕감은 어린 시절 고향의 팽나무에 올랐다가 잠
을 이루지 못하고 내려와야 했던 실패감, 도회로 온 첫날 밤 외사촌형의
침대에서 굴러 떨어져 '촌놈' 소리를 들었던 좌절감과도 관련된다. 이것
은 잠자리에서마저 자신의 공간을 소유할 수 없다는 상실감과 불안증이
며, 이차 층위에서 보면 침대 밑으로 내팽개쳐져 하방 공간으로 밀려가
는(V$_{+/o/-}$↓) 것을 의미한다. 또한 이것은 화자를 '매사를 유별스레 초조
해하는' 소심증 환자로 만들어버리는 원인으로 작용한다. 역설적으로 바
로 그 소심증 때문에 그는 회사에서는 일 처리를 잘하는 모범 사원이지
만 아내와의 관계에서는 늘 침대의 무게와 십자가의 종광(縱光)에 압도당

---

27) 이청준, 앞의 책, 125면.

한다. '나'의 잠자리에 해당되는 폐쇄적인 <내> 공간은 침대를 매개로 하여 다시 침대 위(아내) / 침대 밑(나)로 이항 대립되면서 나의 증상을 암시하는 다양한 은유 체계를 만들어 간다.

2) '문자놀이'의 유희성과 공간의 전도

그러나 화자는 십자가의 문자놀이를 통해 침대 위 / 침대 밑으로 분절된 공간 대립에 균열을 낸다. 비록 가끔이지만 십자가 횡광(橫光)의 힘을 빌려, 자신의 우세함을 증명하듯 아내의 신호를 무시하고 침대로 올라갈 수 있는 능동성을 획득하는 것이다. 현실의 힘이 커질 때면 아내의 침대는 누워있는 '나'의 시야를 가려 하늘마저 둥글고 검은 하늘로 왜곡한다. 그런가하면 유일한 즐거움인 문자의 모양까지도 하늘에 깔린 '어린애가 발을 쪽쪽 내뻗으며 울어대고 있는 것'으로 변형시킨다. 그러나 누워 즐기는 문자놀이는 그림의 조합이 만들어내는 언어적 상상을 통해 그러한 관계를 전도시킨다. 의미와 소리가 뒤섞이며 상상력을 키워가는 리버스(rebus)처럼 여러 가지 문자를 써내는 십자가의 형광은 떳떳한 과거를 밝혀줄 열쇠, 즉 '이우인'이라는 소리를 발음할 수 있게 한다. '이우인'은 화자가 군대에 가기 전 유일한 재산이었던 '트렁크 짐'을 맡아 준 인물이다. '이우인'이라는 인물을 떠올린 것을 계기로 화자의 행위 '생각하다'는 그의 기억과 꿈 속에서 계속 확장되는 의식의 <내> 공간을 형성해 간다. 그 결과 아내를 점잖게 굴복시킬 수 있으리라는 즐거움을 품고 신문에 자신의 과거를 증명해 줄 심인 광고까지 게재한다. 그러나 '나'를 놀려대는 십자가의 무의미한 그림처럼 그러한 노력은, 트렁크와 관련된 꿈의 내용을 기억해내자 좌절된다. 진지했던 과거를 증명해주고, 아내와 침대 위에서 잘 수 있게 해 줄 것이라 믿었던 트렁크 속에는 아무

것도 들어 있지 않았기 때문이다.

일반적으로 놀이는 참가자들이 규칙을 수락할 때만 즐겁게 지속될 수 있다. 그런데 화자의 문자놀이의 경우 '아내의 침대 무게'라는 거대한 힘이 규칙을 방해하는 요소로 작용한다. 이 방해꾼이 놀이에 관여하고 있다는 환상을 앗아가려[28] 하기 때문에 화자는 십자가의 그림이 무의미해 보이는 것을 경험하고, 자신만의 요술문자가 효험을 잃을까봐 불안해하기도 한다. 그러나 놀이는 그것이 끝나더라도 놀이로 인한 효과가 없어지지 않는다는 점에서 신비로운 것이다. 중단된 놀이일지라도, 놀이는 오히려 일상적인 바깥 세계에 영향을 주며 다시 놀이를 할 때가지 그 행위자에게 신비한 힘을 약속해 준다. 심리학은 이러한 특성을 보상적인 동일화, 즉 현실에서의 불가능함을 알고 행하는 표현 행위라 부르고, 인류학에서는 성스러운 의식에 참여하는 행위[29]로 설명한다. 「나무 위에서 잠자기」의 경우 놀이의 신비한 힘[30]은 문자놀이가 이루어지는 행위 공간 속에서 이루어진다. 문자놀이를 하는 동안 화자의 행위는 창밖을 '내다보는(H_/0/+→)' 시선을 통해 <외> 공간으로 이동하고 있다. 화자의 시선이 창밖 십자가로 이어지는 동안에는 침대 밑의 <내> 공간이

---

28) J. 호이징하, 앞의 책, 25면.

29) 위의 책, 29~30면 참조.

30) 그레마스에 의하면 주체의 역량과 관련된 양상의 세부 항목으로 /상태 능력(pouvoir être)/을 설정할 수 있다. 이에 해당되는 개연성의 분절 상태에 주인공의 유희 행위를 적용하여 그레마스의 기호 사각형으로 나타내면 다음과 같다.

가능 ·········· 우연
(이길 수 있다) (이기지 않아도 된다)

필연 ·········· 불가능
(이겨야 한다) (이길 수 없다)

그의 행위는 가능→불가능→우연→필연→가능으로 움직이며 의미론적 유동성을 형성해감으로써 유쾌한 놀이의 효과를 만들어낸다. A. J. 그레마스, 김성도 역, 『의미에 관하여』, 인간사랑, 1997, 180~182면 참조. 박인철, 『파리학파의 기호학』, 민음사, 2003, 217면 참조.

바뀌어간다. 아내의 무게에 짓눌린 어두운 바닥에서 벗어나 넓은 바깥, 밝게 열려 있는 허공의 <외> 공간으로 이동하는 것이다. 이와 함께 화자의 행위는 점점 수직성을 확대해 간다. 주거 공간의 층위에서 <내> 공간의 변별 층위는 아내의 침대(V_+)/, 나의 바닥(V_-)이 마지막 단계이다. 그것이 더 내면화하면 시선을 중심으로 한 신체 공간의 차원이 있다. 바로 이 공간에서 이루어지는 문자놀이는 생각하고 꿈꾸는 것을 가능하게 한다. 이로써 폐쇄된 <내> 공간을 창밖 십자가와 관련된 <외> 공간으로, 아내의 침대 위(V_+)를 넘어 더 높은 상방의 공간으로 전환하는 역전 코드가 이루어진다.

팽나무는 한 5미터 높이에서 가지들이 수평으로 갈라져 나갔는데, 그 가지 하나가 유난히 넓게 벌어져 사람 하나가 몸을 눕힐 만한 자리가 되었다. 그래 그곳에는 항상 누군가가 편하게 올라 누워 잠을 자고 있었다. 궁금한 일이란 바로 그것이었다. 어떻게 거기서 떨어지지 않고 잠을 잘 수 있을까. 쳐다보는 쪽이 오히려 조마조마한데 그 사람은 어떻게 그리 태평스럽게 잠이 들 수 있을까.

(…중략…)

아내가 나를 침대에서 잠을 잘 자지 못한다고 상놈이라 하고 싶어 한다면, 나는 침대에서 잠을 잘 자는 아내를 상것이라고 생각해야 한다. 그 편이 상것 쪽에 더 가까운 것이다. 아내가 상것이라고 하는 것은 결국 그 투박한 농촌 일꾼 같은 사람들을 뜻할 것이고, 높은 데서 잠을 자기로 한다면 아내는 그 사람들을 당할 재간이 없을 것이기 때문이다. 아내의 생각대로라면 그 사람들은 아내보다 몇 곱절이나 더 양반이어야 하는 것이다.[31]

생각하고 꿈꾸는 행위가 시간 층위에서 가장 먼 어린 시절의 몽상이

---

31) 이청준, 앞의 책, 121면·123면.

될 때 화자는 고향 마을 팽나무에 대해 추억한다. 팽나무 위에서 잠을 자는 이 평화로운 이미지는 텍스트에 언표화된 가장 편안한 휴식 장면이다. 화자가 애타게 증명해 보이려는 1960년 서울, 대학시절의 기억은 '떳떳하다'는 화자의 말과 달리 빈 트렁크처럼 공백으로 존재할 뿐이다. 반면 어린 시절의 추억은 그 편안함과 휴식을 언제고 다시 체험하고 싶을 만큼 화자의 가장 깊은 내면에 행복한 몽상으로 존재한다. 도시에서의 모호한 기억은 먼 어린 시절의 추억과 결합하고, 정신이 더 깊은 곳의 영혼과 융합[32]되고 있다. 이러한 몽상이 이루어질 때, 다시 말해 긍정적인 의식의 <내> 공간으로 더 응축되는 긴장을 가질 때 그러한 공간 역전의 시차성은 극대화된다. 아내 : 나의 관계가 양반 : 상놈에서 상것 : 양반으로 역전되면서 아이러니와 유머가 느껴지는 것도 이때이다. 관계의 역전은 현실 차원의 것이 아니라 유희 공간에 속한 것이다. 역전은 놀이처럼 허구적이고 일시적이다. 허구적이고 일시적인 동시에 상상적이기 때문에 이 역전은 반복되어야 하고 따라서 화자는 놀이를 계속한다.

이제 화자는 침대 밑에 누워 자더라도 침대에서 자는 것뿐 아니라, 고향의 팽나무에서 잠을 자는 것까지 가능하다. 설령 그것이 불가능하더라도 언어 유희라 할 만한 문자놀이를 계속하는 한 그러한 노력을 계속 시도하고 상상할 수 있다. 이런 이유로 화자의 입장에서는 놀이의 방해꾼인 아내가 침대에서 내려와서는 안 된다. 표제가 말해주듯 '나무 위에서 잠자기'는 타자의 공간과 대비되는 자신만의 상방 공간을 갖는 것이며 문자놀이를 통해 가능해진 '생각하기'와 '꿈꾸기'는 현실에서 불가능한

---

32) 바슐라르는 영혼과 정신의 기억을 구분한다. 다만 영혼과 정신이 몽상을 통해 결합할 때에만 상상력과 기억의 결합을 향유할 수 있다. 그런 결합 속에서만 우리는 과거를 재체험하며 우주의 기억과 닿을 수 있는 정신적 확장을 누릴 수 있다. 가스통 바슐라르, 김웅권 역, 『몽상의 시학』, 동문선, 2007, 133면 참조.

결핍 요소를 보충해주면서 그것을 가능하게 한다.

> 그러나 나는 무척도 오랫동안 그 십자가의 효험을 신봉해 온 사람처럼 그것을 경건한 눈길로 바라보고 있었다. 그러다간 문득 혼잣소리로 중얼 거리고 있었다.
> ─아내여, 부디 잠을 깨지 마시라. 하루 종일, 아니, 될 수 있으면 영원 히 잠을 깨지 마시라. 그래서 다시는 영영 침대에서 내려오는 일이 없도 록 하시라.[33]

그렇다면 「나무 위에서 잠자기」는 단순히 폐쇄된 공간에서 기이한 행 위를 일삼는 인물을 형상화함으로써 부조리한 현실을 재현하는 텍스트 가 아니다. 현실적인 층위에서 아내를 압도하겠다는 노력의 결과가 시원 치 않아도 '나'의 '문자놀이'는 유쾌하다 못해 경건하다. 이것은 화자의 행위가 문자놀이를 통해 '생각하다'와 '꿈꾸다'로, 바슐라르가 말하는 '몽상하기'로 바뀌어 놀이의 즐거움과 긴장을 유발하고 고양된 영혼의 공간을 열어주기 때문이다.

3. '별'과 '꿈'의 생성 공간

1) 도시인의 소외와 대립 공간

「별을 보여 드립니다」(1969)는 이청준의 초기 소설임에도 불구하고 작 가가 40년이 넘는 창작기간 동안 일관되게 견지했던 문학이미지의 원형 을 아름답게 간직하고 있다. 뿐만 아니라 그의 여러 소설에 산재되어 있

---

33) 이청준, 앞의 책, 134면.

는 공간 구조의 지향성을 압축적으로 보여준다. 이 소설의 주인공은 영혼의 증상을 앓고 있는 이청준의 다른 인물들처럼 1960년대의 사회 문화적 변동으로 인해 삶을 지탱해 나갈 관습·질서·체계를 잃어[34]버리고 소외되어 가는 도시인이다. 주인공 '그'와 화자인 '나'는 모두 고향을 떠나 도시에 편입되어 살아가는 60년대식 지식인이다. '나'의 경우 도시를 자신의 <내> 공간으로 삼지 못하고 거리를 쏘다니는 주변인의 모습[35]으로 유표화된다. 초점 화자인 '나'에 의해 서술되는 '그'는 거짓말과 도벽 때문에 친구들의 비난을 받으면서도 죄의식조차 느끼지 못한다. 이러한 그의 행위는 「나무 위에서 잠자기」의 놀이와는 달리 타인에게 피해를 주는 일탈 행위처럼 보인다. 그러나 화자는 따뜻하고 공감적인 어조로 그의 기행(奇行)을 진실의 언어로 소통하지 못하는 절망적 증상의 은유로 바꾸어놓고 있다. 도시에서의 성공이 좌절되었다는 패배감과 고립감으로 인해 그의 언어 체계에는 심각한 교란 증상이 나타난다. 자신이 속한 사회에서 규정해 놓은 '거짓말'의 어의조차 잊어버린 채 거짓의 언어와 수단을 빌려 살아갈 수밖에 없는 기이한 증상에 시달리고 있는 것이다. 현실의 그는 외롭고 가난하며 관계 맺기에 실패한 인물로 묘사된다. 그는 대학 졸업 때나 유학을 떠날 때 자신을 축하해주거나 환송회를 열어줄 변변한 친구조차 없다. 연애에 실패한 뒤에는 '영혼의 문'마저 닫아버린 채 도시 부적응자처럼 부유하며 살아간다. 쫓겨 가듯 다녀온 영국 유학 이후 그의 고독과 외로움은 더 깊어만 간다. 서울이라는

---

34) 김현, 「匠人의 苦惱」, 『사회와 윤리』, 일지사, 1974, 269면.

35) "거짓이 스스로 거짓임을 망각해 버릴 때, 그것은 이미 그 내부 질서뿐 아니라 외부에 대해서도 무서운 파괴력을 지니게 될 것임이 분명했다. 나는 그가 문득 거인처럼 커다랗게 우리에게로 다가들고 있는 느낌이었다. 그는 '거짓말'이라는 어휘도, 그 어의도 잊어버리고 있는 것 같았다. 거품이 개울을 흘러내리듯 아무렇게나 생활을 흘러내려가고 있었다". 이청준(1969), 「별을 보여드립니다」, 『별을 보여드립니다』, 열림원, 2001, 21면.

도시는 '굴 속 같은 하숙방'에 혼자 살며 외로움에 시달리는 그를 더 먼 곳으로 쫓아내는 배제의 공간으로 그려진다.

이처럼 그는 <내> 공간의 비호성(庇護性)과 안락함을 지니지 못한 채 소외되어 마치 거품이 흘러내리듯 도시 주변부로, 외국으로 점점 밀려간다. 이러한 모습은 기호론적 공간 차원에서 점점 더 먼 <외> 공간으로의 밀려남이자 도주를 의미한다. 오툴(O'Toole)의 기호 공간 차원36)으로 배치해 보면, 주거 공간(L)을 기준으로 가장 하위의 차원에서 무엇을 찾고 있던 눈과 영혼의 문을 닫은 것은 그 자신의 신체 공간(L-2) 혹은 내면 공간(L-3)으로부터의 멀어짐을 의미한다. 그 위의 차원은 자신의 개인적인 공간(L-1)으로부터의 도주이며, 다음은 사귀던 여자와 친구들이 거주하는 도시(L+2)로부터의 쫓겨 감이다. 마지막 층위는 문화가 다른 외국으로의 유학이므로 국가(L+3)로부터의 쫓겨 감(쫓겨 옴)이다. 이때 돌아가신 어머니가 살았던 시골의 고향 집과 가족은 「나무 위에서 잠자기」와 마찬가지로 텍스트에 잠재된 언술로 무표화되어 있다.

L+3	{국가(한국, 영국)}
L+2	{친구들이 살고 있는 도시}
(L+1	{(가족이 살고 있는) 시골})
L	{하숙집}

---

36) 오툴은 「창세기」의 요셉 이야기를 중심으로 기호 공간을 2차원화하여 도표로 나타내고 있다. 이를테면 사물과 장소의 연계성을 설명한 공간(L) 차원에서 주거 공간을 기준(L)으로 하여 왕의 개인적 지역, 포티파, 요셉, 야곱이 살고 있는 공간으로 설정하고 L+1은 왕궁-형제의 캠프, L+2는 야곱의 농장(광야와 같은 사회적 공간), L+3은 이집트 전체(가나안, 메소포타미아의 국토 공간)로 그 계층을 나누고 그 아래로는 L-1 왕의 침실, 회의실, 우물, 독방 등 주거 내의 개별적인 공간을 기술한다. L-2는 가구 등으로 침대, 옥수수 주머니, L-3은 컵, 호주머니로 더 작은 사물 내의 공간으로 분할한다. 이 차원들은 다른 시점, 시간, 인물의 차원과 연계되어 소설의 의미 작용이 나타나게 된다. Lawrence M. O'Toole, "Dimensions of semiotic space in narrative", Poeics Today, Vol.1. No.4, 1980, pp.135~149 참조. 이어령(2000), 앞의 책, 224면 참조

L-1   {굴속 같은 하숙방}
L-2   {그의 눈, 망원경}
L-3   {영혼의 문}

공간 차원의 연속에서 볼 때, 그의 '쫓겨 감'은 <찾음>의 행위 코드와 일치한다. 그가 찾는 대상은 '민영', '진이', '손목시계', '라디오', '책', '별' 등으로 유표화된다. 그러나 '쫓겨 감(쫓겨 옴)'을 반복하는 그의 행위의 시작점이 L-3, 즉 지독한 외로움과 고독을 겪고 있는 내면이라는 점은 <찾음>의 대상이 텍스트에 언표화되지 않은 것, 현실에 부재하는 다른 것임을 암시한다.

> 아니 녀석의 눈이 그때 꼭 민영을 찾고 있었다고만은 할 수가 없으리라. 무엇인가 그는 다른 것을 찾고 있었는지도 모른다. 어쨌든 그 민영을 포함해서 그가 찾고 있었던 것은 거기 없었고, 그때부터 바로 녀석의 눈이 문을 굳게 닫아버린 것은 틀림없는 사실이었다.[37]

그레마스의 설화 프로그램(programme narratif)에서 살펴보면 이러한 <찾음>의 행위는 불안 주체의 가치 대상 획득 과정에서 그 대상(objet)이 비어 있는 경우[38]에 해당된다.

$$F\{S_1 \rightarrow (S_2 \cap \ ?)\}^{39)}$$

반복하여 찾는 행위의 근저에는 도시인의 불안한 심리가 놓여 있다.

---

37) 이청준(1969), 앞의 책, 열림원, 2001, 18면.
38) 박인철, 앞의 책, 2003, 190면.
39) S_1은 조작 주체(행위 주체, 변형 주체)이고 S_2는 상태 주체이다. S_1은 S_2가 대상과 연접($\cap$) 혹은 이접($\cup$) 관계에 놓이도록 하여 변형을 실현한다. 위의 책, 190면.

충족되지 못하는 이러한 불안 심리를 증상이라 한다면 이것은 상태문을 지배하는 조작 주체(S_1)에 해당된다. 불안한 증상은 외롭고 가난한 주인공으로 하여금 가치 대상을 라디오, 헌 책, 여자들로 바꾸어가며 획득하게 한다. 그러나 언표화된 현실적 가치 대상에도 불구하고 화자는 자신이 찾고 있는 것이 '무엇인가 다른 것'이라는 것을 알고 있다. 그러나 그 대상의 정체는 그의 기행(奇行)처럼 모호하기만 하다. 또한 연접(conjonction)으로 표현되는 <획득>은 이것이 전제하고 있는 <결핍>의 상황을 역으로 보여준다. 유희처럼 이루어지는 그의 도벽과 거짓말, 연애와 배신이 되풀이될수록 그의 문은 더 굳게 닫히고 소외감 역시 커지고 있다. 화자의 드러난 서술에 의하면 그는 현실적으로 실패한 유학생에 불과하다. '학위를 가져오지 못한 약점을 보충할 지면(知面)도, 지면을 만들 주변머리(20면)'도 갖지 못한 그는 직업도 없이 가난한 도시 빈민층으로 전락해 간다. 공간 차원의 '쫓겨 감'을 오툴의 인물 층위 분석을 적용하여 다시 살펴보면,

N	{그+여자(민영), 그+나, 그+친구들, 그+(죽은) 어머니}
N+1	{그와 친구들, (그와 가족)}
N+2	{도시 사람들}
N+3	{국민(한국인, 영국인)}

으로 나타난다. 그런데 「별을 보여드립니다」는 그 표제처럼 N, N+1, N+2의 모든 인물들이, '보여 드립니다'라는 행위의 수신자가 되는 자들, 다시 말해 '별을 볼 줄 모르는 사람들' 혹은 '별을 보지 않으려 하는 사람들'이라는 공통점을 갖는다. 이들은 간절하게 별을 보려 하는 그와 변별된다. 별을 보는 자 / 별을 보지 않는 자의 대립 구조 안에서, N에서

N＋2로 갈수록 소외의 양상이 더 심해지고 있다. 이에 상응하여 그는 ＜외＞ 공간으로 더 멀리(L－3~L＋3) 쫓겨 간다.

한편 소외의 거리가 커질수록 텍스트에 낯설게 끼어드는 군중 이미지에 주목하게 된다. 파편적으로 언급되는 우방국 원수의 환영 인파는 벤야민이 관찰한 대도시 군중의 모습을 연상시킨다.

> 내가 당한 것만도 이번이 두 번째였다. 우방국 원수를 위해 교통을 차단하는 바람에 무려 세 시간 이상을 인파에 밀려 시달리다 에라 모르겠다 약속을 둘이나 깨고, 물먹은 솜이 되어 돌아와 보니 이런 반갑잖은 일이 나를 기다리고 있었다. 틈 없는 흉일이었다.[40)]

> 곳곳에 걸린 대소형 초상화가 거리를 압도한 가운데 시내는 우방국 원수를 환영하는 휘황한 네온들이 눈을 어질어질하게 했다. 어두워지는데도 아직 발길을 돌리지 않고 있는 사람들의 얼굴에는 축제의 기미마저 감돌고 있었다.[41)]

‘반갑잖은 일’은 소중한 트랜지스터 라디오를 그에게 도둑맞은 흉일(凶日)의 불운이다. 이것은 인파(人波)에 시달려가며 시간을 빼앗기고 약속까지 어겨야 하는 상황과 겹치면서 부정적인 인상을 만들어낸다. 우방국 원수에 대한 군중의 환영은 학업을 중단한 채 귀국한 그의 외로운 모습과 사뭇 대조적이다. 거리의 환영 인파는 충격적이고 파편적일 수밖에 없는 도시인의 경험[42)]을 암시하듯 소설 곳곳에 산재하는 이미지를 만들고 있다. 인파는 ‘거리를 압도한’ 우방국 원수의 초상화와 함께 ‘휘황한 네온’의 인공적인 불빛으로, 환성을 지르는 것 같은 시끄러운 소리로 지

---

40) 이청준, 앞의 책, 11면.
41) 위의 책, 18면.
42) 그램 질로크, 앞의 책, 285면.

각된다. '초상화', '불빛', '소리'의 이미지로 이어지는 도시 군중의 화려한 물결은 '눈을 어질어질하게 하는' 축제의 분위기를 연출하며 도시 중심부에 대한 낯선 인상을 만들어간다. 그런데 감각의 과부화(sensory overload)라 할 만한 이러한 군중 이미지는 화자인 나와 서술의 대상인 그에게는 그저 무의미하고 허전하며 피곤한 응시[43]로 느껴진다. 이때 인물들이 지각하는 시선은 군중 이미지로 은유화된 큰타자의 공간[44] 속에서 내면화된 타자의 것이다. 인물들은 자신들의 시선을 갖지 못하고 그저 보이는 대상으로 또 한 번 소외된다.

> "저 귀한 분들은 이제 좀 내려드리지. 피곤할 텐데."
> 길가의 가로등주(街路燈柱)들에는 빠짐없이, 등을 맞댄 두 귀하신 분이 잔치가 끝나가는 거리를 피곤하게 내려다보고 있었다. 신촌 고갯길에는 환영 아치가 커다랗게 가랑이를 벌리고 서서 허전한 듯 김포 쪽을 건너다보고 있었다.[45]

> 강물은 어둠 속에 커다란 거울처럼 번쩍이며 길게 누워 있었다. 거기에 크고 작은 불빛들이 차갑게 가라앉아 있었다. (…중략…) 사람들의 모습들이 군데군데 짝을 지어 모여 앉아 있었으나, 강의 침묵에 압도당한 듯 한결같이 모두 말들이 없었다. 나는 그들이 어둠 속에서 까닭 없이 우리를 감시하고 있는 것 같았다. 조그만 속삭임이나 움직임조차 없었다. 이들이 정말 말을 잃어버린 벙어리들이 아닐까 하는 생각까지 들었다.[46]

이처럼 우방국 원수를 환영하는 군중은, 나와 그를 배제한 채 화려하

---

43) 주은우, 『시각과 현대성』, 한나래, 2003, 59~95면.
44) 에드워드 렐프, 앞의 책, 90~93면.
45) 이청준, 앞의 책, 2001, 30면.
46) 위의 책, 31면.

고 거대한 도시 공간의 집단 이미지를 축조해가고 있다. 이와 함께 군중의 이미지는 이제까지 변별되던 나와 그의 공간을 하나로 묶어준다. 그의 내면적 고통과 고독을 가까이서 지켜보고 이해하는 화자의 공감적인 언술[47] 역시 두 인물을 같은 공간 층위에 놓이도록 해 준다. 그리고 이들이 속한 주변부는 다시 중심부 / 주변부의 이항 대립의 구조를 이루어 도시 공간을 재분할한다.

	중 심 부	주 변 부
공간 층위	거리 중심	쫓겨나는 거리, 자신감 없는 거리
인물 층위	도시 군중, 우방국 원수	나, 그
시각 층위	휘황한 네온(인공 불빛)	별(자연 불빛)
촉각 층위	(뜨거움)	차가움, 투명한 냉기
청각 층위	시끄러운 소리	(소리 없음)
시간 층위	낮, (길일)	(밤), 흉일
감정 층위	축제의 기미, 환영, 즐거움	반갑지 않음 피곤함, 허전함, 외로움, 오싹거림

현대 사회에서 군중으로 소란스러운 도시는 개인을 조직화하고 개개인의 자율성을 부정한다. 그러나 한편으로는 익명성의 유혹과 채워지지 않는 사랑의 욕망[48]을 부추긴다. 그가 영국 유학을 갔다가 다시 도망치

---

47) 나는 그에게 무언가 말하기 힘든 짐 같은 것을 짊어지게 된 것 같았다. 그러나 그것을 쉽게 말할 수는 없었다. (…중략…) 말하기 힘든 것은 나의 속에서 점점 무게를 더해가고 있었다(15면). 진이로서는 그것 역시 녀석이 아직 흐르는 거품이라는 훌륭한 증거로 이해되었겠지만, 나로서는 이상하게 가슴이 아파오는 일이었다(22면). 그러나 나는 그의 재출국 결정에 가슴을 눌러오는 다른 무엇을 느꼈다(26면). 한편 화자 역시 시골 출신의 가난한 도시인이며 사랑하는 방식과 관계 형성에 있어 그와 공통점이 많다. 이들의 구조적 관계는 「별을 기르는 아이」(1976)에서도 반복되는데 외로움을 증상으로 앓고 있는 인물에 대한 내포작가의 따뜻하고 공감어린 시선과 타인을 향한 윤리적, 도덕적 지향성을 인식하게 해 준다.

48) 그램 질로크, 앞의 책, 1996, 290면.

듯 귀국한 것도 혼자라는 생각에서 벗어나 군중 속에 속하려는 욕망 때문이다. 그의 행위는 군중 속에서 외로움을 달래거나 '쫓겨 감'의 공포로부터 보호받으려는 현실적인 삶의 욕망을 나타낸다. 그가 공항에 도착하자마자 민영을 찾은 것이나, 그를 떠나보내고 울어만 쌓던 민영이 나에게 다가온 것도 그러한 욕망을 나타낸다. '나'가 진이에게 배반당하자마자 다시 '그'의 애인과 사귀기 시작한 것도, '그'가 다시 '나'를 배반한 진이를 만나는 것도 마찬가지이다. 이러한 만남과 헤어짐은 도시인들이 대상에 대해 느끼는 일시적인 매료와 끝없이 미끄러지는 욕망 추구의 양상을 잘 보여준다. 물신화된 상품과 유행처럼 계속 다른 대상을 욕망하지만 정작 그 대상 자체에는 무감각한 태도로 일관하는 것이다. 이러한 도시인들의 연애는 그들의 불안한 심리를 잘 반영해준다. 도시인들이 느끼는 일시적인 황홀감 즉 사랑의 감정은 순간적인 열정일 뿐 진정성[49]에 기반한 관계로 이어지기는 어렵다. 그렇기 때문에 이들의 관계를 지배하는 것은 우연성, 유한성 같은 유희적 특성이며 이것은 다시 한정된 시간 동안만 같이 흐르는 '거품'의 이미지로, 실어증 환자처럼 말을 상실한 그의 증상으로 은유화된다.

> 진이는 개울을 흐르는 거품 같은 사랑을 지닌 여자였다. 하나의 거품은 다른 하나의 거품과는 개울을 붙어 흐를 수 있어도, 흐르지 않는 부표가 있는 곳에서는 주변을 두어 바퀴 맴돌다가 다시 혼자 개울을 흘러 내려가 버린다. 붙어 흐르던 거품이 부표에 머물러 버릴 때도 진이는 혼자 계속해서 개울을 흘러 내려가는 거품이었다. 진이는 그렇게 흐르다가 또 하나의 거품을 만난 것이었다. 그것이 녀석이었다. 그는 진이에게 또 하나의 거품이었다. 그는 아직 진이를 의식하지도 말하지도 않았다. (…중략…) 어쨌든 녀석은 진이가 그의 의식을 보지 못한 동안 같이 흐

---

49) 에드워드 렐프, 앞의 책, 1976, 313~314면.

를 수 있는 거품이었고, 그의 생활이 진이에게 그 이상으로 보이지 못한
것도 사실이었다.[50]

증상을 앓고 있는 인물들은 타인과의 진정한 관계 맺음과 소통이 불
가능하다. 따라서 그들의 의식은 타인에 의해 보이는 대상으로 전락하고
만다. 뿐만 아니라 만남, 배반, 헤어짐 등 인간관계의 기본이 되는 행위
에 대해서도 '언제든지 나뉠 수 있는 거품'처럼 무심하고 무감각한 태도
로 일관하며 <외> 공간의 단위를 만들어낸다.

2) 내면화한 '별'과 '꿈'

그런데 자신의 <내> 공간을 소유하려는 그의 노력은 거리에서 사들
인 망원경을 통해 하늘의 별을 '보는' 행위로 시작된다. 별은 시각이 가
머물 수 있는 가장 먼 곳의 존재[51]이자 현실에 부재하기에 소중하고, 인
식의 대상이 아니라 꿈꾸는 대상[52]이기에 아름답다. 그러나 도시의 거리
에서는 그러한 별을 보는 행위마저 5원에 거래된다. 이처럼 하늘의 별이
도시와 거리의 별이 되는 것을 막기 위해 그가 할 수 있는 일이란 가지
고 있는 돈을 다 털어 망원경을 사들이는 것뿐이다. 그리고 그는 밤만
되면 하늘의 '별'을 본다.

그로부터 녀석은 그 망원경을 자기 하숙방 창문에다 내걸어놓고 밤만
되면 그걸 들여다보고 있었다. 그것은 우리에게 그가 한때 천문학도였다
는 사실을 새롭게 상기시켜 준 것만이 아니었다. 그는 절대로 우리에겐

---

50) 이청준, 앞의 책, 20면.
51) 김현숙, 「황순원 <별>의 '내몰다'의 기호학」, 『구조와 분석 Ⅱ』, 도서출판 窓, 1993,
   94면.
52) 가스통 바슐라르, 정영란 역, 『공기와 꿈』, 민음사, 1993, 353면.

자기의 망원경을 들여다보게 하지 않았다. 언젠가는 부득부득 그 망원경 구멍을 한번만 들여다보자는 우리들의 장난기어린 성화에 때려 부숴버릴 듯 화를 버럭 낸 일까지 있었다.

"사람을 사랑해 본 일이 없는 녀석들이 어떻게 하늘의 별을 볼 수 있느냐 말야."

그리곤 다시 목소리를 죽여 사뭇 애원을 해오기 시작했다.

"나는 지금 아무것도 가진 게 없잖아. 제발 별만이라도…… 별만이라도 그냥 내 것으로 놔둬 줘……"53)

별을 보는 행위는 이제까지의 시선의 방향이 달라지는 것을 뜻한다. 또한 도시의 화려함과 피곤함에서 벗어나 부재하는 대상을 적극적으로 꿈꾸기 시작하는 것을 의미한다. 별은 가난하고 소외된 그와 마찬가지로 아무 것도 소유하지 않으면서도 서로 다른 곳에 있는 고립된 천체들을 결합하여 무형의 공간성을 형성한다. 우리가 보는 성좌들은 이미 과거의 시간대에 운행한 것이기에 별 가득한 하늘은 자연계에서 가장 느릿하고 완만한 이미지를 자아낸다. 이것은 도시의 속도감과 충격이 만들어내는 이미지와는 대조적이다. 별과 관련된 언표54)를 살펴보면 도시, 도시인과 별은 다음처럼 변별되고 있음을 알 수 있다.

---

53) 이청준, 앞의 책, 24면.

54) 좋은 일을 하시는군요─ 5원으로 별을 보게 해주다니(23면)/ 백 원쯤 낼 수 있는 사람만 별을 보게 하란 말이오(23면)/ 별을 볼 줄 모르는 놈들에게 함부로 별을 보이다니……(23면)/ 밤거리에서 사람들에게 별을 보여주는 소년의 이야기 말야(24면)/ 사람을 사랑해 본 일이 없는 녀석들이 어떻게 하늘의 별을 볼 수 있느냐 말야(24면)/ 그리곤 조심스럽게 망원경을 조작하면서 별을 찾기 시작했다(24면)/ 하지만 이것은 내 위대한 우정의 표시란 걸 알아둬. 마지막을 네게 저 하늘의 별을 한번 보여주고 싶거든(32면)/ 하지만 재미있는 건 역시 저놈보다 목성이지. 빛깔이 칠면조처럼 변한다니까(33면)/ 욕심을 내선 안 돼. 이제부턴 내가 가장 사랑하는 별을 찾아야겠다(33면)/ 이렇게 잔잔히 별 그림자가 무늬 진 강을 덮고 잠이 들면 이놈은 별의 꿈을 꾸겠지(38면)

	도시, 도시인	별
존재	+	−
보다	−(보이다)	+
찾다	−	+
지속성	−	+
소통, 관계성	−	+
신비, 아름다움	−	+
사랑	−	+

공간 층위에서 볼 때, '별 보기' 즉 '꿈 꾸기'는 시선의 영역을 진정성과 소통이 부재하는 지상의 공간에서 천상의 공간으로 수직 이동함으로써 가능해진다. 시선의 역동적인 벡터를 고려할 때, 이러한 이동은 바슐라르가 설명한 도약, 즉 날개가 없어도 얼마든지 가능하며 밤에 이루어지는 적극적인 비행(飛行)[55]과 동위성(isotopie)을 갖는다. 또한 이것을 가능하게 해 주는 것은 심적 국소성[56]을 형성하는 망원경이다. 망원경은 그것을 들여다보는 행위를 통해 상하 공간을 매개해준다. 그가 아끼는 망원경은 마치 현전과 부재의 리듬에서 생겨나는 놀이(Fort-Da-Spiel) 장면의 실이나 아리아드네(Ariadne)의 실처럼 의미 작용한다. 이로써 자신을 소외시킨 도시, 도시의 거리와 변별되는 내밀함을 만들어낸다. 망원경을 매개로 하늘의 별과 그것의 운행을 바라본다는 것은 공간의 상승성과 시선의 확장을 경험하는 것이다. 이와 함께 몽상적 비행이 주는 자유로움과 편안함을 통해 현실의 고통을 치유할 수 있게 되고 진성성에 바탕을 둔 내밀함이 만들어진다. 앞에서 지적했듯 그는 유학을 중단하고 귀국하던 날부터 끊임없이 무엇인가를 찾고 있었다. 찾음의 대상은 민영에

---

55) 가스통 바슐라르, 앞의 책, 1943, 69면.
56) 메이 웨그너, 「라캉의 정신분석학적 위상학」, 슈테판 귄첼, 이기홍 역, 『토폴로지』, 에코리브르, 2010, 318~319면.

서 진이로 혹은 라디오와 헌 책 등 훔쳐갈 물건들로 계속 바뀌어가다 망원경을 통해 본 하늘의 별에 이르게 되어서는 전혀 다른 성격을 갖는다. 별은 다른 것들과는 달리, 감추어진 보물[57]처럼 현실적인 도시 공간의 거래나 계약을 초월해 존재하는 내재적 가치 대상이다. 그가 찾는 대상이 별이 되었을 때, 「별을 보여드립니다」의 설화 프로그램에는 다양한 변형이 일어난다. 우선 찾음의 행위가 만들어내는 연접 관계($F\{S_1 \rightarrow (S_2 \cap \:?)\}$)[58]에서 모호한 대상이 별로 바뀌었을 때 행위 주체[59]인 S_1과 상태 주체인 S_2가 달라진다. S_1은 더 이상 기행을 일삼게 하는 불안 증상이 아니라 별을 보는 행위로써 가능해진 내밀함으로 바뀌어 있다. S_2 역시 현실적인 가치 대상과 연접해 있으면서도 그 대상을 계속 바꾸어가며 외로워하던 주체가 아니다. 카로사의 소설 「의사 기온」의 주인공처럼 S_2는 별을 보여줄 수 있는 자, 즉 <내> 공간을 획득한 자로 바뀌어 간다.

> "자 봐두렴. 미친놈들이나 좋아하는 별을. 하지만 이것은 내 위대한 우정의 표시란 걸 알아둬. 마지막으로 네게 저 하늘의 별을 한번 보여주고 싶거든."[60]

---

57) 파브리(P. Fabbri)는 피노키오의 모험을 분석하면서 감추어진 보물(trésorcaché) 추구의 문제를 해석한다. 부와 재화의 유통은 닫혀진 회로에서 이루어지는 반면 감추어진 보물 추구는 닫힌 세계에 더 이상 속하지 않는 가치들을 도입한다. A. J. 그레마스, 앞의 책, 348~349면.

58) 그레마스 기호학에서 기능, 즉 행동자들 사이의 관계는 상태와 변형을 통해 표현된다. 첫 번째 기능은 주체와 대상 사이의 접합(연접(連接)과 이접(離接))의 대립쌍으로 이루어진다. 접합이 긍정일 경우는 연접($\cap$)이고 부정일 경우는 이접($\cup$)이다. 변형은 상태 주체와 대상의 연접이나 이접 상태가 반대 상태로 이행되는 조작으로 정의된다. 박인철, 앞의 책, 2003, 185~192면 참조

59) 그레마스의 설화 프로그램에서 행위 주체는 변형의 주체이고 상태 주체는 대상과 관계를 맺은 주체이다.

60) 이청준, 앞의 책, 32면.

이것은 그가 보이는 자에서 바라보는 자, 즉 유동화된 응시의 시선[61]을 획득한 자로 변환되는 것을 의미한다. 별은 그것을 바라보는 자의 투사하는 상상력에 의해 말을 건네 오는 힘을 갖는다. 그 힘은 그가 친구인 나에게 우정의 표시로 별을 보여주며 카로사 목성, 토성, 금성의 이야기를 해 주는 장면에서 확인된다.

이처럼 별을 보는 행위는 별을 찾아 소유하는 행위로 바뀌어간다. 이것은 곧 별들의 이야기를 소유하는 것인데 천상에 속한 별의 이야기는 현실 공간에서 얻을 수 없는 창조적 가치와 관련된다. 그렇다면 별은 이제 욕망의 축에서 추구되는 대상이 아니라 초월적 세계에 속하는 발령자(Destinateur)가 되며 그는 내재적 가치를 소유한 수령자(destinataire)가 된다. 이렇게 발령자－수령자 축을 이루었을 때 전달되는 것은 별이 은유화하는 가치, 즉 '꿈'이다. 「별을 보여드립니다」의 후반부는 그렇게 소유한 별－꿈을 타인에게 보여주는 행위로 전이되는 모습을 보여준다. 그런데 별빛의 특성처럼 그러한 전이는 타인에게 가치 대상을 나누어 주어도 자신은 대상과의 연접 관계를 여전히 유지하는 분유적(分有的) 전달(communication participative)[62]에 해당된다.

---

61) 바슐라르는 별이 우리의 영혼에 영향력을 행사한다는 것을 다음과 같이 설명한다. "별은 단숨에 우리의 고독을 허물어 버린다. 보고(voir), 바라본다(regarder)는 것은 여기서 그들의 역동성을 상호 교환하고 있으니 주고 또 받는다. 그적에는 거리란 더 이상 존재하지 않는다. 무한한 상호교통은 무한한 공간적 크기를 지워버린다. 별들의 세계는 우리 영혼을 감동시키니 그 세계는 바로 응시하는 시선의 세계인 것이다." 가스통 바슐라르, 앞의 책, 1943, 169면.
62) 이 경우 행위 주체는 증여의 경우와 달리 가치 대상의 소유를 포기하지 않기 때문에 '비포기의 프로그램'으로 불릴 수 있다. 비포기의 프로그램과 수여의 프로그램이 상호 전제 관계를 이루는 것을 분유적 전달이라 부른다. 가령 예수가 빵 다섯 개와 물고기 두 마리로 수많은 군중을 먹이고도 남았다는 일화는 하나님의 사랑이 무한하고 분유적이라는 사실을 상징적으로 말하고 있다. 박인철, 앞의 책, 2003, 199~200면 참조

$$\left.\begin{array}{l} \{(S_1 \cap O) \to (S_1 \cap O)\}\,비포기 \\ F(S_1) \to \{(S_2 \cup O) \to (S_2 \cap O)\}\,수여 \end{array}\right\}\ 분유적\ 전달$$

$$(S_1 = 별의\ 꿈을\ 소유한\ '그',\ O = 별의\ 이야기,\ S_2 = '나')$$

별의 꿈과 그 내밀함으로 창조되는 이야기가 타인에게 전이될 때, 그는 별을 볼 수 있게 해 준 망원경을 강물에 밀어 넣어 띄어버림으로써 장례식이라는 상징적인 의례를 치른다. 이로써 기행(奇行)처럼 나타나던 그만의 유희는 이제 신성한 분위기[63]의 의례처럼 의미 작용한다. 망원경을 수장(水葬)하기 직전 보트 타던 남자가 물에 뛰어들어 자살하는 사건이 발생한다. 낯선 남자의 죽음은 도시인이 겪는 소통의 단절과 고립감을 말해 준다. 도시 공간은 이미 '살아 있는 사람들끼리도 알아들을 수 없는 말'로 가득한 곳이기 때문에 그가 남긴 유서 역시 '살고 싶은 사람들'에게는 전달되지 않는 무의미한 이야기일 뿐이다. 그런데 자살한 남자를 저주하는 그의 언술은 역설적으로 죽은 남자가 지녔을 외로움과 상처에 대한 공감처럼 들린다. 이것을 가능하게 하는 것은 바로 장례식의 중의적인 의미와 장례식이 이루어지는 공간의 코드 전환이다. 망원경을 장례 지낼 때 공간 층위에서 살펴본 그의 시선은 하늘의 별에서 한강의 물 속으로 수직 이동하고 있다.

"이런 물건을 그 녀석들에게 다시 팔 수는 없었지. 어젯밤 무척 많이 생각했어. 하지만 오래 가지고 있으면 난 어느 때고 이놈을 팔게 되고 말 것 같았어. 멋있는 장례식을 생각했지. 아까 오후에 여기가 생각났어. 이렇게 잔잔히 별 그림자가 무늬진 강을 덮고 잠이 들면 이놈은 별의 꿈을 꾸겠지."

그는 기다란 것을 마치 어린애를 안듯 깊이 가슴에 품었다가는 몸을

---

63) A. J. 그레마스, 앞의 책, 137~141면 참조.

구부려 가만히 강물 아래로 밀어넣었다. 그리고는 한동안 그 물 밑을 들여다보고 있었다.

배가 꽤 아래로 흘러 내려와 있었다. 보트장의 불빛이 훨씬 상류 쪽에 있었고, 강심의 보트들이 휘적이는 물소리가 아직도 멀리서 계속되고 있었다.

이윽고 그가 머리를 들면서 말했다.

"이제 그만 저어 나가지."[64]

이제 그가 지향하던 하늘의 꿈은 물 속의 꿈으로 바뀌어 하늘／강의 전도가 이루어진다. 바로 이 무렵 그는 영국행이 거짓말이었음을 고백하고 잃어버렸던 말의 어의를 다시 생각해낸다. 그가 망원경을 통해 별을 응시할 때 그 별은 '그'만의 별이었다. 그러나 꿈의 분유적 전달[65]로 그 별을 친구인 '나'에게 전이시키고 다시 공간의 전도를 통해 별의 꿈과 이야기를 도시의 사람들에게 전이시키고 있다. 하늘의 별이 외로운 한 사람의 별이 되고 다시 황량한 도시인들의 별이 되어, 바슐라르가 지적한 시선의 몽상과 공기적 친화의 꿈[66]이 가능해진 것이다. 이러한 공간 속에서 장례식은 죽음을 위무하는 의례가 아니라 잠재된 생명의 탄생을 암시하는 출산 의례처럼 의미 작용한다. 또한 그러한 생성의 공간에서는 도시가 제공하는 속도와 화려함의 가시적인 충격이 만들어지는 게 아니라 조용하고 느리지만 꿈꿀 수 있는 ＜내＞ 공간이 열리게 되는 것이다.

64) 이청준, 앞의 책, 38면.

65) 이청준의 ＜고향＞ 모티프 소설의 경우 모성적 가치는 주인공의 역량을 잠재화하는 동시에 서사의 진행에 따라 글쓰기와 관련된 창조적 행위로 발현될 수 있는 가능성을 열어준다는 점에서 분유적 전달을 가능하게 한다. 졸고, 『이청준 소설의 공간 연구』, 이화여자대학교 박사학위논문, 2010, 200면 참조.

66) 가스통 바슐라르, 앞의 책, 1943, 367~369면.

4. 글쓰기를 통한 회복의 공간

이청준 초기 소설의 인물들이 보여주는 놀이와 유희는 언뜻 도시인들의 현실적 욕망과 무관해 보인다. 그러나 「나무 위에서 잠자기」(1968)와 「별을 보여드립니다」(1969)의 공간 분석을 통해 알 수 있듯이 유희 공간의 시차성으로 드러나는 화자의 욕망은 결핍되어 있는 <내> 공간의 특성을 획득하기 위해 <외> 공간으로 이동하거나 상방 공간을 지향하는 욕망이며, 더 적극적으로 그렇게 획득한 공간을 다시 지상으로 끌어내려 공간의 전도를 이루어 내려는 욕망이다. 유희 공간은 일상과 구별되는 공간의 특수성과 놀이 규칙이 갖는 상상력의 힘으로 공간 코드의 전환을 이루어낸다. 「나무 위에서 잠자기」의 경우 아내가 잠에서 깨어 침대 밑으로 내려오지 말기를 바라는 것은 상상놀이를 계속하여 '십자가의 효험'을 즐기기 위한 은밀한 욕망에서 비롯된 것이다. 「별을 보여드립니다」의 주인공이 망원경을 수장(水葬)시켜 이상 공간의 별 이야기를 지상의 이야기로 바꾸어놓는 것도 꿈의 놀이를 영원히 지속하고자 하는 강한 욕망이 만들어낸 행위이다. 공간의 전도 양상은 항상 시선 공간의 분절과 더불어 진행되며 의식의 <내> 공간 차원에서 생성되는 내밀한 몽상의 힘을 통해 극대화된다. 이청준의 소설이 이야기라는 놀이를 통해 독자에게 가장 풍부한 상상력의 문을 열어주는 순간도 바로 이때이다. 유희 공간은 고통의 증상 속으로 더 깊이 들어가는 것을 가능하게 해 줌으로써 역설적으로 언어로 이루어지는 창조의 길로 되돌아 나오게 해 주기 때문이다.

이청준이 인물의 기이한 증상과 유희 공간의 놀이적 상상력을 통해 끝나지 않는, 결코 끝날 수 없는 언어의 유희 공간을 형상화했던 것도 1960년대의 서울을 혁명의 도시로서가 아니라 꿈과 이야기를 잃고 고통스러워하는 사람들의 공간으로 보았기 때문일 것이다. 그런 의미에서 1960년대 이청준 소설의 도시 공간은 고통스러운 소외의 공간인 동시에 꿈을 생성해내기 위해 부단히 애쓰는 유희 공간이기도 하다. 또한 이러한 유희 공간은 영혼의 차원에서 상처받은 사람들을 향해 열리는 글쓰기의 공간이라 부를 수 있을 것이다.

∷참고문헌∷

1. 기본 자료

이청준, 『병신과 머저리』, 열림원, 2001.

이청준, 『별을 보여드립니다』, 열림원, 2001.

2. 단행본 및 논문

권오룡 엮음, 『이청준 깊이 읽기』, 문학과지성사, 1999.

권택영, 「증상으로 읽는 이청준 소설」, 『한국문학이론과비평』, 제42집, 2009.

김성도, 『현대 기호학 강의』, 민음사, 1998.

김용희, 『근대 소설의 도시 공간』, 한신대학교출판부, 2005.

김재관・장두식, 『문학 속의 서울』, 생각의나무, 2007.

김 현, 『사회와 윤리』, 일지사, 1974.

김현숙 외, 『구조와 분석 Ⅱ』, 도서출판 窓, 1993.

박인철, 『파리학파의 기호학』, 민음사, 2003.

상허학회, 『1960년대 소설의 근대성과 주체』, 깊은샘, 2004.

서울시립대학교 도시인문학연구소 엮음, 『도시 공간의 이미지와 상상력』, 메이, 2010.

서울특별시사편찬위원회, 『서울六百年史』, 제6권, 1996.

오은엽, 『이청준 소설의 공간 연구』, 이화여자대학교 박사학위논문, 2010.

이상섭, 『언어와 상상』, 문학과지성사, 1980.

이어령, 『공간의 기호학』, 민음사, 2000.

이재선, 『현대한국소설사』, 민음사, 1991.

이정숙 외, 『이청준 소설 벽 허물기 열두 마당』, 한성대출판부, 2007.

이호규, 『1960년대 소설 연구』, 새미, 2001.

소두영, 『구조주의』, 민음사, 1986.

소두영, 『기호학』, 인간사랑, 1991.

주은우, 『시각과 현대성』, 한나래, 2003.

한국도시연구소 엮음, 『수도권 들여다보기』, 한울, 1995.

한국정신문화연구원 편, 『1960년대 정치 사회 변동』, 백산서당, 1999.

홍준기 외, 『발터 벤야민 : 모더니티와 도시』, 라움, 2010.

Anne Hénault, 홍정표 역, 『서사, 일반기호학』, 문학과지성사, 2003.

A. J. Greimas, 김성도 역, 『의미에 관하여』, 인간사랑, 1997.

C. Noberg-Schulz, 민경호 역, 『場所의 魂』, 태림문화사, 1996.

C. Noberg-Schulz, 김광현 역, 『實存·空間·建築』, 산업도서출판공사, 1985.

Edward Relph, 김덕현 외 공역, 『장소와 장소상실』, 논형, 2005.

Gaston Bachelard, 곽광수 역, 『공간의 시학』, 민음사, 1990.

Gaston Bachelard, 김웅권 역, 『몽상의 시학』, 동문선, 2007.

Gilloch, Graeme, 노명우 역, 『발터 벤야민과 메트로폴리스』, 효형출판, 2005.

Hans Carossa, 姜斗植 역, 『醫師 기온』, 정음사, 1982.

Johan Huizinga, 김윤수 역, 『호모 루덴스』, 까치글방, 1981.

Lawrence M. O'Toole, "Dimensions of semiotic space in narrative", Poeics Today, Vol.1. No.4, 1980, pp.135~149.

Martin Heidegger, 이기상 외 공역, 『강연과 논문』, 이학사, 2008.

Stephan Günzel, 이기홍 역, 『토폴로지』, 에코리브르, 2010.

Susan Sontag, 이재원 역, 『은유로서의 질병』, 이후, 2002.

Susan Sontag, 이재원 역, 『타인의 고통』, 이후, 2004.

Terence Hawkes, 오원교 역, 『구조주의와 기호학』, 신아사, 1982.

Yuri Lotman, 김수환 역, 『기호계』, 문학과지성사, 2008.

Yuri Lotman, 러시아시학연구회 편역, 『시간과 공간의 기호학』, 열린책들, 1996.

Yuri Lotman, 유재천 역, 『문화 기호학』, 문예출판사, 1998.

소시민 형성과 역사적 조건 사이의 연관성

권 경 미

1. 정착과 뿌리내림으로서의 실향민 의식

이호철은 원산 출생으로 6·25전쟁 때 인민군으로 참전 후 국군 포로가 된 이력을 지니고 있다. 이후 단신 월남하였고 1955년 「탈향」을 발표하면서 문단에 입문하였다. 그의 지나 온 삶을 되짚어 봐도 그가 왜 분단된 현실에 관심을 가지면서 실향민 작가로 불리는지 알 수 있게 한다. 그만큼 그에게 6·25전쟁과 실향은 떼려야 뗄 수 없는 주요 화두가 될 수밖에 없다. 하지만 그 못잖게 그의 소설에서 주목해야 할 것은 '정착'과 '뿌리 내림'이다. 월남으로 하루아침에 고향을 상실하고 낯선 도시 부산에서 정착을 해야만 했던 그에게 남한의 삶은 여느 월남인처럼 생존과 직결되는 현실적인 문제로 다가왔다. 그래서 그의 작품 안에서는 월남 직후 부산에서 고군분투하면서 살아가던 체험적 이야기를 담은 소설이 다수 등장을 한다.1) 따라서 이호철의 소설을 잘 이해하기 위해서

---

1) 등단작인 「탈향」을 비롯해 「나상」, 「만조」, 「판문점」, 「1965년, 어느 이발소에서」, 「이단

는 월남 작가라는 특이성과 함께 월남인들의 뿌리 내림도 아울러 살펴
봐야 할 것이다.

하지만 지금까지의 이호철의 연구는 월남 작가가 지니는 실향민 의식
에 초점을 맞춘 것이 다수였다.[2] 이호철의 원류와 뿌리가 월남이라는
것에 이견이 있을 수 없지만 실향 그 자체에만 초점을 맞출 경우 실향의
다른 쌍인 현실적 공간의 머묾의 의미가 지나치게 약화될 소지가 있다.
물론 고향으로부터 멀어짐 이후부터 고향으로의 회귀를 일관되게 희구
한다고 가정할지라도 귀환을 가능하게 하는 정착지의 의미를 평가절하
하거나 부정적 공간으로만 일소할 수는 없을 것이다. 반면 정착의 상태
에 주목을 할 경우 실향에만 초점을 둠으로써 미처 파악하지 못했던 새
로운 의미들을 살펴볼 수 있을 것이다.

한편 1960년대 문단은 이승만 정권의 퇴진을 불러일으킨 4·19혁명
의 여파를 문학장(文學場) 안에서 문학의 언어로 재현해 내려고 한 시기였
다고 해도 과언이 아닐 것이다. 물론 4·19혁명의 흥분이 채 가라앉기
도 전에 5·16군사쿠데타로 치명타를 입었지만 시민의식의 각성과 혁명
으로 입증된 시민들의 응집력에 대한 믿음과 희망이 각인된 시기였다.
그리고 1960년대 왕성하게 집필을 한 이호철의 작품 안에서도 혁명으로
인한 승리의 기쁨과 군사 정권의 암울함이 모두 교차하는 지점을 확인
할 수 있다.

1965년에 쓰인 장편 소설 『소시민』이 바로 이 지점을 모두 살펴볼 수

자」, 「월남한 사람들」 등 이호철의 소설에서는 분단과 월남의 경험이 중핵을 이루는 소
설이 많다.
2) 채광석, 「실향민의 비원과 통일에의 염원─이호철론」, 『이호철 소설의 일반론 및 작품론』,
이호철 문학선집 6, 국학자료원, 2001. 임헌영, 「분단시대 소시민의 거울」, 『이호철 소설
의 일반론 및 작품론』, 이호철 문학선집 6, 국학자료원, 2001. 정명환, 「실향민의 문학─
『소시민』을 중심으로」, 『이호철 소설의 일반론 및 작품론』, 이호철 문학선집 6, 국학자
료원, 2001.

있는 작품이 된다. 이 소설은 전쟁이 끝난 지 10년이 훌쩍 지난 시기에 6·25와 피난민, 월남인, 징병 등의 전쟁의 당시를 조망하고 있다. 작품 안에서의 배경이 6·25전쟁 중의 부산 완월동의 한 제면소(製麵所)라는 것으로 월남한 사람들의 실향민 의식을 살펴볼 수 있을 것이다. 하지만 그 이면에는 1960년대 현실 문제의 뿌리를 6·25전쟁 시기로부터 찾으려는 작가의 의식을 확인할 수 있을 것이다.[3]

따라서 본고에서는 이호철이 1960년대 당대 현실의 문제의 발생을 1950년 발발한 6·25전쟁에서부터 찾고자 한 것을 밝히고자 한다. 물론 그 전에 이호철이 문제시하고 있는 1960년대의 문제점이 무엇인지에 대해 먼저 살펴봐야 할 것이다. 이를 위해 작품 안에서의 시·공간적 배경의 의미와 인물의 행동에 주목을 할 것이다.

2. 건국 시기의 혼란에서 전복된 시민혁명으로

이호철의 『소시민』은 6·25전쟁을 시간적 배경으로 삼고 있다. 등장인물들은 모두 직·간접적으로 전쟁 상황을 체험하고 있는 인물들이다. 소설의 화자인 '나(박형/박씨)'는 북에서 월남한 사람이며, 제면소의 직원인 '곽씨'는 군입대를 기피하다 발각돼 참전하지만 끝내 전사(戰死)하고 마는 인물이다. 제면소의 집안일을 거드는 '천안 색시' 역시 입대한 남편과 헤어지면서 가족의 해체를 직접적으로 경험하는 등 소설의 인물들

---

3) 『소시민』의 배경이 되는 6·25를 한국의 근대화와 적극적으로 접목시키려는 논의들이 없는 것은 아니다. 정호웅, 「탈향, 그 출발의 소설사적 의미—이호철의 소시민론」, 『1960년대 문학연구』, 예하, 1993. 오현주, 「관조와 충자의 관계—이호철론」, 『1960년대 문학연구』, 깊은샘, 1998. 강진호, 「이호철의 소시민 연구」, 『이호철 소설의 일반론 및 작품론』, 이호철 문학선집 6, 국학자료원, 2001.

은 전쟁으로 인해 절대적인 영향을 받는다. 하지만 이 소설은 단순히 6·25전쟁을 기억하거나 반추하려는 목적으로 1960년대에 쓰인 것은 아니다. 이 소설의 궁극적 지향점은 전쟁으로 인해 실향민이 되거나 가정의 해체를 경험한 1960년대 시민들의 삶을 조망하기 위한 뿌리 찾기라고 할 수 있다.

왜냐하면 이 소설의 인물들은 전쟁의 상황 속에서 끊임없이 자기 발전적인 모습을 보이면서 확장과 도약에 관심이 있기 때문이다. 이들 인물들은 전쟁이라는 다급한 상황 속에서 일신의 안위나 확전, 패전, 승전 등과 같은 전쟁의 기본적인 관심사에서 모두 멀어져 있다. 부산이라는 공간적 배경이 한 몫을 하지만 그렇다고 해도 이들에게서 전쟁의 위기감이나 위화감을 느끼기란 거의 불가능하다. 오히려 군입대, 전사(戰死)와 같은 인물들의 작은 에피소드가 없다면 종전(終戰) 이후의 재건(戰後)·폐허 복구가 그 배경이라고 해도 무관할 정도로 전쟁이 이들의 소소한 일상에는 개입하지 않는다. 즉, 이를 보아서도 이 소설은 분단소설, 전쟁소설로 읽히는 것보다는 집필 당대를 위한 소설로 보는 것이 적당할 것이다.

그렇다면 작가가 판단하는 당대보다 10년 앞선 6·25전쟁 시기에 투영된 1960년대의 문제는 무엇일까. 그것은 건국, 다른 표현으로는 새로운 세계를 구축하는 판의 형성일 것이다. 이호철은 작품에서 전쟁으로 인한 불길한 기운보다는 이승만 정권의 건국에 더 주목하는 양상을 보인다.

> 오월로 접어들자, 정국은 뒤숭숭해지기 시작하였다. 이미 이월경부터 국회의원 소환 벽보가 나붙고, 데모가 일어나고, 이승만 씨는 개헌안 국회 부결에 민의 청취를 요구하는 담화를 발표하고, 국회에서는 국회의원

소환 데모의 진상에 대한 질의가 벌어지는 등 도무지 심상치가 않았다.[4]

배경은 전시(戰時) 중이지만 실제 작품 속 유의미한 시간적 배경은 이승만 정권의 통치와 지배에 초점이 맞춰져 있다. 등장인물들은 전쟁으로 인한 불안 의식을 직접적으로 공유하는 모양새를 보이지 않지만, 이승만 정권에 대해서는 제면소 직원 전체가 공통의 화제로 삼아 의견을 공유하고 행동 지침을 나누는 등 비교적 구체적으로 작품 안에서 할애가 된다. 그만큼 작가는 이승만 정권이 구축과 지배의 형태에 주목을 한다. 이는 이호철이 1960년대 4·19혁명에 이은 5·16군사쿠데타로 인한 좌절감과 열패감의 이유를 당대에서는 찾을 수 없다고 본 것과 연결될 수 있는 지점이다.[5] 민주주의 의식이 미약하나마 싹이 터 이승만 정권의 퇴진을 시민의 힘으로 이루었다는 승리감에 흠뻑 젖기도 전에 군사 독재 정권이 들어선 것을 시민의식의 미성숙함, 미약함으로만 설명하기 어려운 뭔가 뿌리 깊고 중층의 의미망을 가지고 있다고 판단했기 때문인 것이다. 그리고 이를 대한민국 정부 초창기의 모습을 통해서 살펴보려고 한 것이다.

> "그럼 우이 되노? 어느 편을 들어야 하노?"
> "간단하지 않지러. 함부루 성급하게 정할 일이 아닝 기라. <u>국회 사람들은 국회를 무시하는 것은 민주주의를 무시하는 기라</u> 카는데, 그도 일리야 있지. 국회를 국민이 뽑았으니까. 한데 <u>이승만 영감은 머라 카는지 아요? 너희들은 너희들을 뽑아 준 국민의 뜻을 배반하구 있다 카는 기요.</u>

---

4) 이호철, 「소시민」, 『소시민, 심천도』, 이호철 문학선집 1, 국학자료원, 2001.
5) 이는 『소시민』이 집필 시기보다 10여 년이 앞선 전시(戰時)가 배경이 된 소설임에도 불구하고, 1960년대의 뜨거운 문학 비평적 논쟁을 가져온 '소시민'의 공방을 이끌었다는 것을 보아도 알 수 있는 대목이다. 작품 내의 시·공간이 오히려 1960년대를 투영하는 배경으로 자리 잡는 것이다.

무슨 말인지 알아 듣겠소? 뽑힐 때만 국민에게 아양을 떨고, 뽑히고 나서 국민들을 배반하구 있다 카는 기요. 그러니까 일어이 폐지해서, 국회 사람들은 어디까지나 국회가 제일 높다 카는 기고, 이승만 영감은 국회보다 국민들이 더 높다 카는 기요. (…중략…)"6) (밑줄 필자)

"문제는 말이오, 국민들이 어느 편에 가담하느냐가 문젠데, 옛 부자들은 국회 편이고, 새 부자는 이승만 영감을 안 미나. 그도 그럴 것이 국회는 원래 옛 부자들이 모여 있는 곳잉 기라. 이승만 영감은 외국만 돌아나닌 뜨내기고, 좀 불손한 말일지 몰라도 이게 사실은 사실잉 기라. 원래 미국에서 돌아와서 옛 부자들과 손을 잡고 대통령이 되었능 기라. 그런데 이제 옛 부자들이 독재를 한다꼬 영감을 반대하기 시작했거든. 그러니까 이승만 영감도 배짱이 있는 사람이라, 좋다, 너희들과는 손을 안 잡는다, 치사하게 너희들과 그럴 것이 아니라 광범과 국민 대중을 생각하겠다. 이렇게 새 세력을 모으기 시작했을 기라. 헌데 문제는 국민들이 어떻게 나가느냐가 문제지."7) (밑줄 필자)

이호철은 이미 대한민국 정부 초창기 때부터 시민의 참여, 여론의 행방이 중요한 의미를 가지고 있었음을 문학 안에서 형상화하고 있다. 전시(戰時) 상황에서조차 여당과 야당, 두 정치 집단들은 모두 국민을 방패로 삼아 이용하고자 함을 폭로하고 있다. 민주주의를 표방한 이상 대통령은 물론 정치 집권자들은 자신들의 이익을 국민의 이름으로 포장을 한다. 그리고 이들은 자신들의 정치적 주장 아래 국민들을 분열시켜 열을 세워 줄을 맞추려는 행동을 한다. 이미 이승만 정권 때부터 이권에 따라 국민의 이름을 들먹이면서 상대방보다 더 국민을 생각하면서 민주주의를 실현한다는 선전이 난무했던 것이다. 그런데 문제는 이 이름뿐인

---

6) 이호철, 앞의 책, 208면.
7) 이호철, 위의 책, 207면.

‘국민을 위한’에 반응하는 국민이 존재한다는 것이다.

> "여하간에, 싸움은 자기들끼리 싸움이지. <u>괜히 지이들끼리의 싸움에 국민들을 끌어들이는 건데, 새로 단맛 좀 볼려는 사람들이 대통령 주위에 몰려들구 있능 기라. 쉬운 얘기가, 여기 있던 김군도 바로 그기지. 그 틈에 껴들어가 있는 기지.</u>"8) (밑줄 필자)

정치적 이해관계를 달리하는 정치인들의 싸움은 이미 "자기들끼리의 싸움"으로만 그치지 않는다. 이들은 국민들을 끌어들이고 있었고, 국민들은 자신들의 현실적 이익과 신분 상승과 자기 발전이라는 환상에 사로잡혀 휩쓸려 동참하는 모습을 보인다. 즉, 이들의 수동적이고 동원된 정치적 참여는 정치인들이 개입된 이권에 살을 찌우는 것이면서 정치적 이념을 정당화시키는 작용을 한다. 그리고 정치적 장(場)에 개입한 국민들은 과도기적 시류를 타고 자본과 권력에 한 발 더 다가갈 수 있다는 기대감을 갖게 된다.

3. 안위 보존과 식량 확보로서의 부산 완월동 제면소

소설 속에서 전시(戰時)가 주는 시간적 의미만큼 중요한 배경이 되는 것은 부산이라는 공간이다. 부산은 6·25전쟁 기간 중에서 가장 안락한 피난지로 인식이 되었을 뿐만 아니라 임시 정부의 역할도 담당하였다.9) 전시(戰時) 상황에서 가장 안전한 곳 중의 하나로 인식되었던 부산이 이

---

8) 이호철, 앞의 책, 210면.
9) 안경식, 「한국전쟁기 임시수도 부산지역의 피난학교 연구」, 『교육사상연구』 23호, 한국교육사상연구회, 2009, 315~316면.

소설의 배경인 것은 6·25와 같이 안보 위기 상황에서는 무엇보다 일신 상의 안전과 안위를 제일 중요하다는 것의 반증이 된다. 물론 전시(戰時) 상황이라는 특수성을 전혀 고려하지 않을 수 없지만 적어도 이 소설이 전쟁 시기를 배경으로 삼지만 전쟁 그 자체에만 주목한 것이 아니라 전시(戰時) 상황을 살아가던 삶의 모습, 생존에 더 초점을 맞춘 것으로 보는 게 좋다.

이는 보다 더 작은 공간인 제면소라는 공간으로도 드러난다. 부산 지역의 많은 공간 중에서도 국수를 만들어 팔던 가게가 주된 공간인 것은 결국 먹는 것, 의식주의 가장 기본이 되는 식(食)의 문제가 해결돼야 함을 의미하는 것이다. 전쟁이라는 생과 사의 넘나듦 속에서 생의 애착은 더 강렬해지게 된다. 생에 대한 본능적 집착은 안전지대와 식량의 확보로 나타나는데 이 소설의 공간적 배경인 부산, 제면소는 이 모두에 부합하는 장소가 된다. 그렇기 때문에 『소시민』은 제면소로 소자본을 일궈낸 사장 부부와 같은 자본가의 모습과 자본을 확보하려고 하는 제면소 직원과 주변인들을 대조적으로 보여주고 있다.

소자본가의 면모를 지니는 사장 부부는 전시(戰時) 상황과 상관없이 삶의 무료함과 지루함을 느끼는 인물로 형상화되고 있다.[10] 이들이 호소하는 무기력함과 삶의 허무함은 전쟁이 주는 황폐함에서 오는 실존에 대한 정신적인 공허함을 문제 삼는 실존주의의 변종이다. 이들은 허무함을 전쟁이 주는 공포로 인한 것이라는 인식을 하지 못한 채 그저 이유를 알 수 없는 배앓이, 체기로만 치부해 버린다.[11] 그에 비해 동경 상대를 졸

---

10) 특히 '주인 마누라'는 지루함과 공허함을 견디지 못하고 성적 쾌락을 탐닉하는 인물로 나온다. 채워지지 않는 허탈함이 성의 타락으로 이어지고, 이호철은 이 모습을 비판하지만 결국 그녀의 행각이 드러나게 하기만 할 뿐 '주인 마누라'를 파멸과 파국으로까지는 이끌지 않는다.

11) 이들 부부의 허무함과 공허함이 전시(戰時) 상황 때문일 거라는 대목은 나와 있지 않다.

업하고도 뜻을 펴지도 못한 채 객사한 '강 영감'의 딸인 '매리'는 보다 더 진취적으로 시대적 허무함을 읽는 인물로 등장을 한다. 그리고 적극적으로 연애하며, 자신을 세상에 내비치는 것을 겁내지 않는 인물로 묘사가 된다.

> "약게 사이소. 앞뒤가 분명해야 합니더."12)
> 신식 여성이란 남자 속에 뛰어들어서는 무작정 혼란해지고, 일정한 거리를 지니면 다시 반듯해질 수 있는 여성을 의미한다.13)

하지만 '매리' 역시 연애를 통해 허무함을 달래며, 연애가 끝나면 깨끗하게 헤어져서 자신을 추스를 수 있는 인물로 "신식 여성"이라는 말로 포장하는 데 그치고 있다. 즉, 그녀의 연애도 아버지의 부재, 불안한 현실 상황, 개화된 여성 문화와 결합되면서 소모적이며, 단편적이고 단절적인 인간관계만을 유지하는 것으로 드러난다.

화자인 '나'에게 부산과 제면소의 의미는 특별하다. 먼저, '나'는 월남한 사람으로서 부산이라는 지역 자체는 월남을 달성한 공간이라는 의미가 있다. 즉, '나'와 같은 월남인들에게 부산은 생존과 생명이 보존되는 터전이다. 삶을 살아내야 하는 생활의 터전이라는 의미가 강하다. 하지만 부산에는 이미 이런 인물들로 넘쳐나고 있었다. '나'의 제면소 취직은 세 끼를 겨우 해결할 수 있었던 부두 노동에 비해 운 좋은 일이었

오히려 이들 부부가 무기력함은 그릇에 맞지 않게 획득한 부 때문일 것이라는, 자본주의적 관점에서 해석하는 게 더 자연스러울 정도이다. 그래서 이들 부부는 전시(戰時) 상황 속에서도 공부를 잘하지도 못하는 큰딸을 대학에 입학시키기도 하고, 겨우 초등학생일 뿐인 아들의 군대 면제를 위해 미리 대비하는 등 전쟁 상황에 크게 휘둘리지 않는 일상을 살아가고 있다.

12) 이호철, 앞의 책, 114면.
13) 이호철, 위의 책, 128면.

다.14) 그런데 이는 '나'에게만 해당되는 것은 아니다. 제면소에서 일하는 직원인 '김씨', '정씨', '곽씨', '신씨' 등도 모두 부산의 완월동에 위치한 이 제면소가 생존을 위한 안식처가 된다. 이들은 생존을 위해 주인의 밑에서 부지런히 일을 한다. 비록 이들이 자본을 소유하지는 못했지만 이들의 역량과 능력을 주인의 것을 훨씬 뛰어넘었다.

> 그리고 이 완월동 집은, 정작 주인집 사람들은 모두 머리가 나쁘고 희멀건데 일꾼방에 득실거리는 자들은 어쩌면 그렇게 한 사람도 예외 없이 특성이 강하고 제나름대로 똑똑한 것일까, 익살을 섞어 생각하였다. <u>어차피 퇴조(退朝)에 접어든 사회 속에서는 이렇게 무엇인가 거꾸로 되어 있게 마련인가도 생각하였다.</u>15) (밑줄 필자)

이들의 인식 바탕에는 사람의 능력이 적어도 자본의 소유보다 인간을 평가할 때 앞서는 기준이 됨이 깔려 있다. 하지만 그런 인식과 상관없이 결국 현실에서는 자본의 소유 내지 사람들을 부리고 군림할 수 있는 위치에 있는 것만이 의미가 있음을 역으로 강조하는 것이다. 이는 1960년대라고 해서 다르지 않다. 자유를 부르짖는 4·19의 외침이 가난과 빈곤과 같은 경제적인 문제와 맞닥뜨리면서 경제 회생을 앞세워 배부름의 환상을 준 5·16에게 자리를 양보해야 했다.16) 배부름이 자유를 짓누르는 "퇴조에 접어든 사회" 현상이 일어난 것이다. 이호철은 바로 이 지점을 『소시민』을 통해 지적하고 있다. 결국 1950년대 제면소에서의 세 끼

---

14) '직공 한 명 구함'이라고 애들 산술 공책을 찢어 초라한 글씨로 유리 창문에 써 붙인 쪽지를 보고 들어갔을 때는 이미 나보다 앞서 대여섯 명이 들이닥쳐 있었다(이호철, 앞의 책, 14면).
　솥에서 처음 나오는 그 국수 맛은 원래가 진미로 알려져 있었다. 그 편으로 가서 염치 가리지 않고 한웅큼씩 그득 쥐고 열심히 집어먹었다(이호철, 위의 책, 17면).
15) 위의 책, 98~99면.
16) 권보드래, 「4·19와 5·16 자유와 빵의 토포스」, 『상허학보』 30집, 2010, 109면.

식사와 이만원의 임금 그리고 근무 중 집어 먹을 수 있는 삶은 국수의 유혹으로 상징되는 경제적 문제가 사람들을 침묵케 하는 것이다.

하지만 재전복이 쉽게 이루어질 수 없는 현실적 어려움이 존재한다. 제면소라는 한정적 공간 안에서 위계화되어 있는 계급적 상하 관계를 전복시킬 방법은 요원하다. 오히려 주인의 위치는 확고부동하게 고정된 상태에서 직원들 사이에서의 엎치락뒤치락 거리는 순위의 조절만이 있을 뿐이다.[17] 즉, 분명히 잘못된 것은 알지만 그 근본과 근원을 흔드는 것보다는 있는 현실 그대로에서 자신의 위치 이동을 하는 게 현실적이라는 것을 인물들은 차츰 알게 된다. 이는 제면소의 직원인 '정씨'와 '김씨'를 통해서 극명하게 드러난다.

과거 '김씨'와 '정씨'는 같은 남로당 조직 출신으로 '김씨'가 '정씨'를 깍듯하게 섬기는 입장이었다. 하지만 남로당이 와해되고 전시(戰時) 상황에서 이들은 같은 제면소 직원으로 얼굴을 마주보면서 이전 조직에서의 상하 관계와 다른 현재의 동료 관계를 서로 불편해한다. 하지만 '김씨'가 자본으로 발생하는 상하(上下)의 상관관계, 즉 자본주의적 인식을 하게 되면서 '김씨'는 점차 자본과 근접한 곳으로 이동을 하게 된다. 그런데 이 '자본과 근접한 곳'으로의 접근은 1950년대의 새정부 수립, 전시(戰時) 상황, 전후(戰後) 복구 등과 같이 정치·사회적으로 변혁의 시기와 맞물리면서 용이해진다. 이는 1960년대에도 적용이 되어서 경제성장을 제일로 내세운 5·16군사쿠데타가 경제 발전을 가져다 줄 것이라는 매

---

17) 이는 주로 '주인 마누라'에 의해서 결정되는데, 그녀는 자신의 직원 애정도에 따라 입사순을 무시한 채 서열을 은연중에 정하기도 한다. "너, 내달부터 배달해 볼래?"/ "보쏘, 형님요. 원 세상에 희한한 사람 안 봤소. 야아가 아직 자전거를 못 탄다네."/ 주인 마누라가 여느 때와는 달리 필요 이상으로 역정을 쓰며 날라리를 내쏘았다. "자전거 못 타는 게 뭣이 그리 대단하다구 법석이노, 법석이."/ 불과 일순간의 일이지만 주인 마누라의 이런 도도한 태도는 어느새 주인을 비롯하여 모두를 위압하고 있었고, 날라리도 두 눈을 커다랗게 뜬 채 대번에 주눅이 들어 있었다(이호철, 앞의 책 109~110면).

혹에 국민들이 쉽게 현혹될 수 있는 것을 보여주고 있다.

4. 뿌리 뽑힌 자들의 소시민으로 정착

　민주주의 이념의 확산으로 자유와 권리를 경험한 1960년대 시민들이 손쉽게 5·16군사쿠데타를 받아들인 것에 대해 이호철의 문제의식은 뿌리 뽑힌 자들을 작품에 내세움으로써 극대화되어 나타나고 있다. 『소시민』은 궁극적으로는 1950년대를 살아냈던 삶의 이야기이다. 특히 월남한 '나'를 소설 전체를 조망할 수 있는 화자로 등장시킨 것은 월남인의 남한 정착기를 엿볼 수 있는 부분이다. '나'는 가족, 고향을 등지고 남으로 내려왔기 때문에 부산이 뿌리를 내리고 살아야 할 공간이 된다. 즉, 『소시민』을 가로지르는 서사적 핵심은 떠남과 귀환이 아닌 정착에 초점이 맞춰져 있다. 그 정착이 임시가 될 수도 있고 귀환을 전제로 한 여정 중의 순간으로도 볼 수 있지만 소설의 전반은 뿌리내림, 정착과 안정의 추구이다.

　그런 측면에서 보면 소설의 등장인물을 '나', '정씨', '강 영감'과 같은 지식인층과 '김씨', '천안 새댁', '광석이 아저씨'로 대변되는 새롭게 형성되는 새판에서 도약을 꿈꾸는 소시민으로 나누어 생각해 볼 수 있다.

　그런데 이 소설의 제목에서도 암시하듯이 지식인층, 시민의 역할은 소시민의 것만큼 크지도 비중 있게. 다루지도 못하고 있다.[18] 이호철은 어떻게 보면 무능력한 이들의 모습을 시점과 서술의 방식으로 보여주고

---

18) 백낙청과 강진호는 이호철이 새로운 시민상을 제시하지 못한 것은 큰 한계로 지적을 하고 있다. 백낙청, 「작가와 소시민—이호철의 작품세계」, 『이호철 소설의 일반론 및 작품론』, 이호철 문학선집 6, 국학자료원, 2001. 강진호, 「이호철의 『소시민』 연구」, 앞의 책.

있다. 비록 '나'가 중심 화자이기는 하지만 '나'는 다른 인물들과는 상당히 거리를 유지한 채 서술을 하고 있다. 객관적 거리를 유지하는 서술 방법은 '나'가 다른 인물들에게 깊게 개입하지 않는 것을 보여주는 일단의 모습이 된다. '나'의 거리 유지는 궁극적으로 지식인, 시민들의 사회적 개입의 최소화, 축소를 상징화하는 모습이기도 하다. 즉, 이들은 바라보고 기술을 할지언정 적극적으로 사건 안으로 들어가 개입을 하거나 해답을 제시하지는 않는 것이다. 이러한 서술 방식의 특징은 1960년대에 지식인들이 사회에 전면적으로 부각이 돼 행동하는 지식인으로 등장하지 않는 것과 일맥상통한다. 전체를 아우를 수 있는 혜안을 가지고는 있지만 섣불리 나서서 판단을 하거나 결정하는 모습을 보이지 않는다. 오히려 이들은 시대와 흐름에 휘둘리면서 격랑에 몸을 내맡기는 모습을 보인다.

> 집단으로서의 규범에 반항을 할 수 있을 때 사람은 뜨거운 정열을 발산할 수 있는 것이지만, 그런 규범을 완전히 잃어버렸을 때 개개인은 무의미하게 부풀어 오른다. 그리고 이때 더 못 견디고, 별의별 난무가 시작된다.[19] (밑줄 필자)

'나'는 '주인 마누라'와의 불륜에 앞서 먼저 무기력함을 느낀다. 집단으로써 느꼈던 희열과 정열을 상실해 버리고 만 '나'는 무슨 일이든 시큰둥하며, 매사가 무의미하다. 그래서 그게 "난무"일지언정 거부하지 않는다.

> 그리고 나도 억지로 개방적인 투를 위장하였다. 사람이란 가장 못 견디는 것, 가장 모욕에 해당할 만한 것은 도덕적인 위장이 벗겨지고, 그

---

[19] 이호철, 앞의 책, 111면.

속의 더러운 액면이 명명백백하게 드러나는 경우일 것이다. 그리고 사실 나는 주인마누라와의 그런 일을 그녀에게 납득이 가도록 설명할 길도 없었다.[20]

'나'가 겨우 하는 일은 불륜 관계 제안을 단호하게 거절하는 것도, 청산하는 것도 아닌 참아내는 것이다. 물론 그 와중에도 "개방적인 척" 위장을 하면서 지지부진한 태도를 계속 유지한다. '나'의 무기력함은 시대를 제대로 읽지 못했던 국민들에 대한 실망감의 발로라는 허울 좋은 이유를 붙여도 납득되지 않을 정도로 거의 반자포자기 상태에 이르렀다. 이와 같은 모습은 '강 영감'과 '정씨'에게서도 여지없이 드러난다. 동경대 상대를 졸업한 엘리트 '강 영감'은 소설 내에서 그 어떤 역할도 하지 못하고, 그나마 죽음 이후에 그의 이력이 드러날 뿐이다. 남로당 조직을 운영한 '정씨'도 그 뜻을 좌절당하기는 마찬가지다. 뜻이 좌절되고 목표를 상실해버린 이들은 현실의 흐름에 조용히 몸을 내맡기는 선택을 한다. 물론 이들은 그 선택 이후에도 괴로워한다. '강 영감'은 정신을 놓았고, '정씨'는 자괴감에 빠져 지낸다. 하지만 더 이상 이들에게서 변혁과 변화에 대한 도전 의식을 찾아볼 수는 없다.

> "서구적 개념의 민주주의라는 것이야 터전이 어느 정도 다져지고 일률화되어 있을 때 가능한 기고, 이 바닥에선 아직은 안 되지러, 안 돼."[21]
> "나는 이렇게 태반의 묻혀 사는 서민들처럼 살려고 해도 잘 안되는구만. 건방져서 이런 기라."[22]

> "(…상략…) 제대로의 <u>정치 의식이 선행되지 않은 조직은 피가 통하지</u>

---

20) 이호철, 앞의 책, 190면.
21) 위의 책, 168~169면.
22) 위의 책, 169면.

않는, 기름이 없는 뻐덕뻐덕한 기계와 같다. <u>몽매한 집단</u>밖에 안 되지. 그런 속에서는 생생한 이론도 곧 <u>비교(秘敎)처럼 되어 가능 기라</u>. 개개인의 개인적인 경우, 그것도 넓은 터전과 아무런 연결이 없는 그런 경우로 모여들었었지. 사실 한 사람 한 사람 따지면 그렇게 우연한 계기로 들어섰던 사람이 태반이었능 기라. 물론 그렇지 않은 사람이 있기는 있었다면서도, 요는 말이다, 이 바닥의 전반적인 추세는 그럴 만하게 <u>무르익어 있지가 못했능 기라</u>. 결국 어이 됐노? 그것은 제 액면을 터뜨려 놓았지. <u>다시 저저끔 왜소한 소시민으로 되돌아오지 않았능가</u>. 이런 속에서 정 선생은 이러지도 못하고 저러지도 못하고 앞으로 구경할 만할 것이다. (…후략…)"23) (밑줄 필자)

위의 인용문은 앞은 '정씨'의 생각이고, 뒤는 '정씨' 조직의 막내였던 '언국'이의 발언이다. '정씨'는 위의 인용에서처럼 작금의 세태를 민주주의 뿌리가 아직 완전히 내리지 못했기 때문이라고 진단한다. 그런데 '정씨'는 민주주의가 뿌리 내리기 위한 자신이 역할에 대해 관심이 없다. 뿌리내리지 못함, 아직 덜 여문 민주주의가 4·19를 지속시키지 못한 것으로 이호철은 보고 있다. 하지만 여전히 이호철은 그 다음을 예견하지 못한다. 오히려 '정씨'의 고민은 태반의 사람들처럼 티 나지 않게 살아가고자 하는 것이다. 그것도 지식인의 우월의식을 가지고 말이다. 이처럼 무기력하고 무능한 지식인의 모습을 보이는 이유를 '언국'이는 "비교(秘敎)"와도 같은 광기에 지나지 않았기 때문인 것으로 보고 있다. 의식이 선행되지 않은 채 이루어진 행동은 공허할 뿐인 것이다. 이에 이호철은 그저 우연에 지나지 않은 동참, 무르익지 않은 행동은 금세 소시민으로 돌아가게 하며, 이를 지식인들·시민은 그저 관망만 할 수밖에 없다며 지식인의 자기변명 내지 국민들의 소시민성을 강도 높게 비난하고

---

23) 이호철, 앞의 책, 199~200면.

있다.

어떻게 보면 이호철은 국민들의 자유에 대한 갈망과 열정이 순식간에 열기를 띠어 광풍처럼 휩쓸고 지나갔다고 자조적으로 이야기하고 있는 것일 수도 있다. 하지만 건설적인 지식인 역할을 고민한다는 명목으로 세태 파악에만 열중하면서 현실적 참여에는 부진한 지식인은 무기력하고 관념적일 뿐이다.

이는 '정씨'의 여동생 '정옥'을 통해서 비판적으로 그려지고 있다. '정옥'은 오빠가[24) 뜻을 접은 채 "서민"의 삶을 사는 것을 냉정하게 바라보는 인물로 등장을 한다.[25) 그리고 '정옥'은 행동력을 잃은 '정씨'를 가엾게 여기는 마음을 가진다.

> "(…상략…) 그래서 결국은예, <u>혼자서만 그 울분이 쌓이고 쌓이고 땟국이 끼고</u>, 결국은예, 장막을 뚫을 기력도 잃어버리고, 어떻게도 할 수 없어서 에라 모르겠다 하고 어디서나 무슨 일에나 희희낙락하는 <u>낙천가가 되어 버렸는 기라요.</u> (…하략…)"[26)
>
> "(…상략…) 수위 정복을 입고 <u>매일매일을 한결 같은 얼굴로 살아가면서 매일매일의 신문을 생판 남의 일 보듯이 더듬고 있능 기라요. 불쌍하지예?</u>"[27) (밑줄 필자)

이제 지식인들은 "이상주의"만 좇으면서 "수다로만 뭉쳐"져 있어서 "정작 일을 못 치"[28)르는 인물이 되어 버린다. 이들의 행동과 주장이 가

---

24) '정씨'가 '정옥'의 오빠로 불리기는 하지만 이 둘의 관계는 숙부와 조카 사이이다. 127~128면.
25) 하지만 '정옥' 역시 관념적이고 이상주의자에 지나지 않다. 그녀는 한 쪽 눈을 지니지 못했는데, 그녀의 신체적 특이성이 1960년대 비정상적인 정치·사회 현실을 상징적으로 보여준다고 할 수 있다. '정옥'의 다름은 그녀의 언술에서도 드러나는데, 그녀는 몽환적이며 비현실적인 이야기를 주로 한다.
26) 이호철, 앞의 책, 152면.
27) 위의 책, 153면.

로막혀 좌절되어 버리자 이들은 애정을 느껴 분노하거나, 부조리한 현실에 냉소도 하지 않는 관조자의 입장에 설 뿐이다. 그렇다면 지식인들이 왜 이런 무기력함에 단체로 빠지게 되었을까. 바로 소설에 등장하는 소시민의 상을 통해 그 이유를 찾을 수 있을 것이다.

이 소설의 대표적 소시민으로는 '김씨'가 있다.

> "원래 난 말이다. <u>조선 팔도 강산 말을 대강 할 줄 안다</u>. 지금은 <u>경상도 바닥이니까 경상도 말을 하재</u>. (…후략…)"29)
>
> "(…상략…) <u>원래가 발바닥밖에 없었지만 새로 발바닥에서부터 단련을 해야 하능 기라</u>. 시굴 발바닥이 아니라 도회지 발바닥으로. 세상 살아가는 일, 이것저것 피하다가 보면 남아나는 일이 뭐 있겠노? <u>숫제 골방에 틀어박혀 굶구 앉았지</u>. (…하략…)"30)
>
> "국수 공장 한다는 것두 집어치구, 무슨 <u>큰 줄을 잡았다바 봐유</u>. 정치를 한다나유, 우스운 예기가, 그전에 한던 정치 사업은 진짜 목숨을 건 정치 사업이구, 요즈음의 <u>정치 사업은 장사 겸, 돈벌이 겸, 살 방법이래나 봐유</u>. 나야, 그저 그렇다니 그렇게 알 뿐이지유."31)
>
> 얼기설기 얽혀 줄레줄레 떨거지들처럼 지나가는 행렬 한가운데에 과연 김씨의 모습이 보였다. 색안경을 끼고 가죽 잠바를 입고 있었다.32)
>
> 김씨는 서울에서 팔군 납품업자가 되어 있었다.33) (밑줄 필자)

'김씨'는 '정씨'와 같이 사회 변혁을 꿈꾸었지만 완월동 제면소에 온 이후 경제적인 부와 사회적 지위에 대해 새롭게 눈을 뜨게 된다. 그는

---

28) 이상의 인용문은 이호철, 앞의 책 153면.
29) 위의 책, 121~122면.
30) 위의 책, 122면.
31) 위의 책, 186면.
32) 위의 책, 227면, '김씨'는 1952년 서민호 의원 사건으로 이승만을 지지하던 민중 자결단의 행렬에 '김씨'가 동참하는 것을 묘사한 것이다. '김씨'의 행동반경이 경제적 차원에서 권력으로 이동하고 있는 것을 단적으로 보여주는 대목이다.
33) 위의 책, 278면.

직원의 위치가 아닌 사장, 자본을 가진 사람이 될 것을 염원하며 약삭빠르고 비도덕적인 행동도 마다하지 않는다. 그리고 이것이 발판이 되어 그는 직원 ‘김씨’가 아닌 국수 공장 ‘사장’으로 변모해 소자본가의 위치를 갖는다. 하지만 여기에서 멈추지 않고, 정치판에 뛰어 들어가 권력을 잡으려는 노력을 기울인다. 하지만 ‘김씨’는 기회주의적이며 비도덕적인 그의 행동을 “골방에 틀어박혀 굶”지 않기 위함으로 해석한다. 이는 앞선 지식인들의 옹골찬 소시민들을 향한 비난에 대한 소시민들의 일종의 항변이다. 굶을 수밖에 없는, 가진 것이라고는 “발바닥”밖에 없는 서민들의 생존을 위한 불가치한 선택일 뿐이라는 뜻이 내포되어 있다. ‘김씨’의 이력에서처럼 그도 사회에 침묵하지는 않았다. 하지만 사회를 향한 외침이 공허함과 굶주림으로 다가오자 그는 세상의 “줄”이 필요함을 절감한다. 소시민의 시작이 바로 여기에서부터다. 서민들에게 이상과 사회 변혁은 현실로부터 지나치게 멀리 있고, 현실적 줄은 가까이에 있다. 그리고 그 줄이 1950년대, 1960년대와 같이 정치적으로 불안한 시기라면 사회적·문화적 자본을 지니지 못한 ‘김씨’ 같은 사람에게도 근접 가능한 거리에 놓이게 된다. 이호철은 바로 1960년대 4·19혁명의 기운이 채 가시기도 전에 밀어닥친 군사 쿠데타의 흔적 너머 바로 이 소시민적 사유가 한 부분을 차지하고 있음을 1950년대를 배경으로 설명하고 있는 것이다.

이는 비단 ‘김씨’에게서만 보이는 것은 아니다. ‘나’와는 종친 관계인 ‘광석이 아저씨’는 북에서의 가난한 생활을 벗어던지고 부산에서 번듯한 점포를 얻는 데 성공을 한다.

그전의, 말끝마다 입에 올리던 ‘개판’ 소리는 어느새 슬그머니 그의 입에서 사라져 있었다. 그만큼 이제 이 ‘개판’ 바닥에서 살아갈 자신이 생

겼고, 이런 바닥이라는 것이 도리어 안성맞춤으로 느껴지나 보았다. 놀
라운 일은, 고향을 버리고 피난길에 나선 것도 다행으로 여기는 듯하다
는 것이었다.[34]

이렇게 되면 그는 날로 대한민국의 충성스런 국민의 한 사람이 되어갔
다. 이승만 씨에 대한 평가도 확고 부동이었다. 이북 농촌 구석의 한 사
람이었던 자기에게 별안간 이런 길을 열어 준 것이 이승만 씨의 그 민주
주의 덕이라고 믿고 있었다. 민주주의란 그의 경우 이 점에서 가장 좋은
체제인 것이다.[35] (밑줄 필자)

부산에서 어느 정도 기반을 잡은 것에 대해 '광석이 아저씨'는 전적으
로 "이승만 씨의 그 민주주의 덕"이라고 칭송을 한다. 전시(戰時) 때부터
전후(戰後)로 이어지던 시기에 자본을 지니지 못한 이들 중에서는 새롭게
구성되는 사회적 분위기에 편승해서 자신의 위치를 점할 수 있는 기회
로 활용한 이들도 있었다. 그리고 그 성공 사례가 현실에서도 심심치 않
게 있었고, 이 소설에서는 '광석이 아저씨'가 그 사례를 입증하는 예가
되고 있다. 국가의 위기, 사회의 혼란 시기가 개인에게는 기회로 다가올
수 있음을 이미 전후(戰後)를 거치면서 경험한 사람들에게 1960년대 혁명
과 쿠데타로 이어지던 역사적 궤적이 나름의 매력적인 기회로 다가온
것은 사실이었다. 게다가 박정희는 국가 안보 보장과 함께 국민 경제 성
장이라는 정치적 이념을 천명했기 때문에 무엇보다 배고픔에서 벗어나
고자 했던 많은 국민들이 동참한 것은 어쩌면 자연스런 수순과 같은 것
이었다.

그렇기 때문에 소시민들은 특정한 누구라고 지칭할 수 없는 드러나지
않은 다수의 사람들이 점하고 있던 거대 집단과 같았다.

---

34) 이호철, 앞의 책, 203면.
35) 위의 책, 203~204면.

> 그들은 제각기 조건에서의 제각지의 과정을 거친 끝에 이제 같은 줄기
> 에서 합쳐지고 있는 셈이었다. (…중략…) 세상은 바야흐로 이들이 주름
> 잡는 세상으로 접어들고 있었다.[36)
> "하긴 그렇기도 하겠군. 소시민이란 살기 편할 때는 소시민이지만, 불
> 편할 때는 엄살꾸러기가 되고, 이판사판이 마당에선 미친 깡패가 되거든
> (…하략…)"[37) (밑줄 필자)

그래서 이호철은 소시민의 특징을 "제각지"에서 출발한 물결이 "같은
줄기에서 합쳐지"는 것으로 보고 있다. 즉, 개인적이고 지극히 사적인
이유가 하나하나 모여서 소시민의 문화가 되며, 담론으로 형성이 되어
힘을 발휘하는 것으로 보고 있다.

이호철은 긍정적이고 사회 발전적인 시민의 의식을 1960년대 당대에
서 끌어내고 싶어 했다. 하지만 현실적으로 건강하고 사회 발전을 주도
할 시민보다는 개인의 이익에 몰두해 재빠르게 자기 변형(용)을 끊임없
이 하는 소시민이 더 먼저 뿌리를 내렸다. 이는 '정씨'의 이야기처럼 시
민의식이 너무 얕게 뿌리를 내린 것일 수도 있지만 그 이면에 소시민이
양산될 수밖에 없는 역사적이고 구조적인 흐름을 간과할 수 없음을 밝
히고 있다.

5. 연속성의 소시민 의식에서 혁명의 시민 의식으로

전쟁, 이념 등으로 사회적 가치가 변화하고 그에 따라 사람들의 인생
의 잣대마저 흔들리던 과도기적 시기였던 1960년대에는 현실을 해석하

---

36) 이호철, 앞의 책, 272면.
37) 위의 책, 240면.

고, 조망하며 예단하려는 사유와 고민의 시간이었다. 이와 같은 성찰의 시간을 이호철의 소설에서도 확인할 수 있다. 특히 이호철은 그의 소시민에서 전쟁이라는 역사적 사건이 개개인의 삶과 가치관에 어떤 절대적 영향을 미치고 있는지를 고찰하고 있다. 이미 제목에서도 드러나듯이 이호철은 소시민을 부정적 양태로 그리고 있는 모습을 보인다. 정신적인 위로와 충만함보다 물질적 가치를 우선시하는 세태를 비판적으로 바라보는 시선을 가지고 있다. 하지만 그의 이는 곧 소시민의 출현 배경과 조건이 역사와 현실적 배경과 무관하지 않음을 보여주는 것이다.

이에 본고에서는 1960년의 소시민의 이야기를 당대에서만 바라보는 것을 지양하고 작품의 배경이 되는 1950년대의 상황으로 소급을 해서 소시민 의식이 역사적이며 연속적인 관계를 가지고 있는 것으로 살펴보았다. 이를 위해서 시간적 배경, 공간적 배경 그리고 인물의 행동으로 각각 나누어서 분석을 하였다.

대한민국 정부는 자유 민주주의 국가를 천명함으로써 국민이 주인이 되는 국가를 건설하였다. 하지만 국민의 이름이 필요할 때는 투표라든지 정치적 갈등 상황에서 편을 갈라 대결할 때 지지 세력을 모을 때와 같이 명목상인 경우가 많았다. 하지만 바로 이 이름뿐인 국민의 이름이 줄을 잘 서는 것만으로도 보다 더 기득권층에게 다가갈 수 있다는 환상은 1960년대의 현실에도 이어진다. 친(親)정권의 제스처가 가져올 시대적 이득을 전혀 무시할 수 없는 역사적 경험을 이들 소시민은 가지고 있었던 것이다.

또한 전시(戰時)와 전후(戰後)를 지나면서 부산의 공간적 의미는 특별할 수 있었다. 임시 정부가 있었던 만큼 6·25전쟁 시기에 요지(要地)이기도 하면서 전화(戰火)에서 일신을 보호할 수 있는 보호의 공간의 의미도 아울러 지녔다. 그리고 완월동 제면소 역시 전시(戰時) 상황의 굶주림 속에서 국수 면발을 생산하는, 식량을 소유할 수 있었던 채움의 공간이라는 특이성을 지닌다. 이처럼 공간이 지니는 식량 확보의 의미는 소시민으로 하여금 1960년대의 빈곤과 가난에 대한 반동적인 두려움과 공포를 환기할 수 있게 하였다.

이에 이호철은 1950년대의 인물들을 지식인(시민)과 소시민으로 나누어 지식인들의 무기력한 모습을 그리고 있다. 이미 안보와 경제가 제패해 버린 세상에서 지식인들이 주장하는 자유의 이념은 빈곤 탈피라는 이름으로 뒷전에 내몰리게 된다. 그에 반해 소시민의 기회주의적이면서 개인적인 이익 추구는 보다 더 현실로 다가오면서 국민들에게 설득력을 지닐 요소를 다수 확보하게 된다. 그리고 이것은 역시 1960년 시민 혁명의 승리를 마음껏 누리기도 전에 안보와 경제성장 제일주의를 기치로 든 군사정권에게 자리를 물려준 것과도 일맥상통한다. 결국 1960년대 소시민의 모습과 지식인들의 좌절감은 이미 1950년대의 역사적 사건, 배경과 무관하지 않은 연속선상의 일인 것이다.

⠿ 참고문헌 ⠿⠿⠿⠿

1. 기본 자료
이호철, 『소시민 / 심전도』, 이호철 문학선집 1, 국학자료원, 2001.

2. 단행본 및 논문

강진호, 「이호철의 『소시민』 연구」, 『이호철 소설의 일반론 및 작품론』, 이호철 문학선집 6, 국학자료원, 2001.

구재진, 「1960년대 한국적 근대의 비동일성에 대한 소설적 성찰—이호철의 『소시민』론」, 이호철 소설 연구』, 이호철 문학선집 7, 국학자료원, 2001.

권보드래, 「4·19와 5·16 자유와 빵의 토포스」, 『상허학보』 30집, 2010.

백낙청, 「작가와 소시민—이호철의 작품세계」, 『이호철 소설의 일반론 및 작품론』, 이호철 문학선집 6, 국학자료원, 2001.

안경식, 「한국전쟁기 임시수도 부산지역의 피난학교 연구」, 『교육사상연구』 23호, 한국교육사상연구회, 2009, 315~316면.

오현주, 「관조와 충자의 관계—이호철론」, 『1960년대 문학연구』, 깊은샘, 1998.

이호규, 「1960년대 소설의 주체 생산 연구—이호철, 최인훈, 김승옥을 중심으로」, 연세대학위 박사학위논문, 1999.

임헌영, 「분단시대 소시민의 거울」, 『이호철 소설의 일반론 및 작품론』, 이호철 문학선집 6, 국학자료원, 2001.

정명환, 「실향민의 문학—『소시민』을 중심으로」, 『이호철 소설의 일반론 및 작품론』, 이호철 문학선집 6, 국학자료원, 2001.

정호웅, 「탈향, 그 출발의 소설사적 의미—이호철의 『소시민론』」, 『1960년대 문학연구』, 예하, 1993.

채광석, 「실향민의 비원과 통일에의 염원—이호철론」, 『이호철 소설의 일반론 및 작품론』, 이호철 문학선집 6, 국학자료원, 2001.

역사의 바다를 탐험하는 소설 쓰기*

연 남 경

1. 최인훈 소설과 바다의 토포스

한국전쟁의 석방 포로를 실은 타고르호에서 남지나해의 푸른 바다로 뛰어내린 이명준에서 시작되어 2003년에 바다 밑에서 발견된 백골에 이른 최인훈의 이야기 계보에서 '바다'라는 공간은 어떤 새로운 해석의 열쇠를 쥐어 줄 것인가. 이런 의문에서 본 연구는 시작되었다. 문학 연구에서 공간은 단순히 작품 배경이 아니라 작품 자체를 관통하는 기호 체계로서 텍스트의 구성에 관여하고 인물과의 상호작용을 통해서 작품의 주제를 드러내 주는 기능을 한다. 이를 전제로 기호학자들은 소설 내에 나타난 공간들을 해독하는 다양한 방법들을 제시해 놓았다. 특히 청마의 시를 공간 기호론적으로 읽음으로써 깃발의 시적 토포스(topos)를 발견하고자 한 이어령의 시도[1)는 본 연구의 귀감이자 방법적 상상력을 부여해

---

* 이 논문은 연남경의 「우주적 공간 '바다'를 향하는 최인훈의 소설 쓰기」(『한국문학이론과 비평』 44집, 2009. 9)를 수정한 것임.

주고 있다. 이러한 상상력에 기대어 본고는 최인훈 소설이 '바다' 공간의 원형적 심상을 간직하고 있다는 가설을 세우고, 최인훈 소설을 관통하는 바다의 소설적 토포스를 찾는 데 첫 번째 목적을 둔다.

공간성 논의는 그 실재성의 지시 관계를 따지는 문제에서 벗어나 공간이 어떤 의식과 해석으로써 창출되는가 하는 과정을 따지는 문제로 논점을 옮겨오고 있다.[2] 즉 공간적 표현은 의미론적 대립 관계로 이해되는데, 그 맥락 안에 사회적이거나 종교적이거나 정치적이거나 윤리적인 자질들과 가치 평가들을 지니고 있다.[3] 이때 공간적 좌표들은 세계관—이데올로기적 좌표들로 옮겨 이해되며 새로운 의미 층위를 낳는다. 이러한 공간의 이데올로기적 기능은 서사적 구성이나 의미 형성에 있어 중요하다. 소설 속에 재현되는 것들은 무엇이든지 현실을 있는 그대로 재현하는 게 아니라 해당 사회에서 현실을 이해하는 데 전제로 하는 담화적(인식적) 가설들에 부합하여 재현되기 때문이다.[4] 이와 같이 공간성, 또는 문학 연구 방법으로서의 공간의 기호학은 텍스트 내면 구조 분석으로 인한 문학적 토포스의 구축뿐 아니라 문학이 외부 사회와 갖는 밀접성으로 인한 작가의 이데올로기적 의미 도출까지 가능하게 한다. 이러한 공간 기호학적 방법을 통해 「광장」(1960)에서부터 「바다의 편지」(2003)까지 변화되어 온 최인훈 소설의 이데올로기적 메시지를 분석하여 작가 세계관의 변화 양상을 살피는 데에 본고의 두 번째 목적이 있다.

공간은 실체가 아니라 관계를 나타내는 개념이다. 이어령에 의하면 공간의 기호학적 사고는 기본적으로 '상—중—하'의 수직적 체계와 '내—경계—외'의 수평적 체계로 이루어지며 각 항들의 위치는 서로의 대립

---

1) 이어령, 『공간의 기호학』, 민음사, 2000.
2) 장일구, 「소설 공간론, 그 전제와 지평」, 장일구 외, 『공간의 시학』, 예림, 2002, 24면.
3) 위의 글, 19면.
4) 이호, 「소설에 있어 공간 형식의 가능성과 한계」, 장일구 외, 앞의 책, 44면.

항에 의해 관계가 형성된다. 그리고 이러한 공간체계는 긍정, 부정과 같은 가치체계나 특수한 의미를 부여한다. 위, 아래, 안, 바깥의 공간의식이 주체의 신체를 중심으로 해서 인식되고 분절되는 것으로 공간의 랑그는 언제나 개개인의 신체성의 파롤에 의해서 실현된다.[5] 상승과 하강, 외출과 돌아옴 같은 공간의 이동은 곧 시간의 움직임을 나타내는 것으로 연쇄적인 서사성을 부여한다.[6] 이 같은 원리로 하나의 텍스트를 벗어나 최인훈 소설 간 공간의 이동을 통해 발생하는 상호 텍스트적 연쇄성을 살펴볼 수 있을 것이다. 그러기 위해 '바다' 공간이라는 유의미적 공통항을 갖는 소설들—「광장」, 「하늘의 다리」, 『태풍』, 「낙타섬에서」, 그리고 「바다의 편지」를 상호 대화적으로 읽을 것이다. 그리고 위의 소설들에서 찾은 주요 공간적 좌표인 '바다'를 중심으로 하여 '항구', '섬', 그리고 그를 이어주는 '배' 공간을 공간소로 설정한다. 이 네 개의 공간소를 기준으로 삼고, 각 공간소가 갖는 보편적 의미를 전제한 채 텍스트의 서사 문법에서 공간소를 둘러싼 인물 행동의 함수 관계를 따라감으로써 텍스트 내외에서 동태적 텍스트가 최종적으로 갖는 이데올로기적 의미를 찾아내고자 한다.

2. 경계인의 창(窓), '항구'

인천항, 부산항, 원산항 등 최인훈 소설에서 빈번히 등장하는 항구는 유의미한 공간적 자질을 공유한다. 항구는 대륙에 포함된 내 공간이면서

---

5) 다른 문학 이론과 달리 공간론이 바로 실천 비평으로 적용될 수 있는 이유도 바로 그 점에 있다.
6) 이어령, 앞의 글, 7면.

동시에 바다를 향하고 있다는 데에서 이미 밖을 의식하는 공간이다. 즉 항구는 내 공간과 외 공간을 모두 갖춘 양성구유적인 공간적 성격을 지니고 있다.[7] 이러한 특성을 지닌 항구는 다른 공간과의 관계에 따라 그 자질을 드러낸다. 우선 바다를 향한 항구는 '떠남'을 전제한 내 공간적 자질을 드러낸다. 이는 최인훈 소설에서 외부를 지향하는 창문의 속성으로 나타나 이곳에 위치한 인물을 밖의 공간으로 탈출시킨다.

문제적 사회에 던져진 개인 이명준은 이데올로기와 사랑에 좌절을 겪는 순간 항구에 위치한 인물이 된다. 난데없는 폭격처럼 무방비 상태의 개인을 후려갈기는 역사의 소용돌이가 밀실인 이명준에게 향한 것은 최인훈식 역사의식의 반영이다. 한국인 모두에게 근대사는 아무런 예고 없이 찾아와서 엄청난 파괴를 일으켰다. 죽은 줄로만 알았던 아버지가 북에 엄연히 살아 있고, 그것이 소식도 전하지 않고 지내는 자신의 뒤통수를 내려치는 운명으로 다가온다. 역사에 한 방 얻어맞은 이명준은 사랑에 도피하려 윤애를 찾는다. 그는 어느덧 윤애 집이 위치한 인천 부두를 낀 거리를 하염없이 걷고 있다.

> 윤애한테 말하지도 않고, 혼자서 곧잘 거리를 걸어본다. 부두를 낀 거리를, 맥고모자를 눌러쓰고 기웃거리는 시간이, 그는 즐겁다. 윤애도 없고, 때리던 형사도 없고, 아버지도 없다.[8]

정치에서 얻어맞은 그는 사랑에서 삶의 의미를 찾고자 하나 윤애는 그를 끝끝내 밀어낸다. 이렇듯 역사와 사랑으로부터 떠밀려난 이명준은 인천항의 끄트머리에 간신히 매달린 인간이 되어 현재 위치한 공간을 떠나 다른 공간을 향하게 된다. 때마침 그 앞에 북한으로 향하는 밀수선

---

7) 위의 글, 439면.
8) 최인훈, 「광장」, 『광장 / 구운몽』, 최인훈전집 1, 문학과지성사, 1994, 77면.

을 알려주는 목로술집 주인이 구세주처럼 나타난다. 작가가 육지 공간에 환멸을 느끼는 명준의 탈출을 돕는 매개 공간으로 배를 부여한 것이다.

육지의 끄트머리에 위치하여 바다를 향함으로써 근본적으로 양성구유적 속성을 갖고 있는 항구는 이제 본격적으로 바다로의 항해를 시작하는 배에 그 경계 공간으로서의 자격을 내어줌으로써 내 공간의 지위로 옮겨간다.9) 이때 배와의 환유적 연결을 통해 항구는 도주 공간10)의 의미를 근본적으로 내포한다. 수평적 공간 이동은 인물이 위치하던 내 공간이 부정적일 때 발생한다. 남한 사회에 대해 환멸을 느낀 이명준은 인천항을 떠나 "이북 가는 배"11)를 타고 바다로 떠나간다. "비린내가 메스꺼운 갑판 밑 어두운 뱃간"에서도 그가 희망으로 들뜰 수 있었던 것은 먼먼 외 공간인 북한 땅을 "광장에는 맑은 분수가 무지개를 그리고 있고, 꽃밭에는 싱싱한 꽃이 꿀벌들 잉잉거리는 속에서 웃고 있는"12) 환상적 공간으로 꿈꾸었기 때문이다. 그러나 그것은 북한 땅이 외 공간적 자질을 가졌을 때뿐이었다. 북한 땅이 외 공간에서 내 공간으로 바뀌는 순간 그가 목도한 것은 또 다른 부정적 현실이다. "명준이 북녘에서 만난 것은 잿빛 공화국이었다."13) 속빈 구호만 남은 북한의 실상에서 환멸을 느낀 이명준은 그 곳에서 만난 여인, 은혜와의 사랑을 이루어보려 하지만 전쟁이 은혜와 뱃속의 딸까지도 그에게서 앗아가 버린다. 남쪽이나 북쪽이나 육지 공간은 부정성을 갖는다. 하여 명준의 '내 → 외'로의 이

---

9) 수평적인 내 / 외 체계는 화자의 관점과 공간의 투묘점을 어디에 설정하는가에 따라 대립 구조는 매우 자의적인 것이 되어 버린다(이어령, 앞의 글, 322면).

10) <수직적 초월>의 언술에 비해서 <수평적 탈출>의 언술은 훨씬 더 복잡한 구조를 띠게 된다. <나아감>, <벗어남>, <떠남>과 같은 탈출, 도주의 언술을 말한다(위의 글, 323면).

11) 최인훈, 앞의 글, 88면.

12) 위의 글, 111면.

13) 위의 글, 111면.

동은 되풀이될 것임에 자명하다. 동일한 좌절을 겪은 명준은 부정적인 내 공간으로부터 또 다른 탈주를 하지 않을 수 없다. 그러나 이제 더 이상 그는 정착할 곳이 없다. 그리하여 그가 찾은 곳이 또 다른 세계, 중립국이다. 그러나 캘커타로 명명되는 중립국은 환상 속에만 존재하는 이데아일 뿐이다. 「광장」을 쓸 당시 작가의 현실 인식에 의하면 그런 곳은 현세에서는 존재하지 않기 때문이다. 그것은 다음과 같은 암시로 나타난다.

> 대일 언덕 없는 난파꾼은 <u>항구를 잊어버리기로</u> 하고 물결 따라 나선다. 환상의 술에 취해보지 못한 <u>섬에 닿기를 바라며</u>, 그리고 그 섬에서 환상 없는 삶을 살기 위해서.[14] (밑줄 필자)

육지의 일부인 항구는 부정적인 내 공간의 속성을 가지며, 명준은 항구 대신 섬을 택한다. 최인훈식 공간 문법에 의하면 섬은 소설 내에서 이상향이 실현된 공간이다. "항구를 잊어버리로 한" 명준의 심정은 항해 도중 타고르호가 홍콩항에 가까워졌을 때 "뭍에 오르고 싶다"[15]는 욕망을 억제하려는 노력으로 나타난다. 그 후 마카오가 가까워졌을 때는 상륙에 대한 욕망이 제거되어 "마음이 흔들리지 않"[16]는 상태에 이르게 된다.

이와 같이 「광장」에서 항구는 창의 속성을 띰으로써 안에서 밖을 바라보고 추구하며 외 공간으로의 탈주를 암시하는 공간이 된다. 대륙의 일부인 항구는 언제나 탈출은 가능하나 상륙이 불가능한 철저한 부정적 공간으로서의 속성을 갖는다. 그러므로 항구를 떠난 타고르호가 현실의

---

14) 위의 글, 174면.
15) 위의 글, 93면.
16) 위의 글, 165면.

부정성이 제거된 공간인 꿈의 중립국으로 이명준을 데려다주는 장면을 보여주지 않는다. 현실에 발 디딜 육지가 없음을 깨달은 명준이 현실에서의 삶을 포기하기 때문이다.

최인훈 소설에서 항구는 다른 한편으로 '도착'을 전제로 한 공간으로 나타난다. 양가적 속성을 갖는 항구는 내 공간으로 대륙을 전제한다면 바다라는 외 공간과의 관계에서 경계공간이 되고, 그 공간에 머무를 수밖에 없는 인물에게는 경계인적 자질을 부여한다. 「하늘의 다리」[17]에서 북한 원산을 고향으로 두고 있는 주인공 김준구는 전쟁 이후 원산항에서 부산항으로 LST를 타고 피난 온 사람이다. 이명준의 경우와는 반대의 경로를 갖는다. 북한 땅에서 남한 땅으로의 수평 이동은 개인의 의사와는 관계없이 전쟁의 방향성으로부터 노정된 것이었다.[18] 남한 땅에서 삽화가로서 살아가는 인물 김준구는 늘 실향민으로서의 처지를 되새김질한다. 그것은 부산항에 닿는 순간 시작되었다. 다시 말해 그는 부산 앞바다에서 북한 사람도 아니고 남한 사람도 아닌 실향민으로 다시 탄생한 것이다.

한국의 특수한 역사, 한국전쟁이라는 시대적 사건은 이제 이 텍스트에서 공간적 속성과 결합하여 부산항이라는 항구 공간에서의 경계인을 탄생시킨다.[19] 경계인이란 북한 사람도 아니고 남한 사람도 아니고 고향에 돌아갈 수도 없기에 어느 곳에도 뿌리 내릴 수 없는 떠돌이를 말한다. 이렇게 경계인으로서의 실향민은 피난선을 타고 내려오던 그때의 상황이나 그 후나 별반 달라진 게 없는 상태로 나타난다.

---

17) 최인훈, 「하늘의 다리」, 『하늘의 다리 / 두만강』, 최인훈전집 7, 문학과지성사, 1994.

18) "전쟁은 북쪽에서 내려오고 있었고 안전은 남쪽에 있었다."(최인훈, 『화두』, 문이재, 2002, 1권, 241면).

19) "항구에 온 나는 내방의 나도 외방의 나도 아닌 경계인으로 존재한다."(이어령, 앞의 글, 435면).

준구의 눈앞에 아우성치는 사람들이 뒤밀리는 원산 부두. 저만치 닻을 내린 LST. 갑판. 보트. 파커 내피를 뒤집어쓴 여자들. 섣달 초순의 북쪽의 항구. 그리고 자갈치 시장, 국제시장, 염주동, 초량, 제1부두, 제2부두, 얌생이꾼들. 병원선의 하얀 몸뚱어리에 찍힌 빨간 +자표. 이런 것들이 어지럽게 어우러져 떠올랐다. 그 커다란 흐름 속에 거품 방울 같은 한 가족사(家族史)가 있고 성희가 이런 성희가 되어 여기 앉아 있고 준구는 그 앞에 앉아 있다.[20]

원산항과 부산항은 LST를 중심으로 연결되어 같은 모습으로 묘사되고 있다. 그리고 피난 행렬의 묘사는 그대로 피난 상태의 유지로 고착화되어 나타난다. 사실 원산항, 항구를 고향으로 두었다는 것에서부터 근본적으로 김준구는 뿌리 뽑힌 인간형으로서의 자질을 내포한다. 항구란 근본적으로 외 공간을 추구하는 창의 구실을 하며, 항구에 있는 사람은 배를 타지 않아도 이미 도주나 탈주(떠남)의 행위를 미리 암시하기 때문이다.[21] 그리하여 원산 시절 은사였던 한명기 선생의 딸 성희는 가출하여 술집의 여급이 된 상태이고, 화가의 꿈을 꾸던 준구는 생계를 잇기 위해 삽화가로 전락하였다. 이렇게 원산항에서 부산항으로 이주해온 성희네와 준구를 포함한 피난민들은 기억 속에서만 뿌리를 상상하는 뿌리혹박테리아와 같은 뿌리 뽑힌 생활을 이어나가고 있다.[22]

한편 최인훈 소설에서 항구 공간이 부여하는 경계인으로서의 자질은 한반도 전체로 공간적 확장을 이룬다. 한국전쟁을 겪은 한민족은 그 후에도 여전히 피난민의 모습을 보인다. 그것은 서울시민의 경우도 다를

---

20) 최인훈, 「하늘의 다리」, 『하늘의 다리 / 두만강』, 34면.
21) 이어령, 앞의 글, 427~433면.
22) 준구는 원산이라는 도시가 가지고 있는 많은 뿌리를 생각해보았다. (…중략…) 그것은 지금으로서는 그의 머릿속에 기억 세포에만 이어진 뿌리였지만 뿌리임에는 틀림없었다. 실지로 오갈 수 없기 때문에 그 뿌리는 준구의 기억 속에서 뿌리혹박테리아처럼 무성하게 부풀어 있었다(최인훈, 위의 글, 17면).

바 없다. 점심 때 무교동 근처 식당을 찾은 김준구는 어김없이 피난민들을 발견한다.

> 준구는 홀에 가득찬 사람들이 그릇 위에 낯을 수그리고 끼니를 들고 있는 모습을 바라보았다. 피난 올 때 탔던 LST가 떠올랐다. 사람들은 갑판에서 밥을 지었다. 깡통에다. 그러고는 서로 한치라도 자리를 더 차지하느라 애를 쓰면서 보따리로 벽을 쌓는다. 삽시간에 벌어지는 유목민(遊牧民)의 야영 모습이다. (…) 사정없이 매정스럽고 아귀 같고. 울어대는 아이들. 욕지거리를 하는 아낙네들. 각기의 주변머리의 정도를 어김없이 폭로하면서 설치는 남정네들.23)

근원을 잃고 생존에 매달리는 순간, 인간의 이기적인 본능을 드러내는 사람들의 모습을 준구는 예전 피난선의 선상에서와 똑같이 지금 서울 중심가의 한 식당에서 본다. 사람들이 먹기 위해, 살기 위해 경쟁하는 장면에 맞닥뜨리면 어김없이 피난민의 속성이 고개를 드는 것이다. 따라서 실향민인 준구에게는 자신의 처지가 한 선생네 가족으로, 서울 사람들로까지 확장되어 인식된다. 부산으로 가는 삼등 객차의 풍경에서도 이런 모습을 보면서24) 실향민의 화두는 마침내 김준구 개인의 문제에서 한민족의 운명적 정체성으로 변모하게 된다.25) 이와 같이 항구에서 항구

---

23) 위의 글, 49면.

24) 전쟁중에 언제나 그렇던 만원 기차의 풍경. 그것은 준구에게는 늘 피난배—LST의 모습이었다(위의 글, 62면).

25) 언제나 앞을 다퉈야 했던 지난날. 남의 것을 뺏는 것까지는 그만 두더라도 언제나 <먼저> 챙기기는 해야 했던 지난날. 피난배에도 먼저 타야 했고, 수용소 가마니 타는 줄에도 앞에 나서야 했고, 구호 배급도 잽싸야 물건이 떨어지기 전에 무엇인가 손에 들어왔고, 기차표도 절대로 새치기를 당해서는 안 됐고, 구청에서 증명서 한 장 떼는 데도 순서가 바뀔세라 정신 바로 차려야 하는 생활. 물건이 모자라고, 그러니 점원의 친절도 모자라고, 그러니 사는 사람의 여유도 모자라고, 궁핍 속에서는 인간다움도 모자라게 되는 생활(최인훈, 『화두』 1권, 258~259면).

로 이동한 최인훈 소설의 인물들은 뿌리 뽑힌 경계인이 되어 한국전쟁으로 대표되는 역사적 우연성의 상처를 여실히 드러내 보여주고 있다. 그들이 정착해야 할 내 공간인 육지가 부정성을 담보한 곳으로 인식되기 때문이다.

3. 한국전쟁과 '배'의 불구성

항구에 매여 있다가 거기에서 떠나는 배는 그 인접성으로 인해 항구와 환유적인 동질성을 갖는다. 즉 양성구유적인 성격을 지닌다. 배는 일종의 움직이는 집으로 내 공간의 속성을 지닌 채 외 공간으로 나간다.[26] 한편 항구와 다르게 이동성을 담보한다는 점에서 본격적으로 동태적 텍스트로서의 서사 텍스트의 성격을 규정한다. 바다 위에 금을 그으며 나아가는 배는 이동의 길 공간을 그려 보여준다.[27]

그러나 최인훈의 작품에 나타나는 배는 일반적인 배의 의미작용을 공유하지 않는다. 그 원인은 한국의 역사적 상황, 즉 한국전쟁에서 찾을 수 있다. 최인훈 텍스트에는 포로 수용선, 피난민 수용선, 군함, 잠수정과 같은 전쟁 코드를 공유한 특수한 배들이 나타난다. 그 배들은 일반적으로 배가 갖는 '수평 횡단' 및 '원방성(遠方性)'의 속성이 박탈된 채 낯선 속성을 갖는다.

「낙타섬에서」[28]는 한국적 상황에서의 배의 속성에 대해 생각해 보게 한다. 조류에 흔들리는 해군 군함에서 주인공 '나'[29]는 "LST를 탔을 때

---

26) 이어령, 앞의 글, 439면.
27) <내> 공간에서 <외> 공간으로 나아가려는 인간의 의지, 길의 개척사에 대한 서술이다(위의 글, 442면).
28) 최인훈, 「낙타섬에서」, 『총독의 소리』, 최인훈전집 9, 1980.

배멀미가 괴롭던 일"30)을 상기해낸다. 그리고 저녁 식사 자리에서는 간첩선에 대한 이야기를 듣는다. 서해에서 간첩선을 막는 것이 이 배의 임무이기 때문이다. 해군 군함, 간첩선, 피난선 'LST'로 이어지는 배의 종류는 한국전쟁이라는 아픈 근대사에 대한 기억을 불러낸다.

한국전쟁이 낳은 배의 기형적 속성은 다음의 세 가지로 분류해볼 수 있다. 우선 '(−)원방성'이다. 일반적으로 바다 위에 금을 그으며 나아가는 배는 이동의 길 공간을 그려 보여준다고 하였다. 즉 먼 곳으로의 이동이라는 '(+)원방성'을 내포한다. 그러나 「하늘의 다리」의 피난선 LST는 부산항에 닿은 후 다시는 원산항으로 회귀하지 못하며 당시 배를 통해 이주했던 피난민들은 이동성이 제거된 현 상태에서 귀향이 불가능한 실향민이 되어 뿌리 뽑힌 경계인으로 떠돈다. 「광장」의 밀수선은 인천항에서 북한의 어느 항구까지의 이동을, 그리고 타고르호는 남지나해까지의 횡단을 보여주었을 뿐이다. 이렇게 최인훈의 소설에 나오는 배들은 이동 범주가 제한적이다. 즉 이명준이 남지나해 너머로의 이동이 불가능하다고 깨달은 데에는 한국적 배는 다른 항구로의 이동성이 제거되었다는 속성이 그 내면에 자리 잡고 있다. 두 번째로 '(−)수평횡단'의 속성을 갖는다. 「바다의 편지」31)의 잠수정은 배의 원래 속성인 수평 횡단을 거부하고 수직 하강의 속성을 띤다. 결국 배가 원래 갖는 '뜨다'의 속성을 상실한 채 영원히 해저에 가라앉아 버린다. 폭격을 맞은 잠수정이 수많은 군인들을 바다 밑으로 수장시킨 사건은 이명준의 자살 이후에도 계속되었던 것이다. 세 번째로 '(−)이동성'을 보여준다. 「낙타섬에서」의 군함은 언제나 휴전선 일대에 머무른다. 분단 상황에서 간첩선의 이동을

---

29) 피난민이자 소설가를 직업으로 하는 자전적 인물.
30) 앞의 글, 185면.
31) 최인훈, 「바다의 편지」, 『황해문화』, 2003. 겨울호.

막아야 하는 특수한 임무를 띤 한국의 군함이 생겨난 것이다. 즉 배의 고유의 속성인 '이동성'을 다른 배가 '막다'의 역설적인 상황이 발생한다.

이와 같이 최인훈 소설에서 '(−)원방성', '(−)수평횡단', '(−)이동성'으로 유표화된 한국적 배들은 배와 관련한 역사적 사실을 상기시키며 역사의 현재적 의미를 일깨워 주고 있다. 「낙타섬에서」의 작가 주인공은 자신이 타고 있는 해군 군함을 통해 옛날 군함을 타고 수집 여행을 하던 다윈을 기억해 낸다. 당시 유럽에서 출발하여 아프리카를 지나 오스트레일리아까지 횡단했던 그 군함은 바닷길의 거리를 축소하여 내 공간의 의미를 갖는 육지로서의 항구들을 가깝게 연결해 냄으로써 '(+)원방성', '(+)수평횡단', '(+)이동성'을 보여준다. 그럼으로써 제국주의의 시작을 알리는 과거 유럽의 군함과 그 파급효과를 고스란히 당하고 있는 현재 한국의 군함과의 대비적 효과가 발생한다. '군함을 탄 학자, 군함을 탄 신부'란 유럽의 상황에서 가능했고 그 여파로 식민지를 경험하고 전쟁을 겪은 후 분단에 이른 오늘의 상황에 영향을 미쳤다. 그리고 그러한 역사의 결과 한국적 상황에서 그 부조리함을 읊는 '군함을 탄 시인'이 탄생할 수밖에 없었다.32)

4. 원해(遠海)의 이상향, '섬'

앞서 「광장」에서 이명준은 부정적인 육지 공간과 대립되는 공간으로 섬을 추구한다고 한 바 있다. 그러나 사실주의 서사문법으로는 섬 공간에 도달하는 것이 불가능했고, 명준은 바다에 빠져 죽고 말았다. 이는

---

32) "군함을 탄 학자, 군함을 탄 신부, 군함을 탄 시인"(최인훈, 「낙타섬에서」, 187면).

근원적으로 섬이 바다 공간의 일부로서, 부정적인 육지의 속성을 공유하는 영해의 바다가 아닌 그곳으로부터 멀리 떨어진 우주적 차원의 공간에 속하기 때문이다. 육지와의 관계도를 보면 다음과 같다.

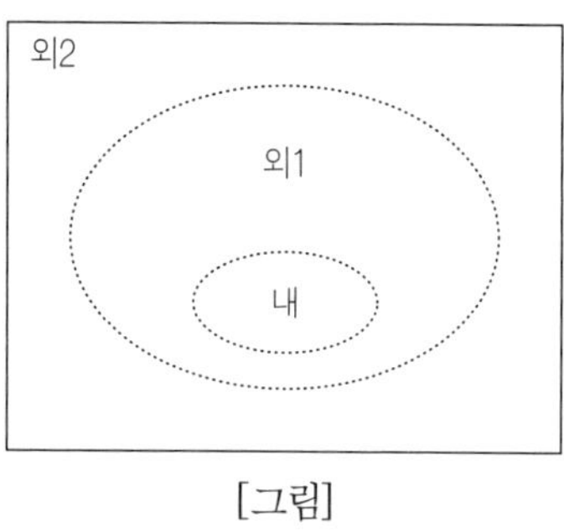

[그림]

[그림]에 의하면 바다 공간은 육지(내)와의 관계, 즉 그 외방성에 따라 '영해의 바다'(외1)와 '외항선을 타고 가는 바다'(외2)로 나뉜다. 말하자면 동해와 태평양의 구별과 같은 것이다. 전자는 '고향, 국가의 차원'이고 후자는 '우주적 차원'에 속해 있다.[33] 이렇게 외2의 공간에 속하는 섬은 문학적 언술 속에서 언제나 <가까운 것 / 먼 곳>, <일상적인 것 / 초현실적인 것>, <현실 / 공상(이상)>, <기지의 반복 / 미지의 모험> 등, 내 / 외의 가장 첨예한 대립 공간으로 이용되어 왔다.[34] 섬은 배 없이는 도달 불가능한 공간, 즉 본질적으로 수평적 연속성이 단절된 공간, 외 공간의 기호적 특징인 '고절성'을 내포한다.[35] 그 속성은 내 공간인 대륙이 있기 때문에 상대적으로 갖게 되는 의미이다. 섬은 섬 아닌 공간, 즉 반도나 대륙의 시점과의 관계에서 '고절성(고립성)' 외에도 '원방성', '외방성'

---

33) 위의 글, 360면.
34) 위의 글, 364면.
35) 위의 글, 362면.

이라는 속성으로 지리적 변별성을 갖게 된다.[36] 대륙에서 멀리 떨어져 있는 섬은 접근성이 떨어지나, 일단 배가 닿아 독자의 눈앞에 그려지는 섬 공간은 대륙의 속성과 변별되는 이상향으로 나타난다.[37] 대륙인들이 섬을 찾아오는 이유는 대륙의 내 공간이 갖는 부정성 때문이다.[38]

과거 역사의 결과가 오늘의 현실로 나타나는 최인훈의 소설에서 섬은 부정적 육지 공간과 변별성을 가지며, 한국적 배의 불구성으로 인해 대륙인이 찾기 힘들며,[39] 현실적 언술에서는 도달할 수 없는 우주적 차원에서의 이상향으로 드러나 있다. 그곳은 현실 공간에 환멸을 느낀 인물들이 추구하는 공간으로 상상과 환상이라는 소설적 장치가 작동될 때 눈앞에 나타난다.

「낙타섬에서」에서 군함을 타고 도달한 낙타섬은 "금렵구이자 귀농선에서도 앞으로 나와 있기 때문에 보통 인간의 생활과는 완전히 떨어진 곳"[40]으로 그려져 있다. 산길에는 꿩이 다니고 토끼, 노루, 멧돼지들이 뛰노는 곳이며, C일보 기자가 술이 없는 마을이라는 것을 전해 듣고 뉴스거리로 삼으려 할 만큼 고립적인 특수성을 담보한 지역이다. 그리고 그 섬에서 '나'는 물 밑에 가라앉아 있는 하얀 두개골을 보는 환상 체험을 한다.[41] 자세히 본 그 두개골은 바위에 붙은 굴딱지로 판명되지만,

---

36) 위의 글, 364~366면.
37) 가령 허균이 만든 이상국인 율도국이나 박연암의 「양반전」에 나오는 이상 세계도 모두 <섬>이다. 서구 문학에 있어서의 로빈슨 크루소의 무인도를 비롯하여 스위프트의 소인국 등의 공상적인 나라나 보물섬과 같은 모험의 세계, 돈키호테의 풍자적인 섬 같은 것들이 모두 그런 것이다(이어령, 앞의 글, 364면).
38) <외> 공간으로 그 장소를 이동해 가는 도주의 행위는 <내> 공간이 부정적 가치를 나타낼 때 생겨나는 것이다(위의 글, 367면).
39) 낙타섬이나 『태풍』에서의 섬 모두 섬 주위에 배를 대일 곳을 찾기 힘들다고 기술되어 있다.
40) 최인훈, 「낙타섬에서」, 194면.
41) "나는 바위와 바위 사이의 한 길 정도되는 웅덩이에 가라앉은 그 두개골을 가리켜 보였다. (…중략…) 나는 몸을 구부리고 자세히 보았다. 그것은 바위에 붙은 굴딱지였다."

이 대목에서 섬이 갖는 환상적 속성을 볼 수 있다. 작가인 '나'는 섬을 떠나오면서 '잠수함의 승무원 얘기'를 쓰고 싶은 이전부터의 욕심을 고백[42]하는데, 「바다의 편지」에서 그 소망이 달성되며 두 소설은 상호 텍스트적인 관계에 놓이게 된다. LST의 뱃멀미 같은 삶의 느낌, 실향민으로 매일매일을 살아가는 한국인이자 작가로서 '나'는 "낙타 발굽 사이에 떨어뜨리고 온 헛본 두개골"[43])을 떠올린다. LST가 닿은 육지는 한국전쟁 이후의 민족의 이산이 고착화되고 양산된 실향민들이 사는 부정적 공간으로 인식된다. 그러므로 그곳을 살아가는 사람은 부정적인 육지 공간에서 배를 타고 도주하여 긍정태를 갖는 섬의 공간을 찾아가고자 한다. 섬 방문을 마치고 인천항 — 육지의 내 공간으로 돌아온 '나'의 의식이 다시금 어제의 내가 되어 낙타섬으로 향할 해군 버스에 다시 올라가 앉는 환상적 설정은 육지 공간의 부정성과 이상적 공간으로서의 섬의 속성을 대비하여 보여주는 서술 전략이 된다. 이렇게 부분적으로 환상성을 차용한 서사적 장치로 인해 이상향으로서의 섬의 속성이 조금씩 드러난다.

이후 작가는 알레고리라는 형식적 수법을 통해 환상의 공간이자 이상향의 속성을 갖는 외2의 바다와 섬 공간을 보다 적극적으로 구현해 내고 있다. 20세기 중반 동아시아 역사를 소설적 상상력으로 다시 써낸 가상역사라는 『태풍』[44])의 틀에서 인물들은 비로소 이상향으로 이동할 수 있게 된다. 이제 육지 공간의 부정성은 한없이 먼 곳에 위치한 바다 공

(위의 글, 196면).

42) "나는 오래 전부터 가지고 있는 욕심이 하나 있다. 잠수함의 승무원 얘기다. 그것은 별다른 이유 없이 언제부턴가 마음 속에 떠오른 잠수함이었다."(위의 글, 197면).

43) 위의 글, 200면.

44) 현실에 대한 대응의식으로 소설을 써온 작가는 가상역사를 다시 쓰는 소설적 수법을 동원하여 잘못된 역사를 바로잡는 방식으로 자신의 목소리를 냄으로써 부정적인 역사적 사실에 웅대한 것으로 보인다.

간, 이공간(異空間)인 섬에 도달함으로써 사라진다.

『태풍』에서는 외방성과 고립성을 지닌 이상향으로서의 섬 공간이 위치하는 곳이 로파그니스 근해와 대조적인 속성을 보여준다. 로파그니스 근해를 벗어나지 않으면서 천천히 항해하는 배는 육지의 질서에 매여 있는 상태다. 니브리타 백인 여성 포로를 수용하던 ‘바리마호’는 본부와 지속적인 연락을 취하면서 부정적 현실의 질서에 속박당해 있다. 출항 며칠만에 다시 출발지인 로파그니스 항구로 돌아오라는 명령을 받는다.45) 이야기의 리얼리티를 확보하기 위해 작가는 여자 포로들이 반란을 일으킨다는 설정을 하는데, 기실 그것보다는 반란이 일어남과 동시에 태풍에 휘말려 무인도에 표류하게 만든 설정, 즉 항구 공간보다 긍정태를 갖는 섬 공간으로의 이동을 발생시킨 것이『태풍』의 화해로운 결말을 가능케 한 기재로서 작동했을 것이다. 한편 배를 섬에 도달시키는 방법으로 표류를 설정했다는 점은 이상향인 섬을 육지나 연근해 공간에서는 찾기 힘들다는 점을 암시하고 있다.

니브리타 여자 포로들, 나파유 군대를 지휘하는 애로크인 장교 오토메나크, 아이세노딘인 카르노스를 포함한 탑승객 모두가 난파되어 섬에서 생활하게 된다.46) 오토메나크의 지휘 아래. 난파 직후 인지된 섬의 속성은 “완전히 유배당한 셈이군. (…) 철저히 세계로부터 고립된 것이다.”47) 라는 오토메나크의 생각처럼 고립성과 육지로부터의 원방성, 외방성을 암시한다. 이후 섬은 표류자들에게 안락한 보금자리를 제공하는 공간으

---

45) 최인훈, 『태풍』, 279면.
46) 여기에서 니브리타는 영국, 나파유는 일본, 애로크는 한국, 아이세노딘은 인도네시아를 각각 의미한다. 나파유(NAPAJ)나 애로크(AEROK), 아니크(ANINC) 등의 거꾸로 읽는 지명의 사용 등은 알레고리 수법으로 쓰인 가상 역사 소설로서의 『태풍』의 성격을 보여준다.
47) 위의 글, 310면.

로 나타난다. 결과적으로 그들은 표류됨으로써 나파유 본토가 공격 받고 패전하기까지의 전쟁 통에서 벗어나 있었으며 무인도는 꽤 넓은데다가 민물이 흐르며 과일도 흔해서 자족적인 생활이 가능하였다. 그들은 전쟁이 막바지에 치달은 대륙 공간에서 벗어나 고립된 섬에서 도피할 수 있었다. 그리고 원래 적대 관계에 있었던 니브리타인과 나파유인들, 나아가 아이세노딘인과 애로크인까지 섬 공간에서 화해를 이루게 된다. 그리고 섬 공간에서는 기존 역사와는 반대 방향의 동양 남성이 서양 여성을 취하는 언술을 통해 오토메나크가 메어리나와 결합을 이룸으로써 상징적 화해가 이루어진다. 즉 인종과 국가와 성별의 이해관계가 소멸한 이상향, 육지 공간의 부정성이 씻긴 화해의 공간이 구현된다. 이와 같이 소설의 상상적 수법에 기대어 소설 내 섬 공간을 설정하는 것이 가능해짐으로써 『태풍』의 이야기는 전후 약소국들이 뭉쳐 자주적으로 전쟁의 주범을 처벌하고, 식민지의 잔재를 남기지 않은 채, 동서양이 동등한 힘의 균형을 갖는 것으로 전개되어 현재상황과는 반대의 가상 역사를 구축하는 결과를 보여준다. 최인훈의 소설은 후기로 오면서 심해로 투신하는 인물 대신 이상적인 섬 공간에 도달하는 인물을 보여줌으로써 시대와의 화해를 시도하기 시작한다.

5. 기억과 소설의 '바다'

잠시 「광장」의 마지막 장면으로 되돌아가보자면 그 때 이명준에 눈에 비친 바다는 "푸른 광장"[48]이었다. 그리고 그는 배 위에서 행방불명되었

---

48) 최인훈, 「광장」, 188면.

다. 심해로 가라앉은 이명준은 어떻게 되었을까. 이명준을 심해에 매장한 이후부터 작가는 그렇게밖에 할 수 없었던 자신의 결정에 괴로워하는 기색을 내비친다.[49] 그리고 그 이후의 소설 쓰기는 역사의 바다를 탐험하고 이명준을 구출해 내려는 기록이었다. 바다 속을 탐험하는 잠수부 이명준은 『회색인』, 『서유기』 등의 작품에서 역사를 탐험하는 독고준이 되고, 화가 독고민이나 김준구가 되기도 하고, 소설가 구보 씨가 되어 유영하기도 한다.[50] 이렇게 역사와 비유적 관계에 놓인 최인훈 소설의 바다는 최초에는 죽음의 공간이었다. 사실주의 서사문법으로는 해저를 투시할 수 없었던 것이다. 그러나 『태풍』을 넘어 마침내 「바다의 편지」에 이르면 심해를 들여다보는 환상이라는 소설적 장치로 인해 그 공간적 속성이 변하게 된다.

반세기의 세월이 흐른 어느 날 이명준은 「바다의 편지」에서 그 형체를 알아볼 길 없는 백골이 되어 해저에 누워 있다. 조류에 조금씩 이동하여 "실지의 나보다는 세배쯤 한 크기의 거인 백골"[51]은 점점 흐릿해 가는 자신의 기억을 떠올린다.[52] 그리고 그 기억은 "지금 이 시간 현재 이미 조금씩 달라지고 있다."[53] 백골은 살아생전에 "왜 이 조그만 우리나라의 연해를 그나마 휴전선으로 꼴사납게 잘라 놓고는 보잘것없는 잠수정을 타고 검디검은 그믐밤을 골라 가자미 새끼처럼 기어다녀야 하는

---

49) "여러 사람이 나를 탓하였다. 그 두 가지 숨은 바위에 대한 충분한 가르침도 없이 그런 위험한 깊이에 내려보내서, 앞길이 창창한 젊은이를 세상 버리게 한 것을 나무랐다. 사람들은 옳다."(위의 글, 15면).
50) "이명준 이후로 나는 연이어 적잖은 수의 잠수부를 같은 해역에 내려보냈다."고 고백하고 있는 바가 이를 지시한다(위의 글, 15면).
51) 최인훈, 「바다의 편지」, 12면.
52) 「낙타섬에서」의 작가 주인공은 그 백골을 보는 환상을 경험한 바 있다. 「낙타섬에서」는 「바다의 편지」와 메타적 관계에 놓임으로써 상호 텍스트적으로 읽힌다.
53) 위의 글, 14면.

지 그 까닭을 알아보고자(17) 잠수정을 타고 최전방의 바다에서 정찰을 수행하는 특별히 위험한 임무를 지원했으며(16), 아마 우리를 추적하고 있던 적의 배에서 투하된 폭뢰가 죽음의 원인일 것(15)"이라고 생각하고 있다.54)

점차 흐릿해지며 시시각각 달라지고 있는 백골의 기억은 다른 사람들의 기억을 담아내기 시작한다. "소속을 알 수 없는 기억들이 의식 속에 혼선이 된 전화선 속의 말소리들처럼 섞이기 시작"55)한다. 그 기억은 수병들, 소년, 창녀, 도둑놈, 무당, 정신병자, 신사, 야바위 감독, 의사, 병자, 전도사, 순라꾼, 간호부, 레지던트, 아이들, 부모님들, 아내들56)의 기억들이다. 백골과 함께 살아온, 아니 육신이 사라지고 백골로 남을 때까지의 긴 시간 동안 살아온 "도시의 사람들"(25), 그들의 넋두리들이다. 즉 모든 이들의 기억의 총합이다. 그들은 작가가 자신의 작품 활동 내내 소설 속에서 형상화한 인물들이다. 그리고 그 기억은 작가의 이전 소설 「구운몽」57)과 「하늘의 다리」의 일부분이 인용되어 교차적으로 짜이는 구성을 취하고 있다.

백골의 기억은 「구운몽」의 삽입 시 「해전」과 「하늘의 다리」의 제13장이 번갈아가며 인용된 것에 해당한다. 작가는 「해전」을 기울여 쓰고, ' / '를 사용함으로써 두 내용을 구분하는 장치를 마련하였다. 첫 부분을 인용하면 다음과 같다.

> 이것은 누구의 의식일까. *잠수함이 가라앉으면서 붕어들은 태어난 것이다. 바닷풀 사이사이를 지나 그 무쇠배들조차 숨막혀 죽은 수압 해구*

---

54) 위의 글, 15~17면.
55) 위의 글, 19면.
56) 위의 글, 19~25면의 시에 등장하는 인물들.
57) 최인훈, 「구운몽」, 『광장 / 구운몽』, 최인훈전집 1, 문학과지성사, 1994.

(海溝)를 헤엄쳐 어항 속으로 찾아온 것이다/ 한밤중 잠에서 깬다. 할 일 없이 누리에서 서성거리던 고요함이 일시에 귀로 몰려든다. 작은 구멍으로 쏠리는 홍수처럼 크나큰 홍수의 밑바닥에 누워서 아우성치는 홍수 소리를 듣는다. 너무 큰 아우성은 소리도 없다. 바다 밑에 누운 익사자 같은 기분이다/ *바다는 그리워서 흔들리는 새파란 가슴 너를 용서하지.*(⋯⋯)[58]

이전 소설들에서의 의미가 「바다의 편지」라는 다른 텍스트에 콜라주되면서 새롭게 읽힌다. 「해전」이라는 시는 「구운몽」에서 시인 단체 중 젊은 시인이 낭송하는 삽입 시인데 독고준의 서사에 직접적인 영향을 미치지 않는다. 「하늘의 다리」의 제13장은 주인공 김준구가 술 취한 밤에 겪는 환몽적인 체험으로 「구운몽」에서 「해전」이라는 시가 갖는 역할만큼이나 전체 스토리 전개에 영향을 미치지 않는 부분에 해당한다. 오히려 삽입 시와 환청 체험은 스토리 전체 흐름을 방해할 수도 있다. 그렇다면 작가가 소설 내 시 장르 삽입이나 환상 요소 개입이라는 특별한 장치를 통해서 굳이 전달하고자 했던 것은 무엇이었을까. 이전 텍스트에서 해석에 난해성을 부여했던 장치들이 후대 작 「바다의 편지」에 와서 해명된다. 「구운몽」이나 「하늘의 다리」를 읽었을 때는 미처 발견하지 못했던 다음의 항목들이 「바다의 편지」에 삽입된 후에는 유의미하게 읽힌다. 그 교차 관계를 지시하며 유의미한 항목을 발췌해 보면 다음과 같다.

해[59]1 – <u>잠수함이 가라앉다</u> – <u>무쇠배들조차 숨막혀 죽은 수압 해구</u>
하[60]1 – <u>바다 밑에 누운 익사자</u> 같은 기분이다

---

58) 최인훈, 「바다의 편지」, 19면.
59) 「해전」을 의미한다. 이하 '해' 사용.
60) 「하늘의 다리」의 제13장을 의미한다. 이하 '하' 사용.

하2 – 무쇠의 배들을 가볍게 얹어 두는 바다의 무게

해3 – 금붕어는 도시에 보낸 너의 잠수함(…) 수병들은 그리웠던 것이다

해4 – 산호가지를 날리고 진주를 부순 폭뢰

하5 – 익사자처럼 밤의 한가운데 평안히 누워 도시의 숨결을 듣는다.

해6 – 들어라 큰바다의 울부짖음을 보라

하6 – 천만 가지 소음을.(…) 잿빛으로 퍼져 나가는 피를 보면서.

해8 – 잠수함이 침몰했을 때 이등수병은 어머니의 사진에 입을 맞췄다.

해10 – 기관이 부서지고 산소 탱크가 터져 바다 밑에 내려앉은 잠수함

하10 – 슬픔의 무게 때문에 밑빠지지지도 않는 지구를 위하여

해11 – 만 톤급 순양함 바다의 이리

하11 – 먼 곳의 총소리를 위해서. 팔 떨어지고 코 비뚤어진 귀신들이
　　　　물결 속으로 걸어간다

해12 – 어머니 사진이 물밑에 깔렸다 해서 바다는 장수연을 피웠다고
　　　　할 수 있겠는가

해13 – 81명의 수병을 그 물밑에 영주시켰다고 해서 우리는 위대한 이
　　　　민(移民)국가라고 할 수 있겠는가

하15 – 눈이 있다면 달에서 지구를 본 육체의 눈만한 정신의 눈이 있
　　　　다면, 지구는 한 줄의 시가 되리라. 지구는 말이 되리라. (…) 말
　　　　을 건설하기 위해서. 지구만한 말을 건설하기 위해서 시인은 불
　　　　면제를 마신다. (…) 밤 속에서 들려오는 소리의 홍수들. 크나큰
　　　　홍수의 밑바닥에 누워서 아우성치는 홍수 소리를 듣는다.[61] (밑
　　　　줄 필자)

　바다와는 아무 관계도 맺지 않았던 두 소설에 삽입된 위의 내용이 모
두 바다에 대한 상상력으로 이루어져 있었다는 것을 발견하게 된다. 심
지어 아무 연관 관계도 갖지 않았던 두 텍스트는 「바다의 편지」에 들여
온 후 마치 하나의 텍스트처럼 바다라는 소재를 공유하며 완벽한 순서

---

61) 위의 글, 19~25면.

적 짜임을 갖고 긴밀하게 읽힌다. 무쇠배로 불리는 잠수함, 그곳에 타고 있던 수병들, 밤바다에서 폭뢰에 맞아 해저로 가라앉은 잠수함, 퍼져나가는 피, 해저에 익사한 81명의 수병들, 침몰 순간 어머니의 사진에 입을 맞추는 이등수병, 그는 백골이 되어 바다 밑바닥에서 도시의 아우성치는 소리를 듣는다. 그리고 그 백골이 된 이등수병의 이야기가 「바다의 편지」이다.

백골은 아마도 분단 후 간첩으로 활동하던 수병일 것이다. 아니면 한국전쟁 중에 전사한 해군일 수도 있다. 백골은 이명준 이하 작가가 삶의 바다에 내려 보낸 작중인물 중 한 명일 수 있고, 「금오신화」[62]의 A 같은 이 땅의 이름 없는 젊은이들 중 한 명일 수도 있다.[63] 사실 여기에서 백골이 누구인지는 중요하지 않다. 기억할 것은 백골이 전쟁의 직접적 희생자이자 역사의 간접적 피해자이자 20세기 초부터 현재까지 한반도를 살아가며 식민지와 전쟁으로 이어지는 힘겨운 역사의 굴곡을 죽음으로 겪어낸 이라는 사실이다. 백골의 기억이 이전에 존재한 숱한 이들의 기억과 교차되고 포함 관계에 놓이면서 그 이유는 한층 분명해진다. 오히려 고유명사가 아닌 '백골'이라는 익명성은 기억 속의 모든 이들을 포함할 수 있게 만든다. 그는 소년일 수도, 창녀일 수도, 의사일 수도 있다. 백골의 기억은 한민족 모두의 기억, 그들의 이야기, 즉 한민족의 역사가 된다. 식민지와 전쟁을 겪고, 피난생활을 하고, 전통을 하루아침에 잃어버리고 서구 문화의 새로운 식민지가 되어 하루하루를 힘겹게 살아나가

---

62) 최인훈, 「금오신화」, 『우상의 집』, 최인훈전집 8, 문학과지성사, 1993.

63) 이 주인공에 대해 작가는 다음과 같이 설명하고 있다. "이 소설은 6·25전쟁에서 공산 의용군으로 징발되었던 남한 출신 대학생이 간첩 교육을 받고 남파되는 길에 임진강에서 죽는 이야기이다. 주인공 A도 6·25의 숱한 사람들의 한 운명을 대표한다고 볼 수 있다. 의용군이라니, 정치는 참 멋대로 이름을 붙인다. A는 거리에서 잡혀서 대열에 편입된 것뿐이다. (…중략…) 이명준에 비하면 그는 훨씬 자연인이며, 개인주의자다."(최인훈, 「전쟁과 죽음」, 『문학과 이데올로기』, 최인훈전집 12, 문학과지성사, 1994, 100면).

는 "도시의 사람들"의 아우성이 오랜 시간 동안 모여 역사를 이룬다.

인간의 육체가 백골이 될 때까지의 시간의 개입은 바다를 기억의 공간으로 만든다. 여기에서 기억이란 역사의 총합이다. 물고기가 되고 물풀이 되어 가는, 즉 점점 바다 자체가 되어 가는 백골은 이렇게 말한다.

> 누구의 의식인지도 알 수 없는 이 <u>넋두리들이</u> — 내가 접근하려던 저 <u>도시의 사람들이</u> — 마치 강물이 육지의 유기물을 바다에 흘려보내듯 — 그들의 가위 눌린 잠 속에서 잃어버린 꿈넋두리가 흘러들어 온 것이겠지 — 밀어낼 수 없이 내 속에 이렇게 넘어들어 온다는 것은. 이렇게 해서 나는 나 아닌 것이 되겠지. 나는 없어지겠지 어쨌든 한번은. 그리고 머나먼 미래의 어느 날 나는 나이면서 이 우주가 그때까지 마련하고 있을 놀라운 <u>기억 재생장치</u> — 몇 천억 광년(光年)의 과거의 기억을 재생시키는 <u>녹음재생장치</u> — 를 갖추기도 한 또다른 나를 발견하겠지. 그때 이 바다의 지금의 <u>이 무섭고 슬픈 기억</u>도 물론 재생되어 그때 내가 들을 수 있고 어머니도 들으실 수 있겠지.64) (밑줄 필자)

'도시 사람들의 넋두리'란 한민족의 근대사에 해당할 것이며, '이 무섭고 슬픈 기억'은 바다에서 합쳐져 하나의 이야기를 이룬다. 바다는 역사의 기억을 노래하고, 역사적 단계를 넘어서면 바다는 이제 환상의 공간이 된다. '기억 재생장치', '녹음재생장치'는 역사의 기억을 이야기를 통해 풀어내는 소설, 즉 문학으로 볼 수 있다. 제목 '바다의 편지'는 '역사에 대해 노래한 소설'이 된다. 그리고 이것은 「광장」에서 이명준을 삶의 바다에 내려 보낸65) 이래 최인훈의 일관적인 작가의식으로 작동해왔다. 이런 의미에서 「바다의 편지」는 작가의식의 총합이며, 『화두』의

---

64) 위의 글, 25~26면.
65) "나는 이명준이란 잠수부를 상상의 공방(工房)에서 제작해서, 삶의 바닷속에 내려보냈다."(최인훈, 「광장」, 15면).

에필로그에 해당한다.[66]

수많은 '나'의 해체가 일어나고, 60년씩의 기억들이 모아지는 바다 공간은 역사의 시간에서 벗어나 인식의 범우주적 영역으로 넘어간다. 개인은 유한하지만 기억의 누적으로 이루어진 개개인의 연합은 영원성을 획득하여 무한한 우주적 공간, 바다에 주목한다. 바다는 역사적 시간의 해체 공간이자 기억을 통한 초역사적 종합 공간이다. 그곳에 바다 공간 자체와 은유적 동질성을 갖는 어머니라는 초전능의 존재는 죽음의 공간이었던 바다에 생명을 부여한다.

요컨대 "지구는 말이 되고" "지구만한 말을 건설하기 위해" 「낙타섬에서」의 작가는 바다 밑에 조용히 누워 바다의 노래를 듣는다. 사람들의 소리는 역사적 기억이 되어 바다로 녹아내리고 시인은 그 기억을 재생시키는 장치, 즉 문학을 만든다. 「바다의 편지」는 작가 최인훈이 기록한 역사, 즉 평생 동안 역사의식을 작가의식으로 삼았던 작가가 창작 말년에 내놓은 대답이라 볼 수 있다. 그것은 지구만한 말―역사에 해당하며, 소설이란 무엇인가에 대한 또 다른 해답이 된다. 특히 「바다의 편지」에는 영겁의 시간, 기억이 개입되어 작가의 인식 내, 즉 환상의 시간에서의 기억은 "절망시킬 힘을 이미 가지지 못할 것"[67]이라 하면서 과거 역사와 화해할 소설의 힘을 제안하고 있다. 그리고 마침내 죽음의 공간이었던 바다는 환상의 시공간에서 생명을 잉태시켜 화해를 꿈꾸는 곳으로 변모한다.

---

66) 『화두』에 이르면 이제 이전 소설들에서 나타난 외1의 연근해 바다의 공간은 대서양으로 공간적 확대를 이룬다. "아버지와 아들은 더 건너갈 필요가 없는 바다를 향해 앉아 있었다. 대서양이었다."(1 : 390)에서 바다는 고향, 국가의 차원을 넘어서 외2의 우주적 차원에 이른다. 과거 문인들의 문학, 작가 자신의 작품, 20세기 역사적 사건 및 인물을 총망라한 총체적인 시야를 갖는 작품이라는 점에서 『화두』를 집필하는 작가의 공간적 시야 역시 민족사를 넘어 범세계적 수준으로 확장되기에 이른 것이다.

67) 최인훈, 「바다의 편지」, 26면.

6. 공간 확장과 희망의 발견

바다를 둘러싼 최인훈 소설의 공간은 '항구－배－연근해 바다－원해(遠海)'를 잇는 수평적 움직임과 '육지－배－해저'를 잇는 수직적 움직임으로 나타난다. 부정적 육지 공간에서 탈출하면서 시작된 인물의 동태적 이동은 횡적, 종적으로 그 영역을 원해와 해저로 확장하였다. 각각의 방향으로 공간은 확대되고 깊어진다. 그리하여 육지의 비좁은 공간에 머물렀던 초기의 상상력은 최근작으로 오면서 환상의 진폭이 확장되면서 바다를 무한한 우주적 공간으로 확장시켰다. 그리하여 과거 역사와 화해하고 희망적인 미래를 상상하게 한다. 이렇게 초기 소설에서 후기로 오면서 발생한 공간 확장은 작가 세계관의 확대로도 맞물려 나타나고 있는 것이다.

이데올로기의 대립과 사랑의 불모 공간인 대륙이 나타나는 「광장」에서 바다 공간은 사실주의 소설의 시각에서 죽음의 속성을 보여준다. 그러나 초기작의 부정적 현실 인식은 최근작에서 알레고리나 환상성을 동원한 소설적 수법 작동으로 인해 희망을 담보한 공간으로 변모한다. 오랜 시간의 개입과 육지의 기억이 흘러들어 역사를 이룬 해저의 바다 공간은 한반도를 넘어 세계, 우주적 공간이 된다. 기억을 잃어가는 백골이 또 다른 생명체를 이루는 생명의 바다가 된다. 자신의 기억은 잃어도 역사의 기억, 즉 바다의 노래는 영원할 것임을 안다. 시간의 흐름, 기억의 원리를 알게 된 작가는 이제는 더 이상 이명준의 죽음을 자책하거나 슬퍼하지 않는다. 그는 환상의 시공간, 문학의 힘을 믿게 되었기 때문에 부지런히 자신의 기억을 되뇌는 글을 쓴다.

이와 같이 '바다' 공간을 둘러싼 분석을 통해 「광장」에서 시작되어 「바다의 편지」까지의 반세기의 소설 쓰기를 관통하는 작가 의식이 부정에서 화해로 바뀌어 감을 볼 수 있다. 바다는 작가에게 역사의 은유 공간이었고, 역사의 바다를 탐험하는 소설 쓰기는 한국전쟁이라는 대표적 사건을 중심으로 제국주의 시대부터 그 여파에 놓여 있는 한민족 수난사의 기록이었고 고발이었다. 시간의 흐름과 누적에서 기억을 발견한 최인훈은 문학 속 바다의 생명성과 영원성, 보편성을 알게 되었고 이제 그 상상력을 공유하는 새로운 소설 쓰기를 과제로 삼게 된다. 지금까지 쓴 자신의 소설이 기억의 저장고이자 역사의 증명임을 알게 된 작가는 머나먼 미래에 보게 될 진실을 위해 부지런히 바다의 노래를 부를 것이다.

::: 참고문헌 :::

1. 기본 자료

최인훈, 『광장 / 구운몽』, 최인훈전집 1, 문학과지성사, 1994.

최인훈, 『서유기』, 최인훈전집 3, 문학과지성사, 1977.

최인훈, 『태풍』, 최인훈전집 5, 문학과지성사, 1992.

최인훈, 「하늘의 다리」, 『하늘의 다리 / 두만강』, 최인훈전집 7, 문학과지성사, 1994.

최인훈, 「낙타섬에서」, 『총독의 소리』, 최인훈전집 9, 1980.

최인훈, 『문학과 이데올로기』, 최인훈전집 12, 1994.

최인훈, 『화두』, 문이재, 2002.

최인훈, 「바다의 편지」, 『황해문화』, 2003. 겨울호.

2. 단행본 및 논문

이어령, 「창의 공간기호론」, 문학사상, 1988. 4~5월호.

이어령, 『공간의 기호학』, 민음사, 2000.

이정 외, 『현대 불란서 언어학의 방법과 실제』, 연세대학교 출판부, 1994.

장일구 외, 『공간의 시학』, 예림, 2002.

소년소설의 초점화 방법의 두 양상

유 주 현

1. 60년대를 바라보는 두 방법

본 논문은 1960년대 이원수의 『민들레의 노래』와 『메아리 소년』을 중심으로 6·25전쟁과 4·19혁명이라는 역사적 사건을 인식하는 아동 초점화자의 초점화 양상을 분석함으로써, 1960년대 아동문학에 있어서 이원수 소년소설 작품의 위치를 새롭게 조명하고자 한다.

이원수는 15세에 『어린이』지에 「고향의 봄」을 발표하면서 등단한 이래 동시, 동화, 소년소설, 수필, 아동극, 평론 등 다양한 아동문학 작품을 창작하면서, 아동문학사의 한 흐름을 형성하는 상징적인 존재이다. 해방 이전에는 주로 동요와 동시를 발표하였으나, 해방 후에는 현실인식이 첨예하게 드러나는 동화와 소년소설 작품을 창작하여 사실주의적인 아동문학을 개척하였다.

'소년소설'은 동화와 더불어 아동서사물의 하위 장르로서, 1920년대부터 지속적으로 현대아동문학의 장에서 창작되었다. 소년소설은 현실

에서 소외되고 고통받는 아동인물의 삶을 사실적으로 그리면서, 아동독
자를 향한 작가의 계몽적인 목소리와 문학작품으로서의 미적 특성이 가
장 분명하게 발현되는 장르라 할 수 있다.[1] 이원수의 소년소설에서도
6·25전쟁과 4·19혁명 등 당대에 민감한 사회적 현실을 다루면서 작
가의 현실인식, 이데올로기가 강하게 표출된다.[2]

『민들레의 노래』는 1960년부터 1961년까지『새나라』신문에 연재된
작품[3]으로서, 이원수의 소년소설 작품 중에서는 유일하게 4·19를 다룬
작품이다. 이 작품에서는 6·25라는 과거의 사건과 4·19라는 현재의
사건이 어른의 세계와 아동의 세계의 갈등의 축을 형성하면서 다양한
인물의 시각을 병렬적으로 제시한다. 작가의 현실인식이 강하게 반영된
작품임에도 불구하고, 서술방식에서 서술자의 발화와 인물의 발화, 인물
간의 발화의 양상에 있어서 다양한 시각이 교차되면서, 아동인물의 심리
가 내적초점화의 양상에 의해 제시되고, 아동인물이 전쟁과 혁명이라는
사건을 어떻게 바라보고, 어떠한 경험의 과정을 거치면서 성장하는가를
그리고 있다.

---

1) 소년소설이란 용어는 방정환의 「졸업의 날」(1924. 4월호)에서 처음 사용되었다. 아동문학
   형성기에 아동의 실생활을 그리는 작품은 '소설−소년소설, 소녀소설, 불쌍한 이야기, 입
   지소설' 등으로 분류되었다. 우리나라의 경우 민족운동과 소년운동 등 계몽운동의 일환
   으로 시작되어진 아동문학창작은 1920, 30년대를 중심으로 아동의 현실적인 삶을 다루
   는 작품이 주로 창작된다. 소년소설은 유아동화에 비해 작가의 현실인식, 관념적인 태도
   가 분명하게 제시되는 계몽적인 성격이 강한 아동서사물이다.
2) 이원수는 해방이후 본격적으로 산문문학 창작을 시작한다. 그는 식민지시대에서 벗어나
   해방된 조국에서 벌어지는 사리사욕과 부정부패 등 현실적인 문제에 대한 '울분과 탄식'
   을 동화와 소년소설 속에서 표출하고자 하였다. 이러한 그의 인식은 창작동기에서 분명
   하게 드러난다. '동화를 쓰자. 소설을 쓰자. 그런 것으로 내 심중의 생각을 토로해 보자
   는 속셈이었다.' 이원수, 「나의 문학 나의 청춘」,『아동과 문학』, 이원수아동문학전집 30,
   웅진출판사, 1984, 256면.
3) 이 작품은 1960년부터 1961년까지『새나라』신문에 연재된 후 1961년 12월에 학원사에
   서 출간되었다.

『메아리 소년』은 1964년부터 1965년까지 『카톨릭 소년』에 연재된 작품4)으로, 6·25전쟁이 남긴 상처와 시련을 형상화한 작품이다. 아직 판단력이 부족한 아동인물이 초점화자로 등장하면서 이 아동인물의 눈을 통해 6·25전쟁의 상처와 반공정신의 폐해를 드러내면서 아동인물의 내적 변모과정이 그려진다.

이 두 작품은 모두 아동인물을 초점화자로 내세워 역사적 사건과 그 사건을 둘러싼 어른 세계를 초점화하면서, 아동인물의 내적 성장과정을 그리는 성장서사이다. 그러나 초점대상을 인식하는 초점화의 방식에 있어서 차이점을 보인다. 『민들레의 노래』는 복수적인 아동초점화자가 등장하며, 『메아리 소년』에서는 고정적인 아동초점화자의 내면심리가 제시되면서, 아동인물과 서술자의 다양한 거리관계가 형성된다.

시점은 서사 내용 중 행위자인 인물을 '누가 보고 있는가'란 질문으로 시작해서, '누가 이야기하고 있는가', '누가 보고 누가 이야기 하는가' 등의 다각적인 측면의 질문을 야기시킨다. 또한 '보고 이야기하는 관계'의 거리와 서술자의 신빙성의 문제 등의 다양한 물음에 대한 실마리를 제공하면서, 더 나아가 중개자인 서술자의 목소리가 누구의 목소리인가, 목소리의 최후의 조정자는 누구인가란 관심5)으로까지 이어진다. 또한 서술자가 특정한 인물을 내세워 그 인물의 시점으로 외부세계를 바라볼 때, 서술자는 그 권한을 인물에게 넘겨주면서 인물이 바라보는 외부세계를 형상화한다. 이때 초점주체가 누구인가에 따라, 서술자가 어떤 인물을 선택하여 보여주는가에 따라 작품의 진실의 깊이와 폭이 달라질 수 있다.6)

---

4) 『메아리 소년』은 1964년 7월호부터 1965년 12월호까지 『카톨릭 소년』에 연재된 후 1968년 새벗문고에서 간행되었다.
5) 김현숙 외, 『구조와 분석Ⅱ—小說』, 도서출판窓, 1993, 101면 참조
6) 나병철, 「소설의 초점화 방법과 전환기의 역사적 전망」, 『우리문학연구』 Vol.8, 1990,

그러므로 다양한 인물의 목소리의 제시와 신빙성이 결여된 아동초점화자의 등장이 작품의 의미형성에 기여하는 효과를 비교하는 작업은 작품의 미적 특성을 밝히면서 동시에 작가가 아동독자를 향해 제시하는 세계관과 현실인식을 추론하는 작업이 될 수 있을 것이다.

2. 복수초점화와 다층적 거리

『민들레의 노래』의 서술자는 작품의 외부에 존재하는 이종서술자이지만, 서술자가 가진 특권을 전면에 내세우는 서술방식이 아닌 인물에 의해 사건이 보이고, 가치판단이 이루어지는 서술방식을 취한다. 더 나아가 한 명의 인물에 제한된 시점이 아닌 같은 사건을 바라보는 아동인물이 등장하면서 복수초점화 양상이 나타난다. 이러한 서술상황에서 서술자는 인물과의 거리관계에 의해 자신의 세계관을 드러낸다. 어떠한 성격의 아동인물이 초점화자로 등장하는가, 초점대상으로 등장하는가의 문제는 작가의 이데올로기를 드러내는 특권의 축[7]과 연관된다.

이 작품은 정미가 초점화자로 등장하면서 시작된다.

> ① 정미는 문간에 나와서 골목을 내다보았다. 아직 현우는 보이지 않았다. 그러나 현우가 오는 대로 다시 어디 심부름이라도 보낼 수 있으면 좋으련만……. 이런 생각을 해보기도 했다. 그러나 아버지나 어머니가 현우를 오늘 잔치자리에서 빼놓으려 할 것 같지는 않았다. (…중략…) 그러나 오늘만은 집에 없어 주었으면 했다. 현우가 미워서가 아니다. 그저 오늘 '민들레의 노래'를 들을 이 자리에만 없어 주었으면 하는 것이다.[8]

110면 참조
7) 수잔랜서, 김형민 역, 『시점의 시학』, 좋은 날, 1998, 216면 참조

② 어디 심부름을 시키려는 것이라 생각했다. 현우는 속으로 몹시 싫었다. 심부름 하는 것쯤은 어렵지 않으나, 좀 전에 합창단 아이들을 데려오는 일에서 마음의 괴로움을 겪은 것도 그랬지만, 지금 곧 음악을 시작하려는 모양인데 그 자리에 못 있게 될까 싶어 정미가 하는 짓이 원망스럽기도 했다. (…중략…) 현우는 지금쯤 집에서는 재미있는 노래와 이야기가 벌어졌으리라 생각해보았다. 아니, 이미 놀이가 끝났을지 모른다고 생각했다. 그런 생각을 하니 마음이 언짢았다. 정미네 집이 현우 제 집이라면 저도 그 자리에서 심부름을 나오지는 않았을 것이다. 정미가 야속한 생각도 들었다.[9]

작품의 발단은 현우가 만든 '민들레의 노래'라는 노랫말을 정미가 자기가 지은 것으로 발표하고, 그 작품이 신문사에 당선되면서 시작된다. ①에서는 작곡가와 노래를 부를 친구들이 초대된 날, 현우가 노래를 듣지 못하도록 심부름을 보내고 싶어 하는 정미의 내면심리가 제시된다. 반면, ②에서는 이러한 정미의 심부름에 대한 현우의 감정이 묘사된다. 현우 또한 자신이 만든 노래를 듣고 싶고, 심부름을 보낸 정미를 원망하게 된다. 이 작품에서 서술자는 현우와 정미를 초점화자로 선택하고 있으며, 서술자의 목소리가 아닌 아동초점화자의 내면심리를 초점화하면서 갈등상황을 그리고 있다. 한 인물의 시점에서 사건을 바라보는 것이 아니라 서로 다른 가치관과 상황에 처해있는 아동인물의 심리가 병렬적으로 제시되면서, 똑같은 사건에 대한 두 아동인물의 대립적인 내면심리가 그려진다. 또한 이야기의 구조 측면에서 현우가 지은 노랫말을 정미가 가져가면서 야기된 두 아동인물간의 갈등관계는 작품이 전개되면서, 6·25전쟁과 4·19라는 보다 거대한 사건과의 연계 속에서 더욱 심화

---

8) 이원수, 『민들레의 노래 1』, 사계절, 2001, 17면.
　앞으로 『민들레의 노래 1』은 1권으로, 『민들레의 노래 2』는 2권으로 표기함.
9) 1권, 30~36면.

된다.

이러한 복수초점화 양상은 특히 4·19혁명에 대한 다양한 시각을 제시한다.

경희는 4·19혁명으로 오빠를 잃고, 어머니와 단 둘이 살아간다. 4·19혁명으로 인해 오빠를 잃었다는 원통함을 가지고 있기도 하지만, 다른 한편으로는 혁명은 오빠의 희생에 의해 이루어진 것으로 경희에게는 가치있는 사건으로 인식된다.

> ⓐ'오빠가 그날 데모에 참가하지만 않았더라면 살았을 게 아닌가? 오빠가 총 맞아 죽지 않았어도 독재정권은 무너졌을 것이 아닌가?' (…중략…) ⓑ이런 생각을 남몰래 해왔다. 그러고는 그런 생각은 곧 지워버리려고 애를 쓰기도 했다. (…중략…) ⓒ밖에서 듣는 또 한 갈래의 소리는 다르다. 누구나 혁명이 났기 때문에 살기가 어려워졌다고 하는 것이다. ⓓ경희는 그런 소리를 들을 때마다 기분이 나빴다. ⓔ오빠의 목숨과 바꾸거나 다름없는 혁명이 화가 되어, 살기가 더 어려워졌다는 사람들을 볼 적엔 쳐들었던 얼굴이 자연히 수그러지는 것이다.[10]

인용문에서는 서술자는 경희를 초점화자로 선택하여 4·19를 평가하는 경희의 내면의식을 초점화한다. ⓐ는 경희의 내면이 간접화법에 의해 제시되므로 서술자의 발화이고, ⓑ는 서술자와 인물의 발화가 겹쳐지면서, 인물의 내면을 서술자의 시점으로 설명한 발화이다. ⓒ는 경희의 발화로 볼 수도 있고, 서술자의 발화로 볼 수도 있지만 현재시제 종결어미의 사용으로 인해 인물의 발화라 할 수 있다. ⓓ는 경희가 지각주체로서 등장하면서 경희의 감정을 드러내는 서술자의 발화이며, ⓔ에서 다시 서술자의 발화와 인물의 발화가 겹쳐진다. '오빠'라는 호칭은 인물의 주관

---

10) 2권, 140~141면.

화된 호칭어이지만, '~것이다'라는 표현은 서술자의 보고적인 진술이다. 그러므로 서술자의 말과 인물의 말이 서로 겹쳐지면서 대화적인 관계를 이루는 서술상황으로 볼 수 있다. 이러한 서술상황에서 서술자와 인물의 거리는 밀착되며, 아동독자 또한 인물의 눈을 통해 사건을 바라보며, 인물에 대한 친근성이 강화[11]되면서, 인물의 시각에 쉽게 동화된다.

그런데 이렇게 서술자와 밀접한 거리를 유지하는 아동초점화자가 복수적으로 등장하여, 하나의 사건에 대해 서로 다른 시각이 병렬적으로 제시되면, 독자는 사건을 보다 다양한 관점으로 바라보게 된다.

정미는 4·19혁명으로 인해 아버지가 부정축재자로 몰리면서, 식구들도 잘 살던 집에서 나와 가난한 동네로 이사를 가게 되어 처음에는 4·19혁명을 부정적인 태도로 바라본다.

ⓐ무슨 죄를 지었기에 아버지가 이 꼴이 되셨는지 정미도 짐작이 갔다. ⓑ모두 4·19 때문이다. 4·19이전에는 당당하고 옳던 것이 그 뒤로 나쁜 것, 죄 되는 것으로 변했기 때문이다. ⓒ정미는 마음속으로 4·19가 원망스러워졌다. ⓓ그러나 아무한테도 이런 말을 하지 않았다.[12]

인용문에서도 서술자는 인물과 밀착되어, 인물의 내면의식을 초점화한다. 이 경우에도 인물초점화자의 관점에서 4·19를 평가하게 된다. ⓐ는 인물의 내면이 서술자의 발화에 의해 드러난 것이며, ⓑ는 정미의 발화로서 4·19혁명에 대한 정미의 부정적인 태도가 담겨 있다. ⓒ는 서술자의 발화로서 정미의 심리상태를 요약적으로 서술한 것이다. 그러나 이러한 4·19혁명에 대한 정미의 내면심리는 어른들의 대화를 들은 후,

---

11) 인물이 주관적인 정보와 내적시각으로 제시되면, 그 인물은 강하게 조명받으면서 심리적인 친근성이 강화된다(수잔랜서, 김형민 역, 앞의 책, 1998, 211면 참조).
12) 1권, 208면.

점차 변모의 과정을 겪게 된다.

① "4·19가 다 뭔가! 낙망하지 말게. 난 이래봬도 태연하네. 그저 이럴 때엔 잠시 들엎드려 술이나 먹고……. 좋지 않나? 하하하." 손님이 얼굴을 들고 웃었다. (…중략…)

"글쎄, 맘을 튼튼히 가져야 하네. 암만 어떤 놈이 찧고 까불어도 돈이면 안되는 일이 없지 않던가? 뭐 혁명이라고? 혁명꾼들 많이 좋아 하라지! 다 돈 앞엔 머리 숙일 걸세."

"허허! 나 같은 사람 어디 돈이나 있나? 쪼끄만 재산마저 뺏으려고 야단들인데……."

"무슨 소리! 뺏기지 않으면 될 게 아닌가? 자네도 그만한 건 다 알고 했으면서 무슨 걱정인가?"

"사실 나도 재산 보존이 큰 걱정이 아니고……." 아버지가 술을 마시며 은근히 말했다.[13]

② ⓐ무슨 일이든지 돈만 있으면 문제없이 다 된다! ⓑ더구나 반공 사상만 가지고 있으면 세상에 무서울 게 없다는 이야기 같았다. ⓒ이런 말은 세상에 떳떳이 할 수 없는 소리가 아닐까? ⓓ정미는 머리가 어지럽고 기분이 우울하기만 했다.[14]

③ "이게 다 뭐 하는 짓인가 말야. 내가 거지처럼 이렇게 웅크리고 있어야 하나? 왜! 왜! 왜! 대답을 하란 말야!"

"가만히 드러누워요. 남들 듣겠어요."

어머니가 아버지를 달래는 듯이 말씀하셨다.

"얼마나 나라를 잘 만드나 볼 테다! 4·19 덕택에 모두 편히 잘 사나 볼 테다!"[15]

---

13) 1권, 205면.
14) 1권, 208~209면.
15) 1권, 215면.

위의 인용문은 4·19혁명을 바라보는 어른들의 대화를 정미가 외적으로 초점화함과 동시에 이러한 어른들의 발화에 대한 자신의 내면심리를 초점화한다.

①에서는 '손님'이나 '아버지'라는 호칭은 정미의 시각에 의해 주관화된 호칭으로서, 손님이 얼굴을 들고 웃고 있는 모습이나 아버지가 은근하게 얘기하는 모습은 정미의 시각으로 보이는 것이다. 서술자는 아동인물인 정미에게 보는 것과 판단을 맡긴 채, 인물의 시각으로 어른들을 바라보고 있다. 이때 어른들의 시각은 객관적인 대화의 재현으로 제시되고, ②에서는 이러한 어른의 대화를 듣고 정미가 자신의 내면심리를 초점화한다. 정미는 처음에는 아버지가 쫓겨다니는 상황을 걱정하면서 4·19혁명에 대한 부정적이고 원망하는 감정을 가지지만 어른들의 대화를 들으면서 겪는 자신의 심경의 변화를 초점화한다. ⓐ의 '!'의 감정을 드러내는 인용부호의 사용은 인물의 말로 볼 수 있다. ⓑ는 서술자와 인물이 말이 겹쳐지는 자유간접화법이라 할 수 있다. 자유간접화법은 작품이나 내포작가의 신빙성을 무너뜨리지 않으면서 그 의미의 전달이 이루어지는 화법으로서, 두 개의 이질적인 목소리의 결합이면서, 두 목소리의 공존뿐만 아니라 서술자와 작중인물의 언어 이전의 자각이나 감각도 공존하게 되는 서술방식이라 할 수 있다.[16] 그러므로 '반공사상만 가지면 세상이 무서울 게 없다'라는 발화와 '이런 말은 세상에 떳떳이 할 수 없는 소리가 아닐까?'라는 발화는 정미의 발화를 통해 서술자의 목소리가 드러나는 것으로 볼 수 있다. ⓒ는 인물의 내면독백이며, ⓓ에서는 정미가 지각주체로 나타나면서 정미의 심리상태가 진술된다. ③에서는 정미아버지와 어머니의 대화가 객관적으로 제시된다.

---

16) 리먼-케넌, 최상규 역, 『小說의 시학』, 문학과지성사, 1985, 166~168면.

이렇게 4·19를 바라보는 어른들의 시각을 아동초점화자의 시각에서 초점화하는 양상은 또 다른 아동초점화지인 경희의 발화에서도 찾아 볼 수 있다.

① ⓐ10만환의 돈! ⓑ굉장한 일이라 생각되었다. 어머니가 경희 교복을 새로 맞춰 주신다면서 두 달이 지나도 못 맞추고 지냈다. 그래 방송국이나 음악회에 나갈 때면 맘보바지로 다녔다. 교복이 아주 빛이 바래서 꼴이 아니었기 때문이다. 이젠 교복도 맞춰 주시겠지.[17]

② "다만 4월 혁명의 용사라는 이름을 쓰지 말고……. 저, 터놓고 말씀드리지요. 4월 혁명은 독재 정권을 타도했습니다만, 그걸 내심 원망하고 있는 세력이 있지 않습니까? 여기뿐 아니지요. 대만에도 그런 걸 싫어하는 양반이 있을 게고, 만일 이 인형을 받는 분이 그런 생각을 가졌다면, 선물의 효과가 그만 거꾸로 될 가능성이 있단 말씀입니다. 허허허 세상이란 단순하지가 않거든요."[18]

③ 이번에는 경희의 입이 다물어졌다. 뭐라고 말을 하지 못했다. 어머니는 대만으로 보내는 것을 단념하신 것 같았기 때문이다. 그러나 10만환의 돈! 경희는 교복이 눈에 어른거렸다. 가겟집에서 외상값을 조르던 것도 생각났다.[19]

④ "그러니까 저걸 아무 데나 보내서 네 오라비가 가진 혁명의 명예를 손상시킬까 두렵다. 4월의 용사가 절뚝발이 다리 병신인형이 돼서야, 죽은 네 오빠가 얼마나 섭섭해 하겠니?"[20]

---

17) 1권, 174면.
18) 1권, 176면.
19) 1권, 179면.
20) 1권, 180면.

①은 아동인물인 경희의 내면심리를 초점화한 것이며, 반면, ②는 경희어머니가 만든 인형을 사고자 하는 윤 사장의 발화를 대화체로 제시한 것이다. ③은 다시 경희의 내면의식을 드러내는 부분이며, ④는 아동인물의 시각에 의해 어머니의 발화가 외적으로 제시되고 있다. 어머니가 만든 인형을 비싸게 사겠다고 윤 사장이 나타나지만, 그는 작품의 제목을 '4월 혁명의 용사'가 아닌 '6·25 방공의 용사'로 바꿔줄 것을 제안하면서, 작품을 팔 것인가 말 것인가를 두고 경희와 어머니와의 시각의 차이가 보인다. 경희는 이러한 상황을 객관적으로 초점화함과 동시에 자신의 내면적인 갈등양상도 초점화한다.

①에서 ⓐ의 '10만환의 돈!'은 경희의 내면발화로서 이러한 명사형 종지형은 서술어를 생략한 언술로서 독자로 하여금 사물과 대상에 직접 대면21)하게 하여 인물의 내면을 보다 직접적으로 제시하는 효과가 있다. 아동인물인 경희의 판단에서 이 금액은 큰돈이며, 경희는 어머니가 만든 인형이 가지는 의미를 미처 생각하지 못한 채 돈의 액수만을 생각하면서 어머니가 인형을 비싼 가격에 팔기를 원하고 있다. 이러한 경희의 내면심리는 윤 사장의 말을 들은 후에도 쉽게 변하지 않는 양상을 보인다. 이 부분에서도 초점화자인 경희는 윤 사장과 어머니의 서로 다른 가치관을 객관적이고 대립적으로 초점화하면서 돈이 없어서 교복을 사지 못하는 자신의 아쉬운 마음을 토로하고 있다.

서술자가 외적초점화 양상으로 어른의 세계를 제시하는 방법은 이 작품이 어느 특정 개인인 어른인물의 내면심리를 밝히려는 것이 아니라 이러한 어른인물을, 어른의 세계관, 어른의 인식을 대표하는 존재로서 다루고자 하는 의도로 볼 수 있다. 정미 아버지와 아버지의 친구, 윤 사

---

21) 이상신, 「이효석 문체의 기호론적 연구―전기소설에 나타난 화법의 특성을 중심으로」, 이화여자대학교 박사학위논문, 1989, 96면.

장과 같은 인물은 그 인물 자체가 아니라 전쟁을 일으키고, 부정축재를 일삼고 돈의 가치만을 중시하는 어른 세계의 부정적인 성격을 대표하는 인물들이다. 그러므로 이러한 인물은 그 내면심리가 드러나는 내적초점화의 방식이 아닌 외적초점화에 의해 그 인물의 행동이 다루어진다.

서술자는 어른들의 세계를 객관적으로 서술하면서, 그러한 어른세계를 관찰하는 아동인물의 시각은 주관적인 내적초점화의 방법으로 제시한다. 또한 내적초점화를 통해 독자에게 인물과의 공감을 강화시키기 위한 서술방식을 사용함과 동시에 복수(multiple)초점화22)를 통해 사회적인 사건에 대한 아동의 다양한 시각을 제시한다. 복수초점화의 방법은 서술자나 한 특정인물이 가진 이념을 드러내기 보다는 여러 인물들의 상호 영향 관계를 드러내면서 사건을 인식하는 여러 아동인물의 내면심리를 제시한다. 즉, 복수초점화의 방법을 통해 획일적이고 단성적인 사고방식이 아닌 다양한 층위의 아동인물의 심리와 성장과정이 제시된다. 특히 이 작품에서는 4·19혁명에 대한 어른과 아동인물의 서로 다른 시각이 외적초점화와 내적초점화의 복수초점화 방법으로 서술되면서, 다층적인 거리를 유지하고 있다. 아동인물의 시각과 어른의 시각을 동시에 드러내는 이러한 서술은 서술자가 사건에 대한 다양한 관점을 독자를 향해 제시하고자 하는 서술자의 욕망이 담긴 서술방식이라 할 수 있다.

인물의 시점이 자유롭게 바뀌는 시점의 변화는 서술자의 의견이 아닌 여러 인물의 내면세계를 보여주면서, 다양한 삶의 경험을 제시한다. 이러한 "시점의 자유로운 변화는 '누가 말하는가'가 아니라 '누가 경험하는가'라는 문제를 서술의 기본원리"23)삼았다고 볼 수 있다. 즉, 아동인

---

22) 복수초점화는 같은 사건이 여러 등장인물의 시점에 따라 여러 번 서술될 수 있다(제라르 즈네뜨, 권택영 역, 『서사담론』, 교보문고, 1992, 178면 참조).
23) 김종욱, 『소설 그 기억의 풍경』, 태학사, 2001, 17면 참조.

물이 인식주체, 경험의 주체로서 등장하면서, 아동인물의 내적초점화의
양상에 의해 현실의 사건이 인물을 통해 주관적으로 경험된다. 역사적
인 사건에 대한 경험을 복수의 아동인물의 목소리를 통해 들려줌으로
써 다양한 삶의 경험을 제시하는 이러한 서술방식은 사물과 사건이 지
니고 있는 의미가 획일적이고 고정된 것이 아니라 비종결적(unfinalizable)
이며 비결정적(indeterminable)이라는 세계관을 제시하는 서술방식이라 할
수 있다.

서술자가 아동초점화자에게 권한을 주면서 인물과 밀착된 서술방식은
독자로 하여금 그 인물에 대한 친근감을 가지게 할 뿐만 아니라 다양한
아동초점화자의 내면심리를 제시함으로써, 독자로 하여금 다양한 현실
인식과 대면할 수 있는 가능성을 제공하는 서술전략으로 볼 수 있다.

3. 고정초점화와 아이러니적 거리

「메아리 소년」는 전쟁으로 인해 상처를 입고 미치광이가 된 아버지
와 이러한 아버지를 초점화하는 아동초점화자인 민이가 등장한다. 서술
자는 현실에서 일어나는 일들을 다 지각할 수 없는, 미숙하고 판단력이
부족한 아동인물을 초점화자로 설정하면서, 인물−초점화자의 제한적인
시점을 통해 외부 세계를 전달한다. 그러므로 이 작품에서는 전쟁의 상
처를 경험한 아버지와 동네사람들의 모습이 민이의 지각의 폭에 의해
관찰자적으로 제시되며, 또한 사람들의 의식을 지배하는 반공정신 이념
을 바라보는 민이 시각이 내적초점화의 방법으로 드러난다.

아동주인공인 민이의 아버지는 전쟁터에서 친동생을 적으로 알고 총
으로 쏴 죽이고, 그때부터 정신이 오락가락한다. 이러한 상황에서 어머

니마저 죽고 자신을 친자식처럼 돌봐주던 새어머니조차 아버지의 증상이 심해지자 민이를 버리고 도망간다. 민이의 제한적인 지식, 학교에서 배운 반공정신에 의하면 아버지는 애국자이다. 나라를 위해 형제까지 죽일 수 있는 애국자이다. 그래서 민이는 동생을 죽이고 괴로워하는 아버지의 행동을 이해할 수 없다.

> ⓐ 아버지의 전쟁 이야기를 듣고 난 후로 민이는 이상한 죄를 지은 것 같은 느낌에 제 몸이 옴츠러드는 것 같았다. ⓑ'아버지는 자기 친동생을 죽였구나. 그래서 늘 괴로워하다가 정신병이 드셨구나. <u>나라를 위해서 하신 일인데 할 수 없지</u>…… 그렇지만 아버지는 나라를 위해 동생을 죽이고도 애국이 다 뭐냐고 호통을 하신다. 저러시면 나라를 위해 동생을 죽이고도 나라 사랑은 안하는 사람이 되지 않을까? 누가 보고 야단을 치면 어떡하나. 애국자가 듣고 아버지를 때리기라도 하면 어떡하나?'
> ⓒ 민이의 마음은 그냥 안타까울 뿐이다. 이런 기분으로 지내기 때문인지 민이는 동무들과 어울려 웃고 장난치고 하는 일이 없이 늘 말이 없는, 침울한 아이가 되어갔다. 전에도 그런 편이었지만 <u>요새는 더구나 그렇다</u>.24) (밑줄 필자)

ⓐ에서 '~것 같았다'라는 양상의 표현은 서술자의 개입, 간섭이 드러나는 발화이며 ⓑ는 간접화법의 방식으로 아동인물의 내면심리가 제시된다. 밑줄 친 '나라를 위해서 하신 일인데 할 수 없지'란 발화는 아동인물이 초점대상인 아버지에 대한 평가의 언어일 뿐 아니라 아동초점화자의 제한적인 시각을 단적으로 드러내는 발화이다. ⓒ에서 서술자는 민이의 감정에 공감하고, 민이의 행위를 설명하는 서술자로서, 인물에 심리적으로 밀착되어 있지만, '요새는 더구나 그렇다'라는 표현에서 인물에 대한 서술자의 직접적인 판단, 분석적인 발화를 발견할 수 있다.

---

24) 『메아리 소년』, 창비, 2002, 117~118면.

① 민이는 전날 아버지가 하신 이야기가 번개같이 머리를 스쳤다.
'확실히 아버지는 북괴 군대를 동정하는 말은 안 했지만 괴뢰군을 쏘
아 죽인 자기의 행동을 뉘우치고 있지 않았던가? 아버지는 용공주의자일
까?'25) (밑줄 필자)

② ⓐ민이는 쓸쓸한 마음으로 걸상에 앉았다. ⓑ아버지는 애국자가 아
니다. 애국자가 될 수 없다. 그러니까 정신병까지 난 거다. ⓒ민이의 마
음은 아버지를 구하고 싶었던 것이다. 일가친척에 대해서는 동정하는 것
도 죄가 아니라는 말을 듣고 싶었던 것이다. ⓓ그러나 이제 선생님의 말
씀을 들으면 그것도 죄라고 하신다. 동무 아이들도 모두 그렇게 생각하
고 있다. 아버지가 아버지의 동생을 쏘아 죽인 것은 옳은 일이라고 생각
해야 한다. 그런데 아버지는 그걸 후회하고 쏘아 죽이게 하는 사람을 도
리어 욕하고 계시니 탈이다.26) (밑줄 필자)

①은 간접화법에 의해 아동인물의 내면 감정이 드러난다. 의문형 종
결어미와 의문부호의 사용은 발화자의 감정적인 어조를 노출하는 것으
로 서술자가 더 주관적이 되면서,27) 인물의 발화와 보다 가까워지는 것
이다. ②의 ⓐ에서 '쓸쓸한'이란 부사어는 초점화자에 대한 서술자의 감
정이 포함된 평가적인 발화이다. ⓑ는 현재시제 종결어미를 사용하였으
므로 인물의 내면 심리를 드러내는 발화이다. ⓒ에서 '~것이다'라는 서
술종지형의 사용은 대상과의 거리를 구현하며, 서술의 보고성을 드러내
는 표현이다. ⓓ는 다시 아동인물의 발화가 제시된다. 밑줄 친 부분에서
민이는 아직 전쟁에 대해 어떠한 관점을 가져야 할지를 알지 못하는 판
단력이 결여된 초점화자의 모습을 보이고 있다. 이러한 초점화자는 신빙
성을 결여한 초점화자로 볼 수 있으며, 이러한 초점화자는 자신이 초점

---

25) 위의 글, 124면.
26) 위의 글, 126면.
27) 김미현, 『한국여성소설과 페미니즘』, 신구문화사, 1996, 200면 참조

화하는 대상을 서술하고 있으나 그것의 진정한 의미를 알지 못하기 때문에, 전혀 다른 방향으로 이해하게 되고, 이러한 서술상황에 의해 독자는 독서의 과정에서 보다 많은 해석, 독해를 요구받게 된다.

① "그렇다. 나라를 위해 동생까지도 죽이게 된 것만 해도 애국자지! 하지만 민이 아버지는 슬픈 애국자였어! 아버지가 자식을 쏘고, 형이 동생을 쏘고, 한겨레끼리 이런 싸움을 해서 애국을 한들 그게 떳떳한 애국이 되겠느냐? 그래 가지고 편히 산다고 행복하다 하겠느냐? 우리는 남의 나라들 때문에 갈라져서, 남의 힘 때문에 동포끼리 싸워야했다. 그러면서도 대포를 쏘며 온 괴뢰군 뒤에 보이지 않는 적을 쏘지 못하고 내 겨레를 쏴야 했다. 슬픈 전쟁이고 슬픈 애국 용사들이었지……하지만 이담에 너희들이 자라서는 그런 불행이 없어야 할텐데…… 우선 내 형제, 내 겨레를 사랑하는 세상이 돼야 하는데……."28) (밑줄 필자)

② ⓐ나와서 교실로 가면서도 민이는 선생님이 말한 슬픈 애국자라는 말을 곰곰이 생각해 보았지만 잘 알 수 가 없었다. 공민 선생님이 그렇게 꾸짖듯이 말한 까닭도 잘 모르겠다. ⓑ담임 선생님과 공민선생님이 왜 서로 싸우듯 말했을까? ⓒ'불온한 소리. 그런 소리를 하고도 교사 노릇 할 수 있소?'하던 공민 선생님의 어조. ⓓ어쩐지 담임선생님이 잘못된 말을 민이에게 한 것 같아 보였다. ⓔ무슨 뜻일까?29)

③ ⓐ그날 조례 때, 교장 선생님이 안 선생님이 그만 둔 것과 민이네 반 담임으로 새로 결정된 선생님을 발표해 주셨다. ⓑ민이는 어쩐지 입맛이 씁쓸했다. ⓒ무언지 제게서 흙탕물이 남의 옷에 튕겨진 것만 같은 그런 기분이었다.30) (밑줄 필자)

---

28) 위의 글, 260면.
29) 위의 글, 263면.
30) 위의 글, 265면.

위의 인용문은 민이와 담임선생님의 대화을 제시하고 그 이후에 발생한 사건을 다루고 있다. ①에서는 민이 아버지를 평가하는 담임선생님의 시각이 직접적인 대화로서 제시되고 있다. 이러한 선생님의 발화는 작가가 전쟁에 대해 갖고 있는 관점을 직접적으로 표현한 것으로 볼 수 있다. ②는 선생님을 만난 후 민이의 내면심리가 제시된다. 민이는 선생님의 말을 다 이해할 수 없는 판단력이 부족한 초점화자이다. ⓑ와 ⓔ에서는 민이가 스스로에게 질문하는 발화이며, ⓒ에서 사용된 명사형 종지형은 독자로 하여금 선생님과 공민선생님 사이에서 발생하는 갈등의 긴장감을 현장감 있게 전달하는 효과를 가지고 있다. ⓓ는 서술자의 발화로서 민이의 내적 심리를 드러내는 발화이지만, '~같아 보였다'는 서술은 서술자가 민이의 감정과 완전히 일치하는 것은 아닌 거리를 두고 있음을 드러내는 발화이다. ③의 ⓐ는 비초점화로서, 객관적인 사실을 진술한 것이며, ⓑ에서 '씁쓸했다'라는 느낌의 동사를 사용한 것은 서술자가 인물의 내면심리를 꿰뚫고 있다는 것을 의미한다. ⓒ에서는 다시 민이의 내적초점화에 의해 민이의 내면심리가 드러난다. 무엇인가 잘못된 일이 발생하였다는 것을 인지하고 있는 서술자의 판단은 민이의 제한적인 시점에서 이루어지고 있다. 민이의 시각에 고정되어 다른 초점대상을 판단하고 있지만 민이는 아버지나 선생님들의 대화를 듣고 그것을 이해할 수 있는 지식과 경험이 부족한 신빙성이 결여된 초점화자이다.

아동문학에서 초점화는 주동아동인물을 향해 있을 뿐만 아니라 그 인물의 행동에 초점을 맞춘다. 초점대상인 아동은 모든 것을 아는 존재가 아니다. 오히려 그 아동의 눈과 목소리로 대상에 대해 서술하는 서술자는 모든 것을 알고 있는 성인 서술자이다. 아동인물의 무지함, 순진함을 바라보고, 서술하는 서술자는 아동보다 더 많이 알고 있는 서술자이며. 이러한 서술자가 인물의 위에서, 밖에서 바라보는 관찰은 또한 독자로

하여금, 서술자를 통하여 인물을 평가하고, 인물의 행동을 평가하게 한
다. 이 경우 독자는 아동인물 초점화자와 그 인물에 관해 서술하는 서술
자의 두 다른 시각을 동시에 수용하게 된다. 아동인물이 신뢰할만한 인
물일 때, 독자는 그 아동인물과 동일시하면서 인물의 눈을 통해 사건을
바라보지만, 아동인물이 신빙성이 덜한 인물일 경우, 독자는 그 인물을
통해 이야기하는 숨겨진 서술자의 목소리를 동시에 수용하게 된다.[31]

이러한 미숙한 아동초점화자의 내면을 드러내는 초점화 방법은 독자
를 향한 서술전략에 있어서 또 다른 미적 효과를 가져올 수 있다. 아동
초점화자의 인식능력의 한계로 인해 사실과는 다른 방향으로 초점대상
을 판단하면서, 그 비극적인 상황을 인지하지 못할 때 이러한 초점화자
의 언술에서 아이러니적 거리가 발생하게 된다.[32] 아버지의 반공의식을
초점대상으로 한 서술에서 민이는 아버지의 반공정신을 염려하고 있지
만, 그 진정한 의미를 알지 못하는 무지한 초점화자로서 세계를 이해하
는 수준에서 독자와 거리가 발생하게 되며, 독자는 그 상황을 한 번 더
생각하게 된다. 독자가 아동초점화자의 이러한 서술을 재구하여 읽게 되
면서, 새로운 미적 효과가 이루어진다.

4. 소년의 눈으로 세상보기

이상에서 이원수의 소년소설 『민들레의 노래』와 『메아리 소년』을 대
상으로 아동인물이 초점화자로 등장하는 작품의 초점화의 두 다른 양상

---

31) 졸고, 「1930년대 아동문학 연구―이태준, 이주홍, 현덕을 중심으로」, 이화여자대학교 석
사학위논문, 2011, 155면 참조.
32) 최병우, 「서술자의 신빙성에 관한 연구―한국근대소설의 형성과 관련하여」, 『현대소설
연구』 NO.19, 2003, 124~125면 참조.

을 살펴보았다. 두 작품에서 서술자의 권한은 아동인물초점화자의 지각의 폭으로 제한되면서, 전쟁과 혁명이라는 외부적인 사건이 아동인물의 내면의식으로 주관화된다.

『민들레의 노래』에서는 이러한 인물의 시각이 복수의 아동초점화자에 의해 초점화되면서, 여러 아동인물의 다양한 시각과 내면의식의 변모양상이 제시된다. 아동인물을 초점화자로 선택하는 이러한 서술에서 서사세계에 대한 서술자의 권한이 인물의 목소리와 겹쳐지면서 인물의 지각의 폭, 인물의 인식의 정도로 제한되며, 외부의 사건이 아동초점화자의 내면의식을 통해서 주관화된다. 그러나 서술자는 이러한 내면의식을 한 인물에게 제한하는 것이 아니라 어른의 시각과 아동의 시각, 더 나아가 서로 다른 현실에 놓여 있는 다양한 초점화자를 설정하여, 이들의 각각의 체험을 형상화하고 있다.

반면, 『메아리 소년』에서 아동초점화자는 초점대상을 인지하는 판단력이 부족한, 신빙성이 결여된 초점화자이다. 이 경우 아동독자는 초점화자의 시각뿐만 아니라 초점화자에 대해 평가하는 서술자의 아이러니한 거리를 지각하면서, 보다 능동적인 독서활동을 할 수 있게 된다.

이원수는 소년소설 작품에서 당대의 현실적 고민을 그대로 작품의 현실상황으로 재현한다. 그러나 작가는 이러한 현실의 문제점을 서술자의 권위적인 목소리를 통해 제시하는 것이 아니라 아동인물을 초점화자로 선택해서 인물의 시각을 통해서 현실을 보여준다. 복수초점화의 방법에 의해 아동인물의 내면심리를 드러내는 서술방식은 다양한 삶의 경험을 제시하면서, 획일적이고 확정적인 어른의 시각이 아닌 비종결적이고 다성적인 아동의 세계를 제시한다. 다른 한편으로는 신빙성이 결여된 아동초점화자의 눈을 통해 전쟁의 상처와 반공정신의 폐해를 아이러니적인 거리에서 드러내면서 비판적인 거리를 유지하고 있다. 그러므로 이원수의 소년소설에서는 소년인물의 성장과정을 통해 현실 자각의 과정이 서사의 축을 이루면서, 계몽적인 목소리의 전달과 객관적인 리얼리티의 확보가 이루어지는 초점화의 방법이 제시되었다고 평가할 수 있을 것이다.

이러한 언술분석, 초점화의 양상을 통한 작품의 해석은 서술자와 인물, 독자와의 상호관계를 밝히는 장이 될 뿐만 아니라 아동문학 연구에서 기존의 일률적으로 이루어진 주제적인 접근방식에서 벗어나 아동문학 연구의 지평을 확대하는 계기가 될 수 있을 것이다.

::: 참고문헌 :::::

1. 기본 자료
이원수, 『민들레의 노래』 1·2, 사계절, 2001.
이원수, 『메아리 소년』, 창비, 2002.

2. 단행본 및 논문
김미현, 『한국여성소설과 페미니즘』, 신구문화사, 1996.
김용희, 『디지털시대의 아동문학』, 청동거울, 2005.
김욱동, 『대화적 상상력』, 문학과지성사, 1988.
김종욱, 『소설 그 기억의 풍경』, 태학사, 2001.
김천혜, 『소설구조의 이론』, 문학과지성사, 1990.
김현숙 외, 『구조와 분석Ⅱ-小說』, 도서출판窓, 1993.
김혜정, 「이원수 소년소설 연구」, 서강대학교 석사학위논문, 2009.
나병철, 「소설의 초점화 방법과 전환기의 역사적 전망」, 『우리문학연구』 Vol.8, No.-,
        1990.
박종순, 「이원수문학의 리얼리즘 연구」, 창원대학교 박사학위논문, 2009.
선주원, 「내적초점화와 작중인물의 자기인식 관련성 연구-안회남의 신변소설을 중심
        으로」, 『청람어문교육』 Vol.32, No.-, 2005.
유주현, 「1930년대 아동문학 연구-이태준, 이주홍, 현덕을 중심으로」, 이화여자대학
        교 석사학위논문, 2011.
이상신, 「이효석 문체의 기호론적 연구-전기소설에 나타난 화법의 특성을 중심으로」,
        이화여자대학교 박사학위논문, 1989.
이원수, 「나의 문학 나의 청춘」, 『아동과 문학』, 이원수아동문학전집 30, 웅진출판사,
        1984.
최미선, 「이원수 소년소설 서사성 연구-「민들레의 노래」를 중심으로」, 『한국아동문학
        연구』 Vol.17, No.-, 2009.
최병우, 「서술자의 신빙성에 관한 연구-한국근대소설의 형성과 관련하여」, 『현대소설
        연구』 Vol.-, NO.19, 2003.
현대소설학회, 『현대소설 視點의 시학』, 새문사, 1996.
리먼-케넌, 최상규 역, 『小說의 시학』, 문학과지성사, 1985.

보리스 우스펜스키, 김경수 역, 『소설 구성의 시학 : 예술 텍스트의 구조와 구성적 형
　　　식의 유형학』, 현대소설사, 1992.
수잔랜서, 김형민 역, 『시점의 시학』, 좋은 날, 1998.
제라르 즈네뜨, 권택영 역, 『서사담론』, 교보문고, 1992.

제 2 부
비평가론

4·19세대로서의 비평적 성찰과 열린 시각으로 소통하기*

김 세 령

1. 김병익의 초기 비평에 주목하는 이유

　김병익은 1967년 『사상계』에 첫 비평문인 「문단의 세대 연대론」을 발표하였고, 『68문학』, 『문학과 지성』 동인으로 본격적인 비평 활동에 참여한 이후로 4·19세대를 대표하는 비평가로서 중요한 비평 성과를 남겼다. 특히 최근까지도 비평집을 발간하며[1] 지속적인 비평 활동을 보여주고 있다는 점은 주목된다. 그러나 그에 대한 본격적인 연구는 미흡한 실정으로 주로 평론이나 서평에서만 논의되고 있다. 김병익의 비평 작업이 아직 완결되지 않았고, 1960년대 4·19세대 비평가에 대한 깊이 있는 연구도 주로 작고한 김현에 집중되어 있기 때문이다.

　지금까지의 선행 연구를 살펴보면, 대부분 김병익 비평의 일부 시기에

---

* 이 논문은 김세령의 「김병익의 초기 비평 연구」(『현대문학이론연구』 45집, 2011. 6)를 수정한 것임.

1) 김병익, 『기억의 타작』, 문학과지성사, 2009.

주목하고 있지만 공통된 평가를 보여주고 있다. 즉, 그의 비평이 4·19세대의 문학 인식을 기반으로 하면서도 타자에 대한 열린 시각과 균형 잡힌 지성을 통해 끊임없는 자기반성과 새로운 문제 제기를 보여주고 있다는 것이다.[2] 반면 이러한 특징으로 인해 김병익 비평이 때때로 비평의 엄격성을 상실하거나[3] 4·19세대의 문학적 기반 속에서 이루어지는 제한된 변화를 모색하고 있다[4]는 비판을 받기도 하였다.

한편 서재원의 「김병익 문학비평 연구」[5]는 김병익 비평 세계의 변모를 고찰하고 있는 중요한 성과이다. 김병익 비평이 1970년대 산업화 시대에는 지성의 문제를, 1980년대에는 장인성의 문제를, 1990년대에는 신세대를 옹호하면서 상황에 대한 부단한 탐구와 언어적 참여를 보여주고 있음을 밝히고 있다.

이러한 논의들은 김병익 비평의 주요 특징들을 적절히 포착해 내고 있다는 점에서 의미 있는 성과들로 보이지만, 김병익 비평의 단편적인 특징에 주목하거나 김병익 비평이 갖는 역동성을 단순화하고 있다는 한계를 드러내고 있다. 따라서 김병익 비평이 갖는 비평사적 의의와 한계가 보다 심도 있게 조명될 때, 김병익의 비평뿐만 아니라 4·19세대 비평가들에 대한 의미 있는 시각을 제공할 수 있을 것이다.

---

2) 대표적인 논의로는 구모룡의 「위기 의식과 문학의 위엄」(『실천문학』, 1994. 5), 박성창의 「'겹'의 사유와 열린 비평의 정신」(『문학과 사회』, 2005. 5), 성민엽의 「열린 보수주의의 진보성」(『한국논단』, 1992), 성민엽이 엮은 『김병익 깊이 읽기』(문학과지성사, 1998), 우찬제의 「문학과 비평을 위한 성찰과 전망」(『문학과 사회』, 2002. 5), 이재현의 「위기에 선 비평의 일상적 실천」(『창작과 비평』, 1994. 6), 홍정선의 「70년대 비평의 정신과 80년대의 비평의 양상」(『문학의 시대』, 1983. 3) 등이 있다.

3) 홍정선, 위의 글, 171면.

4) 가령 김병익의 『숨은 진실과 문학』(1994)에 대해 "90년대적 현실 앞에서 개인적 노스텔지어에 사로잡혀 있"다는 한계를 지적(이재현, 앞의 글, 441면)하거나, "80년대 비평의 실효성을 의심"하며 "4·19세대와 90년대 신세대 비평의 동맹"을 꾀하고 있다는 부정적인 평가를 내리고 있다(구모룡, 앞의 글, 480~482면).

5) 서재원, 「김병익 문학비평 연구」, 『한국문학이론과 비평』, 2005. 8.

이러한 문제 인식을 예각화하기 위해 이 글은 김병익 비평의 기원이 되는 초기 비평에 주목하였다. 김병익의 방대한 비평 성과를 함께 다룰 경우 그의 비평 세계의 변모를 체계화하는 데 도움이 되겠지만 그의 비평 인식과 실천이 갖는 중요한 의미를 지나치게 도식화할 수 있기 때문이다. 이에 연구 범위는 4·19를 기반으로 한 초기의 비평 인식이 지속되고 있는 「문단의 세대 연대론」(1967)부터 『현대 한국문학의 이론』(1972), 『한국문학의 의식』(1976), 『상황과 상상력』(1979), 『지성과 문학』(1982)에 실린 비평문으로 한정하였다. 대부분 김병익이 『68문학』, 『문학과 지성』 동인으로 활약하였던 1960년대 후반부터 1970년대에 발표했던 글이다. 『지성과 문학』(1982)의 경우 1980년대 초반의 글이 포함되어 있지만 '70년대의 문화사적 접근'이라는 부제에서도 드러나듯 1970년대 비평의 연장선상에서 논의가 이루어지고 있기 때문에 초기 비평에 포함시켰다.

이 글은 김병익 비평의 기원이 되는 초기 비평을 중심으로 그의 비평 세계를 재구성하고, 그 비평사적 의의와 한계를 밝히고자 한다. 특히 4·19세대 비평가라는 당대의 비평적 맥락 속에서 김병익 비평이 갖는 의미를 규명해 보고자 하였다. 이를 위해 2장에서는 김병익 비평의 기반이 되는 4·19세대의 세대 인식과 그의 독특한 세대 연대론에 대해 살펴 볼 것이다. 3장에서는 김병익의 독특한 비평관과 비평 태도를 통해 그의 비평 인식의 특징을 고찰하고, 4장에서는 구체적인 작품과의 관계 속에서 그가 지속적으로 관심을 기울였던 문학과 현실에 대한 균형 모색이 어떻게 실천되고 있는지 규명해 볼 것이다.

2. 4·19세대 문학의 차별화와 세대 연대론

'6·25전쟁' 이후 이념적 대립이 불가능한 전후(戰後)의 공간에서 활동했던 1950년대 신인 비평가들은 집단적인 움직임보다는 '개별'적인 모색을 보였다. 이러한 시도들은 비평의 영역을 넓히고 다양성을 모색했다는 점에서 긍정적인 역할을 했지만, 경직된 구조 속에서 비평의 창조적인 소통 과정이 많지 않았다는 한계를 드러냈다.[6] 반면 '4·19혁명'의 영향력 속에 등장한 1960년대 신인 비평가들은 『산문시대』, 『비평작업』, 『창작과 비평』, 『68문학』, 『상황』, 『문학과 지성』 등의 동인지를 중심으로 유사한 문학적 입장을 견지하며 '집단'적인 목소리를 드러내었다.[7]

이러한 전후세대와 4·19세대 비평의 차이는 기성세대 문학과의 차별화를 보여주는 세대론에서 더 뚜렷하게 드러난다. 전후세대 비평가들의 세대론이 기성세대를 강하게 비판하면서도 산발적인 논의에 그치고 있다면, 4·19세대 비평가들의 세대론은 개별적인 기성세대 비판을 넘어 자기세대를 견고하게 정당화하는 한편 4·19세대 문학을 한국문학사에서 중요하게 자리매김하는 데 기여하고 있다.

특히 김병익은 여러 비평문을 통해 지속적으로 자신의 문학적 기반이 되고 있는 4·19세대 문학의 의의를 전후세대 문학과 대비하고 있다. 「60년대 문학의 가능성」에서 그는 6·25전쟁이라는 외부로부터의 충격에 휩쓸렸던 50년대 작가들("전후파")과 4·19혁명이라는 내부의 역동적인 힘을 경험했던 60년대 작가들("제3세대")을 구별하고 있다.[8] 이러한 차별화는 각 시대를 대표하는 작가와 비평가들에 대한 치밀한 분석과

---

6) 김세령, 『1950년대 한국 문학비평의 재조명』, 혜안, 2009, 380~381면.

7) 강소연, 『1960년대 사회와 비평문학의 모더니티』, 도서출판 역락, 2006, 27면.

8) 김병익, 「60년대 문학의 가능성」, 김병익·김주연·김치수·김현, 『현대 한국문학의 이론』, 민음사, 1972, 260~261면.

비판을 통해 설득력 있게 뒷받침된다.

먼저 그는 1950년대의 주요 작가들이 1960년대 문학의 현장에서 물러날 수밖에 없었던 이유를 1950년대 작가들의 태생적 한계와 연관하여 설명하고 있다. 전후파 작가를 대표하는 손창섭은 언어 이전에 체험을 중시하고 그 소설의 주제를 이루는 갖가지 부정적 요소를 어쩔 수 없는 물리적 현상으로 이해했기 때문에, 작가라면 마땅히 고민했어야 할 언어의 문제를 회피할 수밖에 없었고 작가의 자기결단이 결여된 무의지를 드러내면서 1960년대 들어 문학적인 좌절을 겪을 수밖에 없었다는 것이다. 또한 전후파 작가들을 옹호했던 비평가 이어령도 동족상잔의 전쟁과 전후의 혼란을 인생의 구체적인 문제로 소화시키지 못한 채 관념으로 도식화하면서 에세이스트와 칼럼니스트로 전환할 수밖에 없었다고 평가하고 있다.

한편 김병익은 4·19혁명에 참가했던 1960년대 작가들이 1950년대 문학의 화석화에 도전하며 경악에서 성찰로, 체험에서 언어로, 물리적 현상에서 내적 결단으로, 실존주의에서 시민의식으로, 패배감에서 극복에의 의지로 변모되고 있는 지점을 잘 포착하고 있다. 1960년대 초 김승옥에 대한 유종호의 '감수성의 혁명'이라는 표현에서도 단적으로 드러나듯 1960년대 작가들은 언어를 중시하며, 6·25를 인간이 처하고 있는 본원적인 상황으로 이해하고 자신의 가장 깊은 내부가 대결해야 할 부조리의 한 항목으로 파악하게 되면서 개인의 인식에서 출발하고 있다고 평가하였다. 또한 그는 1960년대 후반기 참여문학, 세대의식, 시민문학론의 비평 논쟁에 주목하고 있는데 『산문시대』, 『사계』, 『68문학』으로 이어지는 미학의 문학과 『창작과 비평』을 중심으로 한 사회학적 문학의 공존현상은 한국문학의 질적 향상과 의식의 심화에 많은 가능성을 제공해 주었다고 의미를 부여하고 있다. 이처럼 그는 4·19세대 소설가와 비평가들의 성과를 구체적으로 정리하면서 전후세대 문학의 한계를 넘어선 4·19세대 문학의 의의를 부각하고 있는 것이다.

전후세대 문학에 대한 비판과 4·19세대 문학에 대한 자부심은 『문학과 지성』 계열의 비평가들에게서도 발견되는 공통항이었으며, 대부분의 4·19세대 비평가들이 자기세대 문학의 우월성을 부각하기 위해 기성세대 문학에 대한 배제의 논리를 강하게 드러내고 있었다.[9] 그런데 주목되는 것은 전후세대 문학에 대한 비판으로 포착된 지점들이 4·19세대 문학의 가능성으로 부각시키고 싶은 특징이라는 점이다. 가령 김현은 「테로리즘의 문학」에서 1950년대 문학인들의 사고와 표현의 괴리, 감정의 극대화, 새것 콤플렉스를 지적하면서, 자신이 책임질 수 없는 역사에 대한 1950년대 문학인들의 환멸이 논리의 테러리즘으로 드러날 수밖에 없었다고 부정적으로 평가하고 있다.[10] 그러나 그 이면에는 4·19세대가 사고와 표현이 일치했던 첫 한글세대였고, 4·19를 통해 역사에 직접 참여하였기에 전후세대보다는 현실에 대한 논리적 성찰과 반성이 가능해졌으며, 외국 문학 전공자들이 비평의 중심에 서면서 보다 주체적으로 서구의 이론을 선택하고 우리 문학에 활용할 수 있다는 자부심이 담겨 있다. 결국 김현은 전후세대 문학의 한계를 과도하게 강조하면서[11] 4·19세대의 우월성을 부각시키는 한편 전후세대를 문단의 중심에서 배제하고 있다.

반면 김병익은 자기 세대를 '차별화'하면서도 전후세대와의 '연속성'

---

9) 강소연, 앞의 책, 109~122면 참조

10) 김현, 『현대한국문학의 이론 / 사회와 윤리』, 김현 문학전집 2, 문학과지성사, 1991, 240~257면.

11) 김현의 평가와는 달리 1950년대 비평가들은 서구의 문학이론을 자신의 비평관에 따라 내재화하고 있으며, '논리의 테러리즘'은 이념적 지향을 드러내었던 1950년대 일부 이론 비평에서만 발견되고 있다(김세령, 앞의 책, 24~27면).

을 강조하고 있다는 점에서 다른 4·19세대 비평가들과 구별된다.

> 비극적인 시대에 현실적인 패배를 감수해야 했던 50년대 작가의 문학
> 이 우선 그 자체로서 정당히 평가되어야 할 뿐더러 그들의 歷史에 대한
> 오열과 사회에 대한 깊은 고뇌가 60년대의 參與文學 쪽으로 이월되는 현
> 상과, 그것만으로는 불가능했던, 혹은 결여했던 개인주의의 각성과 상상
> 력의 개발이 상대적으로 안정된 시대에 살았던 60년대 작가에 의해 새로
> 운 물결로 제기되는 현상을 우리는 60년대의 가장 중요한 소득으로 인정
> 해야 할 것이다. 50년대와 60년대 사이에 암흑의 단절이 없었던 것처럼
> 60년대 문학은 50년대 문학의 존재이유를 통해 확인되어야 한다. 양자는
> 대립적인 것이 아니라 相關적으로, 단절이 아닌 承繼로, 排除적인 것이
> 아니라 辨證法적인 것으로 설정될 수 있다.12)

이는 세대론에 입각하여 차별성을 부각했던 전반부의 진술과는 이질
적으로 느껴지기도 한다. 그러나 김병익은 1950년대와 1960년대의 중간
세대인 최인훈을 통해 1960년대 참여논쟁의 한계를 극복할 수 있는 가
능성, 즉 미학의 논리 위에 문학의 사회적 기능을 폭넓게 포섭하고 있음
을 포착하면서13) 1950년대 문학과 1960년대 문학의 연계성을 효과적으
로 드러내고 있다.

4·19세대 문학의 차별성을 강조하면서도 그 한계를 인식하고 다른
세대의 가능성을 모색해나가는 열린 시각은 「문학, 혹은 문화의 두 관점」
에서도 지속된다. 우선 김병익은 4·19세대 문학의 문제점과 자기반성
을 보여준다. 그는 4·19세대가 1960년대 문학에서 "개인적 자아의 각
성"을 획득하고 "해방 후에 교육을 받기 시작한 한글 세대로서의 문화
적 正體感"을 자부할 수 있게 되었지만, 4·19의 정치적 패배와 문화적

---

12) 김병익, 「60년대 문학의 가능성」, 앞의 책, 269~270면.
13) 위의 책, 270면.

가능성과의 괴리 속에서 이들의 자아와 정체감은 내면적이고 소시민적인 테두리를 벗어날 수 없었다는 한계를 잘 포착한다. 이러한 한계를 지양하기 위해서 4·19세대의 문화적 가능성은 두 가지 서로 다른 길을 택하게 되는데, 아직 열려 있는 문화를 통해 의식의 변화를 유도하여 시민적 자아를 각성하려는 입장(순수)과 4·19가 좌절되지 않도록 직접적이고 노골적으로 문화가 정치에 개입해야 한다는 입장(참여)이 대립하게 되었다는 것이다. 이러한 1960년대의 순수와 참여라는 이분적인 인식 방법은 김종철, 오생근 등의 1970년대 비평가들의 성과를 통해 더 의미 있게 지양되며, 문학 자체의 이념과 실제, 이론과 방법을 결합한 총체적인 접근을 보이고 있다는 점에서 새로운 세대의 비평을 긍정적으로 평가하였다.[14]

이러한 독특한 세대 인식은 그의 첫 비평인 「세대 연대론」에서 출발한다. 그는 '세대교체론'만을 강하게 주장해왔던 한국 문학에 대한 반성을 보여주는데, 우리 역사에 전통이 없었던 것은 건전한 세대 간의 '이해'와 '대화'가 없었기 때문이라고 주장하고 있다. 또한 그는 '연대감'을 통해 세대가 교체될 때 정당한 가치평가나 전통의 지속이 가능하다는 사실을 분명하게 지적하고 있다.[15] 물론 이 비평문에서도 4·19세대의 의미를 비중 있게 다루고 있다. 그러나 이는 세대 간의 우열을 가리기 위한 것은 아니다. 다른 세대를 전면부정하고 배제할 것이 아니라 세대 교체를 가져온 변화를 이해하며 긍정할 부분은 긍정하되 정당하게 비판할 것을 주장하고 있다.[16]

이러한 '세대 연대론'은 그의 초기 비평에서 문학사적인 평가 작업을

---

14) 김병익, 「문학, 혹은 문화의 두 관점」, 『상황과 상상력』(3판), 문학과지성사, 1988, 101~109면.
15) 김병익, 「문단의 세대 연대론」, 『사상계』, 1967. 10, 35면.
16) 위의 책, 33면.

통해 적극적으로 실천된다. 이는 특히 식민지 문학에 대한 재평가에서 발견된다.

> 그는 특히 다음 두 가지 점에서 30년대 식민지 문학의 특징을 대변한다. 그는 이상과 같은 감수성으로 카프문학적 현실을 받아들임으로써 傾向 문학의 사실성과 反傾向的 言語性을 종합한다. 둘째로 그는 李孝石과 후의 金東里·鄭飛石 등의 토속성을 蔡萬植·朴泰遠의 해학성과 교합함으로써 전통적인 세계관과 근대적인 풍자 정신을 종합한다. 이 두 가지 종합은 삼십년대 문학에 다양하게, 그러나 부분적으로 표현되기는 하지만 金裕貞에게서 유니크하게 나타나는 특성이다.[17]

식민지 시대 김유정 문학을 재조명하고 있는 「시대와 언어」는 1960년대 문학에 대한 그의 문제인식과 무관하지 않다. 당대에 김유정 문학이 새롭게 주목받았지만 4·19세대 문학에서 표출된 순수참여의 대립은 김유정 문학의 평가로도 이어져 어느 한 측면만이 부각되고 있었다. 이에 김병익은 상황의식과 표현방법, 당대적 현실 인식과 영원성으로서의 문학적 부정정신을 함께 연결시켜[18] 김유정 문학을 평가하고 있다. 이를 통해 1960년대 문학의 한계를 극복할 수 있는 방법을 식민지 시대 문학에서 발견하고 있는 것이다.

한편 동시대 공존하고 있는 다양한 세대의 문학이 갖는 가능성을 포착하는 비평 작업도 함께 이루어졌다. 김병익은 세대교체를 진보("상향적 발전")로 단순화하지 않기 때문에 문학사적인 흐름 속에서 각 세대의 가능성과 함께 한계도 인식하고 있다. 가령 1970년대 작가들이 4·19세대의 참여논쟁에서 드러났던 어느 일방적인 선택의 함정을 벗어나 복합적

---

17) 김병익, 「시대와 언어」, 『한국문학의 의식』, 동화출판공사, 1976, 168면.
18) 위의 책, 157~158면.

인 방법론을 취하고 있다는 점을 긍정적으로 포착하고 있지만, 그렇다고 해서 1960년대 작가들의 시도가 실패했다거나 무의미했다고 평가하지는 않는다.[19] 또한 1970년대 작가들의 '대중성'이 건전한 사회 교육적 효과와 감수성의 지평을 확장하는 기능을 더 이상 감당하지 못하게 되거나 자칫 작가의 창조적 문학성을 희생할 수도 있다는 위험성을 날카롭게 지적하고 있다.[20]

이처럼 다양한 세대의 연대를 통해 각 세대의 성과가 한국 문학의 중요한 자산이 되고 있음을 적절히 포착하고 있는 것이다. 이러한 독특한 세대 인식으로 인해 그의 비평은 끊임없이 지나간 세대의 문학을 반성하고 성찰하는 한편 새로운 세대의 문학이 담고 있는 가치를 발견할 수 있었다.

3. 분석을 통한 소통과 작품을 기반으로 한 이해

1950년대 전후세대 비평가들은 대학의 지적 풍토를 바탕으로 문단제도를 통해 등장한 전문 비평가들이었기에, 비평에 대한 근본적인 문제들을 깊이 탐구해 나가면서 한국 비평에서 취약하였던 비평의 이론적 토대를 마련해 나갈 수 있었다. 그러나 체계적인 문학 이론을 기반으로 한 본격적인 논의는 이루어지지 못했다.[21] 반면 외국문학 전공자들이 중심이 되었던 4·19세대 비평가들은 전문 비평가로서 다양한 세계의 문학 이론을 동인지를 통해 적극 소개하고[22] 한국 문학을 깊이 있게 분석하

---

19) 김병익, 「일세대의 문학적 의미」, 『한국문학의 의식』, 동화출판공사, 1976, 21~22면.
20) 김병익, 「70년대 소설을 어떻게 볼 것인가」, 『상황과 상상력』(3판), 문학과지성사, 1988, 98~99면.
21) 김세령, 앞의 책, 364~366면·375면.

고 평가하는 데 활용하였다.

그런데 김병익은 비평적 지향을 함께 했던 『문학과 지성』의 다른 비평가들과 비교해 보더라도, 이론보다는 작품과 밀착된 특징이 더 강하다. 김현, 김치수, 김주연은 외국문학을 전공한 후 대학에 기반을 두고 견고한 문학 이론을 활용하여 현장 비평에 참여하였다.[23] 반면 정치학을 전공하고 동아일보 기자, 문학과지성사 편집-발행인의 역할을 감당했던 김병익은 사회과학과 문학, 정치와 문학의 관계 맺기를 고민하거나 문학사회학, 실존주의, 러시아 형식주의, 초현실주의, 심리학 등 다양한 이론을 적절히 활용하고 있지만 깊이 있는 이론 전개보다는 작품에 대한 세밀한 분석과 이해를 통해 자신의 비평 논리를 뒷받침해나가고 있다.

이러한 김병익 비평이 갖는 독특함은 「비평태도에 대한 반성」에서 구체적으로 표출되고 있다. 이 글은 염무웅 비평에 대한 메타비평의 성격을 띤다. 김병익은 『한국문단사』를 정리하면서 식민지 문학의 가치를 새롭게 발견할 수 있었기에 '찬란한 30년대'로 표현하였다. 그러나 이러한 평가에 대해 『창작과 비평』에 속한 염무웅은 혹독한 비난을 가하고 있고, 이를 계기로 김병익은 자신의 문학관, 비평관, 비평 태도에 대한 깊이 있는 모색을 보여주고 있다. 1960년대 후반 김병익 비평이 4·19세

---

22) 『창작과 비평』은 제 3세계를 진지하게 주목하면서 톨스토이·하우저·가세트 등의 비서구(반근대)주의 이론을 선호했고, 『문학과 지성』은 서구에 대해 비교적 개방적인 태도를 취하면서 바슐라르·아도르노 등의 프랑스·독일 이론에 주목하였다(송희복, 「집단적 삶의식의 넓이, 개인적 실존의식의 깊이」, 『한국문학 50년』, 문학사상사, 1995, 284~285면).

23) 김치수는 문학사회학, 구조주의, 누보로망의 이론적 틀을 소개하면서 한국 문학 텍스트의 깊이 속에서 따뜻한 공감의 비평을 일구어내었다면, 김주연은 독일 이상주의적 전통을 참고하면서 한국 문학의 샤머니즘적 체질을 비판하고 초월성의 문학에 대한 예리한 탐구를 지속해왔다(이광호, 「인문학적 비평의 두 열림─김치수와 김주연 비평의 현재성」, 『문학과 사회』, 2006. 11, 440면). 김현은 계몽적 합리주의를 토대로 하여 프랑크푸르트 학파와 바슐라르의 현실 부정의식을 자신의 것으로 내면화했다(김형수, 「김현 문학 비평 연구」, 창원대학교 박사학위논문, 2003, 131면).

대 문학의 차별화와 세대 연대론에서 출발하였다면, 본격적인 비평 활동
이 이루어졌던 1970년대에는 동일한 4·19세대인『창작과 비평』계열
에 대한 대타의식을 드러내면서 비평 논리를 강화해 나가고 있다.

　그런데 이 글은 충분히 감정적인 논쟁으로 발전할 수 있었지만 당대
비평태도에 대한 반성으로 귀결되고 있다. 이는 두 사람 간의 의견 충돌
을 옳고 그름의 문제가 아닌 문학에 대한 견해 '차이'로 인식하고 있기
때문이다. 김병익이 생각하는 문학이란 '상상력'에 의해 변용된 '상황'을
통해 '현실'을 '부정'하는 것이다. 따라서 있는 그대로의 '현실'을 평면
적으로 드러내며 '저항'하는 것을 좋은 문학으로 인식하고 있는 염무웅
과는 거리를 두고 있다. 이러한 문학관의 차이는 식민지 문학에 대한 상
반된 평가를 가져오게 된다. 노골적으로 식민지 현실에 대한 저항이나
분노를 드러내지 않은 작품들에 대해 염무웅이 '도피'나 '유희'로 경시
하고 있다면, 김병익은 일본어가 강요되던 시대에 한국어로 창작되었다
는 사실 자체가 치열한 부정의 선택이었다고 긍정적인 평가를 내리고
있다.24) 이처럼 그는 당대 논쟁의 중심에 서기보다는 다른 비평문에 대
한 분석을 통해 타자와 소통하며 자신의 비평 논리를 예각화하고 있다.

　식민지 문학에서 출발한 문제인식은 다양한 세대의 문학으로 확대되
고, 그의 독특한 비평관과 비평태도로 표출된다. 그는 자신의 비평이 '현
실'에 비중을 두는『창작과 비평』계열의 '참여'가 아니라 '문학적 리얼
리티'를 중시하는『문학과 지성』계열의 '순수' 문학에 기반을 두고 있
음을 밝히고 있다. 그러나 이는『문학과 지성』계열의 '상황', '개인',
'영원', '부정', '비극'에 더 중점을 두고 있다는 의미이지,『창작과 비평』
계열의 '현실', '계층', '역사', '저항', '비참'을 배제하려는 것은 아니다.

---

24) 김병익, 「비평태도에 대한 반성」,『한국문학의 의식』, 동화출판공사, 1976, 27~37면.

다만 참여 문학이 강하게 목소리를 내면서 문학 외부의 비평 기준으로 작품을 자의적으로 재단하고 획일적인 가치를 강요하고 있었던 당대의 비평 태도를 반성하고 있는 것이다.

　이러한 과정을 통해 김병익의 비평은 작품에 대한 '비참한 혐오'와 '도식적인 단정'을 거부하며, '비극적인 애정'과 '동류의식적인 이해'에서 출발하고 있다. 그렇다고 해서 단순히 비판 없는 칭찬을 의미하는 것은 아니다. 김병익에게 비평이란 작품에서 제시한 통로를 따라 정당한 가치 평가를 내리는 작업이다.[25] 즉 작품에 대한 이해와 치밀한 분석을 통해 창작과 소통하며 독자에게 설득력 있게 다가가는 것이다. 이는 그가 문학 전공자는 아니었지만 기자와 편집자로서 독자를 대상으로 한 글쓰기를 훈련할 수 있었기 때문에 가능했다고 생각된다. 또한 그는 작가와 작품에 대한 구체적인 분석과 음미 없는 문학 이론과 태도란 선험적이라기보다는 편향적이며 공소화할 위험이 있음을 잘 포착하고 있었다.[26] 이에 그의 비평은 추상적인 이론이 중심에 놓이기보다는 작품을 기반으로 구체적인 분석이 뒷받침되면서 논리성을 확보해 나가고 있다. 이러한 분석의 과정에서 김병익과 소통하는 대상은 비평하고 있는 작품만은 아니다.

> 　골드만에 있어서의 소설은 타락한 세계와 진정한 가치간의 대립에서 추구되는 변증법적 양상을 이루고 있거니와 趙世熙의 소설들 역시 바로 이러한 의미에서 <타락한 세계에서 타락한 방법으로 진정한 가치를 추구하는> 형식을 얻고 있다. 우리가 『난장이』 연작에서 지목하고 있는 것은 골드만이 말하는 바의 소설 장르의 본질적 성격에서뿐만이 아니라 여기서 드러나는 세계관과 그것을 표현하는 방법 자체가 타락과 승화의

---

25) 위의 책, 29~30면·34면·41~42면.
26) 김병익, 「비평방법의 재검토」, 『상황과 상상력』(3판), 문학과지성사, 1988, 355면.

대립적 관계를 유지하고 있다는 점이다. 그리고 그 관계는 변증법적 지양을 전망케 하는 것이 아니라 그 대립을 오히려 더 깊이함으로써 超越의 가능성을 모색하게 한다는 데에 특이한 관찰이 요구된다 (…중략…) 여하튼 우리가 자유로운 눈으로 어떤 문예 사조의 협착한 명제에 구애받지 않고 상상력의 풍요로움을 통해 바라볼 때 『난장이』의 그 주제와 방법, 정신과 태도의 대립을 창작품이 지닌 현실성과 문학성, 시대성과 영원성의 대립을 드러냄으로써 그것을 지양시켜 주는 효과를 얻게 될 것이다. 우리는 이것을 순수와 참여의 대립된 견해를 극복시키는 하나의 범례로 보아도 좋을 것이다.[27]

『난장이』 연작을 이해하기 위해 골드만의 소설 사회학을 활용하고 있지만 도식적인 재단 비평이 이루어지고 있는 것은 아니다. 골드만의 핵심 개념을 원용하되 작품에 대한 면밀한 분석을 통해 "기법과 정신에서의 낭만주의적 성격과 주제의 사실주의적 관점"이라는 작품의 독특한 특징이 갖는 의미를 잘 포착하고 있다. 이처럼 서구의 이론이나 명작, 작가에 대한 김병익의 박학다식한 지식은 그의 비평문 곳곳에서 활용되고 있는데, 현학적인 이론의 전개로 드러나는 것이 아니라 비평 대상을 더 잘 이해하기 위한 분석의 근거로 간결하게 활용되고 있다. 이는 그가 어떤 문학 이론도 작가와 작품의 구체적인 연구를 통해서 제시되어야 하며, 우리 문학의 체계를 독자적으로 수립하려면 할수록 외국 이론의 수용과 비교가 필요해진다는 사실을 인식하고 있[28]었기 때문이다. 분석 과정에서 드러나는 소통의 대상은 점차 서구 문학이나 이론을 넘어 한국의 다양한 작품이나 작가, 비평가들로 확대된다.

---

27) 김병익, 「대립적 세계관과 미학」, 『상황과 상상력』(3판), 문학과지성사, 1988, 204면·213면.
28) 김병익, 「비평적 관심의 확대」, 『상황과 상상력』(3판), 문학과지성사, 1988, 361면.

① 예컨대 그 형식과 체질은 다르지만 ≪土地≫의 취향은 安壽吉의 장편 ≪通路≫, 劉賢鐘의 장편 ≪들불≫, 그리고 朴容淑의 ≪志鬼正傳≫, 兪金浩의 ≪萬積≫, 尹正奎의 ≪脫線朴忠臣傳≫으로 나타나며 역사에 대한 고통스런 질문이 李炳注의 ≪辨明≫, 朴泰洵의 ≪無非不先生≫으로 발전한다.29)

② 이것은 리얼리즘과 농촌소설을 주창한 60년대 일련의 비평가·작가들이 간과한 점이기도 한데 金治洙는 그의 ≪農村小說瞥見≫에서『한 사회에 있어서의 모순은 농촌이면 농촌, 도시면 도시하는 식으로 어느 한쪽에만 존재하는 것이 아니고 그것은 서로 有機的인 관계를 갖고 있다』고 날카롭게 지적한 바 있다.30)

위의 예문에서처럼 김병익의 비평이 동시대 작가, 비평가들과 성실하게 소통함으로써, 이질적인 서구의 작품과 이론으로는 설명할 수 없는 한국의 문학적 상황과 비평 대상을 긴밀하게 연결시켜 주고 있다. 이를 통해 독자들은 비평 대상과 연결되어 있는 다양한 목소리와 만나게 되고 문학사적인 맥락 속에서 작품을 더 깊이 있게 이해할 수 있다.

한편 작품의 우위에서 약점을 비판하고 일정한 방향을 지시하는 비평가들과는 달리, 김병익은 깊이 있는 분석을 통해 작품의 논리를 충실히 따라가면서 독자들과 소통하며 작품을 온전히 이해하도록 돕는다. 그에게 있어 비평이란 "독자에게 작품을 정직한 마음으로 읽고 그것을 정당하게 이해하는 안내역 이상으로 전횡해서는 곤란"31)한 것이기 때문이다.

① 견고하고 세련된 문체의『夜壺』는 경상도 토속어를, 饒舌의 발랄한 聲帶를 가진『長恨夢』은 충청도 토속어 또는 저변측의 俗語를 활용하고

---

29) 김병익, 「작가의 의식과 독자의 기대」, 『한국문학의 의식』, 동화출판공사, 1976, 82면.
30) 김병익, 「사회변화와 풍속적 고찰」, 『한국문학의 의식』, 동화출판공사, 1976, 219면.
31) 김병익, 「작가의 의식과 독자의 기대」, 『한국문학의 의식』, 동화출판공사, 1976, 71면.

있다. 이것은 경상도 벽지, 또는 서울의 변두리 최하층 잡역부가 무대, 또는 등장인물이기 때문일 것이다. 그러나 그것이 한계를 이룬다. 한 시대의 통찰 한 사회의 파악은 方言을 사용하는 국한된 소수층만을 통해서는 가능하지 않다 (…중략…) 그러나 이런 것은 어디까지나 限界이지 약점은 아니다. 우리가 작가의 작품에 뛰어드는 한, 그 작품의 논리에 충실해야 하는 것이 타당한 태도일 것이다 (…중략…) 우리가 여기서 좀 더 중요하게 탐구해야 할 것은 우리 민족이 수천 년 지녀온 恨의 정서, 恨의 미학은 悲劇의 認識 悲劇의 文學으로 지양시킬 계기를 발견했다는 점이다.[32]

② 《怪疾》은 《눈물 먹는 사마귀》보다 약간 다행한 편이지만 그러나 정치소설의 상투성을 크게 벗어난 것이 아니다. 우리는 그럼에도 불구하고 이 두 작가가 다른 작가보다 창작 능력이 부족하다고 판단해서는 안 된다고 생각한다. 왜 작가들이 상황소설보다 정치소설의 제작에 더 많은 관심을 갖는가란 질문이 《怪疾》과 《눈물 먹는 사마귀》를 정직하게 이해하는 방법이 되어야 한다고 믿는다.[33]

그의 비평문 대부분은 위의 인용문처럼 "그러나", "그럼에도 불구하고"와 같은 표현을 사용하며 작품의 가능성과 한계를 종합적으로 평가해내고 있다.[34] ①에서 다루고 있는 소설 속 인물들이 역사의 주체인 민중을 대표하지는 못했지만 恨의 세계에 안주하기를 거부하고 6·25를 적극적으로 주체화함으로써 비극의 세계로 발전할 수 있는 계기를 발견했다는 점에서 의미 있게 평가하고 있고, ②에서 다루고 있는 소설들은

---

32) 김병익, 「한의 세계와 비극의 발견」, 김병익·김주연·김치수·김현, 『현대 한국문학의 이론』, 민음사, 1972, 296면.
33) 김병익, 「정치소설의 이해」, 『한국문학의 의식』, 동화출판공사, 1976, 149면.
34) 상대방을 대상으로서보다 주체로 인정할 때 김병익은 작가, 작품의 한계를 인정하면서도 그 가능성을 열어줄 수 있다. 이러한 가능성의 열음—열림이 가장 두드러지게 나타나는 것은 '~에도 불구하고 ~일 수 있다'는 그의 서술투이다(정과리, 「깊어져 열리기」, 『김병익 깊이 읽기』, 문학과지성사, 1998, 109면).

정치소설의 상투성을 크게 벗어나지는 못했지만 이러한 이유를 상상력의 자유와 표현의 자유가 함께 억제되고 있는 현실에서 발견하고 있다. 작품에 대한 애정 어린 평가는 때때로 상반된 견해가 종합되지 못한 채 이질적으로 드러난다는 문제로 드러나기도 했다. 그러나 그의 이러한 독특한 비평 태도는 비평 대상의 부족한 지점들에 대해서는 비판적으로 접근하되 그러한 문제가 드러날 수밖에 없었던 작품의 맥락을 이해하도록 돕고 있다는 점에서 의미 있는 역할을 한다.

이처럼 성실한 작품 분석이 중심이 된 비평 작업은 다른 4·19세대 비평가들이 보여준 이론적인 깊이를 드러내거나 김현 비평과 같은 창조적인 문학성을 보여주지는 못했다. 그러나 작품을 기반으로 한 이해와 분석을 통한 소통은 김병익이 작품을 비평할 때 균형 잡힌 시선을 유지할 수 있게 하였다. 또한 한국 문학을 반성하면서도 긍정적인 가치를 발견하게 하여 새로운 문학적 전망을 끊임없이 모색하는 원동력이 되었다.

4. 문학·현실의 균형 모색과 문학적 전망 제시

1950년대 전후세대 비평가들은 문학의 사회참여를 추상적, 당위적인 진술 속에서 제한적으로 주장할 수밖에 없었다. 시대적인 한계상황 속에서 순수문학론을 비판하고 참여 문학을 주장하는 일 자체가 반공 이데올로기를 위반하는 일로 받아들여질 수 있었기 때문이다.[35] 4·19를 통해 직접 역사에 동참하며 현실을 각성할 수 있게 되면서, 4·19세대 비평가들은 비로소 문학의 사회적 역할이나 참여 자체를 긍정할 수 있게

---

35) 김영민, 『한국현대문학비평사』, 소명출판, 2000, 230면.

되었다. 문학과 현실에 대한 관심은 당위적인 이론이 중심이 되면서 '현실'에 비중을 두었던『창작과 비평』계열뿐만 아니라 '문학'의 내재적 가치에 주목하며 작품에 대한 섬세한 분석과 평가가 돋보였던『문학과 지성』계열 모두에게 공통된 양상이었다.36)

문학과 현실에 대한 김병익의 관심은 1960년대 말 순수-참여 논쟁 이후 현실의 직접적인 반영 여부를 작품 평가기준으로 삼았던『창작과 비평』비평가들에 대한 비판 의식에서 촉발되며, 당대 한국 문학에 대한 문제인식을 통해 강화되고 있다. 1970년대에 들어서면서 작가가 처한 현실의 문제는 더 견고해졌다. 이에 따라 도식주의를 강요하는 참여론의 목소리가 높아지면서, 현실을 소재로 했지만 문학적 형상화에는 실패한 작품들이 오히려 높게 평가받는 경우가 많아졌다. 이에 김병익은 당대의 소설을 대상으로 작가와 현실이 어떻게 관계 맺어야 하는지에 대한 고민을 보여준다.

서기원, 박태순, 하근찬의 작품집을 치밀하게 분석하고 그 성과를 평가하고 있는「작가 의식과 현실」에서, 김병익은 작가가 현실을 성실하게 탐구하고 실험하여 얼마나 문학적인 형상화에 성공하였는가에 주목한다.37) 이는 상상력이나 문체를 강조하거나38) 논리보다는 작가적 개성을 강조하고 있는39) 그의 비평 태도와도 연결되며, 도식적인 참여론에 반대

---

36)『창작과 비평』계열과『문학과 지성』계열 모두 문학의 사회적 역할이나 참여에 대해 부정하지는 않는다는 점에서 일종의 참여론자였다. 그러나 참여의 방법과 통로, 참여를 통해 무엇을 일깨우고 환기시킬 것인가에 대해 다른 관점을 가졌다. 전자가 사회적 상황, 현실, 민중 등에 대한 리얼리즘적 접근을 염두에 두고 있다면, 후자는 문학의 미적 자의식, 개인, 자유주의에 대한 강한 이념적 친연성을 보인다(한수영,「1950~60년대 비평의 전개 양상」, 신동욱 편저,『한국현대문학사』, 집문당, 2004, 733면).

37) 김병익,「작가의식과 현실」,『한국문학의 의식』, 동화출판공사, 1976, 96~97면.

38) 김병익,「60년대 의식의 편차」,『한국문학의 의식』, 동화출판공사, 1976, 99~100면.

39) 김병익,「자연에의 친화와 귀의」,『한국문학의 의식』, 동화출판공사, 1976, 171면.

하고 미학적 가치에 더 중점을 두었던 『문학과 지성』 계열의 다른 비평
가들과도 공통되는 지점이다. 그렇다고 해서 '문학의 순수성'만을 부각
하고 있는 것은 아니다. "민족의 수난이란 거시적인 관점에서 우리의 비
극을 심화시켰던 하근찬이 회상소설로 취향을 돌림으로써 현실의 핵심
적인 갈등을 회피하고 감상적인 카타르시스로 주저앉을 위험을 내포하
고 있다"40)는 진술에서 발견되듯이, 그는 문학 의식의 진전·확대를 통
해 실제적인 현실을 더 깊고 넓게 수용해야 한다는 사실을 적절히 포착
하고 있다.

한편 그는 동시대의 작품뿐만 아니라 참여론을 주장하는 비평가들에
게 공격 받았던 순수 문학 작품을 작품의 논리에 따라 검토하면서 재평
가하는 작업을 벌였다. 이는 식민지 문학이나 황순원의 작품을 대상으로
이루어졌다. 이 시기 황순원의 작품은 역사나 현실을 겉으로 노출시키지
않았기 때문에 참여론자들에게 역사성과 현실 참여성이 결여된 문학으로
인식되었다. 그러나 김병익은 닫힌 현실과 닫힌 문학 속에서 역사와 현
실을 초월하고 있는 황순원의 지적 결단이 오히려 더 진지한 역사성과
현실 참여성을 획득하고 있음을 역설하고 있다.41) 이처럼 문학이 현실에
직접 참여하기보다는 현실을 초월하며 문학적 전망으로 제시해야 한다는
생각은 그의 4·19에 대한 경험과도 무관해 보이지 않는다. 4·19가 정
치적으로는 실패했지만 4·19세대에게 문화적인 변혁과 전망을 가능하
게 했다는 깨달음은 김승옥에 대한 평가에서 단적으로 드러난다. 김병익
은 정치적 4·19를 언어와 감성, 의식과 행동의 문화적 4·19로 환산시
킨, <60년대적>이란 이름을 붙일 수 있는 대표 작가로 김승옥을 자리
매김하고 있다.42)

---

40) 김병익, 「작가의식과 현실」, 『한국문학의 의식』, 동화출판공사, 1976, 90면.
41) 김병익, 「순수문학과 그 역사성」, 『상황과 상상력』(3판), 문학과지성사, 1988, 138면.

　　현실의 부조리를 거부하는 문학의 지적 결단을 강조했던 김병익은 '문학적 지성'과 '현실적 지성'을 구분한다. '문학적 지성'은 작가가 현실적 지성으로 발언하고자 하는 바를 그 구성과 문체를 통해 발산하면서 이 세계와 인간을 감성화시킨 것이라면, 소설의 체계와 미학 속으로 용해되지 않은 지적 발언이란 여전히 '현실적 지성'으로 남아 있을 뿐이라고 보았다.43) '현실적 지성'보다는 '문학적 지성'을 강조하는 비평 태도는 당대 리얼리즘 소설의 대표작으로 인정받았던 염상섭의 『삼대』에 대한 평가에서 뚜렷하게 드러난다. 그는 『삼대』의 한계로 지적될 수 있는 부분들(변증적 관계가 아닌 갈등의 구조, 내부가 아닌 외부적 간섭에 의한 해결 등)이 혼잡한 식민지 당시에는 오히려 작가의 정당한 선택이었다고 평가하면서, 현실의 가장 핵심적인 문제들이 문학적 지성을 통해 효과적으로 형상화되고 있음을 보여준다.44) 또한 현실을 문학적으로 형상화하는 데 성공한 『삼대』의 성과가 최인훈의 『광장』에서도 성취되었다고 본다. 두 소설 모두 자기 시대를 명석하게 파악하고 그것의 역사적 의미를 발굴하면서 인간이 무엇을 하고 있고 무엇을 해야 하는가를 파고들었다는 것이다.45) 이는 단순히 당대 현실을 직접 반영하며 '현실적 지성'을 드러내었기 때문이 아니라, 상상력에 의해 변용된 상황을 통해 현실을 부정하고 전망을 제시하며 '문학적 지성'을 드러내었기 때문이다.

　　한편 그는 문학과 현실의 긴밀한 관계에 주목하며 문학뿐만 아니라 현실의 문제에 대해서도 지속적인 관심을 기울이고 있었다.

---

42) 김병익, 「시대와 삶」, 『상황과 상상력』(3판), 문학과지성사, 1988, 269면.
43) 김병익, 「동화와 동의」, 『상황과 상상력』(3판), 문학과지성사, 1988, 258~259면.
44) 김병익, 「갈등의 사회학」, 『현대 한국문학의 이론』, 민음사, 1972, 317~318면.
45) 김병익, 「사회과학과 문학」, 『현대 한국문학의 이론』, 민음사, 1972, 29~30면.

① 6·25의 궁극적인 책임이 우리에게 귀속되어야 하며 우리가 그 책임을 감당할 때에만 이 전쟁과 그 전쟁의 희생에 의미가 부여되고 이 悲劇의 主體化를 통해 우리 민족의 주체적 결단이 가능해진다는 것을 뜻한다. 이 결단은 피해 의식과 도피주의를 거부하고 마치 우리 자신의 결점을 우리 것으로 사랑함으로써 진정한 自我를 발견하듯, 민족적 콤플렉스를 극복할 계기를 만들어주는 것이다.[46]

② 그들이 병들었다면 그 병든 작가·작품들을 애독한 우리 시대의 독서 경향이 병든 것이고 따라서 그들에 대한 비판의 화살은 우리 자신에게로 향해질 수밖에 없는 것이다. 그것은 곧 한 시대의 문학적 패배가 그 시대의 인간들의 책임으로 귀속될 수밖에 없음을 뜻하는데 70년대 작가들을 正視해야 한다는 것은 바로 우리 자신을 정시하는 결과임을 그것은 밝히고 있는 것이다.[47]

①에서는 홍성원의 『육이오』를 통해 6·25 비극의 주체화 문제를, ②는 70년대 소설의 대중성과 통속성이 표출하고 있는 시대의 문제를 보여준다. 여기서 문학이 환기하고 있는 현실은 ① 6·25의 책임을 외부로 돌리며 피해 의식과 도피주의에 사로잡혀 민족적인 콤플렉스에 빠져 있거나 ② 대중소비문화에 침윤되어 병들어 있는 모습이다. 김병익은 문학의 직접적인 현실 참여를 주장하고 있는 것은 아니지만, 문학과 현실의 긴밀한 관계를 인식하고 있고 시대에 대한 지식인의 책임과 참여를 강조하고 있다.

김병익은 1960년대 후반 자신이 속했던 『문학과 지성』 계열의 순수문학과 그들과 대타적인 존재였던 『창작과 비평』의 참여 문학이 보여주었던 극심한 대립과 갈등을 반성하면서, 점차 문학과 현실에 대한 균형

---

46) 김병익, 「6·25 콤플렉스와 그 극복」, 『상황과 상상력』(3판), 문학과지성사, 1988, 183면.
47) 김병익, 「70년대 소설을 어떻게 볼 것인가」, 『상황과 상상력』(3판), 문학과지성사, 1988, 91면.

을 모색하는 방향으로 문제인식을 심화하고 있다. 『문학과 지성』 계열의 다른 비평가들도 이러한 반성적 성찰을 보이고는 있지만 『창작과 비평』에 대한 강한 대타의식을 드러내며 여전히 대립적인 비평 양상을 드러내고 있었다.48) 반면 김병익은 1960년대 후반부터 지속된 참여론(리얼리즘론→농촌소설론→민중문학론→민족문학론)이 갖는 한계뿐만 아니라 성과에 대해서도 주목하고 있다. 참여론이 상상력을 도식화하고 있기 때문에 자신이 이에 반대하며 문학의 현실 초월성을 긍정하는 순수문학론의 입장을 취하고 있음을 밝히면서도, 이 시기 참여론이 이념적 실천적 자각에 성공하여 주체에서의 민중, 방법에서의 사실주의, 목적에서의 민족이란 새롭고 충실한 문학론을 얻었고, 한국 사회와 한국 문학이라는 구체적인 상관물을 기반으로 이루어졌다는 점에서 의의를 인정하고 있다. 이처럼 소통과 이해를 특징으로 하는 김병익의 비평은 문학뿐만 아니라 현실에 대해서도 관심을 드러내며, 자신과 다른 입장의 참여론에 대해서도 균형 잡힌 시각을 드러내고 있다.

김병익의 비평에서 문학과 현실에 대한 균형 모색은 각 항목에 대한 관심에서 끝나지 않고 두 대립 항을 연결시키려는 탐색으로 이어진다. 그는 언어와 현실, 상상력과 이념, 개인과 집단, 작가와 사회, 형식과 내용의 대립이 지양되어야 함을 피력하면서, 자유와 평등이라는 두 명제의 문학적 혹은 현실적 표현이었던 순수-참여 논쟁이 변증법적으로 혹은 상호 보족적으로 검토되고 종합될 때 문학과 현실에 대한 문학적 대응의

---

48) 『문학과 지성』 동인들은 순수 / 참여 논쟁을 지양하겠다는 의지를 표명하고 있(박수현, 「1970년대 계간지 『문학과지성』 연구」, 『우리어문연구』, 2009. 1, 266면)지만, 실제 비평에서는 『창작과 비평』의 현실주의 비평의식에 대해 상당히 비판적인 입장을 취하고 있다. 또한 열림과 대화, 다양성을 강조하면서도 실제로는 이견이나 편차를 용납하지 않는 폐쇄적인 구조를 보인다(하상일, 「김현의 비평과 『문학과 지성』의 형성과정」, 『비평문학』, 2007. 12, 263~264면).

전체를 파악할 수 있다고 주장하였다.49) 이러한 그의 통찰은 추상적인 논의에만 머물지 않는데, 1970년대 소설에 대한 평가로 연결된다.

그는 조세희·윤흥길·최창학·황석영·조해일·조선작 등 1970년대 소설가들이 참여와 순수, 현실과 언어, 내용과 형식이 대립되거나 하나만을 선택해야 하는 것이 아니라 오히려 화해·공존적이며 상보적인 관계에 있다는 것을 구체적인 창작을 통해 입증하고 있다는 사실에 주목한다. 가령 조세희의 작품은 '<난장이>란 키 심벌과 그의 특유한 單文의 문체에 의존하여 疎外階層의 삶답지 못한 삶의 양상을, 통절한 아픔을 절제하는 가운데 드러내고 있다',50) 조해일의 작품은 '한국 知識人이 갖고 있는 두 개의 知的 偏向을 종합할 뿐만 아니라 문학과 현실의 두 엄청난 거리를 고도로 세련된 상상력과 절제된 문체로도 한번 접근, 종합시키고 있다'51), 조선작의 작품은 '삶의 치열성과 언어의 완벽성이 결합된 탁월한 문학적 성과다'52)라고 긍정적인 평가를 내리고 있다. 이는 1970년대 소설이 4·19세대 문학의 한계를 극복하고 문학과 현실의 균형을 갖춘 새로운 가능성을 제시하고 있음을 보여준다. 문학과 현실의 균형 모색이라는 이러한 논의가 자칫 추상적, 당위적인 진술에 머물 수 있었지만, 그의 비평이 구체적인 작품 분석을 통해 그 실체를 포착해 나갈 때 의미 있는 시사점을 주고 있다.

그러나 김병익이 1980년대 초반에 전망하고 있는 한국 문학의 미래는 그리 밝지만은 않았다. 이는 작품 분석을 통해 다양한 목소리와 소통하

---

49) 김병익, 「비평의 의미와 기능」, 『지성과 문학』, 문학과지성사, 1982, 213면.
　　김병익, 「순수·참여 논쟁」, 『지성과 문학』, 문학과지성사, 1982, 228~229면.
50) 김병익, 「난장이, 혹은 소외집단의 언어」, 『상황과 상상력』(3판), 문학과지성사, 1988, 59면.
51) 김병익, 「호모 파베르의 패배와 현실」, 『한국문학의 의식』, 동화출판공사, 1976, 269면.
52) 김병익, 「삶의 치열성과 완벽성」, 『한국문학의 의식』, 동화출판공사, 1976, 272~273면.

고 다른 세대와의 연대를 꿈꾸며, 문학과 현실에 대한 균형을 끊임없이 모색하는 그의 비평인식이 반영된 것이다.

> 70년대의 문학에서 볼 수 있는 것처럼 사회적 긴장과 문학적 긴장의 치열한 대결을 통해 우리는 뛰어난 창작성과를 얻을 수 있었고 그것의 현실적 효과까지도 찾을 수 있었다. 그러나 두 축이 열린 상태로 지향하지 못한 채 80년대의 양자 간의 긴장과 닫힘이 보다 경화된다면 우리는 반드시 안도할 수만은 없을 것이다. 그것은 첫째로 사회적 중압이 너무 무거움으로 해서 문학적 긴장의 폭이 제한되고 자유롭지 못할 우려를 지니고 있으며, 둘째로 문학적 긴장이 닫힌 상태로 팽배하게 될 때 상상력 자체의 단색성·도식성을 기피할 수 없게 되기 때문이다. 그러므로 80년대의 문학은 두 개의 열림을 위한 노력과 과제가 필요하게 된다. 하나는 열린 사회를 위해서, 또 하나는 현실의 무게에도 불구하고 문학 자체가 닫혀 있는 것이 아니라 더욱 열리도록 하기 위해서.[53]

그의 우려대로 1980년대의 문학은 닫힌 사회와 닫힌 문학이 갖는 어려움에 직면하게 된다. 이처럼 문학과 현실 모두 닫힌 구조가 되었을 때 그의 문학적인 전망은 제한된 범위 내에서 이루어질 수밖에 없다는 한계를 드러내기도 하였다. 그러나 열린 문학과 열린 사회를 지향하는 그의 균형 잡힌 시선은 변화하는 현실 속에서도 다양한 작품, 다양한 입장들과 소통하면서 끊임없이 문학적 전망을 제시해 주는 비평의 소임을 다할 수 있었다.

---

53) 김병익, 「두 열림을 향하여」, 『지성과 문학』, 문학과지성사, 1982, 55~56면.

5. 4·19세대 비평가 김병익의 의의와 한계

지금까지 김병익 비평의 기원이 되는 초기 비평을 중심으로 4·19세대 비평가라는 당대의 비평적 맥락 속에서 김병익 비평이 갖는 의미를 규명해 보았다.

첫째, 김병익은 전후세대 문학을 비판하고 4·19세대 문학에 대한 자부심을 드러내면서 4·19세대 문학을 차별화하고 있다. 그러나 동시에 전후세대와의 연속성도 강조한다. 이는 전후세대에 대한 우월성을 부각하기 위해 배제의 논리를 강하게 드러내었던 4·19세대 다른 비평가들과는 구분되는 지점이다. 나아가 그는 한국 문학에서 지속적으로 제기되었던 세대교체론에 대한 반성을 보여주면서, 다른 세대에 대한 이해와 대화를 강조하는 세대 연대론을 주장하고 있다. 4·19세대로서 드러났던 그의 비평 인식은 지식인, 반공, 서구 합리주의 등 제한된 토대 안에서 이루어졌다는 한계를 드러내기도 하였다.[54] 그러나 4·19세대로서 자유와 다양성을 지향하는 한편 세대 간의 연대를 강조할 때 그의 비평은 끊임없이 지나간 세대의 문학을 반성하고 성찰하는 동시에 새로운 세대의 문학과도 소통할 수 있었다.

둘째, 김병익은 다른 4·19세대 비평가들과는 달리 전문적인 문학 이론을 중심으로 논의를 펼쳐나가기보다는 작품에 대한 이해와 치밀한 분석을 통해 작품이나 비평가들과 소통하며 독자에게 설득력 있게 다가가

---

54) 이 시기 김병익의 비평문은 민중보다는 4·19 정신을 이어받은 4·19세대 지식인들에 방점이 놓여 있었고, 반공 이데올로기의 막강한 영향 속에 카프 문학에 대해서는 평가 절하하는 경우가 많았다(김병익, 「문학과 정치」, 『한국문학의 의식』, 동화출판공사, 1976, 136~137면). 한편 이 시기 다른 4·19세대 비평가들이 그랬던 것처럼 그도 서구 편향적인 한계를 드러내기도 하였다(김병익, 「자유와 현실」, 『한국문학의 의식』, 동화출판공사, 1976, 235면).

고 있다. 성실한 작품 분석이 중심이 된 비평 작업은 이론적인 깊이나 창조적인 문학성과는 거리를 두게 하였고, 작품에 대한 애정 어린 평가는 때때로 상반된 견해가 종합되지 못한 채 이질적으로 드러나기도 하였다. 그러나 이러한 특징 때문에 그는 문학 현장과 밀착된 채 변함없이 문학의 의미와 가능성을 탐색해 나갈 수 있었고, 자신과 다른 세대, 다른 성향의 작품들을 비평할 때에도 균형 잡힌 열린 시각을 유지할 수 있었다.

셋째, 4·19가 정치적으로는 실패했지만 4·19세대에게 문화적인 변혁과 전망을 가능하게 했다는 깨달음은 문학이 현실에 직접 참여하기보다는 현실을 초월하며 문학적 전망을 제시해야 한다는 그의 비평 인식을 형성해 주었다. 그런데 주목되는 것은 김병익의 비평이 문학과 현실의 관계를 모색할 때 다른 4·19세대 비평가들에 비해 균형 잡힌 시각을 보여준다는 점이다. 이는 자신이 속했던『문학과 지성』계열의 순수 문학과『창작과 비평』계열의 참여 문학이 보여주었던 극심한 대립과 갈등에 대한 반성에서 비롯되었다. 이러한 그의 종합적인 시선은 문학과 현실 모두 닫힌 구조가 되었을 때 제한된 문학적 전망만을 제시할 수밖에 없었다는 한계를 드러내기도 하였다. 그러나 끊임없이 문학과 현실의 균형을 모색하고 새로운 문학적인 가능성을 탐색하고자 했기 때문에, 그의 비평은 변화하는 문학과 시대 속에서도 의미 있는 문학적인 전망을 지속적으로 제시해나갈 수 있었다.

이처럼 김병익의 초기 비평은 4·19세대로서의 비평적 성찰을 보여주는 한편 열린 시각으로 끊임없이 타자와 소통하는 특징을 드러내면서 이후 비평 활동의 중요한 기반이 되었다. 4·19세대 문학에 대한 차별화와 자기반성, 세대 연대 의식은 급격한 현실의 변모 속에서 김병익이 4·19세대 비평가로서 자신이 갖고 있었던 한계를 수정해 나가는 한편

1980년대 운동권 문학, 1990년대 이후의 신세대 문학의 가능성을 발견하도록 이끌었다. 또한 그의 비평이 이론적인 체계보다는 분석을 통한 소통과 작품을 기반으로 한 이해를 바탕으로 하고 있기 때문에 김병익은 새롭게 변화된 다양한 작품, 다양한 입장들과도 소통해 나갈 수 있었다. 특히 그는 문학과 현실의 균형을 모색하며 새로운 문학적 전망을 끊임없이 제시해 나감으로써 현장 비평가로서 의미 있는 활동을 지속할 수 있었다.

░░ 참고문헌 ░░░░░

1. 기본 자료
김병익, 「문단의 세대 연대론」, 『사상계』, 1967. 10.
김병익·김주연·김치수·김현, 『현대 한국문학의 이론』, 민음사, 1972.
김병익, 『한국문학의 의식』, 동화출판공사, 1976.
김병익(1979), 『상황과 상상력』(3판), 문학과지성사, 1988.
김병익, 『지성과 문학』, 문학과지성사, 1982.

2. 단행본 및 논문
강경화, 「김현 비평의 주체 정립에 대한 고찰」, 『현대문학이론연구』, 2005. 8.
강소연, 『1960년대 사회와 비평문학의 모더니티』, 도서출판 역락, 2006.
구모룡, 「위기 의식과 문학의 위엄」, 『실천문학』, 1994. 5.
김세령, 『1950년대 한국 문학비평의 재조명』, 혜안, 2009.
김영민, 『한국현대문학비평사』, 소명출판, 2000.
김 현, 『현대한국문학의 이론/사회와 윤리』, 김현 문학전집 2, 문학과지성사, 1991.
김형수, 「김현 문학 비평 연구」, 창원대학교 박사학위논문, 2003.
박성창, 「'겹'의 사유와 열린 비평의 정신」, 『문학과 사회』, 2005. 5.
박수현, 「1970년대 계간지 『문학과지성』 연구」, 『우리어문연구』, 2009. 1.
서재원, 「김병익 문학비평 연구」, 『한국문학이론과 비평』, 2005. 8.
성민엽, 「열린 보수주의의 진보성」, 『한국논단』, 1992.
성민엽 엮음, 『김병익 깊이 읽기』, 문학과지성사, 1998.
송희복, 「집단적 삶의식의 넓이, 개인적 실존의식의 깊이」, 『한국문학 50년』, 문학사상
        사, 1995.
우찬제, 「문학과 비평을 위한 성찰과 전망」, 『문학과 사회』, 2002. 5.
이광호, 「인문학적 비평의 두 열림－김치수와 김주연 비평의 현재성」, 『문학과 사회』,
        2006. 11.
이재현, 「위기에 선 비평의 일상적 실천」, 『창작과 비평』, 1994. 6.
하상일, 「김현의 비평과 『문학과 지성』의 형성과정」, 『비평문학』, 2007. 12.
한수영, 「1950~60년대 비평의 전개 양상」, 신동욱 편저, 『한국현대문학사』, 집문당, 2004.
홍정선, 「70년대 비평의 정신과 80년대의 비평의 양상」, 『문학의 시대』, 1983. 3.

차별적 시대 인식과 분석론에 따른 비평적 실천

강소연

1. 1960년대 문단과 비평가 김주연의 입지

1960년대는 한국 사회 및 문단 전반의 특성이 '전환'의 차원에 놓여 있었다는 점에서 주목할 만하다. 4·19혁명은 사회의 모든 부문에서 개혁 운동의 모태로 작용하여 민주화와 산업 현대화, 분단 민족과 민중에 관한 문제를 제기하게 했고, 평단에서도 기성 휴머니즘론의 윤리적 도식성을 비판하는 신진 비평가들이 나서서 차별적인 시대관을 갖고 논리를 전개하게 된다.

또한 이전 시대에 막강한 영향력을 행사하던 문예지들이 문단 통합과 함께 폐간되면서, 점차 작품 활동의 터전이 종합지, 동인지 등으로 확산된다. 1960년대에 나타나는 50종 이상의 동인지의 특징은 문학 이념이나 방법에서 다양성을 표출한다. 20~30대의 젊은 문인들로 새롭게 형성된 동인지들은 다층적인 문학 경향을 보이면서 공존해 있었던 것이다. 여기에 속한 신세대 작가들은 기성세대에 의한 문단 질서에 타협하지 않고 동인 활동을 통해 자신들의 문학적 경향을 스스로 개척하려 했다는 점도 이 시대 특징 중의 하나다. 그리고, 이전의 문학잡지들이 시나 소설 위주의 작품을 중심으로 실어 왔다면, 60년대에는 비평 분야를 중점적으로 다루면서 비평이 문학의 개별 영역으로 자리매김하는 시기였다고 볼 수 있다. 이에 비평가들은 『산문시대』-『68문학』-『문학과 지성』(김현, 김치수, 김주연 중심), 『창작과 비평』(백낙청 중심), 『비평작업』-『상황』(임중빈, 구중서 중심) 등 문학적 경향이 뚜렷한 동인지 형태로 비평 담론의 맥을 형성한다.

이 가운데 김주연은 4·19 당시 학생 신분이긴 했지만 혁명의 체험을 내면화함으로써 시대적, 문단적 요청에 부응한 새로운 문학관을 갖고 기성세대를 비판하며 평단에 나선 1960년대 대표적인 신진 비평가이다. 그는 1965년부터 한국 문학에 대한 본격적인 비평 활동을 선보이기 시작하면서 2000년대인 현재까지도 꾸준히 평론들을 발표하고 있다. 특히 60년대에는 그 시기가 갖는 특별한 시간의식을 바탕으로 비평의 현대성을 강조했을 뿐 아니라, 2년 간 외국 유학을 다녀온 후[1] 70년대 초반에는 비평의 방법론 문제에 천착하여 문학작품의 미학적 모더니티를 중시하는 등 실제비평에도 충실함으로써 비평의 전문성을 시대적 이슈로 창출해 낸 비평가였다고 할 수 있다.

그런데 기존의 비평문학 연구사를 훑어보면, 1960년대의 순수-참여 문학론이나 비평문학 일체를 다룬 연구가 활발하게 진행되고 있음에 비해 개별 비평가의 평문에 관한 고찰은 많지가 않다. 그것도 김현, 백낙청 등 몇몇의 비평가 논의에 한정되어 있어, 실상 김주연의 문학에 대한 열정과 성실한 비평 활동 이력은 간과되어 왔다. 그저 1960년대 비평의

---

1) 비평가 김주연은 서울대학교에서 독문학을 전공하고 동대학원을 졸업한 후, 미국 캘리포 니아대학 버클리 캠퍼스와 독일 프라이부르크대학에서 수학한 바 있다.

전반적인 흐름을 논하면서 그의 평문 몇 편을 간략히 언급하고 있는 연구들이 대다수다.[2]

그래서 본고는 60년대 후반 비평 논쟁의 대상이 되었던 특정 평문만 다뤄 온 좁은 시각에서 벗어나, 김주연이 '산업화'라는 한국 사회의 급격한 변동과 관련된 문학의 제 양상에 주목했던 시기에 발표한 평론 일체를 검토 대상으로 확대시키고자 한다. 이 평론들은 김주연 비평 인생에서 보자면 초기작이라고 할 수 있는데, 데뷔 때부터 1970년대 초반까지 약 10년에 걸친 비평가로서의 고민과 저항과 반성을 담고 있다.[3]

이 글들을 꼼꼼히 읽어 냄으로써 김주연 비평 세계의 토대를 이해하고, 또 시대의식과 문학사 서술의 문제, 문학비평 방법론, 구체적인 작가의 작품론에 이르기까지 다양하게 뻗어 나간 그의 비평적 세계관을 파악하려 한다. 논의를 통해 그가 시대에 대응하여 세운 문학비평 논리의 척도를 밝히고 문학을 연구하는 학자로서 취한 자세와 작품을 해석한 방식까지 규명하게 된다면, 한국 비평사 선상에서 1960~70년대를 점한 전문 비평가로서의 입지와 특성, 사적(史的) 의의까지 살펴볼 수 있을 것이다.

---

2) 강소연, 『1960년대 사회와 비평문학의 모더니티』, 도서출판 역락, 2006.

　고명철, 『논쟁, 비평의 응전』, 보고사, 2006.

　권성우, 「한국현대비평사의 기원－1960년대 비평의 성과와 의미」, 『횡단과 경계』, 소명출판, 2008.

　이명원, 『타는 혀』, 새움, 2000.

　임영봉, 『한국현대비평사론』, 도서출판 역락, 2000.

　하상일, 『1960년대 현실주의 문학비평과 매체의 비평전략』, 소명출판, 2008.

　한강일, 『한국 현대비평의 인식과 논리』, 태학사, 1998.

3) 김주연의 비평 초기작들은 이후에 단행본으로 묶여 발간되었는데, 본고는 『상황과 인간』(1969), 『문학비평론』(1974)에 수록된 평문들을 중심으로 고찰하고자 한다.

2. 갱생의 시대 인식과 개인의 발견

김주연은 암울했던 전후 상황을 거쳐 1960년대를 맞으면서 전환의 동력을 발견하고, 문단 내에서도 시대적 요청에 따라 낡은 문학을 지양하는 데 앞장선 비평가이다. 자신의 시대에서 발견한 부조리와 결핍을 비평문학의 혁신을 통해 해결하려 했던 그는 옛것에 대한 비판과 새것의 탄생이 동시에 이뤄지는 현실의 시간을 '갱생의 시대'로 인식하고 맞이한다. 「새 시대 문학의 성립」이라는 평문의 서두에서 60년대가 갖는 특별한 시간적 의미를 다음과 같이 쓰고 있다.

> 우리 문학에 있어 60년대가 갖는 문학사적인 중요성을 강조하고 싶은 나로서는 한낱 희망 때문임을 밝힌다. 그것은 가령 20년대와 30년대, 혹은 40년대와 50년대가 다만 글자 그대로의 연대기적 변모조차 보여주고 있지 않는 것에 비해 너무도 중요한 새로운 전환이기 때문이다. 나는 그것을 한마디로 '문학에 대한 인식의 비로소 싹틈'이라고 부르고 싶은데… 물론 60년대라는 시간은 그전 세대와의 부단한 변증법적 발전으로 일어난 지양의 공간이며, 그러므로 전세대의 작가들은 정과 반으로서의 그 나름의 의의를 가질 수 있다.[4]

그는 이러한 서문을 전제한 뒤, 비평 본론에서는 1910년대 이후 한국문학사의 전통을 차례로 비판해 나간다. 특히 해방 공간에서 50년대에 이르는 김동리 세대의 샤머니즘과 전후세대 비평론의 관념성을 문제 삼고 있다. 그의 비평 초기적 관심은 '상황'과 '인간'의 관계에 있어서 '인간'이라는 주체를 향해 있었다. 50년대 문학이 인간의 내적 실존이 아닌 외적 상황을 지나치게 중시하여 전체적인 상황 속의 인간으로만 규정하

---

4) 김주연, 「새 시대 문학의 성립─인식의 출발로서 60년대」, 『아세아』 창간호, 1968.

고 있음을 비판하면서, 그것의 극복 방향으로 '주체로서의 인간'을 제시한 것이다. 그 인간에 대한 새로운 인식이 곧 '개인의 인식'이며, 바로 현대적 자아의 각성과 다르지 않다. 이는 60년대 문학, 내지 신세대 비평문학의 형성에 있어서 중요한 원리가 되는데, 김주연은 그와 동시대의 문학에서 새 시대 문학 성립의 단서를 찾아내고 그것에 '인식의 출발로서의 60년대'라는 이름을 부여하여, '추상적 상상이 아닌 구체적으로 그려진 본질'이라는 차원에서 개인성을 추구하고 있다. 그는 이 글에서 이전 세대와 60년대 신진의 차이가 '인식의 싹틈'에 있다며, 50년대의 전후문학파 작가들이 "문학이 언어로 된 하나의 질서라는 사실보다 그들 생애의 충격을 담는 그릇"으로 보아 결국 실패한 데 비해, 60년대 작가들은 '개인화와 인간 소외'(소설), '개인의식'(시)을 드러냄으로써 성공하고 있다고 주장한다.

이를 통해 짐작할 수 있듯이, 김주연에게 있어 60년대는 한갓 계기적 시간의 단위가 아니라 자신의 존재가 뿌리내릴 수 있는 회복의 원질의 토양으로 인식된 것이다. 그래서 그는 60년대라는 당대가 갖는 문학사적인 중요성에 관심을 표하며 현재적 의의를 강조한다.

당시 문단에서 전통에 대한 논의가 활발히 진행되는 가운데 김주연은 「전통이란 무엇인가」라는 글을 발표한다. 이 평문에서 그는 한국 문학이 향토색, 토속성, 지방 감정, 인정(人情)주의 등을 추구하는 경향은 복고주의로 떨어지기 쉬운 이론적 함정에 불과하다며, 문학 가치의 '과거 지향'을 문제로 지적하고 나선다. 그리고 T. S. 엘리엇이 전통을 과거의 상속 개념으로 보지 않고 현재에도 존재하고 있다는 의식을 포함한 역사의식을 강조했다는5) 측면에서 그의 전통관에 동의한다. 이 전통 개념에 기

---

5) T. S. 엘리엇, 이경식 편역, 『문예비평론』, 범조사, 1983, 13면.

반하여 김주연은 "전통이란 결국 지금 이 시점에서 창작 활동을 하는 창작가 개인에게 있어 존재하는 것"으로서 "창조적 개인의 능력 속에 전달되는 역사의 어떤 영성(靈性)"이라고 정의한다.6) 즉, 사멸된 유산을 되끄집어낼 것이 아니라 현실 속에서 부단히 동시대와 더불어 창조함으로써 내일의 고전(古典)을 만들어 내는 전통의 현재적 가치를 내세운 것이다.

그런데 여기서 또 한 가지 주목할 점은, 옛것을 통해 오늘의 새것을 가능하게 하는 힘의 원천은 '창조적 개인'에 의해 발견된다고 제시한 점이다. 전통을 수용하는 사람이 과거를 반성하고 이전 시대와는 다른, 새로운 자기 시대에 충실한 '개성'을 확립했을 때에만 진정한 전통 수립이 가능하다고 말한다.

> 새로운 문학이란 바로 사물에 대한 인식의 눈뜸이다. 일체의 공상과 선험, 편견, 그리고 근본적으로는 사실의 종합으로서만 압박을 주는 역사, 수사학으로서의 신, 정신의 허세가 가득 담긴 허세나 가장 제거되어야 할 동양적 체험과 감상에서 감연히 벗어나 하나의 나뭇잎, 겨울방의 한기, 만남의 기쁨에 모두 제 무게를 재어 주고 똑같은 논리의 순환으로 전쟁과 삶, 질병과 죽음, 모순과 허무의 추상감각에도 정당한 제 무게를 달아 주어야 한다. 사물에 대한 보편인식이란 바로 개성의 여부를 말한다.7)

김주연은 개인의식과 관련하여 인간의 '선(善)'과 대극적인 위치에 있는 '본능과 감각' 중에서, '선'의 윤리에 집착한 괴테가 아닌 노발리스를 비롯한 서구 낭만파의 주장에 동조하고 있다. 곧, 사물의 개체성, 인간의 감각 및 주관성을 중시하는 입장에서 60년대적 새로움의 실체를 '개성'

---

6) 김주연, 「전통이란 무엇인가」, 『문학비평론』, 열화당, 1974, 191~192면.
7) 김주연, 「새 시대 문학의 성립―인식의 출발로서 60년대」, 『아세아』 창간호, 1968, 267면.

이라 명명한 것이다.

또 이와 유사한 맥락에서 '소시민의식'이란 개념을 도출하여 60년대 문학의 지표로 설정한다. 김주연이 말하는 소시민의식은 이미 『68문학』 계열의 비평가들이 60년대적 특징으로 파악한 개인의식의 다른 표현으로서, 이를 비평적으로 논리화하고 심화시키는 과정에서 언급한 사회 문화적 개념이다. 그는 소시민의식과 동일한 의미로 '트리비얼리즘'을 사용하고 있는데, 여기에는 "사소한 것에서 사소하지 않음"을 확인하려는 적극적인 태도가 내포되어 있다.8) 즉, 김주연은 개성의 추구에서 그치지 않고 보편성을 향해 움직이는 정신을 강조한다. 개인의식이 보편 감각을 획득하려면 그것은 끊임없는 자기 확장의 과정 속에서 진행되는데, 개인의 일상에서 발현된 속물성을 자각하고 초월하면서 보편적인 시민의식을 향한 확대를 이루어갈 수 있다고 본다.

그러나 그가 「60년대의 시인의식」에서 "이성과 책임이라는 시민의식의 저변에는 인자형(因子型)으로 감정, 본능, 권리라는 개념이 전제되어 있다."9)라고 설명한 것을 고려한다면, 소시민의식이 시민의식을 각성시키는 계기가 된다 할지라도 '본능'까지 근본적인 인자로 규정한 것은 지식인의 자기 합리화와 현실 인식의 한계라는 혐의를 부인할 수 없게 만든다.

이때 김주연은 소시민의식을 '속물주의'로 읽어 낸 당시의 작가 및 비평가들에게 "감성을 통한 전체에의 조망을 거쳐 이성적 인식을 그 명제로 삼고 문학을 이해하려는 태도야말로 가장 역사의식에 충실하면서 전체상적 시력을 얻는 그 구체적 실현이다."라고 반박하며, 소시민의식은 50년대 문학과 차별화된 '방법론'의 문제라고 덧붙인다.10)

---

8) 김주연, 「새 시대 문학의 성립—인식의 출발로서 60년대」, 『아세아』 창간호, 1968, 266면.
9) 김주연, 「60년대의 시인의식」, 『사상계』 186호, 1968. 10.

이와 같이 김주연이 개인의식이나 주관성을 강조한 것은 60년대라는 새로운 세대에 초점을 맞추어 그들이 지니고 있는 문학적 특징을 밝힘으로써 작품의 분석적 내용을 획득하는 동시에 역사적 기여의 의미를 찾아보려는 시도였다.

이러한 의지는 문학사 구성을 논할 때도11) 발현되는데, 문학사는 정치 현상으로 규정되는 시대 구분의 틀에 맞추어서 기술할 것이 아니라 "물질적인 차원의 문명화 과정 속에 익사하기 쉬운 역사상의 작가 개개인에게 인간적인 조명을 비추어 줌으로써 그들만의 독자적인 창조 세계를 발굴해 내는 또 하나의 문학 행위"여야 한다고 주장한다.12) 일반적으로 역사는 20세기를 19세기의 발전으로, 19세기를 18세기의 발전으로 기술하지만 문학은 카프카를 쉴러의 발전으로, 쉴러를 괴테의 발전으로 기술할 수는 없는 것인데, 한국 문단에는 문학 자체의 비판적 기능이 부재함으로 인해 문학사 정리가 시련을 겪을 수밖에 없다고 지적했다.

당시 문단에서 '한국 문학의 근대(近代)를 어떻게 규정할 것이냐' 하는

---

10) 김주연은 '소시민문학'론이 간과하고 있는 부분을 백낙청에게 지적당하자, 속편 「계승의 문학적 인식」을 통해 자신의 의도를 부연 설명하고 있다. 즉 시민의식의 형성은 필연적으로 '소시민의식'이라는 구체적이며 현실적인 감성의 발현을 통해서만 가능하다면서, 이를 방법론의 차원으로 확대시켜 논의를 개진하고 있다.
"문학을 포함한 모든 정신문화가 그것들 나름으로서 독립된 높은 가치를 유지하고 그것이 주장하고자 하는 사상 혹은 의미를 다른 어떤 종류의 조건에 의해서도 간섭당하지 않고 지키려면, 반드시 그것은 보편적이면서도 바로 그렇기 때문에 얻어지는 독자적인 어떤 방법론 위에 서 있어야 한다는 것이 분화된 현대인의 사고방식이라고 나는 믿는다." 김주연, 「계승의 문학사적 인식－〈소시민의식〉 파악이 갖는 방법론적 의미」, 『월간문학』, 1969. 8.
11) 김주연은 1940년대 후반부터 1970년대 초반 사이에 출판된 한국문학사에 관한 책들을 대상으로 분석하면서 문학사 기술 문제를 논의한 바 있고, 특히 김윤식, 김현의 공저 『한국문학사』에 대해서는 공방을 벌이기도 했다. 김주연, 「문학사와 문학비평」, 「근대문학 기점 논의의 문제점」, 「한국문학사의 제문제」, 「후진국의 문학－문학사 논의와 관련하여」 등, 『문학비평론』, 열화당, 1974.
12) 김주연, 「문학비평과 주변영역」, 『문학비평론』, 열화당, 1974, 197면.

문제가 불거져 나오자, 김주연은 고대―근대―현대로 이어지는 시대의
순서 개념보다 시대 인식의 본질이 되는 언어의식, 문학 양식, 세계성
인식이 문학사 논의의 관건이라고 보고, 창조적 개인과 창조 내용에 대
한 객관적 접근 및 분석을 적극 요청한다.[13]

구체적인 작가 및 작품 연구를 통해 정확한 시대 인식에 이르는 것이
비평가의 몫임을 강조한 그의 논리에 따르면, 1960년대 작품 속의 개인
의식에 주목하고 이전 세대를 부정함으로써 60년대라는 부활의 시간의
식을 밝혀 낸 김주연은 자신의 논리를 실천하면서 비평가 고유의 길을
걸어가고 있는 셈이었다.

3. 반성의 비평과 실제적 문학 논리 구성

김주연은 비평을 위기의식의 소산으로 보고, "어떤 시대이든 그 시대
를 '위기'로 파악할 수 있는 능력이 체계화될 때 발생하는 것"이라고 정
의 내린다. '현실을 반성하는 언어 행위'라는 점에서 비평도 작가의 창
조 작업과 본질적으로 동궤에 놓이지만, 시나 소설의 질서와는 독립된
또 다른 질서를 갖고 완벽성을 추구하는 작업으로 이해했다.

그는 「비평창작론」이라는 글을 통해 20세기 한국 문학의 '창작과 비
평'의 상관관계에 주목하면서 한국 평단의 흐름을 점검한다.[14] 작가 이
광수와 염상섭이 문학 창작 자체를 오락적인 기능보다 비평적인 사명감

---

13) "진실을 어떤 언어로 어떤 방법으로 말해 주는가 하는 문학의 의무는 문학사 기술을 통
해서 비평가에게 과거를, 시대를 이해하는 폭넓은 경험을 제공한다. 이제 현대문학에 대
한 비평력 없이 문학사가는 존재할 수 없는 시기가 되었다." 김주연, 「문학사와 문학비
평―한국 문학사를 어떻게 볼 것인가」, 『문학비평론』, 열화당, 1974, 223~226면 참조
14) 김주연, 「비평창작론」, 『문학비평론』, 열화당, 1974, 183~187면.

에서 출발한 점을 볼 때 한국 현대문학은 창작과 비평이 미분화된 상태에서 일종의 지식인주의에 의해 태동된 것이라고 지적하며, 그 이후 30년대 비평가 최재서, 김환태, 김문집 등은 창작과 비평의 분화 과정에서 짧은 활동만을 선보였고, 50년대에는 일군의 젊은 비평가들이 등장했지만 비평이 철학적인 통찰이 배제된 인상비평으로, 문단 정치의 로비스트로 전락하면서 불신감만 증폭시켰다고 비판한다.

이런 견해를 토대로 김주연은 「한국문학은 이상주의인가」라는 평문에서 기존 비평가들의 문학작품 평가 방식에 대해 종합적으로 문제를 제기한다. 첫째는, 무분별한 사조주의로 동시대의 작가들에게 판이한 '주의'를 붙여 비평해 온 점을 꼬집는다.[15] 이는 하나의 작품, 한 명의 작가를 서구식 유개념(類槪念)에 따라 재단한 결과라는 것이다. 둘째는, 순수문학과 대중문학에 대한 무규준적 분류를 문제시하면서, 이는 문학의 존재론을 획득하는 데 혼란만 가중시킨다고 경계한다. 셋째는, 문학 이론을 통한 부분 분석은 무의미하므로 시의 메타포, 소설의 플롯을 연구하는 비중만큼이나 그들 조건에 대한 가치 판단의 작업을 병행해야 한다고 주장한다. 그래야 인식의 눈금으로서 진정한 시대정신과 작가의 개성을 파악할 수 있다는 것이다.[16]

이렇게 과거의 비평 양상을 조목조목 반성한 김주연은 1960년대 비평의 차별성을 강조하며 '문학의 독자적 영역', '작가의 세계에 대한 과학적 비평', '작가가 의식하지 못한 부분까지 조명하여 문제를 풀어 나가는 창조적 행위'로 비평의 지향점을 제시하기에 이른다. 여기서 비평이라는 영역을 문학의 한 장르로, 더 나아가 창작의 층위로 등재시키려는

---

15) 이광수는 인도주의, 계몽주의로, 김동인은 자연주의, 낭만주의로, 염상섭과 현진건은 사실주의로 명명되는 현실을 예로 들어 비판하고 있다. 김주연, 「한국문학은 이상주의인가」, 『문학비평론』, 열화당, 1974, 27면.
16) 김주연, 「한국문학은 이상주의인가」, 『문학비평론』, 열화당, 1974, 26~28면.

그의 의지를 읽을 수 있다.

이와 더불어, 평문 「참다운 비평문학의 길」에서는 체계화된 서구의 비평방법론을 소개하는데, 그는 19세기 후반 빌헬름 쉐러를 현대 비평의 출발점으로 삼는다.[17) 쉐러의 실증주의와 과학주의 외에도 그 후로 발생한 오스카 발젤의 형식주의, 하이데거와 싸르트르의 현상학, 루카치의 역사 변증법, 마르쿠제의 재래식 이데올로기 불식론, 아도노의 절충주의 등에 관해 상세히 설명한다. 여기서 주목되는 것은 김주연이 1960년대 당시 한국 평단의 순수-참여 논쟁을 염두에 두어서인지, "싸르트르의 양, 발레리의 염소는 서로 분리할 수 없는 것"이라고 외친 아도노의 문학 정신에 큰 관심을 보이며 '예술과 사회의 화해' 모색에 참다운 비평의 길이 있음을 내비친다는 점이다.

1960년대 비평문학 전반을 다룬 논문들을 보면, 대개 김주연에 대해서 문학의 예술성을 주창한 『68문학』과 『문학과 지성』의 계열로 한정시켜, 문학의 앙가주망 측면에서는 백낙청과 '소시민의식 – 시민의식'을 두고 대립했던 비평가로만 다루고 있다. 하지만 실제로 그가 발표한 비평문의 범위는 상당히 넓다. 김주연은 문학비평의 다양한 방법론들을 언급하면서 휴머니즘, 개인주의, 민주주의, 부르주아 문학 등을 포괄하는 '시민문학론'[18)과 함께 마르크시즘, 신경향파, 프로문학, 농민문학 등을 포

---

17) 김주연, 「참다운 비평문학의 길」, 『문학비평론』, 열화당, 1974, 176~182면.
　　대학에서 독문학을 전공한 김주연은 서구의 문학이론을 소개하는 데 그치지 않고, 독일 작가의 작품들을 읽고 실제비평을 시도하여 평문들을 내놓기도 했다. 「카프카 試論」, 「전후 독일문학고」 등, 『상황과 인간』, 박우사, 1969.

18) 여기서의 '시민문학론'은 서구 사회에서 비롯된 개념으로, 작품의 주제가 무엇이든 문학적 형식 혹은 표현을 위해 주목할 만한 미학적 가치를 기준으로 평가하는 태도를 가리킨다. 김주연은 이것의 발전 형태가 '분석주의론'이라고 밝히고 있으며, 백낙청의 <시민문학론>과는 본질적으로 다른 의미를 띤다. 이 논의를 심화시켜 쓴 평론이 「분석론, 그리고 종합론의 가능성」이라고 할 수 있다.

괄하는 '사회비판론'에 관해 집중 조명한다.[19] 사회비판론과 관련해서는 「리얼리즘의 폭넓은 이해」를 써서 발표하기도 했다.

이 평문들은 서구 문예사조와 한국 문학사 전체를 아우르는 광범위한 내용으로서, 비평가는 어느 한 시기의 작품만 다루기보다 문학 논리를 본격적으로 연구하려는 태도로 나아가 한국 문학 전반에 대한 검토와 시대별 정리 작업을 통해 올바른 궤도를 설정해야 하는 임무가 있음을 보여주는 글이다. 여기에 나타난 그의 문학관과 비평론을 종합해 보자면, "예술을 위한 예술이냐, 역사와 관련된 예술이냐 하는 추궁 방식은 이미 비현실적인 사고이며 낡은 것이다. 우리에게는 문학의 여러 유형을 역사 속에서 이해하려는 노력과, 역사 그 자체를 문학과 관련된 시대적 가변체로 보려는 눈이 절실하다. 문학작품이 그렇듯이 문학비평도 현실성을 지녀야 한다. 그것은 투시와 분석, 비판과 종합의 끊임없는 탐구로 주어지게 된다."로 요약[20]할 수 있겠다.

이와 같이, 비평이란 문학과 사회의 유기적 관계를 유연성 있게 분석하는 것으로 그 논리를 구성한 김주연은 문학을 하나의 학문으로 체계화시키는 작업도 병행하게 된다. 문학사와 사조 전반에 대한 이해뿐 아니라, 문학작품의 실체를 파악해 내는 실제비평을 위해서는 내재적 비평 준거를 마련하는 것이 필요했기 때문이다. 그는 특히 시 장르에 주목하면서 용어들에 대한 정의와 해석, 유파별 시 양식의 특징을 담은 시론(詩論)들을 발표한다.

「시의 인식의 문제」에서는 한국시의 대표 유형으로 신동엽, 김종삼, 박재삼, 정현종의 작품을 인용하면서 '묘사'와 시의 '효과'에 대해 논한다. 시에서 구체적으로 그려진 본질이 인식되려면 사물에 대한 관찰, 시

---

19) 김주연, 「사회비판론과 시민문학론」, 『문학비평론』, 열화당, 1974.
20) 김주연, 「분석론, 그리고 종합론의 가능성」, 『문학비평론』, 열화당, 1974, 282면 참조.

인과 대상 사이의 거리 조정을 통해 효과 있는 묘사가 이뤄져야 한다
며,21) 시 창작의 방향성이 담긴 지도(map)를 제시하고 있다.

반면에 독자들이 시를 읽는 관점은 언어적 인식, 시의 가치, 주제적
의미 등으로 분류할 수 있는데, 김주연은 "인식과 가치와 의미, 이 세
가지의 요소가 서로 매우 알맞은 내접점으로 포개질 때 이른바 '힘'이
있는 시가 제작된다."고 주장한다. 김춘수와 김수영의 시작(詩作) 형태를
비교 분석하는 가운데 "유미적인 자율성을 누리는 시는 유희성을 띤 무
의미가 본질이지만 이데로서 수용할 수 없고, 의미를 전제로 쓴 시는
정작 의미를 건지기 힘들다."라고 지적하면서, 수집된 인상들을 오브제
로 수용하고 인식으로 옮겨가서 의미에 도달하는 시를 써야 한다고 강
조한다.22)

김주연의 이러한 시각은 문학의 현실 참여 문제를 논할 때도 적용되
어, 신동엽의 시 「금강」에 대해 "사실(史實)의 한 현장에 대한 충분한 묘
사의 연결에 의해 작품이 구성되어 있지 않고, 권력에 대한 분노의 부분
만을 포착하여 감정적인 서술을 하고 있다는 점"을 들어 비판한다.23) 문
학이 과거의 사실에 접근함으로써 현실에 대해 역사적 의미를 부여하려
면, 사건 자체에 대한 파악과 함께 그 정황을 보다 실감 나게 하기 위한
허구 차용이 중요하다는 것이다. 즉, "사건의 시적 리얼리티를 추구하는
과정에 끼이는 시적 상상력은 완전히 시인의 몫"이라고 목소리를 높인다.

시에 있어서 현실의 문제와 그것을 형상화하는 수단에 대해서는 평문
「시의 현실과 매체」에서도 조명하고 있는데, 김주연은 현실의 사건을 시
의 현실로 바꾸는 매체로서 '문체'를 중시한다. 현실을 조작하지 않고

---

21) 김주연, 「시의 인식의 문제」, 『상황과 인간』, 박우사, 1969.
22) 김주연, 「시의 의미론」, 『상황과 인간』, 박우사, 1969.
23) 김주연, 「시에서의 참여문제―신동엽의 <금강>을 중심으로」, 『상황과 인간』, 박우사,
    1969.

직접적으로 설명하면서도 시적 리듬감을 살릴 수 있는 방법으로 반복 진술, 직접 화법, 방언, 풍속과 향토의 묘사 등을 권유하고 있다.[24)]

비평가는 작가들의 문학적 방향을 잡아 주고 창작 방법론까지 지도하는 역할을 해야 한다면, 김주연은 그 역할에 충실하려 했다. 그가 제시하는 방향성이란, 문학작품이 시대의 사회 현실을 얼마나 정확하게 파악하고 언어적 인식을 통해 그 리얼리티를 살려 내는가, 즉 어떻게 의미화시키는가 하는 것으로 집약된다. 그는 무엇보다 당대에 맞는 문학 양식을 탐색하고 문학의 가능성을 새로이 모색해 나가는 비평의 기능을 중시한 것이다. 또한 그의 모든 비평론은 하나의 관념적인 원론에 불과한 것이 아니라, 실제적 문학작품들을 근거로 그 논리를 구성했다는 데에 특별한 의의가 있을 것이다.

4. 미학적 주체의식과 분석비평

김주연은 문학비평의 논리를 정립하는 가운데 그 준거의 틀에 맞춰 분석하는 실천 작업에도 동시적으로 열의를 보인다. 당대에 제대로 문학적 의미를 평가받을 수 없었던 해방 전후와 1950년대, 그리고 동시대의 신진 작가들까지 주시하면서 비평한다. 시 장르는 시대별로 논의를 진행하면서 문학사적 견지를 밝히는가 하면, 소설 장르는 작가 세대에 따른 특징을 변별해 보이면서 개인 작가론에 집중하는 편이다.

본고 2장에서도 언급했듯이, 비평 인식의 논리나 문학적 형상화 면에서 구체성이 결여되어 있던 1950년대와는 달리 김주연은 '분석비평'[25)]

---

24) 김주연, 「시의 현실과 매체—<동천>과 <경상도의 가랑잎>의 경우」, 『상황과 인간』, 박우사, 1969.

을 통해 60년대 작가들에게서 공통적으로 잠재하는 '자의식'과 '개성'을 발견해 낸다. 즉 이성적 주체의 자율성, 개인의 주관성과 내면성, 사물의 구체성에 대한 신뢰를 보이고 있는 것이다. 현대문학의 특성이 개성적인 독창성에 대한 강한 욕망26)임을 되새긴다면, 이렇게 개성 및 자의식을 추구하는 현상은 60년대 작가 및 비평가의 문학적 현대성에 대한 강력한 욕망의 산물이라고 할 수 있다.

「카프카 시론」에서 출발한 김주연이 자신의 비평의식을 뚜렷히 드러내기 시작한 것은 「60년대의 시인의식─소시민의식과 낭만주의의 가능성」에 이르러서이다. 이 글에서 김주연은 60년대에 대거 등장한 시인들이 박재삼이나 고은 같은 50년대의 시인들과 구별되는 의식상의 공통 본질을 가지고 있음을 지적하고 있는데, 여기서 60년대적인 의식의 전형적 대변자로는 황동규, 김영태, 마종기, 정현종 등을 꼽고 있다. 특히 이 가운데서도 "60년대 시인의식의 가장 확실한 증언이 되는 것"으로 정현종을 거론하면서, 그의 가장 큰 공헌은 시인의 개성 표현을 위한 '사물의 독립 문제'이며, 이 점은 60년대 시인의식의 정황을 밝히는 데 중요한 관건을 이룬다고 지적한다. 그의 발언에 의하자면, 사물의 구체성을 확보한 정현종은 '찬란한 개성에의 찬가'를 구현하고 있는 시인이다.

---

25) 분석비평은 19세기적인 실증주의적 태도를 부정하면서 문학을 문학 자체로 인식하는 방법으로서, 문학의 자율성을 강조하고 있으며, 시적 언어가 일상적 언어와 변별된다는 인식을 가지며, 문학 연구의 대상으로서 텍스트 자체를 강조한다. 이승훈, 『모더니즘 시론』, 문예출판사, 1995, 56~84면.
우리 평단에서는 50년대 후반부터 언어의 분석에서 시작하여 비평에 하나의 객관적 평가 단위를 설정함으로써 과학적 근거를 이룩하는 미국의 분석비평에 관심을 보이고 있었다. 그러나 당시는 단순한 이론 수용의 차원에 머물렀고, 60년대에 이르러서야 제대로 작품에 적용한 성과물들이 나오기 시작한다. 김세령, 「1950년대 모더니즘 비평 연구」, 이화여자대학교 석사학위논문, 1998, 32~33면.
26) M. 칼리니스쿠, 이영욱 외 역, 『모더니티의 다섯 얼굴』, 시각과 언어, 1994, 83면.

이 개성은 또 전세대의 모더니스트들이 시도하였던 포즈화된 의식과 잉과도 다른 것으로 시인이 스스로의 의식에 얼마나 솔직할 수 있느냐는 한 전범의 추구이다. 그것은 요컨대 인간의 새로운 발견이다. 그러나 우리에게 있어 새로운 인간의 발견이란 인간을 인간적인 의식의 차원에서 조준한 최초의 인식이라는 점에서 그 중요성이 크게 지적될 만하다.[27]

이 대목을 보면, 김주연이 현대사회가 잉태한 비인간성을 반성하는 가운데 현실에 대한 간접적인 저항으로서의 미적 주체의식과 자율성을 내세우고 있음을 알 수 있다. 그의 인식 저변에는 사회의 세속화로 인해 경험하게 되는 현대의 위기를 미학적 영역이 극복, 초월해야 한다는 당위성을 내포하고 있었던 것이다. 이러한 비평의식은 「새 시대 문학의 성립」에서도 발견되는데, 그는 서정인 작가론을 통해 “사회 속에서의 좌절을 통한 개인의 부각”을 강조하면서 개인과 더불어 “그 인간을 둘러싸고 있는 사회에 대한 근원적인 탐구가 이루어지고” 있음을 60년대 문학의 특성으로 부각시킨다.

또, ‘문학적 언어’를 통한 사회참여를 강조했던 김주연은 시와 소설 작품을 대할 때 특히 그 언어 양상에 주목하고 있다.[28] 시를 분석할 때는 한 개인의 실존이 온전한 주체로서 미시적 형상화가 잘 되었는지를,

---

27) 김주연, 「60년대의 시인의식―소시민의식과 낭만주의의 가능성」, 『사상계』, 1968. 10, 261면.

28) 김주연은 시 영역뿐 아니라 소설 분석에서도 언어에 특별한 관심을 보인다. 최서해 작가에 대해 문체를 중심으로 논하면서 직접 화법의 서간체, 수다한 의성어와 의태어의 통일, 울음과 눈물의 모티브 등을 특징으로 제시, 그를 “이념가이자 당대의 스타일리스트였다.”라고 평가한다. 김주연, 「체험과 문체」, 『문학비평론』, 열화당, 1974, 100~104면.
또, 김유정 작가에 대해서는 단순한 농촌 소설 작가가 아니라 트리비얼한 일들을 통해 30년대 가장 중요한 현실의 핵에 접근하고, 언어의 변형(유우머, 아이러니, 알레고리, 풍자 등)을 통해 현실에 대한 객관성과 비판을 허용한 작가였다고 긍정적으로 재평가하고 있다. 김주연, 「유우머와 초월」, 『문학비평론』, 열화당, 1974, 113~115면.

언어와 상상력에 주목하여 그 성공 여부를 판단하고 있다. 그는 시인 마종기와 정현종에 관하여 '언어를 통한 자기의식의 형상화'가 두드러진다고 높이 평가하면서, 이들의 시에서는 각각의 사물들도 구체적인 언어 표현에 힘입어 주체성과 리듬감을 획득하고 있다고 설명한다.29) 이런 측면에서 50년대의 시인들, 혹은 보다 이전의 시인들과는 다른 차별성을 드러낸다는 것이다.

그렇다고 김주연의 비평 대상이 동시대 시인들에게만 한정되어 있지는 않다. 시기를 해방 전과 해방 후로 나누어 1930~40년대의 이상과 청록파 시인, 1950~60년대의 박재삼, 이동주, 고은, 박성룡, 김종삼, 김수영, 김춘수, 김구용, 신동문, 전봉건 등 많은 시인들을 연대기 순서에 따라 다루면서 한국 현대 시 문학사를 조명하고 있다.30) 각 시인들의 대표작 2~3편을 선정하여 자연 수용의 태도, 감성의 표현 양식, 문체적 특성, 언어의 가능성, 시적 효과 등에 초점을 두고 시 세계의 특징을 규명하고 있다. 이러한 요소들을 문학의 현대성을 좌우하는 잣대로 삼고 평가했으며, 시기별로 어떤 변화를 보이는지 비교 정리하면서 사적(史的) 흐름을 통찰하는 것을 비평가의 주요 임무로 여겼다.

소설 장르에 있어서도 마찬가지다. 김주연은 「소설 속의 직업인考」라는 평문에서 원로 작가(김동리, 황순원, 안수길), 전후 작가(손창섭, 장용학, 이호철, 송기원, 박경리, 선우휘), 60년대 작가(최인훈, 김승옥, 박태순, 이청준)가 발표한 일련의 작품들을 세대별로 다루는데 '사회 변화와 개인의식'이라

---

29) "마종기의 현실이 체험의 사물화(자기화)임에 대해, 정현종의 현실은 보다 상상력에 의해 만들어진다. 추상어휘든 현실적인 사물의 지시어든 간에 사물이 시인의 의식 속에서 내포를 변용당하게 되는 것이다. 시인이 자기의식의 형상화를 위해 사물의 존재를 관리하는 자리로 올라간다." 김주연, 「60년대의 시인의식」, 『상황과 인간』, 박우사, 1969, 150면.

30) 김주연, 「한국시의 허무주의」, 「해방전 시에서 본 현대성」, 「해방후 시인의 일반적 상황」, 「60년대의 시인의식」 등, 『상황과 인간』, 박우사, 1969.

는 측면에 주목하고 있다. 40년대 이전 작가들이 토속적 샤머니즘의 세계에 안주하거나 자유업에 종사하는 주인공을 중심으로 일상의 양심 문제를 다룬 것에 비해, 50년대 작가들은 전쟁의 참혹상과 비인간성을 폭로하면서 주인공들이 직업인으로서의 기능을 무시당하거나 생략당하는 사회악을 고발했다고 그 차이점을 드러냈다.31)

그런데 산업화로 인해 기능 사회로 변모한 60년대의 작가들은 인물 형상화 면에서 획기적인 발전을 이루고 있다고 평가하며, '폭로적인 사회의식 후퇴', '개인의식 탐구', '최초의 개인 발견' 등을 그 특징으로 제시한다.32) 김주연은 60년대 소설이 개방 사회 및 도시화의 풍속도를 그리는 것에 대해 긍정적으로 검토하면서, 구체적인 직업군에 속해 있는 개인들이 사회와의 접촉을 통해 갖게 된 직업의식이 곧 사회의식으로 연결된다고 보았다.33)

이 같은 인물 설정의 방식뿐 아니라 소설의 이념을 담아 내는 형식 구조 또한 60년대 소설은 남다르다고 분석한다.34) 특히 이청준 소설이 '난해하다', '읽기 지루하다'는 독자들의 평을 듣는 점에 관해, 몇몇의 상황 제시를 통해 보편적 명제에 이르는 귀납적 방법을 사용하지 않고

---

31) 이러한 특징들은 개별 작가론(「세속적 엄격주의-안수길론」, 「한국인의 휴우머니즘-황순원론」, 「왜곡된 소외의 사회학-이호철의 <고여 있는 바다>의 경우」 등)을 통해 더 세밀히 밝히고 있다.

32) 김주연, 「소설 속의 직업인고」, 『문학비평론』, 열화당, 1974.

33) 직업의식을 일종의 사회의식의 원초적 표현이라고 본 김주연은 최인훈의 장편소설 <광장>을 재고하면서 주인공 이명준에 관해 언급하기를, 철학 전공의 대학생 신분으로 나오는 이명준의 첫 출발은 다분히 밀실적인 것이었지만, 그의 부친이 좌익으로 밝혀지면서부터는 비정한 현실로 끌려 나와 광장을 체험할 수밖에 없는 인물이었다고 말한다. 그런데 이 소설이 좌우익 이데올로기의 대립 가운데서 사랑을 상실하고 죽음을 선택한 한 청년의 비극으로 통속화되지 않기 위해서는, 신분(지식인)이 요구하는 타당한 행동을 인물에게 부여해야 한다고 지적하고 있다. 김주연, 「지식인의 행동-최인훈론」, 『문학비평론』, 열화당, 1974.

34) 김주연, 「사회와 인간-이청준론」, 『문학비평론』, 열화당, 1974.

역순의 형태, 즉 일종의 연역적 전개 방식을 사용하여 정신적, 문화적 진공 현상을 반사시키므로 독자들에게 낯선 충돌감을 일으키기 때문이라고 설명한다. 무수한 극(極)을 나열함으로써 극들의 대립, 증오, 반목에 의해 소설을 성립시키는 방식은 사회 현실을 문학적으로 반영하기 위한 이청준 특유의 개성적 서술이라고 호평한 것이다. 또 그의 '삽화적 소설', '액자 소설'의 양식에 대해 주목하며, 이것은 소설의 밖에서 소설을 관찰하는 형식으로서 작품 내부의 사건들의 상호작용을 통해 사건 스스로가 비판하고 비판되는 결과를 목표로 하는 방식이라고 해석하는데,35) 이는 이청준 소설의 메타적 속성에서 모더니티를 발견한 것으로 보인다.

이와 같이 김주연은 서양의 사조를 무조건 수용함으로 문학비평에 장애를 겪었던 기존 평단을 비판하면서, 시와 소설을 볼 때 "미분화된 사회의식의 종합적인 통일의 능력으로서의 개인의식"에 눈떠야 한다는 일관된 비평 논지를 유지하고 있다. 그 일환으로 기존의 비평사에 여성문학 연구가 부재함을 언급하고, 간혹 보이는 여성 문학에 대한 비평마저

---

35) 이외에도 김주연은 1910년대 이광수, 김동인부터 출발하여 60년대의 최인훈, 이청준에 이르기까지 시대를 꿰어 작가 조감도를 그리는 가운데, 한국문학이 내재적으로 지니고 있는 이상주의적 경향에 대해 탐구한 바 있다. 그는 측정 대상의 성격에 따라 줄자, 저울, 천평 등 다른 도구를 사용하여 측정하듯이 문학도 먼저는 그 구조적 측면에서 성격을 규정하는 일이 필요하다고 말하며, 한국 소설 계보의 구조적 편향을 현실주의와 이상주의로 대별하여 설명한다. 여기서 눈에 띄는 것은 이광수와 김동인의 작품을 기존의 평가와 다르게 읽어 낸다는 점이다. "부분부분의 비본질적 형식들을 본질로서 착각"하지 말고, "전체의 포괄적인 구조를 발견"하는 비평이 절실하다고 주장하며, 그는 계몽적 이상주의로 인식된 이광수 작품을 현실주의 대열에, 자연주의로 분류된 김동인 작품을 이상주의 대열에 배치하고 있다. 김주연, 「한국문학은 이상주의인가」, 『문학비평론』, 열화당, 1974.
이 평론의 연장선상에서 김주연은 개별 작가론을 발표하는데, 기존의 염상섭 연구를 검토하면서 그를 '자연주의이면서 동시에 사실주의 작가'라고 규정함에 반박한다. 그는 염상섭의 리얼리즘적 편향을 인정하며 "현실을 승인하면서 그것을 개량해 나가려는 태도"의 현실주의 작가로 재평가하고 있다. 김주연, 「현실주의의 한 승화―염상섭론」, 『문학비평론』, 열화당, 1974.

도 개성을 무시한 일반적 작풍 해석이었음을 반성하게 된다.

그래서 김주연은 1950~60년대에 활발하게 창작 활동을 벌인 강신재, 박경리, 한말숙, 김의정, 정연희, 손장순 작가를 새롭게 조명하며, 이들의 작품을 서술 특징, 시점 문제, 사건에 대한 작가의 태도 등을 중심으로 분석하는 「한국 현대 여류작가론」을 발표한다. 김주연은 논의 전반에 걸쳐 긍정적인 시각으로 여성 문학에 접근하고 있는데, 이 작가들의 공통점은 '묘사를 통한 구체적인 현실감의 획득', '개성의 조형을 추구하는 인간 탐구'에 기반하여 소설 창작의 기본을 터득했다는 데 있다고 호평했다. 하지만 강신재 소설 속의 인간은 한결같이 '운명적으로 불행한 여자'라는 것, 박경리 소설의 여자는 문화적 존재로 발전했으나 좁은 세계에서 감정적으로 일정한 어조를 반복하여 사소설적 인상을 준다는 것, 정연희 소설에는 남자도 등장하지만 지나친 주제의식으로 인한 서술의 사변성이 두드러진다는 것, 한말숙 소설은 경험에 대한 깊은 탐색이 결여된 묘사에 의존하고 있다는 것을 단점으로 짚으며, 여성 작가들의 인물 설정 방식과 서술 방식에 대한 한계를 밝히고 있다.[36]

김주연의 이러한 작가론, 작품론을 종합해 볼 때, 그는 '미학적 주체 의식'이라는 정신사적 측면과 아울러 문학의 본질적 문제, 즉 문체의 변화와 양식의 변화 문제가 역시 20세기 문학사 편집에 있어 가장 중요한 요소임을 말하고자 했던 것으로 이해된다.

---

36) 김주연, 「한국 현대 여류작가론」, 『상황과 인간』, 박우사, 1969, 209~212면.

5. '합(合)'에 이르기 위한 변증법적 담론

지금까지 1960~70년대 초반 사이에 발표된 김주연의 비평문 일체를 검토함으로써 그가 사회문화적 현실에 대한 심미적 저항의 방식으로 비평 논리를 구성해 나갔음을 확인할 수 있었다. 4·19혁명, 군부 독재, 급격한 산업화에 이르기까지 그가 경험한 사회적 삶의 노정은 보수와 개혁의 갈등으로 점철되어 있었고 당시의 문단 또한 순수문학과 참여문학의 논쟁이 진행되던 중이어서, 그는 그 대립 가운데 부단한 반성과 더불어 '정－반－합'의 변증법적 발전의 새로운 논의를 끌어내고자 노력했다.

먼저 1960년대라는 시대를 그 이전과는 변별되는 갱생의 시간으로 인식하며, 전문 비평가로서의 사명감을 안고 전후(戰後) 문단의 혼돈과 무방향성을 극복하기 위한 비평방법론을 모색한다. 외국 문학 전공자로서 서구의 문예사조사와 비평 담론을 적극적으로 소개함과 동시에, 무분별한 사조 유입과 적용을 경계하며 한국 문학에 맞는 자생적인 이론을 세워 문학사를 정립하고자 한다. 이때 그는 일반 역사와 다른 문학사 고유의 관점이 필요함을 상기시키면서, 문학사는 구체적인 작품 이해를 바탕으로 한 기술이어야 함을 강조한다. 그러므로 기존의 정실비평과 모순된 인상비평을 지적하면서 문학의 구조 미학과 언어 양상을 중심으로 작품 자체에 충실한 분석비평을 수용할 것을 제안한다.

김주연은 이러한 비평 이념에 따라 비평적 실천에도 성실성을 보인다. 해방 전후와 50년대, 60년대에 발표된 작품들을 집중적으로 분석함으로써 문학의 본질을 규명하려 했고, 시대별로 작가군을 구분하여 차별화된 작품 경향을 드러내 보임으로써 60년대적 특징을 높이 평가하고 있다. 여기서 신진 작가들의 개인의식, 즉 개성을 발견하게 되었고, 문학의 자율성과 정치성을 병존시키는 방법으로 그들의 언어의식에 주목하게 된다. 언어가 현실을 바라보는 눈을 통제하는 지배력을 회복하게 되면, 언어의 혁명은 곧 현실의 혁명이 될 수 있기 때문이다.

이와 같이, 김주연의 비평 정신의 배후에는 현실을 어떤 방식으로 형상화할 것인가 하는 문학과 사회의 유기적 관계를 강조하는 시대 인식이, 그리고 심미적 가치를 발견해 내는 미학적 주체의식이 함께 자리 잡고 있었다. 문학의 본질을 기능적 측면에서 재정립하고자 했을 때, 실상 사회적 기능, 미학적 기능 중 어느 하나만 선택할 때는 문학이 불구적인 차원을 벗어날 수가 없다. 그래서 문학의 본질은 두 개의 기능이 상호보완적인 요소로 작용해야 한다는 인식에 이르게 된 것이다.

김주연은 『68문학』과 『문학과 지성』의 동인 활동을 통해 당대 비평 담론을 활성화하는 데도 기여했지만, 개별적으로 문학과 사회의 혼용에 대한 열의를 갖고 다양한 비평문을 발표하면서 한국 문학의 흐름을 정확하게 인지하려는 긴장감을 늦추지 않았던 것으로 판단된다. 게다가 편향성 없이 이론비평과 실제비평 골고루 다수의 비평적 산물을 내놓았고, 서구의 문학작품과 비평 이론을 소개하는 작업에도 지속적인 열의를 보임으로써 한국 비평사 내에 고유의 입지를 강화시킨 비평가였다.

그런데 비평에 해당되는 작가의 전 작품을 대상으로 삼지 않은 점, 제한된 조건 내에서 분석하고 평가를 내린 점, 외국 문단의 작품들과 산만하게 비교 서술한 점 등은 김주연의 실제비평 초기작의 한계라고 할 수 있겠다.

본고는 김주연의 비평 활동 초기에 해당되는, 즉 1970년대 작품을 논하기 이전 단계로서 약 10년 간에 선보인 그의 비평문 일체를 포괄하려는 의도로 출발했다. 그런데 평문에 대한 꼼꼼한 해설에 욕심을 부리다

보니 지면의 한계상 그것을 구체적인 인식물로 귀결시키지 못한 채 마무리 지은 감이 있다. 게다가 기존의 연구를 뛰어넘고자 김주연이라는 비평가의 독자적인 조명에 치중하여, 당대 문단의 핵심적인 인물들과의 소통 관계나 동인 활동 등은 소략하여 오히려 종합적인 재구에는 이르지 못했다. 아쉽지만 이는 추후의 과제로 남기기로 한다.

∷참고문헌∷∷∷

1. 기본 자료
김주연, 『상황과 인간』, 박우사, 1969.
김주연, 『문학비평론』, 열화당, 1974.

2. 단행본 및 논문
강소연, 『1960년대 사회와 비평문학의 모더니티』, 도서출판 역락, 2006.
김세령, 「1950년대 모더니즘 비평 연구」, 이화여자대학교 국어국문학과 석사학위논문,
         1998.
이승훈, 『모더니즘 시론』, 문예출판사, 1995.
M. 칼리니스쿠, 이영욱 외 역, 『모더니티의 다섯 얼굴』, 시각과 언어, 1994.
T. S. 엘리엇, 이경식 편역, 『문예비평론』, 범조사, 1983.

문학과 현실의 구조적 인식과 자기 탐색의 비평

손 자 영

1. 4·19세대 외국문학전공자로서의 의식과 김치수 비평

김치수는 1966년 『중앙일보』에 「자연주의 재고」를 통해 문단에 등단
하였으며, 4·19세대 비평가라 할 수 있는 김현, 김병익, 김주연 등과
함께 『산문시대』에서 『문학과 지성』에 이르는 문학 집단의 동인으로 자
리하였다. 특히 4·19세대 비평가라는 의식과 함께 불문학을 전공한 외
국문학전공자라는 그의 독특한 이력은 그의 비평에 대한 자의식에서 가
장 큰 자리를 차지하고 있으며, 그의 비평 활동 전체에서 지속적으로 서
구 문학 이론을 통한 비평의 이론적 근거를 마련하여 주었다. 따라서 그
의 글은 60년대와 70년대, 그리고 80년대 등 지속적으로 새로운 서구
문학 이론에 대해 노출되었으며, 그 것은 사르트르의 실존주의, 문학사
회학, 누보로망, 구조주의, 기호학 등 다양한 스펙트럼을 보여준다.
　이러한 김치수 비평의 이론적 배경이 된 서구 이론을 살펴보면 70년
대 이후 그는 문학사회학[1]에서 구조주의[2]와 기호학[3]까지 서로 접합되

지 않는 듯한 이론들이 그의 비평 속에 공존하고 있음을 알 수 있다. 문학의 사회적 역할에 대한 이해와 텍스트 표상으로서의 언어를 통한 문학의 미적 자율성을 주장하고 있는 두 가지의 전혀 다른 이론처럼 그의 비평은 서로 다른 것들에 대해 언급하지만 결국 상이한 것들이 서로에 대한 계기로 작용하며, 그의 비평의 구조를 이루고 있는 것이다. 그리고 이러한 비평적 특징은 그의 초기 비평이라 할 수 있는 60년대 비평에서부터 형성돼 있었다고 보인다.

먼저 김치수에 대한 지금까지의 선행 연구를 살펴보면 4·19세대라는 세대론적 입장에서 전 세대에 대한 결별 의식을 바탕으로 일탈과 해체의 비평, 혹은 이를 바탕으로 비평의 현대성이라는 새로움의 측면에서 논의되거나,4) <산문시대>-<새벽>-<68문학>-<문학과 지성> 등으로 이어지는 에꼴 형성의 중요 구성원이었던 김현, 김병익, 김주연, 김치수 등을 중심으로 하는 <문학과 지성>그룹과의 관계 안에서 집단화되어 논의5) 되는 것이 대부분이었다. 그리고 김치수 개인을 중점으로 연구하고 있는 경우 역시 서평이나 단상에 그치고 있어 그 연구의 필요성이 제기된다.

따라서 본고에서는 김치수의 초기 비평을 그의 비평의 의식적 근원으로 보고 1960년대 이루어진 비평문을 대상으로 분석하는 것을 목적으로 한다. 먼저 2장에서는 김치수의 부정의식을 통한 생성의 개념이라는 그의 인식적 근원에 대한 이해와 문학사에 대한 인식을 고찰해보고, 3장에

---

1) 김치수, 『문학사회학을 위하여』, 문학과지성사, 1979.
2) 김치수, 『구조주의와 문학 비평』, 홍성사, 1980.
3) 김치수, 『현대 기호학의 발전』, 서울대출판부, 1998.
4) 강소연, 「1960년대 비평문학 연구」, 이화여자대학교 박사학위논문, 2004.
   임영봉, 『한국현대문학비평사론』, 도서출판 역락, 2000.
5) 박연희, 「1960년대 외국문학 전공자 그룹과 김현 비평」, 『국제어문』 40호, 2007.
   하상일, 「김현의 비평과 『문학과 지성』의 형성과정」, 『비평문학』, 2007. 12.

서는 김치수 비평의 문학 언어에 대해 살펴볼 것이다. 그리고 마지막으로 그의 비평에서 중심이라 할 수 있는 문학과 현실 그리고 작가와의 관계 규명과 그것이 당대 비평문단에서 어떠한 의미를 지니는지 규명해보고자 한다.

2. 부정을 통한 전통의 계승의식과 문학사의 주체적 인식

새로운 세대가 등장한다는 것은 인식 구조의 역사적 변이와 관련된 것으로 앞 선 세대와의 변별성을 위해 그들에 대한 부정을 바탕으로 이루어짐은 당연한 일일 것이다.[6] 특히 '4·19혁명'으로 상징되는 사회·역사적 체험을 공유한 『산문시대』와 『68문학』 등의 비평가들에게 새로움으로의 변화는 적극적이고 구체적으로 드러났다. 이것은 『산문시대』가 가지는 문학적 성격과도 연관 되는데,『산문시대』는 본래 서울 대학교 문예지 성격의 동인지로 아마추어적 성격을 지니지만, 등단하지 않은 사람들에 대한 작품 수록을 제한할 정도로 문학적 수준은 상당히 높았고,[7] 이와 동시에 아직까지 문단적 세력을 갖지 못한 젊은 학생 비평가들이었던 이들에게 기성세대에 대한 부정과 새로운 세대에 대한 긍정은 비평을 추동하는 원동력이 되었던 것이다. 김치수 역시 1966년 『중앙일보』에 신춘문예를 통해 문단에 등단하였지만, 등단 이전부터 이미 『산문

---

6) 이광호는 세대론을 글쓰기의 발생적 조건, 인식 구조의 역사적 변이와 그것에 연관된 문학적 실천의 자리라고 보았다. 새로운 세대는 언제나 혁명적이며, 불온하고, 앞세대와의 변별성을 성취하기 위해 투쟁하고, 헤겔의 "인정받기 위한 투쟁"의 역사라고 정의하고 있다. 이광호, 「세대론의 지평」,『위반의 시학』, 문학과지성사, 1994, 221~222면.
7) 조선일보 신춘문예에 시로 입선한 최하림은 대학생이 아니지만 창단멤버에 포함되었고, 준비 작업을 함께 했으나 당시 등단 전이었던 김치수는 최종 단계에서 1집 참가를 포기한다. 차미령, 「<산문시대> 연구」,『한국현대문학연구』 13, 한국현대문학회, 2003, 431면.

시대』 동인으로 활동하면서 자신의 비평 의식을 드러내기 시작한『산문시대』 동인이었던 것이다.

그리고 이전 세대에 대한 부정 의식이라는 세대 인식과의 연관성 속에서 김치수의 60년대 비평에서 특이한 점은 유난히 '전통'에 대한 논의가 많이 등장한다는 것이다.[8]

> 어떤 문학이든지 새로운 문학은 그 앞의 것을 부정하고 나오는 것이 원칙이고, 그 부정을 통해서 그 앞의 문학을 긍정하며 동시에 전통을 형성하게 되는 것이니까 말이다. 문학에 있어서 전통이란, 아버지가 자식을 낳아서 대를 잇는 것과 같은 생리적인 것이 아니고 하나의 작가 혹은 한 시대의 작가들이 이룩한 업적이 하나의 봉우리를 이루고 그 단절된 봉우리를 엮는 것이며, 따라서 그 업적은 전혀 이질적인 것이라 해도 전통의 형성에 지장을 주는 것이 아니다.[9]

그에게 전통은 자신의 세대에 대한 새로움의 인식적 근원으로 자리한다. 즉 "새로운 문학은 그 앞의 것의 부정"을 통해 생성되며, 이를 통해 전통이 형성된다는 것으로, 부정을 통한 새로움의 긍정이다. 그리고 이같은 인식의 태도는 한국 문학사의 전통 단절적 인식을 극복하고자 하는 의식의 발현이었으며, 이와 동시에 새로움을 통한 사적 연속으로 문학사를 통시적으로 세워보고자 하는 김치수의 문학사에 대한 주체성의 의도가 드러나 있다고 할 수 있다.

따라서 「한국 소설의 과제」(『68문학』 창간호, 1969)에서 그는 우리 문학

---

8) 김치수의 『한국소설의 공간』에 수록된 60년대 비평문들을 살펴보면 「반속주의 문학과 그 전통」, 「문학사에서 전통문제」를 비롯하여 직접 제목에 '전통'이라는 용어가 들어 있지는 않지만, 「60년대 작가에 대한 별견」 등도 전통에 대한 내용을 담고 있다.
9) 김치수(1969), 「반속주의 문학과 그 전통」, 『한국 소설의 공간』(3판), 열화당, 1986, 59~60면.

사의 흐름을 '이상→손창섭→최인훈'의 통시적 관점 속에서 이해하고자 하였다. 이 세 작가의 특징은 1930년대의 이상에서부터 '자기 인식'의 측면을 보이고 있었던 것으로 이상이 요절하게 되어 더 이상의 진전을 보이지는 못하였지만, 손창섭에 이르러 개인으로서 자의식을 갖게 되었고, 1960년대 최인훈에 의해 논리적으로 확인되고 있는 것이다. 이때 '최인훈'은 한국 문학사의 흐름에서 김치수가 가장 중요하게 바라보는 작가이다. 「광장」에서 이명준의 자살을 통한 "개인의 자기 보존 실패"는 "실패에도 불구하고 현실에 대한 주인공의 끊임없는 대결을 통한 존재의 확인"이라는 자기 인식의 태도이며, 이는 김치수가 문학에서 가장 중요하게 생각하는 것으로 최인훈은 60년대 등장한 소설가들의 근원으로 자리하게 된다. 그리고 이후 60년대 김승옥과, 서기원, 이호철 등은 최인훈의 영향 아래 등장하게 되는 것이다.

60년대 문학은 개인 능력의 한계와 문학적 역할에 대한 투철한 의식을 통해 일상적인 개인 추구를 특징으로 한다. 이때의 일상적 자아는 "찌들어지고 패배하고 소외당한 인물"들이다. 그러나 이와 동시에 역사와 현실 앞에서 자아의 무기력함을 인식하고 괴로워할 줄 아는 '자기성찰'의 인물들이다. 따라서 김치수가 생각하는 문학의 근대화는 문학의 새로운 현실 추구를 위한 '자기 인식'을 전제로 하고, "패배한 자아의 인식에 도달한 자아는 패배주의를 극복"하고 새로움과 마주하게 된다.

이 같은 부정을 통한 생성의 정신은 김현이 『산문시대』에서 "태초와 같은 어둠 속 우리는 서 있다"라는 표현처럼 지금까지의 문학에 대한 부정을 통해, 새로운 문학에 대한 가능성과 희망의 맥락에서 이해될 수 있다. 이 경우 서구 문학이론의 수용은 문학의 새로움에 영향을 주는 요소로 생각되었는데, 특히 『산문시대』 동인들의 구성이 외국문학 전공자들이 중심을 이루고 있었다는 점에서 60년대 문학적 새로움과 서구문학

이론이 밀접한 관계를 이루고 있었다.

김치수 역시 등단작인 「자연주의 재고」에서 프랑스 작가 졸라의 자연주의의 의미를 설명하며 염상섭의 「표본실의 청개구리」를 자연주의 작품으로 개념화하는 것을 비판하고 하고자 하였다. 그는 졸라의 「실험소설론」을 근거로 들며 졸라의 작품에서 인물들의 특성은 유전이론이 중요한 요소인 반면, 염상섭의 「표본실의 청개구리」에서 주인공 '창억'이 미친 이유는 유전으로는 설명될 수 없는 것이므로 졸라의 작품과 염상섭의 작품이 합치되지 않는 이유를 설명하고 있다.

불문학 전공자였던 김치수의 자연주의에 대한 이해는 정확한 것이었는데, 그가 보기에 염상섭은 졸라가 표방하는 유전에 의한 기질보다는 성격에 더욱 관심을 가졌으며, 따라서 '염상섭=자연주의 작가'라는 식의 잘못된 평가는 문학사에 외국문학사조를 수입할 때에는 그 개념을 정확성과 그것의 수용에 있어 굴절 가능성을 고찰하지 않은 것에서 비롯된다고 역설하고 있다. 즉 그의 비판은 염상섭 작품이 가진 서구 문학이론 수용의 오류가 아닌 염상섭의 작품을 자연주의로 평가하고 있는 태도를 문제시 하고 있었던 것이었다. 그리고 이러한 비판의 중심에는 조연현과 백철로 대표되는 1950년대 기성 비평가들이 자리하고 있다.

> 자연주의란 말이 언제부터 이 땅에 쓰이기 시작했는지 자세히 알 수 없지만 염상섭의 「표본실의 청개구리」가 발표된 1920년대가 아닌가 한다.
> "염상섭의 「표본실의 청개구리」는 염상섭의 초기소설을 대표한 작품으로서 그의 문학적인 성가를 확립시킨 한국 최초의 자연주의 계열의 소설이었다."라는 조연현의 말이나 그와 유사한 백철의 소견은 이것을 아주 타당한 것처럼 밑받침해 주고 있다.[10]

---

10) 김치수(1965), 「자연주의 재고」, 위의 책, 110면.

졸라의 자연주의와 다른 염상섭 소설의 부정이 아닌 서구적 사조를 기준으로 한국문학 작품의 올바른 평가를 저해하는 기성 비평가들의 태도에 대한 부정으로 4·19세대로 일컬어지는 60년대 새로운 비평가였던 김치수는 조연현, 백철 등과 같은 기성 비평가들의 잘못된 문학적 이해를 부정하고 새로운 문학적 평가와 가치체계 속에서 올바른 문학사의 성립을 기대하고 있었던 것이다. 그리고 그의 지적 기반이었던 서구문학이론은 문학이론의 내용 자체가 중요한 것이 아닌 문학이론의 수용적 태도가 중요한 것이었으며, 문학작품에 대한 평가를 위한 것이 아니라 전후 비평의 문학적 몰이해에 대한 비판을 위한 것이었다.

김치수의 이 같은 자연주의에 대한 재고는 서구문학이론의 몰이해에 대한 지적과 함께 한 나라의 문학이 갖는 독창성을 이야기한다. 서구의 역사와 다른 길을 걸었던 우리로서는 프랑스의 자연주의와 다른 한국의 자연주의는 당연한 것이었다. 당시 프랑스의 "무너져 가는 시민사회의 역사"라고 할 수 있는 졸라의 작품은 나라를 빼앗긴 1920년대 한국의 지식인 염상섭에게 문학을 통한 "인생의 암흑면"의 제시라는 문학적 태도에 영향을 미쳤으며, 이것을 통해 염상섭은 1920년대 조선 사회의 상황을 반영하고 있는 자신만의 작품을 만들었던 것이다.

그런 점에서 염상섭의 작품이 이룩한 성과는 그가 자연주의 작가라거나 사실주의 작가라는 사실로서 좌우되는 것은 아니다. 작가로서 염상섭의 존재는 「표본실의 청개구리」에서 「만세전」, 「삼대」로 대표되는 그의 작품이 설명해 주고 있을 뿐이다. 식민지시대에 있어서 지식인의 괴로움과 울분을 내면화시키고 있는 「표본실의 청개구리」, 그리고 식민지시대에 의해 전통적인 것과 외래적인 것이 급격한 속도로 교차되고 있는 사회 속에서 한국인이 경험하게 되는 정신사적 변화의 일면을 보여주는 「만세전」, 그리고 그 모든 것을 종합하고 있는 「삼대」는 그것이 어떤 사조에 소속되든 상관

없이 한국 문학의 중요한 전통으로서 남아 있는 것이다.[11]

형식적인 면에서 보면 염상섭의 작품에 드러나는 인물 표현 형식은 졸라적이기보다는 프랑스 사실주의 작가인 발자크나, 누보로망의 작가들이 사용하는 '인물의 순환' 형식과 오히려 동일하다고 하지만, 작품을 평가하는 데 있어 이러한 자연주의나 사실주의, 누보로망 등의 사조는 중요한 것이 아니게 된다. 한국의 문학은 한국인의 정신적 반영이며, 작가는 사조가 아닌 작품 그 자체로 말하기 때문이다. 따라서 염상섭은 서구 문학적 기법으로 소설을 쓰면서도, 서구 문화에 함몰되지 않고 "식민지 사회 속에서 한국인이 경험하게 되는 정신사적 변화의 일면을 보여"주는 한국문학의 중요한 전통으로 이해될 수 있는 수작이 되는 것이다.

이처럼 세대 의식을 통해 앞선 세대에 대한 비판의 근거가 되었던 서구사조에 대한 몰이해는 결국 전대 비평에 대한 비판 의식에서 문학자체에 대한 우위성으로 중심이 이동 하게 된다. 사조의 상이함으로 인해 서구문학과 우리문학의 우열이 아닌 다름을 이야기 하는 것이며, 이는 문학이 한 나라의 정신적 산물이라는 김치수의 문학에 대한 이해로 이어지는 것이다. 즉 정신적 산물로서 문학은 서구로부터의 수용에도 불구하고 그 나라의 고유한 문학적 창작물로 형상화되며 이를 통해 문학사의 주체성은 구성되는 것이다. 그리고 이 같은 김치수의 '문학' 그 자체에 대한 추구와 더불어 한국문학의 과거로서의 전통은 부정의식을 통해 문학의 올바른 방향성의 제시라는 자신의 비평의 과제와 연관되고 있다.

---

11) 김치수(1965), 「자연주의 재고-염상섭」, 위의 책, 1976, 122면.

3. 문학 언어의 인식과 형상화 문제

소설은 사물 그 자체를 주는 것이 아니라 사물의 기호를 주는 것이다. 말하자면 소설은 외관만을 가지고 있는 것이 아니라, 그 내부에 '무엇인가'를 암시해 주는 기호를 가져서 독자로 하여금 그들 마음대로 그것을 판독하도록 하여야 한다는 말이다.[12]

김치수는 「작가와 문학적 변모―장용학을 주로 하여」에서 소설은 "사물의 기호"를 주는 것이며 독자는 이러한 기호를 판독하는 것으로, 소설을 언어기호학적인 입장에서 이야기한다. 이것은 문학이 언어기호를 매체로 하여 구성되는 예술의 한 특정 양식이며, 이때의 기호는 시니피앙(sinifiant)과 시니피에(signifié)로 구분하고 있는 소쉬르의 이론에 기대어 작가는 자신의 내면적 생각과 세계관을 기호를 통해 그것을 암시하고 있음을 이야기한다. 즉 작가의 언어는 그들의 의식을 기호화한 산물이 되며, 독자로서의 비평가는 기호로 구성된 작품을 자세히 해독해야 된다.[13] 이러한 관점을 바탕으로 장용학의 작품에 대하여 논하고 있는 이 글 역시 작품의 언어에 그 관심이 집중되어 있다.

50년대 대표 작가 중 한 사람인 장용학의 소설은 김치수가 보기에 "19세기의 탈"을 어느 정도 벗은 것이었다. "19세기 탈"의 벗어남이란

---

12) 김치수, 「작가와 문학적 변모―장용학을 주로 하여」, 『산문시대』 5호, 1965, 528면.

13) 김치수의 서울대학교 불문과 스승이었던 정명환은 「평론가는 이방인인가」(『사상계』, 1962. 11)에서 "작품은 훌륭한데 평론은 도무지 신통치 않다는 그러한 현상이 현대사회에서 생겨날 것 같지는 않습니다. 비평이란 암호를 해독하는 행위입니다. 그런데 별다른 비밀도 지니지 않고 한번 훑어보면 금시 싱거워지는 작품이 남발된다면 비평은 무엇을 하란 말입니까"라고 하며, 기존 비평에 대한 문제점을 이야기하고 있다 이러한 정명환의 논지는 작품이 작가의 암호와 같은 기호로 이루어진 형태로 보는 소쉬르의 언어기호학적 입장이 놓여 있으며, 기존의 정실비평이 가진 문제점을 비판하며, 극복하고자 한다. 그리고 그의 제자 김치수 역시 이러한 정명환의 영향을 받았으리라 생각된다.

20세기적 현대 소설로의 진입을 의미하는데, 이것의 특징은 "자의식의 인식"을 의미한다. 「現代의 野」의 '현자', 「非人誕生」의 '지호', 「요한詩集」의 '동호' 등 장용학 소설의 주인공들은 모두 자기의 한정된 개념, 즉 레알리테를 거부·탈출하고 자기 자신에 대한 인식을 시작하는 "현대의 탕아"들 이며, 따라서 자의식을 추구하고 있는 장용학의 소설은 이전의 소설에서 진일보한 작품임에는 틀림없는 것이었다. 그러나 소설이 "내부에 무엇인가를 암시해 주는 기호"를 가지고 있는 것으로 "소설 자체가 설명이나 결정론이 아닌 행동과 유동과 생성"14)이라 할 때 김치수가 보기에 장용학 소설의 언어는 의식적 전언만 존재하는 작품이다. 즉 작가의식이 너무 많이 개입되어 독자들에게 해석의 자유를 주지 않는 미학적 미달의 작품일 뿐인 것이다.

이처럼 언어기호학적 입장에서 소설 작품을 분석하고자 하는 김치수의 태도는 텍스트 자체를 통해 문학을 분석하고자 하는 그의 의식이 드러나고 있는 것이라 할 수 있다. 김치수가 염상섭 소설을 사조 이전의 작품 중심적 태도를 강조하고 있었던 것처럼, 이 후 「'이즘'과 작가」15)에서 김동인을 탐미주의나 자연주의 등의 도식적인 용어로 파악하는 것을 비판하고 그의 문학을 "식민지 시대의 한국인의 정신적 상황"이나 "식민지 조국의 현실에 대한 인식" 등으로 평가하고자 하였던 것 역시 이와 같은 맥락에서 이해될 수 있다. 이러한 인식 하에 김치수는 실제 작품의 텍스트 분석을 통해 작가의 의식과 무의식을 드러내고자 하는데 많은 관심이 쏟았다.

먼저 「'외로움'과 그 극복의 문제―황순원의 「日月」」(『사상계』, 1966)에서 황순원의 「日月」을 통해 작가 의식으로의 '외로움'에 대한 구원의 문

---

14) 김치수, 위의 책, 528면.
15) 김치수(1972), 「'이즘'과 작가―김동인」, 위의 책, 열화당, 1986.

제를 분석하고 있는 김치수는 「日月」에서 '외로움'은 등장인물들의 입을
통해 표현되는 감정으로, 외로움을 뜻하는 말은 모든 행위의 동기로, 주
인공들의 감정 상태이자 작가가 드러내고자 하는 의식이라 보았다. 외로
움은 보편적 감정이지만 작가가 인물들의 입을 통해 표현하고 있는 '외
로움'이라는 언어는 작가가 의도하여 표현한 서툰 독백처럼 들리지 않고
작품 전체의 주제를 드러내는 중심 '기호'인 것이다. 그러나 지나치게
'외로움'을 직접적으로 드러내고 있는 것은 독자에게 생각할 여지를 주
지 않는다는 점에서 황순원 역시 미흡하다.

이 같은 언어에 대한 김치수의 관심은 이 후 그것의 표현방식으로서
의 문체로 이어진다. 문체는 언어의 형태로 이는 문학이 언어를 매개로
한 정신의 표현이라는 생각을 기반으로 한다. 따라서 「문체의 특징─한
국 소설 문체의 세 전형」(『월간문학』, 1969. 2)에서 김치수는 방영웅에서
박상륭에 이르기까지 60년대를 대표하는 소설가들의 작품을 세 가지 유
형으로 구분하고 있다. 여기서 문체의 유형을 분류하는 기준은 소설의
내용에 따른 형태의 차이이다.

> 한 작가가 하나의 대상 앞에 섰을 때 지각화고 사고하는 방법의 차이
> 는 그 작가에게 고유한 언어를 요구한다. 이때 사고와 지각의 차이를 좌
> 우하는 것은 작가의 독특한 정서적 경험 내용이다. (…중략…) 어떤 대상
> 에 대한 작가의 이러한 감동을 정서라고 한다면 문학에 있어 사상이란
> 체계화된 정서라 말할 수 있다. 문학 작품의 스타일을 이해한다는 것은
> 이와 같은 문학 작품의 내용으로 이룩된 작품의 언어적 특이성을 이해하
> 는 것이다. 작가가 독특한 경험을 표현할 때 그것에 부합할 만한 언어를
> 찾는다는 것을 고려해야 함으로 문체론은 내용과 독립시켜서 이야기 할
> 수는 없는 것 같다.16)

---

16) 김치수, 「문체의 특징─한국 소설 문체의 세 전형」, 『월간문학』, 1969. 2, 138면.

문체가 "작가의 독자적인 관찰방법, 사고방식, 지각방법의 표현"으로 다분히 작가 개인의 주관적인 성격을 띠고 있는 것일 때, 어떤 대상에 대한 지각방식인 내용은 작가에게 고유한 언어형을 요구한다. 따라서 문체론은 그 대상이 랑그(langue)가 아닌 빠롤(parole)이며, 개인의 심리적 요소를 드러내는 언어 형태에 대한 연구를 의미한다. 이때 문학작품은 내용과 형태로 구분되어 있고 "문학의 내용을 구축하고 있는 문체"는 그 형태로 내용과의 필연성을 띤 것이 된다. 이러한 관점에서 김치수는 60년대 소설의 문체를 하근찬과 방영웅의 '토속적인 문체', 김승옥과 박태순의 '도시적 감수성의 문체', 그리고 최인훈과 박상륭의 '관념적인 문체'로 구분한다. 이들은 모두 내용과의 관계 속에서 필연적으로 선택된 형식으로, 문체들 간의 우열은 존재하지 않는다. 다만 이들 간의 차이는 작가가 가진 "관심의 차이"에서 발생하는 것으로 어느 것 하나 비난할 수 없는 우리 문단에서 필요한 것들이다.

문체의 다양성은 토속적인 문체 도시적인 문체, 그리고 관념적인 문체라는 세 가지의 구분에서뿐만 아니라 작가의 감수성에 의해 각각의 문체 안에서도 분리되고 있다. 김승옥이 감각적인 문체를 바탕으로 자기의 삶에 대한 깊은 회의를 드러내는 문체라면, 박태순은 무의미한 대화 등과 같은 일상어를 소설 속에 도입함으로써 대화의 무의미성을 강조하고, 동시에 도시인의 풍속을 보여주는 문체를 사용한다. 이처럼 문체가 단순한 수사학적인 의미를 넘어서 의식의 내면과 정서적 경험의 추출을 의미하는 것으로 보는 김치수는 최인훈과 박상륭의 관념적인 문체가 구상성을 띠고 있지 못하다고 비난하는 것에 대하여 비판한다. 형식이 비록 관념어를 사용하더라도 문체 자체에 대한 긍정의 유무가 아닌 "작가의 의식이 관념어에 의해 굴절될 수밖에 없는 고통 등에 대한 근본적 탐구"[17]가 더욱 중요한 것이기 때문이다.

또한 「불행한 여인상―박경리의 단편」18)에서 김치수의 형식으로서 언어에 대한 관심은 박경리의 「불신시대」, 「하루」, 「영주와 고양이」 등을 대상으로 하여, 남성적 소설가라는 기존 인식에 대한 저항으로서 그의 문학적 특성을 분석하고 있다. 김치수가 분석하는 박경리의 작품은 전쟁미망인의 자전적 이야기가 주조를 이루고 있으며, 그것을 여인적인 감수성으로 포착하고 있다고 보고 있다. 박경리의 작품은 충분히 여성적이며, 따라서 여성적이거나 남성적인 성격에 문제가 있는 것이 아니다. 김치수가 보기에 그의 문제는 "본질적으로 인간의 가치를 탐구"해야 하는 문학에 있어 인간관계 전체가 아닌 한 개인의 패배와 상실의 고뇌에 의지하고 있다는 점이다. 따라서 김치수는 박경리에게 개인에서 전체적인 사회로의 이행을 촉구하고 있다. 그러나 여기서 간과하지 말아야 할 것은 작품에 드러나는 개인의 비극과 사회적 비극이라는 문학의 세계관에 대해 논의하고 있는 이글에서 김치수가 문학을 분석하는 방법론이 작가가 사용하고 있는 언어에 놓여 있다는 것이다. 김치수가 보기에 "비극의 문체", 그리고 비극에서 "생의 의미"로 변화하는 박경리의 작품이 "기법상반전의 효과"를 드러내고 있다던가, 작품에 쓰이는 "슬픈", "외로운" 등의 형용사 등이 얄팍한 감상에 지나지 않는다고 하는 등의 문학의 형식을 중심으로 평가하고 있는 것이다.

이처럼 김치수의 비평에서 문학의 내용과 형식은 상당히 밀접한 관련 속에서 유기적으로 평가된다. 김치수가 생각하는 문체는 "문학의 내용을 구축"하고 있는 것으로 "그 내용에 따라 필연성을 띤 것"19)이어야 한다. 내용이 작가가 추구하는 의식적인 면일 때, 작가는 자신이 추구하고자

---

17) 김치수, 위의 글, 141면.
18) 김치수(1969), 「불행한 여인상―박경리의 단편」, 위의 책, 1986.
19) 김치수, 위의 글, 141면.

하는 내용에 맞추어 언어를 형상화하며, 이때 문체란 작가에 의해 "지적인 통제를 겪은 경험의 실체"가 되는 것이다.

> 한 작가가 하나의 대상 앞에 섰을 때 지각하고 사고하는 방법의 차이는 그 작가에게 고유한 언어를 요구한다. 이때 사고와 지각의 차이를 좌우하는 것은 작가의 독특한 정서적 경험내용이다. (…중략…) 모든 현실에 대해 독특한 태도를 갖고 있는 작가는 그런 태도를 되풀이하는 동안 일정한 방향 혹은 습벽을 갖게 된다. 이것을 현실에 대한 작가의 편향이라 할 수도 있으며 작가의 경험의 방법이라 할 수도 있다. 어떤 대상에 대한 작가의 이러한 감동을 정서라고 한다면 문학에 있어서 사상이란 체계화된 정서라 말할 수 있다. 문학 작품의 스타일을 이해한다는 것은 이와 같은 문학 작품의 내용으로 이룩된 작품의 언어적 특이성을 이해하는 것이다.[20]

작가가 인지하는 사고와 지각의 차이가 사상의 차이를 만들고 그것을 문학으로 구성할 때 내용의 차이에 따른 언어적 특이성을 유발하게 된다. 그에게 있어 형식이란 "문학 작품 자체의 내적 원리이면서 동시에 삶과 경험을 변형시킬 수 있는 원리"[21]인 것이다. 따라서 김치수에게 문학은 세계의 언어화라는 '세계 인식'에서 '삶'으로 그 의미를 변화하였으며, 이는 문학이 미학적 측면에서 현실 관여성으로 이동하고 있음을 보여주고 있는 것이다. 그리고 이 같은 그의 문학 언어에 대한 인식은 형상화의 문제에 있어 현실과의 유기적 관계성을 드러낼 수밖에 없었으며, 이후 당시 쟁점화 되었던 순수와 참여 문학론 등과의 관계 속에서 현실에 대한 인식적 고찰로 이어지고 있다.

---

20) 김치수, 위의 책, 138면.
21) 권오룡, 「상황과 선택」, 『김치수 깊이 읽기』, 문학과지성사, 2000, 143면.

4. 앙가주망의 재고와 문학과 현실의 관계 탐색

문학을 하나의 정신적 산물로 보려는 김치수에게 문학과 현실의 문제는 문학의 기능과 그 문학을 창조하는 작가의 역할에서 중요한 문제였다. 작가는 언어를 통해 작품을 구성하지만, 그 언어는 작가가 처한 상황을 어떻게 바라보느냐에 따라 달라지는 작가의 개성적 형태라는 것이다. 특히 이러한 김치수의 작가에 대한 관점은 그가 보여주는 염상섭에 대한 특별한 관심에서 드러나고 있다. 앞서 살펴본 바와 같이 「자연주의 재고」에서 서구이론으로서 자연주의에 대한 오해를 드러내고 있지만, 동시에 염상섭의 작품이 가진 우수성을 인정하고 있다. 염상섭 작품이 졸라의 자연주의를 잘못 이해하고 있기는 하지만, 이것과는 별개로 소설의 인물을 통해 식민지 현실에 대한 이해를 잘 드러내고 있다는 점이 작품으로서의 성공을 이끌어 냈다는 것이다. 작가에게 중요한 것은 작품에서 "독창적인 세계를 문학인으로서 정당한 사고를 보여" 주는 것으로 "작가는 작품으로 말하는 것"이기 때문이다.[22]

문학의 현실 반영성을 의미하는 김치수의 이러한 견해는 현실에 대한 인식의 양면적 성격을 드러내며, '작가—문학—현실'이라는 유기적 관계 구조를 이루게 된다. 여기서 현실은 '현실에 대한 작가의 사회 참여'로 확대하여 해석할 수 있는데 이때 '참여'의 범위에 따라 '현실'에 대한 인식은 분화된다. 이에 「작가의 반항과 한계」(『사상계』, 1968. 11)에서 김치수는 작가가 글을 쓰는 행위를 '반항'의 의미로 보고, 작가의 사회참여로서의 반항을 이야기한다. 이때 '참여'의 범위는 두 가지로 구분되는데, 첫 번째는 '참여'를 사르트르의 앙가주망에서 비롯된 것으로 이해하고

---

22) 김치수(1965), 「자연주의 재고」, 『한국 소설의 공간』(3판), 열화당, 1986, 123면.

건전한 시민이면 누구나 조금씩 참여하고 있다는 의미의 일반적 사회참여라고 하였다. 그리고 두 번째는 "작가와 작품을 통하여 하는 사회 참여"로, "작가가 사회적 개인으로서 사회라는 집단을 의식하며, 그 집단의 이념에 대립하는 고민을 언어로써 표현"하는 것을 의미한다. 이처럼 '참여'는 정치적, 역사적 의미로서의 직접적 참여와 작가의 문학적 참여로 구분될 수 있으며, 김치수는 후자에서 작가와 문학의 의미를 찾는다.

> '사회 참여'란 작가가 사회적 개인으로서 사회라는 집단을 의식하며 그 집단의 이념에 대립하는 고민을 언어로써 표현하는 것이며 동시에 여기에서 야기되는 스스로의 위험을 무릅쓰는 것이어야 한다. 흔히 사회 참여를 말할 때 사르트르의 이론이 문제시되곤 한다. 그러나 사르트르의 참여론과 우리나라의 참여론을 같은 차원에서 이야기할 수 없는 우리의 문학적 상황을 인식하는 것이 더욱 중요한 문제이다. 그것은 사르트르의 이론을 정확하게 파악하고 그것이 우리나라라는 상황 속에 들어왔을 때는 어떤 의미를 가져야 하는가를 검토해야 한다는 말이다. (…중략…) 어느 문학 이론이든지 그것이 시간과 장소의 변화에 따라 재검토되어야 함은 두말할 필요도 없다. 그럼에도 불구하고 논쟁이 나올 때마다 사르트르를 꺼내는 것은 그 만큼 외래사조에 대한 검토가 결여되었다는 것을 의미하며 동시에 이런 경향은 문화적 사대주의를 낳을 위험이 잇는 것이다.[23]

이때 '문학적 참여'에서 인식하는 '참여'는 사르트르의 '참여'와 상이한 것으로. '사회 참여'를 위한 우리의 문학적 상황을 인식하는 것을 중요한 것으로 이해한다. "정치적 현실, 사회적 현실"만이 현실이라 할 수 없는 것이며, '문학적 현실'에서 작가는 "집단의 이념에 대립하는 고민을 언어로써 표현하는 것"으로 여기서 중요한 것은 사르트르의 '참여'

---

23) 김치수(1968), 「작가의 반항의 세계」, 위의 책, 74~75면.

가 우리 문단에 적용되는가에 대한 것이 아니라 그것의 정확한 의미와 함께 우리나라의 상황 속에서 어떤 의미를 가져야 하는가를 파악해야 한다는 것이다. 외래사조가 수용될 때 굴절은 자연스러운 것으로 앞서 염상섭의 자연주의 수용에 있어 졸라의 것과 다른 한국적 굴절을 겪는 것 역시 동일한 의미라고 할 수 있다. 이처럼 김치수는 사르트르의 '앙가주망' 수용에 있어 굴절의 가능성을 인정하고 직접적으로 '앙가주망'의 의미를 대입·수용하고 있는 태도를 부정한다. 그러나 '앙가주망'을 통한 서구이론의 수용태도에 대한 이와 같은 비판적 태도의 이면에는 사실 당시 한국문단에 위세를 떨쳤던 순수·참여 문학론에 대한 부정적 인식이 자리 잡고 있었다.[24]

당시 논쟁에 있어 중요한 것은 작가의 '참여'에 대한 개념으로 사르트르의 '앙가주망'에 이론적 바탕을 두고 있었는데, 프랑스 실존주의에서 비롯된 '앙가주망'을 어떻게 이해하느냐에 따라 문학의 기능으로서 참여와 순수라는 두 진영으로 구분 지을 수 있었다. 먼저 순수진영의 김붕구는 사르트르의 앙가주망이 필연적으로 프롤레타리아 혁명의 이데올로기로 귀착한다고 보고 작가의 '창조적인 자아'를 강조하며, 앙가주망에 대한 무용론을 주장하였다.[25] 이 경우 프롤레타리아 이데올로기에 의한 부정적 인식이라는 우리의 문학적 풍토에서 이어진 구조로 사르트르식 앙가주망은 별 효용이 없는 것이며, 사회적 관계보다는 작가의 창조성이 중요시 된다. 반면 참여론의 임중빈은 작가의 창조적 자아를 강조하는 것은 작가의 사회적 안일성을 방조하는 것으로 이해하고 참여는 창조

---

24) 박수현은 「1970년대 계간지 『문학(文學)과 지성(知性)』 연구—비평의식의 심층구조를 중심으로」(『우리어문연구』, 우리어문학회, 2009)에서 『문학과 지성』 동인들이 순수와 참여 논쟁에 대한 부정의 태도가 이분법적 대립 개념에 대한 지양 혹은 종합의 시선이라는 문학관의 한 갈래로 읽을 수 있다고 보고 있다.
25) 김붕구, 「작가와 사회」, 『세대』, 1967. 11.

행위의 방편임을 주장하고 있었다.[26] 이러한 상황 속에서 김치수는 이 둘의 '참여'에 대한 개념을 모두 비판하며, 문학과 현실의 새로운 관계를 맺고 있는 것이다.[27]

> 문학에 있어서 무엇을 썼다는 것보다 그 무엇을 어떻게 썼느냐는 점에 그 중요성이 있다. 가령 현실이나 역사에 관해서 상당히 신랄한 비판과 관심을 가진 작품이 있을 때 그 작품의 가치를 그 관심과 비판 때문에 높이 살수만은 없다. 이것도 중요하지만 그 작품이 얼마나 고도의 통제를 겪었는가 혹은 그 작품이 현실이나 역사를 어떠한 방법으로 파악하여 현실의 문학적 승화를 가능케 했는가가 더욱 중요한 것이다. 이것은 다시 말하면 정치에는 정치의 법칙과 가치가 있고 문학에는 문학의 법칙과 가치가 있다는 말이다. 그런데 이들 인류 문화를 형성하고 있는 것들은 서로 침범할 수 없는 질서를 가지고 있다.[28]

김치수에게 문학은 우선 인류 문화에 이바지한다는 점에서 정치·경제·철학 등과 동등한 계열에 놓이며, 사회와의 관계에서 벗어날 수 없는 것이지만, 이와 동시에 정치·경제·철학 등의 다른 분야가 문학에 들어왔을 때 문학 외적 분야는 그 속에 용해되어 새로운 가치 창조에 이

---

26) 임중빈, 「반사회 참여의 모순―김붕구 교수의 소론에 이의 있다」, 『대한일보』, 1967. 10. 17.

27) 김현이 「참여와 문화의 고고학―김붕구 교수를 둘러싼 글을 읽고」(『조선일보』, 1967. 11. 9)에서 김붕구의 의견에 동조하면서도 사르트르의 '참여'의 근거인 서구 시민사회의 한국사회의 적용 가능성에 대한 회의를 이야기 하며 순수와 참여의 절충적 입장을 보이고 있었다. 이러한 김현의 태도는 『산문시대』와 『문학과 지성』의 같은 동인으로 많은 부분에서 공통점을 지니고 있는 김치수의 경우도 동일한 양상을 보이는데, 김치수는 「문학의 기능과 비평의 자세」(『사상계』, 1968. 5)에서 역시 사르트르의 '참여'라는 말이 1947년 프랑스의 문학적 상황 아래서 적용될 수 있는 것으로 1960년대 한국의 문학 논리에 적용하기 위해서 수정되어야 함을 주장하고 있다. 이처럼 그의 비평문 곳곳에 같은 의식을 지속적으로 드러내고 있다는 점에서 그가 당시의 '순수·참여론'에 대해 상당히 비판적 시각을 가지고 있었음을 짐작케 한다.

28) 김치수, 「문학의 기능과 비평의 자세」, 『사상계』, 1968. 5, 328~329면.

바지해야 한다. 문학은 선전이나 교화 등의 역할을 버리고 사람을 감동시키고 기쁘게 하는 문학 본래의 기능을 수행해야 된다는 것으로 “인류 문화를 형성하고 있는 것들은 서로 침범할 수 없는 질서”가 있다고 하며, 각각의 것들에 대한 자율성을 강조 한다.29) 문학은 문학 외적인 것에 종속되지 않는 문학만의 고유한 기능을 가지고 있으며, 따라서 작가는 문학작품을 창작할 때 공리적 생각을 갖게 되면 창조 정신은 많은 제약을 받게 됨으로 그와 같은 목적에 무관심해야 한다는 것이다.

이러한 작가에 대한 이해는 “문학에 있어서 무엇을 썼다는 것보다 그 무엇을 어떻게 썼느냐가 중요하다”는 인식에서 비롯된다. 그에 따르면 문학 작품은 “정치가의 연설이나 어느 정당의 구호”와는 다른 “문학의 법칙과 가치”가 있으며, 문학은 다른 것들이 침범할 수 없는 문학의 자율성을 가지고 있는 것이다. 그리고 작품은 현실이나 역사에 대한 생경한 노출이 아닌 작가의 지적 통제를 통해 문학적 승화를 이룬 것으로 이때 현실의 문학적 승화는 문학적 형식으로서의 ‘언어’를 바탕으로 한 것이다. 이 같은 문학의 예술적 형상화에 대한 김치수의 강조는 “우리의 상황 속에서 만나는 가장 심각한 문제가 바로 현실의 파편들이다”라는 백낙청의 말을 받아 문학이 이와 같은 “현실 문제의 파편을 언어로 다룬 것”30)이라는 말로 바꾸어 이야기 하고 있는 것에서 극명하게 드러나고 있다.

이처럼 문학은 세계의 언어화이며, 작가가 글을 쓴다는 것은 이미 작

---

29) 김영민은 『한국 현대문학 비평사』(소명출판, 2000)에서 순수문학파가 “문학성이나 예술성이 중요하다는 주장이 반복되고는 있지만 정작 문학성이나 예술성이 무엇을 의미하는가에 관한 논의는 거의 발견하기 어렵다.”고 순수문학론의 한계를 지적하고 있다. 즉 순수/참여 논쟁 과정 중에 “문학의 본질이 무엇인가 하는 논의가 더러 있기는 하였지만 그 논의가 충분히 깊이 있게 이루어지지는 못했다”는 것이다.

30) 김치수, 위의 글, 330면.

가 의식이 작품에 개입된 것으로 형식에 따른 순수와 비순수는 구분될 수 없다. 문학은 이미 현실에 대한 반영이라는 측면에서 참여문학론의 입장을 지니지만, 동시에 문학의 형식으로서의 '언어'를 통해 언어예술로서도 성공해야 한다는 점에서 순수문학론을 지지하기도 한다. 따라서 김치수의 문학개념 속에는 타동적인 것과 자동적인 것이 동시에 공존하고 있다.[31] 그에게 문학은 어느 하나만을 지향하는 것이 아니며, 문학을 통해 사회 참여를 하고자 하는 것 역시 문학의 다양한 측면 가운데 하나일 뿐이다. 문학은 다양하게 발전될 때 풍요로울 수 있는 것이기 때문이다. 그리고 이러한 김치수의 문학과 사회에 대한 인식은 70년대 말에 이르러 문학사회학을 통해 문학과 사회에 대해 좀 더 구체적으로 제시되며, 그의 비평의 근간에 지속적으로 방향성을 제시하고 있다.

5. 문학·현실·작가, 그리고 비평의 종합적 시선

지금까지 1960년대를 중심으로 이루어진 김치수의 초기 비평의 특성을 살펴보았다. 그는 "비평은 작가와 작품 앞에서 오만할 수 없을 것이고, 그것들을 우선 이해의 눈으로 바라볼 수밖에 없는 것이다."라는 말로 비평에 대한 자신의 태도를 이야기한다. 이것은 그의 문학에 대한 이해였으며, 이해와 종합의 시선으로 바라보는 이러한 그의 비평은 '문학사회학'과 '기호학'으로 이어지는 문학 이론의 다양성 속에서 서로 공명될 것 같지 않은 그의 비평이 다양한 종합의 시선을 통해 유기적으로 구조화되고 있음을 보여준다.

---

31) 정과리, 「동행자로서의 비평」, 『김치수 깊이 읽기』, 2000, 152면.

이러한 그의 비평적 태도는 먼저 4·19세대로서 가지는 부정정신을 생성적 위치에 놓아 자기 시대의 현대성을 인식하며, 이를 통해 전통단절론에 대한 극복과 새로운 문학사의 형성을 추구하였다. 그리고 그 인식의 바탕에 문학이 '이즘' 등에 의해 구분하는 태도를 지양하고 텍스트의 표상체계로서의 문학 언어의 미적 고찰을 통한 문학 추구의 사고가 자리한다. 문학이 언어 형식을 통한 미학적 구조를 형성한다는 점은 그가 문학을 문학 그대로 인식하고자 하는 문학의 자율성과 연관돼 있다는 것이다.

그러나 김치수가 이해하는 문학의 자율성은 문학이 현실과의 완전한 분리를 의미하는 것은 아니다. 여기에 그의 문학과 현실 그리고 작가의 관계가 유기적으로 위치한다. 문학이 작가의 지적 통제를 통해 언어화된 형태라는 그의 인식은 결국 문학과 현실에 대한 관계 탐색으로 이어지며, 이것은 또한 문학이 가지는 미학성 역시 유지해야 하는 것이다. 이처럼 김치수가 인식하는 문학적 현실은 문학과 현실에 대한 새로운 관계의 설정이었으며, 이는 당시 순수 문학론과 참여 문학론의 논쟁 속에서 이 둘을 극복하고 자신의 위치를 탐색하고자 하는 그의 비평적 도정이었다.

참고문헌

1. 기본 자료

김치수, 「작가와 문학적 변모—장용학을 주로하여」, 『산문시대』 5호, 1965.

김치수, 「문학의 기능과 비평의 자세」, 『사상계』, 1968. 5.

김치수, 「작가와 반항의 한계」, 『사상계』, 1968. 11.

김치수, 「한국 소설의 과제」, 『68문학』 창간호, 1969.

김치수, 「문체의 특징—한국 소설 문체의 세 전형」, 『월간문학』, 1969. 2.

김치수, 「소시민의 의미」, 『월간문학』, 1970. 1.

김치수, 『한국 소설의 공간』(3판), 열화당, 1986.

2. 단행본 및 논문

강소연, 『1960년대 비평문학 연구』, 이화여자대학교 박사학위논문, 2004.

김붕구, 「작가와 사회」, 『세대』, 1967. 11.

김윤식, 「4·19와 韓國文學—무엇이 말해지지 않았는가?」, 『사상계』, 1967. 4.

김윤식·김동하 외, 『한국 현대 비평가 연구』, 도서출판 강, 1997.

김 현, 「참여와 문화의 고고학—김붕구 교수를 둘러싼 글을 읽고」, 『조선일보』, 1967.
     11. 9.

김영민, 『한국 현대문학 비평사』, 소명출판, 2000.

박연희, 「1960년대 외국문학 전공자 그룹과 김현 비평」, 『국제어문』 40호, 2007.

박수현, 「1970년대 계간지 『문학과 지성』 연구」, 『우리어문연구』 33호, 우리어문학회,
     2009. 1.

백지은, 「1960년대 문학적 언어관의 지형」, 『국제어문』 46호, 국제어문학회, 2009.

서영인, 「『산문시대』와 새로운 문학장의 맹아」, 『한국문학이론과 비평』 34호, 2007.

이광호, 「인문학적 비평의 두 열림—김치수와 김주연」, 『익명의 사랑』, 문학과지성사,
     2009.

이광호, 「세대론의 지평」, 『위반의 시학』, 문학과지성사, 1994.

임영봉, 『한국현대문학비평사론』, 도서출판 역락, 2000.

임영봉, 「4·19세대 비평 담론의 형성과정」, 『우리문학연구』 16호, 우리문학회, 2003.

임중빈, 「반사회 참여의 모순—김붕구 교수의 소론에 이의 있다」, 『대한일보』, 1967.
     10. 17.

전상기, 「문화적 주체의 구성과 소시민 의식」, 『상허학보』 13호, 상허학회, 2004. 8.
정과리 엮, 『김치수 깊이 읽기』, 문학과지성사, 2000.
하상일, 「김현의 비평과 『문학과 지성』의 형성과정」, 『비평문학』, 2007. 12.
한강희, 『우리 근현대 문학의 맥락과 쟁점』, 태학사, 2001.
홍기돈, 「『68문학』 연구」, 『어문연구』 54호, 어문연구학회, 2007.
홍성식, 『1960년대 한국문학 논쟁 연구』, 명지대학교 박사학위논문, 1999.

'문학 언어'와 한국문학의 이념형 모색

조 영 실

1. 선험적 '문학'으로부터의 일탈과 '한국문학'의 발견

1960년 서울대 불문과에 입학한 김현은 그로부터 2년 후, 평론 「나르시스 시론―시와 악의 문제」(『자유문학』, 1962. 3)로 등단한다. 같은 해 창간한 『산문시대』를 필두로 1966년 『사계』, 1969년 『68문학』, 1970년 『문학과 지성』으로 이어지는 동인지 활동을 통해 한국 현대문학의 외연을 확장했다. 비평은, 그가 80년대에 이르러 제네바 학파를 전유하여 선언했듯,[1] 점차 하나의 문학 장르로 자리를 점하게 되었다. 1960년대 김현은 '문학 언어'를 탐색하는 과정을 통해 이러한 비평적 자의식을 획득한다. 1970년 3월호 『창작과 비평』에 발표한 「한국 문학의 가능성」은

---

[1] "문학은 좋다, 나쁘다라고 판단될 수 있는 미적 대상이 아니라, 인간의 경험이 드러나 있어, 그것을 읽는 자의 경험과 합치되기를 바라는 마주침의 자리이다라는 것이 될 것이다 (라왈, viii~xi). 제네바 학파의 비평가들에게는 비평 역시 하나의 문학 형태이며, 그것의 주제는 시인이나 소설가가 쓰는 자연 대상이나 초자연적 대상에 대한 경험이 아니라, 어떤 저자의 작품 속에 동화된 그 총체에 대한 경험이다. 비평은 2차적 문학인 것이다." 김현, 「제네바 학파의 문학비평」, 『프랑스 비평사』, 김현전집 8, 문학과지성사, 1991, 309면.

60년대 김현 비평이 도달한 한 지점을 보여준다. 문학의 매체는 언어이고 "언어는 한 사회의 세계 전망이 질서화된 것"[2]이라는 문학관을 바탕으로 당대 치열하게 대립했던 순수문학과 참여문학이라는 평행선이 만나는 소실점, '한국문학'의 이념형을 모색한다.

「한국 문학의 가능성」(1970)에 이르기까지 김현 비평의 노정을 따라가면, 특히 훔볼트(W. Humboldt)의 언어관과 바르트(R. Barthes)의 '에크리튀르(écriture)' 개념에 대한 사유가 한국문학에 대한 사유와 끊임없이 교차하고 있음을 알 수 있다. 그는 '순수문학은 언어의 세련도=정치 배제의 문학을, 참여문학은 언어의 활동성=정치 참여의 문학'[3]이라는 이념형의 대립을 비판하기 위해 방법론적으로 '문학 언어'로부터 '언어'와 '세계관'을 분절한다. 따라서 본고에서는 당대 한국문학의 새로운 가능성을 모색하기 위해 김현이 방법론적 분절을 통해 '문학 언어'를 탐구한 과정을 고찰하고자 한다.

2. 앙가주망 문학론의 전유와 성찰

김현은 「비평고」(1962~1963)에서 언어는 시니피앙(signifiant, 기표)과 시니피에(signifié, 기의)의 자의적 관계로 이루어진 기호(sign)라는 소쉬르(F. Saussure)의 기호학적 관점에서 언어와 의식의 한계를 분석한다. 이 분석에서 고려해야 할 점은 김현이 소쉬르가 언어의 가변성[4]이 지속되는

---

2) 김현, 「한국 문학의 가능성」, 『현대한국문학의 이론』, 김현전집 2, 문학과지성사, 1991, 59면.
3) 김현, 「한국 문학의 가능성」, 앞의 책, 61면.
4) "만약 언어를 시간 속에서만 파악하고 말하는 대중을 전제하지 않는다면 — 수세기 동안 홀로 살아가는 한 개인을 가정해 보자 — 아마 어떠한 변질도 볼 수 없을 것이다. 그 경

조건으로 제시한 '사회적 힘의 작용과 결합하는 시간의 작용'5)과 언중(言衆)을 배제하고 있으며, 따라서 언어의 불변성을 전제하고 있다는 것이다. 김현이 전제한 언어의 불변성은 '서로 다른 시니피에를 가진 하나의 시니피앙이 우리 주위를 떠돌며 우리에게 그것을 이용하기를 강요'하는 1960년대 한국문학의 언어 현실에 대한 김현의 인식을 보여준다.

> 서로 다른 시니피에를 가진 하나의 시니피앙이 우리 주위를 떠돌며 우리에게 그것을 이용하기를 강요한다. 인식을 점유해버린다. 의식 속에서 사유되는 것이 아니라 언어를 통해 의식은 사유한다. 시니피에와 시니피앙의 사이가 이미 무한히 되어버린 지금, 그것의 추상화를 막을 길이 없기 때문이다. 그러면, 이라고 우리는 말할 수 있다. 그러면 어떻게 이 차이를 줄이고 존재의 진정한 모습 ― 존재라는 말이 어색하다면 레알리테 ― 에 도달할 수 있을 것인가라는 레알리스트들의 ― 아주 넓은 의미에서 ― 문제에 도달한다. 이렇게 하여 우리는 다시 언어와 의식이라는 문제로 되돌아온다. 언어의 한계는 의식의 한계라는 이 문제에 다시 도달한다.6)

「비평고」(1962~1963)에서 김현이 토로한 의식의 한계는 시니피앙 ― 한국어 표기와 시니피에 ― 서구적 개념들의 간극에 기인한 언어의 추상화와 맞물린, 언중(言衆)의 능동적 언어활동을 제약하는 '사회적 힘'에 기인한다. 한국문학의 경우, '순수문학'과 '참여문학'이라는 시니피앙으로 간단히 호명할 수 없는 다양한 문학적 담론들이 결국 '순수문학'과 '참

우 시간은 언어에 작용하지 않을 것이다. 역으로 시간을 배제하고 말하는 대중만을 고려한다면, 언어에 작용하는 사회적 힘의 효과를 볼 수 없을 것이다. (…중략…) 이리하여 우리는 자유성을 소멸시키는 지속성의 원칙에 이르게 된다. 그러나 지속성은 필연적으로 변질, 크고 작은 관계의 변화를 내포한다." 소쉬르, 최승언 역, 『일반 언어학 강의』, 민음사, 2006, 108~109면.

5) 소쉬르, 앞의 책, 108면.

6) 김현, 「비평고」, 『현대 비평의 양상』, 김현전집 11, 문학과지성사, 1991, 348면.

여문학’으로 환원되는 이분법적 순환 구조를 상기할 수 있다. 60년대 김현은 사르트르(J. Sartre)가 「문학이란 무엇인가」(1947)에서 앙가주망(engagement) 문학론의 근거로 제시한 ‘시의 언어는 사물, 산문의 언어는 도구’라는 명제7)가 기호학적 관점에 국한된 언어의 불변성에 기초하여 순수와 참여의 논리를 뒷받침하는 근거로 전유되고 있음에 주목한다. 문제의 출발은 그 자체 현상학적 언어관8)에 기초한 사르트르의 명제를 기호학적 언어관에 입각해 오독한 점이라고 김현은 말한다.

> 문학 언어에 있어서, 소설 언어는 도구이며, 시의 언어는 사물이라는 사르트르의 언어 명제 역시 순수 문학측에 고의로 오독되어 사용되고 있는데, 이 점에 대해서는 다음의 글을 인용함으로써 더 이상 터치하지 않기로 한다. “이 명제는 상징주의와 이미지즘의 강력한 영향 밑에 형성된 것인데, 오늘날까지 아무런 의아심도 야기시키지 않고, 그대로 원용되고 있다. 그러나 사르트르의 이 지적에서 한 가지 더 첨가해야 할 것은 사르트르의 명제가 기호학적인 것이 아니라, 현상학적인 차원에서 이해되고 있다는 것이다. 사르트르는 언어의 사물화를 시니피앙=표현으로 보고 있는 것이 아니며, 상상력 속의 이미지를 환기시키는 능력 자체를 언어로써 표시하려는 경향을 사물화로 보고 있다. 시란 언어가 사물이 되는 순간을 급습하는 것이라는 지적, 언어가 사물이 되는 순간을 저격하는 것이라는 지적 등은 그가 언어를 기호학적인 차원에서가 아니라 현상

---

7) “시인은 말을 <사용하는> 사람이 아니기 때문에, 말의 여러 가지 어의(語義) 중에서 어떤 어의 하나를 특별히 선택하는 것이 아니다. (…중략…) 산문가란 말을 <사용하는> 사람이라고 나는 규정하려고 한다.” 사르트르, 정명환 역, 『문학이란 무엇인가』, 민음사, 2010, 21~31면.

8) “확실히 나는 이 탁자, 이 의자를 넘어서 그 존재를 향하여, ‘탁자-존재’, ‘의자-존재’를 문제로 삼을 수 있다. 그러나 그 순간에 나는 현상으로서의 탁자에서 눈을 돌려 현상으로서의 존재에 시선을 보낸다. 그러나 이 현상으로서의 존재는 이미 어떤 개시의 조건도 아니다. 오히려 그것은 그 자신이 하나의 개시된 것이고, 하나의 나타남이다. (…중략…) 현상의 존재는 우리가 그것에 대해 가지고 있는 인식 밖으로 넘쳐흐르는 것이고, 인식의 근거를 이루는 것이다.” 사르트르, 정소성 역, 『존재와 무』, 동서문화사, 2010, 17~18면.

학적인 차원에서 이해하고 있음을 뜻한다. 이것은 바슐라르에게서 이미지의 드러남이라는 명제로 바뀌진 바 있다. 마찬가지로 사르트르가 산문의 언어를 도구라고 했을 때, 그 도구란 시니피에를 말하는 것이 아니라, 이미지를 논리화하는 능력을 말하는 것이다. 그러므로 시의 언어란 순수하고 소설의 언어란 비순수하다는 식으로 사르트르의 언어관을 받아들인다는 것은 상징주의의 저 절대에의 난파를 이해하지 못한 소치이다"(「소설은 왜 쓰는가」, 『월간문학』, 1970. 3). 순수 문학이 언어를 굳은 질서로 파악하여 그 표현도에 따라 언어에 등급을 매기려고 한 것에 반하여, 참여 문학은 언어를 사회적 산물로 파악하여 분위기를 양식화시키는 능력 자체를 부인하려 하고 있다.9)

 문학 언어에 대한 사르트르의 명제를 오독한 결과, 언어를 '굳은 질서'로 파악한 순수 문학은 시니피앙을, 언어를 '사회적 산물'로 파악한 참여 문학은 시니피에를 각기 '문학 언어'의 준거로 삼는 오류를 범한다. 따라서 김현은 김춘수의 「꽃을 위한 서시」(1957)를 비롯한 '꽃' 연작시를 중심으로 기호학적 언어관과 현상학적 언어관의 차이를 포착하고자 한다. "손바닥 위에 있는 꽃을 향해 '꽃'이라고 언어로 부른 순간, 실재로서의 꽃은 사라져버리고 아득히 멀어간다. 다만 언어가 있을 뿐이다."(「존재 탐구로서의 언어」, 1964)10)에서, 김현은 '언어'를 '꽃'이라는 시니피앙의 차원에서 이해하고 있다. 반면 "김춘수는 확실히 꽃이 말을 건넬 때 거기에 응답할 수 있다면 존재는 개시될 것이라고 생각한다. '꽃이여, 네가 입김으로/ 대낮에 불을 밝히면/ 환히 금빛으로 열리는 가장자리,//' 이렇게 김춘수는 「꽃의 소묘」에서 노래한다. 꽃은 언어가 되고 그 입김으로 비존(非存)의 대낮에 불을 밝힌다."(「꽃의 이미지 분석」, 1965)11)에서, '언어'

---

9) 김현, 「한국 문학의 가능성」, 앞의 책, 60~61면.
10) 김현, 「존재 탐구로서의 언어」, 『상상력과 인간』, 김현전집 3, 문학과지성사, 1991, 182면.
11) 김현, 「꽃의 이미지 분석」, 『상상력과 인간』, 김현전집 3, 문학과지성사, 1991, 74면.

를 사르트르의 현상학적 언어관에 따라 ‘사물화’, 즉 ‘상상력 속의 이미지를 환기시키는 능력 자체를 언어로써 표시하려는 경향’으로 받아들이고 있다.

그러나 사르트르의 현상학적 언어관은 “사르트르 언어관의 치명적인 약점은 그가 되풀이해서 시니피에와 사물을 동일시하고 있다는 점”12)에 입각하여, 「시의 언어는 과연 사물인가─사르트르 언어관 비판」(1975)에 이르러 지양된다.13) ‘사물화’로서 언어를 상정하면, 시적 자아와 대상의 관계에서, 시적 자아의 의식에 환기된 대상─이미지가 언어로서 표현되며 이로부터 시니피에가 문학 언어의 심급이 된다. 그러나 문학 언어는 언제나 시니피앙과 시니피에의 관계, 즉 ‘구조적 제관계’ 속에서 논의되어야 한다는 것이다. 예컨대, 한국문학과 불문학의 언어는 각기 다른 경험적 차원에서 시니피앙과 시니피에의 관계가 성립된 것이며, 다윈의 진화론에 입각한 통시 언어학의 관점에 따라 각 언어의 우열(優劣)을 논할 수 없다는 것이다. 이러한 관점은 「한국 문학의 양식화에 관한 고찰」(1967)에서 개인과 규범의 대립화와 질서화로 ‘양식화’ 개념을 설정한 맥

---

12) 김현, 「시의 언어는 과연 사물인가─사르트르의 언어관 비판」, 『현대 비평의 양상』, 김현전집 11, 문학과지성사, 1991, 158면.

13) “시의 언어는 도구가 아니라 사물이라는 그(사르트르─연구자)의 주장은 그 뒤 “시는 의미하는 것이 아니라 존재하는 것이다”라는 시인의 시구와 함께 시문학의 자율성을 뒷받침하는 전거로 사용된다. (…중략…) 이 글은 나 자신이 거기에 깊숙하게 침윤되어 있었던 하나의 문학적 주장의 근거와 그 한계를, 그 주장에 대한 비판의 근거와 한계와 함께 다시 생각해보려는 의도 밑에 씌어진 것이다. (…중략…) 사르트르가 시의 언어와 산문의 언어를 구태여 가른 것은 상징주의 이후의 문학적 성과를 버리지 않고서 앙가주망 이론을 전개하기 위해서였다. 그러한 그의 시도는 위에서 보듯이 상당수의 반발을 일으키는데, 그것은 리카르두의 두 번의 비판이 보여주듯 언어학의 발달로 인한 언어 기호적 측면에서의 비판과 인간을 위한 문학의 허구성을 밝히는 비판으로 크게 대별될 수 있다. 언어 기호 연구는 기술, 문학 텍스트를 새롭게 문제삼는 선에까지 이르고 있으며, 인간을 위한 문학의 감상성을 밝히는 작업은 텔 켈 그룹이나 프랑크푸르트 학파의 예술 연구에서 집약적으로 보여지듯 억압에서의 해방이라는 명제로 확대해 나간다.” 김현, 「시의 언어는 과연 사물인가」, 앞의 책, 149~160면.

락과 연결된다. '양식화된 현실', 즉 '사실형'은 "새로운 현실을 보는 양식이 나타나지 않는 한, 계속해서 사회를 지배"[14]한다는 분석을 바탕으로 「구조주의의 확산」(1968)에서 '언어는 산물이 아니라 활동이다'라는 훔볼트의 명제와 소쉬르의 "'랑그 / 파롤', '시니피앙 / 시니피에', '공시태 / 통시태' 등의 대립 개념'에 주목한다.[15]

문학의 매체가 언어라는 것은 매우 중요한 결론을 도출시킨다. 의미론에서는 언어의 특징을 관습성, 애매성, 선조성, 정감적 가치 등으로 규정하고 있는데, 이 언어의 특징을 다른 명제로서 표현한다면 "언어는 산물이 아니라, 활동이다"라는 훔볼트의 명제가 될 것이다. 훔볼트의 이 명제는 "언어들 사이의 진정한 차이란 음성이나 기호의 차이가 아니라 세계 전망의 차이이다"는 명제로 확대되어 나간다. 말을 바꾸며 언어는 한 사회의 세계 전망이 질서화된 것에 지나지 않는다. 그러나 그것은 주어지는 것이 아니라 얻어지는 것이다.[16]

언어의 차이를 '세계관'의 차이로 성정하는 훔볼트의 언어관[17]에 따

---

14) 김현, 「한국 문학의 양식화에 관한 고찰」, 『현대한국문학의 이론』, 김현전집 2, 문학과지성사, 1991, 13면.

15) "과학적 기술과 역사적 서술의 가능성을 믿고 있던 다원주의적 실증주의가 기능, 구조, 골격 등을 찾을 따름인 구조주의에 의해 대치되기 시작한 첫 증거를 우리는 훔볼트에게서 발견한다. (…중략…) 그래서 그는 "언어는 산물이 아니라 활동이다"는 명제를 끌어낸다. 이 활동을 분석하는 것이 그에게는 '언어의 구조적 문제'와 연결된다. 그리고 언어가 활동이라는 면에서 파악된다면, 그것을 연구하는 것 역시 통시적인 것보다는 공시적인 것이 되지 않으면 안 된다. 이렇게 해서 시간 속에서 변화하고 발전하는 있는 현상을 취급하는 통시 언어학 대신에 '구조적 제관계'를 탐구하는 공시적 언어학이 대두한다. 훔볼트에 뒤이어 이 공시 언어학에 확고한 이론적 기반을 마련해준 사람이 『언어학 강의』를 남긴 드 소쉬르이다. 그가 구조주의에 미친 공적은 아무리 크게 강조해도 지나치지 않는다. 그를 통해서 우리는 구조주의의 캐치프레이즈 같은 '랑그 / 파롤', '시니피앙 / 시니피에', '공시태 / 통시태' 등의 대립 개념을 발견할 수 있다." 김현, 「구조주의의 확산」, 『현대 비평의 양상』, 김현전집 11, 문학과지성사, 1991, 42~43면.

16) 김현, 「한국 문학의 가능성」, 앞의 책, 59면.

17) "사상과 낱말의 상호 의존성을 통해 언어는 본디 이미 인식된 진리를 재현하기 위한

르면, "언어의 질적 우위를 상정하지 않"[18]고 문학 언어를 고찰할 수 있다. 훔볼트의 언어관을 배경으로, 김현은 1960년대 한국의 경험적 현실로부터 한국어의 세계관 혹은 한국적 세계관의 언어로부터 한국문학의 가능성을 전망하는 비평 작업을 진행한다.

3. 한국어에 대한 자각과 '에크리튀르'로서의 문학

「한 외국 문학도의 고백」(1967)에서 김현은 서구 문학의 개념을 포함하지 못했던 개화기 '한글'의 한계를 시니피에와 시니피앙의 대립 개념에 입각해 조망하면서, 한국 현대문학의 비극이 이로부터 기인함을 설명한다.[19] 그 비극이란 구체적으로 "자기는 한국인이며, 자기가 선험적인

수단이 아니라 그 이상의 것, 즉 이전에는 인식되어 있지 않은 진리를 발견하기 위한 수단이라는 것이 분명해진다. 언어의 상이성이란, 소리나 기호의 상이성이 아니라 세계관 자체의 상이성이다. 이런 점에서 언어연구의 동기와 그 궁극적인 목적이 포함되어 있다." Durch die gegenseitige Abhängigkeit des Gedankens und des Wortes von einander leuchtet es klar ein, daß die Sprachen nicht eigentlich mittel sind, die schon erkannte Wahrheit darzustellen, sondern weit mher, die vorher unerkennte zu entdecken. Ihre Verschiedenheit ist nicht eine von Schällen und Zeichen, sondern eine Verschiedenheit der Weltansichten selbst. Hierin ist der Grund, und der letzte Zweck aller Sprachunter suchung enthalten(Humboldt, 1820 : 27). 이성준, 『인간과 언어의 정신활동』, 푸른사상, 2007, 197면, 각주 3) 재인용.
위르겐 트라반트는 『훔볼트의 상상력과 언어 Traditionen Humboldts』(안정오, 김남기 역, 인간사랑, 1998)의 1장 각주22)에서, "훔볼트 인용에서 권과 쪽 표시는 다른 진술이 없는 한 언제나 훔볼트의 『논문총서』(Gesammelte Schriften)에 따른다(Humboldt 1903~1936)."(p.48)라고 밝히고 있는데, 이성준의 『인간과 언어의 정신활동』(2007)에서 인용한 『논문총서』를 비롯하여 국내에서 번역·출판된 훔볼트의 저서를 아직 발견하지 못했다.
18) 김현, 「테러리즘의 문학」(『문학과지성』, 1971. 여름), 『사회와 윤리』, 김현전집 2, 문학과지성사, 1991, 254면.
19) "한국 현대 문학이 1891년에 행해진, 조원시 외 수인이 편찬한 찬송가에 상당한 힘을 얻고 있다는 것은 몇몇 사가(史家)들이 지적한 바 있다. 유형기의 말을 빌면, "그때까지는 극소수의 서민과 부녀자들의 글"이었던 한글이 일약 "조선 사람이 보통으로 사용하

것으로 믿고 있는 서구 문학 역시 경험적인 것이라는 것, 그리고 자기는 거기에 물들어 있다는, 그런 의도되지 않은 배반"[20]을 의미한다. 한국문학이 한국 혹은 한국어 자체의 경험적 현실로부터 구성된 것이 아니라, 선험적인 것으로 정초된 서구 문학을 심급으로 구성되었다는 자각으로부터 문학 개념에 대한 비판적 성찰이 이루어진다. 이는 "글을 쓴다는 것이 개성적인 작업이라는 명제는 19세기 부르주아 문화의 소산인데, 그 문화가 형성시킨 소설이라는 대장르를 선택한 자들에게는 거의 전부에게 은밀하게 침윤되어 있다. 그것은 개인이 주석자로서만 저술에 관계하게 되어 있던 중세기와는 판이하게 다른 상황이다."[21]라는 인식으로 전면화 된다.

『글쓰기의 영도』(1953)에서 바르트는 부르주아 문학의 정전화 또는 신화화에 대한 비판에서 출발하여 언어체(langue)와 문체, 문체와 파롤(parole)의 관계[22] 속에서 '글쓰기(écriture)'로서의 문학 언어 개념을 제시한다.[23] 김현은 후에 '에크리튀르(écriture)'를 '기술'로 번역하며, "글에

는 조선글"이 되었기 때문이다. 그러나, 이 사실은 한국 현대 문학의 비극적 모습을 상징적으로 보여준다. (…중략…) 사실상 찬송가의 번안 이래로 소설·시·평론 등의 다채로운 문학 장르가 그대로 직수입되어 한글로 씌어지기 시작했지만, 그 속에 담긴 것은 한국인으로서는 선뜻 이해하기 힘든 것들이었다." 김현, 「한 외국 문학도의 고백」, 『상상력과인간』, 김현전집 3, 문학과지성사, 1991, 20면.
20) 김현, 「한 외국 문학도의 고백」, 앞의 책, 22면.
21) 김현, 「글은 왜 쓰는가―문화의 고고학」(『예술계』, 1970. 봄호), 『상상력과인간』, 김현전집 3, 문학과지성사, 1993, 23면.
22) 『글쓰기의 영도 le degré zéro de l'écriture』(1953)에서 바르트는 "언어체(langue)는 한 시대 모든 작가들에게 공통적인 규정들 및 습관들의 조직체"이며, "사회적 참여의 장소가 아니고 다만 선택이 없는 반사 작용이며, 작가들이 아니라 인간들의 공유물"로 정의한다. "파롤(parole)은 수평적 구조들을 지니고 있으며, 그것의 비밀들은 그것의 낱말들과 동일한 선상에 있"으며, "어떤 의도가 아니라 충동의 산물이며, 사유의 수직적인 고독한 차원 같은 것"인 "문체"는 "파롤이라는 그 하위물리학(hypophysique) 속에서만 연장된다." 롤랑 바르트, 김웅권 역, 『글쓰기의 영도』, 동문선, 2007, 15~17면.
23) "언어체와 문체는 언어의 모든 문제 제기에 앞서는 여건들이다. 그것들은 시간과 생물학적 개인의 자연적인 산물이다. 그러나 작가의 형태적 정체성은 문법의 규범들과 문체

대한 작가의 태도와 결합되어 있는, 의도성'이자 '사회와 역사에 대한 인간의 의도적 선택과 관련"24)된 개념으로 설명한다. 이는 필연적으로 세계관의 측면에서 개인과 사회, 개인과 규범의 대립 관계를 상정하며 그에 앞서 사회 규범에 동일화한 의식 혹은 선험적으로 상상된 자아상으로부터 분리된 개인의 의식을 전제한다. 라캉(J. Lacan)의 '대타자'뿐만 아니라, 타자와 분리된 개인은 조화와 합일의 세계에서 이탈했다는 점에서 '의식의 분열' 상태에 놓인다. 「나르시스 시론─시와 악의 문제」(1962)에서 김현은 구약의 창세기에서 선악과를 먹고 에덴동산을 떠나게 된 아담과 이브의 비유를 통해, '의식의 분열'을 '악(惡)'으로 명명한다.

> 이전의 나르시스 ─ 명랑하고 언제나 하늘만을 동경하던 그의 얼굴(즉 우물에 자기의 얼굴을 비춰보기 전의 그 상상적 얼굴)과 이제 그의 눈앞에 나타난 우수에 차고 고뇌에 차서 떨고 있는 얼굴(현실 앞에 비추어진 즉 내부의 이름 모르는 욕망의 형상화된 얼굴)이 나르시스의 눈앞을 아롱대는 것이다. 그러나 나르시스는 이 상상적 얼굴을 동경하면서도 그가 택하는 것은 언제나 고뇌에 차 있는 현실의 얼굴이다. 여기에 나르시스의 신화가 우리에게 보여주는 시의 본질이 있다. (…중략…) 상상의 얼굴과 현실의 얼굴이 얼마나 틀리는가를 그들은 알고 그 사이의 커다란 구멍 때문에 수치를 느낀 것이다. 그리고 그 '간극'을 알기 시작했다는 것, 의식의 분열이 시작되었다는 것 ─ 그것이 악인 셈이다. (…중략…) 죽음

의 불변항들이 자리잡는 지점 바깥에서만 진정으로 확립된다. 그곳에서 씌어진 연속체는 완전히 무구한 어떤 언어적 본성 속에 우선적으로 결집되어 갇힌 채 마침내 하나의 총체적인 기호가 되고, 하나의 인간 행동의 선택이 되며, 어떤 절대 선(善)의 긍정이 된다. 그렇게 하면서 그것은 작가를 어떤 명백한 행복이나 불만과 이것들의 소통 속에 끌어들이고, 그의 파롤이 지닌 정상적이면서도 독특한 형태를 타인의 방대한 대문자 역사(Histoire)와 연결시킨다. 언어체와 문체는 맹목적인 힘들이다. 글쓰기는 역사적인 결속 행위이다. 언어체와 문체는 대상들이다. 반면에 글쓰기는 하나의 기능이다. 왜냐하면 그것은 창조와 사회의 관계이고, 그것의 사회적 목적에 의해 변모된 문학적 언어이기 때문이다." 롤랑 바르트, 앞의 책, 19면.

24) 김현, 「문학사회학의 구조」, 『문학사회학』, 김현전집 1, 문학과지성사, 1991, 306면.

에 무관심하다는 것은 환언하면 생에 무감각한 것을 말한다. 사형수가
자기를 향하여 그의 존재를 던질 때 열심히 죽음과 생의 부조리에 관해
서 그는 생각하는 것이다. 여기에서 우리가 말하려는 악의 진정한 성격
이 나타난다.[25]

'악'으로서의 분열된 의식은 '상상의 얼굴'과 '현실의 얼굴' 사이에 존
재하며, '죽음과 생의 부조리'에 대한 응시를 요구한다. 죽음을 택한 나
르시스와 달리, 시인은 죽음으로 생을 초월할 수 없으며 '상상의 얼굴'
에 비추어 '현실의 얼굴'에 담긴 고뇌와 고통을 의식해야 한다. 소위 '유
토피아 문학론'으로 명명되어 온 70년대 김현의 문학론[26]을 예비하는
이 시론으로부터 서로 다른 문학적 관점, 예컨대 바슐라르의 '물질적 상
상력' 혹은 '역동적 상상력'과 문학사회학이 공명하며 확장되는 김현 비
평의 지평을 이해할 수 있다.
　「글은 왜 쓰는가─문화의 고고학」(1970)에서 김현은 '사회의 모순의
한 축도'로 '한 개인'을 상정하고, '자기의 개성적인 정서적 반응'과 '사
회'의 양 극단 사이에 작가를 위치시킨다.[27] 그 작가는 바르트가 '문체'

---

25) 김현, 「나르시스 시론─시와 악의 문제」, 『존재와언어』, 김현전집 12, 문학과지성사,
　　1993, 15~19면.
26) "하나의 세계는 유토피아를 향한 토피아-존재 질서이다. 토피아에서 유토피아로 넘어가
　　는 과정에 기여하는 것이 예술가의 대사회적 임무인 셈인데, 예술가에게 비극적인 것은
　　모든 저마다의 토피아는 유토피아에 비추어 거부되어야 한다는 것이다. 유토피아라는
　　진짜 알맹이 있는 삶을 가능하게 하는 곳은 토피아라는, 유토피아로 가는 과정 속에서
　　만 존재한다. 진실은 결국 진실화 과정 속에 있다." 김현, 「욕망과 금기」(『주간조선』,
　　1978. 12. 3~24), 『문학과 유토피아』, 김현전집 4, 문학과지성사, 1992, 253면.
27) "한 개인은 사회의 모순의 한 축도이다. 문학이 사회의 모순을 드러내기 위해 항상 개
　　인을 대상으로 삼는 것은 그런 이유 때문이다. 19세기 프랑스 사회의 모순을 쥘리앵 소
　　렐을 통해서밖에 나타낼 수 없는 것이 문학의 한 측면인 것이다. 이 전제 조건을 무시
　　할 때, 문학은 프로퍼갠더로 떨어지고 만다. 문학을 사회 모순의 축소판으로 파악하려
　　면, 문학=부르주아 문학의 개념이 바꾸어지거나 작가의 이름이 지워지지 않으면 안 된
　　다. 작가란 자기의 개성적인 정서적 반응에 편집광적인 집착을 나타내 보이는 사람을
　　말하는 것이기 때문이다. 결국 순수 문학의 주장도, 어느 정도의 타당성을 지니고 있으

와 '언어체' 사이에 위치시킨 문학 언어로서 '글쓰기'에 상응한다. 이로부터 '문학 본래의 이중성'이 발생하는데, 한국문학의 경우, 순수와 참여의 대립은 그 이중성을 '상호 보족적인 것'으로 받아들이지 않기 때문에 반복된다고 분석한다.

이러한 관점에 이르는 과정에서 김현에게 낯선 텍스트로 다가온 소설이 이효석의 『화분』(1939)이다. 시와 소설의 언어를 구분한 사르트르의 명제와 바르트의 '글쓰기' 개념이 중첩되어 나타나는 「위장된 조화와 분열―이효석의 『화분』 시고(試考)」(1966)에서 그는 『화분』의 주인공들이 '독특한 성격'을 지니고 있지 않다는 분석을 바탕으로 작가의 세계관과 문학 언어의 관계를 고찰한다.

> 모든 소설이 다 그러하듯 『화분』 역시 존재에 대한 하나의 태도의 기술이다. 존재에 대한 하나의 태도의 기술이라는 점에서 『화분』은 분열의 드라마이다. (…중략…) 그럼에도 불구하고 『화분』은 분열의 드라마는 아니다. 『화분』의 세계는, 흔히 19세기의 소설가들, 특히 플로베르가 쓰는 의미로서가 아니라 오히려 칼빈적인 의미로서 조화되어 있고 예정되어 있다. (…중략…) 주인공의 독특한 성격은 형성되지 않고 미묘한 언어만이 형성될 뿐이다. 그런 의미에서 이효석의 『화분』은 반산문적이고 오히려 시적이다.[28)]

『화분』에 나타난 이효석의 '태도'는 "분열이 없고 조화만이 있는 세계, '아름다운 것을 참으로 아름다워하는' 세계―이것이 이효석이 말하는 미의 세계이고, 혼란되고 분열되어 있는 세계에서 구원될 길은 이 미

면서도, 전폭적인 지지를 얻지 못하고 있음은 그 어느 문학도 문학 본래의 이중성을 상호 보족적인 것으로 파악하지 못한 덕분이다." 김현, 「글은 왜 쓰는가―문화의 고고학」, 앞의 책, 30면.

28) 김현, 「위장된 조화와 분열―이효석의 『화분』 시고(試考)」, 『사회와윤리』, 김현전집 2, 문학과지성사, 1991, 282~283면.

의 세계에의 돌입”29)이며, 따라서 황동규의 「삼남에 내리는 눈」(『현대문학』, 1968. 1)을 분석한 「현실 파악과 비관주의」(1968)에서 제시한 ‘현실과 밀착된 낙관주의’의 태도라 할 수 있다. “현실과 결합된 비관주의라는 게 아이러니와 현실에 대한 거리감을 동반하지 않을 때 그것은 허무주의와 애국가 봉창으로 끝나버리게 되며, 현실과 밀착된 낙관주의가 감정의 절제를 얻지 못하면 소년단 찬가 비슷한 것으로 떨어져버린다.”30)는 김현의 관점에 비추어,『화분』에서 이효석은 자신의 태도에 대한 거리를 확보하지 못하고 ‘미묘한 언어’로 ‘조화만이 있는 세계’를 구축했다는 점에서 문제적이다.

반면 황동규의 「삼남에 내리는 눈」(『현대문학』, 1968. 1)에서 김현은 황동규의 비관주의와 ‘눈’을 통한 극복의 의미를 분석한다. ‘눈’은 현실과 결합된 황동규의 비관주의적 세계관을 ‘반성하게 하고 생을 긍정하게 하는’ 객관적 상관물이다. 이 ‘눈’이 순수 혹은 참여문학의 ‘클리셰(Cliché)’가 되지 않는 한, 황동규 시의 언어는 개성적인 세계관을 형상화한 문학 언어로 남을 수 있다. ‘클리셰’로서의 문학 언어에 대한 비판은 「1969년의 문학적 상황 II」(1969)에서 분명하게 이루어진다. 그는 이승훈 「비평」(『사물A』), 이성부 「전라도7」(『이성부 시집』), 정현종 「철면피한 물질」(『아세아』, 6)의 특징을 ‘무의식적인 콤플렉스의 예술적 환치, 분노와 사랑의 변주곡, 에피큐리언적 세계의 한계’로 분석하고, “이 특성은 60년대 의식의 다각적인 표현이다. 중요한 것은 이 특성을 패턴화시켜 클리셰로 만들지 않는 길이다. 파를 가르고, 그곳에 안주하기에는 이 시인들은 너무 개성적이다.”31)라고 말한다. 이 세 시인들이 획득한 ‘개성’은 1960년

---

29) 김현, 앞의 글, 293면.

30) 김현, 「현실 파악과 비관주의」,『상상력과인간』, 김현전집 3, 문학과지성사, 1993, 354~355면.

31) 김현, 「1969년의 문학적 상황 II」,『상상력과인간』, 김현전집 3, 문학과지성사, 1993,

대 한국문학에 침윤된 '비개성적 허무주의'를 "자신의 내부와 자신의 외부를 세밀히 살피고, 개인의 수평에서 상황을 극복해나가려고 노력하는 과정에서"32) 획득되었다는 점에서 문학사적 의미를 지니게 된다.

4. 비개성적 허무주의 비판과 '의식인의 윤리'

예술은 순간적인 쾌락이 아니라, 오히려 계속적인 자기 각성이다. 교양소설이 무협소설에 비해 인기가 없다는 것은 바로 이 점 때문이다. 무협소설의 주인공들이 우리에게 내보여주는 것은 개인의 가능성이 아니다. 그들이 내보여주는 것은 기존 윤리의 확대이며, 성공한 인간의 확인이다. (…중략…) 그러나, 그들은(독자들―연구자) 그 세계에서 벗어나면서부터 다시 일상성의 어려운 세계와 부딪치며, 그 세계가 전해주는 이유 없는 불안감·초조감을 맛본다. 그렇다면, 이 일상성의 비개성적인 세계에서 벗어나기 위해서는 계속 무협소설만을 읽을 수밖에 없는가? 그것은 너무도 답답한 질문에 속한다.33)

김현은 순수와 참여로 대립되는 60년대 한국문학의 극단적 이념형의 배경 중 하나를 50년대의 '폐쇄적 개방성'34)으로 진단한다. 금지된 좌익 사상을 제외한 서구 문학 이론의 수용은 경험적인 것을 선험적인 것으로 인식하는 '의식의 혼란'을 조장했으며, 이 '의식의 혼란'은 서구적 근대화, 즉 급속한 산업화 과정에서 더욱 심화되고 있다는 것이다. 「무협

308면.

32) 김현, 「허무주의와 그 극복」(『사상계』, 1968. 2), 『사회와윤리』, 김현전집 2, 문학과지성사, 1991, 221면.

33) 김현, 「무협소설은 왜 읽히는가―허무주의의 부정적 표출」, 『사회와윤리』, 김현전집 2, 문학과지성사, 1991, 235~239면.

34) 김현, 「허무주의와 그 극복」, 앞의 책, 243면.

소설은 왜 읽히는가―허무주의의 부정적 표출」(1969)에서 김현은 1960년
대 한국문학의 '사실형'인 무협소설이 '비개성적 허무주의'를 기반으로
중산층 독자를 사로잡고 있다고 분석한다. 새로운 '사실형'은 개인과 규
범의 대립화와 질서화를 통해 나타난다는 「한국 문학의 양식화에 관한
고찰」(1967)의 관점을 기반으로, 김현은 '의식인의 윤리'를 통한 새로운
이념형 모색의 필요성을 강조한다.35)

 '계속적인 자기 각성'으로서의 '의식인의 윤리'는 「허무주의와 그 극
복」(1968)에서 손창섭의 「잉여인간」(1958) 분석을 통해 구체적으로 설명
된다. 김현은 "허무주의란 개인과 손잡지 않는 한, 존재에 대한 강한 의
식과 거기에 대한 명료한 통찰을 전제로 하지 않는 한, 실의와 체념의
동의어"이며 "이 비개성적 허무주의가 가장 잘 드러나 있는 것이 손창
섭의 경우"36)라는 조건에서, '사회의 모순의 한 축도'로서 「잉여인간」의
서만기, 채익준, 천봉우에게 나타나는 문제점을 분석한다.

> 서만기의 경우는 자아를 자아라고 바라본 적이 없는 수동적 인물의 전
> 형이다. 말하자면, 그에게는 그라는 게 없고, 그의 의식 속에서의 모든
> 것은 집안과의 관계, 친구와의 관계로 얽매어져 있다. (…중략…) 채익준
> 의 경우란 그 타인의 영역이 더욱더 넓어져 있다. 그에게는 아내와 자식
> 은 있지 않은 것과 마찬가지이며, 있는 것이란 민족과 추상화된 진리에
> 대한 열의뿐이다. 열의라기보다는 오히려 도취에 가깝다. 이 추상화된

---

35) "의식이 혼란을 일으킨 것이 사실이라면, 그 혼란을 다른 방법으로 진정시키려 하다가
 그것을 더욱 조장시키지 말고, 그 혼란을 의식함으로써 진정시키는 것이 제일 쉬운 길
 이 아니겠는가? 의식인의 윤리라고도 부를 수 있는 이러한 태도는 60년대 문학의 한
 기조를 이룬다. 최인훈의 모든 문학적 업적은 이 태도의 소산이며, 김승옥·이청준·박
 태순·박상륭·홍성원·이성부·이승훈·정현종의 노력 역시 이 태도의 수용에서 얻어
 진다. 한국 문학의 가능성은 이 의식인의 윤리에서 어떠한 이념형을 추출해낼 수 있느
 냐에 매달려 있다." 김현, 「한국 문학의 가능성」, 앞의 책, 63~64면.
36) 김현, 「허무주의와 그 극복」, 앞의 책, 210면.

어떤 것에 대한 무조건의 숭앙이란 정신의 파시즘을 초래할 요소가 가장 많은 것인데, 그러한 인물들의 흔적을, 우리가 마치 서만기의 흔적을 이범선에게서 다시 발견하듯, 우리는 이호철과 남정현에게서 다시 발견한다. 천봉우의 경우는 이 세 타입에서 가장 많이 딴 작가들에 의해서 천착된 경우인데 그의 경우란 아무런 진정한 정신적 외상도 없이 포즈화한 정신적 외상을 정말인 것처럼 받아들인 그런 예에 속한다. 이러한 타입의 인물에게는 의지의 좌절, 인격 형성의 불가능성이 반드시 센티멘틀리즘과 결부한다는 것을 주목해야만 한다.[37]

서만기, 채익준, 천봉우는 공통적으로 '자기'가 소멸되어 있다는 점에서 '비개성적 허무주의'의 세계관을 반영한다. 사회 혹은 규범과 대립하는 '자기'가 없다면, 비개성적 허무주의는 '정신의 파시즘' 혹은 '센티멘틀리즘'으로 귀결되고 만다. 따라서 김현은 '자기 각성'을 통해 비개성적 허무주의 극복을 시도하는 노력에 주목한다. 「미지인의 초상1─김승옥과 홍성원의 경우」(1966)에서 김현은 "그들의 소설 속에 나타나는 빛나는 재치와 정확한 한국어 사용 등을 지적하면서, 그들이 답보하고 있다는 사실을 부인하려 할지 모른다. 이러한 표면적 이유에도 불구하고 그들의 작품은 정체되어 있다. 그것은 지극히 근본적인 한국 문학의 어려운 상황에서 나오는 듯하다."[38]라고 1960년대 한국문학이 직면한 난경을 예각화한다.

가치의 일반적인 니힐리즘 속에서 질서를 과연 찾을 수 있을 것인가, 있다면 무엇일까? 김승옥과 홍성원은 이 중요한 문제 앞에서 초조하게 서성거리고 있는 듯한 느낌이다. 그러나 이 서성거림을 조심스럽게 살펴

---

37) 김현, 「허무주의와 그 극복」, 앞의 책, 213면.
38) 김현, 「미지인의 초상 1─김승옥과 홍성원의 경우」, 『사회와윤리』, 김현전집 2, 문학과지성사, 1991, 259면.

보면, 김승옥과 홍성원이 서로 다른 두 방향 속에서 열심히 이 문제를 탐구하고 있음을 알게 된다. 김승옥은 부정적인 방향에서, 홍성원은 긍정적인 방향에서 이 문제를 성실히 탐구해나가고 있다.

(…중략…) 김승옥에게 있어 항상 문제가 되고 있는 것은 '자기'이다. 김승옥에게 있어서는 자기도 세상도 다 알기 어렵다는 그런 비관적인 생각이 뿌리 깊이 박혀 있다. 적어도 그에게 있어서 타인이란 자기의 등가물에 지나지 않는다. (…중략…) 그러나 홍성원의 경우는 그와 약간 다르다. 그에게 있어서 항상 엉망인 것은 세상이며, 자기는 그 세계를 관찰하는 역할만을 맡는다.

(…중략…) 김이 '그들 속에' 있다면, 홍은 '그들과 함께' 있다. 그러므로 김이 질서를 찾는다면 '그들 속에서' 그들을 억누르고 있는 요소들을 부정할 수밖에 없게 된다. 홍의 경우는 그 반대다. 그는 '그들과 함께' 있으므로 그들을 그의 위치에 끌어올리면 된다. 그것만으로도 그는 '질서'를 찾을 수 있을 것이다.[39]

김현은 김승옥의 「서울, 1964년 겨울」(1965)과 홍성원의 『디 데이의 병촌』(1964)을 중심으로, 한국문학의 이념형을 모색하는 두 양상을 고찰한다. '억누르고 있는 요소'들을 부정하는 김승옥의 '부정적 방향'과 '엉망인' 세상 속에서 "질서'를 찾'는 홍성원의 '긍정적인 방향'이 그것이다. 문학 언어를 '세계 전망의 질서화'로 인식한 김현에게 김승옥의 '부정'은 세계관의 고정과 억압을 지양하는 의미에서, 홍성원의 '긍정'은 '부정' 이후의 세계 전망을 질서화한다는 의미에서 또한 각각 개인주의와 안일(安逸)에 머무르지 않는 노력을 견지하는 한에서 한국문학의 가능성을 가늠하는 통로가 되었다.

[39] 김현, 「미지인의 초상 1 – 김승옥과 홍성원의 경우」, 앞의 책, 261~262면.

5. 새로운 상상 체계 구축과 소통의 비평

‘언어’와 ‘세계관’을 분절하여 ‘문학 언어’를 고찰하는 과정에서, 김현은 순수문학과 참여문학으로 명명된 이념형을 ‘미학적 관점’과 ‘사회학적 관점’으로 수정하고자 한다. 1962년 등단 이후 끊임없이 언어와 세계관, 불문학과 한국문학, 한국어와 한국문학의 이념형의 관계를 고찰한 60년대 김현은 ‘문학 언어’가 태생적으로 모국어의 세계관에 기초하고 있으며 따라서 현대문학은 그로부터 분열된 자리에서 새로운 세계를 구축할 수 있다는 문학론에 도달한다.

「한국 비평의 가능성」(1968)에서 김현은 당대 비평이 ‘참여와 순수’라는 ‘사고의 악순환’을 반복하는 위기에서 벗어나기 위해 ‘참여와 순수’를 사회학적 관점과 미학적 관점으로 나눈다. 나아가 사회학적 관점과 미학적 관점이 서로 소통하여, ‘미학적인 표현을 빌면 한 시대의 상상 체계가 이미 자기 세대의 상상 체계를 파악하는 데 낡아버린 것이라는 자각’[40]을 통해 위기를 극복해야 한다고 말한다. 김현의 이러한 비평 작업은 70년대 ‘실천적 이론’과 ‘이론적 실천’[41] 및 80년대 ‘민중적 전망주의’, ‘문화적 초월주의’, ‘분석적 해체주의’[42]의 명명과 소통 모색으로 이어진다.

김현의 시대를 지나, 오늘날 문학에서 ‘참여와 순수’의 대립은 낡은 상상 체계가 되었다. 대립이 아닌, 소통이 우리 시대의 상상 체계를 구

---

40) 김현, 「한국 비평의 가능성」, 『현대한국문학의이론』, 김현전집 2, 문학과지성사, 1991, 95면.
41) 김현, 「비평의 방법」(『문학과지성』, 1980. 봄호), 『문학과 유토피아』, 김현전집 4, 문학과지성사, 1993, 343면.
42) 김현, 「비평의 유형학을 위하여」(『예술과 비평』, 1985. 봄), 『분석과해석』, 김현전집 7, 문학과지성사, 1992, 233면.

성하고 있다. 그 소통을 향한 문학적 노력이 지속되는 한, 1960년대 김현 비평은 '의식의 분열'을 억압하는 우리의 '현실'에서, 여전히 낯선 문제적 텍스트로 남을 것이다. 그의 비평이 '분열' 자체이기 때문이다.

::: 참고문헌 :::::

1. 기본 자료

김현, 『문학사회학』, 김현전집 1, 문학과지성사, 1991.

김현, 『현대 한국문학의 이론 / 사회와 윤리』, 김현전집 2, 문학과지성사, 1991.

김현, 『상상력과 인간』, 김현전집 3, 문학과지성사, 1993.

김현, 『문학과 유토피아』, 김현전집 4, 문학과지성사, 1993.

김현, 『분석과 해석』, 김현전집 7, 문학과지성사, 1992.

김현, 『프랑스 비평사』, 김현전집 8, 문학과지성사, 1991.

김현, 『현대 비평의 양상』, 김현전집 11, 문학과지성사, 1991.

김현, 『존재와 언어』, 김현전집 12, 문학과지성사, 1993.

2. 단행본 및 논문

롤랑 바르트, 김웅권 역, 『글쓰기의 영도』, 동문선, 2007.

사르트르, 정명환 역, 『문학이란 무엇인가』, 민음사, 2010.

사르트르, 정소성 역, 『존재와 무』, 동서문화사, 2009.

소쉬르, 최승언 역, 『일반 언어학 강의』, 민음사, 2006.

이성준, 『인간과 언어의 정신활동』, 푸른사상, 2007.

위르겐 트라반트, 안정오 · 김남기 역, 『훔볼트의 상상력과 언어』, 인간사랑, 1998.

통합적 사유와 '가능성'의 문학론*

박 필 현

1. 다양한 비평 의제와 1960년대 초기 비평

백낙청은 1965년 문학 비평을 시작한 이래[1] 다양한 문학론을 제기하며 최근에 이르기까지 활발한 활동을 전개해 오고 있다. 백낙청의 비평은 논리적 입장 차이를 떠나서 많은 이들에게 두루 영향을 미쳤으며, 그런 만큼 이를 둘러싼 논의 역시 다양하다.[2] 그에 대한 평가는 "각 시대

---

* 이 논문은 박필현의 「백낙청 초기 비평 연구」(『한국문예비평연구』 35집, 2011. 8)를 수정한 것임.

1) 백낙청 비평 활동의 출발점으로는 「피상적 기록에 그친 6·25 수난」과 「궁핍한 시대와 문학정신」을 들 수 있다. 전자는 박경리의 『시장과 전장』을 다룬 것으로 『신동아』 1965년 4월호에 수록되었다. 이 글에서 백낙청은 대상 작품을 평가하며 "수난의 열거로만 그친 기록을 읽을 때 우리가 겪은 모든 것이 아무런 열매도 흔적도 남기지 않고 어디론지 증발해버린 듯한 느낌조차 든다"고 지적했는데, 이에 대해 동일한 잡지 다음호에서 박경리는 "무딘 필력", "일관성 없는 논법", "황당한 창작"이라며 반론을 제기하기도 했다. 「궁핍한 시대와 문학정신」은 1965년 4월 6일 『조선일보』에 발표된 「영어영문학회 특별「세미나」─문명의 위기와 문학인의 입장」을 보완하고 정리한 것으로 1965년 6월 『청맥』을 통해 발표되었다.

2) 매 시기 논쟁적인 비평 의제들을 제기했던 만큼 이를 둘러싼 논의 역시 다양한 각도에

의 변화상과 새로운 요구들을 자신의 논리 속으로 흡수"하며 "탁월한 유연성과 탄력성"을 보여주었다는 긍정적 논의에서부터 "지배권력과 민중의 관계가 혼성적인 근대의 상황을 간과한 채 억압에 대한 극복·저항 방안을 모색한 독아론적인 논리"라는 비판적 논의에 이르기까지 그 스펙트럼이 매우 넓다.3) 이처럼 서로 다른 논리적 입각점에 기반한 상이한 논의들은 주요 의제들을 보다 다양한 각도에서 바라볼 수 있도록 해 준다는 점에서 그 의미가 크다.

백낙청의 비평을 둘러싼 논의들은 어떤 측면에서는 논쟁적이라고도 할 수 있지만, 이러한 일련의 연구 흐름 속에서도 몇몇 공통점을 확인할 수 있다. 우선 그 하나로 사회·역사적 상황 속에서 비평이 가진 이론적·실천적 적합성 여부에 주목하는 경향을 들 수 있다. 그리고 대개의 논의들이 특정 의제에 주목해 그 논지를 지지·보완하거나 비판적으로 검토하고 있다는 점, 상당수 논의들이 1970년대 이후 비평에 주목하고 있어 1960년대에 이루어진 초기 비평이 상대적으로 간과되고 있다는 점 등이 그것이다.4) (물론 초기 비평을 다룬 경우가 전무한 것은 아니지만

서 진행되었다.

강정구, 「1970~90년대 민족문학론의 근대성 비판」, 『국제어문』 38집, 2006. 고명철, 「민족문학'운동'으로서의 실천적 비평」, 『칼날 위에 서다』, 실천문학사, 2005. 구중서, 「70년대 비평의 현황」, 『민족문학의 길』, 새밭, 1979. 김명인, 「지식인 문학의 위기와 새로운 민족문학의 구상」, 『희망의 문학』, 풀빛, 1990. 김종엽, 「분단체제론의 궤적 : 회고와 전망」, 『동향과 전망』 61호, 2004. 김치수, 「양심 혹은 사랑으로서의 민족문학」, 『문학과 지성』, 1978. 가을호. 김태현, 「백낙청론」, 『문학의 시대 3』, 풀빛, 1986. 문흥술, 「90년대 민족문학론의 위기, 그 실체」, 『무애』, 1998년 창간호. 오창은, 「'제3세계 문학론'과 '식민주의 비평'의 극복」, 『우리문학연구』 24집 2008. 윤성호, 「누가 민족문학을 두려워하랴?─트랜스내셔널리즘 시대의 민족문학」, 『한국학논집』 제45집 2009. 이현석, 「60~70년대 담론의 실정성과 백낙청의 문학비평」, 『개신어문연구』 제30집, 2009. 정훈, 「백낙청 비평 연구」, 부산대학교 국문과 석사학위논문, 2005. 최상천, 「<분단체제론>의 검토」, 『한국전통문화연구』 제11집. 하정일, 「시민문학론에서 근대극복론까지─백낙청론」, 『20세기 한국문학과 근대성의 변증법』, 소명출판, 2000 외 다수.

3) 전자는 하정일(위의 책, 94면)의 논의이고 후자는 강정구(위의 글, 305면)의 논의이다.

주를 이루는 것은 1960년대 비평 전반에 대한 고찰이라기보다는 「새로운 창작과 비평의 자세」, 「시민문학론」과 같은 특정 비평문을 대상으로 하여 1960년대 비평의 장 안에서 백낙청 비평이 가진 위상을 검토해보려는 시도들이다.)[5]

이들 공통점은 모두 일정 정도 상호 관련성을 갖고 있다. 백낙청의 비평이 사회·역사적 실천으로서의 문학이라는 문제의식 하에, 줄곧 시대적 변화에 대한 관심을 보여 왔다는 것은 주지의 사실이다. 따라서 현실과의 상관관계 내에서 그 적합성을 고민하는 작업은 어찌 보면 필연적인 현상이라 할 것이다. 또한 시대에 대한 고찰에 기반해서 매 시기 거듭 논쟁적인 의제들이 제기되어 왔기에 상대적으로 초기 비평에 대한 주목은 덜 할 수밖에 없었다. 이러한 맥락에서 초기 비평은 백낙청 비평의 특성이 본격적으로 발현되지 못한 상태로 간주되었던 것이다.[6]

---

4) 초기 비평 간과 현상은 강경화, 이명원 등에 의해 제기된 바 있다. 1972년 귀국 이전 즉 1960년대 초기 비평을 다룬 논의들 중 당시 비평문 전반을 대상으로 하고 있는 경우로는 강경화가 있을 뿐이다. 강경화의 논의는 특히 비평의 기반과 그 인식구조에 주목하고 있으며, 백낙청 초기 비평이 가진 전반적인 면모를 확인하는 데 큰 도움을 준다.
강경화, 「백낙청 초기 비평의 인식과 구조」, 『정신문화연구』 제29권 제2호, 2006. 강경화, 「백낙청의 실제비평에 대한 고찰—초기 비평을 중심으로」, 『현대문학이론연구』 제33집, 2008.

5) 권성우, 「1960년대 비평에 나타난 ‘현대성’ 연구」, 『한국학보』 96집, 1999. 가을. 이동하, 「한국 현대 문학비평의 두 가지 유형—백낙청의 「시민문학론」과 김현의 「시와 톨스토이주의」」, 『한국문학을 보는 새로운 시각』, 새미, 2001. 이명원, 「백낙청 초기 비평의 성과와 한계」, 『타는 혀』, 새움, 2000. 임영광, 「백낙청 / 김현 문학담론의 논리구조 비교연구—백낙청의 「시민문학론」과 김현의 「한국소설의 가능성」을 중심으로」, 『한국어문연구』 제18집. 하상일, 「1960년대 『창작과 비평』의 현실주의 비평담론—백낙청의 초기비평을 중심으로」, 『어문연구』 47호, 2005. 4.

6) 흔히 백낙청의 비평은 민족문학론으로 정리되는데 1960년대 비평은 이와 같은 특색을 잘 드러내지 못하고 있다는 것이다. 실제로 첫 평론집의 머리말 등을 보면 백낙청 자신 역시 어느 정도는 이러한 시각을 갖고 있었던 것으로 보인다. 『민족문학과 세계문학 I』(창작과비평사, 1978)의 머리말에서 백낙청은 첫 평론집의 제목을 ‘민족문학의 현단계’로 하고 싶었다며, 주위의 설득이 없었더라면 초기 비평의 주요 평문으로 꼽히는 「새로운 창작과 비평의 자세」를 평론집에서 뺐을 것이라고 말한다.

그러나 초기 비평에서 (어떤 측면에서는 오히려 보다 선명하게) 이미 그 나름의 고유한 비평적 논제들이 확인된다는 점을 간과해서는 안 될 것이다. 또한 새로운 비평 의제의 제기가 곧 비평 논리의 전변(轉變)을 의미하는 것일 수는 없다. 초기 비평에 나타난 전통이나 근대, 현실, 문학인, 리얼리즘 등의 논의들은 단지 초기 비평에 한정되지 않으며, 이는 통합적 사유 아래 그 나름의 문학적 방법론을 모색해가는 한 과정이라 하겠다. 본고는 이러한 점을 고려해 이후 전개된 비평과의 연속적 성격을 중심으로 하여, 1960년대에 이루어진 초기 비평 전체를 대상으로 초기 비평 속에서 확인되는 백낙청 비평의 고유한 특성과 그 함의를 살펴보고자 한다. 문학과 제반 사회 현실과의 상관관계에 대한 지속적 강조는 그간 백낙청 비평이 가진 기본적 특성으로 정리되어 왔다. 본고는 대다수의 논의가 수긍하고 있는 바로 이 특성에서 출발하고자 한다. 전통, 근대, 현실 등에 대한 논의를 통해 그러한 특성의 근저에 자리한 것이 무엇인지를 확인하고 이어 그것이 문학적 주체와 형상화 문제 등 비평 전개 과정에서 드러나는 양상과 그 의미를 살펴볼 것이다.

2. 상이한 것들의 중첩과 통합적 사유의 강조

백낙청은 비평 활동을 시작한 이래 지속적으로 문학과 사회 여러 영역이 서로 불가분의 관계에 있음을 역설해 왔다. 실제로 그는 "문학은 작가 개인뿐만 아니라 그 사회의 산물로서, 문학의 문제를 그 사회적 상황과 떼어서 이해하고 해결할 수가 없다"[7]고 명시적으로 표현한 바 있

---

7) 백낙청, 「궁핍한 시대와 문학정신」, 『청맥』, 1965. 6월호, 133면.

기도 하다. 이러한 맥락 하에서 "메마른 아카데미즘에 머물지 않고 문학과 사회를 위한 백년지계를 마련하는 노력"은 "현대의 상황 자체의 극복"으로까지 연결된다. 문학과 사회 제 영역의 관계에 대한 이러한 주장은 이미 익히 알려진 바이므로 이제 이에 더해 다음과 같은 질문을 던져볼 필요가 있을 것이다. 그는 왜 문학을 사회의 여러 영역들과 분리 불가능한 것으로 보는가.

물론 1960년대에는 「분지」 필화 사건을 비롯해 문학과 사회를 고민하게 만드는 다양한 사건들이 있었다. 실제로 비평 활동을 편 초기부터 그는 다양한 평문을 통해 남정현의 구속을 위시한 여러 상황을 거론하며, 문학계의 큰 사건에 기성 문단이 활발히 참여하지 못하고 있다는 사실을 지적하고 좁은 의미의 문학 이상의 창작활동과 비평 활동이 필요하다는 입장을 지속적으로 피력해 왔다.[8] 그러나 던져진 질문에 대한 보다 근본적인 대답을 찾기 위해서는 당대의 사회적 상황에 대한 설명에서 한 걸음 더 나아갈 필요가 있을 것이다.

『사상계』를 통해 이뤄진 대담 과정에서 선우휘는 '현실'의 규정을 문제 삼은 바 있다. 휴전선 이남만이 아니라 이북까지도 우리의 현실로 보아야 한다는 선우휘의 말을 받아 백낙청은 다음과 같이 말한다.

> 한국에서의 <현실>을 선생님은 편의상 이남과 이북으로 갈라서 말씀하셨는데, 사실은 그뿐만이 아니죠. 한국 바깥의 세계라는 것도 <한국현실>의 일부를 이루고 있고요. 한데, 작가가 겪는 현실이란 것은 실제로 자기가 몸으로 느끼고 살고 있는 전부가 아닙니까? 한국의 현실이 이남의 현실과 이북의 현실이 있다 할 땐 사실은 작가에게 느끼는 것은 자기

---

8) 백낙청, 「작단시평—문단의 한 해 문학의 한 해」, 『조선일보』, 1965. 12. 19. 이외에도 「문명의 위기와 문학인의 입장」(『조선일보』, 1965. 4. 6) 및 앞서 언급한 「궁핍한 시대와 문학정신」(『청맥』, 1965. 6월호), 「저항문학의 전망」(『조선일보』, 1965. 7. 13) 등에서 문학과 현실에 대한 고민이 나타나고 있다.

가 이남에 살면서 느끼는 이남의 현실하고, 또 이남에 살면서 이북이 저
런 형태로 공산치하에 있다는 것이 이남에 사는 자에게 파급되어 올 때
에 그것을 느끼는 현실, 또는 세계가 이남에 파급되어 오는 현실—그런
것이니까요.9)

현실에 대한 이상의 논의 과정에서 주목해 볼 만 한 지점은 두 가지
인데, 그 하나는 그가 세계와 한국이 서로 분리된 것이 아니며 한국 바
깥의 세계라는 것도 한국 현실의 일부를 이루고 있다고 주장하고 있다
는 점이다. 그리고 다른 하나는 현실을 설명하는 과정에서 반복적으로
강조되는 것이 느낌이라는 것이다. 그에 따르면 한국의 현실은 한국 바
깥의 세계와 더불어서만 논의 가능하며, 현실은 주체의 밖에 외적·객관
적 영역이 따로 존재하는 것이 아니라 "자기의 몸으로 느끼"는 바로 그
것이다. 이런 맥락에서라면 문학과 사회 여러 영역이라는 구분 자체가
무색해진다 하겠다. 요컨대 백낙청식 현실에서 안과 밖의 구분은 무의미
한 것이다.

몸으로 느끼는 현실에 대한 강조는 실제 작품을 분석해가는 과정에서
도 확인된다. 「서구문학의 영향과 수용—그 부작용과 반작용」(『신동아』,
1967. 1월호)에서 백낙청은 최인훈의 「크리스마스 캐럴 4」와 「크리스마스
캐럴 5」 등을 분석하고 있는데 이 과정에서 「크리스마스 캐럴 5」에 나
타나는 환상적인 설정과 현실에 대한 철저한 주관주의적인 태도는 생경
한 관념의 침입에 약한 점을 예증하고 있다며 작품이 여운 이상의 것을
남기려면 리얼리즘과의 어떤 새로운 대결이 있어야 한다고 주장한다.
즉, 주관주의에 대해 리얼리즘과의 대결을 요구하고 있는데, 이를 통해
서야 비로소 작품 속 현실비판도 기상(奇想)이나 순전히 개인적인 술회

---

9) 백낙청·선우휘, 「작가와 평론가의 대결」(대담), 『사상계』, 1968. 2월호, 157면.

이상의 권위를 가질 수 있다는 것이다. 주관주의는 리얼리즘과 대결해야 하고 '사회기능'은 문학의 질적 가치와 함께 가며,[10] 문학은 사회 현실로 개인의 감정은 사회적 현상으로 연결된다.[11] 이렇게 현실을 보는 관점에서 작품에 대한 요구에서, 한국현실과 한국 바깥의 세계가 외적 상황과 내적 느낌이 주관주의와 리얼리즘이 결국 문학과 역사적 현실이 중첩된다.

어떤 논리적 맥락하에서 이런 중첩이 요구된 것일까. 이는 순수문학론에 대한 그의 비판을 통해 역으로 생각해 볼 수 있다. 「새로운 창작과 비평의 자세」는 순수문학론의 허위성을 강도 높게 비판하고 있는 글이다. 문학의 질적 우수성 그리고 역사적 현실 및 이데올로기에 대한 문학의 초월은 구분되어야 한다는 전제하에서 시작된 이 논의에서 백낙청은 홍미로운 방식으로 '순수주의'의 문제적 측면을 지적한다.[12]

> 그 이론적 근거란 대저 주체와 객체, 인식과 행위, 정신과 물질을 확연히 가르는 일련의 철학적 태도라 하겠다. 무엇을 순수하게 아는 것과 그에 대한 가치판단 내지 실제행동을 취하는 것은 전혀 다르며 <본질>과 <기능>을 구별하여 어떤 본질이 어떤 기능을 할 수도 있고 안할 수도 있다는 태도가 순수주의의 근저를 이루고 있다. (…중략…) 데까르뜨와 뉴우턴의 세계관을 엄밀히 따지는 것은 문외한의 능력 밖이며 문학인의 임무도 아니다. 과학주의를 넘어서, 주체와 대상, 정신과 육체, 사실판단

---

10) 백낙청, 「역사소설과 역사의식」, 『창작과 비평』, 1967. 봄호.
11) 백낙청, 「서구문학의 영향과 수용」, 『신동아』, 1967. 1월호.
12) 백낙청이 제기한 순수문학론에 대한 비판은 여러 연구들에서 중요하게 다루어지고 있다. 그중 하상일은 서구의 근대성론과의 비교를 통해 순수문학론을 비판함으로써 문학의 현실참여에 대한 논리적 체계를 세우고자 했다며 그 의의를 부각하고 있으며, 강경화는 문학의 순수성 주장이 역설적으로 언제나 정치적이었다는 점에 동의하면서도 백낙청이 문학의 순수성과 질적 우수성 사이에 자의적인 전제를 통해 순수문학의 부당함을 지적하고 있으며 이와 더불어 한국 순수문학의 특수한 발생론적 맥락이 고려되지 않았다는 점을 한계로 지적하고 있다.

과 가치판단이 불가분하게 얽힌 현실을 철저히 밝힐 수 있는 새 논리학 인간학 및 형이상학의 체계를 서술하는 일 역시 사양하여 마땅하리라. 그러나 20세기 물리학이나 철학적 인간학의 상식으로도 종래의 확연한 분류가 그릇되었음이 짐작되는 오늘에 와서 낡은 순수주의를 고집한다는 것은 정녕 순수예술 이외의 어떤 동기를 감춘 고집이라는 심증을 굳혀줄 수밖에 없다.[13]

백낙청이 예술의 순수주의에 대해 근본적으로 문제삼는 것은 그것이 지난 세기의 소박한 과학주의에 기대고 있다는 점이다. 그리고 이때 소박한 과학주의란 주체와 대상, 정신과 육체, 사실판단과 가치판단이 불가분하게 얽혀 있음을 파악하지 못하고 단순히 양분하여 파악하는 태도를 가리킨다. 그에게 있어 '당대의 과학' 즉 "20세기 물리학이나 철학적 인간학의 상식"은 이분법적 분류의 불가능성과 연결된다. "새 논리학 인간학 및 형이상학의 체계"에 따르면 가치판단과 실제 행동 혹은 본질과 기능 등은 서로 다른 것이 아니다. 즉, 순수주의에 대한 문제 제기와 문학과 사회 제 영역과의 유기적 관련성 강조 아래에는 소박한 과학주의에 대한 비판이 자리하고 있으며, 이 소박한 과학주의라는 지적을 통해 백낙청은 근본적으로 이분법적 사유에 대해 문제를 제기하고 있는 것이다. 백낙청은 일견 서로 상이한 것으로 여겨져 온 것들을 끝없이 중첩시키고 있다. 그리고 이런 그의 비평 활동 기저에는 이분법적 사유를 지양하고 모든 것을 개별이자 전체 혹은 특수이자 보편인 유기적 관계 내에서 사유하려는 태도, 그러한 통합적 사유가 깔려 있는 것이다.

---

13) 백낙청, 「시민문학론」, 『창작과 비평』, 1969. 여름호, 7~8면(이하 본고에서의 「시민문학론」은 모두 『민족문학과 세계문학』, 창작과비평사, 1978의 수록본이다).

3. '모자라는' 전통, '궁핍한 현실'

백낙청이 소박한 과학주의에 기댄 이분법적 사유를 비판하며 상대적으로 무게를 두고 있는 것은 문학이 직면한 당대의 '역사적 현실'이다. 사회의 제 영역들과 문학이 중첩되고 외적 조건만이 아닌 느낌까지가 현실이라는 특유의 논리 속에서, 도대체 왜 무게중심이 어느 한 쪽으로 치우쳐야 하는가.

> 문학이 역사적 현실과 이데오로기를 초월한 그 자신만의 영역을 지켜야 한다는 주장은, 문학이 질적으로 우수해야 하고 그런 의미에서 순수해야겠다는 말과는 매우 다르다. 후자가 이데오로기와 상관없이 통용될 수 있는 상식인데 반해 앞의 것이야말로 어떤 특정한 시대 특정한 이데오로기의 산물이며 삶에 대한 특정한 태도를 나타낸 것이다. (…중략…) 순수주의의 난점은 그것이 역사적으로 규정된 이데오로기라는 사실보다도, 그 이데오로기가 현재 우리의 가장 절실한 체험에서 먼 동시에 현대 과학 및 철학의 증언에도 어긋나고 있다는 점이다. 현실의 다른 모든 분야와 동떨어진 어떤 〈순수한〉 문학 혹은 예술의 영역이 가능하려면 첫째 그 이론적 근거로 일종의 형이상학적 치외법권지대를 상정할 수 있어야 하며 둘째로 역사의 움직임이 그런 특권을 존중해주어야 한다. 그런데 20세기의 전쟁과 20세기의 혁명이 이러한 19세기 서구사회의 예절에 구애되는 기색이 없음은 물론, 20세기의 학문조차 순수주의의 이론적 근거를 흔들어놓았다.[14]

백낙청은 순수예술이란 역사적으로 보았을 때 프랑스 대혁명 이후 유럽 중산층 이데올로기의 일환이라고 말한다. 소위 '순수한' 문학 혹은 예술이 가능하기 위해서는 형이상학적 치외법권지대를 상정할 수 있어

---

14) 백낙청, 「새로운 창작과 비평의 자세」, 『창작과 비평』 창간호, 1966. 겨울호, 6~7면.

야 할 뿐만 아니라 역사의 움직임이 그런 특권을 존중해 주어야 하는데, 그가 파악한 당대는 이러한 조건과는 거리가 먼 "궁핍한 시대"이다. 한국에서의 문화활동은 "지금정도의 문화활동이나마 몇 년가량 계속 될 수 있을 것인지, 변화가 온다면 어떤 방향으로 올 것인지 하는 기초적 문제조차도 주로 정치적 경제적 문제 해결의 추세에 따라, 그나마 국제정세의 압도적 영향 아래서 결정"되는 "타율적 상황"이라는 것이다.15)

「문명의 위기와 문학인의 입장」 및 「궁핍한 시대와 문학정신」에서 아놀드를 논하며 백낙청은 문학인의 이상과 책임으로 크게 전통의 계승, 유산의 쇄신, 비평정신을 통한 현실참여 세 가지를 든다. 이어진 비평활동에서 지속적으로 민족문학을 내세운 것을 고려할 때, 위의 논의 속에서 그는 이후와는 사뭇 다르게 느껴지는 목소리를 내고 있다. "문학인으로서 활동할 힘을 발휘하는 데 필요한 유산을 영국이란 전통으로부터 받고 있었"던 아놀드와 "우리와의 거리감"을 지적하며 타율적 문화상황에 모자라는 문학의 유산과 노쇠한 사상("극단적으로 노쇠하고 현대감각에서 낙후된 유교체제") 등을 언급하고 있는 것이다.

> 「아놀드」가 서구 및 영국의 휴머니즘 전통에 정착할 수 있었음은 그의 커다란 강점이 되어 있다. 미국의 평론가 「트릴링」이 지적하다싶이 오늘날 「아놀드」가 차지하는 중요성은 그의 뛰어난 개인적 재능에 따른 것만이 아니요, 그가 대변하는 위대한 전통의 무게와 결부된 것이다. 반면에 그것은 「아놀드」와 우리와의 거리를 뚜렷이 해주는 사실이기도 하다. (…중략…) 모자라는 것은 문학의 유산뿐만 아니다. 맹자의 도(道)도 원래는 휴머니즘의 전통이라 하겠으나 오늘날 한국의 극단적으로 노쇠하고 현대감각에서 낙후된 유교 체제에 기대어 「아놀드」식의 전통주의를 꿈꾸어본다는 것은 상상키 어려운 일이다. 여기에, 서론에 말한 현재

---

15) 백낙청, 「궁핍한 시대와 문학정신」, 『청맥』, 1965. 6월호, 127면.

한국의 특수한 타율적 문화상황을 덧붙인다면 우리 문학인의 현실참여의 필요성이 더욱 절실해지는 동시에 문학인으로서의 뜻 있는 참여의 가능성은 극히 제한되어 있음을 깨닫게 된다.16)

초기 비평에서, 전통단절론 혹은 서구적 세계관, 결여형으로서의 근대관, 민족적 열등의식 등이 나타난다는 일련의 지적은 이러한 논의에 근거한 것이다. 물론 전통에 대한 이러한 언급은 1960년대 비평을 마무리 짓고 있는 「시민문학론」에서 백낙청 스스로가 비판하고 있는 지점이기도 하다. 「시민문학론」에서 그는 프랑스혁명기의 시민계급이 우리가 이상으로 삼고자 하는 시민의 완전한 정의가 될 수 없음을 말하는 한편, "아무리 쇠잔한 전통이라도 그 존재 자체를 부인하는 것이 아니라면 <명맥이 끊어졌다>고 말하는 것은 위험한 레토릭이 아닌가?"라며 스스로의 과오를 인정한 바 있다.17) 그러나 그렇다고 해서 「시민문학론」이전 비평문에 나타난 백낙청의 근대관이 단순히 열등의식에 기반, 서구의 완성형 대 우리의 결여형으로 상정되었다고 정리하기는 어렵다. 이 시기 전통과 유산을 둘러싼 논의를 1970년대 이후 비평과의 차이로만 간단히 환원시켜 버리기에는 어려운 지점들이 존재하기 때문이다.

한국의 20세기는 곧 서구 어느 나라의 제몇세기에 해당한다는 등식을 공언하고 나올 사람은 없겠지만 서구현대문학의 악영향을 비판하며 보다 주체적인 수용태세를 촉구하는 많은 주장 가운데는 은연중 이 비슷한 등식이 숨겨져 있는 것이 아닐까? 우리는 17,8세기의 한국이 17,8세기의

---

16) 백낙청, 위의 글, 1965. 6, 139면.
17) 백낙청, 「시민문학론」, 『창작과 비평』, 1969. 여름호, 14면·36면 참조.
"레토릭"이라는 표현은 자신의 과오에 대한 일종의 변명일 수도 있겠고, 혹은 사실일 수도 있을 것이다. 이 글에서 백낙청은 전통의 정당한 평가 그 자체가 하나의 역사행위라며, 당대 지식인들 사이에서 흔히 논의되는 전통의 '단절'이라는 것은 사실이라기보다는 하나의 환각이라고 정리한다.

> 서구와 동떨어진 세계였다는 것과 똑같은 의미로 20세기의 한국현실이
> 20세기의 서구현실에서 멀다고는 말할 수 없다. (…중략…) 오늘날 우리
> 현실이 서구의 어느 과거 시점과 아무리 비슷한 점이 많더라도 가장 중
> 요한 한가지가 다르다. 즉 18세기 또는 19세기가 아니라 20세기에 있다
> 는 사실이다.[18]

　서구의 근대라고 해서 손댈 것이 없는 이상적인 완성형인 것은 전혀
아니며 따라서 우리가 그와 동궤를 밟아가야 한다는 인식 역시 나타나
지 않는다. 오히려 백낙청은 언제나 자타의 문제, 보편과 특수의 문제를
인식하며 반복적으로 다른 역사적 배경인 경우 다른 필연성을 기반으로
해야 한다고 말한다. 그는 한국사회의 보수적 요소와 서구사의 퇴폐적
요소가 발전 혹은 진보의 이름으로 만나 파시즘이라는 능동적 허무주의
의 온상이 될 수도 있다는 지적을 한 데 이어 가장 새로운 현대적인 것
속에서도 반동적 요소가 있을 수 있다며 김동리를 예로 들어 보수적 체
질과 서구적 현대주의에의 민감성이 불가분의 관계에 있음을 언급하기
도 한다. 결국 강조되는 것은 '서구적인 것과 한국적인 것'이 '혼거'하고
있는 현실, 어지러운 현실 체험을 담아내기 위한 문학적 실험이다. 그리
고 이때 서구의 문화나 문학에서 주목할 만한 것은 낡고 안일한 것에 대
한 끊임없는 도전과 역사에 대한 책임감 및 반제국주의적 정신으로 정
리된다. 역사의식을 "현재를 역사의 소산으로 보고 과거를 현재의 전신
으로 파악하는 정신" 즉 현실과의 상관관계 내에서 정의하고자 하며 현
실파악을 강조하는 「역사소설과 역사 의식」(『창작과 비평』, 1967. 봄호) 역
시 같은 맥락에서 생각해 볼 수 있다. 실제로 전통과 유산에 있어 아놀
드가 처해있던 영국 상황과 한국 상황의 차이점을 강조함으로써 그가

---

18) 백낙청, 「서구문학의 영향과 수용—그 부작용과 반작용」, 『신동아』, 1967. 1, 406면.

진정 강조하고자 한 것이 '비평정신을 통한 현실참여'임을 놓쳐서는 곤란할 것이다. 이 시기 전통이나 근대에 대한 논의는 언표적으로는 이후 전개되는 비평과 단절적 측면으로 보일 수 있으나 그 실상은 특유의 통합적 사유 아래, 상대적으로 간과되고 있는 문제적 현실 즉 "궁핍한" 현실을 부각시키기 위한 일종의 선택과 집중의 문제에 가까웠다고 하겠다.

4. 집단적 주체로서의 '문학인'과 '잠재적 독자'

문학이 사회의 여러 영역과 더 이상 분리되어 존재하는 별개일 수 없다고 할 때 문학인은 도대체 어떤 존재이며 이들은 무엇을 해야 하는가. 문학인과 그 역할이라는 문제는 백낙청의 비평 활동 시작 이래 지속된 일종의 화두이다. 그러나 일견 이에 대한 답을 찾는 것은 그리 어렵지 않아 보이기도 한다. 엘리트주의에 바탕을 둔 지식인의 위계의식을 드러냈다는 비판을[19] 증명이라도 하듯이 「궁핍한 시대와 문학정신」과 「저항문학의 전망」 등에서 '문학인'은 "문학인 혹은 지성인"이나 "문학인이 사회의 「엘리트」로 복귀" 등의 표현을 통해 지성인 혹은 엘리트로 곧장 등치되고 있기 때문이다. '문학인=지성인, 엘리트'라는 이와 같은 입장은 「새로운 창작과 비평의 자세」에서도 역시 확인된다.[20] "인텔리들 자

---

19) 하상일, 앞의 책, 2005, 375면.
　　백낙청 비평에 나타난 엘리트주의적 특성에 대한 비판은 하상일 외에도 여러 논자들에게서 찾아볼 수 있다.
20) 하상일은 백낙청의 「새로운 창작과 비평의 자세」와 더불어 정명환의 번역으로 게재된 사르트르의 『현대』 창간사가 『창비』의 문학정신을 명확히 보여준다고 말한다. 이 글에서 사르트르는 작가와 현실의 관계에 주목해 지식인의 현실참여와 역사적 책임으로서의 문학정신을 강조하는데, 민족과 역사 및 억압받는 사회계층을 위해 무엇을 할 수 있을까를 고민하는 지식인으로서의 작가관은 백낙청에게서도 유사하게 나타난다(하상일,

신의 자각과 단결”, “지식인의 자긍심과 단합” 등의 표현은 물론이고 대중에게 “아편을 주거나 아니면 그들의 대변자”가 되어야 한다는 논리 속에서 문학인은 지성인이자 엘리트로 상정되며 문학을 향유하는 독자들은 문학인인 작가가 특정한 의지를 가지고 대변해야 할 존재로 규정되고 있는 것이다. 즉, 초기 비평에서 백낙청이 주목하는 문학적 주체는 언표적으로 ‘문학인＝지성인, 엘리트’로 나타난다. 그리고 이때 엘리트인 문학인은 단순히 창작을 하는 존재에 그치는 것이 아니라 문학과 사회의 근본적 연관성에 대한 통찰을 놓지 않고 그것에 개입해 들어가는 존재이다.

> 「아놀드」가 비록 시를 포기했다할지라도 그로써 문학자체를 포기한 것이라고 볼 수는 없다. 거기다가 「아놀드」의 『전환』을 뒷받침하는 논리에는 문학과 사회의 근본적 연관성에 대한 빛나는 통찰이 담겨져 있으며 역사적 위기에 있어서의 문학인의 자세에 대해 많은 암시를 주는 것이 사실이다. 개인(시인)의 이 고독과 불안, 자체를 정신적인 우월성처럼 노출함을 배격하고 더 넓고 보편적인 사회문제와 결부시켜 그것이 극복되어야 할 문화적 상황임을 지적한 것이다. 문학인의 이상과 책임이 전통의 계승과 유산의 쇄신 또한 비평정신을 통한 현실참여에 있다면 「아놀드」의 태도야말로 문학인의 왕도가 아니겠는가?[21]

이처럼 백낙청은 문학인을 지성인·엘리트로 호명하며 이들에게 개인의 감정을 사회문제와 결부시켜 비평정신을 통해 현실참여를 하는 존재가 될 것을 촉구하고 있다.

그러나 백낙청의 문학인 논의에서 보다 흥미로운 지점은 지성인·엘리트에서 시민으로의 전치라 하겠다. 백낙청은 분명 문학 주체로서의 문

앞의 책, 2005 참조).
21) 백낙청, 「문명의 위기와 문학인의 입장」, 『조선일보』, 1965. 4. 6.

학인을 대중을 선도해야 할 지식인·엘리트로 등치시키고 있다. 그러나 이와 더불어 그는 전위적 존재만으로는 "역사적 발전"과 "새 시대"를 열어갈 수는 없다는 점 역시 명확히 인식하고 있다. 이 문제를 풀어가기 위해 백낙청은 또 다른 문학 주체라고 할 독자를 거론한다. 백낙청이 보기에 한국의 대다수 민중은 문학 독자가 아니다. 그리고 실질적인 문학의 독자층은 대중도 아니고 엘리트도 아니다. 이러한 상황 분석 뒤에 제기된 것이 '현실의 독자층'과 '잠재적 독자층'이라는 개념이다.

> 작가는 전인구의 소수에 해당하는 독서인들 중에서도 또 극소수인 몇몇 지식인과 동료작가만을 위해 쓰는데 만족할 것인가? 편협한 순수주의나 시대착오적인 양반근성에 안주하지 않는 한 그것은 참을 수 없는 상태리라. 여기서 우리는 대중을 위해 쓴다는 개념을 새로운 각도에서 밝혀볼 필요가 있다.
>
> 싸르트르와 함께 <현실의 독자층>(public réel)과 <잠재적 독자층>(public virtual)을 구별해보는 것이 편리한 것 같다. 한 사회의 대중이 낮은 수준에 머물러 있을 때 그들에게 실지로 널리 읽히는 것을 문학의 지상목표로 삼는다는 것은─즉 그들을 현실의 독자로서 노린다는 것은, 대중을 위한 문학이 아니라 문학의 자살이 된다. 그러나 대중이 자기 글을 읽게 될 수 있는 인간임을 알며 마땅히 읽게 되기를 바라고 쓰느냐 안쓰느냐─즉 그들을 잠재적 독자로서 갖느냐 못갖느냐는 문제 역시 경우에 따라 문학의 사활을 좌우하는 것이다.22)

문학은 현실적 독자층과의 관계 속에 한정되어 머무르는 것이 아니라 압도적 수적 우세를 가진 잠재적 독자층을 향해있다. 잠재적 독자는 말 그대로 현실의 독자는 아니지만 또한 분명 실재로 존재하는 독자이다. 잠재는 언제건 현실이 될 가능성(possibility)을 지니고 있기 때문이다. 백

---

22) 백낙청, 「새로운 창작과 비평의 자세」, 『창작과 비평』, 1966. 창간호, 17면.

낙청에 따르면 문학인이 지향해야 할 바, 올바른 작가정신은 독서에서 부당하게 배제된 잠재적 독자와 일치하는 것이다. 문학인은 이제 시민으로 호명된다.

 "궁핍한" 현실 문제를 풀어가야 할 문학 주체로서의 문학인이 가진 한 특성이 대중을 선도할 지식인, 엘리트로 나타나고 있다면 다른 한 가지 특성은 「시민문학론」을 통해 확연히 드러나는 것처럼 개인 주체 보다는 변화 가능한 것으로서의 집단 주체로 나타나고 있다는 것이다.[23] '시민과 소시민', '서구 시민문학의 전통', '한국의 전통과 시민의식', '1960년대 한국문학'이라는 네 개의 장으로 구성된 백낙청의 「시민문학론」은 '시민' 개념에 대한 정리에 이어 근대 서구의 시민의식이 성숙·쇠퇴하는 과정을 기술한 후 한국에서 시민의식의 성장과정을 정리하는 것으로 이어진다. 백낙청은 '소시민' 개념이 'petit bourgeois'의 의미로 사용된 것이 아니라 "일반적인 생활태도, 정치의식 내지 세계관에 초점을 둔 보다 유동적이고 광범위한 개념"으로 사용되었다고 지적한 후, '시민다운 시민'이 사회의 정치적·경제적·문화적 운명을 떠맡되 인류 전체에 대한 당대로서는 가장 진취적인 사상을 대변하는 '집단으로서의 시민'임을 강조한다.[24]

---

23) 시민이 문학론에 등장한 것은 백낙청의 「시민문학론」 이전 김현, 김주연 등에 의해 '소시민'론이 제기되면서이다. 전상기는 「문화적 주체의 구성과 소시민 의식-'소시민' 논쟁의 비평사적 의미」(『상허학보』 13집, 2004. 8)에서 '전후 세대'와의 논쟁 과정에서 제기된 이러한 '소시민'론의 의미를 '사소한 것의 사소하지 않음'을 주장하고 '개인의식'이나 '자기 세계'의 확보가 거대 담론보다 더욱 중요하다는 점을 역설하며 전후 문학에 대한 문제제기와 극복을 시도한 것이라고 말한다. 그리고 이어 소시민 의식이란 문화적 주체로서 자기를 인식했지만 확장적 시선에 의한 자기 위상 정립이 아니라 미시적 시선에 의한 자기 세계만을 부풀린 결과를 낳았다고 평한다. 초기 비평의 성과가 집약된 대표적 평문인 「시민문학론」은 김현, 김주연 등에 의해 제기되었던 이러한 '소시민' 논쟁에 대한 비판적 검토이기도 하다. 「시민문학론」을 통해 백낙청은 기존의 소시민론을 펼친 논자들이 제기한 개인의 감성적인 차원에 집단과 역사를 더하고 있다.
24) 백낙청, 「시민문학론」, 12~13면.

　　시민다운 시민은 무엇보다도 소시민의 존재와 의식이 그것 나름으로 역사의 산물이며 역사는 돌이킬 수 없는 것임을 알지 않으면 안된다. (…중략…) 따라서 우리는 프랑스혁명기의 시민계급을 통해 본 시민다운 시민의 한 모습이 우리 자신의 이상으로 삼고자 하는 <시민>의 완전한 정의가 될 수는 없음을 깨닫는다. 아니, 완전한 정의란 것이 있을 수 없음을 알게 된다. 우리가 <소시민>과 대비시켜 우리의 미래를 위한 이상으로 내걸려는 <시민>이란, 프랑스혁명기 시민계급의 시민정신을 하나의 본보기로 삼으면서도 혁명후 대다수 시민계급의 소시민화에 나타난 역사의 필연성은 필연성대로 존중해주고, 그리하여 그러한 필연성을 기반으로 하여 ― 또는 그와 다른 역사적 배경인 경우 그와 다른 필연성을 기반으로 하여 ― 우리가 쟁취하고 창조하여야 할 미지(未知)・미완(未完)의 인간상인 것이다.25)

　　백낙청이 주목하는 것은 이해관계를 가진 계급 시민이 아니라, 시민계급이 보여준 이념형으로서의 '시민의식'이다.26) 즉, 그에게 있어 시민이란 규정된 대상이라기보다는 근대의식과 민중의식, 반식민주의로 정리되는 시민의식을 지닌 존재들, 그리하여 미지・미완인 미래지향적인 존재들이다. 잠재적 독자의 능동성 혹은 그 현실화의 과정 등을 확인할 수 없다는 점은 아쉬움으로 남지만, 시민이 '시민의식'을 지닌 존재로 정의된다면 현실 층위로 나타날 때의 잠재적 독자는 더 이상 단순히 선도의 대상일 수만은 없을 것이다. 문학인은 이렇게 역사적 현실에 대한 책임

---

25) 백낙청, 「시민문학론」, 14면.

26) 송승철은 백낙청이 역사적으로 진보계급의 역할을 담당하고 있을 때의 시민(citoyen)과 계급적 이해관계에 관심이 있는 시민(bourgeoisie)을 문맥상 분명히 구분하면서도 다른 용어로 구분하여 서술하지는 않는다고 말한다. 이는 각 단어를 따로 설정하여 집단의 한계를 명백히 하기보다는, 근대 자본주의 사회의 형성을 주도하고 정치적 지배집단으로 성장한 시민계급이 역사적 맥락 속에서 진보성을 최고도로 획득한 시점의 시민계급의식을 '시민의식'이라는 일종의 이념형으로 설정하고 이에 못 미치는 현실적 한계를 비판하는 방식이라는 것이다(송승철, 「시민문학론에서 근대극복론까지」, 설준규・김명환 편, 『지구화시대의 영문학』, 창비, 2004, 251면 참조).

을 지닌 지성인·엘리트로, 그리고 잠재적 독자층과의 일치를 지향하는 집단적 주체 시민으로 전치되며 이 시민에는 다시 잠재적 독자가 겹쳐지는 것이다.

5. 이데올로기를 넘어 진실을 그리는 리얼리즘

앞서 살펴본 바와 같이 백낙청은 통합적 사유 아래 현실의 문제를 강조하며 이를 풀어갈 문학 주체에 대한 고민을 드러냈다. 당대 현실이 일종의 문학적 과제였고 문학인 및 잠재적 독자 등이 이에 대응하기 위한 노력의 일환으로 부각되었다면, 문학 속에서 이를 어떻게 풀어낼 것인가 하는 문제는 리얼리즘으로 나타났다.

실상 리얼리즘을 둘러싼 논란은 그 뿌리가 깊다. 당대의 대표적 비평가 중 한 사람인 김현의 「한국 소설의 가능성」(『문학과 지성』, 1970년 창간호)은 리얼리즘에 대한 일반적인 비판과 우려를 확인시켜 준다. 김현은 리얼리즘의 승리라는 도식적인 요청은 새것 콤플렉스의 발로라며 "리얼리즘과 혁명이라는 괴이한 이원론을 선험적인 진리로서 받아들이려는 태도"에 대해 지적한다. 임영광은 이때 김현에게 있어 리얼리즘이란 객관성과 당위성, 소박한 모사론과 19세기적 도덕률의 결합, 곧 화해하기 힘든 이중적이고 대립적인 개념의 조합이었다고 정리한다.[27] 인간의 주체적인 자아와 내면성을 강조하는 김현에게 전통적 의미에서의 리얼리즘은 비판적 대상이 될 수밖에 없었을 것이다. 김현이 특히 비판적으로 바라본 리얼리즘 최악의 모델은 사회주의 리얼리즘이다.

---

27) 임영광, 앞의 글, 163면.

　그러나 동일하게 리얼리즘으로 언표화되었다고 해서 백낙청이 제기한 리얼리즘을 사회주의 리얼리즘 등과 동일한 것으로 보기는 어렵다. 물론 비평 활동 전반에 걸쳐 백낙청은 지속적으로 좁은 의미의 문학 그 이상의 창작활동과 비평 활동이 필요하다고 역설한다. 그리고 그는 반복적으로 소위 리얼리즘적 재현에 대해 주의를 기울이고 있기도 하다. 주관적 감정의 토로나 표현을 위한 표현의 기교를 능사로 삼을 것이 아니라 올바른 소재를 선택하고 그 소재를 객관적으로 다루는 데 전력을 다해야 한다거나[28] 김승옥의 작품을 논하며 환상과 입담의 차원에서 크게 벗어나지 못했다고 평하며 이데올로기적 근거에 관한 통찰[29]을 요구한다거나 혹은 이문구의 「지혈」을 비롯해 호평한 일련의 작품군과 그 이유 등이 모두 그 예가 될 수 있을 것이다.[30]

　그러나 그것이 백낙청이 말하는 리얼리즘의 전부라고 할 수는 없다. 백낙청은 궁핍한 시대의 문학을 이야기하며 기존의 참여문학에 대해서 역시 비판적 태도를 취한다. "대국적 안목없는 순수주의 비판은 지엽적 논쟁이나 파벌싸움에 말려들기 쉬울 뿐만 아니라 문학의 온전한 사회적 기능을 옹호하지 못하기 쉽다"거나 "요즈음 우리 주변에서 <참여>의 이름으로 행해지는 많은 비판은, 순수주의에 숨겨진 사회적 배경과 정치적 향배를 들춰내는 데 날카로운 대신 작품의 실지비평에 이르러 소재본위 혹은 피상적 경향성본위의 도식화에 그치는 경우가 대부분인 것 같다"[31]는 지적 등이 그러한 예이다. 나가서 데모를 한다거나 정치적인 활동에 직접 가담하는 식으로 참여를 이해하는 것은 소아병적 사고라는 것이다.[32] 그는 고정된 정책이나 강령 등에 의한 문학의 규제는 오히려

---

28) 백낙청, 「궁핍한 시대와 문학정신」, 『청맥』, 1965. 6월호, 130면.
29) 백낙청, 「서구문학의 영향과 수용」, 『신동아』, 1967. 1월호, 405면.
30) 백낙청, 「작단시감―문단의 한 해 문학의 한 해」, 『조선일보』, 1965. 12. 19.
31) 백낙청, 「새로운 창작과 비평의 자세」, 『창작과 비평』, 1966년 창간호, 9~10면.

문학을 죽이는 결과를 가져올 뿐이라고 본다. 도식적인 강령이나 직접적 행동이 아니라 문학과 그 기능에 대한 근본적인 인식 변화가 필요하다는 점에서 주목한 문학 방법론이 바로 (사조사적 의미에 한정되지 않는) 리얼리즘이었던 것이다.[33]

백낙청은 리얼리즘과 시민문학 사이에는 유대가 있다고 지적하는 한편(근대 시민의 원숙한 관점을 시민의식으로 정리한다면 그 발현을 리얼리즘으로 정리할 수 있겠다) 진정한 리얼리즘이란 무엇인가에 대해 나름의 답을 찾기 위해 레이몬드 윌리엄스와 D. H. 로렌스(D. H. Lawrence)[34]를 거쳐 한용운, 이상, 김수영을 분석한다. 먼저 한용운, 이상, 김수영에 대한 논의를 간략히 짚어 보면 다음과 같다.

① 님을 <침묵하는 존재>로 파악한 데에 그의 현대성이 있다면, 현대의 침묵이 어디까지나 님의 침묵임을 알고 자신의 사랑과 희망에서 고갈을 안 느낀 것이 종교적·민족적 전통에 뿌박은 시인으로서 그의 행복이었다. 여하튼 한용운은 그의 시대를 <님의 침묵>의 시대로 밝혀 놓았다. 그것은 3·1운동의 드높은 시민의식과 그 시민의식의 기막힌 빈곤을 동시에 체험했고 체험할 줄 알았던 시인만이 할 수 있는 일이었다.

② 오직 이상만이 <님>이 완전히 가버리고 가버렸다는 것조차 잊어버리도록 멀어진 황량한 시대를 정녕 참을 수 없는 시대로, 그런데도 가위에 눌린 것처럼 깨어나려도 깨어날 수 없이 엄연히 우리가 살아야 하는 시대로 파악했다. (…중략…) 여기서 우리는 만해의 노래처럼 풍요하고 유려하지는 못하나 만해의 시대와는 또 다른 시대를 알 데까지 다 알고 난 뒤의 시심이, 그 나름으로 한껏 성실한 사랑과 기다림이 움트고

---

32) 백낙청·선우휘, 「작가와 평론가의 대결」(대담), 『사상계』, 1968. 2월호.
33) 리얼리즘에 대한 백낙청의 관심은 초기 비평에 그치지 않고 「리얼리즘에 관하여」(『한국문학의 현단계』Ⅰ, 1982)를 거치며 지속된다.
34) D. H. 로렌스는 백낙청의 학위 논문 대상일 뿐만 아니라 리얼리즘과 관련된 여러 논의들 예컨대 「리얼리즘에 관하여」, 「모더니즘에 관하여」, 「모더니즘 논의에 덧붙여」는 물론 「로렌스와 재현 및 (가상)현실 문제」 등을 통해 지속적인 관심의 대상이 되어왔다.

있음을 발견한다.

③ 소시민과 노예와 노예소주유주가 가장 정상적인 인간으로 행세하게 된 시대에 그 기억을 지키는 일, <머리> 속에만 담는 것도 <가슴>에만 담는 것도 아니고 바로 <온몸>이 그 기억 자체가 되어 온몸으로 된 그 기억을 온몸으로 밀고 나가는 것−이것이 시민이 할 일이요 시인이 할 일이며 자유와 해탈의 길인 것이다. 김수영이 <온몸으로 바로 온몸을 밀고 나가는 것>이 시이고 <나무아미타불의 기적>이 곧 <시의 기적>이라고 한 말의 참뜻도 거기 있다.[35]

이들에 대해 백낙청이 주목하는 바를 살펴보면, 우선 한용운은 "궁핍한 시대"를 "님의 침묵"으로 인지할 수 있었다는 것이고 이상은 한 시대를 알 데까지 알되 그 나름의 성실한 기다림을 보여주었다는 것이며 마지막으로 김수영은 단순히 어떤 의식을 그려낸다거나 개인적 정서를 표출하는 데 그치지 않고 온몸의 시론을 보여주었다는 것이다. 이러한 분석의 골자는 시대에 대한 인지와 그것의 체화 정도로 정리할 수 있을 것이다.

그렇다면 시대에 대한 인지와 체화란 구체적으로 어떤 지점을 가리키는가. 앞의 분석과 로렌스에 대한 논평을 함께 살펴봄으로써 이를 이해할 실마리를 얻을 수 있다. 로렌스는 시민문학 전통을 개괄해가는 과정에서 백낙청이 마지막으로 주목하는 인물로, 그는 로렌스에 대해 리얼리스트이자 시민문학 유산의 현명한 계승자로 전통의 참다운 의의를 이해하기 위해 빼놓을 수 없는 작가라고 고평하고 있다.

사람들이 흔히 로렌스를 <시민문학>과 무관한 인물로 생각하는 것은 이 작가에 대한 천박한 오해 때문만은 아니다. 그것은 시민문학을 전투

---

35) 해당 내용은 순서대로 백낙청의 「시민문학론」 ① 53면, ② 54~55면, ③ 75면이다.

적 계몽주의 내지 합리주의의 문학으로 좁혀 생각하는 경향 탓도 있는 것이다. 그러나 우리는 진정한 시민문학의 원리로서의 이성은 고정된 합리성이 아니며 오히려 기존의 합리성에 대한 끊임없는 도전을 의미하는 것임을 보았다. 문제는 그 도전이 이제까지의 역사에서 이성이 실현된 성과에 얼마나 착실히 뿌리박고 있으며 <사랑>의 동의어로서의 시민의식을 얼마나 확대시키는 것인가에 있다. (…중략…) 건전한 시민적 양식이야말로 로렌스 문학의 핵심을 이루고 있다. 그리고 그것은 어떤 고정된 공민정신이 아니고 로렌스가 『인간은 생생하고 유기적이고 무엇보다도 믿음을 가진 공동체의 일원이 되어, 채 실현 안 된, 어쩌면 채 인식되지조차 않은 어떤 목적을 실현하려고 활동하고 있을 때 자유로운 것이다』고 말할 적의 <자유>와의 동의어로서의 <시민의식>인 것이다.36)

　"우주내에서 플라톤적 <설득>의 원칙으로서의 <이성>, 그 움직임의 추진력으로서의 <사랑>(플라톤 철학의 Eros), 그리고 그러한 이성과 사랑의 역사적 구체화로서의 <시민의식>"이 역설되는데, 이때 이성은 고정된 합리성이 아니라 오히려 기존의 그것에 대한 도전으로 설명된다. 계몽주의, 합리주의, 고정된 공민정신은 공히 부정되고 있다. 이러한 논리를 따르자면 백낙청식 리얼리즘에서 핵심이 되는 것은 기법이 아니라 원리 혹은 본질이며 따라서 그 외피는 역사적 상황 하에서 늘 변화할 수 있는 것이 된다. 이러한 측면에서 본다면 오히려 어떤 제한적 전제나 틀이 사라지는 것이 그가 말하는 리얼리즘의 주요한 특성 중 하나라고 할 것이다. 백낙청은 그 스스로 리얼리즘을 논하며 세계 자체에 대한 진실한 이해라는 표현을 사용한 바 있다.37) 이때 세계 자체에 대한 진실한 이해란 곧 '어떤 목적'과 맞닿아 있다. 어떤 목적은, 인위적으로 설정되

---

36) 백낙청, 「시민문학론」, 32~35면,

37) 백낙청은 「로렌스와 재현 및 가상현실 문제」(『안과 밖』, 1996. 하반기)에서 리얼리즘의 본질은 사회 전체를 보는 어떤 원숙한 관점으로, 특정의 편견이나 인습을 떠나 현실이나 세계 자체를 진실하게 이해하려는 것이라고 설명하고 있다.

어 강요되는 것이 아니라 (고정된 합리성이 아닌) 이성으로 인식되며, 이는 공동체의 일원인 인간의 활동으로 나타난다. 백낙청의 논리에 따르자면 어떤 목적은 단순한 윤리적 결심이 아니라 "거역할 수 없이 크고 성스러운 흐름"[38]이다. 즉, 시대에 대한 인지는 의도적으로 강요되거나 단지 몇몇 소수의 것이 아닌 "같은 시대, 같은 사회에 사는 모든 사람들의 실감"[39]이며 이는 "우리의 최고의 행동이 우리 몸뚱이와 의지와 정신과 경험 전체의 움직임이듯이 그런 움직임으로 씌어지고 읽혀지"[40]는 것으로 체화되는 것이다. 마치 발자크에게 진보적 예술을 위한 진보적 사상이 요구되지 않았던 것처럼, 어떤 목적을 위한 '주의'는 불필요해진다. 그리고 이 인식되지 조차 않은 어떤 목적을 실현하기 위한 인간의 활동이 자유이자 시민의식이다. "<행동의 도구로서의 시>가 아니라 <행동의 시>"라는 표현을 통해 짐작할 수 있듯이 이제 문학은 더 이상 도구가 아니라 사건이자 사물 그 자체가 된다.

그렇다면 온몸으로 기억을 담아내는 개인, 인위적으로 설정되지 않은 어떤 목적을 실현하기 위해 활동하는 그런 개인과 그가 속한 공동체와의 관계는 어떻게 볼 수 있을까. 개인은 "거역할 수 없이 크고 성스러운 흐름"과 어떻게 관계 맺는가. 백낙청은 레이몬드 윌리엄스에게서 『The Long Revolution』을 인용하고 있다.

> 이러한 계열 작품들의 뛰어난 점은 이들이 어떤 전체적 생활양식, 즉 그 사회를 구성하는 어느 개인개인보다 전체 사회 그 자체를 중시하는 동시에, 그 사회에 속해 있고 그 사회에 의해 규정되며 그 사회의 생활

---

38) 백낙청, 「궁핍한 시대와 문학정신」, 『청맥』, 1965. 6월호, 136면.
39) 백낙청, 「한국소설과 리얼리즘의 전망」, 『동아일보』, 1967. 8. 12.(본고에서는 『민족문학과 세계문학 Ⅰ』 239면에서 인용하였다).
40) 백낙청, 「김수영의 시세계」, 『현대문학』, 1968. 8월호.(본고에서는 『민족문학과 세계문학 Ⅰ』 245면에서 인용하였다).

양식을 형성하는 데 일조하면서도 또 그들 자신은 제 나름으로 하나의 절대적 목적을 이루는 인간의 창조를 중시하고 있다는 사실이다. 사회와 개인 중 어느 한 요소도 여기서는 우선권을 갖지 않는다. 사회가 단순히 개인관계 탐구의 배경을 이루고 있는 것만도 아니고 개인이 순전히 생활양식의 어떤 국면을 예시하는 수단으로서만 존재하는 것도 아니다.[41]

이는 리얼리즘 소설의 특징에 대한 백낙청의 설명과도 통한다. 그는 "개인의 관심사는 곧 함께 사는 모든 사람들의 관심사로 공유되고 전체 사회의 관심사가 각 개인의 문제로 실감될 것을 지향하는 것"이 리얼리즘 소설의 특징이라고 강조한 바 있다.[42] 요컨대 개인과 사회는 그 어느 쪽도 우선권을 갖지 않는다. 사회는 단순한 배경으로 존재하지 않으며, 개인은 그 시대를 이성으로 인식하고 사회의 생활양식을 포괄하며 그 안에서 어떤 목적을 위해 '활동'한다. 개인과 사회가 겹쳐지는 가운데, 고정된 목적의식이 아닌 이성에 의해 시대가 인식되고 활동의 방향을 제시하는 어떤 목적이 잡히는 것이다. 개인을 배제하는 전체화나 사회를 지우는 개인주의가 아닌 개인이자 사회 곧 특이성(singularity)이자 동시에 공통성(commonality). 어떤 목적을 실현하기 위해서 활동을 하는 개인은 개인인 동시에 사회 전체이기도 한 것이다.

6. '가능성'을 향해 열린 문학

백낙청은 문학과 사회 여러 영역들을 분리시켜 보려는 입장에 대해

---

41) R. Williams, The Long Revolution, Part Ⅱ, ch. 7 : Realism and the Contemporary Novel (본고에서는 백낙청이 「시민문학론」 25면에서 인용한 것을 재인용하였다).
42) 백낙청, 앞의 글, 1967. 8, 239면.

한결같이 비판적 태도를 취하며, 매 시기마다 논쟁적인 비평 의제를 제기해 온 문제적 비평가이다. 또한 그는 문학인이나 리얼리즘에 대한 논의 등을 통해서 확인되듯이 문학을 현실적(actual)인 영역에 가두지 않고 가능성을 향해 열어두고자 한 비평가이기도 하다. 언제나 새롭게 제기된 논쟁적인 의제들이 존재했기에 그의 초기 비평은 상대적으로 간과되어 왔으며, 비평적 특성이 충분히 발현되지 못하였거나 혹은 이후 비평과는 일정 정도 차이를 갖는 것으로 간주되기도 했다. 본고는 이러한 시각에 대해 재고하고, 지속적으로 백낙청 비평을 유지해 온 것은 무엇인가 하는 것을 확인하고자 했다.

우선 백낙청 비평의 기저에 이분법적 세계관에 대해 문제를 제기하는 통합적 사유가 자리하고 있다고 보고 이러한 맥락 하에서 현실에 대한 강조나 문학인 및 잠재적 독자 혹은 리얼리즘 등의 논의들을 분석, 그 함의와 특성을 추적해보았다. 초기 비평 속에서 백낙청은 문학과 제반 사회 환경을 가르는 이분법적 세계관에 대해 문제를 제기하며 "궁핍한" 현실을 강조하는 한편, 이 문제를 풀어갈 문학 주체로서의 문학인과 잠재적 독자를 제기하며 그 고민의 폭을 넓힌다. 그리고 그 발현의 방법으로 사실상 특정의 이데올로기를 뛰어 넘어 존재하는, 진실로서의 리얼리즘을 말한다.

김우창은 백낙청을 가리켜 "사실상의 전향이 없는" 비평가라고 평한 바 있다. 어떤 측면에서 이는 백낙청 비평이 가진 한 특성을 잘 짚어내고 있다 하겠다. 그러나 이와 더불어 이 일면 한결같은 백낙청의 비평이 모든 논의들을 언제나 변화 가능한 것으로 열어 놓고 있다는 점 역시 고려할 필요가 있을 것이다. 즉, 초기 비평 이후 이어지는 비평 활동 속에서도 이 시기 대두된 논제들에 대한 고민이 지속적으로 확인된다는 점과 이러한 지점들은 비단 특정의 한 비평가에게 한정되어 주어진 과제라기보다는 우리 모두가 함께 고민해야 할 지점이기도 하다는 점에서 이후 전개된 비평에서의 그 지속·변화 지점에 대한 보다 세밀한 연구는 놓쳐서는 안 될 남은 과제라 하겠다.

∷∷ 참고문헌 ∷∷∷∷

1. 기본 자료

백낙청, 「피상적 기록에 그친 6·25 수난」, 『신동아』, 1965. 4월호.

백낙청, 「문명의 위기와 문학인의 입장」, 『조선일보』, 1965. 4. 6.

백낙청, 「궁핍한 시대와 문학정신」, 『청맥』, 1965. 6월호.

백낙청, 「저항문학의 전망」, 『조선일보』, 1965. 7. 13.

백낙청, 「작단시감―문단의 한 해 문학의 한 해」, 『조선일보』, 1965. 12. 19.

백낙청, 「새로운 창작과 비평의 자세」, 『창작과 비평』, 1966. 창간호.

백낙청, 「서구문학의 영향과 수용」, 『신동아』, 1967. 1월호.

백낙청, 「역사소설과 역사 의식」, 『창작과 비평』, 1967. 봄호.

백낙청, 「한국소설과 리얼리즘의 전망」, 『동아일보』, 1967. 8. 12.

백낙청, 「작단시감」, 『동아일보』, 1967. 10. 28.

백낙청·선우휘, 「작가와 평론가의 대결」(대담), 『사상계』, 1968. 2월호.

김동리·백낙청·백철·전광용·선우휘, 「근대소설·전통·참여문학」(토론), 『신동아』,
          1968. 7월호.

백낙청, 「문예시평」, 『한국일보』, 1968. 8. 20.

백낙청, 「김수영의 시세계」, 『현대문학』, 1968. 8월호.

백낙청, 「콘래드론―「어둠의 속」을 중심으로」, 『월간문학』, 1969. 4월호.

백낙청, 「시민문학론」, 『창작과 비평』, 1969. 여름호.

백낙청, 『민족문학과 세계문학 Ⅰ』, 창작과비평사, 1978.

백낙청 회회록 간행위원회 편, 『백낙청 회회록 Ⅰ』, 창작과비평사, 2007.

2. 단행본 및 논문

강경화, 「백낙청 초기 비평의 인식과 구조」, 『정신문화연구』 제29권 제2호, 2006.

강경화, 「백낙청의 실제비평에 대한 고찰―초기 비평을 중심으로」, 『현대문학이론연구』
          제33집, 2008. 4.

강정구, 「1970~90년대 민족문학론의 근대성 비판」, 『국제어문』 38집, 2006.

권성우, 「1960년대 비평에 나타난 '현대성' 연구」, 『한국학보』 96집, 1999. 가을.

김주연, 「계승의 문학적 인식―소시민의식 파악이 갖는 방법론적 의미」, 『월간문학』,
          1969. 8.

김우창, 「민족 문학의 양심과 이념」, 『지상의 척도』, 김우창 전집 2, 민음사, 1993.
김현 외, 「좌담 : 언어와 역사의식—50년대 작가와 60년대 비평가의 대결좌담」, 『주간
　　　조선』, 1969. 8.
김　현, 「시와 톨스토이주의」, 『상상력과 인간』, 문학과지성사, 1991.
이동하, 「한국 현대 문학비평의 두 가지 유형—백낙청의 「시민문학론」과 김현의 「시와
　　　톨스토이주의」」, 『한국문학을 보는 새로운 시각』, 새미, 2001.
이명원, 「백낙청 초기 비평의 성과와 한계」, 『타는 혀』, 새움, 2000.
이현석, 「60~70년대 담론의 실정성과 백낙청의 문학비평」, 『개신어문연구』 제30집,
　　　2009.
임영광, 「백낙청 / 김현 문학담론의 논리구조 비교연구—백낙청의 「시민문학론」과 김현
　　　의 「한국소설의 가능성」을 중심으로」, 『한국어문연구』 제18집, 2009.
전상기, 「문화적 주체의 구성과 소시민 의식—'소시민' 논쟁의 비평사적 의미」, 『상허
　　　학보』 13집, 2004. 8.
정　훈, 「백낙청 비평 연구」, 부산대학교 국문과 석사학위논문, 2005.
송승철, 「시민문학론에서 근대극복론까지」, 설준규·김명환 편, 『지구화시대의 영문학』,
　　　창비, 2004.
하정일, 「시민문학론에서 근대극복론까지—백낙청론」, 『20세기 한국문학과 근대성의
　　　변증법』, 소명출판, 2000.
하상일, 「1960년대 『창작과 비평』의 현실주의 비평담론—백낙청의 초기비평을 중심으
　　　로」, 『어문연구』 47호, 2005. 4.

글로벌리즘적 인식과 지방적 세계주의 탐구

한혜원

1. 백철의 글로벌리즘적 인식

백철(1908~1985)은 식민시대와 해방, 전쟁과 휴전, 독재와 민주화 등 20세기 한국사와 파란만장한 행보를 같이 했다. 지난 한 세기의 굴곡이 많은 만큼 백철 비평의 스펙트럼도 다양하다. 때문에 일부 연구자들은 그를 '머뭇거리는 자세'를 지닌 '중간자'나 '전향자'라고 비판하고, 혹자는 '투계와 같은 열정'을 갖고 '새로움을 향한 모색의 도정'을 펼쳤다고 평가한다.[1] 백철이 왕성하고 다양한 문학 활동을 펼친 것에 비해, 그에 관한 연구는 주로 1933년 인간묘사론을 전후한 초기비평을 주로 다뤄왔다. 특히 1930년대 휴머니즘 논쟁에 대한 관심이 높아지면서 백철의 휴머니즘에 대한 논의는 심도 있게 다뤄졌다.[2] 그러나 친일 및 전향 문제

---

1) 권영민, 「백철과 중간파의 문학논리」, 『문예중앙』, 1984. 12.
   안석주, 「투계 같은 백철」, 『조선일보』, 1933. 2. 6.
   이주형, 「백철론 : 새로움을 향한 모색의 도정」, 김윤식 외, 『한국 현대 비평가 연구』, 강, 1996.

와 맞물리면서 해방 이후 활동에 대한 연구는 그에 비하면 적은 편이
다.3) 때문에 "업적을 제대로 평가받지 못한 비평가"로 불리기도 한다.4)

광범위한 백철 비평의 저변에는 특유의 글로벌리즘적 인식이 깔려 있
다.5) 김윤식은 백철 비평의 유연성에 대해서 "국제성이랄까 세계성의
감각에서 말미암았다"고 분석한다.6) 정재찬도 백철이 "세계정세와 상황
에 대한 예민성"을 갖고 "꾸준히 세계문단의 동태를 의식한 문화적 주
변국의 지식인 전형"이라고 평가한다.7) 그러나 선행 연구의 경우, 백철

---

2) 백철의 휴머니즘을 다룬 대표적인 연구는 다음과 같다.

　권영민, 「1930년대 한국 문단의 휴머니즘 문학론 : 백철의 경우를 중심으로」, 『예술문화
　연구』, 서울대 예술문화연구소, 1991.

　김윤식, 『한국문예비평사연구』, 한얼문고, 1973.

　김현정, 『백철문학연구』, 도서출판 역락, 2005.

　오세영, 「한국 현대 문학과 휴머니즘」, 『휴머니즘 연구』, 서울대 출판부, 1988.

3) 해방 직후 백철의 비평을 다룬 대표적인 연구는 다음과 같다.

　손종업, 「백철 후기 비평의 본질 : 평론집 {문학의 개조}를 중심으로」, 『어문논집』, 24권
　1호, 중앙대 중앙어문학회, 1995.

　정명호, 「光復 直後 白鐵 文學論」, 『새국어교육』, 52권 1호, 한국국어교육학회, 1996.

4) 김현정(2005)은, 실제 백철이 비평사에서 차지했던 비중에 비해서 상대적으로 연구 성과
　물이 적다고 지적한다. 특히 임화, 최재서, 김환태 등 동시대 비평가와 비교할 때 더욱
　그렇다.

5) 1950년대부터 1960년대 발표된 백철의 글로벌리즘 관련 대표 논문은 다음과 같다.

　백철, 「外國文學을 받아들이는 몇가지 方法的 條件」, 『중앙일보』, 1954. 12. 9.

　백철, 「世界的 視野와 地方的 스타일—지금 우리에게 필요한 것은 야심이다」, 『자유신
　문』, 1955. 1. 1.

　백철, 「世界文學과 우리文學, 조선일보」, 1956. 9. 14.

　백철, 「I. A. 리챠즈氏의 文學對話」, 『사상계』, 1958. 5.

　백철, 「誤認된 美國文化 : 美國이 韓國에 끼친 功過」, 『신태양』, 1958. 9.

　백철, 「英美의 젊은 世代와 韓國의 젊은 世代」, 『조선일보』, 1959. 3. 15~17.

　백철, 「文學에 있어서의 世界性과 地方性」, 『국어국문학(23)』, 국어국문학회, 1961.

　백철, 「文學에 있어서 地方性」, 『자유문학』, 1962. 5.

　백철, 「世界文學과 韓國文學」, 『사상계』, 1962. 12.

6) 김윤식, 「백철 비평의 특질과 그 변모 과정 연구」, 『한국학보』, 27권 1호, 일지사, 2001,
　151면.

7) 정재찬, 「백철의 신비평 수용에 관한 연구」, 『한국 근대문학 연구의 반성과 새로운 모색』,
　새미, 1997, 261~263면.

특유의 글로벌리즘적 인식 자체에 초점을 맞추기보다는, 작가론적인 접근을 통해서 그의 중간자 내지 전향자적 태도의 일환 정도로 언급하는 정도이다. 뉴 미디어의 시대에도 문학은 물론 사회 각 분야에서 '글로벌리즘'은 여전히 화두로 남아 있다. 반세기 전 백철의 글로벌리즘에 대한 고민과 대안을 다시금 되짚어 보면서, 21세기 한국의 당면과제를 간접적이나마 풀어보고자 함이 본 연구의 목표이다.

백철의 글로벌리즘적 인식은 1950년대 비평을 통해서 가장 두드러지게 나타난다. 1950년대는 한국이 서구로부터 직접적인 영향을 받게 된 최초의 시점이기도 하다. 백철은 1956년 런던에서 열린 국제 팬클럽 대회에 참가했고 이듬해에는 미국 예일대학과 스탠포드 대학에 교환교수로 재직했다. 이때 미국 중심의 세계문단을 체험하고 대안적 비평 방법론으로 신비평(New Criticism)을 수용한다. 백철 스스로 밝히는 바와 같이, 그에게 있어서 핵심은 신비평 자체에 있는 것이 아니라 세계화, 즉 글로벌리즘(Globalism)에 있다. 그러나 1950년대 백철 비평에 대한 기존 연구는 신비평 도입, 전통계승론, 신세대론 자체의 의의와 한계점을 단편적으로 연구하는 데 국한됐을 뿐, 정작 지향점인 글로벌리즘에 대한 조망이 부족하다. 동시대의 염상섭, 김동리, 조연현 등의 세계문학 논의와 변별되는 백철 특유의 글로벌리즘적 인식에 대한 평가도 부족하다.

글로벌리즘이란 미시적으로는 전 세계가 상호의존적으로 통합되는 경제적 현상을 지칭하지만, 거시적으로는 사회·문화 전반을 아우르는 전 지구화를 뜻한다. 이상적 글로벌리즘은 쌍방향적인 교류를 통해 다문화가 어우러지는 지구촌을 표방하지만, 2차 세계대전 이후 실제 세계화는 미국의 '일방적인 글로벌리즘 정책'을 통해 이뤄졌다.8) 한국 등 문화적

---

8) Huntington, Samuel Phillips, 소순창 역, 『문명의 충돌과 21세기의 선택(Japan's choice in the 21st century)』, 김영사, 2001.

주변국에는 글로벌리즘에 반대하는 원칙주의적 입장이 있는가 하면, 실용적 입장에서 세계화의 현실을 인정하는 '지방적 세계주의자'가 있다. 지방적 세계주의자란 당분간 이 세계가 미국으로 대변되는 서구 사회를 구심점으로 세계화될 수밖에 없는 현실을 인정하고, 자국문화의 세계화 방안을 모색한다. 아울러 세계화의 추세에 동참하지 못할 경우 세계화가 가져올 이익을 잃게 될 것이라고 우려한다.9) 한국문학의 세계화를 지향하는 백철의 입장은 지방적 세계주의자와 일치한다. 본고에서는 1950년대와 1960년대에 발표된 백철 비평의 글로벌리즘적 인식을 분석해보고자 한다. 21세기 한국문학은 전보다 더한 세계화의 열병을 앓고 있다. 반세기 전 백철의 글로벌리즘적 인식의 의의와 한계점을 반추하는 것은 당면한 한국 문학의 세계화 문제와도 연결될 수 있을 것이다.

2. 전통 발굴을 통한 지방적 특이성의 탐구

1956년 국제 펜클럽(International PEN) 대회에 한국 대표로 참가한 백철은 한국 문학에 대한 국제 사회의 인지도가 턱없이 낮다는 것을 체감하게 된다. 같은 아시아 국가라도 일본, 인도 등의 문학은 서구사회에 활발하게 번역·소개된 반면, 한국은 세계대전의 피해국으로만 인식될 뿐 그 문화적 역량은 거의 소개되지 않은 상태였다. 심지어 미얀마, 인도 등 동남아시아의 동시대 작가나 교수들도 한국문학에 대해 문외한이었다.10)

9) 靑木保(타모츠 아오키), 「현대일본의 세계화」, Berger, Peter Ludwig & Huntington, Samuel Phillips 공편, 김한영 역, 『진화하는 세계화(Many Globalization)』, 아이필드, 2005.
10) 백철, 「韓國文學과 世界文學-藝術的 傳統은 點火를 기다린다」, 1964. 5, 『白鐵文學全集3』, 신구문화사, 1972, 290면.

백철은 1950년대 초부터 신문과 잡지의 기고를 통해서 한국문학을 해외에 널리 알려야 한다고 역설했다. 특히 유네스코나 펜클럽 같은 세계적 규모의 기관과 관계를 맺고 인적교류를 활성화할 것을 제안했다.

> 이제 우리가 韓國文學을 課題하는데 있어서도 먼저 그 세계적인 관련 위에 시야를 두고 기본적으로 知的 협력과 관련되고 거기 참여하는 일이 되어야 할 것이다. 구체적으로 무엇을 할 것인가. 우리는 이미 유네스코·펜클럽 등의 국제적인 文化藝術 機關에 연결되어 있는데, 우선 금년은 그 國際機關의 활동을 한층 더 적극화할 필요가 있다.[11]

> 우리나라 문학의 時急한 當面問題는 어떻게 하면 우리나라 文化藝術을 海外로 宣傳하느냐 하는 문제이다. 우리가 世界的으로 이름을 떨치려고 할 때, 그래도 文化藝術로는 可望이 있으나 政治外交로는 不可能하다고 말할 수 있다.[12]

백철의 염원대로 한국은 1954년 국제펜클럽에 가입, 1955년에 정식으로 승인받지만 여전히 아시아 변방의 小國으로만 인식될 뿐, 곧바로 활발한 문학적 교류가 이뤄진 것은 아니다. 세계무대를 직접 경험한 백철은 단시간 내 한국 문학의 세계시장 진출 가능성을 타진한다. 단순히 양적 상호교류가 잦아진다고 해서 한국문학이 세계문학으로 발돋움하는 것이 아니라는 것을 백철은 잘 알고 있었다. 1950년대 중반의 상황에서 경제와 마찬가지로 문학 교류 또한 서구 문학의 일방적인 유입으로 그치기 쉽기 때문이다.

백철은 문학의 세계진출 방향을 크게 두 가지로 나누어 살펴보고 있

---

11) 백철, 「世界的 視野와 地方的 스타일―지금 우리에게 필요한 것은 야심이다」, 자유신문, 1955. 1. 1.
12) 백철, 「文學에 있어서의 世界性과 地方性」, 『국어국문학(23)』, 국어국문학회, 1961, 124면.

다. 하나는 세계에서 통용될 수 있는 보편성에 입각한 문학을 내세우는 것이고, 다른 하나는 자국 고유의 특수성을 강조한 문학을 내세우는 것이다. 그러나 세계대전 이후 서구 세계가 모든 면에서 주도권을 잡은 상황에서, 한국은 자연히 주변부로 인식되기 때문에 선택의 여지없이 후자를 지향할 수밖에 없다. 여기에도 난제가 있다. 이미 일본과 인도의 문학이 아시아의 대명사로 인식되는 상황에서, 백철은 한국문학만의 특이점이 무엇인가를 찾는 데 골몰한다. 바로 이때 등장한 핵심어가 '지방성'이다.

> '地方性'을 다른 말로 '鄕土性'이라고 바꿀 수 있다. 향토성이란 '都市性'과 대립되는 말로서 혼합된 것이 아니고 더 고유성 또는 순수성의 의미가 내재해 있다. (…중략…) 要는 자연풍토가 한국 예술의 소재와 형식성에까지 크게 영향을 미쳤다. 그것은 한국 예술의 지방성이요 향토성이며 전통성이기까지 하다. 한국 예술의 국제 진출에는 이런 뜻으로서의 지방성이 거점이 되어야 할 것이다.[13]

'지방성'이라는 용어 선택만으로도 짐작할 수 있듯이 백철에게 있어서 세계문학의 중심은 영국, 프랑스 등으로 대표되는 유럽이다. 따라서 그는 유럽·미국 중심의 서구문학을 세계문학으로, 나머지 문학을 지방문학으로 규정한다. 문인으로 치자면, 한국에서는 보편성을 지향한 도스토예프스키(Dostoevski)보다는 특이성을 강조한 앙드레 지드(Andre Gide)를 모델링하는 것이 적합하다는 것이다. 이처럼 백철의 시각은 철저하게 세계문학 우위론에 입각해 있다. 백철에게 있어서 동양과 서양은 서로 다른 존재일 뿐만 아니라 우열의 관계를 나타냈다. 때문에 동양은 제아무리 서양을 모방하려해도 열의 위치를 벗어나기 힘들다고 판단한다. 지방

---

13) 백철, 「藝術의 地方性·國際性」, 중앙일보, 1967, 『白鐵文學全集1』, 신구문화사, 1972, 522면.

문학인 한국문학이 세계문학에 편입하기 위한 유일한 방법은 유럽 등 세계문학과 다른 특이점을 극대화시키는 방안뿐이라는 것이다. 지방성 이란, 말 그대로 한국이 동양으로서 갖는 '타인의 이미지(images of th Other)'[14]를 더욱 확대해 이용해야 한다는 의지를 담고 있다.

백철에게 있어서 문학은 시장이요, 작품은 상품이다. 철저한 시장의 논리에 따라서, 가장 큰 시장이 서구사회이니, 상품의 구미 또한 서구인 들에게 맞춰야 한다고 설명한다. 그는 "우리 新文學 五O年史"에서 특산 품을 추려낸다면 단편소설에서 三O편 내외, 詩에서는 百편 내외를 뽑아 내어 각각 동양적인 확실한 裝幀으로 포장을 하여 歐美市場으로 내보낼 수 있다."[15]라면서 한국문학을 지방 특산품화시키는 직설적 언급도 서 슴지 않는다.

때문에 백철은 근대 일본문학의 영향 받은 사소설과 서구소설의 영향 을 받은 계몽소설 등 개화기 이후 신문학을 '실패의 문학'이라고 단언한 다. 중심부, 즉 세계문학의 보편성을 모방해봤자 아류 밖에 될 수 없기 때문이다. 春園의 문학에 대해서도 같은 맥락에서 사회적 의의와 정치성 은 높게 평가하면서도 작품 내적 가치와 문학성은 낮게 평가한다.[16] 그 렇다면 한국의 지방적 특이성 모델을 어디서 찾아야 하는가. 이에 대해 백철은 '전통'이라는 답안을 제시한다.

> 우리가 문학상으로 민족주의를 말할 때는 본질적으로는, 또 구체적으 로는 자기의 문학전통을 환경조건으로 한다는 뜻이 되어야 하는 것이다. 또는 먼저 말한 美國文學의 경우와 같이 자기의 本土性을 신뢰한다는 뜻

14) Said, Edward W., 박홍규 역, 『오리엔탈리즘(Orientalism)』, 교보문고, 1999, 15면.
15) 백철, 앞의 글, 1964, 291면.
16) "그리하여 우리는 오늘 우리의 현대문학을 같은 계몽기의 문학이라 하더라도 그것이 다시 육당의 신체시와 춘원의 무정이나 흙과 같은 성격의 작품으로 되어서는 안되는 것이다." 백철, 「時代와 文學」, 『국어국문학』 24, 국어국문학회, 1961, 40면.

이 되어야 하는 것이다. 우리가 이제 한국의 현대문학을 다시 의식하는 자리에서 新民族主義的인 것을 내세울 때에도, 그것은 첫째로 빈곤한 가운데서나마 우리 문학의 古典的인 유산의 목록을 만드는 일이요, 現代 韓國으로서의 입지적인 환경 조건에 따라 자기것으로 재발견하는 일이 될 것이다.17)

백철의 시각에서 볼 때, 해방 후의 한국문학은 여전히 외국 문학을 내용적으로 모방한다는 데에 문제가 있었다. 특히 프로이트 심리학의 영향을 받아 자의식 과잉, 무의식 세계로의 침잠 등의 징후를 보이는 전후 신진 작가들에 대해서 가차 없이 비판을 가한다.18) 신세대에게도 진정한 문학의 돌파구는 전(前)세대에 대한 반항이 아닌 '전통의 모색'에 있다고 거듭 강조한다.19)

백철에게 있어서 전통은 세계시장에서 한국문학을 최고급 지방 특산품으로 포장시켜줄 가장 중요한 원천이다. 백철의 논리에 따르면 전통의 발굴은 한국의 고유한 미적 인식에 의해서가 아니라, 전적으로 서구사회의 기준에 입각한 오리엔탈리즘에 입각해 이뤄져야 한다. 때문에 전통의 발굴은 철저하게 내용적, 소재적 측면에만 국한되어야 한다. 한국인의 시각에서는 아무렇지도 않은 자연, 풍토가 서양의 시각에서 특이하다면 바로 특산품화가 가능하다는 식이다. 결국 백철이 제시하는 '지방성'과 '전통'이란 향토성과 호환이 가능한 개념어로, 서양·문명·도시 대 동양·야만·자연의 이분법에서 후자에 속한다.

---

17) 백철, 앞의 글, 1964, 304면.
18) 백철은 「新人과 現代意識」(조선일보, 1955. 10. 18~28)에서 손창섭, 장용학 등 전후 등장한 신인들의 공통된 특징을 '병적·착각적·궤변적'이라면서 프로이트의 매커니즘을 그대로 적용했기 때문에 작품들이 모두 그늘진 특수지대에서 피어난 '푸른 꽃'이라고 일축한다.
19) 백철, 「新世代的인 文學」, 『文學의 改造』, 신구문화사, 1958, 514면.

3. 일본형 세계문단 진출계획 수립

1962년 노벨상 수상 후보로 일본 작가가 세 사람이나 오르자, 백철은 국제 사회에서 일본 문학이 높게 평가받는 것에 대해 놀라는 한편으로 한국 문학의 벤치마킹 대상으로 삼을 것을 제안한다. 백철에게 있어서 한국문학의 목표는 구체적이다. 바로 일본과 마찬가지로 노벨상을, 그것도 최단시간 내에 받는 것이다.

> 要는 결론인데 東洋의 문학·예술의 이동, 개화, 결실의 계절적인 수확을 생각해 볼 때에 韓國은 그 대륙문화가 거쳐가는 中間驛처럼 되어버리고 日本은 종착역이 되었다는 사실이다. 여기가 반문할 점이다. 어찌하여 韓國은 중간역이 되고 日本은 종착역이 됐는가.[20]

> 그래서 이제부터 우리 문학도 世界進出을 한다는 것, 노오벨賞을 목표삼고 制作努力을 하는 것, 이것이 우리 문학의 재출발의 큰 목표와 의욕으로 되어야 할 것이다.[21]

1960년대 서구의 시각에서 아시아란 하나의 덩어리일 따름이다. 특히 한·중·일의 동북아시아는 그들의 의식세계에서는 명확히 구분되지도 않고 구분하려는 노력도 하지 않았다. 백철 또한 중국, 일본, 한국 등을 차별적으로 인식하기보다는 통합적으로 인식하고 있다. 단지 서구의 아시아에 대한 인식이 중국으로 시작해서 일본으로 끝나는 동북아 3개국 중에서 대표국가가 일본이 아닌 한국이 되지 못하는 현실 앞에서 백철은 안타까움을 토로한다.

---

20) 백철, 앞의 글, 1964, 295면.
21) 백철, 앞의 글, 1955.

노벨상을 수여한 가와바타 야스나리의 <설국>에 대해서, 백철은 "일본적인 서정성을 담은 특산품"이라고 분석한다. 일본의 경우 한국과 마찬가지로 근대 이전에는 중국 대륙의 영향을, 근대 이후에는 서구 열강의 영향을 받았다. 그러나 세계시장에서 일본의 문학작품은 철저하게 '동양의 대명사'로 인지된다. 동양적인 재료들 중에서 서양에서도 통할 수 있는 보편적인 소재들을 일본 특유의 스타일로 포장한 것이 일본문학의 성공요인이라는 것이다.

백철은 중국적이지도, 일본적이지도 않은 한국 특유의 전통을 찾아내어 포장해야 한다고 역설한다. 일제 강점기에 끊어졌던, 혹은 그 이전에 잊혔던 우리의 전통을 발굴해 현대화하자는 그의 주장은 21세기에도 유효하다. 인간은 변하지 않는 이야기의 원천이나 문화원형을 과거의 보고 속에서 캐내기 마련이다. '가장 한국적인 것이 가장 세계적이다'라는 21세기의 슬로건이 바로 백철의 요점인 것이다.

전통의 세계화를 강조하는 백철의 논리에서 세 가지 모순점을 지적할 수 있다. 먼저 백철은 한국문학이 아시아를 대표하는 지방문학이 되기 위해서는 역사적, 지리적으로 한국 특유의 지방성을 확보해야 한다고 전제한다. 때문에 백철식 전통의 범주에서 중국 및 일본의 영향을 받은 전통들이 모두 제외되며, 한국의 특수한 역사적 사실을 담고 있는 작품들도 정치적이기 때문에 모두 배제된다. 중국과의 종속관계, 일제 식민시대, 한국전쟁과 분단 등은 분명 한국사에서 뼈아픈 상처임에는 분명하다. 그렇다고 해서 이 모든 흔적들을 없었던 척 지울 수는 없다. 과연 중국 한자권의 영향, 일제 강점기에 어렵게 핀 근대문학, 전쟁문학 등을 제외하고 남는 '한국적인 것'은 얼마나 되며, 과연 그 남은 잔재를 '가장 한국적인 전통'이라고 내세울 수 있는가하는 문제가 남는다.

두 번째, 앞서 언급한 '한국만의 지방적 전통을 발굴하라'는 명제와 이질적으로 일본의 세계시장 진출 방법을 철저히 벤치마킹할 것을 제안한다. 당시 서구사회에서 불고 있는 오리엔탈리즘에 대한 경도를 최대한 이용해 종교, 사상, 문학의 아시아적 특질을 모두 한국문학의 대표적 특질로 내세울 것을 제안한 것이다. 여기서는 전자와 반대되는 문제점이 지적될 수 있다. 분명 한국문학은 인접한 중국문학, 일본문학 등과 불가분의 관계일 수밖에 없다. 그러나 한국문학과 일본문학은 분명 다르다. 지리적, 역사적, 문화적 배경이 모두 동일하지 않기 때문이다. 일본의 근현대사가 한국의 근현대사와 다른 만큼, 해외시장 진출과 노벨상 수상의 노하우를 일본을 통해 빌려 오면 된다는 식의 발상 자체가 무리이다.

게다가 동일한 일본 근대문학에 대한 백철 자신의 평가마저도 가와바타 야스나리의 노벨상 수상 이전과 이후가 판이하게 다르다. 1962년 일본의 노벨상 수상 직후 기고문에서는 일본의 서정적인 사소설들을 모범으로 연구해야 한다고 주장한 것과 달리, 해방직후의 기고문에서는 근대 일본 문학의 주류인 사소설, 신분소설을 철저하게 배격해야 한다고 강조한다.22) 1962년 이후 논문에서 긍정적으로 조망된 '일본 특유의 섬세하고 서정적인 묘사법'이란 결국 해방직후 논문에서 냉철하게 비판되는 '배타적 단기성'과 '소인적 독선주의'와 맥을 같이하는 셈이다.

세 번째, 지방성을 강조하면서도 토속성이나 세태성은 부정하는 태도이다. 백철이 내세우는 지방성이란 외부의 시선에서 지엽적인 소재, 향토적인 소재를 포함하면서도 정작 당대의 사회적 세태를 반영한 소설에 대해서는 강한 거부감을 드러낸다. 그는 염상섭 등 당시 풍속세태를 묘사한 소설에 대해서 "현실을 생으로 드러내기 때문에 국내에서만 각광받을 뿐 국외에서 통하지 않는 것이다."라면서 회의적으로 평가하고, 오

---

22) 백철, 「過渡期의 文學建設의 方向」, 『開闢』, 1946. 1.

히려 이들 문학이 차츰 리얼리티를 상실하고 있다고 지적한다.[23] 문학적 리얼리티와 사회적 리얼리티가 늘 일치하는 것은 아니다. 그러나 사회적 리얼리티를 철저하게 배제한 지역성, 향토성이란 결국 서구의 눈에 비친 아름다운 자연, 실재하지 않는 인공미 등 동양에 대한 서구의 전형화만 남게 된다. 현실과 유리된 전통을 과연 전통이라고 규정할 수 있는가 하는 의구심이 남는 대목이다. 한국문학의 세계시장으로의 진출과 노벨상 수상 등 백철이 내세운 당면 과제들은 모두 모두 한국문학의 내적 역량을 키우기 위해서라기보다는 외부로부터 인정받기 위함이다. 서구 중심의 통합주의 아래 시장경제의 논리로 문학까지 평가하고자 했기 때문이다. 문학 평가의 잣대가 내부에서 비롯된 것이 아니라, 철저히 외부에서 유입된다는 것도 문제시된다. 문학은 농업이나 공업과 달라, 특산품으로서의 역량만 강조한다고 해서 문학 자체가 풍요로워지는 것이 아니기 때문이다.

4. 신비평 도입과 세계적 보편성 탐구

문학 작품은 내용과 형식의 두 가지 내외 조건으로 구성된다. 백철은 한국문학이 세계무대에 진출하기 위해서 내용적으로는 지방성, 특이성을 내세워야 한다고 강조하는 한편, 형식적으로는 세계적 기준에 입각한 일반성, 보편성을 갖춰야 한다고 지적한다. 이때 한국문학이 전체적으로 지향해야 할 방향성은 지방성에 있기보다는 오히려 세계성에 있다고 본다.

교류는 문화·예술의 특수성·지방성을 경쟁하기보다는 일반성·세계

---

23) 백철, 「現實性과 時事性」, 『문학의 개조』, 신구문화사, 1958, 31면.

성을 지향하는 경향이라고 할 수 있다. 그렇게 보면 현대의 比較學도 특수한 영향성의 데이터를 다루기보다 世界學의 수립을 목표하고 있다.24)

20세기 초반을 풍미한 내셔널리즘과 달리, 세계대전 이후의 글로벌리즘은 통합주의를 원칙으로 삼는다. 백철이 문화교류를 통해서 얻고자 하는 성과도 표면적으로는 "어떻게 한국문학을 세계문학과 변별시킬 것인가"에 대한 해답 같지만, 이면적으로는 "어떻게 한국문학을 세계문학과 비슷한 수준으로 끌어올린 것인가"에 대한 해답이다. 표면적으로 글로벌리즘이란 세계의 모든 문화를 아우를 수 있는 쌍방향적 교류인 것 같지만, 실제적으로는 세계의 구심점인 미국을 중심으로 한 일방향적 교류일 수밖에 없다.25)

통합주의적 세계화를 지향하는 백철은 웰렉(Wellek, Rene)의 비교문학론을 적극적으로 받아들인다. 웰렉에게 있어서 비교문학이란 각 국가 및 민족 간의 차별성 인지에 중점을 두기보다는, 공통적으로 내재된 일반 특질을 찾아내는 데에 중점을 두고 있다.26)

> 오늘날 우리가 作爲하고 있는 現代文學은 歐美 等의 先進한 外國文學과의 關係에서 볼 때에 그 影響下에 서 있는 事實을 否定할 수 없다. 또 未來에 있어서도 당분간 그러할 것이다. 말하자면 우리는 그 現代文學을 發展시키기 위하여 外國文學을 받아드려야 할 立場에 있는 것이다.27)

---

24) 백철, 앞의 글, 1967, 520면.

25) 김성곤(2006)에 따르면, 서구문명을 중심으로 한 세계화란 결국 국제화(internationalization), 보편화(universalization)와 다르지 않다. 미국화가 곧 세계화이기 때문이다. 김성곤, 『사유의 열쇠』, 산처럼, 2006.

26) 백철(1958)은 「뉴크리티시즘의 諸問題」(『사상계』, 1958. 11), 「웰렉교수 회견기」(『한국일보』, 1958. 2. 9~23)를 통해서 르네 웰렉의 『비교문학이란 무엇인가(What's the Comparative Literature)』 등의 저서를 소개하고 있다.

27) 백철, 「外國文學을 받아들이는 몇 가지 方法的 條件」, 『중앙일보』, 1954. 12. 9.

백철은 서구 문학과의 교류를 통한 한국문학의 세계화에 대해 강한 의지를 드러낸다. 한국이 외국문학을 받아들이는 데 있어서 다음 두 가지 방식에 유의해야 한다고 지적한다. 첫째, 외국 문학을 받아들일 때 "동등한 입장, 대등한 위치에서 받아들여야 한다."고 말한다. 나아가 '반동(反動)'하는 입장에서 외국문학을 비판적으로 수용해야 한다고 강조한다. 본래 세계화란 개념적으로는 개인과 집단이 쌍방향적으로 의존하고 영향을 받아야 옳다. 그러나 전후 한국의 현실에서 그와 같은 이상적 세계화를 기대하는 것은 무리가 아닐 수 없다.

둘째, 서구 문학을 받아들일 때는 그것을 완성품으로 받아들여 단순히 모방하지 말고, 활용 가능한 재료로서 받아들여야 한다고 강조한다. 1950년에서 1960년대 한국의 시인 중 상당수가 T. S. 엘리엇을 모방하고 있지만 정작 엘리엇에 버금갈 만한 작품을 낸 사례는 없었다는 것이 백철의 지적이다. 오히려 부자연스럽고 난해한 아류작만 양산했다는 것이다.

외국문학을 받아들이는 데 있어서 완성품을 답습하는 데 급급할 것이 아니라 활용 가능한 질료 개발을 모색하자는 백철의 제안은 분명 유의미하다. 이때 재료, 질료란 소재적인 차원이 아닌 형식적, 기능적 차원에서의 문학 기술을 뜻한다. 자연히 백철은 세계적으로 통용되면서 보편적인 가치를 지향하는 창작과 비평 기술을 모색한다.

> 문학이란 결국 技術의 問題로 歸着되기 때문에 外國文學을 받아들인다는 것은 그것을 어떻게 技術的으로 소화하느냐 하는 일이 된다. 말하자면 먼저 받아들인 그 材料를 表現上에서도 우리 條件에 依하여 完成하자는 것, 例를 들면 소위 心理主義的인 文學이란 二十世紀 小說의 主要한 것인데 이것 또한 우리 現代文學에도 와서 連結이 되는 것이다.[28]

위의 글을 통해 확인할 수 있는 것처럼, 백철에게 있어서 문학은 결국 기술의 문제이다. 기술이란 체계적이고 객관적이며 응용이 가능하다. 백철은 늘 한국 문학이 정치성과 지나치게 긴밀한 관계를 유지한 나머지 문학성과 정치성의 평가가 혼용되는 한국 문단의 현실을 개탄해왔다. 이광수로 대표되는 계몽소설들이 정치적으로는 의의가 있을지 모르나 문학적으로는 그렇지 못하다고 평가를 내리는 점, 전후 한국의 문학 작품들을 '부정적인 병의식의 문학'이라고 비판하는 점, 염상섭 등 당대의 세태 풍자 소설도 세계적이지 못하다고 지적하는 점 등이 모두 같은 맥락에서 이해될 수 있다.

아울러 비평 기술과는 별도로, 특히 소설의 창작 기술에 있어서는 장편소설의 형식을 적극 권장한다. 백철은 근대문학의 대표적 존재가 소설이며, 그 본질이 산문문학 속에 있다고 본다. 이때 산문정신을 제대로 발현할 수 있는 형식은 다름 아닌 장편이다.[29] 한국문학의 형식적인 지향점을 노벨상 수상 작가들에게 맞추고, 역대 수상자들이 대부분 단편소설이 아닌 장편소설 작가인 점에 주목한다.

> 일반적으로 世界文學이 차지하고 있는 소설의 비중은 장편소설에 있다는 점과, 동시에 한국문학이 그 세계문학으로 접근해 가는 作品的인 길도 이제부터 더 장편소설이기 때문에 우리 작가는 차츰 본격적인 長篇小說의 작가로서 야심적인 지망을 하고 나가야 하는 일이 요구되는 증거다. 따라서 우리 作家 중에서 아직도 단편소설의 길을 택해서 로마에 도착할 수 있다고 생각한다면 그것은 필경 그릇된 假定이기 쉽다.[30]

---

28) 백철, 위의 글, 1954.
29) 김윤식(2001)은 백철과 김동리 간의 '산문문학(소설)과 문학(시)의 대결'을 분석하고 있다. 김윤식, 위의 글, 2001, 175~180면.
30) 백철, 앞의 글, 1964, 293면.

대량 인쇄술의 발달과 출판 유통의 혁신을 통해 1960년대 서구 사회에서 장편소설이 어느 때보다 각광받기 시작했다. 그러나 백철이 장편소설을 권장하는 주된 이유는 국내 도서의 생산과 유통, 소비의 매커니즘에서 비롯된 것도 아니요, 미학적인 측면에 입각한 것은 더더욱 아니다. 오로지 당대의 로마제국, 즉 미국에 입성하기 위해서는 장편이 유리하다고 판단했기 때문이다. 장편소설은 그 장르적 특성상 당대 대중의 수용과 밀접한 관련을 갖기 마련이다. 한국어로 작품 활동을 하는 이상, 장편소설 작가가 염두에 두어야 할 제 일의 대상은 그 책을 가장 많이 소비할 대중일 수밖에 없다. 그러나 백철은 다수의 대중보다 소수의 노벨상 심사위원들을 위해서 장편소설 형식을 권장하는 것이다.

한국문학을 보다 객관적이면서도 보편적으로 통용될 수 있도록 하기 위한 문학 기술을 탐색하던 백철에게 미국 중심의 뉴크리티시즘은 하나의 대안으로 적합했다. 백철은 전 근대적인 문학 비평과 근대적인 문학 비평의 기준을 작품 자체의 객관성에 두고 있다. 때문에 시대적 배경, 작가의 전기, 정치성 및 도덕성을 잣대로 한 외재적 비평을 전근대적 비평이라 평가절하한다. 그의 기준에서 작가의 사상성을 검증하는 1960년대의 한국 비평은 글로벌 시대에 역행하는 전근대적인 비평인 셈이다.

1957년 미국의 예일대학 및 스탠포드에 교환교수로 재직하면서 신비평으로 대변되는 내재적 비평 방법론을 소개 받은 백철은 여기서 문학 비평의 새로운 길을 찾게 된다. 1957년부터 그는 꾸준히 신비평과 관련된 새로운 서구의 비평들을 국내 문학계에 소개하기 시작한다. I. A. 리차즈(I. A. Richards) 등과의 인터뷰를 통해서 "비평가란 알리는 것(tell)이 아니라 이해시키는 것(understand)이 일이다."는 등의 내재적 비평의 전제를 받아들이게 된다.31) 아울러 신비평에서 문학을 시대에 따라서 분리시키지 않고 연속적으로 인식하는 전제도 긍정한다. 연속성(continuity)의 개넘은 비단 형식적 측면에서뿐만 아니라 내용적 측면에도 적용될 수 있기 때문이다.

철저하게 언어 내적인 질서에 따라서 작품을 이해하고자 하는 신비평의 방법론은 분명 당대 한국문학에 새로운 돌파구를 제시했다. 그렇다고 해서 백철이 무조건적으로 신비평을 수용하고자 했던 것은 아니다. 당시 미국문단의 직접 경험을 통해서, 백철은 신비평의 폐해와 단점에 대해서도 명확하게 파악하고 있었다. 특히 뉴크리티시즘의 과도한 고답성, 귀족성에 대한 공격적 비판에 대해서도 일견 수긍하는 입장을 보였다. 그럼에도 불구하고 백철에게 있어서 신비평은 한국문학 내에서 객관적이고 보편적인 문학규범을 수립하는 데 주춧돌로 삼기에 최적의 방법론임에 분명했다. 비단 현대뿐만 아니라 한국의 '전통'이라 할 만한 기존의 문학작품들도 얼마든지 내재적 비평을 통해서 문학의 전 세계적으로 통용될 수 있는 보편성을 끌어낼 수 있으리라 평가했다.

5. 미국형 문학개발계획 도입

백철은 문학운동을 크게 '시대적인 문학운동'과 '세대적인 문학운동'으로 나눈다. 앞서 백철이 평가절하한 계몽소설, 전후소설 등 당대의 사회 역사적 사안을 배경한 문학운동이 전자에 속한다. 반면 세대적인 문학 운동은 낡은 문학과 새로운 문학이 서로 대립되는 가운데 전환기에 나타나는 문학 운동으로, 문학 자체의 미적 기준의 변화와 그에 따른 기술의 모색에 중점을 둔다. 백철은 시대적인 문학운동보다 세대적인 문학

---

31) 백철, 「I. A. 리챠즈氏의 文學對話」, 『사상계』, 1958. 5.

운동에 보다 큰 의의를 둔다. 세대적인 문학운동은 ① 전 세대와 구분되는 신세대 주도로 나타난다는 점, ② 그 층이 넓고 두터운 유파(流波)로 나타나야 한다는 점, ③ 전세대의 문학에 대한 철저한 비판과 부정으로 일어나야 한다는 점, ④ 획을 그을 수 있는 구체적인 문학 작품에서부터 시작된다는 점 등의 특징을 갖는다.

세대적인 문학운동의 중요한 핵심은 문학의 형식에 있다. 신세대의 문학 내용은 전통에서 찾아야 하겠지만, 문학 형식만큼은 전 세대와 철저하게 구별될 수 있어야 한다는 것이 백철의 지론이다. 백철은 "구신세대의 타협 협조론은 결국 낡은 세대의 무력한 화전론이요 신세대 측으로 보면 일고의 가치가 없을뿐더러 이런 이론은 원칙적으로 신세대론에 벗어나는 이야기다"라면서 당대의 세대 협조론을 반박한다. 그러면서도 신세대 문학의 진정한 공격은 바로 전통을 발굴하는 데에서부터 시작된다고 강조한다.[32] 일견 모순되어 보이는 논지를 '문학의 내용은 지방적으로, 형식은 보편적으로' 추구해야 한다는 백철의 논의와 일련의 연장선상에서 살펴보면, '신세대 문학의 내용은 전통에서, 형식은 서구에서'로 해석할 수 있다.

1950년대 한국에 등장한 신세대론은 '세대적인 문학 운동'이라기보다는 '시대적인 문학 운동'에 가깝다. 백철의 지적대로 당시 신세대의 문학운동이 분산적이라 제대로 된 유파를 형성하지 못했으며, 내용적으로 전후 암울한 시대상을 공통적으로 다루고 있음에도 형식적으로는 본격적으로 신세대만의 기술이라 내세울 것이 없기 때문이다. 백철은 세대적인 문학 운동의 전형으로 미국의 '로스트 제너레이션(Lost Generation)'을 꼽는다.

---

32) 백철, 위의 책, 1958, 506~513면.

美國文學이란 외견상으로는 멀리 동떨어진 것 같지만 미국의 現代文學 과정을 공부하는 일이 韓國文學을 위하여 크게 참고자료가 되리라 본다. 알다시피 美國文學의 작품수준이 세계문학 수준까지 뛰어올라간 것은 三〇년대 이후, 구체적으로는 一九三二년 이후라는 사실이다. 文學史的으로 보면 미국문학이 근대문학의 과정에서 본격적인 진출을 한 것이 一九세기 후반이라고 할 때에 그 문학사적인 연령은 우리 韓國과 크게 거리가 진 것이 아니다.[33]

백철의 입장에서 유럽문학은 도저히 따라잡기 힘든 모범이지만, 역사가 짧은 미국문학은 벤치마킹해볼 만한 대상이었다. 때문에 단시간에 세계문학으로 거듭나기 위해서는 유럽문학보다는 미국문학의 형식적인 측면을 벤치마킹하는 것이 효과적이라고 판단했다. 백철은 미국문학이 세계문학의 지위로 올라서게 된 것을 30년대 이후로 가늠한다. 세계대전 이후 떠오른 소위 '로스트 제너레이션(Lost Generation)'을 "자기발견의 세대로의 전환"을 한 세대적인 문학운동으로 평가한다.[34]

이와 더불어 백철은 팬클럽대회, 교환교수 등의 경험을 통해서 접한 미국문단의 제도적인 측면을 한국문단에서도 수용하기를 권장한다. 미국문학이 세계문학의 구심점으로 단기간에 부각될 수 있었던 주된 이유 중의 하나가 바로 체계적인 문단개발계획과 그에 대한 정부적 차원의 전폭적인 지원이 있었기 때문이라고 분석했기 때문이다. 문학을 철저히 시장의 상품으로 취급하는 인식에 걸맞게, 그는 경제개발계획과 마찬가지로 문학개발계획을 세우고 실천해야 한다고 주장한다.

한 예를 들면 너무 외부적인 방법 같지만, 근래에 소위 <成長하는>

---

33) 백철, 앞의 책, 1964, 303면.

34) 백철, 「美國文學界의 活動相－韓國文壇社會와 比較하여」(1959. 2), 『백철문학전집 3권』, 신구문화사, 1972, 384면.

> 모든 동방의 나라들에 있어서 三 개년 내지 五 개년의 계획경제책을 세
> 워서 후진성을 하루빨리 극복하려는 建設相도 하나의 힌트이다. 우리 文
> 學·藝術 분야들에 있어서도 농담이 아니라 우선 시어리어스한 의미에
> 서 五개년의 文學生産의 계획을 세우고 작품제작에 계획의식을 가하면
> 創作界의 분위기로서 하나의 긴장 상태가 조성되어 우리 文學을 위한 신
> 선한 환경조건이 될 것으로 보여진다.[35]

백철에게 있어서 경제의 후진성과 문학의 후진성은 맥을 같이 한다. 때
문에 경제의 후진성을 극복하는 방법으로 얼마든지 한국문학의 세계화를
이룰 수 있으리라 확신한다. 미국문단의 시스템 중에서 백철은 두 가지
기준을 중심으로 한국문단과 미국문단을 비교하고 있다. 첫째, 한국문단
은 중앙집권적인데 반하여 미국문단은 지방분산적이다. 한국의 경우, 문
학운동이 곧 정치성과 연관되기 때문에 도리어 작품의 생산적 측면과는
연결되지 못하고 그 역량이 소모될 뿐이라고 지적한다. 미국은 다양한 유
파의 예술단체가 독자적으로 자신들의 문학운동을 전개하고 있는데 그 수
가 상당하며 일종의 직업 조합의 성질을 띠고 있다는 점을 지적한다.[36]

아울러 지리적으로도 문단의 실력자들이 도시에 집중되어 있는 것이
아니라 지방에 분산되어 작품 활동을 한다는 점에 대해서도 부연한다.
그러나 미국의 지리적 여건이 한국과 비교하기 힘들다는 점에서, 작가들
이 지방에 분산되어 작품 활동에만 몰두하기 때문에 선전할 수 있다는
백철의 논리에는 다소 무리가 있다.

둘째, 한국의 경우 문단과 대학 간의 협조가 긴밀하지 못한데 반해서
미국의 경우 대학을 중심으로 아카데믹한 본격문학이 활성화되어 있다
는 점을 지적한다. 미국문단의 절반 이상을 대학교수들이 차지하고 있

---

35) 백철, 앞의 글, 1964, 299면.
36) 백철, 「外國의 文學團體」(1961), 『백철문학전집 3권』, 신구문화사, 1972, 380면.

는 점, 그 대학 교수들이 발간하는 문예지의 영향력이 상당하다는 점 등을 그 근거로 들면서 미국 현대문학의 특질을 '주지적(主知的)'이라고 단언한다.37)

아카데믹한 미국문단의 특질 중 일부를 받아들여 한국적인 강단비평으로 소화하고자 하는 백철의 의도는 긍정적이다. 그러나 주장을 전개하는 과정에서, 대학 중심의 아카데믹한 문학은 보통 대졸 이상의 학력을 가진 사람들에 의해서 생산, 소비되기 때문에 의의가 높다는 식의 학력 우월주의를 내세우는 우를 범하고 있다. 1960년대만 하더라도 한국 사회에서는 대학 교육의 기회가 균등하게 주어지지 못했다.

백철은 미국문학의 객관적인 체제와 규범을 전폭적으로 받아들여야 한다고 강조한다. 이때 미국문화를 두 가지로 구분한 후 각각 다르게 평가한다. 먼저 "연령은 젊고 교양은 낮고 취미는 저속한" 미국 군인 등에 의해서 직접 유입되는 대중문화와, "퇴폐적인 면을 노골적으로 반영해 악마적인 영향을 주는" 서부활극 등 미디어를 통해서 간접 유입되는 대중문화를, 배척해야 할 저급 문화로 분류한다.38)

반면 미 대사관 등 정부 및 대학을 중심으로 유입되는 문화를 고급문화로 분류하고 이러한 류의 문화를 적극적으로 수입해야 한다고 강조한다. 아카데믹한 미국문단을 받아들여 한국문단에 체계를 갖추고 활력을 불어넣고자 한 백철의 의도는 분명 유의미하다. 그러나 주장을 전개하는 과정에서, 대학 중심의 아카데믹한 문학만을 고급문화로 고수하는 태도, 보통 대졸 이상의 학력을 가진 사람들에 의해서 생산, 소비되는 문화가 고급문화라는 식의 상아탑에 대한 무조건적 예찬은 '미국대망론, 대학대망론'이라고 비판받을 만하다.39) 자칫 교육 수준에 따라서 고급문화와

---

37) 백철, 앞의 글, 1959, 386면.
38) 백철, 「誤認된 美國文化 : 美國이 韓國에 끼친 功過」, 『신태양』, 1958. 9.

저급문화를 구분하는 비약을 범하기 쉽기 때문이다. 결국 백철에게 있어서 미국문화의 본질이란 대중문화에 있는 것이 아니라, 강단 중심의 엘리트 문화에 있는 것이다.

6. 한국문학의 세계시장 진출 전략 모색

백철에게 있어서 문학 창작은 생산이요, 결과물은 특산품이요, 노벨상은 유력한 유통망이다. 그는 문학을 철저히 시장의 논리로 이해한다. 때문에 전후 한국 문단의 가장 시급한 당면과제는 가장 큰 시장으로의 진출, 즉 세계화라고 판단한다. 백철은 한국문학의 세계시장 진출 전략으로, 내용적으로는 아시아적 특수성을 부각시켜야 하고 형식적으로는 세계적 기준에 부합하는 보편성을 준수해야 한다고 강조한다. 고유한 전통을 발굴하되, 장편소설과 같은 보편적 외형을 갖춰 상품화를 해야 한다는 것이다. 이때 소재 개발과 창작 기술 개발의 기준점을 한국문학 자체에서 찾기보다는, 가장 큰 시장인 서구의 객관적인 시선을 통해서 구해야 한다고 부연한다. 다양한 가치가 동시다발적으로 존재하는 균등하고 이상적인 세계화란 당시 현실에서 불가능하다는 것을, 실제 세계화의 중심지인 미국에서 체감했기 때문이다. 이에 백철은 아시아적 지방색을 특화시켜 노벨상을 석권한 일본형 문학 내용과 강단 비평을 통해 짧은 역사에도 불구하고 세계적 표준으로 인정받은 미국형 문단 형식을 각각 벤치마킹 사례로 제시한다.

전후 한국 사회는 내외적으로 세계화의 열병에 시달렸다. 시대적 요구

---

39) 정재찬, 앞의 글, 1997, 274~275면.

에 발맞추어 동시대 문학인들은 저마다 다양한 세계화의 방편을 제시했는데, 그 중에서도 백철은 철저히 현실적인 입장에서 세계화의 전략을 모색했다. 명분론이나 이념 논쟁이 아닌, 실제 작가들이 당장 국제 무대에 진출할 수 있는 실용적인 방법론과 전략을 제시하고자 한 셈이다. 서구 중심의 세계화라는 대세를 인정하고 문화 주변국으로서 살 길을 도모하는 백철의 태도는 지방적 세계주의자에 속한다. 한국 문단이 서구 중심의 세계화를 외면할 경우 닥치게 될 역경을 짐작하고 대처하고자 했다.

이러한 백철의 글로벌리즘적 인식에 대해 한편에서는 탄력적이고 유연한 대처방식이라고 평가하는가 하면, 한편에서는 인문학자가 지나치게 기회주의적으로 유행을 쫓는다고 비판하기도 한다. 실제로 '노벨상을 목표로 삼아야 한다', '한국문학을 특산품화 해야 한다', '5개년 문학개발계획을 세워야 한다.'와 같은 직설적인 백철의 논평 앞에서는 과연 문학의 본질이 무엇인가, 세계화 시대에 자국 문학의 정체성은 무엇인가 하는 의구심을 품지 않을 수 없다.

한편으로는 '가장 한국적인 것이 가장 세계적이다'라는 21세기의 슬로건을 반세기 전 백철의 글로벌리즘적 인식에서 이미 찾아볼 수 있다. 뉴 미디어와 글로벌리즘의 현실에서 콘텐츠 산업의 세계화를 외치는 지성의 목소리들보다 백철의 목소리가 앞서 있기까지 하다. 클라크는 "21세기 아시아가 다시 화두로 떠오르고 있다"면서 문화 세계화의 중심점이 서양에서 동양으로 이동하고 있다고 진단한다.40) 당대의 무조건적으로 서구의 문학을 모방하는 유행에 대해 일침을 놓고, '지금 우리에게 필요한 것은 야심이다'라고 외치는 백철의 목소리와 세계적 시야는 분명 여전히 세계화의 화두를 풀지 못한 21세기 한국 문단에도 유의미하다.

---

40) Clarke. J. J., 장세룡 역, 『동양은 어떻게 서양을 계몽했는가(Oriental Enlightenment)』, 우물이 있는 집, 2004.

∷∷참고문헌 ∷∷∷∷

1. 기본 자료
백철, 『文學의改造 : 評論集』, 신구문화사, 1958.
백철, 『白鐵文學全集』, 신구문화사, 1968.
백철, 「過渡期의 文學建設의 方向」, 『開闢』, 1946. 1.
백철, 「外國文學을 받아들이는 몇 가지 方法的 條件」, 『중앙일보』, 1954. 12. 9.
백철, 「世界的 視野와 地方的 스타일―지금 우리에게 필요한 것은 야심이다」, 『자유신
　　　문』, 1955. 1. 1.
백철, 「新人과 現代意識」, 『조선일보』, 1955. 10. 18~28.
백철, 「世界文學과 우리文學, 조선일보」, 1956. 9. 14.
백철, 「I. A. 리챠즈氏의 文學對話」, 『사상계』, 1958. 5.
백철, 「誤認된 美國文化 : 美國이 韓國에 끼친 功過」, 『신태양』, 1958. 9.
백철, 「英美의 젊은 世代와 韓國의 젊은 世代」, 『조선일보』, 1959. 3. 15~17.
백철, 「文學에 있어서의 世界性과 地方性」, 『국어국문학(23)』, 국어국문학회, 1961.
백철, 「時代와 文學」, 『국어국문학(24)』, 국어국문학회, 1961.
백철, 「文學에 있어서 地方性」, 『자유문학』, 1962. 5.
백철, 「世界文學과 韓國文學」, 『사상계』, 1962. 12.

2. 단행본 및 논문
권영민, 「백철과 중간파의 문학논리」, 『문예중앙』, 1984. 12.
권영민, 「1930년대 한국 문단의 휴머니즘 문학론 : 백철의 경우를 중심으로」, 『예술문
　　　화연구』, 서울대 예술문화연구소, 1991.
김성곤, 『사유의 열쇠』, 산처럼, 2006.
김윤식, 『한국문예비평사연구』, 한얼문고, 1973.
김윤식, 「백철 비평의 특질과 그 변모 과정 연구」, 『한국학보』 27권 1호, 일지사,
　　　2001.
김현정, 『백철문학연구』, 도서출판 역락, 2005.
손종업, 「백철 후기 비평의 본질 : 평론집 『문학의 개조』를 중심으로」, 『어문논집』 24
　　　권 1호, 중앙대 중앙어문학회, 1995.
안석주, 「투계 같은 백철」, 『조선일보』, 1933. 2. 6.

오세영, 「한국 현대 문학과 휴머니즘」, 『휴머니즘 연구』, 서울대 출판부, 1988.
우한용, 「신비평이 한국 문학 연구에 미친 영향」, 『현대비평과 이론』 10호, 한신문화
　　　사, 1995. 가을·겨울.
이미순, 「뉴크리티시즘과 韓國 文學 硏究」, 『語文硏究』 87호, 한국문학연구, 1995.
이주형, 「백철론 : 새로움을 향한 모색의 도정」, 김윤식 외, 『한국 현대 비평가 연구』,
　　　강, 1996.
정명호, 「光復 直後 白鐵 文學論」, 『새국어교육』 52권 1호, 한국국어교육학회, 1996.
정재찬, 「백철의 신비평 수용에 관한 연구」, 『한국 근대문학 연구의 반성과 새로운 모
　　　색』, 새미, 1997.
주영중, 「1950~60년대 신비평의 수용과 새로운 비평의 모색」, 『한국근대문학연구』 9
　　　호, 한국근대문학회, 2004. 4.
임종수, 『백철연구』, 충남대학교 국어국문학과 박사학위논문, 1990.
Berger, Peter Ludwig & Huntington, Samuel Phillips, 김한영 역, 『진화하는 세계화
　　　(Many Globalization)』, 아이필드, 2005.
Clarke. J. J., 장세룡 역, 『동양은 어떻게 서양을 계몽했는가(Oriental Enlightenment)』,
　　　우물이 있는 집, 2004.
Huntington, Samuel Phillips, 소순창 역, 『문명의 충돌과 21세기의 선택(Japan's choice
　　　in the 21st century』, 김영사, 2001.
Said, Edward W., 박홍규 역, 『오리엔탈리즘(Orientalism)』, 교보문고, 1999.

‖ 염무웅론 ‖

반성적 주체의 정립과 민족문학론으로의 도정*

서 승 희

1. 4·19세대의 문학 정신과 염무웅 비평

염무웅은 60년대부터 현재에 이르기까지 한국의 반민주적, 반민중적 현실에 대한 비판 의식 아래 진보적 문학론을 전개해 온 비평가이다.[1] 그의 비평은 엄혹한 시대현실에 대응하는 문학적 행동의 의미를 지녔으며, 시종일관 이론의 관념성을 경계하고 현실과의 밀착성을 중시하는 궤적을 그려 왔다. 최근에도 그는 자신의 문학적 화두가 유효함을 몸소 증명하는 비판적 글쓰기를 이어나가고 있을 뿐 아니라, 평론집 『문학과 시대현실』을 발간함으로써 현역 비평가로서의 저력을 과시한 바 있다.[2]

---

* 이 논문은 서승희의 「4·19세대의 주체성 정립과 민족문학론으로의 도정－196,70년대 염무웅 비평론」(『한국문학이론과 비평』 51집, 2011. 6)을 수정한 것임.

1) 염무웅은 1941년생으로 1960년 서울대 문리대 독문과에 입학했으며, 1964년 경향신문 신춘문예에 평론이 당선되면서 본격적인 비평가의 길을 걷게 된다. 문예지 『창작과 비평』의 주간과 편집위원을 맡은 바 있으며, 덕성여대 국문과, 영남대 독문과에서 재직했다. 염무웅의 이력과 성장 과정, 인간적 면모, 문학적 활동에 대해서는 김용락, 『나의 스승, 시대의 스승』, 솔과학, 2008에서 자세한 기록을 확인할 수 있다.

이와 같이 한국 평단의 살아 있는 역사라 할 만한 염무웅과 그의 문학론은 현대비평사 연구에서도 중요한 위치를 차지하고 있다.3) 특히 문예지 활동과 관련된 의미 부여가 빈번하게 눈에 띄는데, 염무웅이 『산문시대』, 『68문학』 동인으로서 60년대 새로운 문학 장을 여는 역할을 했으며,4) 『창작과 비평』을 통해 문학의 현실주의적 지평을 일구어 나갔다는 사실은 이제 거의 상식이나 다름없다.5) 전자가 염무웅 비평의 출발점을 말해준다면, 후자는 염무웅 비평의 본령을 가리키고 있다고 하겠다. 이러한 논의는 염무웅 비평이 어떠한 매체적 구도와 관계망 속에 놓여 있는가를 알려준다는 점에서 주목할 만하나, 각각 논의될 경우 염무웅 비평의 전개 과정이나 변화의 양상은 공백으로 남게 된다. 그러므로 두 가지 측면을 아울러 고려하면서 염무웅 비평의 논점과 의미를 파악할 필요성이 제기된다.

염무웅이 관여한 『산문시대』, 『68문학』, 『창작과 비평』을 관통하는 공통성은 4·19세대의 문학적 산물이라는 점에 있다. 4·19세대는 시기나 연령 구별을 위한 편의적 명명에 그치는 것이 아니라 역사적 의미와 중요성을 지니는 용어이다.6) 4·19민주혁명의 파장과 더불어 문학인의

---

2) 염무웅의 평론집으로는 『한국문학의 반성』(민음사, 1976), 『민중시대의 문학』(창작과비평사, 1979), 『혼돈의 시대에 구상하는 문학의 논리』(창작과비평사, 1995), 『모래 위의 시간』(작가, 2001), 『문학과 시대현실』(창비, 2010) 등이 있다.

3) 6,70년대 비평사의 맥락 속에서 염무웅 비평의 위치를 살펴볼 수 있는 대표적인 연구는 다음과 같다. 염무웅의 리얼리즘론에 대한 검토로는 김영민, 『한국현대문학비평사』, 소명출판, 2000. 60년대 비평의 현대성과 염무웅 비평의 의미에 대해서는 강소연, 『1960년대 사회와 비평문학의 모더니티』, 도서출판 역락, 2006. 70년대 민족문학론의 좌장 안에서의 염무웅 비평에 대해서는 고명철, 『논쟁, 비평의 응전―순수참여 논쟁과 민족문학론의 쟁점들』, 보고사, 2006.

4) 서영인, 「『산문시대』와 새로운 문학장의 맹아」, 『한국문학이론과 비평』 제34집, 2007. 홍기돈, 「『68문학』 연구」, 『語文研究』 Vol.54, 2007.

5) 하상일, 『1960년대 현실주의 문학비평 연구』, 부산대학교 박사학위논문, 2005.

6) 김병익은 4·19세대를 "한글과 민주주의 세대"라 언급했으며(최원식·임규찬 편, 「좌담

현실 참여에 대한 각성이 일어났고, 기성 보수우익 문단에 대한 강력한 비판이 제기되면서 비평 담론의 전환과 세대교체가 이루어지게 되었기 때문이다.[7] 당시 4 · 19세대의 의식은 "太初와 같은 어둠 속에 우리는 서 있다"[8]라고 한 『산문시대』의 선언으로 대변된다. 이는 50년대 말의 '화전민의식'을 이어받았으되 그것과는 근본적으로 다른 새로운 주체의 탄생을 예고하는 것이었다. 실제로 4 · 19세대의 인정투쟁은 한국 문학의 새로운 방향성 탐구로 이어졌으며, 70년대에 이르러 『문학과 지성』과 『창작과 비평』이라는 걸출한 두 잡지의 방향성이 증명하는 바, '개인과 자유', '민중과 민주'라는 두 가지 문학적 지향으로 실현되었다.[9]

그런데 『산문시대』 동인들이 대부분 『문학과 지성』으로 이어지는 행보를 보인 것과 달리 염무웅은 『창작과 비평』으로 나아가 민족문학의 지평 안에서 자기 비평의 중심을 세웠다. 일례로 김현이 4 · 19정신의 속성을 "리버럴리즘-자유의지"로 해석하면서 한국 비평의 방향을 설정한 데 반해, 염무웅은 4 · 19를 동학농민전쟁과 3 · 1운동을 계승한 위대한 민주, 민족운동이라 정의하였다.[10] 훗날 염무웅은 4 · 19정신의 계승

—4월혁명과 60년대를 다시 생각한다」, 『4월혁명과 한국문학』, 창작과비평사, 2002, 37~39면) 김현은 4 · 19세대를 설명하는 키워드로 '분단 체험, 한글 세대, 대학 교육, 영상 매체, 도시화' 등을 거론했다. 김현, 「60년대 문학의 배경과 성과」, 『분석과 해석 / 보이는 심연과 안 보이는 역사 전망』, 김현문학전집 7, 문학과지성사, 1992.

7) 강소연, 앞의 책, 55~70면 참조.

8) 『散文時代』 창간호, 가림출판사, 1962, 3면.

9) '문지' 계열이 문학의 미적 자의식, 개인, 자유주의에 대한 강한 이념적 친연성을 보였다면, '창비' 계열은 사회적 상황, 현실, 민중 등에 대한 리얼리즘적 접근에 중점을 두었다. 한수영, 「1950~60년대 비평의 전개 양상」, 신동욱 편저, 『한국현대문학사』, 집문당, 2004. 권보드래는 이 두 가지 계보가 논자에 따라 '평행'의 방식으로 파악되기도 하고 '발전'의 방식으로 파악되기도 하면서 1960년대 문학의 가능성과 한계를 가리키는 대표적인 시각으로 굳어졌음을 지적한다. 권보드래, 「4월의 문학혁명, 근대화론과의 대결」, 『한국문학연구』 39집, 2010, 271~276면.

10) 김현, 「한국문학의 가능성」, 『현대한국문학의 이론 / 사회와 윤리』, 김현문학전집 2, 문학과지성사, 1992, 193~195면

이 여러 방면에서 이루어졌음을 인정하면서도, 민족문학적 계승이 '문지'적인 것보다는 적자적인 것이 아니겠냐는 취지의 발언을 하기도 했다.[11] 요컨대 이들 세대는 저마다 4·19를 자기 비평의 기원으로 지목했으나, 그것을 해석하고 전개해 나가는 방식은 각기 달랐던 셈이다. 이러한 점을 고려하건대 6,70년대 염무웅의 비평은 4·19세대 문학 정신의 공통 기반과 분화를 살펴볼 수 있는 한 사례라 할 수 있다. 또한 이 분화의 과정 및 양상을 통해 염무웅 비평의 독자성을 설명할 계기가 마련되리라 생각된다.

염무웅의 초기 평론집 『한국문학의 반성』(1976)과 『민중시대의 문학』(1979)은 표제만으로도 그의 비평적 방법론과 지향점을 요약적으로 드러내고 있다. 가깝게는 전후문학(戰後文學)을, 좀더 멀게는 식민지 시대 문학을 반성적으로 검토함으로써 한국문학의 현재와 미래를 설계하고자 한 그의 문제의식은 궁극적으로 '민중문학'이라는 테제로 결실을 맺게 된 것이다. 이는 이론이나 관념의 소산이 아니라 철저히 한국의 현실적 맥락과 실제 작품 분석을 기반으로 도출된 결론이었다는 점에서 의미가 적지 않다. 본 논문에서는 염무웅이 기성문학 비판 및 극복이라는 자기 세대의 공통과제를 풀어가는 방식을 살펴본 후, 그의 문학적 관심사가 식민주의 청산 및 민족문학 건설이라는 과제로 확대되는 양상에 주목함으로써 6,70년대 염무웅 비평의 내적 논리와 그 의미를 규명해보고자 한다.

염무웅, 「4·19의 문학사적 의의(1980. 4. 19 강연)」, 『모래 위의 시간』, 작가, 2001, 293면.

11) 염무웅·김윤태 대담, 「1960년대와 한국문학」, 『작가연구』 3호, 1998, 233~234면.

2. 서구문학이론의 수용과 현대성 탐구

한국문학비평사는 세계와 민족, 이론과 현실, 보편과 특수 사이의 갈등과 긴장의 기록이라 할 수 있다. 대학에서 각국 문학을 전공한 4·19세대 비평가들이 집단적으로 등장하면서 세계, 이론, 보편이라는 기준은 보다 전문적이고 다양한 형태로 나타났고, 이에 따라 50년대식 인상비평이나 정실비평은 점차 자취를 감추었다. 다만 이 기준이 절대 진리로서 이식된 것이 아니라, 주체화를 위한 모색과 노력을 거치면서 한국적인 상황에 맞게 재해석되었다는 점에 60년대 비평의 특색이 있을 것이다. 염무웅 역시 서구문학이라는 거울에 한국문학의 현실을 비추어보며 자기 비평의 첫 발을 내디뎠다.[12] 초창기 비평에서 그는 서구이론을 바탕으로 현대예술의 특징이라는 주제를 탐구하는 데 관심을 기울였는데, 이와 같은 지향성은 『산문시대』 비평의 공통된 특징이기도 했다.[13]

『산문시대』 4호와 5호에 수록된 염무웅의 「현대성 논고」는, 독일의 미술사학자 한스 제들마이어(Hans Sedlmayr)의 『현대예술의 혁명』을 정리, 소개한 글이다. 한스 제들마이어는 이 저서에서 현대예술의 근본적인 특징으로 '순수성의 추구'를 거론한다.[14] 비구체적이고 추상적인 현대 회

---

12) 서구문학에 대한 한국 문학인들의 매혹과 회의, 자기분열에 대한 염무웅의 단상에 대해서는 염무웅, 「생의 균열로서의 서구문학 체험」, 『문학과 시대현실』, 창비, 2010 참조.

13) 김현의 「비평고」(2-5호)는 서구 비평사의 두 가지 흐름을 정리한 후, 이를 토대로 서구 작품 및 작가를 분석한 글이며, 김치수의 「작가와 문학적 변모」(5호)는 프랑스 문학의 방법론을 빌려 장용학의 텍스트를 분석한 글이다. 『산문시대』의 비평적 지향점은 당대의 구체적 현실이 아니라 서구 이론 그 자체였다. 하상일, 「김현의 비평과 『문학과 지성』의 형성과정」, 『批評文學』, 2007, 249면.

14) 한스 제들마이어는 '현대예술'의 개념과 특성을 ① '순수성'을 향한 노력, ② 기하학과 기술적 구성 영역 안에 있는 예술, ③ 자유의 도피처로서의 미친-짓 : 초현실주의, ④ 근원적인 것을 찾아서―표현주의로 나누어 살펴보고 있다. 한스 제들마이어, 남상식 역, 『현대예술의 혁명』, 한길사, 2004.

화의 나약함과 기초가 무시된 현대 건축, 기본적 음조를 무시하는 현대 음악과 마찬가지로, 현대의 순수시 역시 시 자체적 존재를 위해 인간적 내용들을 무시하고 있으며, 이와 같은 현대예술의 자율성 선포가 결국 예술의 우상화를 초래했다는 것이다.15) 염무웅은 전적으로 한스 제들마이어의 논의에 기대어 순수예술은 "현실적으로는 존재할 수 없는 하나의 슬픈 청사진"이며 필연적으로 파탄에 이를 수밖에 없다는 결론을 내리고 있다.16) 이때의 '순수'란 한국 문단의 순수참여 논쟁과는 별개로 20세기 초반 서구예술의 고답성을 비판하는 의미로 사용되었다.

그런데 염무웅이 "여기서 말하는 현대는 서구의 현대"라는 전제를 명시하고 있다는 점을 눈여겨볼 필요가 있다. 이러한 발언은 서구의 현대문학 탐구에 중점을 두되, 필수적으로 비서구적 자기에 대한 인식을 동반하는 것이었다. 『산문시대』가 5호로 종간하면서 수록되지는 못했으나 그가 제시한 목차의 마지막 장 제목이 '한국의 현대─하나의 祈願으로서'라는 점은 이러한 인식을 뒷받침하고 있다. 그는 이제까지의 한국 문단에 "현대를 억지로 살아본 시인은 있었지만 현대의 시인은 없었다"고 지적하며 이것이 "슬픈 흉내, 그나마도 불완전한 모방에 머물렀다"고 판단한다.17) 다만 이와 같은 판단은 열등의식이나 자기 비하로 귀착되는 것이 아니라 한국문학의 현대성 탐구로 나아가는 계기를 마련하였다.

그 첫 단계는 1964년 경향신문 신춘문예 당선작 「에고의 자기 점화─최인훈의 초기작들」로 실현되었다. "60년대의 실마리를 연 것은 최인훈의 『광장』"18)이라는 평가가 보여주듯이 최인훈 소설이 당시 우익반공

---

15) 홍진경, 「한스 제들마이어 著 『현대미술의 혁명』」, 『현대미술사연구』 제7집, 1997, 122면.
16) 염무웅, 「現代性 論考」, 『散文時代』 4호, 가림출판사, 1963. 6, 332면.
17) 위의 책, 320~321면.
18) 김윤식, 「60년대 문학의 특질」, 『운명과 형식』, 솔, 1992, 159면.

일변도의 문단에 가져온 파문은 매우 컸다. 최인훈은 60년대 초반에 첨예하게 대두한 "자유와 평등"이라는 명제를 문학의 차원에서 제기하였으며,[19] 지적이고 세련된 문체로 "이데올로기와 사랑"에 대해서 말한[20] 거의 최초의 작가였기 때문이다. 염무웅 역시 최인훈의 소설이 현대에 제기되는 문제를 의미 있게 다루고 있다는 판단 아래 자기 비평의 첫 대상으로 최인훈을 택하였다.

염무웅은 '현대'라는 혹한과 카오스의 시대에도 최인훈의 주인공들이 근원적인 자아에 대한 탐구를 멈추지 않고 있음에 주목한다. 『가면고』와 『구운몽』에서 그러했듯 괴로운 수행의 길을 회피하지 않는 데서 최인훈의 작가정신과 윤리의식이 드러난다는 것이다. 이는 50년대에 울려퍼졌던 '휴머니즘'이라는 상투적이고 낡은 윤리와는 구별되는, "현대에 자리잡은 자아의 상황 자체에서 불가피하게 발원한 생명의 요청"[21]이라 설명된다.

> 행동과 의식은 분열하고 밀실(자아)과 광장(환경)은 분화했으며 하늘에는 검은 태양이 떴다. 이것이 인훈이 생각하는 현대이다. 그리고 그것이 말하자면 성인의 세계이다. (…중략…) 다시 말하면 '황금시대'란 현대에는 원리적으로 불가능해진 것이다. 숙이 민에게서 도망쳤던 것은 어쩔 수 없는 자아분열, 거치지 않을 수 없는 통과제의였던 것이다. 바로 이 지점에서 최인훈의 모든 소설은 시작된다. 그러니까 그것은 '잃어버린 옛날로의 순례'이며 '일상성을 벗겨낸 뒤의 영원에로의 입구'를 발견하려는 노력이다.[22]

---

19) 위의 책, 160면.
20) 김현, 「해설 : 사랑의 재확인—『광장』 개작에 대하여」, 『광장 / 구운몽』, 최인훈 전집 1, 문학과지성사, 1993, 280면.
21) 염무웅, 「에고의 自己點火—최인훈의 초기작들」, 『모래 위의 시간』, 작가, 2001, 19면.
22) 염무웅, 위의 책, 20면.

그런데 실제 서술을 보건대 이 글은 현대적 윤리에 대한 본격적 성찰보다는 정신분석학 이론에 근거하여 현대적 주체의 형성 구조를 규명하는 데 초점을 맞추고 있다. 그에 따르면 최인훈 소설에서 주체의 자기정립은 "에고와 사랑의 변증법"을 통해 이루어진다. 광장도 밀실도 사라진 세계에 처한 '에고'가 한 여인의 육체에서 최후의 진리를 구하는『광장』의 서사가 보여주듯이, 최인훈 소설은 여성이라는 타자와의 관계를 통해 주체를 완성해 가는 구조를 취하고 있으며, 사랑이 있는 한 구원의 가능성도 존재한다는 주제의식을 구현하고 있다는 것이 염무웅의 분석이다. 염무웅은 최인훈의 소설에서 바로 "우리 자신의 이야기"를 발견할 수 있다고 언급하였다. 그러나 그가 지칭하는 '현대'가 당대 한국의 현실과 어떤 관련성을 맺는지 언급하지 않음으로써 다소 추상적인 결론에 머무르고 있다.

염무웅의 최인훈에 대한 관심은 「망명자의 초상화―최인훈의『회색인』」(『세대』, 1964. 9)으로 이어진다.『회색인』은 현대적 주체의 조건과 가능성을 보여주고 있다는 점에서 전작(前作)들의 연장선상에 위치한 작품이다. 염무웅은 주인공 독고준이 에고의 밀실에서 광장으로 이르는 정당한 통로를 만들어가야 하리라 결론짓고 있으나, 그 방법론이라든지 방향성에 대해서는 언급하고 있지 않다. 아마도 개인과 사회, 밀실과 광장의 관계를 고민하고 만들어가는 것은 염무웅 자신의 비평적 과제이기도 했을 터이다. 따라서 그는 이전 시대의 한국문학을 반성적으로 돌이켜보고 분석하는 작업을 통해, 한국문학의 과거와 현재, 그리고 앞으로의 방향성에 대해 본격적으로 고민해 나가게 된다.

3. 기성 문학 비판과 문학의 현실적 지평 모색

염무웅은 신구문화사의 『현대한국문학전집』 기획에 관여하면서 전후문학 검토라는 새로운 과제를 집중적으로 수행하게 된다. 1965년에 발간된 『현대한국문학전집』 18권은 오늘날까지도 이어지는 전후문학의 대표작들을 담은 선집으로,[23] 백철, 황순원, 선우휘, 신동문, 이어령, 유종호 등 당대 권위있는 비평가 및 문인들이 편집위원을 맡았다. 이어령의 주선으로 1964년 신구문화사에 입사하여 68년까지 근무한 염무웅은 바로 이 전집의 편집 실무를 담당하였으며, 신진비평가 자격으로 직접 해설을 쓰기도 했다.[24]

전후문학에 대한 염무웅의 원체험은 매혹과 찬탄으로 이루어졌다고 해야 할 것이다. 그는 학창 시절 선우휘, 오상원, 추식, 김성한 등의 소설을 탐독했고 특히 손창섭의 「비 오는 날」을 통해 소년 시절과 작별을 하게 되었다고 회고한 바 있다.[25] 전후소설은 그에게 한국전쟁을 추체험하는 장을 마련해 주었을 뿐 아니라, 현실 인식에 눈 뜨게 하는 계기를 제공한 것이다. 그러나 염무웅의 본격적인 글쓰기는 그가 매료되었던 작가들에게 비판적 거리를 두면서 시작되었다.

객관적 해설에서 벗어난 염무웅의 독자적인 전후문학론은 「선우휘론」

---

23) 천정환, 「한국문학전집과 정전화―한국문학전집사(초)」, 『현대소설연구』 Vol.37, 2008, 95~97면.

24) 『현대한국문학전집』에서 염무웅이 작품론을 맡은 작가는 오영수, 정한숙, 장용한, 오상원, 곽학송이다. 염무웅은 이 전집의 편집을 위해 수록될 전후소설의 두 배가 넘는 작품을 읽었으며, 여러 선배 문인과 교류하게 되었다고 회고한다. 당시 신구문화사는 지식인의 살롱 역할을 했다. 염무웅, 「1960년대의 출판풍경」, 『모래 위의 시간』, 작가, 2001, 124면.

25) 김용락, 『나의 스승, 시대의 스승』, 솔과학, 2008, 215~216면, 염무웅·김윤태 대담, 앞의 책, 209면.

(『창작과 비평』, 1967. 겨울)에서 본격적으로 전개된다. 글의 서두에서 염무웅은 새로운 견지에서 전후문학의 성과와 한계를 살펴보겠다는 의지를 분명히 하는데, 문제의 핵심은 "행동, 저항, 휴머니즘"을 부르짖던 50년대 문학이 과연 진정한 의미의 각성과 행동을 보여주었는가에 있다. 물론 그것이 김동리, 조연현 일파의 "퇴영적 순수주의"를 깨뜨리는 데 기여한 것은 사실이나, 결론적으로 보면 오히려 전후비평의 상투적 구호를 방패삼아 역사적 현실을 깊이 있게 투시하는 어려움에서 도피했다는 혐의가 있다는 것이 그의 생각이다.

따라서 전후문학의 한계는 곧 전후비평의 한계에서 비롯된 것으로 파악된다. 염무웅은 전후비평의 관념성과 선동성을 비판하면서 전후 비평가들이 비평가이기보다는 '선전가'였다고 통렬하게 비판한다. 그리고 우리 자신의 진정한 감수성이나 절실한 이념에서 태어난 문학이 아닌 이상 유행의 악순환은 계속될 것이며 참다운 창조행위도 불가능하리라 강조한다. 그는 그 근거로, 저항의 문학을 외치다가 60년대에 와서는 메타포나 이미지를 분석하는 새로운 유행을 만들어낸 전후세대 비평가들의 행보를 제시하고 있다. 여기서 주로 겨냥하는 비평가가 이어령이라는 사실은 어렵지 않게 짐작이 가능하다.

당시 염무웅은 "1955년대의 젊은 비평가들이 부르짖던 참여론의 단순하고 감상적이며 마니페스트적인 양상"26)이라는 표현으로 자신이 넘어서야 할 대상을 지적하기도 했다. 사실 이는 염무웅뿐만 아니라 4·19세대 비평가 모두에게 주어진 과제이기도 했는데, 자기 논리의 새로움과 합당함을 증명하고 담론의 주도권을 잡기 위해서는 바로 윗세대인 전후비평의 성과와 한계를 점검하는 작업이 필요했던 것이다. 『산문시대』가

---

26) 염무웅, 「오해된 저항문학」, 『세대』, 1966. 2, 262~263면.

4·19세대의 새로움을 선언하는 데 그쳤다면, 60년대 중반 이후에는 그 새로움의 내용을 실질적으로 증명해내야 하는 단계에 이르렀다고 할 수 있다. 따라서 염무웅의 이어령 비판에는 합당한 문제 제기가 포함되어 있긴 하나, 전후비평을 완벽히 과거의 것으로 치환하고 공보다는 과를 강조함으로써 새로운 비평(주체)의 필요성을 강조하려는 전략이 다소 과장되게 드러난다고 하겠다.

이와 같은 맥락에서 선우휘 소설은 전후비평의 구호적 문학론이 만들어낸 대표적 "문학 상품"으로 지목된다. 염무웅은 선우휘 소설에 덧붙여진 통념을 제거하고 소설을 그 자체로 독해할 때 비로소 올바른 비평이 가능하다고 주장한다. 그리고 그 결과 선우휘 문학의 제1원리가 「불꽃」의 그 유명한 구절 "이미 꽃밭의 시대는 끝난 것이다"에 있는 것이 아니라, 오히려 "남의 일에 흥미도 없거니와 남의 한계를 침범할 생각은 더욱 없다"는 소극적 개인주의에 있다는 판단에 이른다.[27] 이는 지배권력의 전횡에 오랫동안 시달려온 불행한 민족 역사의 소산이거니와, 실제로 선우휘 소설의 지식인 주인공들은 전쟁을 계기로 허무주의로 귀착되는 경우가 많다고 그는 보고 있다. 그런데 비평적 선전을 과하게 의식한 나머지 「불꽃」이나 「깃발 없는 기수」에서 볼 수 있듯이 돌발적인 결말이 빚어졌다는 것이다.

그렇다면 선우휘 소설은 관념적 구호로 인해 일그러진 구조만 보여주었는가. 염무웅은 「테러리스트」, 「오리와 계급장」, 「아아 내 고장」, 「사도행전」 등에서 전후비평의 선전 문구를 뚫고 솟아난 값진 성과들을 발

---

27) 염무웅은 「불꽃」의 주인공 현이 아니라 할아버지 고노인에게서 더 진실된 표현을 발견할 수 있다고 언급하기도 했다. 선우휘의 주인공들은 역사현실에 정면으로 대결하자고 말할 때보다 역사를 이끌어가겠다는 사람을 공박할 때 더욱 실감있고 박력있는 어조를 띤다는 것이다. 염무웅, 「행동 허무 향수―선우휘 씨의 소설세계 : 선우휘작품집 『망향』 해설」, 『한국문학의 반성』, 민음사, 1976, 42면.

견한다. 작가 자신의 냉소적인 가치부정에도 불구하고 그 자신이 절실하게 체험한 월남민의 생활감정과 해방 직후의 현실이 이 작품들 속에 고스란히 드러났다는 것이다. 이 대목에서 그는 아르놀트 하우저(A. Hauser)가 『문학과 예술의 사회사』에서 엥겔스(F. Engels)를 인용하며 언급한 '리얼리즘의 승리'를 떠올린다.

> 예술가에게 있어 중요한 것은 "그가 개인적으로 무엇을 확신하고 어디에 동조하느냐" 하는 것보다 오히려 "그가 사회적 현실의 문제와 모순을 얼마나 힘차게 제시하느냐" 하는 데 있으며, 따라서 그가 설령 헛된 주장에 사로잡혀 있다 하더라도 현실을 충실하고 올바르게 묘사한다면 그는 "자기도 모르는 사이에 반동적, 반자유주의적 요소들의 이데올로기의 밑바닥을 이루는 인습과 상투어, 타부와 도그마들을 파괴하는 데" 도움을 주지 않을 수 없다는 것이다.[28]

하우저는 '개인은 사회와의 관계 속에서만 존재한다'는 새로운 인간 개념의 창설자로서 발자크를 묘사하면서 자기가 원하지도 않고 알지도 못하는 사이에 발자크가 어떻게 혁명적 작가가 되었는가를 설명한 바 있다.[29] 이는 설령 보수반동적인 세계관을 가지고 있더라도 현실을 충실하고 올바르게 묘사하는 정직한 예술가는 그 시대에 계몽적, 해방적 영향을 끼친다는 것을 의미한다. 염무웅은 하우저가 발자크를 통해 발언했던 바를 선우휘의 작품을 통해 재해석했던 셈이다.[30] 그것은 바로 체험

---

28) 염무웅, 「선우휘론」, 『창작과 비평』, 1967. 겨울호, 656면.
29) 아르놀트 하우저, 백낙청·염무웅 공역, 『문학과 예술의 사회사 4』, 창비, 2006, 58~68면.
30) 당시 『창비』의 번역물에서 중심을 이룬 것은 단연 아르놀트 하우저의 『문학과 예술의 사회사』 연재이다. 백낙청과 염무웅의 공역으로 이루어진 이 작업은 훗날 『창비』의 주역이 될 두 비평가의 만남이었다는 점에서 의미가 있겠으나, 염무웅 비평의 맥락에서 본다면 하우저 이론을 작품 분석의 틀이자 비평의 관점으로 내면화했다는 점에서 의의가 적지 않다. 이러한 과정 속에서 염무웅 비평의 스타일은 내재적 분석에서 총체적 검토로, 객관적 해설에서 구체적 방향 제시로 변화하게 되기 때문이다.

에 밀착한 현실을 진정한 실감으로 묘사한 작품들이야말로 빛을 발한다는 결론이었다.

이는 60년대 후반 염무웅의 작품평에서 궁극의 기준으로 적용되고 있다는 점에서 중요하다. 일례로 염무웅은 이호철의 초기 소설이 성공을 거둘 수 있던 이유로 관념적 도식의 배제와 생활에 밀착된 묘사를 거론한다. 그러나 이후 정서적 허무주의에 빠져들면서 권태와 타락, 순응과 체념에 머무르거나 현실성을 잃게 되었다고 비판한다. 다만 분단의 상처를 절실하게 묘파한 「판문점」에서는 다시금 초기 리얼리즘의 시대로 돌아가려는 듯한 징후를 발견해내고 있다. 이와 같은 평가에서 '지금 바로 여기'에 펼쳐진 현실의 구체성을 담아냈는지 여부를 문학적 성취의 기준으로 삼는 염무웅의 입장을 확인할 수 있다. 그는 "문학은 시대의 산물이요 작품은 작가의 사회적 존재의 반영이라는 의미를 벗어나지 못한다"[31]고 언급하며 현실의 직접노출이 예술이 아니듯 현실회피도 예술이 될 수 없다고 강조한다.

이와 같은 관점은 궁극적으로 해방 이후 구축된 보수우익 문단을 비판하는 근거로 활용되었다는 점에서 의미가 더해진다. 염무웅은 기성 문단의 대표격인 김동리 소설이 점차 "역사적으로 의미있는 예술적 역할의 핵심으로부터 멀어져" 갔다고 지적한다. 그에 따르면 해방 이전의 김동리는 「무녀도」, 「바위」, 「황토기」 등을 통해 식민지 조선의 민족적 현실을 승화된 비극으로 형상화하며 모더니즘 문학과 카프 문학이 공히 달성할 수 없던 경지에 올랐다. 그러나 해방 이후 현실비판의 의지는 단순한 인정 문제로 환원되거나 감정의 신비로 변질되고 말았고, 마침내 '순수문학'이라는 모순된 개념이 전면에 등장하면서 그 의미를 잃고 말

---

31) 염무웅, 「순응과 탈피—이호철론」, 『한국문학의 반성』, 민음사, 1976, 54면.

았다. "식민지적 상황에서 하나의 저항일 수 있었던 '순수문학'은 정치적 靜寂主義의 깃발로 되며 기성체제를 온존시키려는 보호색으로 되는 것이다."32)

염무웅은 「집착과 변모-김동리 문학의 현실감각」을 『68문학』에 재수록함으로써 이 글의 논지에 중요성을 부여하고 있다. 신문학 60주년을 기념하는 움직임이 분주하게 일어났던 68년을 뒤로 하고 창간된 『68문학』(1969. 1)은 「편집자의 말」에서 당대의 위기를 "샤마니즘적인 것과 관념적인 유희와 비슷한 것이 되는대로 결합하여 빚어내는 정신의 혼란상태"라 진단하고 있는데, 이것이 곧 김동리 주도로 이루어진 기성 문단을 겨냥하고 있음은 어렵지 않게 짐작이 가능하다. 『68문학』은 "건전한 논리의 도움을 얻어 (이와 같은 위기를) 극복하는 길만이 우리에게 주어진 사명"이라고 강조하고 있다.33) 그러나 세대 내 분화를 민감하게 포착한 김현의 논의34)를 굳이 빌리지 않더라도, 이 시점에서 4·19세대 비평가들은 "건전한 논리"의 방향을 설정함에 있어서 이견을 드러내기 시작한다.

가령, 김치수는 「한국소설의 과제」에서 "한국 소설사 가운데 李箱으로부터 출발한 自己認識의 노력이 孫昌涉, 崔仁勳을 거쳐 60년대의 작가에게 이어지고 있는 사실"을 지적하며 60년대 소설의 주인공들은 대부분 역사나 현실 앞에서 자아의 무기력함을 인식하고 있는 자아성찰의 인물이라 정리한다. 그리고 "문학이 항상 새로운 현실을 추구해야 한다면 그

---

32) 염무웅, 「집착과 변모-김동리 문학의 현실감각」, 『한국문학의 반성』, 민음사, 1976, 27~28면.
33) 「편집자의 말」, 『68문학』, 1969. 1, 5면.
34) 김현은 4·19세대가 "사회학적 관점과 미학적 관점의 둘"로 나누어진다며 분할의 감각을 내비치고 있다. 전자에 염무웅, 조동일, 백낙청이 속한다면, 후자로는 김주연, 김치수가 대표적이라고 설명된다. 김현, 「한국비평의 가능성」, 『68문학』, 1969. 1, 152~153면.

러기 위해서 투철한 自己認識을 전제로 한다. 이것이 바로 문학의 근대
화이며 그렇지 않고는 문학이 지향하는 바 인간의 구원을 추구할 수 없
다"고 결론짓는다.35) 역시 『68문학』에 수록된 김주연의 「깨어진 거울의
혼란─이상론」과 김병익의 「자유와 현실─최인훈 씨의 경우」도 각각 이
상과 최인훈을 분석대상으로 삼음으로써, 김치수가 설정한 계보의 중요
성을 뒷받침하고 있다.

그러나 앞서 살펴본 선우휘론이나 이호철론에서도 드러나듯이 염무웅
은 자기인식 혹은 성찰의 기록만으로는 의미있는 문학적 성취가 어렵다
는 입장을 분명히 드러낸다. 당시 염무웅은 최인훈 소설의 니힐리즘과
난해성에 대해서 상당히 비판적인 견해를 제시하고 있었다.36) 특히 최인
훈이 한국적 현실을 어떤 이념형으로 추상화하는 작업에 골몰하고 있음
에 주목하면서, 한국적 현실을 지적으로 파악하려는 노력이 중요한 것과
마찬가지로 생활의 비논리적 실감 속에 뛰어들 필요성도 있다고 지적한
다. 그리고 최인훈이 제시한 "관념＝방법＋풍속"37)이라는 도식에 대해
서는 서구적인 것의 선험성을 지적하는 데 그치지 말고 그렇게 될 수밖
에 없었던 환경과 구조를 파악하는 것이 중요하다고 언급한다. 물론 염
무웅 역시 최인훈 소설이 비판적으로 제시하는 한국적 현실의 문제성을
충분히 인정하고 있다. 다만 그것이 언제나 개인적 내면에의 성찰로 귀
결될 뿐, 상황과 대결하려는 적극적 의지를 발견할 수 없다는 한계를 지
적한 것이다.

최인훈론으로 시작한 염무웅의 60년대는 이와 같이 최인훈론으로 마
감된다. 자기 시대의 탁월한 지식인 작가에 대한 긍정과 격려는 여전했

---

35) 김치수, 「한국소설의 과제」, 『68문학』, 1969. 1, 136면·143면.
36) 염무웅, 「관념의 모험─최인훈론」, 『한국문학의 반성』, 민음사, 1976, 69면.
37) 최인훈, 「신문학의 기조─계몽, 토속, 참여」, 『문학과 이데올로기』, 최인훈 문학전집 12,
   문학과지성사, 2009, 184면.

으나, 최인훈을 향해 주문하는 바는 현격히 달라져 있었다. 염무웅은 최인훈에게 새로운 비약을 결단할 것을 권유하면서, "역사의 오늘과 내일을 용기 있게 책임져야 할 의무"를 강조한다. 이러한 입장은 이문구, 황석영 등 신진 작가에 대한 관심 혹은 긍정과 맞물리는 지점에 위치한 것이었으며, 보다 근본적으로 한국의 정치사회적 현실에 대응할 만한 새로운 문학적 방법론의 필요성을 제기한 것이라 하겠다.

4. 식민주의 청산과 근대적 민족문학의 과제

한국문학의 본질을 역사적, 현실적 맥락에서 파악하고자 하는 염무웅의 비평적 입장은 '비서구 식민지 근대'를 기반으로 성립된 한국문학의 조건 탐구로 나아간다. 이는 식민지 근대의 문제성이 현재 우리의 삶과 문학으로 이어지고 있다는 정당한 인식에서 비롯된 것이었다. 이와 같은 관점 수립에는 당대 한국학의 발흥이 기여한 바가 적지 않다. 60년대 역사학계에서 식민지 사관을 극복하기 위해 제기된 내재적 발전론이 문단으로 파급되면서 고전문학과 현대문학의 연속성 문제, 근대문학의 기점 문제, 이식문화론의 문제 등 다양한 논제가 마련되었기 때문이다. 특히 염무웅 비평에서 식민주의 청산의 문제는 근대적 민족문학의 건설이라는 목표와 분리 불가한 것으로서 자리잡게 된다. 그 논의의 출발점은 우선 서구 근대의 보편타당성을 해체하고 상대화하려는 시도를 바탕으로 마련되었다.

염무웅은 「풍속소설은 가능한가— 현대소설의 여건과 리얼리즘」(『세대』, 1965. 9)에서 서구 리얼리즘의 전통과 변모 양상을 서술하면서, 개체와 집단이 행복한 결합을 이루고 있던 서구 시민사회의 리얼리즘과 분열이 보편화된 현대의 리얼리즘은 그 성격이 다를 수밖에 없음을 지적한다. "東西와 古今이 모자이크되기도 하고 칵테일되기도 하고 때로는 어느 하나만이 流通되는, 극히 流動的이고 과도기적인 오늘의 사회에 대다수 사람들의 意識과 儀式을 공통의 場 속에 몰아넣고 비끌어매는 超個人的인 체계는 없"38)기 때문이다. 그러므로 다수의 '리얼리즘들'을 인정해야 할 뿐만 아니라,39) 서구 시민사회 전성기를 바탕으로 한 풍속소설이라는 개념도 유동적으로 파악할 필요가 있다는 것이 그의 생각이다. 더구나 "이중적인 혼란"을 감당해야 하는 한국 사회에 서구적 풍속 개념을 적용하는 것은 무리일 수밖에 없다.

그리하여 염무웅은 "풍속소설은 사라졌는가"라는 편집자의 질문에 "우리의 것을 서구적 문맥 속에 치환시키려는 것은 옳지 못하다"라고 전제한 후, 조선 후기의 한글소설과 식민지 세태소설, 한국적 샤머니즘을 구현한 김동리, 황순원 등의 소설, 역사소설, 농촌소설, 신문소설 등을 통해 한국적 풍속소설의 흐름과 가능성을 생각해보고 있다. 체계적인 개념 정의나 범주 설정이 부족할지라도 이러한 시도는 적지 않은 의미를 지닌다. 서구적 보편을 도외시하지 않으면서 한국적 특수에 초점을 맞추고자 하는 균형 감각의 발로이기 때문이다.

염무웅은 한국의 근대가 식민주의와 봉건주의, 민족주의가 교차하는 복잡한 장임을 언급하면서 한국문학에서 "근대인다운 편린을 모아서 이를 서구적 원형에 되도록 가깝게 재구성하는 것"이 얼마나 무의미한 일인가를 지적한다. 그러한 작업은 관념적 이상형에 맞추려는 집념의 소산

---

38) 염무웅, 「풍속소설은 가능한가—현대소설의 여건과 리얼리즘」, 『세대』, 1965. 9, 268면.
39) 「리얼리즘의 심화시대」에서 염무웅은 "발자크와 톨스토이는 물론이고 조이스와 카프카와 브레히트를 포함하는 리얼리즘"을 언급하면서, 리얼리즘은 특정한 시대의 예술 이데올로기가 아니라 예술 일반의 보편적 원리라 강조하기도 했다. 염무웅, 「리얼리즘의 심화시대」, 『월간중앙』, 1970. 12, 106~107면.

일 뿐, 한국문학의 실상과는 관련없는 공허한 논리의 조작으로 귀결된다는 것이다. 그러므로 그는 "이 나라의 역사적 현실에 깊이 뿌리박은 인간이 어떻게 그것으로부터 보편적인 문제에 관련되면서 각성해 가는가"를 살펴보는 것이 중요함을 강조하고 있다.[40)]

이러한 관점에서 보자면 근대와 전통의 갈등 속에서 빚어지는 모순과 병폐를 한 가정의 세대교체를 통해 사실적으로 묘파한 염상섭의 『삼대』는 당대 최고의 사회소설이라 할 수 있다. 특히 조덕기의 자유주의가 현실수긍의 타협주의로 귀착되고 김병화의 사회주의가 사회적으로 봉쇄되며 변질되는 경로는 당대 지식인의 한계를 정확히 담아낸 것으로 파악된다. 염무웅은 이 한계를 통해 근대화의 과제 혹은 근대인의 형성이 다음 세대로 이월될 수밖에 없었던 사정을 발견해내고 있다.

그렇다면 그가 생각하는 바람직한 근대 혹은 근대인의 초상이란 무엇일까. 이는 식민지 시대 우리 문학을 평가하는 기준으로만 한정되는 것이 아니라, 주체적 근대화라는 과제가 강조되던 70년대 현실의 맥락에서도 중요한 문제로 부상하고 있었다. 70년대 염무웅의 비평은 바로 이 문제에 대한 탐구의 성격을 지니고 있었으며, 필연적으로 근대문학사 전체로 시야를 넓히게 된다.

염무웅의 근대문학 관련 비평[41)]은 대부분 『일제시대의 항일문학』(김용

---

40) 염무웅, 「植民地的 近代人－廉想涉 作『三代』의 경우」, 『민중시대의 문학』, 창작과비평사, 1979, 246면.

41) 목록은 다음과 같다.
「근대문학과 항일의식」(『항일민족시집』, 사상사, 1971, 출판기념강연), 『씨알의 소리』, 1977. 1.
「한국문학사에서의 근대화」, 『독서신문』, 1972.
「민족문학, 이 어둠 속의 행진」, 『월간중앙』, 1972. 3.
「30년대 문학론－식민지문학의 전개과정」, 『한국문학대사전』, 문원각, 1973.
「식민지 문학의 청산－근대적 민족문학의 과제」, 『월간중앙』, 1973.
「식민지시대 문학의 인식」, 『신동아』, 1974. 9.

직 공저, 1974)에 「근대소설과 민족의식」이라는 제목으로 축약, 재편집되어 수록되었다. 따라서 「근대소설과 민족의식」은 근대문학의 개념과 조건에 대한 논의를 비롯하여 간략하게나마 1900년대에서 일제 말기까지의 문학사 서술을 포괄하는 등 당시 염무웅의 문제의식을 압축적으로 살펴볼 수 있는 구성을 취하고 있다. 염무웅은 한국근대문학 속에 구현된 민족의식의 역사적 실체를 추적하여 그 성과와 한계를 평가하는 한편, 이를 통해 오늘날 문학이 갖추어야 할 바람직한 내용과 형식을 탐구하는 데 이 글의 목적이 있다고 밝히고 있다. 주목할 만한 점은 이러한 목표가 '근대문학'과 '민족'이라는 개념의 절대화를 지양하는 가운데 추구되고 있다는 것이다.

우선 근대문학의 기점과 범주 설정에 대해 염무웅은 17,8세기설과 이식문화론 양자 모두에 일정한 거리를 취하고 있다. 당시 김현, 김윤식은 『한국문학사』(1972)에서 근대문학의 상한선을 영·정조 시대까지 끌어올림으로써 주체적인 민족문학사를 구성해보고자 했다. 그러나 총체적으로 볼 때 영·정조 시대의 문학은 중세적 한계를 돌파하지 못했다는 것이 염무웅의 생각이다. 물론 그도 18세기 평민문학의 성과와 의의에 대해서는 고평을 아끼지 않고 있다. 다만 한국의 근대 문학은 자기 전통의 순조로운 성장에 의해 전개된 것이 아니라, 전통의 퇴화가 강요되는 가운데 서구적인 문학 개념을 수용함으로써 성립했음을 인정해야 한다는 것이다. 가령, 이인직에서 최남선, 이광수 등으로 이어지는 한국문학의 흐름은 이식문화적 관점에 설 때 오히려 그 본질이 선명히 드러나며, 이는 부정되기보다는 비판적으로 극복되어야 할 사실이라 할 수 있다. 그러므로 식민지 시대 문학을 단순 긍정하거나 전면 부정하는 자세 모두를 지양해야 한다고 그는 주장한다.[42]

다음으로 염무웅은 "독선적인 민족순수주의와 자기상실적 민족허무주의”를 다같이 극복하려는 노력을 강조하면서 “민족을 신비화, 낭만화시키지 말고 그 역사적 기초에서 파악하지 않으면 안 된다”[43]고 주장한다. 사실 민족의식을 강조하는 문학론은 한국비평사에서 그다지 특별하거나 낯선 것은 아니다. 식민화를 경험한 한국 문단에서 민족이란, 이념적 차이를 막론하고 최종 심급에 위치하는 신성불가침한 개념으로 군림하는 경우가 많았기 때문이다. 그러나 염무웅이 볼 때 올바른 의미에서의 민족 개념은 반드시 ‘근대적’이라는 단서를 붙일 때 성립 가능한 것이다.

> 민족적인 것이 근대적 반봉건적 민주주의적 차원에서 추구되지 않는다면 그것은 민족을 사실상 민족의 일부에 국한시킴으로써 민족의 내부적인 모순을 도호하는 데 그치는 것이 될 것이며, 또한 근대적인 것이 민족적 민중적 반식민주의적 차원에서 추구되지 않는다면 그것은 사실상 근대를 민족 바깥에서 구함으로써 민족 없는 근대화에로 귀착되지 않을 수 없는 것이다. 그것은 민족의 대다수 혹은 전부를 암흑과 질곡으로 인도하는 것이다. 그러므로 민족의 실체는 민중이요 근대화의 내용은 자주화임이 언제나 강조되지 않으면 안 된다.[44]

요컨대 중세적 봉건주의를 거부하는 동시에 침략적 제국주의에 대항하는 문학이 ‘근대적 민족문학’이며 이것의 현대적 실현은 ‘민주주의’와 ‘민중’ 개념과의 결합을 통해서만 가능하다는 것이 염무웅의 핵심적 주장이다. 이와 같은 논리 속에서 그는 식민지 시대 문학과 자기 시대의 문학에 요구되는 바람직한 기준이 다르지 않음을 강조하고 있는 것이라 하겠다.

---

42) 염무웅, 「한국문학사에서의 근대화」, 『한국문학의 반성』, 민음사, 1976, 129면.
43) 염무웅, 「민족문학, 이 어둠 속의 행진」, 『모래 위의 시간』, 작가, 2001, 240~242면.
44) 염무웅, 「근대소설과 민족의식」, 김용직·염무웅 공저, 『일제시대의 항일문학』, 신구문화사, 1974, 158면.

그러나 문제는 이러한 기준이 제대로 관철되기는커녕 식민성의 잔재라 할 만한 폐해가 현재에도 계속 반복되고 있다는 사실에 있다. 염무웅은 특히 문학과 일반 민중의 괴리에서 빚어지는 문제를 비판적으로 지적하면서, 이광수식 '민족 없는 민족주의'를 대표적 사례로 들고 있다. 친일도 민족을 위해서 했다는 이광수의 궤변 속에서 식민지 민중은 이중으로 기만당했다는 것이다. 그런데 그가 볼 때 이는 이광수 개인의 문제라기보다는 식민지 지식인 전체의 한계로 연결되는 것이라 할 수 있다.

염무웅은 우선 식민지 작가들의 작품 활동이 일제 당국의 허가 아래 발행된 언론기관을 기반으로 전개되었다는 점에 주목한다. 이는 당대 문학의 내용과 형식을 규정하는 가장 근본적인 조건이자 제약으로 작용했다고 할 수 있다. 염무웅이 만해 한용운 문학의 반(反)식민지성을 비문단성(非文壇性)에서 찾은 것은 이와 같은 맥락에서 이해가 가능하다.[45] 한편 당대 지식인 작가가 대부분 부르주아 계층으로서 일반 민중의 이해와 유리되어 있었다는 점은 더욱 문제적인 사실이다. 이와 관련하여 염무웅은 식민지 지식인은 민중 속에서 '이방인'처럼 행동하며 그들이 재현한 민족문화는 기묘한 엑조티즘을 불러일으킨다는 프란츠 파농의 분석을 인용하고 있다.[46] 결국 "일제 식민지 시대의 우리 문학은 어떤 경우에도 봉건주의와 식민지 체제에 반대하는 민족적 민중적 투쟁의 전위로 되어본 적이 없었다"[47]는 것이 비판의 초점이다.

여기서 다시금 프란츠 파농의 논의를 상기할 필요가 있다. 파농은 "원주민 문화인의 책무는 민족문화에 관한 책무가 아니라 민족의 총체와

---

45) 염무웅, 「만해 한용운론」, 위의 책, 154면.

46) 염무웅, 「식민지시대 문학의 인식」, 『민중시대의 문학』, 창작과비평사, 1979, 34면.

47) 염무웅, 「근대소설과 민족의식」, 김용직·염무웅 공저, 『일제시대의 항일문학』, 신구문화사, 1974, 162면.

연관된 세계적인 책무"라고 강조하면서 "저개발국의 민족문화는 저개발국이 전개하는 자유를 위한 투쟁의 한복판에 위치해야 한다"고 주장한 바 있다[48]. 염무웅이 식민지 지식인 작가에게 결여되어 있다고 비판한 것은 바로 파농이 지적한 '민족의 총체와 연관된 책무'였다. 그는 당대 작가들에게 항일민중의식이 결여되어 있음을 비판했다기보다는, 그들이 그러한 의식의 원천이 되는 사회적 실천으로부터 동떨어져 있었음을 비판한 것이라 하겠다.[49]

이와 같은 맥락에서 염무웅은 1930년대에 한국문학이 성취한 문학적 수준은 결국 현실 도피의 다채로움을 보여준 것에 지나지 않는다고 평가하기도 했다. 그러나 이러한 평가는 지나치게 단선적인 것이 아닌가라는 반론이 제기될 법하다. 그가 제한적으로 인정한 1930년대 소설의 성과는 몇몇 세태풍자소설과 농민소설에 머물러 있으며 역사소설로서는 『임꺽정전』이 유일하게 거론된다.[50] 이 점을 의식이라도 하듯 염무웅 자신도 문학작품의 예술성과 역사해석의 논리를 일치시키려 하는 시도는 자칫하면 문학의 독자성을 짓밟는 폭력이자 야만주의라는 반론을 유발할 수 있다고 언급하기도 했다. 그러나 그가 강조하고자 하는 것은 "삶의 일정한 조직으로서의 객관적인 사회적 현실에서 떠난 문학만의 고유한 존재는 원천적으로 성립하지 않는다"[51]는 원칙의 정당함이었다. 문학을 위한 문학, 예술을 위한 예술은 그의 관점에 비추어 보았을 때 의미없는 몸짓에 불과한 것이다. 작가 이상이 그러했듯이 자기 사회의 체제를 고려하지 않은 채 예술적 정직성을 지키려고 할 경우, 그것은 자기소모적이고 자기파괴적인 모습을 띠지 않을 수 없고, 결국 문학예술에

---

48) 프란츠 파농, 남경태 역, 『대지의 저주받은 사람들』, 그린비, 2004, 263~264면.
49) 염무웅, 「식민지시대 문학의 인식」, 『민중시대의 문학』, 창작과비평사, 1979, 52면.
50) 염무웅, 「30년대 문학론」, 위의 책, 71~73면.
51) 염무웅, 「식민지시대 문학의 인식」, 위의 책, 49면.

의한 삶의 파괴로까지 이를 수 있다고 그는 강조한다.[52]

오늘날의 시각에서 염무웅이 식민지 시대 작품에 드러난 탈식민의 미묘한 징후들을 좀더 세심하게 고려하지 않았다고 비판하는 것은 어렵지 않은 일이다. 혹은 이념성만이 문학을 평가하는 유일한 기준이 아니라는 원칙론을 제기할 수도 있겠다. 그러나 염무웅의 민중지향적 민족문학론은 당대적 입장에서 보자면 가장 시급하고도 필요한 문제 제기를 포함하고 있는 것이었다. 여전히 식민지적 봉건적 유산이 잔존하는 혹은 새롭게 부활하는 70년대 현실에서 한국적 근대를 성찰한다는 것은 강력한 현실비판을 잠재적인 상태로 동반한 것이었다. 또한 단 한 번도 역사의 주인공이 되지 못하였던 민중을 적극적으로 문학의 중심에 세운다는 것은 새로운 역사에 대한 희망의 표현이라 할 수 있었다. 그러므로 "참된 민족문학을 수립하는 일은 지난 한 세기 동안 우리 문학이 당면하고 있는 하나의 역사적 과업"[53]이라는 염무웅의 문제의식은 70년대 한국문학 비평의 실천성을 증명하는 한 지표라 하겠다.

5. 문학의 저항, 새로운 참여의 실현

염무웅이라는 이름은 『창비』 혹은 민족문학이라는 용어를 자연스럽게 동반한다. 이는 염무웅이 한국현대비평사에 한 획을 그은 상징적 존재로 확고히 자리잡았음을 증명하는 것이나, 한편으로는 바로 이 점이 염무웅 비평 연구에 일종의 걸림돌로 작용해 왔다고도 생각된다. 민족문학이란 염무웅 비평의 핵심적인 문제 틀을 지시할 뿐 그것 자체로 염무웅 비평

---

52) 염무웅, 「내면의 수기」, 『한국문학의 반성』, 민음사, 1976, 17면.
53) 염무웅, 「민족문학, 이 어둠 속의 행진」, 『모래 위의 시간』, 작가, 2001, 220면.

의 전모를 파악할 수 있는 것은 아니기 때문이다. 따라서 본 논문에서는 염무웅의 6,70년대 비평을 바탕으로 비평적 주체성이 형성되는 과정과 그 의미를 살펴보고자 했다. 달리 표현하자면 이는 4·19세대 비평이 인정투쟁을 넘어서 자기 논리와 고유성을 획득해가는 과정을 염무웅을 통해 규명하는 작업이기도 했다.

4·19에서 5·18로, 그리고 박정희 지배체제가 점차 견고화되는 60년대 현실의 여러 지층들 속에서 염무웅은 비평적 사유의 토대를 발견했으며, 현재는 과거의 집적이자 미래의 예비 단계라는 인식을 획득하게 된다. 이는 전후 비평에 대한 강력한 비판 의식과 극복 의지를 동반한 것이었는데, 그가 무엇보다 문제적으로 생각한 것은 이전 세대 비평의 관념성과 추상성이었다. 따라서 60년대 염무웅의 비평은 이론의 주입으로 작품을 재단하는 것이 아니라 작품 분석을 통해서 논리와 방향성을 만들어가는 궤적을 그려나가고 있다. 분석 대상은 달리할지라도 그는 언제나 문학과 현실의 괴리를 경계했으며, 문학은 문학 그 자체로서 현실에 기여할 수 있어야 한다는 점을 일관되게 강조하였다. 이러한 문제의식은 종래의 순수참여론을 넘어서는 지평을 열어 보였을 뿐 아니라, 한 걸음 더 나아가 『창비』가 지닌 이념성의 밑바탕이 되었다고 할 수 있다.

문학과 현실의 관계에 대한 염무웅의 탐구는 70년대에 이르러 민족문학이라는 최대의 비평적 의제를 빚어낸다. 그는 근대적 민족문학 건설이라는 실천적 당위를 강력하게 제기하였을 뿐 아니라, 철저히 그 틀과 범주 안에서 문학의 가치를 평가하고자 했다. 그러나 그가 근대와 민족이라는 개념을 절대화하지 않으면서 한국적 현실을 수렴하고자 했다는 점은 충분히 강조해둘 필요가 있다. 염무웅은 서구 근대를 보편의 자리에서, 민족이라는 범주를 절대선의 자리에서 내려놓음으로써 탈식민과 반봉건의 문제를 동시에 사유할 수 있었다. 이는 2000년대 들어서 유행하기 시작한 서구 포스트콜로니얼 이론의 문제의식을 보다 실감 있게 선취하면서, 식민지 근대라는 경험이 현재 우리 삶의 조건을 결정짓고 있음을 분석해 내고 있다는 점에서 주목할 만하다.

비서구 식민지의 민족문화 및 지식인의 존재론에 대한 그의 성찰은, 이후 70년대 문학의 방향 제시 및 '민중'이라는 개념에 대한 사유로 이어지게 된다. 조선 후기 민중문학의 전통을 계승한다는 의미와 더불어 유신체제 하의 현실 속에서 문학의 저항을 실천할 수 있는 길을 열었다는 점에서 그의 비평이 지닌 의의는 적지 않다. 그러므로 6,70년대 염무웅 비평에 주목하는 것은 한국현대비평사의 가장 의미 있는 궤적을 짚어보는 작업과 일맥상통하는 의미를 지닐 것이다.

∷∷∷ 참고문헌 ∷∷∷∷∷

1. 기본 자료

『산문시대』, 『세대』, 『68문학』, 『창작과 비평』, 『사상계』, 『현대한국문학전집』(신구문화사, 1965), 『한국단편문학대계』(삼성출판사, 1969) 등

김용직·염무웅, 『일제시대의 항일문학』, 신구문화사, 1974.
염무웅·김윤태 대담, 「1960년대와 한국문학」, 『작가연구』 3호, 1998.
염무웅, 『한국문학의 반성』, 민음사, 1976.
염무웅, 『민중시대의 문학』, 창작과비평사, 1979.
염무웅, 『혼돈의 시대에 구상하는 문학의 논리』, 창작과비평사, 1995.
염무웅, 『모래 위의 시간』, 작가, 2001.
염무웅, 『문학과 시대현실』, 창비, 2010.

2. 단행본 및 논문

강소연, 『1960년대 사회와 비평문학의 모더니티』, 도서출판 역락, 2006.
고명철, 『논쟁, 비평의 응전 - 순수참여 논쟁과 민족문학론의 쟁점들』, 보고사, 2006.
권보드래, 「4월의 문학혁명, 근대화론과의 대결」, 『한국문학연구』 39집, 2010.
김영민, 『한국현대문학비평사』, 소명출판, 2000.
김용락, 『나의 스승, 시대의 스승』, 솔과학, 2008.
김윤식, 「60년대 문학의 특질」, 『운명과 형식』, 솔, 1992.
김　현, 『현대한국문학의 이론/사회와 윤리』, 김현문학전집 2, 문학과지성사, 1992.
김　현, 『분석과 해석/보이는 심연과 안 보이는 역사 전망』, 김현문학전집 7, 문학과
　　　　지성사, 1992.
김　현, 「해설 : 사랑의 재확인 - 『광장』 개작에 대하여」, 『광장/구운몽』, 최인훈 전집 1,
　　　　문학과지성사, 1993.
서영인, 「『산문시대』와 새로운 문학장의 맹아」, 『한국문학이론과 비평』 제34집, 2007.
서울대학교 동아문화연구소 편, 『國語國文學事典』, 신구문화사, 1973.
천정환, 「한국문학전집과 정전화 : 한국문학전집사(초)」, 『현대소설연구』 Vol.37, 2008.
최원식·임규찬 편, 『4월혁명과 한국문학』, 창작과비평사, 2002.
최인훈, 『문학과 이데올로기』, 최인훈 문학전집 12, 문학과지성사, 2009.

하상일, 『1960년대 현실주의 문학비평 연구』, 부산대학교 박사학위논문, 2005.
하상일, 「김현의 비평과 『문학과 지성』의 형성과정」, 『批評文學』, 2007.
한수영, 「1950~60년대 비평의 전개 양상」, 신동욱 편저, 『한국현대문학사』, 집문당, 2004.
홍기돈, 「『68문학』 연구」, 『語文硏究』 Vol.54, 2007.
홍진경, 「한스 제들마이어 著 『현대미술의 혁명』」, 『현대미술사연구』 제7집, 1997.
Hauser, Arnold, 백낙청·염무웅 역, 『문학과 예술의 사회사4』, 창비, 2006.
Sedlmayr, Hans, 남상식 역, 『현대예술의 혁명』, 한길사, 2004.

비평의 정치성과 한국문학의 주체성 모색*

박 근 예

1. '공동적인 것'의 탐구와 삶의 비평

4·19와 5·16 이후의 한국의 정치적, 사회적 위기 상황에 대한 인식과 그 극복 의지는 1960년대를 '쓴다'는 행위로 살아낸 비평가 임중빈[1]의 중요한 비평적 태도이자 '삶-의-형태'[2]였다. 임중빈에게 "쓰는 것은

---

* 이 논문은 박근예의 「임중빈 비평의 정치성 연구」(『서강인문논총』 제29집, 2010. 12)를 수정한 것임.

1) 임중빈은 1963년 문학비평동인지 『비평작업』을 발간했던 '정오평단'(5명의 대학생 : 임중빈, 이광훈, 조동일, 주섭일, 최홍규) 중 한 명이며, 백철 비평을 비판했던 「평단소송 제1호 : 위장된 전통론」을 익명으로 발표했다. 1964년 『조선일보』 신춘문예에 「사회소설론 서설」이 입선되고, 1965년 『동아일보』 신춘문예에 「김유정론」이 당선되어 문단에 등장했고, 1968년 통혁당 사건과 관련된 『청맥』지 폐간, 1970년 11월호 『다리』지에 실린 「사회참여를 통한 학생운동─문화운동에로의 새로운 전환」의 필화사건 등 5·16으로 등장한 군사정권의 정치적 탄압을 받았다. 정치적 상황에 소극적으로 '침묵(沈默)'하지 않고, 쓰는 행위를 통해 적극적으로 발언했지만 결국은 '무언(無言)'의 비평으로 나아가게 된다. 따라서 임중빈의 비평은 1960년대의 정치 사회적 상황에 대한 혁신을 꿈꾸었던 한 문학인의 삶의 기록이라고 할 수 있다.

2) "…삶-의-형태라는 용어를 통해 우리는 그 형태와 결코 분리할 수 없는 삶, 그것으로부터 벌거벗은 생명 같은 것을 결코 고립시킬 수 없는 삶을 가리킨다. … 그 형태와 분리

줄기차게 살자는 다짐이고, 산다는 것은 우리가 싸우는 과정"이고, 따라서 "문학을 한다는 싸움과 생존해 나간다는 싸움은 다함께 소중하고 절실"3)한 것이었다. 절망과 좌절의 회의주의자보다는 의지와 투쟁의 행동주의자가 되기를 꿈꾸었던 그에게 문학의 장은 새로운 가치를 발견하고 혁신을 추구할 수 있는 자유의 공간이었으며, 대지 위에 살고 있는 인간의 위기를 증언할 수 있는 투쟁의 공간이기도 했다. 다시 말해 '수난의 역사' 속에서 구원 없는 절망에 빠지더라도 '역사의 탈출구'를 향하는 인간의 자아를 각성시킬 언어를 발견할 수 있는 공간이었다. 따라서 위기 상황에 대한 부정과 저항의 정신은 그의 비평 태도의 핵심이 되고, 한국문학의 주체성의 구성은 그의 비평적 과제가 된다.

이러한 임중빈의 비평은 1960년대 한국의 문학비평 지형에서 '4·19세대'의 비평, '참여론'으로 분류되고 명명된다. 그러나 임중빈은 1960년대에 활발하게 비평 활동을 한 반면에 1970년 『다리』지 필화사건 이후로 비평의 붓을 꺾고 문학의 장을 떠나게 됨으로써, 문학비평의 지형에서 큰 주목을 받지 못하는 주변적 비평가로 남게 된다. 따라서 최근에야 등장하기 시작한 임중빈 비평에 대한 본격적인 연구는 1960년대에 새로운 비평을 시도한 4·19세대 비평가이자 '참여론자'로서의 비평사적 의의를 조명하는 데 초점을 맞추고 있다.4) 그러나 임중빈 비평에 대한 충실한 해명은 4·19세대 비평가, 참여론자라는 사실의 확인만으로

될 수 없는 삶이란, 살아가는 방식 속에서 삶 자체가 문제가 되는 삶, 살아가는 와중에 무엇보다 살아가는 방식 자체가 문제가 되는 삶이다. … 이 삶에서는 살아가는 모든 방식, 모든 행위, 모든 과정이 결코 단순한 사실이 아니라 항상 무엇보다 삶의 가능성이며, 항상 무엇보다 역량이다."(조르조 아감벤, 김상운·양창렬 역, 『목적 없는 수단』, 난장, 2009, 13~14면).

3) 임중빈, 「미지의 독자 앞에」, 『부정의 문학』, 한얼문고, 1972, 4면.

4) 석형락, 「1960년대 임중빈의 문학비평」, 고려대학교 석사학위논문, 2009.
  고명철, 「1960년대 참여문학 비평의 전위성」, 『비평문학』 제31호, 2009.

는 충분하지 못하다. 글쓰기 자체가 삶의 투쟁이었던 그의 비평이 갖는 정치성의 의미를 밝히는 데로 나아가야 할 것이다.

1960년대의 비평은 '순수와 참여의 대립'이라는 문맥에서 문학의 정치성이 문제되는 시기였다. 논쟁 상황에서 순수냐 참여냐의 양자택일의 문제로 비화되기도 했지만, 문학의 정치성은 작가가 예술의 순수성에 전념하느냐 정치적 참여를 하느냐의 문제가 아니라 "문학 그 자체로 정치 행위를 수행하는 것"이다. 간단히 말해 인간이 "공동체에 참여하면서 말하는 존재라는 것을 입증"[5]하기 위한 창조 활동이다. 문학의 정치성은 문학 행위, 즉 글쓰기로 규정된 문학이 특정한 집단적 실천 형태의 정치와 긴밀한 관계가 있다는 인식을 전제로 한다.[6] 따라서 글쓰기 자체가 삶의 투쟁이었던 임중빈의 비평은 1960년대 문학의 정치성의 한 양상을 잘 보여줄 것이다.

정치란 "특정한 경험들의 영역을 구성하는 것"이며, "이 영역 안에서 어떤 대상들은 공동적인 것으로 간주되며 어떤 주체들은 이 대상들이 무엇인지 지칭하고 대중에서 그 이유를 설명하는 역량을 지닌 사람들"이라는 랑시에르의 말은 문학의 정치를 잘 설명해준다. 글쓰기는 작가가 '공동적인 것'을 포착하고 그것을 언어화하는 창조 과정이면서 동시에 문학이 수행하는 정치 행위이기도 하다. 다시 말해 문학의 정치는 "문학이 시간들과 공간들, 말과 소음, 가시적인 것과 비가시적인 것 등의 구획 안에 문학으로서 개입"하는 것이며, "실천들, 가시적 형태들, 하나 또는 여러 공동세계를 구획하는 말의 양태들 간의 관계 속에 개입"하는 것이다.[7] 이러한 의미에서 임중빈의 비평은 '준전시'[8] 상태에 처한 1960

---

5) 자크 랑시에르, 유재홍 역, 『문학의 정치』, 인간사랑, 2009, 9면.
6) 자크 랑시에르, 위의 책, 10면.
7) 자크 랑시에르, 위의 책, 12면.
8) 임중빈이 한국문화를 '준전시' 상태의 위기라고 표현한 것은 지식인의 자유로운 자기표

년대의 정치적 문화적 현실에 개입하는 창조 과정이고, 방향성을 상실한 채 위기에 처한 한국문학의 주체성을 탐색하는 과정으로 나타난다.

임중빈 비평에서 주목한 '공동적인 것'은 넓은 의미에서 한국문학의 주체성의 회복이다. 1960년대는 자유의 공간이어야 할 문학의 장이 정치적 위기 상황에 적절히 대응하는 창조활동이 이루어지지 못했기 때문에 위기에 처했다는 진단과 더불어 한국문학의 미래는 주체성의 확립에서 시작된다고 보았던 것이다. 구체적으로 살펴보면 먼저 외부 세계와 단절한 채 고립된 개별적 자아를 거부하고 세계와 소통하는 대화적 주체를 구성함으로써 현실을 파악하는 작가의 자기인식의 과정을 강조한다. 다음으로 '있는 그대로의' 역사적, 사회적 현실 속에서 살아가는 생활인의 경험 세계를 표현함으로써 객관 현실을 투시하여 사회 문제를 공동언어화하는 사회소설에 주목한다. 마지막으로 타인의 문학에 골몰한 식민지 문학을 극복함으로써 한국문학의 보편성을 지향한다.

2. 대화하는 주체의 구성과 언어적 모험

임중빈이 주목한 문학의 주체성은 먼저 글쓰기 행위를 실천하는 작가의 자기 인식과 밀접한 관련이 있다. 주체성이 확립된 작가의 자기인식은 문학 장 외부의 정치 현실, 생활인이 경험세계, 독자 등과의 대화적 관계를 통해 형성되고, 이러한 자기인식 안에서 문학은 공동적인 것을 언어화하는 창조활동이 된다. 따라서 임중빈은 1960년대의 문학에서 소통의 단절과 자기소외의 과정을 문학으로 토해내는 작가들을 비판한다.

현 매체인 잡지(『청맥』, 『다리』) 때문에 두 번에 걸쳐 그가 직접적인 정치적 탄압을 받았다는 사실로 보아 크게 틀린 지적은 아닐 것이다.

현실의 위기 상황을 인식하고 극복하려는 창조와 도전으로 가득 찬 자유의 공간이 되어야 할 문학의 장을 역사적 사회적 현실과 단절된 방향 상실의 위기로 몰아넣는다는 것이 그 이유이다. 결국 임중빈의 시선에 비친 당대의 문학은 힘든 시대를 살아 내는 구체적 인간의 주체적인 삶을 담아내고, 변혁을 꿈꾸는 방향과는 거리가 멀었다고 할 수 있다. 이러한 문학 장 내의 경향들이 바로 극복의 대상, 즉 주체성을 상실한 문학의 일면이라고 본 것이다.

> 문학은 역사적 형성물이며, 문학의 창조자 또한 사회적 존재임을 망각해서는 안 된다. 이미 작가의 괴이한 개성 만능의 생각에 시대는 재검토를 요한다. <문학은 개성의 표현이다>라는 소박하고 철없는 말은 너무나 엄청난 부작용을 낳는다. 작가가 자기 나름의 음색을 갖춘다는 것은 문학 초기의 얘기에 불과하다. 자기류의 스타일을 과시하면서 인간 사회와의 대화를 고의로 단절시키기를 능사로 아는 문학인이 있다면 그는 대표적으로 반사회적이며 비이성적인 존재임에 틀림없다. 초인간적 소외감정에 사로잡혀 괴상망측한 발성연습만 능사로 삼는 전위작가가 있다면 우리는 왜곡된 작가의식을 회복시키지 않으면 안 될 일이다. 역사적 사회적 요구와 문학의 발전이 균형을 잃을 때 심각한 방향상실의 위기가 찾아온다.[9]

여기서 '자기류의 스타일을 과시'하고 '인간 사회와의 대화를 고의로 단절'하는 '전위작가'를 사회성을 망각한 반사회적 비이성적 존재로 거부한다. 임중빈에게 문학의 자율성 속에서 개성의 이름으로 현실 사회와의 대화를 단절하고, 지상에 살고 있는 생활인과 구별되는 초인간적 존재로 허공에 자리 잡은 작가의 자기 소외 경향은 한국문학이 방향상실의 위기 상황에 있음을 보여주는 지표일 뿐이다. 즉 사회에서 고립된

---

9) 임중빈, 「모방문학의 한계와 창조」, 위의 책, 106면.

'개성', 삶의 터전을 떠난 초월은 자유로운 창조와 도전의 공간인 문학장 내부의 위기 상황을 그대로 보여주는 문학적 사건이다. 이러한 문학의 위기 상황은 1960년대의 정치 사회적 위기상황을 적극적으로 타기해야 할 창조와 도전의 방향 상실, 바로 그것이 된다. 이러한 방향 상실은 곧 문학의 독자와의 대화불가능성으로 이어지고, 문학의 죽음으로 목도될 것이다. 이러한 인식 때문에 임중빈은 모더니즘을 강하게 거부하고 리얼리즘을 강조하는 입장에서 서게 된다.[10]

임중빈이 모더니즘을 "작가의 초인적 소외 감정이나 의식의 분열을 미화"하는 문학이라고 강하게 비판하는 것은 개성의 추구 그 자체가 아니라 그 개성이 작가의 외부 현실, 생활인의 경험세계, 독자와의 대화적 관계 속에서 이루어지지 않았다는 이유에서이다. 다시 말해 작가의 자기 인식이 생활인의 대지에 뿌리내리지 못하고, 사회의 위기 상황을 혁신하는 부정의 정신에도 이르지 못한 채 허공에 떠있는 초인의 소외감으로 귀결되기 때문이다. 그는 이러한 주체의 모험이 갖는 한계를 이상의 문학에서 살펴보고 있다.

> …창조적인 저력이란 그의 경우 아웃사이더로서의 고투에서 온다. 기존적인 것이나 일상적인 것을 끝까지 거부함으로써 그는 독창적인 에스프리를 소유하려 하고 인간의 속물성을 배제함으로써 그는 도전자가 된다. 악마의 축제까지 올리면서 그는 의식의 자유항에 이르려 한다. 작품 <날개>를 비롯한 모든 작품은 <데몽>의 주택이 되어준다. 이상은 자아 분열의 화신인 양 절망을 선택하는 그 과정에서 창조적 <데몽>의 은총

---

10) 임중빈의 반모더니즘적 태도는 5~60년대 문학, 넓게는 한국문학 60년 전체에 대한 강한 부정 의식으로 드러난다. 그는 사회 역사적 현실과 대화하는 주체의 구성에는 강한 의욕을 보이지만 자아의 분열, 즉 내적인 자기인식의 과정은 문학에서 지양해야 할 문제로 파악한다. 임중빈의 이러한 측면은 지나치게 단순한 부정과 종합의 변증법적 사유 과정에 따르기 때문에 나타나는 것으로 보인다.

을 누린다. …이상이야말로 최초로 <데몽>을 찾아서 그 예술적 경지에 다다른다. 자아추구의 모험인 것은 더 말할 여지가 없다. 그것도 끈질긴 부정과 도전의 미학을 통해서인 것이다…[그러나] 그가 다다른 종착점은 극복의 영토가 아니라 유형의 영토일 뿐이다. 그러므로 이상의 <데몽>은 비전의 제시가 아닌 표현의 극치에만 머문다.11)

이상을 '아웃사이더'로 규정한 임중빈은 "세상에 자신을 내던지는" 이상의 모험이 철저한 자기인식이 되지 못하고 소외와 분열 상태 그 자체에 만족하려 한다는 점을 한계로 지적한다. 또 이러한 이상 문학의 경향이 50년대 이후 한국 문학에서 '불행한 상속'을 거듭하고 있다는 점도 문제로 제기한다.12) 임중빈이 보기에 "자기분열의 화신인 양 절망을 선택하는" 이상의 "자아추구의 모험"이 "극복의 영토가 아니라 유형의 영토"에 도달한 것은 자아분열의 절망을 자아내부의 문제로만 파악하고 사회 역사적 현실과의 관계 속에서 대화적으로 인식하지 못했기 때문이다. 결국 이상 문학이 보여주는 "현실 상황과 <나>의 계획적인 유희는 인간존재의 조건을 제기는 해도 상황을 변화시키는 데는 거의 절대적으로 무력"13)할 수밖에 없게 된다. 즉 이상의 언어유희는 '공동적인 것'을 포착하는 자기인식의 과정을 거부하고, 사회와의 소통과 대화를 고의로 단절한 데서 연유하기 때문에 자아를 분열에 빠뜨리는 절망적 위기 상황을 극복할 비전을 제시하지 못한다는 것이다.

따라서 대화하고 소통하는 관계적 인식은 문학의 존재 의미를 묻는 주체성의 구성에서 필수적인 요소이다. 문학 장 내부와 외부, 글쓰기와

---

11) 임중빈, 「부정의 모험」, 위의 책, 162~165면.
12) 1950년대 이후 이상은 한국문학의 현대성을 표상하는 대표적 작가로 숭배되기 시작했는데 임중빈은 이러한 현상을 큰 문제로 지적한 것이다.
13) 임중빈, 위의 글, 166면.

삶 사이의 단절을 극복하고 양자 사이의 긴장 관계 속에서 소통하고 대화하는 주체가 보여주는 자기인식의 세계가 '공동적인 것', 즉 문학의 주체성을 포착하는 새로운 문학이 된다.

그리고 이러한 문학이 수행하는 정치행위가 바로 60년대의 비평의 언어인 '참여'와 '저항'으로 표현된 것이다. 임중빈이 메를로 퐁티의 말을 빌려 참여를 "작가의 전 존재를 세계에 송두리째 투입하는" '모험'이라고 규정한 것도 작가의 대화적 자기인식의 중요성과 관련된다. 즉 작가의 대화적 자기인식의 언어화 과정은 "개별자의 상황이나 독자적인 존재의 절대가치를 위한 것"이 아니라 "객관 상황의 주체적 파악을 통해 공동주체성, 공동 연대의 운명 속에"서 가치를 추구하는[14] 모험인 것이다. 다시 말해 자기 속에 고립된 관념적이고 정적인 개인이 아니라 외부 세계와 대화하는 현실적이고 역동적인 주체의 경험 영역을 구성하는 것이 중요하다는 의미이다. 대화하는 주체의 자기인식은 개별성에 머물지 않고 집단적 사회적 보편성, 즉 '공동체의 운명'을 담지하고 있는 생활인[15]을 발견하는 데까지 나아간다. 이것이 임중빈이 중시하는 자기인식의 과정이다.

> 먼저 스스로를 인식한다는 것이 문학의 첫 과제이다…<시는 모든 사람에 의하여 씌어진다.> 그렇다. 로트레아몽의 이 말은 우리 시인들에게 성구가 될 만하다. 다만 모든 사람에 의한 언어를 발견하는 데 시종일관 성실하자는 말이다. 시는 예언자의 비전을 내포한다. 현실파악을, 끊임없

---

14) 임중빈, 「참여문학의 인식」, 위의 책, 39면.

15) 임중빈은 '생활인'이란 용어를 허공에 떠 있는 부정적 주체와 대비해서 지상에 뿌리내린 긍정적 주체를 지칭하기 위해 사용한다. 객관 상황과 대화하는 주체는 '사회적 자아' 혹은 '집단적 자아'라는 일반적 용어로 쓰이기도 하고, 리얼리즘 문학의 주체로 언급되는 '민중'이란 용어로도 간혹 사용된다. 필자는 대화하는 주체가 살아 숨쉬는 인간의 파악에 관심을 갖는다는 점에서 '생활인'이란 용어를 선택해서 사용한다.

는 상황과의 투쟁을 전개하여 시인은 혁명가가 되기도 한다. 따라서 우리가 필요로 하는 시의 성실성이란 현실을 투시한다는 것이며 공동운명 속의 언어를 창조한다는 것이며, 비전을 제시한다는 것을 뜻한다. 시인의 자아인식이란 이처럼 현실의 진흙구덩이 속에서 무한한 섬광을 발굴하는 불사조의 작업을 말한다.16)

로트레아몽의 말 <시는 모든 사람에 의하여 씌어진다>는 시가 고립된 개인의 언어가 아니라 대화적 자기인식 과정에서 발견된 공동의 언어라는 사실을 강조한다. 즉 시(문학)의 언어는 고립된 개별적 언어가 아니라 보편성과 개별성을 담고 있는 공동 언어로 드러나야 한다는 말이다.17) 따라서 임중빈은 시인을 "끊임없는 상황과의 투쟁을 전개하여" "공동운명 속의 언어를 창조"하고 "비전을 제시"하는 혁명가이자 예언자로 표현한다. 이처럼 임중빈이 생각하는 공동언어는 현실을 투시하고 미래의 비전을 제시하는 투쟁의 언어이면서 예언의 언어라 할 수 있다. 이는 대화적 자기인식의 과정이 현실을 투시하는 상황 극복의 논리를 제시하고 새로운 미래를 예언할 수 있는 통찰력을 작가가 소유할 때 가능하다. 위기 상황에 직면한 인간들의 공동적인 것, 쉽게 말해 희망을 보여주는 형태로 문학은 현실에 개입할 수 있다. 그런데 미래의 비전만으로 현실의 위기상황을 충분히 극복하기는 어렵다. 따라서 대화하는 주

---

16) 임중빈, 「절대를 추구한 길」, 위의 책, 135~136면.
17) 임중빈, 「리얼리즘 문학의 가능성」, 위의 책, 10~11면. "작가의 사회적 관심을 배제한 자아의 성숙은 따로 가능하지 않다. 하기는 어떠한 경우일지라도 문학이 예술의 품을 떠날 수 없는 것이고 보면 스스로 명백하다. 인간 조건의 소리를 수용하는 주택이 곧 문학이라는 것, 그러므로 인간의 환성이건 비명이든 늘 포용하지 않으면 안 된다는 사실, 그리고 휴머니즘의 길을 모색하는 이정표로서 문학은 언제나 언어과정 자체라는 사실이다. 문학의 인식은 개인의 얼굴을 빌린 자의식의 발견에서 비로소 가능하고, 사회의 산물인 언어 현상을 통하여 창조 작업이 실현된다고 보아야 하며, 이제는 인간낙원의 회복을 휴머니즘의 지름길로 삼아야 될 때다."

체의 자기인식은 객관 상황에 대한 철저한 분석을 필요로 한다.

3. 생활인의 영토의 표현과 사회소설

앞에서 언급했듯이 대화를 통한 자기인식의 과정은 사회 역사적 객관 상황에 대한 주체적 파악의 단계로 넘어가야 한다. 왜냐하면 "미래를 보는 눈이 없이 현실을 말할 수 없는 것이며, 현실을 투시하지 않고는 미래를 예견할 수 없다."는 임중빈의 말처럼 위기 상황을 극복하는 미래의 비전은 긴급한 위기 상황에 처한 현실 그 자체를 무시하고서는 성립되지 않기 때문이다. 작가가 철저한 자기인식의 과정 속에서 획득한 부정과 저항의 정신은 미래의 비전을 현실화하기 위해 객관 현실에 대한 근본적 탐색을 요구한다. 그렇다면 객관 현실은 어떻게 파악할 수 있는가?

현실을 파악하는 능력 그리고 미래를 보는 눈은 작가에 있어서 지성과 저항이다. 작가의 지성과 저항은 예술가의 안이한 고립상태를 용납하지 않는다. 시대의 소리와 인간의 생활정서를 담는 창작행위로서의 문학은 보들레르와 같은 <저주받은 시인>이나 까뮈가 빚은 <이방인>적 존재를 우상화하지 않는다. 자기 시대에 대해서 이방인이고 머물러 있을 지상의 나라도 없으며 철저하게 저주받은 사람이 모두가 창조라고 가정한다면 그날로 세계에 종말이 올지도 모른다. 그들은 허공에 살면서 지하의 문제를 괴로워하는 햄릿이 아니면 파우스트와도 결별해버린 영원한 나그네들일는지 알 수 없다.[18]

문학은 현실상황과 투쟁하고 미래의 비전을 제시하는 공동언어이고

---

18) 임중빈, 「저항문학의 자세」, 위의 책, 33~34면.

"시대의 소리와 인간의 생활정서를 담는 창작행위"라고 믿는 임중빈에게 생활인의 삶의 터전을 떠난 작가들은 "현실을 파악하는 능력 그리고 미래를 보는 눈"을 갖지 못한 존재들이다. 따라서 시대의 이방인이고 머물 지상의 나라가 없는 저주받은 사람을 '창조'로 본다면 '세계의 종말'이 도래한다고까지 말하는 것이다. 임중빈은 '허공에 살면서 지하의 문제를 괴로워하는 햄릿'이나 '파우스트와 결별해버린 영원한 나그네들'은 현실을 파악할 수 없기 때문에 미래의 낙원에 들어갈 수 없다는 점에서 부정한다. 따라서 임중빈이 강조하는 문학의 주체성을 확보하려면 생활인의 영토 위에서 들리고 보이는 사건들을 포착할 수 있어야 한다.

이러한 생활인의 현실을 잘 포착한 것으로 김진섭의 수필에 주목한다. 임중빈은 「생활철학의 광채」에서 김진섭의 수필을 "생활의 제 단면과 경건하게 대화하는" "생활인으로서의 지혜와 예지", 즉 '알찬 생활정서'를 습득한 "생활인의 산 철학"이라고 평한다. 즉 허공에 거주하는 햄릿도 머물 곳이 없이 떠도는 나그네도 아닌 지상 위에서 살아가는 '생활인'의 경험세계가 공동 언어의 산실이 된다는 것이다. 더 나아가 생활인의 경험 세계가 '공동적인 것'이 되기 위해서는 객관적 현실을 투시하여 문제를 포착하는 눈, 즉 '작가의 지성과 저항'이 필요하고, 생활인이 거주하는 영토를 표현할 수 있어야 한다.

> [<메밀꽃 필 무렵>은] 한갓 운명에 짓눌린 생명의 신비를 목가적 자연의 구가, 잃어버린 에덴의 향수, 그리고 생명의 한스런 소리로 담은 시적인 문체와 빈틈없는 구성으로 예술적 전개를 알뜰하게 해 나간 작품이다. 그러나 시장과 메밀밭의 이미지가 그토록 대조를 보이는 점은 접어둔다 하더라도, 작중인물들이 한갓 운명의 여객(旅客)으로서 반산문정신의 전형이 된다. 이 점 전(前)시대성을 면할 길이 없다.19)

---

19) 임중빈, 「잃어버린 에덴의 구가」, 위의 책, 171면.

　　그러면 그의 웃음은 어디에서 오는가. 전근대적 과도기 사회의 틈바구니에서 엿보는 심각한 모순의 대립관계에서, 그리고 <가진 자>와 <못 가진 자>와의 위화감, 그러므로 해서 빈곤과 기아의 극치에서 인간 주체성이 말살되는 그 엄청난 드라마의 효과로써 터지는 주체 못할 실소임이 분명하다……앙리 베르그송도 웃음의 원인으로써 사회의 부조화를 들고 있는데 우리 작가의 유우머는 사회현실의 불합리와 비정상, 그리고 암흑 사회 부조리를 투시하면서 거기에 소극적으로나마 반항하려는 그 성격의 소산이다.[20]

　　1930년대의 대표적인 소설가들인 이효석과 김유정에 대해 각각 평한 인용문에서 임중빈은 생활인의 영토, 즉 허공도 지하도 아닌 지상의 삶의 중요성을 강조한다. 그가 비판한 이효석의 소설은 '목가적 자연', '잃어버린 에던'을 시적으로 재구성한 극적인 공간 속에서 나그네로 떠도는 장돌뱅이들을 그리고 있어서 비현실적이다. 즉 장돌뱅이들의 생활 터전인 시장이 아니라 달밤의 메밀밭이 작중인물들이 거하는 장소가 된다. 반면 김유정은 "철두철미 지상적인 것을 추구"하며, "그의 시선은 대지에 발붙이고 살아가는 생활인에 집중"[21]한다. 따라서 임중빈은 김유정이 사회 현실을 밑바닥까지 투시하고 "어디까지나 인간이 생활하고 있는 낯익은 세계를 통하여" 전근대를 증언한 점에서 이효석보다 진지한 예술가라고 평한다. 이효석은 역사 이전의 단계를 표현하기 때문에 시적인 문체를 구사할 수밖에 없는 반면, 김유정은 시간의 지속을 표현하기 때문에 전근대적 사회의 현실을 투시할 수 있다는 것이다. 따라서 임중빈은 김유정 소설처럼 생활인의 경험 세계가 그들이 살아가는 공간 속에서 시간의 지속으로 파악되어야 한다고 주장한다.

---

20) 임중빈, 「닫힌 사회의 희화」, 위의 책, 158면.
21) 임중빈, 위의 글, 147면.

여기서 임중빈은 인간의 조건인 시간성과 공간성을 동시에 파악할 수 있는 것으로 '상황'을 강조한다. 상황은 생활인의 경험 세계를 역사적 사회적 지평 속에서 바라 볼 수 있게 하며, '인생의 단편'을 통한 진실을 추구하기보다는 심층적인 현실의 문제를 전면화할 수 있게 한다. 다시 말해 "'나'와 '상황' 사이에 가교를 놓고 거기에 전면적인 인간진실을 문제 삼으면서 세계에의 끝없는 수정을 꾀"22)하는 것이 가능하다. 이러한 작가의 상황 인식은 곧 위기의 현실을 투시할 수 있는 방법이 된다. 이렇게 "인간을 어느 상황에 몰아넣고서 공동연대의 운명을 아낌없이 파헤치"는 작가가 있다면, 독자는 구경꾼이 아니라 작가가 제시하는 상황을 밀착해서 경험하게 될 것이다. 따라서 임중빈은 "인간의 생존과 직결되는 '상황'의 문제를 염두에 둔 창조활동"23) 이 생활인의 영토를 표현하는 데 필수적이라고 본다. 이러한 생각이 사회소설에 대한 그의 관심으로 표명된다.

작가가 인식하는 상황 중에서 특히 생활인의 삶과 근원적인 관계가 있는 것이 정치 현실이다. "한국문화의 준전시는 지금에 와서 하나의 고질적인 만성"24)이라고 한 임중빈의 말처럼, 한국의 정치현실은 우리의 사회생활을 너무나 지배적으로 좌우하는 대상이다. 따라서 임중빈은 이러한 정치 현실에 부단히 대결하는 상태에 있는 문학 형식으로 당대의 문제성을 담은 '사회소설'을 제시한다. 이것은 정치현실을 테마로 "사회적 증언을 가장 실감 있게 남길 문학"25)이다. 사회 소설에서 표현되는

---

22) 임중빈, 「사회소설론 서설」, 위의 책, 70면.
23) 임중빈, 위의 글, 66~67면.
24) 임중빈, 「거시적인 모랄의 재건」, 위의 책, 268면.
25) 임중빈이 한국문학사에서 발견한 사회소설은 17세기 허균의 <홍길동전>, 박지원의 <양반전>, <호질>, 이인직의 <은세계>, 이광수의 농촌계몽소설, 프로작가의 계급문학, 선우휘 <불꽃>, 최인훈 <광장>, 서기원 <재벌> 등으로 평가의 정도는 다르지만 정치적 현실을 테마로 사회의 문제성 있는 측면을 다룬다는 점에서 주목하고 있다.

문학의 정치성은 "경솔하게 정치에 관여하거나 국가 정책 따위를 수립" 하는 것이 아니다. 오히려 "괴물처럼 전체 상황을 지배하는 폭군"인 정 치현실에 대한 과감하고 예리한 비판의 언어를 창조하고 "정치사회의 맹점을 분석하여 인간의 본체"를 밝힘으로써 '모순의 교차로에서 하나 의 출구'를 제시하는 것이다.26) 따라서 사회소설은 정치 지배를 받는 사 회 자체의 운명에 내재한 모순점들을 폭로하거나 개혁할 수 있는 비전 을 제시하는 문학 형식이다.

이렇게 한국의 사회 자체에 내재한 모순점을 폭로하는 데 주력한 사 회소설로 이호철의 ≪소시민≫을 들고 있다. '사회사적 인간의 탐구'라 는 부제가 달린 「이호철 ≪소시민≫론」에서 ≪소시민≫은 "시민사회의 퇴조기에 접어든 한국 사회의 왜소한 소시민상"을 묘사하여 "사회소설 의 한 경지를 개척한 작품"으로 평가된다. 소설에 등장하는 20여 명이 넘는 소시민들이 몰락해가는 사회 상황을 언어화한 "역사 진행 도중의 사회사"일 뿐만 아니라 "진실한 사회 현상의 완벽에 가까운 예술적 변 형의 추구"라는 것이다.

사회 자체 내의 벅찬 모순과 갈등에다가 전쟁이라는 가중한 압력에 못 이겨 낡은 사회구조의 와해는 치명적인 양상으로 드러나게 된다. 그야말 로 완벽에 가까운 몰락일로의 상황이라고 할 수 있다. 작품 ≪소시민≫ 의 분위기는 몇몇 상승일로의 인간상 제시에도 불구하고 온통 몰락해가 는 합리주의 인간상의 추구인 것처럼 보인다. 사회 현실 앞에 선 인간들 의 상반되는 두 자세를 통하여 주로 사회 현실의 맹점을 폭로하고 있으 며 때로는 공격의 화살을 퍼붓기도 한다. 하지만 사회적 현실 비판을 통 하여 성급한 개혁의지를 과시하자는 것이 아니라, 근대 합리주의의 성장 과정의 한국적인 단면을 차분히 보여주고 설명한다는 시도에서 이데올

---

26) 임중빈, 「사회소설론 서설」, 위의 책, 72면.

로기적 사회소설인 ≪홍길동전≫과 대조적이며 모든 계몽소설의 반대편
에 있다.27)

임중빈은 율도국이라는 이상 세계의 비전을 보여주는 사회소설 <홍
길동전>과 달리 ≪소시민≫은 "사회현실의 맹점을 폭로하고" "공격의
화살을 퍼붓기"도 하지만 개혁 의지의 과시보다는 한국적인 단면을 차
분히 보여주었다고 지적한다. '소시민'이 시민사회의 몰락이라는 사회
구조적인 맥락에서 구체화하는 다양한 인간상들로 그려진다는 측면에서
'사회사적 인간'에 주목했던 것이다. '사회사적 인간'은 정치적인 지배를
받고 형성된 사회집단에 대한 사회학적 탐구와 구체적 인간학의 수립에
의해서 이야기될 수 있는 것이다. 왜냐하면 역사의식과 미학적 가치의
동시 파악, 공동 실현이야말로 우리가 싸우며 살고 있는 상황을 작품 활
동으로 실증할 수 있기 때문이다.28) 이처럼 사회 소설은 생활인의 영토
에 자리 잡은 정치 사회적 문제 상황과 투쟁하고 그것을 극복한 미래의
비전을 제시하는 양식이다. 따라서 임중빈은 사회소설을 지상에서 살아
가는 생활인의 영토를 표현하는 양식으로 선택했다고 할 수 있다.

4. 식민지 문학의 극복과 보편적 한국문학

앞에서 살펴보았듯이, 임중빈의 비평은 대화적 자기 인식과 생활인의
현실 파악에 근거한 투쟁과 비전의 제시는 공동적인 것을 언어화하는
문학 정치성을 구체화한다. 다시 말해 문학의 주체성을 확보하는 문학의

---

27) 임중빈, 「역설적 전후문학론」, 위의 책, 236면.
28) 임중빈, 「참여문학의 인식」, 위의 책, 46면.

창조는 작가와 생활인과 독자, 혹은 작가와 사회 역사적 현실과의 대화적 관계를 통해 생활인의 영토에서 드러나는 상황 내의 문제를 다루는 것이었다. 마지막으로 4·19세대 비평가로서 임중빈이 파악한 한국문학의 주체성은 식민지 문학의 극복에 있었다고 할 수 있다. 임중빈은 한국 신문학사 60년, 즉 식민지 시대에 형성된 문학, 해방 이후의 전후 문학, 60년대의 순수문학까지 모두 극복해야 할 식민지 문학으로 보고 있는데, 그 근본 이유는 세계 문학 앞에서 한국문학의 주체성을 확보하지 못했다는 점이다.[29]

먼저 임중빈은 한국문학의 주체성은 전통의 재창조와 재발견에서 찾을 수 있다고 보았지만 기존의 전통 논의에 대해서는 상당히 회의적이었다. 『비평작업』의 평단소송에서 백철의 「전통론을 위한 서설」과 「세계문학과 한국문학」을 강력하게 비판하는 과정에서 엘리엇의 역사의식에 근거한 전통 논의를 부정한다. 백철의 논의뿐만 아니라 당시의 전통 논의에서 '낡은 것과 새것 사이의 순응'을 시도하는 엘리엇의 역사의식은 자주 등장하지만, 임중빈은 이러한 엘리엇의 역사의식은 우리의 전통을 말해 줄 수 없다고 본다.

> 우리문학 근대 오백년이 <겨우 몇 개의 가작을 내놓는 결과밖에> 되지 못했고, 또 우리의 고전 중에서 시조50편, 소설5편의 가작을 뽑아 본들 <우리는 고전문학시대를 갖지 못한 문학 사실이 되어 버리고 만다>면 이러한 결과야말로 앞서 ≪전통론을 위한 서설≫에서 밝힌 대로 물론 그의 <훨씬 더 강한 발굴과 현미경적인 조사의 방향>을 최대한도로 발휘함에서 유래하는 명명백백한 귀추일 터이다. 그렇다면 그의 전통론은 어디로 증발해 사라져 버렸는지 안타까이 묻고 싶을 뿐이다. 우리의

---

29) 이와 같이 주체성을 상실한 한국 문학의 식민성을 표현하는 용어들은 '모방 문학', '타인의 문학', '주어 없는 문학' 등이다.

안타까움은 결코 여기에 그치지 않는다. 백철 비평 자체야말로 유흥기분
이라는 관념적 센티멘탈리즘에서 한갓 떠돌기를 거듭해 온 거나 아닐까.
한국본질의 발견에 어느 누구보다도 최첨단의 등한을 자부하기 때문에
오늘날과 같이 그의 비평은 소위 <사대주의의 모방품>인 구호물자식
전통론이라는 헤어나지 못할 함정을 판 것이 아닐까[30]

백철의 전통 논의의 결론이 전통의 빈약함이나 부재를 강조하는 방향
으로 나아가기 때문에 우리의 한국문학의 주체성을 확보하지 못한 '구호
물자식 전통론'이 되고 만다는 것이다. 임중빈은 주체성이 정신의 공통
분모인 전통에 기초하고 있으며, 전통은 "과거 현재 미래를 일괄하는 등
가물의 그 모체며, 언제나 현실과 동떨어질 수 없는 긴밀감을 가지고 살
아 있는 힘"이라고 정의한다. 그리고 우리의 전통이 세계문학에 파급되
려면 주체 빈곤을 극복한 전통의 재발견과 재창조가 이루어져야 한다고
보고 이러한 맥락에서 역사문학론을 제기한다.

그의 역사문학론에서 역사문학은 '구체적 역사적 시대의 참된 예술적
형상'을 창조하는 데 있다는 루카치의 견해에 근거하여 "역사적 테마에
서 민중의 생활을 하나의 사실로써 확인하게 하는 서사시적이면서 극적
인 성격을 창조하는 리얼리즘 미학의 기본 장르"로 나타난다.[31] 이러한
역사문학이 과거와 현재, 미래로 이어지는 역사적 현실을 통찰하는 참된
전통을 창조할 수 있다고 보는 것이지만 민중영웅의 창조를 통한 시대
위기의 극복이라는 역사 문학의 가능성이 어떻게 구체화할 수 있을지는
충분히 언급하지 않았다.

또 한편으로 한국문학의 주체성은 세계문학과의 관계 속에서 논의될
수 있다. 임중빈이 보기에 한국문학과 세계문학의 영향 관계는 의심할

---

30) 임중빈, 「전통론 전개의 허실」, 위의 책, 90면.
31) 임중빈, 「역사문학론」, 위의 책, 52~53면.

수 없는 사실이고, 한국문학이 세계문학과의 동시성 속에서 논의되는 것도 자연스럽다. 그럼에도 불구하고 주체성을 문제 삼는 것은 "얼마나 서구적 스타일에 충실한가에 따라서 문제 시인이 되고 문제 작가가 되며 얼마나 열심히 서구 학자들의 학설을 인용하느냐에 따라서 유능한 비평가가 되"는 한국적 '타인의 문학'이 보여주는 자기 인식의 결여 때문이다.

> 시·소설·비평 어느 분야를 가릴 것 없이 모방문학의 전성시대가 바야흐로 지금이다. 아무 대안 없는 허무주의와 내일이 없는 민족의식은 식민지 문화 영역을 더욱 무성하게 해주고 있다. 무너져가는 낡은 권위를 지키려는 동어반복의 유희와 함께 도통 의미 없는 이미지의 주사위놀이가 한창임을 본다. <내가 서야 할 땅>을 찾으려 하지 않고, 극도로 유식한 체하며, 허깨비 지성인의 속물근성에 사로잡힌, 주소 없는 세계시민다운 그들의 탄식을 듣는다. 그리하여 모방문학의 황금시대임을 자부하는 불협화음이 상기도 멎을 줄 모르고 있다.[32]

문학의 첫 과제는 작가의 '자기인식의 작업'이라는 것은 임중빈 비평의 기본 태도이다. 그러므로 당대의 한국문학이 자기인식을 결여하고 있다는 말은 임중빈이 제기한 문학의 정치성을 제대로 구현한 주체적 문학이 거의 존재하지 않는다는 뜻이다.[33] 이러한 상황은 마치 한국인이 일부의 "서구인이 걸려 신음하던 병을 애써서 대신 앓아주는 심각한 희극의 연출"로 비춰진다. 자기인식을 결여한 모방문학의 생성은 '식민지 작가 의식'과 관련이 깊다. 임중빈은 '뿌리 깊은 열등의식', '대안 없는 허무의식', '자학적 도피 취미' 이 세 가지를 식민지 작가의식의 특성으로 제시하면서 "표면적으로 호화찬란하면서 스스로의 문제에는 비참한

---

32) 임중빈, 「모방문학의 한계와 창조」, 위의 책, 109면.
33) 장용학의 소설, 이어령의 ≪장군의 수염≫, ≪무익조≫를 모방문학의 예로 거론하고 있다.

걸인임을 면치 못하는 이중인격자"34)이자 "주소 없는 세계시민"이라고 비판한다. 자기가 '내가 서야 할 땅'을 찾지 않는 한 문학의 주체성을 확보하기는 어렵기 때문이다.

임중빈은 한국문학의 특수성, 지역성에 근거한 한국적인 것의 추구에 대해서도 회의적이다. 살아 있는 역사적 현실에 기초하지 않았다는 점이 가장 큰 이유일 것이다. 이는 '한국적인 것'을 모색, 발견해왔다고 이야기되는 김동리에 대한 비판에서 잘 드러난다. 임중빈은 김동리의 작품세계에서 한국적인 것을 '토속적 샤머니즘'과 '지방주의적 색채'로 요약한다. 다시 말해 한국이라는 지역적 특수성, 혹은 토속성을 강조함으로써 김동리의 '한국적인 것'이 실현된다고 보는 것이다. 그런데 조연현 같은 비평가들이 <운명의 발견과 타개>나 <허무에의 의지>나 <서구적 니힐이 아닌 한국적 절망> 등으로 극찬하는 것과 달리 임중빈은 김동리가 "헛된 망상에 투신함"으로써 "전세기의 한국적 토착민에 대한 몰락을 손쉽게 용인한다"는 것밖에 되지 못한다고 비판한다.35)

> 그것은 동리 작품 속의 황진사나 모화나 뒷실이나 순녀나 억쇠, 득보, 달이, 성기, 옥화 같은 인물이 하나같이 가난하고 미련하고 무식하고 슬픈 한국의 원시 인간상이기는 하지만 다시 검토해 볼 때 이들은 벌써 소멸해간 지 오래인 무덤 속 주인공들에 불과하며, 이들의 생활과 세계를 통하여 자연 앞에서의 인간의 헛된 운명과 슬픔의 극화, 나아가서 자연에의 인간 동화작업이란 아무리 보아도 운명에 대한 타개나 살아가는 발견이 될 수 없음은 물론, 작가의 예술취미에 의한 무자비한 희생의 의미밖에 없기 때문이다.36)

---

34) 임중빈, 「모방문학의 한계와 창조」, 위의 책, 109면.
35) 김동리의 '한국적인 것의 긍정성'을 포착하는 조연현의 입장에 따르면서 그 한국적인 특수성의 가치를 찾는 논의도 있다.
36) 임중빈, 「순수문학의 임종」, 위의 책, 180~181면.

동리 소설의 주인공들은 '한국의 원시 인간상'이기는 하지만 소멸해 버린 '무덤 속 주인공'들일 뿐이다. 그들이 발 딛고 설 역사적인 현실성을 포함한 영토를 잃어버린 것이다. 그렇기 때문에 그들의 생활과 세계는 살아 숨 쉬는 생활인의 영토 위에서 구성되지 못한다는 것이다. 따라서 김동리의 문학은 "자연 앞에서의 인간의 헛된 운명과 슬픔의 극화", "자연에의 인간 동화 작업"은 "작가의 예술취미에 의한 무자비한 희생"일 뿐이다. 생활인의 영토 위에서 그들이 경험하는 영역들을 살아 있는 역사적 사실로서 구체화하는 것이 중요한데, 이미 죽어버린 자들의 세계는 이러한 구체화가 불가능하기 때문이다. 따라서 김동리의 소설은 "현실무화의 고차원적 결정체, 곧 인간을 운명이나 초자연에 귀의시키는 의식적인 노력의 소산이며 그런 만큼 비현실·비인간의 영토"[37]로 남게 된다.

결국 임중빈의 입장에서 동리가 한국적인 것으로 선택한 토속적 샤머니즘과 지방주의적 색채는 신비로움의 추구는 될 수 있을지 몰라도 한국문학의 주체성이 될 수는 없었다. 김동리의 한국적인 것은 "무덤 속의 특성", "단군의 뼈를 부식토로 빚어내는 신화"이므로 "현실 이전의 원시적인 또 초자연적인 공허한 갈등" 속에 존재한다. 작가의 자기인식의 과정이 역사 이전의 신화 속에 존재하고 현실 이전의 초자연에서 이루어진다면 임중빈이 강조하는 생활인의 영토, 즉 시간적 공간적 인간 조건인 현실 상황의 인식이 불가능하다. 따라서 한국문학의 주체성을 확보하기 위해서는 소멸한 과거의 신화 속으로 들어가지 않고 한국적 상황의 객관적 인식을 통해 한국인의 역사적 현실을 포착하여 언어화할 수 있어야 한다.

---

37) 임중빈, 위의 글, 185면.

허공에 떠 있는 문제로서 세계문학은 같은 테에마일 수가 있다. 하지만 역사적 상황과 사회 현실 그리고 민중의 의식을 반영한다는 것을 염두에 둘 때 반드시 일치하지 않는 문제가 너무도 많다. 진정한 세계문학에의 지향은 대지에 집착하여 탐색한 인간의 문제를 세계적으로 확산하는 데에서 가능할지도 모른다. 여기서 문학의 로우컬을 강조할 필요는 없다. 세계문학에서 우리가 받아들여 영양소로 섭취해야 할 것이 결코 민족문학의 중흥에 있어서 적대관계에 놓여 있는 요소일 수가 있다는 점만을 강조한다. 세계문제에 투철할수록 민족의 문제와 나의 문제에 명료한 의식을 형성하는 계기를 문학은 진작시켜야 한다. 나 없는 민족 그리고 민족 없는 나의 문제가 성립할 수 없는 것처럼 자아 없는 세계의식이란 넌센스가 아니고 무엇인가.[38]

임중빈이 보기에 '자아 없는 세계의식'으로 한국적인 것의 세계성을 이야기하는 것은 주체성 상실의 증거일 뿐이며 식민지 문학을 극복하지 못한 상태라 할 수 있다. 이렇게 자기를 잃어버리고 '타인의 문학'을 하는 식민지 문학의 극복은 한국문학의 과제가 아닐 수 없다. 그렇다고 해서 추상적이고 신화적인 한국적인 것으로의 초월이 임중빈의 답이 될 수는 없었다. 임중빈은 서구적인 보편성과 대비되는 지역성, 특수성만을 강조하는 데서 한국문학의 세계성을 찾는 김동리의 관점은 살아 있는 생활인의 영토에 뿌리내리지 못하고 죽은 자들이 거주하는 신화와 초자연의 영역의 무역사성으로 후퇴해버리기가 쉽다고 판단하기 때문이다. 따라서 임중빈이 보는 '진정한 세계문학'으로서의 보편성을 지닌 한국문학은 "대지에 집착하여 탐색한 인간의 문제를 세계적으로 확산하는" 것, 좀 더 구체적으로 한국인이 생활하는 영토 위에서 세계문학과 주체적으로 대화적 관계를 맺고, 살아 있는 역사적 사실을 문제적 상황 속에서

---

38) 임중빈, 「모방문학의 한계와 창조」, 위의 책, 110면.

창조해 내는 것이라고 할 수 있다. 작가의 자기인식의 작업이 민족과 세계와의 관계 속에서 대화적으로 형성될 수 있는 개인의 얼굴을 한 보편적 주체를 구성하고, 한국인이 살아가고 있는 대지의 '역사적 상황과 사회 현실과 민중의 의식'을 공동의 경험영역으로 언어화하는 창조 활동이 이루어질 때 보편성으로의 한국문학이 구성될 수 있다는 것이다.

5. 한국문학의 주체성 확립의 방향

지금까지 1960년대에 주로 활동했던 비평가 임중빈의 비평이 갖는 정치성의 의미를 한국문학의 주체성과 관련해서 살펴보았다. 4·19와 5·16 이후의 1960년대 정치 현실은 임중빈의 비평 활동을 부정과 저항의 정신으로 무장한 투쟁적 글쓰기로 만들었다. 그는 이러한 상황에서 한국문학에서 포착해야 할 '공동적인 것'으로 작동되는 문학 주체성의 중요성을 깊이 인식하지 않을 수 없었다.

대화하는 주체의 구성과 언어적 모험은 작가의 자기인식 과정이 고립된 개인의 차원이나 허공에 거주하는 이방인에 머물지 않고 자기 외부의 세계와 소통하는 대화적 관계를 형성하는 작가의 자기인식 과정의 중요성을 강조한다. 대화를 통한 자기인식은 공동 언어의 발견을 통해 생활인의 경험 영역을 만들어내게 된다. 다음으로 생활인의 영토를 표현하는 사회소설은 '있는 그대로의' 역사적, 사회적 현실 속에서 살아가는 생활인의 영역을 구체화함으로써 상황 속에서 드러나는 사회적 문제성을 포착하는 사회 소설의 정치적 가능성을 모색하였다. 마지막으로 식민지 문학의 극복과 보편적 한국문학은 한국문학의 주체성 확보를 위한 전통 창조가 민중의 살아 있는 영웅을 역사적 사실로 창조하는 역사문학의 가능성으로 나타난다는 것과 주체 상실의 식민지 문학을 청산하고 한국의 현실을 살아내는 생활인의 공동 언어를 발견하여 한국문학의 보편성을 구성하려는 지향을 드러냈다.

이상의 논의를 통해 드러난 임중빈의 비평의 정치성은 기존 문학에 대한 적극적인 부정과 비판의 결과이며 한국문학의 주체성 확립의 방향성을 보여주는 데 주력하였음을 알 수 있다. 그러나 한국문학이 포착해야 할 공동적인 것, 즉 주체성을 확립한 문학의 구체적 현실화가 어떤 양상을 보여주어야 하는지에 대해서는 사회소설이나 역사문학, 보편적 한국 문학 등을 제기하고는 있지만 추상적 단계에 머물거나 지나치게 단순 논리에 빠지는 측면이 있다. 가령 역사문학의 현재적 모습에 대한 탐구가 구체화되지 못한 점이나 모더니즘에서 보여주는 전위적 부정의 정신에 대한 거부가 그의 비평 논리를 너무 단순화한다는 점 등이 그것이다. 이는 그가 70년대 이후까지 지속적으로 구체화된 논의를 개진하는 비평 활동을 하지 못한 데서도 그 원인을 찾을 수 있을 것이다.

∷ 참고문헌 ∷

1. 기본 자료

임중빈, 『부정의 문학』, 한얼문고, 1972.

2. 단행본 및 논문

강경화, 『한국문학비평의 인식과 담론의 실현화 연구』, 태학사, 1999.
고명철, 「1960년대 참여문학 비평의 전위성」, 『비평문학』 제31호, 2009.
고명철, 『논쟁 비평과 응전』, 보고사, 2006.
김병익, 「순수와 참여의 대립과 대립과 지양」, 『상황과 상상력』, 문학과지성사, 1979.
김윤식 외, 『한국현대비평가 연구』, 강, 1996.
백 철, 「한국신세대의 노한 작품세계」, 『현대문학』, 1960. 10.
석형락, 「1960년대 임중빈의 문학비평」, 고려대학교 석사학위논문, 2009.
오양호, 「60년대 비평—순수·참여론의 대립기」, 『한국현대문학사』, 현대문학, 1989.
우찬제, 「배제의 논쟁, 포괄적 영향」, 『한국문학 50년』, 문학사상사, 1995.
유종호·염무웅 편, 『한국문학의 쟁점』, 전예원, 1977.
이명원, 「1960년대 신세대 비평가의 등장과 참여문학론」, 『한국문학논총』, 2008.
임대식, 「1960년대 지식인의 현실인식」, 『역사비평』, 2003. 겨울.
임영봉, 『한국현대문학비평사론』, 도서출판 역락, 2000.
하상일, 『1960년대 현실주의 문학비평과 매체의 비평전략』, 소명출판, 2008.
허윤회, 「1960년대 참여문학론의 도정」, 『한국현대시와 시론』, 소명출판, 2007.
조르조 아감벤, 김상운·양창렬 역, 『목적 없는 수단』, 난장, 2009.
자크 랑시에르, 유재홍 역, 『문학의 정치』, 인간사랑, 2009.

저자 소개

김현숙 이화여자대학교 교수
강소연 이화여자대학교 강사
권경미 이화여자대학교 강사
김세령 서울과학기술대학교 기금조교수
김지혜 경원대학교 초빙교수
박근예 이화여자대학교 강사
박은주 이화여자대학교 석사과정 수료
박찬효 이화여자대학교 강사
박필현 이화여자대학교 강사
서승희 이화여자대학교 강사
손자영 이화여자대학교 박사과정 수료
연남경 서울대학교 박사후 연구원
오은엽 이화여자대학교 강사
유주현 KDI 국제정책대학원 강사
윤정화 이화여자대학교 강사
이윤경 이화여자대학교 박사과정 수료
조영실 이화여자대학교 강사
한혜원 이화여자대학교 조교수

1960년대 문학 지평 탐구

초판 인쇄 2011년 8월 25일
초판 발행 2011년 8월 31일

저 자 이화비평연구모임
펴낸이 이대현
편 집 권분옥

펴낸곳 도서출판 역락
주 소 서울 서초구 반포4동 577-25 문창빌딩 2층
전 화 02-3409-2058, 2060
팩 스 02-3409-2059
등 록 1999년 4월 19일 제303-2002-000014호
이메일 youkrack@hanmail.net

값 33,000원
ISBN 978-89-5556-932-2 93810

* 파본은 교환해 드립니다.